LUCINDA RILEY

Secretul Helenei

Traducere din limba engleză şi note
ADINA şi GABRIEL RAŢIU

LITERA®

Bucureşti
2018

The Olive Tree
Lucinda Riley

LITERA®

Editura Litera
O.P. 53; C.P. 212, sector 4, București, România
tel.: 021 319 63 93; 0752 101 777

Ne puteți vizita pe
www.litera.ro

Secretul Helenei
Lucinda Riley

Editor: Vidrașcu și fiii
Redactor: Florentina Nica
Corector: Cătălina Călinescu
Copertă: Flori Zahiu
Tehnoredactare și prepress: Bogdan Coscaru

Seria de ficțiune a Editurii Litera este coordonată
de Cristina Vidrașcu Sturza.

Descrierea CIP a Bibliotecii Naționale a României
RILEY, LUCINDA
Secretul Helenei / Lucinda Riley;
trad. din lb. engleză Adina și Gabriel Rațiu. –
București: Litera, 2018
ISBN 978-606-33-2911-1

I. Rațiu, Adina (trad.)
II. Rațiu, Gabriel (trad.)

821.111

Pentru „adevăratul“ Alexander

De te ții după umbră, fuge de tine;
Fugi de ea, și te va urma.
Ben Jonson

Alex

„Pandora“, Cipru
19 iulie 2016

Casa îmi apare în față în timp ce fac slalom, la volanul mașinii, printre gropile periculoase din șosea – de zece ani nu se repară și se adâncesc. Mai înaintez puțin, apoi trag pe dreapta și mă uit la Pandora, gândindu-mă că nu este prea atrăgătoare, complet diferită de fotografiile lucioase ale caselor de vacanță pe care le vezi pe website-urile agențiilor de lux. Cel puțin privită din spate, pare mai degrabă solidă, echilibrată și aproape austeră, exact cum mi l-am închipuit mereu pe fostul său locatar. Clădită dintr-o piatră cenușie de prin părțile locului și pătrățoasă precum construcțiile din piese Lego pe care le făceam în copilărie, casa se înalță din terenul calcaros și arid, acoperit cât vezi cu ochii de viță-de-vie înmugurită. Încerc să compar imaginea reală cu aceea din mintea mea – făcută și pusă la păstrare acum zece veri – și ajung la concluzia că memoria nu m-a înșelat.

După ce parchez mașina, ocolesc zidurile masive până în fața casei și urc pe terasa ce conferă banalei Pandora o aură realmente spectaculoasă. Traversez terasa și mă îndrept către balustrada de piatră din capătul ei, amplasată exact în locul în care terenul începe să coboare ușor: un peisaj îmbrăcat în mai multe podgorii, casa ciudată cu pereții văruiți în alb și pâlcuri de măslini. În depărtare, se zărește linia strălucitoare de peruzea care separă pământul de cer.

Observ că soarele îmi oferă un apus de excepție, strecurându-și razele galbene prin albastrul cerului și transformându-l în arămiu. Este o descoperire surprinzătoare, căci, după știința mea, dacă amesteci galben cu albastru, obții verde. Mă uit în partea dreaptă, la grădina de sub terasă. Arbuștii de pe margine, pe care mama îi plantase cu atâta grijă acum zece ani, nu au fost îngrijiți, astfel că, lipsiți de afecțiune și apă, au sfârșit prin a fi înghițiți de pământul sterp și de buruienile urâte și țepoase, de un soi necunoscut.

Totuși, în mijlocul grădinii, cu un capăt al hamacului în care stătea mama încă legat de el – sforile jerpelite atârnând ca niște spaghete încâlcite –, se ridică măslinul. Îl poreclisem „Bătrânelul", bazându-mă pe poveștile adulților din jurul meu. Privindu-l acum, când totul împrejur a murit și a putrezit, îmi pare mai voinic și mai maiestuos, probabil furând din vigoarea vecinilor săi vegetali, hotărât, în decursul atâtor secole, să supraviețuiască.

E superb, o victorie metaforică împotriva calamităților, iar fiecare milimetru al trunchiului său noduros stă mărturie pentru lupta pe care o duce.

Stau acum și mă întreb de ce detestă oamenii să poarte pe trup însemnele vieții, când un copac ca acesta, ori un tablou decolorat, ori un edificiu dărăpănat și părăsit este elogiat pentru vechimea lui.

Meditând la acestea, mă întorc spre casă și observ cu ușurare că, cel puțin din afară, Pandora pare să fi supraviețuit paraginii în care a fost lăsată în ultima vreme. Ajuns la intrarea principală, scot din buzunar cheia de fier și descui ușa. În timp ce cutreier camerele întunecoase, ferite de lumina zilei de obloanele trase, realizez că nu mă încearcă nici o emoție, ceea ce e, probabil, mai bine. Nu îndrăznesc să-mi dau frâu liber sentimentelor, pentru că locul acesta, poate mai mult decât oricare altul, păstrează spiritul *ei*...

O jumătate de oră mai târziu, am deschis obloanele de la parter și am tras cearșafurile de pe mobilele din salon. Stau în ploaia de vălătuci de praf care sclipesc în lumina amurgului și îmi amintesc cât de vechi mi s-au părut toate lucrurile de aici prima oară când le-am văzut. Și mă întreb, uitându-mă la scaunele deformate și la canapeaua deșirată, dacă, de la un punct încolo, asemenea măslinului, bătrânețea încremenește într-un anumit stadiu, precum părinții cu părul încărunțit în ochii unui copil.

Firește, singurul lucru din încăpere care s-a schimbat cu desăvârșire sunt eu. Noi, oamenii, suferim majoritatea metamorfozelor fizice și psihice încă din primii ani de viață pe această planetă - într-o clipită, trecem de la pruncie la maturitate. După aceea, la exterior cel puțin, rămânem aproape neschimbați, și doar ne transformăm într-o versiune mai scofâlcită și mai slutită a aceleiași ființe, pe măsură ce ereditatea și gravitația își pun amprenta asupra noastră.

Cât despre latura emoțională și intelectuală a lucrurilor... ei bine, trebuie să cred că suntem cumva răsplătiți pentru declinul lent al învelișului nostru exterior. Iar reîntoarcerea la Pandora îmi demonstrează clar că aceste recompense există. Ies în hol, chicotind la amintirea acelui „Alex" de altădată. Mă trec fiorii când mă gândesc la ființa aceea - un băiat de treisprezece ani, egoist și îngrozitor de neastâmpărat.

Deschid ușa „Debaralei" - numele de alint pe care i-l dădusem camerei în care am stat în acea nesfârșită vară toridă de acum zece ani. Imediat ce întind mâna spre întrerupător, îmi dau seama că nu i-am subestimat câtuși de puțin dimensiunile miniaturale; dimpotrivă, spațiul pare să se fi micșorat între timp. Intru, ditamai omul de un metru și optzeci și șase de centimetri, și nu pot să nu mă întreb: dacă ar fi să închid ușa și să mă întind pe pat, oare ar trebui să scot picioarele pe fereastra minusculă, ca Alice în Țara Minunilor?

Mă uit la rafturile aliniate pe pereții cămăruței sufocante și constat că volumele pe care m-am chinuit să le aranjez în ordine alfabetică au rămas la locul lor. Iau instinctiv unul – *Recompense și zâne* de Rudyard Kipling – și îl răsfoiesc în căutarea celebrului poem publicat în ea. Recitind versurile poemului *Dacă* – sfaturile date de un tată fiului său –, mă podidesc lacrimile la amintirea adolescentului care eram pe atunci: atât de disperat să își găsească un tată. Pentru ca, apoi, găsindu-l, să realizez că aveam deja unul.

Îl pun pe Rudyard la loc și dau cu ochii de cărticica cartonată de lângă el. Recunosc jurnalul pe care mi l-a dat mama de Crăciun, cu câteva luni înainte de prima vizită la Pandora. Zi de zi, timp de câteva luni, am scris în el cu asiduitate și, cunoscându-mă, cu o prețiozitate exagerată. Asemenea oricărui adolescent, credeam că ideile și sentimentele mele sunt unice și revoluționare; gânduri neimaginate de mintea altcuiva.

Scutur din cap melancolic și oftez ca un bătrân la amintirea propriei naivități copilărești. Am abandonat jurnalul când m-am întors în Anglia, după vara nesfârșită petrecută la Pandora. Dar, iată-l, zece ani mai târziu, stând din nou în palmele mult mai mari acum ale mâinilor mele. O mărturie a ultimelor luni de copilărie, înainte ca viața să mă împingă cu forța spre maturitate.

Iau jurnalul cu mine, când ies din cameră, și urc la etaj. În timp ce străbat coridorul întunecos și sufocant, nehotărât în ce dormitor să mă instalez, trag aer în piept și mă îndrept spre camera *ei*. Îmi iau inima-n dinți și deschid ușa. Poate că e doar o nălucire – nu m-ar mira după zece ani de absență –, dar sunt sigur că simt mirosul parfumului cu care se dădea pe vremuri...

Închid ușa repede și cobor la parter, căci nu mă simt încă în stare să dau piept cu toate amintirile din Cutia Pandorei, care amenință să țâșnească din aceste camere. S-a înnoptat și totul e cufundat în beznă. Mă uit la ceas, adaug două ore, diferența de fus orar, și constat că e aproape nouă seara, iar stomacul îmi chiorăie de foame.

Scot bagajele din mașină, așez în cămară proviziile pe care le-am cumpărat de la prăvălia din sat, după care ies pe terasă cu puțină pâine, niște brânză feta și o sticlă de bere foarte caldă. Stau în liniștea nopții, tulburată doar de țârâitul izolat al vreunui greier somnoros, și îmi beau berea, întrebându-mă dacă a fost o idee bună să vin cu două zile înaintea celorlalți. În definitiv, contemplarea stearpă e specialitatea mea – cineva chiar mi-a oferit de curând șansa de a face o profesie din asta. Mă pufnește râsul numai când mă gândesc.

Ca să-mi abat gândul de la asta, deschid jurnalul și citesc cuvintele de pe prima pagină.

Crăciun fericit, dragul meu Alex! Încearcă să scrii cât mai des. Va fi distractiv să îl citești când vei fi mai mare.

Cu drag, M xxx

– Să sperăm că ai dreptate, mamă.

Zâmbesc nostalgic și răsfoiesc paginile ticsite de cuvinte pompoase, până când ajung la începutul lui iulie. Mă apuc de citit, la lumina becului orb care atârnă de pergolă, deasupra mea.

Iulie 2006

Sosirea

Jurnalul lui Alex
10 iulie 2006

Am o faţă perfect rotundă. Sunt sigur că poţi s-o desenezi cu compasul, căci rareori s-ar întâmpla ca linia cercului şi faţa mea să nu se îmbine perfect. O detest.

De asemenea, în interiorul cercului, am doi obraji rotofei ca merele. Când eram mai mic, adulţii mă apucau de ei, îmi prindeau carnea între degete şi mă ciupeau. Uitau că obrajii mei nu sunt mere. Merele sunt obiecte inanimate. Sunt tari şi nu simt durere. Dacă se lovesc, e doar o rană de suprafaţă.

Totuşi, am ochi frumoşi. Îşi schimbă culoarea. Mama spune că, atunci când simt o emoţie lăuntrică şi mă înflăcărez, devin verzi-aprins. Când sunt stresat, au culoarea Mării Nordului. Sincer să fiu, mie mi se par gri de cele mai multe ori, dar sunt mari şi migdalaţi, iar sprâncenele, mai închise la culoare decât părul – care e de un blond feciorelnic şi foarte lins –, îi încadrează perfect.

Mă uit în oglindă chiar în acest moment. Îmi dau lacrimile, fiindcă, atunci când nu îmi văd chipul, îmi pot imagina că sunt orice doresc. E o lumină supărătoare în cabina de toaletă, îmi străluceşte deasupra capului ca un nimb. Oglinzile din avion sunt cele mai proaste: arăţi ca o mumie de două mii de ani, abia dezgropată.

Văd un colăcel de carne cum se ridică sub tricou, deasupra pantalonilor scurţi. O apuc şi o modelez într-o copie acceptabilă a Deşertului

Gobi. Creez dune, cu mici spații între ele, din care pot răsări palmierii răzleți dimprejurul unei oaze.

Apoi mă spăl bine pe mâini.

Îmi plac mâinile mele, deoarece încă refuză să migreze spre Pufoşenia, locul în care şi-au stabilit deocamdată reşedința celelalte părți ale corpului meu. Mama zice că sunt ca un cățeluş dolofan şi că butonul hormonal „dezvoltare pe orizontală" a funcționat de la prima apăsare. Din păcate, butonul „dezvoltare pe verticală" s-a stricat. Și nu pare să se fi reparat între timp.

Plus de asta, câți cățeluși grăsuni am văzut la viața mea? Majoritatea sunt supli, fiindcă nu-și găsesc astâmpărul și se agită întruna.

Poate că mi-ar prinde bine și mie puțină agitație.

Partea bună este că zborul cu avionul îți dă o senzație de imponderabilitate, chiar dacă eşti gras. Sunt mulți pasageri mult mai grași decât mine; am verificat. Dacă eu sunt Gobi, vecinul meu de scaun e suficient de mare cât să formeze Sahara de unul singur. Antebrațul lui a pus monopol pe cotieră, revărsându-și pielea, mușchii și șuncile peste mine ca un virus mutant. Mă scoate din sărite chestia asta. Eu îmi țin carnea pe lângă mine, în spațiul alocat, chiar dacă mi se pun crampe din cauza asta.

Dintr-un motiv sau altul, ori de câte ori călătoresc cu avionul, mă gândesc la moarte. Sincer să fiu, mă gândesc la moarte cam oriunde m-aş afla. Probabil că moartea se aseamănă cu imponderabilitatea pe care o simți aici, în tubul ăsta metalic. Ultima oară când am zburat, surioara mea m-a întrebat dacă a murit, fiindcă cineva i-a spus că bunicul e undeva sus, pe un nor. Când am trecut prin dreptul unuia, şi-a imaginat că se întâlneşte cu bunicul.

De ce-or născoci adulții asemenea poveşti caraghioase? Nu fac decât să complice situația. Eu, unul, nu le-am dat niciodată crezare.

Mama s-a lăsat păgubaşă de ani buni și nu mai încearcă să mă păcălească.

Mă iubește mult, chiar dacă, în ultimele luni, m-am rotunjit ca un balon. Mi-a promis că, într-o zi, va trebui să mă aplec ca să îmi văd fața în oglinzile stropite de apă cum e asta din avion. După câte se pare, provin dintr-un neam de bărbați înalți. Nu că asta m-ar consola vreun pic. Am citit că, uneori, genele sar peste generații și, la ce noroc am eu, nu e exclus să fiu primul pitic grăsan dintr-un șir secular de bărbați Beaumont.

Pe lângă asta, mama uită de cealaltă jumătate a moștenirii genetice care a contribuit la procrearea mea...

E o discuție pe care țin morțiș să o am în această vacanță. Nu mă interesează de câte ori va încerca să se fofileze și să schimbe subiectul. M-am săturat să nu știu nimic despre tata.

Trebuie să aflu adevărul.

Toată lumea spune că semăn cu ea. În fond, ce altceva să spună și ei? N-au cum să mă compare cu un spermatozoid anonim.

Realitatea este că, probabil, faptul că nu îmi cunosc tatăl îmi amplifică grandomania de care sufăr deja. O atitudine foarte nesănătoasă, mai ales la un copil ca mine, dacă se poate spune că mai sunt copil. Sau că am fost vreodată, lucru de care mă îndoiesc.

Actualmente, când mă zgâlțâi din toate încheieturile pe deasupra Europei Centrale, tata ar putea fi oricine îmi doresc; oricine îmi convine în vreun moment sau altul. De exemplu: să presupunem că ne prăbușim, iar pilotul are o singură parașută disponibilă. I-aș putea spune că sunt fiul lui și s-ar simți obligat să mă salveze, n-am dreptate?

Pe de altă parte, poate că e mai bine să nu știu. Poate că genele mele provin de undeva, din Orient, ceea ce m-ar sili să învăț mandarina ca să comunic cu tata. Mandarina e o limbă super grea.

Uneori, îmi doresc ca mama să semene mai mult cu celelalte mame. A nu se înțelege că e vreo Kate Moss sau vreo mare frumusețe, pentru că e destul de în vârstă. Dar e de-a dreptul jenant că toți colegii mei, și profesorii, și oricare bărbat ne intră în casă se uită la ea într-un fel *anume*. Toată lumea o place, fiindcă e simpatică și amuzantă și poate găti și dansa în același timp. Dar, din când în când, sunt gelos că nu e mai mult a mea și că trebuie s-o împart cu alții.

Fiindcă eu o iubesc cel mai mult.

Era necăsătorită când m-a născut pe mine. Acum un secol, aș fi venit pe lume în vreun adăpost pentru săraci și, cel mai probabil, am fi murit amândoi de tuberculoză după câteva luni. Am fi fost înmormântați în cimitirul sărmanilor, iar osemintele noastre ar fi zăcut împreună pe veci.

Mă întreb deseori dacă îi e rușine cu mine, această amintire vie a imoralității ei. Oare de asta mă trimite la internat?

Rostesc cu voce tare cuvântul „imoralitate“ în oglindă. Îmi plac cuvintele. Le colecționez, la fel cum colegii mei colecționează cartonașe cu jucători de fotbal sau cu fete, în funcție de gradul de maturitate al fiecăruia. Îmi place să le etalez, să le strecor în propoziții pentru a mă face cât mai bine înțeles. Poate că, într-o bună zi, o să-mi placă să mă joc cu ele la modul profesional. Să fim sinceri, ținând cont de aspectul meu fizic actual, n-am șanse să joc vreodată la Manchester United.

Bate cineva la ușă. Ca de obicei, m-am pierdut în gânduri. Mă uit la ceas și realizez că stau în toaletă de peste douăzeci de minute. Va trebui să dau ochii cu o grămadă de pasageri furioși că fac pe ei.

Mă mai uit încă o dată în oglindă – o ultimă privire la Domnul Balon. Apoi întorc capul și ies țanțoș, de parcă aș fi Brad Pitt.

Capitolul 1

– Ne-am rătăcit. O să opresc puțin pe marginea drumului.

– Doamne ferește, mamă! E întuneric beznă și suntem pe marginea prăpastiei. N-ai unde să oprești.

– Nu te mai speria, dragule. Găsesc eu un loc sigur.

– Poftim? Sigur? Dacă știam ce mă așteaptă, îmi luam crampoanele și pioletul.

– E un refugiu nițel mai sus.

Helena trase de volanul mașinii închiriate, luă strâns virajul, cu stângăcie, și opri. Se uită la fiul ei, care își acoperise ochii cu palmele, și îi puse o mână pe genunchi.

– Gata, poți să te uiți. După aceea, aruncă o privire pe fereastră, spre valea abruptă de dedesubt, și zări luminițele de pe coastă licărind în vale. Ce frumos e! murmură ea.

– Nu, mamă, nu e deloc „frumos". „Frumos" e când o să scăpăm din pustietatea unei țări străine și n-o să mai fim la un pas de a ne găsi sfârșitul pe fundul unei râpe. Oamenii ăștia n-au auzit de parapeți?

Helena nu îi dădu atenție și bâjbâi pe deasupra capului, după întrerupătorul plafonierei.

– Dă-mi harta, dragule.

Alex i-o întinse, și Helena se apucă să o studieze.

– O ții invers, mamă, îi atrase băiatul atenția.

– Bine, bine, zise Helena și răsuci harta. Immy încă doarme?

Alex întoarse capul spre sora lui în vârstă de cinci ani, care se întinsese pe toată bancheta din spate cu Lamby, oița de pluș, în brațe.

– Da, spre norocul ei. Excursia asta putea s-o traumatizeze pe viață. Nici că se mai urca în montagne russe-ul de la Alton Towers dacă vedea unde suntem acum.

– Gata. M-am prins unde-am greșit. O luăm înapoi pe deal...

– Munte, o corectă Alex.

– Facem stânga la indicatorul spre Kathikas și, de-acolo, o ținem tot înainte. Uite.

Helena îi dădu harta lui Alex și trecu schimbătorul de viteze în ceea ce credea că e marșarierul. Mașina țâșni în față.

– MAMĂ! Dumnezeule!

– Scuze.

Helena execută o întoarcere din trei mișcări și intră din nou pe șoseaua principală.

– Credeam că știi drumul, bombăni Alex.

– Dragule, eram doar cu vreo doi ani mai mare decât tine când am venit aici. Asta înseamnă acum douăzeci și patru de ani, dacă te interesează. Sunt sigură că o să recunosc casa când ajungem în sat.

– Dacă ajungem vreodată.

– Nu mai fi așa nesuferit! Chiar n-ai spirit de aventură? Helena răsuflă ușurată când văzu curba în care se afla indicatorul spre Kathikas. Viră. Când ajungem acolo, o să înțelegi că tot efortul ăsta n-a fost în zadar.

– Nici măcar nu suntem aproape de plajă. Plus de asta, urăsc măslinele. Și pe familia Chandler. Rupert e un dobi...

– Termină, Alex! Dacă nu ești în stare să spui ceva pozitiv, taci din gură și lasă-mă să conduc.

Alex se cufundă într-o tăcere îmbufnată, în timp ce Helena impulsionă Citroënul să urce panta abruptă, regretând că avionul avusese întârziere și aterizaseră la Paphos chiar la lăsarea serii. Până trecuseră de vamă și găsiseră mașina închiriată, se înnoptase de-a binelea. Abia aștepta excursia prin munți, ca să retrăiască amintirile din copilărie, să revadă acele locuri prin ochii copilului său.

Dar viața o dezamăgea deseori, mai ales când era vorba de amintiri importante. Și era conștientă că vara petrecută aici, în casa nașului ei, pe când avea cincisprezece ani, era presărată cu praf magic.

Și, oricât ar părea de ridicol, voia neapărat ca Pandora să își dovedească perfecțiunea pe care și-o amintea. Rațional vorbind, își dădea seama că era imposibil, că revederea ar putea fi ca o întâlnire cu un fost iubit după douăzeci și patru de ani: în amintire, strălucește de vigoarea și frumusețea tinereții, în realitate, totul e cenușiu și în descompunere lentă.

Știa că și *aceasta* e o posibilitate...

El o mai fi acolo?

Helena își încleștă degetele pe volan și își alungă categoric gândul din minte.

Casa, pe nume Pandora, care odinioară îi păruse un veritabil conac, îi va părea cu siguranță mai mică acum. Mobila veche, adusă de Angus, nașul ei, din Anglia, pe vremea când era încă la comanda armatei britanice staționate în Cipru, atât cât mai rămăsese din ea, îi păruse rafinată, elegantă, exorbitant de scumpă. Canapelele din damasc bleu din salonul întunecos – obloanele erau mai tot timpul trase pentru a proteja de lumina orbitoare a soarelui –, biroul în stil georgian la care se așeza Angus în fiecare dimineață și își deschidea scrisorile cu o săbiuță miniaturală, și masa mare din mahon, a cărei suprafață lucioasă aducea cu un patinoar... toate acestea stăteau neclintite, ca niște santinele, în memoria ei.

Acum, Pandora era nelocuită de ani buni, de când problemele de sănătate îl siliseră pe Angus să revină în Anglia. Deși susținuse cu tărie că serviciile medicale din Cipru nu erau cu nimic mai prejos, ba poate erau chiar mai bune decât cele de acasă, vrând-nevrând, până și el recunoscuse că, din cauza picioarelor șubrede și a vizitelor constante la spitalul aflat la distanță de trei sferturi de oră, îi era tot mai greu să trăiască în satul din munți.

Într-un final, se împăcase cu ideea de a-și abandona mult iubita Pandora și decedase cu șase luni în urmă, răpus de pneumonie și tristețe. Era puțin probabil ca trupul său deja slăbit, care petrecuse mare parte din cei șaptezeci și opt de ani de existență într-o climă subtropicală, să se mai poată adapta la umezeala posomorâtă a așezărilor scoțiene.

Îi lăsase toată averea Helenei, fina lui – inclusiv Pandora.

Ea jelise la aflarea veștii; lacrimi de vinovăție, fiindcă nu îl vizitase mai des la azilul de bătrâni, așa cum își propusese în ultima perioadă.

Soneria telefonului pierdut prin străfundurile genții o readuse la realitate.

– Răspunzi tu, dragule? îi zise lui Alex. Probabil e tata, să vadă dacă am ajuns.

Ca de obicei, Alex scotoci în zadar prin geanta mamei sale și îl găsi cu câteva secunde după ce se oprise din sunat. Verifică lista de apeluri.

– Tata era. Vrei să-l sun înapoi?

– Nu. Îl sunăm când ajungem.

– *Dacă* ajungem.

– Normal că ajungem. Încep să recunosc peisajul. În zece minute suntem acolo.

– Cârciuma lui Hari era aici când ai venit tu? întrebă Alex în momentul în care trecură prin dreptul firmei luminoase în formă de palmier din fața unui restaurant de prost gust, ticsit cu aparate de joc și scaune albe din plastic.

– Nu, dar ăsta-i un drum de legătură recent, cu mare potențial turistic. Pe vremea mea, era doar o cărare ce ducea în sat.

– Prindeau Sky TV acolo. Mergem și noi într-o seară? întrebă optimist Alex.

– Poate mergem.

Helena își imagina că va petrece nopțile înmiresmate pe terasa dinspre livada de măslini, savurând vinul autohton și smochine culese direct din copac, în nici un caz uitându-se la televizor, înconjurată de palmieri din neon.

– Mamă, cam cât de rudimentară e casa în care o să stăm? Avem măcar curent electric?

– Bineînțeles că avem, prostuțule. Helena se rugă ca femeia care avea cheile să îl fi pornit. Imediat după cotul ăsta, intrăm în sat. În câteva minute, ajungem.

– Cre' că aş putea să merg cu bicicleta până la restaurant, murmură Alex. Dacă fac rost de o bicicletă.

– Eu mergeam cu bicicleta până în sat aproape zilnic.

– Nu cumva era un biciclu?

– Ah, ce glumă bună! Era o bicicletă normală, cu trei viteze şi un coş în faţă. Helena zâmbi când îşi aduse aminte de ea. Mă duceam după pâine la brutărie.

– Era ca bicicleta pe care merge vrăjitoarea din *Vrăjitorul din Oz* când trece pe la fereastra lui Dorothy?

– Exact. Acum taci din gură, că trebuie să fiu atentă. Am intrat prin capătul celălalt al străzii din cauza drumului nou şi trebuie să mă orientez.

În faţă, se vedeau luminile satului. Helena încetini, pentru că strada se îngusta, iar pietrişul calcaros scrâşnea sub cauciucuri. Începură să apară diverse clădiri construite din pietrele bej din Cipru, transformându-se treptat într-un zid neîntrerupt ce mărginea strada pe ambele laturi.

– Uite biserica acolo în faţă, spuse Helena, arătând spre clădirea care fusese cândva inima micii comunităţi din Kathikas. Când trecură pe lângă ea, observă un grup de tineri adunaţi în jurul unei bănci din curte, cu ochii aţintiţi la cele două domnişoare cu ochi negri care stăteau tolănite pe ea. Ăsta e centrul.

– Un veritabil punct de atracţie, ce să mai.

– Din câte am înţeles, s-au deschis câteva localuri bune în ultimii ani. Uite şi prăvălia. Văd c-au extins-o până la casa vecină. Găseşti aici tot ce-ţi pofteşte inima.

– În regulă. O să trec să cumpăr ultimul CD de la *All American Rejects*.

– Dumnezeule, Alex! răbufni Helena, exasperată. Ştiu că n-ai vrut să vii aici, dar nici măcar n-ai apucat să vezi Pandora. Fii mai îngăduitor, dacă nu pentru tine, măcar de dragul meu.

– Bine. Scuze, mamă.

– Pe vremuri, satul era extrem de pitoresc şi, din câte văd, nu s-a schimbat foarte mult, remarcă Helena, uşurată. Avem timp să-l vizităm mâine.

– Mamă, vezi că ieşim din sat, o atenţionă Alex, panicat.

– Ştiu. Nu se văd la ora asta, dar, de-o parte şi de alta, se întind hectare întregi de podgorii. Vinul de aici era atât de bun, încât, în Antichitate, faraonii îl cumpărau şi îl transportau în Egipt. Aici virăm; sunt sigură că pe aici e. Ţine-te bine. Drumul e cam accidentat.

Pe măsură ce drumul se întindea printre vii, Helena schimbă în treapta întâi de viteză şi porni faza lungă a farurilor ca să evite gropile înşelătoare.

– Mergeai cu bicicleta pe-aici în fiecare zi? întrebă Alex, surprins. Uau! Mă mir că n-ai ajuns prin struguri.

– Mai ajungeam uneori, dar, după un timp, înveţi care sunt zonele mai periculoase.

Helena simţea o stranie satisfacţie să constate că gropile rămăseseră exact cum şi le amintea. Se temuse ca drumul să nu fi fost asfaltat între timp.

– Mai e mult, mami? se auzi o voce somnoroasă de pe bancheta din spate. Mă zgâlţâie rău.

– Aproape am ajuns, scumpo. Câteva secunde, nu mai mult.

Am ajuns...

O străfulgeră un amestec de emoţie şi nerăbdare în clipa în care intrară pe o alee şi mai îngustă, iar în bezna din faţă se profilă silueta masivă a Pandorei. Pătrunseră pe porţile ruginite din fier forjat, veşnic deschise cu ani în urmă, iar acum, mai mult ca sigur, înţepenite de-a binelea.

Helena opri motorul.

– Am ajuns. Nu primi nici un răspuns de la cei doi copii. Întoarse capul şi văzu că Immy adormise la loc. Alex stătea pe scaunul alăturat, cu privirea aţintită în faţă. O lăsăm pe Immy să doarmă până când găsim cheia, propuse Helena şi deschise portiera.

O izbi un val de aer cald. Coborî, inspiră mirosul intens şi oarecum familiar de măsline, struguri şi praf – departe de şoselele asfaltate şi firmele luminoase. Mirosul este într-adevăr cel mai puternic dintre simţuri, îşi zise. Îţi evocă un loc anume ori o atmosferă cu o precizie desăvârşită.

Se abținu să îl întrebe pe Alex cum i se pare casa, fiindcă nu avea cum să își facă o părere deocamdată și nici nu ar fi suportat să audă vreo observație critică. Stăteau în bezna adâncă, în spatele Pandorei ale cărei obloane trase și zăvorâte îi confereau un aspect de garnizoană.

– E întuneric rău, mamă.

– Aprind farurile. Angelina mi-a zis că lasă ușa din spate descuiată.

Helena băgă mâna în mașină și reaprinse farurile. Apoi porni spre ușă, pe aleea de pietriș, urmată îndeaproape de Alex. Mânerul de alamă se roti cu ușurință, deschise ușa și orbecăi după întrerupător. Odată ce îl găsi, trase aer în piept și apăsă pe el. Holul din spate se lumină deodată.

– Slavă Domnului! murmură ea, deschizând altă ușă și aprinzând lumina. Asta e bucătăria.

– Se vede. Alex măsură agale încăperea spațioasă și înăbușitoare, echipată cu o chiuvetă, un aragaz antic, o masă mare din lemn și un bufet lung cât peretele. Cam sărăcăcioasă.

– Angus nu prea intra aici. Menajera se ocupa de toate treburile casnice. Mă îndoiesc că el a gătit vreodată în viața lui. Practic, era un spațiu de lucru, nu îți oferea confortul bucătăriilor de azi.

– Și el unde mânca?

– Afară, pe terasă, firește. Toți localnicii fac așa.

Helena răsuci robinetul. După câteva bolboroseli, începu să curgă, timid, un firicel de apă, care se transformă rapid într-un veritabil torent.

– Nu văd nici un frigider, observă Alex.

– E în cămară. Angus dădea multe petreceri și, pentru că era drum lung până la Paphos, a instalat un sistem de răcire chiar în cămară. Și, ca să nu mai întrebi, într-adevăr, nu exista congelator pe vremea aia. Ușa e chiar în stânga ta. Du-te și vezi dacă frigiderul e la locul lui. Angelina mi-a zis că ne lasă niște lapte și pâine.

– Bine.

Alex se îndepărtă, iar Helena porni mai departe prin casă, aprinzând toate luminile din cale până când se trezi în vestibul. Lespezile tocite, așezate sub formă de tablă de șah, îi răsunau sub picioare. Aruncă o privire la scara principală, a cărei balustradă din lemn masiv de stejar, realizată de meșteri pricepuți, îi amintea că fusese comandată și adusă de Angus tocmai din Anglia. În spatele ei, încă stătea de strajă un pendul, care însă nu mai ticăia.

Timpul s-a oprit în loc aici, medită ea și deschise ușa salonului.

Canapelele din damasc albastru erau acoperite cu cearșafuri. Dădu unul la o parte și se trânti pe pernele moi. Stofa, deși imaculată, părea moale la atingere, ca și când esența ei, nu și prezența, se stinsese încetul cu încetul. Se ridică și se duse la una din cele două uși de sticlă care dădeau în fața casei. Ridică obloanele din lemn care protejau casa de lumina soarelui, trase zăvorul înțepenit și ieși pe terasă.

Alex o găsi câteva secunde mai târziu, sprijinită de balustrada terasei.

– La cum horcăie, cred că frigiderul a făcut un atac de astm, o informă el. Dar avem lapte, ouă și pâine în el. Și încă ceva în cantități industriale.

Îi flutură prin față un baton uriaș de salam rozaliu. Helena nu îi răspunse.

– Drăguță priveliște, adăugă el, rezemându-se de balustradă, lângă ea.

– E superbă, nu? zâmbi ea, bucuroasă că și fiului său îi place.

– Acolo unde se văd luminițele alea e coasta?

– Da. Mâine-dimineață, o să vezi și marea. Și livezile de măslini și podgoriile care coboară în vale, printre munți. În grădina de-acolo, e un măslin splendid, despre care se spune că ar avea peste patru sute de ani.

– E „preistoric", ca mai toate lucrurile de pe-aici, constată Alex, uitându-se în jos, apoi în stânga și în dreapta. E un loc foarte... retras. Nu se zărește nici o altă casă.

– Mă gândeam că au apărut case noi ca ciupercile după ploaie, cum s-a întâmplat pe coastă, dar bag de seamă că m-am înșelat, spuse Helena și se întoarse spre el. Vreau și eu o îmbrățișare, dragule, adăugă ea și îl cuprinse în brațe. N-ai idee cât mă bucur că am venit aici!

– Super! Mă bucur că te bucuri. Nu crezi că ar trebui s-o luăm pe Immy din mașină? Mi-e teamă că, dacă se trezește de una singură, se sperie rău și cine știe pe unde pleacă. Și eu mor de foame.

– Mai întâi, hai la etaj să găsim un dormitor pentru ea. Pe urmă, poate mă ajuți să o car.

Helena porni spre ușă, poposind câteva clipe sub pergola îmbrăcată în iederă, ce oferea un refugiu bine-venit din soarele amiezii. Sub ea, stătea abandonată masa lungă, din fier forjat, cu vopseaua albă scorojită, acoperită cu un morman de frunze din iedera de deasupra.

– Aici luam prânzul și cina. Toată lumea trebuia să se îmbrace frumos. Angus nu ne dădea voie în costume de baie, oricât de cald era, spuse ea.

– Sper că n-o să ne pui și pe noi să facem la fel.

Helena ciufuli părul des și blond al fiului său și îl sărută pe creștet.

– Mă voi considera norocoasă dacă reușesc *să vă strâng* pe toți la masă, oricum ați fi îmbrăcați. Doamne, cum s-au schimbat vremurile! oftă ea și întinse mâna spre el. Hai la etaj să vedem ce-i pe-acolo.

Era aproape miezul nopții când Helena se așeză, în sfârșit, pe balconașul de la dormitorul lui Angus. Immy dormea buștean în patul mare de mahon din interior. Helena hotărâse să o mute a doua zi în altă cameră, după ce descoperea unde sunt așternuturile. Alex dormea pe o saltea goală, la capătul culoarului. Trăsese toate obloanele ca să se apere de țânțari, deși atmosfera din cameră era înăbușitoare, ca într-o saună. În noaptea aceea, nu sufla nici o adiere de vânt.

Helena băgă mâna în geantă de unde își scoase mobilul și un pachet scâlciat de țigări. Le puse pe amândouă în poală și se uită la ele. Mai întâi, o țigară, decise ea. Nu voia ca vraja să se rupă deja. Știa că William, soțul ei, nu îi va spune *intenționat* ceva care să o trezească la realitate, dar erau șanse mari să o facă. Și nici nu îl putea învinovăți, fiindcă era cât se poate de normal să o anunțe dacă venise sau nu instalatorul ca să repare mașina de spălat vase și s-o întrebe unde pitise sacii menajeri, pentru că a doua zi veneau cei de la salubritate să ridice gunoiul. Soțul ei își va imagina că ea se bucură să audă că toate sunt în ordine.

Și chiar se va bucura. Dar nu *acum*...

Helena aprinse țigara, trase un fum și se întrebă de ce este atât de senzual să fumezi în arșița unei nopți mediteraneene. Prima oară când trăsese dintr-o ţigară, se aflase la doar câţiva paşi de locul în care stătea acum. La momentul acela, simţise o undă de vinovăţie la gândul ilegalităţii pe care o comitea. Douăzeci şi patru de ani mai târziu, se simţea la fel de vinovată şi îşi dorea să aibă voinţa de a renunţa, în sfârşit, la acel viciu. Pe atunci, era prea tânără ca să fumeze; acum, la aproape patruzeci de ani, era prea bătrână. Gândul acesta o făcu să zâmbească. Tinereţea ei, comprimată între ultima vizită aici şi prima ţigară şi noaptea aceasta.

Pe vremea aceea, avea atâtea visuri, atâtea întrebări despre viaţa care o aştepta. De cine se va îndrăgosti? Unde va locui? Cât de departe va ajunge datorită talentului ei? Va fi fericită...?

Acum, primise răspunsuri la majoritatea întrebărilor.

– Dă Doamne să fie o vacanţă perfectă! şopti ea spre casă, lună şi stele.

De câteva săptămâni, avea un presentiment sumbru de care nu reuşea să scape oricât s-ar fi străduit. Poate pentru că mai avea puţin şi schimba prefixul – ori poate pentru că ştia că se va reîntoarce *aici*...

Simţea deja cum o învăluie atmosfera magică a Pandorei, ca şi când casa îi dădea jos, rând pe rând, toate straturile ei protectoare şi o dezgolea până în miezul fiinţei sale. Exact aşa cum făcuse şi ultima dată.

Stinse ţigara pe jumătate fumată şi o aruncă în întuneric, după care luă telefonul şi formă numărul reşedinţei din Anglia. William răspunse după al doilea ton de apel.

– Bună, iubire! Eu sunt.

– Înseamnă că aţi ajuns cu bine, spuse el, şi Helena se simţi imediat alinată auzind vocea lui.

– Da. Ce e pe-acasă?

– Toate bune.

– Cum te descurci cu teroristul de trei ani? întrebă ea, zâmbind.

– A dat Domnul şi, în sfârşit, s-a potolit şi Fred. E supărat nevoie mare că aţi plecat toţi şi l-aţi lăsat cu taică-su.

– Mi-e dor de el. Oarecum, zise Helena, chicotind. Dar, dacă-i am doar pe Alex şi pe Immy cu mine, am timp să aranjez casa înainte să veniţi şi voi.

– E locuibilă?

– Cred că da. O să mă lămuresc mai bine mâine-dimineață. Bucătăria e foarte rudimentară.

– Apropo de bucătărie, a venit azi instalatorul.

– Serios?

– Da. Funcționează, dar la cât a costat reparația, mai bine cumpăram una nouă.

– Of, spuse Helena, abținându-se să zâmbească. Sacii menajeri sunt în al doilea sertar de jos, în stânga chiuvetei.

– Chiar voiam să te-ntreb unde i-ai pus. Știi că mâine vin să ridice gunoiul. Mă suni mâine-dimineață, da?

– Te sun. Vă pup dulce și pe tine, și pe Fred. Pa, iubire.

– Pa. Somn ușor.

Helena mai zăbovi un timp, admirând cerul splendid al nopții, presărat cu miriade de stele, a căror strălucire părea mult mai puternică aici, și simți cum, în locul adrenalinei, începe să se instaleze oboseala. Intră tiptil în dormitor și se întinse pe pat, lângă Immy. Și, pentru prima oară după multe săptămâni, adormi imediat.

Jurnalul lui Alex
11 iulie 2006

Îl aud. Zboară prin întuneric, pe deasupra mea, și își ascute dinții înainte de a se năpusti asupra prăzii.

Eu sunt prada.

Țânțarii or avea dinți? Sigur au, altfel cum ar străpunge pielea? Totuși, de câte ori reușesc imposibilul și strivesc câte un ticălos pe perete, nu se aude nici un trosnet, doar un pleoscăit moale. Nici un pârâit de smalț spart, cum s-a auzit când am căzut de pe bara de cățărat și mi-am ciobit dintele din față.

Uneori, au obrăznicia de a se apropia și a-ți bâzâi la ureche, ca să te avertizeze că urmează să fii devorat. Stai întins și dai ca apucatul din mâini, iar ei dansează nevăzuți în jurul tău și probabil se amuză copios pe seama neputinței victimei lor.

Îl scot pe Rilă din rucsac și îl bag sub cearșaf, lângă mine. Ca să evit orice confuzie, trebuie să fac precizarea că Rilă e un iepuraș de pluș de-o vârstă cu mine. L-am botezat Rilă de la Iepurilă. Asta, pe când eram mic; mama spune că a fost unul dintre primele cuvinte pe care le-am rostit, și așa i-a rămas numele.

Tot mama mi-a spus că l-am primit la naștere de la o persoană „deosebită". Presupun că se referă la tata. Oricât de jalnic ori caraghios ar părea că la treisprezece ani încă să dorm cu un iepuraș de pluș străvechi, puțin îmi pasă. Rilă e talismanul meu, plasa mea de siguranță și prietenul meu. Lui îi spun orice.

De multe ori m-am gândit că, dacă ar aduna cineva catralioanele de prieteni de pluş şi i-ar lua la întrebări, aceştia ar şti mai multe despre copiii cu care dorm decât propriii părinţi. Pentru simplul motiv că aceştia îi ascultă fără să îi întrerupă.

Îmi acopăr cât pot mai bine zonele vulnerabile, în special obrajii rotofei, din care ţânţarul s-ar ospăta regeşte, cu toate hainele care îmi pică în mână.

Într-un final, adorm. Sau, cel puţin, aşa cred. Sper că visez, fiindcă mă simt ca într-un furnal încins, într-o vâlvătaie de flăcări care îmi topesc carnea de pe oase.

Deschid ochii, constat că e încă beznă, după care îmi dau seama că mă sufoc şi descopăr că am o pereche de chiloţi pe cap: de-aia e beznă şi mă sufoc. Îi dau la o parte, trag aer în piept şi văd razele soarelui strecurându-se prin obloane.

E dimineaţă. Sunt lac de sudoare, dar a meritat sacrificiul, atâta vreme cât gângania aia nesuferită n-a reuşit să se înfrupte din mine.

Mă ridic de pe salteaua udă şi abia îmi scot hainele lipicioase de pe mine. Deasupra comodei, e o oglinjoară pătată. Mă împleticesc până la ea ca să îmi examinez faţa. Şi dau cu ochii de o muşcătură imensă şi roşie de pe obrazul drept.

Trag o înjurătură care nu i-ar plăcea deloc mamei şi mă întreb cum o fi reuşit să se strecoare pe sub chiloţi ca să ajungă la mine. Dar toţi ţânţarii fac parte din trupele de elită şi sunt maeştri în arta infiltrării.

Făcând abstracţie de muşcătură, sunt mai roşu la faţă decât un măr ionatan. Mă duc la ferestre, deschid obloanele şi ies pe balcon cu ochii mijiţi ca o cârtiţă. Căldura soarelui matinal mă arde precum furnalul din vis.

După ce mă obişnuiesc cu lumina, văd priveliştea superbă, exact cum mi-a spus mama. Suntem la mare înălţime, cocoţaţi pe versantul muntelui, iar peisajul galben, maro şi oliv de la picioarele mele e la fel de arid şi de fript de sete ca mine. Departe, în zare, marea albastră sclipeşte în razele soarelui. Privesc în jos şi mă uit atent la silueta micuţă de pe terasa de dedesubt.

Mama foloseşte balustrada pe post de bară de balet. Părul auriu i se revarsă în jos când se îndoaie de spate ca o contorsionistă, iar coastele îi străpung costumul mulat de balerină. Face aceste exerciții în fiecare dimineață. Chiar și de Crăciun sau după o noapte lungă și câteva pahare de vin. Ziua în care nu le va face va fi un semnal de alarmă că i s-a întâmplat ceva grav. Alți copii mănâncă la micul dejun cereale Coco Pops și pâine prăjită, iar părinții lor stau drepți. În cazul meu, mama se uită la mine printre picioare și mă roagă să pun ceainicul pe foc.

La un moment dat, a încercat să mă convingă să iau lecții de balet. Nu semănăm deloc în această privință.

Mă apucă brusc o sete cumplită. Amețesc. Lumea se învârte ușor în jurul meu. Mă retrag în cameră și mă prăbușesc pe pat.

Oi fi având malarie. Poate că țânțarul ăla mi-a venit de hac, și astea sunt ultimele ore din viața mea.

Nu știu ce-o fi, dar am nevoie de apă și de mama.

Capitolul 2

– E deshidratat, nimic mai mult. Amestecați un pliculeț cu apă ca să asimileze sărurile și mai dați-i unul înainte de culcare. Să bei multe lichide, tinere.

– Sunteți sigur că nu e malarie? întrebă Alex, uitându-se neîncrezător la cipriotul mărunțel. Puteți să-mi spuneți adevărul. Nu mă sperii.

– Bineînțeles că n-ai malarie, Alex, răbufni Helena. Se întoarse spre doctor și așteptă să-și închidă trusa medicală. Vă mulțumesc că ați venit atât de repede. Îmi pare rău că v-am deranjat. Îl conduse afară din cameră și coborâră amândoi în bucătărie. Mi s-a părut că delirează și mi s-a făcut frică.

– E normal, nu vă faceți probleme. L-am tratat pe colonelul McCladden mulți ani. Moartea lui... m-a întristat nespus. Doctorul ridică din umeri și îi întinse Helenei o carte de vizită. În caz că mai aveți nevoie de serviciile mele. Dar, pe viitor, e mai bine să veniți dumneavoastră la cabinet. Din păcate, trebuie să îmi achitați și onorariul aferent consultației la domiciliu.

– Ah, nu cred să am suficient numerar. Trec astăzi pe la banca din sat, răspunse Helena, stânjenită.

– Nici o problemă. Cabinetul e la doar câteva case distanță. Îi lăsați recepționerei banii mai târziu.

– Vă mulțumesc, domnule doctor. Așa fac.

Medicul ieși pe ușa din față, urmat de Helena. Apoi întoarse privirea spre casă.

– Pandora, zise el, gânditor. Cunoașteți legenda, nu?

– Da.

– O casă atât de frumoasă, dar, ca și cutia legendară de la care își trage numele, a stat închisă prea multă vreme. Oare dumneavoastră v-a fost scris s-o deschideți?

Îi zâmbi ironic, dezvelindu-și dinții albi.

– Sper că nu. N-aș vrea să eliberez tocmai eu toate relele lumii, replică Helena, cu un zâmbet silit. E casa mea acum. Angus a fost nașul meu și mi-a lăsat-o moștenire.

– Am înțeles. O veți iubi la fel de mult cum a iubit-o el?

– O iubesc deja. Am mai fost aici în adolescență, și de atunci mi-a rămas întipărită în minte.

– În cazul ăsta știți că e cea mai veche clădire din zonă. Se spune că, pe locul ăsta, ar fi existat o casă în urmă cu mii de ani. Că Afrodita și Adonis au trecut odată pe-aici ca să deguste vinul și au rămas peste noapte. Circulă multe zvonuri prin sat...

– Despre casă?

– Da, spuse el, fixând-o cu o privire imperturbabilă. Îmi amintiți foarte mult de o altă doamnă pe care am cunoscut-o la Pandora, cu mulți ani în urmă.

– Chiar așa?

– Venise în vizită la colonelul McCladden și am fost chemat să o tratez. Era frumoasă, exact ca dumneavoastră, zise el, zâmbind. Dar, revenind la oile noastre, aveți grijă ca băiatul să consume multe lichide. *Adio*, doamnă!

– O să am. La revedere și vă mulțumesc.

Helena îl urmări cum se îndepărtează, stârnind un norișor de praf alb de calcar în urma mașinii. În ciuda căldurii înăbușitoare, când întoarse privirea spre Pandora, o trecu un fior rece pe șira spinării și o cuprinse din nou presimțirea sumbră. Se strădui să se concentreze la ceea ce avea de făcut. Primul punct de pe listă era să verifice starea piscinei, așa că ocoli casa în pas vioi și traversă terasa, remarcând că ghivecele goale din piatră ar arăta mult mai bine decorate cu niște flori multicolore și își notă acest lucru în minte. Piscina, amplasată sub terasă, la capătul câtorva trepte tocite, arăta surprinzător de bine, dar trebuia să curețe temeinic murdăria acumulată în atâția ani, înainte de a o utiliza.

Făcând cale întoarsă spre casă, Helena ridică ochii și observă cât de diferită părea casa din unghiul acela. Aleea ce ducea la intrarea principală crea o oarecare impresie de austeritate, fiind lipsită de orice ornament, însă fațada era de-a dreptul pitorească. Pe lângă terasa cu pergolă care îi mai îmblânzea aspectul, toate ferestrele dormitoarelor erau decorate cu un balconaș din fier forjat ce lăsa o bizară impresie de vilă italiană. Se întrebă de ce nu își amintise toate aceste detalii, după care își dădu seama că, de la ultima vizită aici, trăise o perioadă în Italia, astfel că acum avea termen de comparație.

Intră în casă și urcă în dormitorul lui Immy. Copila stătea în fața oglinzii, gătită în rochița ei roz de petrecere. Helena nu își putu stăpâni un zâmbet, privind-o pe Immy cum se admiră pe ascuns, răsucindu-și trupușorul firav și fluturându-și frumosul păr blond dintr-o parte în alta, în timp ce își privea mulțumită reflexia cu ochii ei albaștri, mari și inocenți.

– Parcă trebuia să-ți despachetezi bagajul, scumpo.

– L-am despachetat, mami.

Immy scoase un oftat nervos, plecă din fața oglinzii și arătă spre hainele scoase din valiză și împrăștiate prin toată camera.

– Când am zis să despachetezi hainele, mă refeream să le și aranjezi în *sertare*, nu pe podea. Scoate-ți rochița. N-ai voie s-o porți acum.

– De ce? întrebă Immy, îmbufnată, țuguindu-și buzele trandafirii. E preferata mea.

– Știu, dar o porți la petreceri, nu te zbengui în ea printr-o casă plină de praf, pe căldura asta.

Immy se uită cum mama ei strânge hainele morman pe pat și se apucă să le așeze în sertare.

– Miroase urât în sertare, se plânse ea.

– Miroase a vechi, veni replica Helenei. Le lăsăm deschise ca să se aerisească. O să vezi că iese mirosul.

– Ce facem azi? Prindem Disney Channel?

– Păi...

Era aproape miezul zilei, iar toată dimineața fusese învăluită într-o ceață de panică, din cauză că se zbătuse din răsputeri să găsească un medic pentru fiul ei care părea să delireze. Helena se trânti pe pat, tânjind brusc și ea după Disney Channel.

– Avem multă treabă azi, draga mea. Și nu avem televizor aici.

– Nu putem să cumpărăm?

– Nu, nu putem, se răsti Helena, regretând imediat ieșirea nervoasă. Immy fusese foarte cuminte, atât pe durata călătoriei, cât și în acea dimineață, când se jucase de una singură. Întinse mâna spre fiica ei și o strânse în brațe.

– Mami trebuie să rezolve câteva lucruri, după care mergem în recunoaștere.

– Bine. Cred că mi-e un pic foame. N-am mâncat nimic la micul dejun.

– Ai dreptate, n-ai mâncat. Trebuie să facem grabnic cumpărăturile. Mă duc să văd cum se simte Alex și pe urmă plecăm.

– Mi-a venit o idee, mami! Immy sări fericită de pe genunchii mamei și se apucă să scotocească prin gentuța pe care o luase cu ea în avion. O să-i fac lui Alex o felicitare cu „Însănătoșire grabnică", ca să-l înveselesc.

– Ce idee minunată! spuse Helena.

Immy flutură victorioasă foaia de hârtie și creioanele colorate.

– Sau..., zise Immy, ronțăind gânditoare un creion, dacă nu se face bine, pot să culeg niște flori ca să-i pun pe mormânt?

– Poți, dar promit că n-o să moară. Cred că felicitarea e o idee mai bună.

– Ba da, moare. Mi-a zis-o cu gura lui când am trecut pe la el azi-dimineață.

– Îți zic eu că nu moare. Apucă-te de treabă că vin și eu în câteva minute.

Helena ieși din cameră și se îndreptă spre dormitorul lui Alex din capătul coridorului, aproape dorindu-și ca fiul ei să se fi metamorfozat într-un adolescent *normal,* îmbrăcat în hanorac, căruia îi plac fotbalul și fetele și pierde vremea prin malluri cu prietenii, speriindu-le pe bunicuțe cu șotiile lor. În schimb, băiatul ei avea un IQ excepțional, ceea ce părea un avantaj la prima vedere, dar, în realitate, provoca mai multe probleme decât era în stare să rezolve creierul său genial. Se comporta mai degrabă ca un bătrânel decât ca un adolescent.

– Cum te mai simți? întrebă ea, băgând precaut capul pe ușă.

Alex zăcea pe pat, doar cu boxerii pe el și un braț pe frunte.

– Hm, mormăi el.

Helena se așeză pe marginea patului. Ventilatorul străvechi pe care îl luase din camera lui Angus, ca să mai răcorească fruntea încinsă a fiului ei, gâfâia de atâta efort.

– Ai început cu stângul.

– Așa e, spuse Alex, fără să deschidă ochii. Scuze, mamă.

– Mă duc în sat cu Immy să fac aprovizionarea și să-i plătesc doctorului. Promiți să bei multă apă cât lipsesc, da?

– Da.

– Vrei ceva anume?

– Un spray de țânțari.

– Dragule, țânțarii din Cipru sunt absolut inofensivi.

– Nu mă interesează ce naționalitate au, eu tot îi *urăsc*.

– Bine, îți cumpăr. Dacă te simți mai bine mâine, facem un drum până la Paphos. Am mai multe de cumpărat, inclusiv ventilatoare pentru toate dormitoarele, așternuturi, prosoape, o combină frigorifică nouă și un televizor cu DVD-player.

Alex deschise imediat ochii.

– Pe bune? Parcă n-aveam voie să ne uităm la televizor cât stăm aici.

– Mă gândesc că DVD-playerul e o soluție bună pentru Immy și Fred, mai ales în după-amiezile caniculare.

– Uau! Începe să se întrevadă o rază de speranță.

– Mă bucur, zâmbi Helena. Azi stai cuminte și te odihnești ca să putem merge în excursie mâine.

– Sigur mă fac bine. M-am deshidratat puțin, nu e nimic grav.

– Da, dragule, încuviință Helena și îl sărută pe frunte. Încearcă să dormi un pic.

– Încerc. Iartă-mă că te-am speriat cu malaria.

– Nu-i nimic. Ne vedem mai târziu.

În momentul în care Helena coborî la parter, auzi soneria telefonului mobil din bucătărie. Străbătu holul în fugă și ajunse la fix.

– Alo?

– Alo, Helena? Sunt Jules. Ce mai faci?

– Bine. Suntem bine cu toții.

– Mă bucur. Cum e casa?

– Minunată. Exact așa cum mi-o aminteam.

– Au trecut douăzeci și patru de ani, nu? Sper că au schimbat țevăria între timp.

– N-au schimbat-o, răspunse Helena, tachinând-o pe Jules cu o satisfacție răutăcioasă. Nu i-ar strica niște renovări și câteva capace noi de toaletă. Dar, în privința structurii, cred că se ține bine.

– Asta e ceva. Îmi pare bine că n-o să cadă acoperișul peste noi când dormim.

– Și bucătăria necesită câteva modernizări, adăugă Helena. Cred că o să ne bazăm mai mult pe mâncarea preparată la grătar decât la cuptor. Sinceră să fiu, n-o să ai parte de confortul cu care ești tu obișnuită.

– Ne descurcăm noi cumva. Bineînțeles că o să vin cu așternuturile noastre. Oricum, știi că așa fac mereu. Dacă mai ai nevoie de ceva, spune-mi.

– Mersi, Jules. O să te anunț. Ce mai fac copiii?

– Rupes și Viola sunt bine, dar am senzația că, de câteva săptămâni încoace, nu fac altceva decât să decernez premii, să țină discursuri și alte prostii de genul ăsta. Sacha a reușit să se fofileze, pușlamaua.

– Biata de tine, spuse compătimitor Helena, deși știa că, în sinea ei, Jules se dădea în vânt după astfel de lucruri. Sacha cu ce se mai ocupă? întrebă ea din politețe.

– Lucrează cât e ziua de lungă, trage la măsea mai mult decât ar trebui... doar îl cunoști. Abia l-am văzut în ultimele săptămâni. Scuze, Helena, trebuie să închid. Dăm o petrecere diseară și sunt groaznic de stresată.

– Ne vedem peste câteva zile.

– Da. Nu te bronza prea tare înainte să vin și eu. La noi plouă cu găleata. *Ciao*, scumpo!

– *Ciao!* murmură Helena, posomorâtă, apoi se așeză la masa din bucătărie. Of, Doamne! gemu ea, regretând amarnic că cedase la insistențele lui Jules și îi îngăduise să petreacă două săptămâni acolo.

Invocase toate scuzele posibile, dar nu se înțelesese neam cu Jules. Prin urmare, cei patru membri ai familiei Chandler – Jules, cei doi copii și soțul ei, Sacha – erau așteptați să sosească la Pandora peste o săptămână.

Oricât de mult o îngrozea vizita familiei Chandler, Helena își dădea seama că trebuie să își păstreze calmul. Sacha era prietenul cel mai vechi și mai bun al lui William; fiica lui, Viola, era fina lui William. Nu avea încotro decât să se împace cu ideea.

Cum o să mă descurc...? se întrebă Helena, în timp ce își făcea vânt cu un evantai, examinând bucătăria învechită prin ochii de vultur ai lui Jules și realizând că nu va fi capabilă să suporte criticile. Întinse mâna după elasticul de păr, aruncat pe masa din bucătărie seara trecută, își răsuci părul și îl prinse într-un coc în creștetul capului, savurând senzația de răcoare care îi invadă ceafa.

O să mă descurc, își zise. *Trebuie să mă descurc.*

– Mergem? răsună glasul lui Immy, în spatele ei. Mi-e foame. Pot să mănânc cartofi prăjiți cu ketchup la restaurant?

Își încolăci brațele micuțe în jurul taliei mamei sale.

– Mergem, răspunse Helena, întorcându-se spre ea, cu un zâmbet șters. Da, poți să mănânci.

Soarele amiezii dogorea în geamurile mașinii în timp ce Helena conducea pe drumul șerpuit dintre podgorii. Immy ocupa ilegal scaunul pasagerului, prinsă cu centura care semăna mai degrabă cu un accesoriu de modă prea larg, și se uita, în genunchi, pe geam.

– Nu oprim puțin să culegem niște struguri, mami?

– Bine. Dar o să vezi că nu au același gust ca strugurii obișnuiți.

Helena opri mașina și coborâră amândouă.

– Vino încoace, spuse Helena și scoase la iveală, dintre frunze, un ciorchine de un roșu-aprins.

Îl rupse de pe ramură și culese câteva boabe.

– O fi bine să le mâncăm, mami? întrebă Immy, cu o privire neîncrezătoare. Nu sunt struguri de la supermarket.

– Nu sunt foarte dulci, dar sunt destul de copți. Hai, gustă o bobiță, o îndemnă Helena și îi băgă una în gură.

Immy își înfipse precaut dințișorii albi în pielița tare.

– Mda, sunt bunicei. Îi ducem câțiva și lui Alex? Bolnavilor le plac strugurii.

– Bună idee. Luăm doi ciorchini.

Helena se aplecă și mai rupse unul, apoi se ridică brusc, simțind instinctiv că o urmărește cineva. Tresări când dădu cu ochii de el. Stătea la nici douăzeci de metri, în mijlocul viilor, și o privea.

Duse mâna la frunte ca să vadă mai bine, sperând, în mod absurd, să fie doar o halucinație, fiindcă nu putea fi *adevărat*... era imposibil să...

Și totuși, iată-l în fața ei, exact cum și-l amintea, stând aproape în același loc în care îl văzuse prima oară, acum douăzeci și patru de ani.

– Mami, cine-i domnul ăla? De ce se uită la noi? Din cauză că am furat struguri? O să ne bage la închisoare? *Mami?!*

Helena stătea împietrită, în vreme ce creierul încerca să-și explice nălucirea pe care i-o arătau ochii. Immy o trase de mână.

– Hai să plecăm, mami! Înainte să cheme poliția!

Helena își desprinse ochii de la chipul lui și se lăsă târâtă până la mașină de Immy, care își reluă locul pe scaunul pasagerului, așteptând nerăbdătoare să plece.

– Hai odată, mami, porunci Immy.

– Imediat. Scuze.

Helena băgă repede cheia în contact și porni motorul.

– Cine era bărbatul ăla? întrebă Immy, după ce porniră din nou pe drumul denivelat. Îl cunoști?

– Nu... nu știu cine e.

– Mie mi s-a părut că-l cunoști. Era așa înalt și chipeș, ca un prinț. Și soarele îi făcea o coroană pe cap.

– Așa e, zise Helena, concentrată să evite gropile.

– Oare cum l-o chema?

Alexis...

– Nu știu, murmură Helena.

– Mami?

– Ce e?

– Ne-am speriat și am uitat să luăm strugurii pentru Alex.

Satul se schimbase surprinzător de puțin, în comparație cu oribilul Legoland din vale care se întinsese alandala pe toată coasta. Strada principală îngustă era prăfuită și pustie; locuitorii se refugiaseră în casele răcoroase din piatră, ferindu-se de razele nemiloase ale soarelui. Unica prăvălie își deschisese și un raion de închiriere de DVD-uri, ceea ce îl va bucura pe Alex, dar, în afară de câteva baruri noi, restul părea neschimbat.

După ce trecu pe la bancă și lăsă banii la cabinetul doctorului din apropiere, Helena o duse pe Immy să ia prânzul în curtea cochetă a Tavernei Persefona. Se așezară la umbra unui măslin, unde Immy descoperi încântată o familie de pisicuțe slăbănoage, care i se învârteau printre picioare și mieunau jalnic.

– Mami, putem să luăm una cu noi acasă? Te rog frumos, imploră Immy, dându-i unui pisoi ultimul cartof din farfurie.

– Nu, scumpo. Ei locuiesc aici, cu mămica lor, îi răspunse categoric Helena.

Îi tremură mâna ușor când duse la gură paharul cu vin autohton. Avea exact același gust – un pic acrișor, dar totuși dulceag –, așa cum și-l amintea. Avea senzația că trecuse prin oglindă și se întorsese în trecut...

– Mami! Pot să-mi iau înghețată sau nu?

– Iartă-mă, scumpo. Eram pierdută în gânduri. Normal că poți.

– Crezi că au înghețată de la Ben and Jerry's Phish Food?

– Mă îndoiesc. Cred că au doar înghețată obișnuită de vanilie, căpșuni sau cacao, dar nu avem nimic de pierdut dacă întrebăm.

Immy îl chemă pe tânărul chelner, lămuri problema înghețatei, iar Helena comandă o cafea cipriotă, nu foarte dulce, ca să dilueze paharul cu vin.

Douăzeci de minute mai târziu, părăsiră taverna și porniră agale spre mașină pe străduța prăfuită.

– Mami, uită-te la măicuțele alea care stau pe bancă, zise Immy, arătând în direcția bisericii. Cred că se topesc de căldură în rochiile alea.

– Nu sunt măicuțe, Immy. Sunt niște bătrâne din sat. Poartă haine negre pentru că le-au murit soții și se numesc văduve, îi explică Helena.

– Se îmbracă doar în negru?

– Da.

– Nici un pic de roz? Niciodată?

– Nu.

Immy părea de-a dreptul îngrozită.

– Eu nu trebuie să mă îmbrac așa când o să moară soțul meu, nu-i așa?

– Nu, scumpo. Asta e tradiția în Cipru.

– Atunci, n-o să mă mut niciodată aici, răspunse Immy și se duse țopăind spre mașină.

Se întoarseră la Pandora cu portbagajul încărcat de provizii. Alex își făcu apariția la ușa din spate.

– Bună, mamă!

– Bună! Ți-ai mai revenit? Poți să ne ajuți cu sacoșele?

Alex o ajută să descarce sacoșele din portbagaj și le cără în bucătărie.

– Doamne, ce zăpușeală e! exclamă Helena, ștergându-și sudoarea de pe frunte. Îmi trebuie un pahar cu apă.

Alex găsi un pahar, se duse la frigider și îi turnă apă rece dintr-un bidon.

– Poftim, zise el și i-l întinse.

– Mulțumesc.

Helena îl goli pe nerăsuflate.

– Mă duc sus să mă odihnesc puțin. Mă simt cam amețit, o anunță Alex.

– Bine. Cobori la cină, mai târziu?

– Da. Porni spre ușă, dar se opri în prag și se întoarse spre ea. Ah, era să uit. Ai un musafir.

– Serios? De ce nu mi-ai zis de când am venit?

– E pe terasă. I-am explicat că nu știu când te întorci, dar *el* a insistat să te aștepte.

Helena se strădui să își mențină pe chip o expresie neutră.

– Cine e?

– Habar n-am, răspunse Alex, ridicând din umeri. Dar mi s-a părut că te cunoaște.

– Serios?

– Da. Parcă a zis că-l cheamă Alexis.

Jurnalul lui Alex
11 iulie (continuare)

Stau la fereastra dormitorului și trag cu ochiul printre obloane, așa că nu mă poate vedea nimeni de pe terasă.

Mă uit la bărbatul care a venit s-o vadă pe mama. Se plimbă agitat dintr-o parte în alta, cu mâinile în buzunare. E înalt și bine făcut, și are pielea bronzată, de un maro-închis. Părul negru, des e ușor încărunțit la tâmple, dar sigur nu e bătrân. Aș zice că e un pic mai mare decât mama. Și mai tânăr decât tatăl meu vitreg.

Când a venit și l-am văzut de aproape, am remarcat că are ochii albaștri, foarte albaștri, așa că e posibil să nu fie cipriot. Doar dacă nu cumva poartă lentile de contact, ceea ce nu prea cred. Luând în considerare toate aceste trăsături, se poate spune că e un bărbat chipeș.

O văd pe mama cum plutește pe terasă. Are un mers atât de grațios, încât ai senzația că nici nu atinge pământul, fiindcă partea superioară a corpului e perfect nemișcată, chiar dacă picioarele se mișcă. Se oprește la câtiva metri de el, cu mâinile atârnându-i fără vlagă pe lângă corp. Nu-i văd fața, dar o văd pe a lui. Și văd cum se încrețește într-o expresie de fericire pură.

Inima îmi bate cu putere și știu că nu e din cauza deshidratării. Nici a malariei. Bate de frică.

Nici unul din ei nu scoate un cuvânt. Mi se pare că stau împietriți o veșnicie și se sorb din priviri. El, cel puțin, o soarbe din priviri pe mama. Apoi întinde brațele, face câtiva pași și se oprește în fața ei. Îi prinde mâinile micuțe în mâinile lui mari și i le sărută reverențios, ca pe un giuvaier sfânt.

E de-a dreptul scârbos. Nu vreau să asist la așa ceva, dar nu-mi pot dezlipi ochii de la ei.

Într-un final, termină cu pupăturile de mâini, o cuprinde pe mama în brațele lui musculoase și o strânge la piept. E atât de firavă, și palidă, și blondă în comparație cu forța lui negricioasă, încât parcă ar fi o păpușă de porțelan sufocată în îmbrățișarea unui urs. Ține capul pe spate într-un unghi nefiresc, lipită de pectoralul lui imens, iar el o strânge cu putere. Am impresia că a cuprins-o cu brațul pe după gât și nu mi-e teamă decât să nu i-l rupă cumva, cum a pățit păpușa de porțelan a lui Immy.

În sfârșit, exact când rămân fără aer, de cât mi-am ținut respirația, îi dă drumul și pot și eu să răsuflu. Slavă Domnului! Nu s-a ajuns până la săruturi gură pe gură, pentru că asta ar fi întrecut orice închipuire.

Dar nu s-a terminat.

Bărbatul parcă nu se îndură să îi dea drumul de tot și o apucă iar de mână. O conduce spre pergola acoperită de iederă și dispar amândoi sub ea.

Drace! Merg agale spre pat și mă trântesc pe el.

Cine-i tipul ăsta? Și ce legătură are cu *mama*?

Mi-am dat seama, de cum l-am văzut pe terasă, țanțoș de parcă era stăpân aici, că e ceva suspect la mijloc. Să-l sun pe tata? Pe tatăl care nu mi-e tată, dar este singurul pe care l-am avut vreodată. Știam eu că o să se dovedească util la un moment dat.

Sunt convins că n-o să-i convină că nevasta lui e agresată pe o terasă de un uriaș urs brun cipriot. Iau telefonul mobil și îl pornesc. Și ce-i spun?

„Vino repede, tată! Mama e în pericol de moarte sub pergolă!"

Doamne ferește! Nu pot să fac așa ceva. Și așa mă crede un ciudat. Sunt perfect conștient că mă tolerează doar pentru că o iubește pe mama, iar eu am venit la pachet. Din păcate, sunt o nulitate la majoritatea sporturilor cu mingea, dar compensez prin entuziasm. Când eram mai mic, a încercat să mă învețe, dar aveam întotdeauna senzația că îl dezamăgesc, fiindcă nu eram niciodată selectat printre primii la nimic. Iar când venea să mă vadă, ratam lovitură după lovitură din cauza emoțiilor. Relația noastră ar fi fost mult mai solidă dacă mă pricepeam la astfel de lucruri, dar, cel puțin, o iubește pe mama și o protejează de toți curtezanii.

Cum ar fi individul de sub pergolă.

Ce ironie! Abia așteptam să petrec un timp cu ea, fără tata, care mă face mereu să mă simt în plus, iar acum, la nici douăzeci și patru de ore distanță, regret că nu e și el aici.

Aș putea să-i trimit un mesaj... Îmi verific mobilul și descopăr că mai am credit doar optsprezece penny pe cartelă, așa că nu pot. În definitiv, chiar dacă aș avea cum să-l anunț, ce-ar putea face el?

Nu mai e nimeni aici în afară de mine. Și de Immy, dar ea nu se pune la socoteală.

Așadar... nu-mi rămâne decât o singură soluție: va trebui să mă descurc singur.

Mă voi arunca în luptă pentru a apăra onoarea mamei mele.

Capitolul 3

– Arăți... neschimbată.

– Nu-i adevărat, Alexis. Au trecut douăzeci și patru de ani.

– Helena, ești la fel de frumoasă ca atunci.

Ea se aprinse și mai tare la față.

– De unde-ai știut că am venit?

– Am prins niște discuții prin sat. Pe urmă, m-a sunat Dimitrios, la prânz, și mi-a zis că a văzut o doamnă blondă cu un copil, pe drumul dinspre Pandora, și mi-am dat seama că tu ești.

– Cine e Dimitrios?

– Fiul meu.

– Ah, firește! râse ușurată Helena. M-am oprit cu Immy să culegem niște struguri și l-am văzut uitându-se la mine. În zăpăceala mea, m-am gândit că ești tu... îți seamănă leit.

– Seamănă cu mine *la vârsta aia*.

– Așa e.

Rămaseră amândoi tăcuți o vreme.

– Care mai e viața ta, Helena? îndrăzni el să întrebe în cele din urmă. Cum ți-a mers în toți anii ăștia?

– Bine... chiar foarte bine.

– Ești căsătorită?

– Da.

– Știu că ai copii, fiindcă ți-am cunoscut deja băiatul și am auzit că ai și o fată.

– Am trei, dar cel mic, Fred, a rămas în Anglia, cu tatăl lui. O să vină și ei peste câteva zile. Tu?

– Am fost căsătorit, cu Maria, fiica fostului primar din Kathikas. Mi-a dăruit doi fii, dar a murit într-un accident de mașină când cel mic, Michel, avea opt ani. Așa că acum am rămas doar noi trei, bărbații, culegem via, facem vin, exact cum au făcut și tata, bunicul și străbunicul meu.

– Îmi pare rău să aud asta, Alexis. Îmi imaginez că a fost o lovitură cumplită pentru voi.

Helena realiză banalitatea cuvintelor ei, dar nu știa ce altceva să spună.

– Dumnezeu dă și Dumnezeu ia. Cel puțin, băieții au scăpat cu viață. Dimitrios, cel pe care l-ai văzut în vie, urmează să se însoare, așa că sângele nostru curge mai departe.

– Într-adevăr. E așa... mi se pare că s-au schimbat atât de puține aici.

Fața expresivă a lui Alexis se încruntă brusc.

– Nu-i adevărat. S-au schimbat multe în Cipru, ca, de altfel, peste tot. Ăsta-i progresul. Unele schimbări sunt bine-venite, altele mai puțin. Unii se îmbogățesc și, ca întotdeauna, râvnesc la mai mult. Totuși, aici, la Kathikas – cel puțin deocamdată –, a rămas o oază de liniște. Dar va veni o zi când dezvoltatorii își vor înfige ghearele hrăpărețe și în pământul nostru roditor. Deja încearcă.

– Nu mă îndoiesc. Locul ăsta e perfect.

– Da. Și nu cred că oamenii din sat vor rezista ispitei, mai ales tineretul. Visează la mașini bune, antene de satelit și un stil de viață american, așa cum văd la televizor. Și de ce n-ar face-o? Și noi voiam mai mult, la vremea noastră. Așa că hai să ne vedem de viață și să nu ne mai văităm ca părinții noștri, chicoti el.

– Dar *suntem* ca părinții noștri, Alexis.

– Hai să fim iar copii, măcar pentru câteva clipe.

O prinse de mână exact în momentul în care Alex ieși pe terasă. Helena își retrase imediat mâna, deși știa că fiul ei văzuse totul.

– Unde-i Immy? întrebă Alex, pe un ton lipsit de politețe.

– Cred că e în bucătărie. Alex, ai făcut deja cunoștință cu Alexis.

– Avem același nume. Înseamnă „apărător și protector al oamenilor“, zise Alexis, zâmbind prietenește.

– Știu. Mamă, sper că Immy n-a plecat cine știe pe unde din cauză că n-ai stat cu ochii pe ea. O știi cum e.

– Sunt sigură că n-a plecat nicăieri. Du-te și caut-o și adu-o aici ca să îl cunoască pe Alexis. Pune și ceainicul pe foc, te rog. Aș da orice pentru o ceașcă de ceai.

Helena se prăbuși pe un scaun, epuizată emoțional.

Alex îi aruncă o privire sfidătoare, apoi se întoarse și intră în casă.

– E un băiat arătos, remarcă Alexis. Și voinic.

– E un copil… aparte, oftă Helena. Strălucit, exasperant, dificil și... dar îl iubesc de mor, adăugă, cu un zâmbet epuizat. Poate că, într-o zi, o să-ți povestesc mai multe despre el.

– Poate că, într-o zi, ne vom povesti multe lucruri, zise Alexis, calm.

– Am găsit-o, anunță Alex, și Immy ieși pe terasă în lacrimi. O fugărea prin bucătărie o viespe uriașă. Cred că putea să moară de la înțepătură.

– Of, scumpo, de ce nu m-ai strigat? zise Helena, desfăcându-și larg brațele.

Immy se refugie la pieptul ei.

– Am strigat, dar n-ai venit. M-a salvat Alex. Un pic.

– Seamănă leit cu tine, Helena. E, cum se spune... copia ta fidelă, zâmbi Alexis.

– Eu îi zic MiniMami. Te-ai prins ce spun, Alexis? se răsti Alex. Probabil că nu. N-are importanță.

– Vrei un ceai, Alexis? Mă duc imediat să pun apa la fiert, interveni Helena, pentru a destinde situația tensionată.

– Da, te rog. Eu de ce să nu gust din pasiunea englezilor de a bea apă fierbinte pe o vreme toridă? glumi el.

– E bine cunoscut faptul că o ceașcă de ceai fierbinte reduce temperatura corpului. De-asta beau ceai indienii, remarcă Alex.

– Da, n-are a face cu faptul că au trăit toată viața pe plantații de ceai, murmură Helena, uitându-se încruntată la fiul ei. Hai cu mine, Immy, să mă ajuți. Revin imediat.

Alex se aşeză pe scaunul mamei sale, cu mâinile încrucişate la piept, şi îl fixă pe Alexis cu o privire duşmănoasă.

– De unde-o cunoşti pe mama?

– Ne-am cunoscut cu mulţi ani în urmă, când a venit ultima oară la colonelul McCladden.

– Te referi la naşul ei, Angus? Şi de atunci n-ai mai văzut-o?

– Ba da, răspunse Alexis, zâmbind, dar asta-i altă poveste. Ce părere ai despre Cipru, Alex?

– N-am apucat să-mi fac una. Am ajuns pe întuneric şi am zăcut la pat toată ziua. Am bănuit că m-am îmbolnăvit de malarie. E cumplit de cald aici, şi sunt ţânţari şi viespi peste tot. Nu le suport.

– Dar casa cum ţi se pare?

– E mişto. Mă rog, se putea şi mai bine, fiindcă faci saună în ea, dar sunt pasionat de istorie, iar casa asta are o istorie bogată, admise Alex.

– Toată zona are o istorie bogată. Dacă îţi place istoria, presupun că ştii legendele greceşti. Se spune că Afrodita s-a născut la Paphos şi şi-a petrecut toată viaţa pe insulă, împreună cu Adonis. Poţi să mergi să vizitezi baia lui. E la doar câţiva kilometri distanţă.

– Sper că a scos dopul, altminteri apa aia e clocită rău, mormăi Alex, în barbă.

– E o cascadă superbă, chiar în mijlocul munţilor, continuă Alexis. Poţi sări în apă de pe stânci. E curată, limpede şi foarte răcoroasă pe o vreme ca asta. Dacă vrei, te duc eu s-o vezi.

– Mersi, dar sporturile extreme nu sunt tocmai pe gustul meu. Ei bine, spuse Alex, studiindu-l cu atenţie, cu ce vă ocupaţi pe-aici?

– Familia mea administrează podgoriile din zonă de sute de ani. Producem vin. Câştigăm binişor cât să ducem o viaţă frumoasă. Am început deja să exportăm tot mai mult în străinătate. Uite că vine şi mama ta.

Helena ieşi pe terasă şi puse tava pe masă.

– Am lăsat-o pe Immy să tragă un pui de somn. Căldura şi viespea au epuizat-o rău. Vrei un ceai, Alex?

– Da, spuse el şi se ridică. Ia loc, mamă. Torn eu în ceşti. Tocmai am auzit o poveste despre bideul lui Adonis.

– Te referi la cascadă? Doamne, e o splendoare, nu-i așa, Alexis? zise Helena, zâmbind la amintirea pe care o împărtășeau amândoi.

– Poate ne duce tata când vine, zise Alex, ridicând tonul. Apropo, când vine tata?

– Vineri, după cum bine știi, Alex. Vrei să-ți pun și lapte, Alexis?

– Nu, mulțumesc.

– Dar e posibil să ajungă și mai devreme, nu-i așa, mamă? Poate ne face o surpriză și ne trezim cu el aici.

– Nu prea cred, Alex. Are mult de lucru.

– Uită-te și tu ce dor îi e de tine. Te sună mereu pe mobil. Chiar nu m-ar mira să sosească mai repede.

Helena ridică din sprâncene în momentul în care îi întinse ceașca lui Alexis.

– Sper să n-o facă. Vreau să dau un aspect mai primitor casei înainte de venirea lui.

– Ai nevoie de ajutor, Helena? întrebă Alexis. N-a mai fost locuită de mult timp.

– Ba chiar m-aș bucura dacă știi pe cineva care se pricepe la piscine. Trebuie curățată și umplută cu apă.

– Ce piscină? întrebă Alex, brusc însuflețit.

– E o piscină superbă imediat ce ieși pe poarta aia și cobori treptele, zise Helena, arătând cu degetul în direcția acesteia. Din păcate, majoritatea măslinelor au căzut în ea, iar câteva dale s-au spart și trebuie înlocuite.

– Îl trimit pe Georgios să o verifice, spuse Alexis. E vărul soției mele și lucrează în construcții.

– Ești căsătorit? întrebă Alex, înveselindu-se brusc.

– Din nefericire, nu mai sunt. Soția mea a murit acum mulți ani. Îl sun chiar acum pe Georgios. Alexis scoase din buzunar un telefon mobil, formă numărul și spuse ceva repede în greacă. Apoi puse telefonul pe masă și zâmbi. Trece pe-aici diseară. Poate veți avea o piscină funcțională până sosește soțul tău.

– Ar fi grozav, spuse Helena, recunoscătoare. Voiam să te mai întreb de la ce magazin din Paphos pot cumpăra o combină frigorifică, un aragaz, un cuptor cu microunde... cam toate electrocasnicele de bucătărie, de altfel. Aşteptăm câţiva musafiri săptămâna viitoare. Deşi mi-e un pic teamă că o să dureze până când mi le livrează.

– Nu-i nevoie să ţi le livreze. Am eu o maşină de marfă cu care transport vinul la hotelurile şi restaurantele din zonă. Merg cu tine şi le aducem chiar noi.

– Sigur nu te deranjează?

– Absolut deloc. Îmi face plăcere să te ajut, Helena.

– Ştii pe cineva din sat care să mă ajute în gospodărie? Posibil şi la gătit?

– Bineînţeles. Angelina, doamna care ţi-a lăsat cheile, a lucrat pentru colonel în ultimul lui an de viaţă. Sunt sigur că e disponibilă şi iubeşte copiii. O să iau legătura cu ea şi o să vină să vă vedeţi.

– Mulţumesc, Alexis. M-ai salvat, spuse recunoscătoare Helena, sorbind din ceai. Aş putea s-o rog din când în când să aibă grijă de copii, ca să putem ieşi seara în oraş.

– Pot să am eu grijă de copii, mamă, se oferi Alex.

– Ştiu că poţi, dragule. Mulţumesc.

– Cum ţi se pare structura casei? întrebă Alexis.

– Solidă, din punctul meu de vedere, zise Helena, ridicând din umeri. Dar nu sunt sunt expertă în domeniu.

– O să-l rog pe Georgios să arunce o privire şi la asta când vine să vadă piscina. Ţevăria, reţeaua de curent electric... n-au mai fost verificate de ani buni. Trebuie să fim siguri că nu prezintă pericol.

– Ştiu, oftă Helena. Casa asta chiar e cutia Pandorei. Nici nu îndrăznesc s-o deschid.

– Cunoşti legenda casei? întrebă Alexis, întorcându-se către Alex.

– Nu, răspunse băiatul, îmbufnat.

– E o legendă frumoasă, nu una urâtă. Se zice că toţi cei care vin la Pandora pentru prima oară se vor îndrăgosti în perioada cât stau sub acoperişul ei.

– Pe bune? zise Alex, ridicând din sprâncene. E valabil şi pentru copiii de cinci ani? Am observat că, azi-dimineaţă, Immy se uita un pic cam galeş la mieluşelul ei de pluş.

– Nu fi obraznic, Alex! îl apostrofă Helena, ajunsă la capătul răbdării.

– Lasă-l. E băiat și-i e frică de iubire, spuse indulgent Alexis. Dar, când o să-l pocnească, o s-o primească cu brațele deschise, ca noi toți. Acum, ar cam fi timpul să plec.

Se ridică, și Helena îi urmă exemplul.

– Mă bucur că te-am revăzut, Helena, zise el și o sărută călduros pe obraji.

– Și eu.

– Vin mâine-dimineață la nouă ca să mergem la Paphos, da? *Adio*, Alex! Ai grijă de mama ta.

– Întotdeauna am, bombăni Alex.

– La revedere!

Alexis îl salută cu o clătinare de cap, apoi traversă terasa și se făcu nevăzut.

– Zău așa, Alex, oftă Helena, deznădăjduită, chiar trebuia să te comporți ca un nesuferit?

– Nu-i adevărat.

– Ba da, și o știi foarte bine! De ce nu-ți place de el?

– De unde știi că nu-mi place de el?

– Termină. Ai fost urâcios peste poate.

– Scuză-mă, dar nu-mi inspiră încredere. Mă duc să văd piscina, dacă nu te deranjează.

– Du-te.

Helena își urmări fiul cum se îndepărtează, bucuroasă să aibă parte de câteva clipe de liniște... bucuroasă că plecaseră *amândoi*, bărbații cu același nume care îi cuceriseră inima. Pe măsură ce șocul revederii lui Alexis începea să slăbească, își reaminti că era doar un băiețandru pe vremea aceea, cu doar câțiva ani mai mare decât fiul ei. Acum, deși bărbat între două vârste, spiritul lui părea să fi rămas neschimbat.

Helena își scărpină nasul, gânditoare. Nimeni nu uită prima iubire – toți ne imaginăm că experiența noastră a fost unică, inegalabilă prin intensitatea, pasiunea și frumusețea ei. Firește, prima vară petrecută aici cu Alexis îi rămăsese în memorie douăzeci și patru de ani, precum un fluture prins pe vecie într-o bucată de chihlimbar.

Erau atât de fragezi... ea avea aproape șaisprezece ani, el, aproape optsprezece, și totuși, Alexis nu știa nimic despre consecințele relației lor, nici despre viața ei de atunci încolo. Și felul în care iubirea lor îi schimbase ei viața.

Un fior de teamă își înfipse ghearele în inima Helenei. Se întrebă din nou dacă nu cumva reîntoarcerea pe aceste meleaguri fusese cea mai proastă decizie pe care o luase vreodată. William urma să sosească peste câteva zile, iar ea nu îi spusese nimic despre Alexis. La ce îl ajuta să știe despre un bărbat care nu era decât o umbră din trecutul ei?

Dar Alexis nu mai era o umbră. Era cât se poate de real. Iar ciocnirea dintre trecutul și prezentul ei era inevitabilă.

Helenei îi sună telefonul exact când aducea mâncarea pentru Alex și Immy.

– Răspunde tu, te rog, Alex, zise ea și așeză pe masa de pe terasă tava periculos de încărcată.

– Alo, spuse băiatul. Salut, tată! Da, toată lumea e bine. Exceptând faptul că mama ne obligă să mâncăm o chestie care seamănă a testicule murate de țap într-un sos din caca de pește. Sfatul meu e să te bucuri de pizza cât mai poți. Ți-o dau imediat pe mama. Pa.

Helena ridică din sprâncene și luă telefonul din mâna lui Alex, oftând obosită.

– Bună, dragule. Toate bune? Nu, nu îi otrăvesc. Le-am dat să guste brânză feta, hummus și salată de icre. Ce face Fred?

Helena propti telefonul între bărbie și umăr ca să poată descărca farfuriile de pe tavă.

– Bravo. Vorbește puțin și cu Immy. Noi discutăm mai târziu. Bine, pa. Vorbește cu tati, zise Helena și îi întinse telefonul fiicei sale.

– Bună, tati! Da, sunt bine. Alex a fost cât pe ce să moară azi-dimineață, iar eu și mami am văzut un prinț pe câmp în timp ce culegeam struguri, dar am fugit repede ca să nu ne prindă poliția, dar ne-am întâlnit cu ei și la întoarcere, și tatăl prințului a trecut pe la noi și a băut un ceai și a fost tare drăguț. Eu am mâncat cartofi prăjiți cu ketchup la prânz și e cald rău aici, și...

Immy făcu o pauză ca să își tragă sufletul și să asculte ce îi spune tatăl ei.

– Și eu te iubesc, tati, și mi-e un picuț dor de tine. Bine, tati, pa.

După aceea, scoase niște sunete care imitau pupăturile și apăsă cu pricepere pe butonul corect ca să încheie convorbirea.

– Alex are dreptate. Chestia asta arată scârbos.

Helena era încă șocată de discuția lui Immy cu tatăl ei. Îi puse două lipii pe farfurie și câteva linguri de hummus.

– Încearcă, o îndemnă ea.

– Pot să mănânc cu ketchup, mami?

– Nu.

Helena îi îndesă o bucată de lipie cu hummus în gură. Așteptă ca papilele gustative ale fetei să fie activate, și, în cele din urmă, mâncarea fu acceptată cu o clătinare aprobatoare a capului.

– Minunat! Eram sigură că o să-ți placă.

– Din ce e făcută pasta asta? întrebă Immy.

– Din năut, un soi de boabe de mazăre maro.

– Mazăre maro? Câh! exclamă Immy, cutremurându-se. Ca niște căcăreze?

– Nu te mai prosti, Immy, interveni Alex, care nu gustase încă din nimic. E ca mazărea normală, doar că nu e verde. Iartă-mă, mamă, adăugă, ridicând brațele în semn de capitulare, dar încă nu mi-a revenit pofta de mâncare după chestia de azi-dimineață.

– Cum vrei tu, aprobă Helena, neavând chef să se certe cu el. E bine că am găsit o soluție pentru piscină, nu? Ar trebui să fie plină până vine tati. Gustă și niște salată de icre, Immy. Mâine, când mergem la Paphos, cumpărăm și câteva șezlonguri și...

– Ce scârboșenie! zise Immy și scuipă nepoliticos dumicatul pe farfurie.

– Immy!

– Scuze, dar e porcos.

– Grețos, Immy. Și te rog să nu mai copiezi tot ce spun eu, o mustră Alex, încercând să rămână serios. Ai doar cinci ani.

– Așa e. Iar prințesele nu folosesc cuvinte precum „grețos". Nu-i așa, Alex? interveni Helena, abținându-se cu greu să nu pufnească în râs. Mami o să-l sune pe tati, așa că du-te în camera ta cu Alex și pregătește-te de culcare, da? Vin și eu în câteva clipe și-ți spun povestea ta preferată.

– Bine. O vreau pe aia în care erai balerină la Viena, și un prinț te-a invitat la bal la palatul lui.

– Pe aia ți-o spun. Acum, fuguța în dormitor.

După ce copiii intrară în casă, Helena luă telefonul și sună acasă.

– Bună, scumpo. Cum a fost cina?

– Presupun că-ți imaginezi.

– Poate că e mai bine așa. Ai avut o zi bună?

– Cu multe peripeții.

– Așa se pare. Cine e prințul despre care vorbea Immy?

– Fiul unui vechi prieten.

– Am înțeles, zise William, și urmă un moment de tăcere. Helena, scumpo, vreau să te rog ceva.

– Ce?

– Nu prea știu cum să-ți spun... e vorba de Chloë.

– A pățit ceva?

– Nu, se pare că totul e în ordine. Dar nu mă pot baza decât pe ce spune pedagoga, după cum bine știi. Am primit, totuși, o scrisoare de la mama ei azi.

– O scrisoare? De la Cecile? Dumnezeule! exclamă Helena. S-a îndurat ea să pună pixul pe hârtie? Ce minune s-a întâmplat cu fosta ta soție?

– Chiar e o minune, dar ideea e că...

– Da?

– Vrea să vină și Chloë să stea un timp cu noi, în Cipru.

Jurnalul lui Alex
11 iulie (continuare)

Vacanța asta devine tot mai nasoală pe zi ce trece, ca s-o citez pe soră-mea.

Țânțari, caniculă, case vechi în mijlocul unui câmp uscat unde lumea n-a auzit de fibră optică, și un viticultor care vrea neapărat să pună mâna pe mama. Și, cum un necaz nu vine niciodată singur, săptămâna viitoare îi vom avea musafiri pe Jules, Sacha, Viola și Rupes, fiul lor primitiv și înapoiat mintal.

Mi-aș dori să pot porni o campanie în numele tuturor Copiilor Proveniți din Familii Prietene la Cataramă, ca să atrag atenția publică asupra chinurilor la care sunt supuși copiii. Doar pentru că, în tinerețea lor, babacii și-au împărtășit povești de amor și secrete, după care au trecut la alcool și la discuții despre cum și-au învățat copiii să facă la oliță, nu înseamnă că și copiii unora vor nutri aceleași sentimente pentru odraslele celorlalți.

Simt că îmi stă inima de fiecare dată când o aud pe mama rostind nemuritoarele cuvinte: „Alex, dragule, vine în vizită familia Chandler. Să te porți frumos cu Rupert, ne-am înțeles?"

„Da", răspund eu. „O să fac tot posibilul, scumpa mea mămică." Dar, în momentul în care Rupert mă lovește intenționat din greșeală în fund în timpul unui tackle „amical" la rugby, după care se duce urlând la maică-sa și mă acuză că i-am stricat PlayStationul, când, de fapt, el singur l-a aruncat pe jos, iar eu am călcat pe el fără să vreau, e destul de greu să îmi țin promisiunea.

Rupes e cam de-o vârstă cu mine, ceea ce înrăutățește și mai mult situația. Nu avem nimic în comun. În viziunea tatălui meu vitreg, William, el e probabil fiul ideal: se pricepe la sporturile cu mingea, e glumeț, popular... și un ticălos diabolic când știe că nu îl vede nimeni. Plus de asta, e prost ca noaptea, crede că Homer e vedeta serialului *Familia Simpson*, și cam la asta se reduce filosofia lui de viață.

Eu și Rupert nu semănăm absolut deloc. El are o surioară, Viola, roșcovană, pistruiată și cu dinți de iepure, și un ten atât de palid, încât pare ușor translucidă, ca o mică fantomă. Mama mi-a zis odată că e înfiată. În locul soților Chandler, aș fi căutat un copil care să dea cât de cât impresia că are aceeași moștenire genetică, dar poate că doar Viola era disponibilă la momentul acela. Din cauza firii dominatoare a lui Rupes și a timidității fetei, nu o cunosc aproape deloc.

Și, ca să pună capac la toate, mama m-a informat adineauri că ni se va alătura și sora mea vitregă, Chloë. Mi-o aduc aminte foarte vag, fiindcă n-am mai văzut-o de șase ani. SD – Scorpia Diabolică – cum o alintă familia noastră, adică fosta soție a tatălui meu vitreg, i-a interzis lui Chloë să își mai vadă tatăl în momentul în care mama a rămas însărcinată cu Immy.

Bietul tata! A făcut tot ce i-a stat în putință ca să o vadă. Dar SD i-a băgat în cap lui Chloë că tatăl ei e dracul împielițat, fiindcă nu voia să îi cumpere înghețată care costa mai mult de o liră – dacă stau mai bine să mă gândesc, nici nouă nu ne cumpără –, așa că, până la urmă, tata s-a lăsat păgubaș. După ce a pierdut nenumărate procese costisitoare, în care s-a zbătut să obțină dreptul de vizitare, până și asistentul social a zis că e mai bine așa, deoarece mama lui Chloë îi făcea fetei zile fripte doar dacă îndrăznea să pomenească de tatăl ei, iar lupta aceasta o traumatiza deja. Astfel, de dragul lui Chloë, tata a cedat. Rareori vorbește despre asta, dar știu că îi e foarte dor de ea. Singurul contact pe care îl are cu ea e atunci când îi trimite felicitări de ziua ei și de Crăciun sau câte un cec care să acopere costurile exorbitante ale pensionului la care studiază.

Așadar... de unde și până unde această apariție bruscă?

Din câte am înțeles de la mama, SD are un iubit. Bietul om! Femeia e de-a dreptul înfiorătoare. Recunosc că, prima și ultima oară când am întâlnit-o, a reușit să bage spaima în mine, fiindcă e de o răutate absolut infernală și, probabil, îi stă de minune în negru. Sigur i-a sucit mințile omului cu vreo fiertură magică, altminteri nu văd de ce i-a propus să petreacă vara împreună, în sudul Franței. Se pare că el vrea să fie doar ei doi.

Sper doar să nu ajungă și picioarele lui pe o tavă, lângă celelalte broaște.

Prin urmare, Chloë o să cadă pe capul nostru.

Mama mi s-a părut vizibil agitată când mi-a dat vestea, acum câteva minute, dar a încercat să braveze, spunând că tata va fi în culmea fericirii să își revadă fiica după atâția ani. Cel mai rău m-a îngrijorat când mi-a zis că va fi cam înghesuială, deoarece Chloë o să aibă propria ei cameră. Iar „unii" vor fi nevoiți să o împartă pe a lor.

Îmi pare rău, dar nu voi accepta sub nici o formă să împart camera cu Rupes. Prefer să dorm în baie sau afară, în nici un caz în aceeași încăpere cu el. Accept să îmi văd invadat spațiul intim pe timpul zilei, cu condiția ca, noaptea, să fie doar al meu.

Așa că, mami dragă, planul tău iese din discuție.

Mi-a mai spus că trebuie să ne purtăm frumos cu Chloë, să o facem să simtă bine-venită în familia noastră. Familia noastră care numai normală nu e.

Care-i antonimul? Parcă disfuncțională, sau ceva de genul? Cineva ar trebui să facă un studiu pe noi. Poate chiar eu.

Stau întins pe pat, cu ochii în tavan, după ce aproape m-am intoxicat din cauza spray-ului de țânțari pe care mi l-a cumpărat mama de la magazin – probabil atât de plin de pesticide interzise, încât m-ar putea ucide și pe *mine* odată cu ei –, și încerc să socotesc câte linii directe de descendență sunt în familia noastră.

Singura problemă e...

Aș vrea să o cunosc pe a mea în întregime.

Capitolul 4

În dimineața următoare, Helena se trezi după o noapte zbuciumată. Mintea îi zburase de la una la alta până spre revărsatul zorilor. Dar, cu toate că se simțea extenuată, abia aștepta drumul la Paphos și nenumăratele cumpărături pe care le avea de făcut, pentru a-și mai lua gândul de la problemele care o frământau.

La ora nouă, Alexis își făcu apariția cu mașina lui de marfă, și urcară toți patru pe bancheta spațioasă din față. Immy era în al nouălea cer că stă în față, dar Helena observă că Alex se uita bosumflat pe geam în timp ce înaintau pe drumul șerpuitor care cobora de la cuibul lor din vârful dealului. Îi oferise opțiunea de a rămâne la Pandora și de a-l ajuta pe Georgios să repare piscina, dar băiatul insistase să meargă cu ei. Helena știa că nu trebuie să își facă iluzii în privința motivului: Alex îi însoțea ca să o poată supraveghea.

– Uau, mami, zici că ne dăm pe un tobogan în spirală, nu-i așa? exclamă Immy în timp ce făceau slalomuri prin curbele strânse către coastă.

– N-o să mai recunoști Paphosul, Helena, zise Alexis. Nu mai e portul liniștit de altădată.

Pe măsură ce înaintau prin oraș, Helena se uita îngrozită la șirul interminabil de firme luminoase care străluceau pe clădirile urâte de ciment de pe marginea drumului. Panouri uriașe făceau reclamă la absolut orice, de la mașini de lux până la apartamente de închiriat și cluburi de noapte.

– Uite, mami! Au și McDonald's! Mergem și noi să mâncăm cheeseburgeri cu cartofi prăjiți? întrebă Immy, pofticioasă.

– E trist, nu? spuse Alexis, uitându-se la Helena.

– Groaznic, confirmă ea, remarcând un pub în stil englezesc, cu un afiș țipător la intrare, care anunța că, în fiecare duminică, poți urmări meciuri de fotbal și consuma fripturi la discreție.

Parcară în fața unui supermarket de articole casnice, iar Helena își dădu seama că Alexis are dreptate: Paphosul se transformase într-un imens complex comercial de care orice oraș britanic ar fi mândru.

– Detest globalizarea! bombăni ea și coborî din mașină.

După câteva minute petrecute în magazin, Helena alese o față de masă cu dantelă și se uită pe etichetă.

– Fabricat în China, îi zise ea lui Alexis. Ultima dată când am fost aici, dantela era împletită de femeile din zonă și se vindea în piață, la tarabe. Și te tocmeai la preț.

– Ești supărată pentru că nu mai avem acel „farmec pitoresc". Dar am învățat toate astea de la englezi, în timpul ocupației britanice, replică Alexis cu un zâmbet ironic.

Două ore mai târziu, după un popas la McDonald's, ca să o împace pe Immy, camioneta lui Alexis – încărcată cu aparate electrocasnice și o sumedenie de alte obiecte cumpărate de Helena – se întoarse la Pandora. Cumpărăturile costaseră o mică avere, dar folosise o parte din banii primiți moștenire de la Angus, în speranța că nașul ei nu ar avea nimic împotrivă să îi cheltuiască pentru renovarea Pandorei. Casa avea clar nevoie de modernizări.

Alex, care nu scosese aproape nici o vorbă toată dimineața, îi ajută tăcut pe Alexis și pe ruda acestuia, Georgios, să descarce cutiile din mașină și să le urce pe cărucioarele cu rotile pe care Alexis le lăsase acasă mai devreme.

După ce întinse cearșafurile frumoase, înlocui abajururile de sticlă portocalie, pătate de muște, cu unele din mătase crem, și agăță la ferestre perdeluțe de voal, Helena se văzu nevoită să admită că globalizarea are și unele avantaje.

– Congelatorul funcționează, aragazul e montat, pe cel vechi l-am scos afară, mașinile de spălat vase și rufe așteaptă instalatorul care vine mâine.

Alexis apăruse în ușa dormitorului Helenei și o urmărea cum întinde pe patul vechi din lemn cearșafurile imaculate de bumbac. Se uită prin cameră și zâmbi.

– Nimic nu se compară cu o mână de femeie.

– Mai e mult de muncă, dar e un început.

– Și poate începutul unei noi ere pentru Pandora? îndrăzni el să spună.

– Nu crezi că Angus s-ar supăra, nu?

– Cred că această casă avea nevoie de o familie. Întotdeauna a fost așa.

– Aș vrea să văruiesc camera asta, să-i dau un aspect mai plăcut, zise ea, uitându-se la pereții golași și albi.

– De ce nu? Dacă vrei, băieții mei se apucă mâine de treabă. Termină cât ai zice pește, spuse Alexis.

– Ești foarte amabil, Alexis, dar or avea și ei treaba lor.

– Ai uitat că eu sunt șeful lor, răspunse Alexis, zâmbind șmecherește, deci fac ce le spun eu.

– Doamne, cum zboară timpul! exclamă Helena. Soțul meu sosește vineri cu Fred.

– Serios? spuse Alexis, apoi adăugă, după câteva momente de tăcere: Atunci, rămâne cum am vorbit. Tu alegi culoarea, și noi ne apucăm de treabă.

– N-am cum să te răsplătesc pentru tot ajutorul pe care mi-l acorzi, așa că o să deschid sticla de vin pe care ne-ai adus-o.

– Ești foarte palidă, Helena. Ești obosită? întrebă Alexis, punându-și șovăitor mâinile pe umerii ei. Ești exact ca trandafirii englezești care nu suportă căldura. Niciodată nu ți-a priit.

– N-am nimic, Alexis. Pe cuvânt, spuse Helena, smulgându-se din mâinile lui și coborând repede la parter.

Mai târziu, după plecarea lui Alexis și a lui Georgios, în timp ce Alex instala DVD-playerul, și Immy dansa fericită în jurul lui, Helena se întinse, măcinată de un sentiment de vinovăție, în noul ei hamac, pe care Alexis i-l agățase între măslinul frumos care trona semeț în mijlocul grădinii de pe o parte a terasei și un alt măslin mai tânăr.

Briza plăcută foșnea printre ramuri, răvășindu-i ușor părul pe frunte. Greierii se pregăteau de concertul de seară, iar soarele își pierduse dogoarea de la amiază și arunca o lumină molcomă, pestriță.

Se gândi la sosirea iminentă a fiicei sale vitrege, Chloë, pe care nu o cunoștea. În discuția din seara precedentă, William îi păruse neobișnuit de agitat. Își dădea seama că el era conștient de situația delicată în care îi punea atât pe ea, cât și pe copiii lor. Și ea era îngrijorată. În fond, Alex era intrusul din cuibul lor. Mai era loc de încă unul? Helena se întreba cum va reacționa băiatul la venirea lui Chloë, fără să-i mai pună la socoteală și pe ceilalți doi frați mai mici care nu își cunoscuseră niciodată sora. Pe de altă parte, cum să îi refuze lui William șansa de a petrece timp prețios alături de fiica lui, chiar dacă prezența lui Chloë amenința echilibrul familial?

Se gândea și la Chloë: cum se va simți în sânul unei familii pe care fusese învățată să o urască? Dar Helena știa foarte bine că adevărata victimă în toată această situație era fata: un copil prins în vârtejul unui divorț dezagreabil și folosit ca armă de o femeie disprețuită. Cu toate că Cecile declara că își apără fiica de influența nefastă a tatălui ei, în realitate, din cauza șantajului emoțional josnic, Chloë rămăsese în mod cert traumatizată de interdicția de a-și vedea tatăl și de a avea o relație normală cu el.

Avea aproape cincisprezece ani – o vârstă dificilă pentru orice fată, dar mai ales pentru una care fusese silită să își nege iubirea pentru tatăl ei, ca să facă pe plac unei mame incapabile să conceapă altceva. De asemenea, Helena era conștientă că, alături de soțul și copiii ei, va trebui să îi facă loc și lui Chloë în inima ei. Ca soție și mamă, simțea deja povara sprijinului emoțional ce se aștepta de la ea. Acum, pretențiile erau și mai mari, din cauza complicațiilor provocate de cea de-a doua căsătorie.

Ea era stâlpul familiei sale. Iar, în seara aceea, Helena simțea că se prăbușește.

*

– Îmi pare rău, mamă, dar nici nu vreau să aud. NU! NU! NU! Ai înțeles?

– Of, dragule, dar e ditamai dormitorul! E suficient spațiu pentru două persoane. Oricum n-o să stai în el decât când dormi.

Alex stătea cu mâinile în sân, și Helena parcă îl și vedea scoțând flăcări pe nări.

– Nu asta e ideea, mamă. Știi și tu foarte bine.

– Nu văd altă soluție, Alex.

– Prefer să dorm cu Immy și Fred sau să mă omoare țânțarii pe terasă, decât să dorm cu *el*. Miroase oribil.

– Așa e, mami. Miroase urât. Se pârțâie întruna, interveni zadarnic Immy.

– Dacă vrei să știi, și tu te pârțâi la fel de mult, Immy, dar nu asta e problema, reluă Alex. Pe lângă faptul că pute, și pute rău, nu pot să-l suport. E un găozar.

– Nu fi caraghios, Alex. Și ce dacă e? răbufni Helena, exasperată.

– Nu mă refeream că e găozar în sensul de gay, mamă. Ci că e un mare dobi...

– Încetează, Alex! M-am săturat de prostiile tale! Nu mă interesează dacă-ți convine sau nu, n-am altă soluție. Trebuie să-i dau lui Chloë camera ta. E adolescentă și nu cunoaște pe nimeni în afară de tata și...

– Atunci, de ce nu doarme cu *el*?

– Doamne ferește, Alex, termină cu glumele proaste!

Helena se ridică și începu să adune farfuriile murdare.

– Încerc să împac pe toată lumea și speram că măcar pe tine pot conta. Mersi mult.

Duse farfuriile în bucătărie și le trânti în chiuvetă, după care lovi cu pumnul în suportul de vase ca să se calmeze.

– Poftim, mami, zise Immy, fluturând o linguriță în mână. Te ajut să faci curățenie.

– Mulțumesc, scumpo, zise Helena, epuizată. Îl rogi tu pe Alex să aducă ce-a mai rămas?

– Nu pot. A plecat.

– Unde-a plecat?

– Nu știu. N-a zis.

O oră mai târziu, Helena o duse pe Immy la culcare, apoi se răsfăță cu o baie lungă în cada veche, dar minunat de adâncă a lui Angus. După ce se șterse cu unul dintre prosoapele pufoase cumpărate de la Paphos, își puse halatul și coborî pe terasă. Tocmai când să bage mâna în buzunar și să își aprindă pe furiș o țigară, Alex își făcu apariția din întuneric.

– Am venit să-ți cer scuze, zise el și se trânti pe scaun. Crede-mă, nu mă fandosesc, dar o să fac tot ce-mi stă în putință ca să nu dorm cu Rupes. Pur și simplu, nu pot, adăugă el, trecându-și degetele prin păr.

– Bine, cedă Helena. Lasă-mă să mă gândesc. Găsim noi o soluție.

– Mulțumesc, mamă. Mă duc să mă bucur de spațiul meu intim cât încă mai pot. O să mă culc devreme.

– Piscina ar trebui să fie umplută până mâine după-amiază. O să fie plăcut, nu?

– Presupun, zise Alex, fără prea mare entuziasm. Mâine vine iar Domnul Dragă Helena, Îți Rezolv Orice Problemă Dorești?

– Termină, Alex, spuse Helena, roșind involuntar. Nu sunt „draga" lui, dar nu știu ce ne-am fi făcut fără ajutorul lui.

– Ba ești „draga" lui, mamă. E mort după tine, și o știi foarte bine, îi replică sec Alex. Mi se face greață când îl văd cum se uită la tine. Sper să fie mai precaut când vine tata. Nu cred că o să-i placă să-l vadă pe Dl Repară Tot atârnând toată ziua pe-aici.

– Termină, Alex! Alexis e doar un vechi prieten.

– Doar atât?

– Da, doar atât.

– Și nu l-ai mai văzut de când ai venit aici ultima oară?

– Nu.

– El mi-a zis că te-a mai văzut, așa că unul din voi minte.

– Ajunge! N-am de gând să mă las interogată de un copil de treisprezece ani. Ce-a fost a fost. În momentul ăsta, am o căsnicie fericită alături de tatăl tău vitreg. Alexis nu face altceva decât să mă ajute să readuc la viață Pandora – o casă la care și el ține foarte mult. Am încheiat discuția! E clar?

Alex ridică din umeri.

– Cum vrei. Dar să nu zici că nu te-am avertizat. Nu-mi place deloc de el.

– Până acum nu ți-ai ascuns sentimentele. Ascultă-mă bine, Alex, nu-ți mai permit să te porți urât cu el. Ai băgat la cap?

– Da, mamă. Noapte bună, mormăi Alex.

Porni spre ușă, apoi se opri și se uită gânditor la Helena.

– Mamă?

– Da?

– De ce purtăm amândoi același nume?

– Poftim?

– E doar o coincidență că ne cheamă la fel, nu-i așa? Mă refer la mine și la... Alexis.

– Normal că e o coincidență, dragule. Îmi plăcea numele și când l-am cunoscut pe el, mi-a plăcut și când te-ai născut tu, și îmi place și acum.

– Nu e nimic altceva la mijloc? insistă Alex.

– Ce altceva să fie? Sunt mii de bărbați pe care îi cheamă Alex.

– Așa e, doar că... lasă, nu mai contează. Noapte bună, mamă!

– Noapte bună, dragule!

După ce se convinse că Alex e în camera lui, Helena se duse în bucătărie și își făcu un ceai, apoi reveni pe terasă și se uită la cerul senin și înstelat, încercând să își calmeze emoțiile.

Știa că se apropie cu pași repezi – momentul de care se temuse încă de când venise pe lume fiul ei cel mai mare.

Era o minune că Alex nu o întrebase pe șleau până acum, odată ce înțelesese că, pe lângă mamă, și tatăl juca un rol la conceperea unui copil. De când se căsătoriseră, când Alex avea trei, William preluase acest rol. Amândoi îl încurajaseră pe Alex să îi spună „tată", iar fiul ei păruse să accepte situația fără obiecții.

Probabil, se gândea Helena, o parte din Alex *nu* voia să afle adevărul, de teamă ca acesta să nu fie prea dureros. Și așa era. Firește, medită ea în timp ce își savura ceaiul, putea să îl mintă și să îi spună că tatăl lui murise. Să inventeze un nume, un trecut... un moment în care se îndrăgostise de un bărbat minunat și îl concepuseră pe Alex, pentru că își doreau un copil din tot sufletul.

Helena își îngropă capul în mâini și oftă adânc. Latura ei egoistă își dorea ca el *să fi* murit, dar, în realitate, bărbatul era cât se poate de viu. Își dădea seama că fiul ei e îndeajuns de isteț cât să judece rațional, dar, din punct de vedere emoțional, i-ar fi fost imposibil să suporte adevărul. Mai ales la o vârstă atât de delicată, când avea de parcurs drumul zbuciumat dintre adolescență și maturitate.

Avusese dintotdeauna o relație complicată cu Alex. Helena realizase de la bun început că e un copil aparte; atât de ager la minte, atât de *matur* prin felul în care analiza informațiile. Acum judeca și manipula ca un politician experimentat, iar o fracțiune de secundă mai târziu, se întorcea la vârsta lui biologică și redevenea copil. Își amintea momentul în care devenise obsedat de ideea de moarte și plânsese în hohote, la vârsta de patru ani, după ce înțelesese că nu trăiește „veșnic" pe pământ.

„Nici unul dintre noi nu trăiește veșnic pe pământ", șopti Helena, abătută, spre cerul luminat de milioane de stele. Ce de lucruri au văzut ele la viața lor și, medită ea, cu toate astea, nu și-au pierdut niciodată capul!

William îi reproșa că îl răsfață pe Alex, că îi face toate mofturile, și poate că avea dreptate. Dar ea era singura care îi cunoștea vulnerabilitatea și însingurarea generate de sentimentul că este „altfel" decât ceilalți. Directorul de la școala primară îi sugerase să îl testeze la vârsta de opt ani, fiindcă îi depășea cu mult la învățătură pe colegii lui. Helena o făcuse cu inima îndoită, nedorind să îi pună o etichetă de la o vârstă atât de fragedă. În urma testului, reieșise este un copil „supradotat", cu un IQ mult peste medie.

Încercând să îi ofere o copilărie cât mai normală, Helena refuzase să îl transfere de la școala primară din zonă. Ulterior, la un an după ce intrase la școala gimnazială din oraș, directorul o chemase la el și o sfătuise ca Alex să își depună dosarul pentru o bursă de studii la cea mai prestigioasă școală-internat din Anglia.

– Doamnă Cooke, consider că amândoi îi facem rău lui Alex dacă nu îi oferim măcar șansa de a încerca. Noi, cei de aici, ne dăm toată silința, dar băiatul trebuie stimulat mai mult. Sunt convins că i-ar prinde mai bine să învețe printre elevi de un nivel intelectual egal cu al lui.

Deși discutase problema și cu William, care era de acord cu directorul, Helena – care fusese trimisă la internat de la o vârstă foarte fragedă – încă se îndoia de această decizie.

– Nu avem nici o garanție că Alex va primi bursa și, oricât de mult ne-am dori noi, fără ea, nu ne permitem să îl ținem acolo, îi explicase William. De ce să nu-l lăsăm să încerce măcar? Putem oricând refuza, dacă nu vrea să meargă acolo.

După aceea, Alex obținuse bursa și, cum toată lumea era în culmea bucuriei, Helenei i s-ar fi părut nepotrivit să nu își manifeste și ea bucuria. În definitiv, era o realizare uriașă. Și o șansă extraordinară pentru băiat.

Când îl întrebase dacă e mulțumit, Alex ridicase din umeri și își ferise privirea.

– Dacă tu ești mulțumită, mamă, sunt și eu. Tata pare foarte fericit.

Un răspuns din care nu aflase nimic.

William era încântat și mândru, dar Helena nu putea să nu se întrebe – oricât de nedrept ar fi părut – dacă nu cumva entuziasmul soțului ei provenea și din faptul că Alex urma să plece de acasă.

Era perfect conștientă că William îl acceptase pe Alex pentru că se îndrăgostise de *ea*, iar fiul ei venea la pachet. Fie că îl dorea sau nu pe Alex, trebuise să se împace cu ideea că băiatul va trăi sub același acoperiș cu ei. Aceasta era realitatea, indiferent cum ar încerca să o exprime cineva. Iar Alex – fiind Alex – nu avea cum să nu observe toate aceste subînțelesuri subtile.

Fiul ei o citea pe *ea*... poate chiar mai bine decât oricine. Părea să vadă până în sufletul ei, oricât de gros ar fi fost vălul sub care își ascundea gândurile cele mai tainice.

Helena scoase o țigară din buzunar și o aprinse.

Alex știa că protestele ei vehemente cu privire la motivele lui Alexis sunt doar minciuni.

Știa că sunt mai multe la mijloc decât îi mărturisea ea.

Și adevărul este că avea dreptate.

*

Până în seara următoare, Dimitrios și Michel, fiii lui Alexis, terminară de zugrăvit dormitorul matrimonial într-o nuanță caldă de bej. În zori, când sosiseră cu mașina lui Alexis, Helena le ieșise în întâmpinare, remarcând imediat că genele se manifestă în cele mai diverse feluri. Ambii tineri erau dăruiți cu un păr negru și ondulat, piele arămie și o constituție atletică, dar, în timp ce Dimitrios moștenise ochii și atitudinea blândă de la Alexis, Michel, mezinul, o purta cu gândul la un zeu grec. Trăsăturile lui fin accentuate îl făceau și mai chipeș decât tatăl lui.

În vreme ce frații își vedeau de treabă, înarmați cu bidinele și trafalete, Helena continuă să împodobească interiorul casei cu obiectele cumpărate, în așa fel încât să mai estompeze aspectul masculin al Pandorei și să îi confere o notă de feminitate. Immy o ajutase să taie flori și rămurele de măslin din grădină, pe care le puseseră în vaze improvizate din urcioare ceramice mari. Ferestrele tuturor dormitoarelor erau larg deschise, iar mirosul stătut începea să dispară sub dogoarea soarelui.

Tot în acea dimineață, în bucătărie, își făcuse apariția o tânără impresionantă, cu părul ca abanosul, despre care Helena aflase cu surprindere că este Angelina, fosta menajeră a lui Angus. Înfățișarea severă, un soi de versiune cipriotă a doamnei Danvers[1], se dovedi doar o impresie înșelătoare în momentul în care o văzu pe Angelina cum spală podelele și dă cu aspiratorul sau cum se luminează la față când pălăvrăgește în greacă cu băieții lui Alexis.

– Mamă! Peste vreo oră, ne putem bălăci în piscină, anunță Alex când o găsi pe Helena în salon, scuturând de praf pernele canapelei din damasc. Georgios a dat drumul la apă în ea.

– Minunat! O inaugurăm cu o bălăceală.

– O să fie cam rece, fiindcă soarele n-o să aibă timp să încălzească apa. Dar cred că o să fie revigorant, adăugă optimist Alex.

– O să-mi prindă bine să mă răcoresc puțin după atâta treabă.

– Mda, n-a prea fost vacanță până acum. Zici că ne-am mutat într-o casă nouă.

---

[1] Personaj din romanul *Rebecca* al scriitoarei britanice Daphne du Maurier

– Într-un fel, chiar ne-am mutat, zise Helena. Dar o să merite efortul, nu-i așa? Sper din tot sufletul că tati o să se simtă bine aici.

– Sunt sigur de asta, spuse Alex, apropiindu-se de ea și îmbrățișând-o pe neașteptate. Abia aștept să fie gata piscina.

– Mă bucur, spuse Helena, ușurată că proasta dispoziție a lui Alex de cu seară dispăruse, ca și când s-ar fi luminat și el odată cu ivirea zorilor.

– O să înot în fiecare dimineață, înainte de micul dejun, și o să slăbesc, adăugă el. Ne vedem mai târziu.

– Bine, dragule.

– Un ceai, doamnă?

Angelina traversă salonul spre terasă, cu o tavă masivă cu ceai în brațe, urmată îndeaproape de Immy, ca o mică servitoare.

– Da, mulțumesc. Te rog să îmi spui Helena, Angelina.

– Bene, Helena, încerc, răspunse Angelina, în engleza ei stricată.

– Mami, am făcut fursecuri în cuptorul cel nou ca să-l testăm, anunță Immy, ducând cu grijă o farfurie în mânuțele ei. Toată lumea trebuie să guste, pentru că sunt bune rău.

– Nu mă îndoiesc.

Pe Helena o bucura faptul că Immy se atașase de Angelina. Odată cu liota de musafiri care îi vor cădea pe cap peste câteva zile, orice ajutor, oricât de neînsemnat, era bine-venit. Le urmă pe terasă și se prăvăli într-un fotoliu, sub pergolă.

– Mulțumesc, Immy.

Luă un fursec și mușcă din el.

– Mmm, ce bun e!

– Angelina m-a ajutat, dar eu le-am făcut, nu-i așa?

– Tu făcut, Immy, confirmă Angelina și o ciupi drăgăstos de obrăjor.

O oră mai târziu, se strânseră la piscină pentru bălăceala inaugurală. Se auzi un țipăt la unison în clipa în care Helena, Alex și Immy săriră în apă, ținându-se de mâini.

După zece minute, Helena își lăsă copiii să se zbenguiască, și se întinse pe marginea piscinei, ca să se încălzească la soarele care începea să coboare spre asfințit.

– Bună, Helena!

Ridică privirea în momentul în care o umbră îi trecu peste corp.

– Bună, Alexis!

– Văd că vă distrați.

Alexis se lăsă pe vine lângă ea, făcând-o să se simtă extrem de vulnerabilă în costumul de baie sumar. Helena se ridică numaidecât în fund și își strânse jenată genunchii la piept.

– Datorită ție și familiei tale. N-ai idee cât de recunoscătoare îți sunt, Alexis.

– Mi-am făcut doar datoria. În fond, Pandora a fost proprietatea familiei mele timp de două sute de ani, până când nașul tău l-a convins pe tata să se despartă de ea.

– Oricare-ar fi motivul, a fost foarte amabil din partea ta să mă ajuți.

– Pfu! Nu mai fi așa de protocolară cu mine. Îmi vorbești de parcă abia ne-am cunoaște.

– Chiar așa e, zise Helena și adăugă după câteva secunde de tăcere: Mai bine-zis, nu ne *mai* cunoaștem.

– Atunci, hai să ne cunoaștem din nou. Iei cina la mine diseară?

– Alexis... nu pot să-i las singuri pe Immy și pe Alex.

– Am vorbit deja cu Angelina. Stă ea cu copiii.

– Ce-ai făcut? întrebă Helena, enervându-se brusc. Nu crezi că se cădea să vorbești cu mine mai întâi?

– Trebuia să vorbesc cu tine, se scuză imediat Alexis. Iartă-mă, Helena.

– N-am cum să vin. Am prea multă treabă. Mâine sosesc William și Fred.

– Mami, mi s-a făcut frig. Vreau un prosop ca să ies din apă!

– Vin acum, scumpo.

Helena se ridică și dădu să plece, dar Alexis o prinse de mână înainte să facă vreo mișcare.

– Promite-mi măcar că o să stăm de vorbă cât de curând. Avem multe să ne povestim după atâția ani.

Helena se uită la el, încercă să spună ceva, apoi clătină din cap fară să scoată un sunet și se smulse din strânsoarea lui.

Jurnalul lui Alex
13 iulie 2006

Stau pe spate și plutesc în mijlocul piscinei înghețate – nu aud nimic, pentru că am urechile sub apă. De aici, când ridic ochii de la patul meu de apă, văd bolta întunecoasă de deasupra mea, rotunjimea pământului și a cerului. Nu e plată, ci ca o peșteră al cărei acoperiș sticlește de la infinitele diamante neexploatate. Ascult pleoscăitul din urechi, închid ochii și îmi imaginez că așa este în pântecul mamei. Singura diferență e că n-ai cartofi prăjiți la discreție, nici ciocolată, nici cărbuni medicinali, sau ce-o mai vrea mama să-ți dea de mâncare prin cordonul ombilical.

E un proces realmente miraculos, crearea diverselor lucruri.

Mă simt calm astă-seară, fiindcă mi-am găsit un nou pântec... adică, o nouă *cameră*, doar a mea. E drept că va trebui să mă ghemuiesc în poziție fetală odată ce intru în ea – când întind brațele, ating etajerele de mahon, doldora de cărți cu coperte din piele –, dar nu mă deranjează. E a mea și numai a mea și, cel mai important, e un spațiu nepoluat de Rupes.

De asemenea, am suficiente cărți cât să îmi ajungă pentru toată vacanța, întrucât noul meu habitat este ceea ce mama numește un pic cam pompos în situația de față „biblioteca". În realitate, e un soi de debara (ceea ce și cred că a fost la un moment dat) amplasată imediat lângă salon. Din motive de sănătate și siguranță, nu voi putea primi musafiri în ea, pentru că nu cred să fie destul oxigen pentru două perechi de plămâni. Pe lângă asta, ar însemna să stăm claie peste grămadă, căci nu e nici un pic de spațiu.

Mama mi-a zis că nu se supără dacă înghesui câteva cărți pe rafturile de sus ca să fac puțin loc pentru lucrurile mele.

În plus, beneficiez de o ușă cu cheie și o ferestruică cocoțată tocmai sus. Dubiosul Domn Repară Tot a reușit să înghesuie un pat pliant în ea, ca să am pe ce dormi.

Mă răsucesc și înot spre marginea piscinei, apoi ies și mă scutur de apă. Iau un prosop, mai leoarcă decât mine de atâta folosit, și îl pun pe umeri. Mă trântesc pe un șezlong și mă usuc în aerul incredibil de cald al nopții și sper să nu fiu eu motivul pentru care mama e atât de pleoștită astă-seară.

Aproape că n-a scos un cuvânt de când a plecat Domnul Repară Tot, acum câteva ore. Până și cu Immy a fost zgârcită la vorbă, ceea ce e grav, așa că e posibil să fi dat amândoi de belea, din motive necunoscute.

Sper... chiar sper să nu fie supărată din cauză că mâine sosește tata. Fiindcă îi tulbură povestea de amor cu Domnul Repară Tot. Nu cred să fie asta, pentru că sunt sigur că îl iubește pe tata, dar știu cât de încâlcite sunt mințile femeilor. De unde-or învăța să fie atât de sucite?

Immy începe deja să deprindă șiretlicurile femeiești. Mă șantajează să mă joc cu ea tot felul de jocuri anoste de-ale ei, în care ea e mereu prințesă ori zână și își leagă o cârpă roz peste blugi, iar eu interpretez toate rolurile posibile, de la Unchiul Diabolic până la spiridușul răutăcios. Și, când te-aștepți mai puțin, bate din picioruș, îmi spune că nu mai are chef să se joace și pleacă.

Are impresia că mă supăr prea rău, sau ce?

Mă ridic în genunchi și mă uit printre măslinii de pe marginea piscinei. Dacă întind gâtul, o văd pe mama pe terasă. Poartă o tunică albă; razele lunii îi decolorează părul blond și îi estompează bronzul slab pe care l-a căpătat de la soare.

Seamănă cu o statuie de alabastru.

Sau cu o stafie.

Și îmi dau seama că, în clipa aceasta, e pierdută undeva, în trecut, și retrăiește o altă viață.

Capitolul 5

Într-un final, Fred cedase și adormise, cu căpșorul sprijinit pe genunchii lui William și mânuțele lipicioase încleștate pe avionul de jucărie. William își umezi un deget și încercă neîndemânatic să curețe o parte din ciocolata de la gura fiului său. Când vor ateriza, va trebui să meargă cu Fred la toaleta bărbaților și să-l spele bine înainte să-l vadă Helena. Pielea copilului părea un veritabil magnet pentru mizerie.

William închise ochii, recunoscător pentru acea clipă de răgaz. Călătoria cu Fred fusese o lecție de umilință. De regulă, el era bărbatul îmbrăcat la costum, care se străduia să își stăpânească iritarea ori de câte ori vreun prichindel obraznic lovea cu picioarele în spătarul scaunului său, țipa, se zvârcolea ori își băga capul printre scaune, în timp ce părintele său, disperat, se chinuia să își calmeze odrasla.

Încercă să ațipească, dar Fred îi ridicase prea mult tensiunea, așa că se lăsă păgubaș și medită la sosirea în lumea Helenei. Problemele de la birou îl stresaseră atât de rău, încât nici nu apucase să se gândească prea mult la asta.

Pandora... înțelesese ce însemna pentru soția lui, din privirea ei nostalgică de fiecare dată când pomenea despre ea. Era conștient că nu trebuie să o întristeze cu vreun comentariu negativ. Chiar dacă respectiva casă și amplasamentul acesteia erau destul de banale, iar Ciprul, o aglomerare de faleze aride, își jurase că nu avea să își trădeze sentimentele.

De câteva zile, Helena afișa un comportament distant și ciudat. Poate că desăvârșirea pe care se așteptase să o regăsească acolo se dovedise doar o amăgire. Dar William nu avea această certitudine. Când venea vorba de soția lui, nu era sigur de nimic.

Helena: chiar și acum, după aproape zece ani de căsătorie, îi părea uneori inaccesibilă. Avea o aură, o detașare; chiar și atunci când îi strângea trupul gol în brațe, când împărtășeau cele mai profunde clipe de intimitate, o parte din ea era *altundeva*.

Dar nu era o femeie rece. Dimpotrivă, era cât se poate de caldă și afectuoasă. Copiii o adorau. *El* o adora. William se întreba dacă nu cumva însăși frumusețea ei era cea care inspira acea răceală și venerație. De-a lungul anilor, urmărise cu atenție reacțiile pe care le trezea celorlalți, atât bărbați, cât și femei. Oamenii nu erau obișnuiți să întâlnească perfecțiunea: își acceptau propriile defecte tocmai pentru că le regăseau și la alții. Helena însă, cu părul ei auriu, pielea albă, imaculată, corpul minunat proporționat, era întruchiparea idealului de feminitate. Iar faptul că era mamă îi conferea un farmec în plus, făcând-o să pară *reală*, și nu o prințesă de gheață intangibilă. Cu toate că nu era vina ei, de multe ori îl făcea să se simtă ca un biet muritor, în vreme ce ea era o zeiță. Asta îi stârnea uneori sentimente de nesiguranță, căci nu își putea explica cum de femeia aceea incredibilă îl alesese tocmai pe *el*.

Se consola mereu cu gândul că el îi oferă lucrurile de care ea are nevoie, energia care o echilibrează. Nu semănau deloc: ea era creativă, cu capul în nori, visătoare, în timp ce el era pragmatic, sobru, rațional. Veneau din lumi complet diferite și, cu toate astea, ultimii zece ani fuseseră cei mai fericiți din viața lui. Spera ca și ea să fi fost fericită.

Dar, de când primise scrisoarea de la avocatul nașului ei, în care era anunțată că moștenise o casă veche într-o văgăună din Cipru, devenise și mai distantă. În ultimele săptămâni, simțise că Helena se îndepărtează tot mai mult de el. Nu avea însă nici o dovadă, nici un indiciu concret care să îi confirme temerile. În linii mari, Helena nu își schimbase comportamentul; se ocupa de casă, avea grijă de copii, le oferea sprijin atât lui, cât și nenumăratelor alte persoane, inevitabil atrase de căldura și bunătatea soției lui.

Nefiind o fire meditativă, în momentul în care avionul ateriză pe pista aeroportului din Paphos, reuşi cu greu să îşi stăpânească emoţiile.

– E *o-ri-bi-lă*. Nu stau lângă tine dacă ţii chestia aia la vedere.

– Nu fi rău, Alex. Immy a lucrat la el toată dimineaţa. E foarte frumos, scumpo, îi zise Helena lui Immy. Lui tati o să-i placă la nebunie.

Cu buza de jos tremurându-i, Immy porni spre sala de aşteptate de la „Sosiri", târând după ea afişul de hârtie pe care stătea scris, „BUN VENIT LA SIPRU TATI ŞI FRED".

– Te urăsc, Alex! Eşti cel mai scârbos frate.

– Nu-s la fel de scârbos ca Fred, nu uita, îi atrase atenţia Alex, ţinându-se după Helena prin mulţimea adunată la uşile prin care aveau să intre în câteva clipe ceilalţi doi membri ai familiei lor.

– Cât aşteptăm, mă duc până la ghişeul de închirieri maşini ca s-o schimb pe-a mea cu una mai mare, zise Helena, enervată. Voi doi rămâneţi aici şi uitaţi-vă după tata şi Fred. Au aterizat acum douăzeci de minute, aşa că trebuie să apară cât de curând. Alex, fii cu ochii pe Immy, îl avertiză, înainte de a dispărea în mulţime.

– Ah, ce emoţii am! chiţăi Immy, fluturând afişul deasupra capului, ca un fan la concert. Uite-i. Uite-i acolo... TATIIII!

William îşi făcu apariţia, împingând un cărucior cu bagaje, în vârful cărora stătea cocoţat Fred. Immy o luă la fugă şi se aruncă în braţele tatălui ei.

– Bună, sufleţelul meu! zise William, sufocat de pupăturile fiicei lui. Se uită prin părul ei blond şi îi aruncă un zâmbet lui Alex.

– Salut! Ce mai faci?

– Foarte bine, mulţumesc, tată.

Alex luă căruciorul şi se lăsă în genunchi ca să îl vadă pe Fred.

– Salutare, piticule! Bate palma.

– Bună, Alex! spuse Fred şi lovi cu palma lui mică în palma mai mare a fratelui său, după care îi arătă avionul de jucărie. Am primit cadou de la tati.

– Zău? Înseamnă că ai fost tare cuminte, zise Alex, luându-şi frăţiorul în braţe.

– Nu. Am fost rău.

– În avion? Ți-a plăcut în avion?

– Da, spuse Fred, încrețindu-și nasul în timp ce și-l scărpina. Unde-i mami?

– Chiar așa, unde-i mami? întrebă William, căutându-și soția prin mulțime.

– La ghișeul de închirieri mașini.

Alex îi făcu semn cu mâna Helenei când o văzu că vine spre ei.

Fred i se smuci din brațe și fugi către mama lui.

Ca întotdeauna, după o perioadă mai lungă de despărțire, William își privi soția, uimit din nou de frumusețea ei. Îmbrăcată într-un tricou albastru și pantaloni scurți de blugi, și cu părul prins într-o coadă neglijentă, părea mai degrabă o adolescentă.

Se apropie de el, ținându-l de mână pe Fred.

– Bună, scumpo! zise William.

O cuprinse de umeri și o sărută.

– Bună! îi zâmbi ea. Cum a fost zborul?

– Cu peripeții, oftă William, dar important e că am ajuns teferi și nevătămați, nu-i așa, Fred?

– Da. Acum putem să mergem în Cipru, mami? întrebă copilul.

– *Suntem* în Cipru, puiule, dar putem să mergem acasă la noi.

– Da' am ajuns! spuse derutat Fred.

– La casa noastră din Cipru. Mașina e chiar acolo, zise Helena, arătând spre ieșire.

– Atunci, hai să mergem, spuse William.

– E foarte frumos, Helena. Chiar e superb.

O oră și jumătate mai târziu, William stătea în balconul de la etaj și admira peisajul.

– Serios?

– Foarte serios. Și casa... ai făcut minuni cu ea, ținând cont că ai avut doar câteva zile la dispoziție. Totul arată atât de proaspăt și luminos.

Intră în dormitor, se opri și adulmecă aerul.

– Mi se pare mie sau miroase a var?

– Nu ți se pare.

– Când ai avut timp să mai faci și asta?

– N-am făcut eu. M-a ajutat cineva.

– Sunt absolut impresionat. În Anglia, durează câteva săptămâni să găsesc un instalator care să repare o țeavă, darămite pe cineva care să văruiască o casă în câteva zile. Arată minunat. Nu e deloc așa cum mă așteptam.

– Și, mă rog, la ce te așteptai?

– Nu știu. La ceva mult mai... mediteraneean. Sobru, ușor spartan... dar, dacă muți casa asta într-un sat englezesc, nimeni nu se prinde că nu e de-acolo. Seamănă mai degrabă cu o parohie veche decât cu o vilă din Cipru. Are personalitate.

– Este o casă foarte veche.

– Cornișele sunt superbe, aprecie William, evaluând cu ochii lui de arhitect proporțiile camerei. Iar tavanele sunt atât de înalte.

Își trecu degetele peste scrinul înalt, din lemn de mahon.

– Bănuiesc că unele piese de mobilier sunt foarte scumpe.

– Angus a vrut să recreeze un colțișor englezesc. Toate obiectele au fost comandate și transportate aici, inclusiv pendula din hol.

– Și toate sunt ale tale acum.

– Ale noastre, îl corectă Helena, zâmbind.

– Presupun că valorează o groază de bani.

– N-aș vinde-o niciodată, replică ea, pe un ton defensiv.

– Da, dar nu strică să știi cât valorează. Ar fi bine să chemi un evaluator.

– Poate o să chem, zise Helena, străduindu-se să ignore faptul că soțul ei era capabil *să privească* Pandora ca pe o sursă de bani. Hai să-ți arăt grădinile.

Li se alăturară copiilor în piscină exact când soarele era la apus. Puțin mai târziu, Helena le propuse să ia cina la Taverna Persefonei.

– O să-ți arăt satul, zise ea, în timp ce William se străduia să evite gropile din șosea. Copiii pot să comande cartofi prăjiți cu șnițele de pui, ca să mai schimbe meniul.

După ce se plimbară pe singura stradă din sat, iar William își exprimă dorința de a vizita la un moment dat frumoasa biserică ortodoxă, se duseră cu toți la Persefona.

– E plăcut aici, remarcă William, după ce se așezară la masă.

Îl luă pe Fred în poală, încercând să îl liniștească, întrucât trecuse de faza de oboseală și devenise agitat.

– Pot să suflu în lumânare, tati? întrebă Fred.

– Nu-i voie. Joacă-te cu mașinuța.

Helena scoase o jucărie din geantă și o împinse pe masă către Fred.

– Nu s-a schimbat aproape nimic de când am venit ultima oară. Iar mâncarea e foarte bună.

– Nu mai mâncăm mazăre din aia maro, nu-i așa, mami? întrebă Immy.

– Nu, dar mami și tati o să-și ia *meze*. Ar trebui să încercați, zise Helena când le sosi vinul.

Comandă pentru toată lumea.

– Am uitat să-ți spun, William, că am găsit o menajeră care e dispusă să aibă grijă și de copii. Da, Fred, imediat vine și mâncarea ta. Ronțăie niște pâine, Immy, ca să-ți mai potolească foamea, spuse Helena, purtând cu măiestrie trei conversații simultane.

– Într-un fel sau altul, o să avem nevoie de ea, răspunse William, pe un ton obosit, după care se întoarse spre Alex. Cum ți se pare Pandora? Îți place?

– Piscina e beton, zise Alex, încuviințând din cap.

– Dar casa?

– E ok și casa.

– Știai că Anglia a câștigat meciul test cu Indiile de Vest?

– Nu. Prindem doar canale cipriote.

William se dădu bătut. Când Alex nu avea chef de discuții, era inutil să insiste.

Din fericire, mâncarea sosi în scurt timp, iar copiii se înfruptară din ea, lihniți de foame.

– E foarte bun *meze*, spuse William. Vrei să guști și tu, Fred?

– Bleeeaah! bolborosi copilul și își astupă gura, clătinând vehement din cap.

– Sper că n-o să mănânce doar şniţele şi cartofi prăjiţi toată vacanţa, strâmbă din nas William.

– Şi dacă mănâncă doar asta, n-o să moară, nu? ripostă Helena, îndesând încă un dumicat în gura lui Fred.

– Irlandezii au mâncat doar cartofi ani în şir, spuse Alex.

– Şi-au murit pe capete, replică William.

– Asta s-a întâmplat în perioada foametei, deoarece cartofii erau mănaţi, şi oamenii au murit de inaniţie. Oricum, după cum bine ştii, jumătate din populaţia globului se hrăneşte doar cu orez, continuă pedant Alex. Care practic înseamnă doar carbohidraţi şi ceva fibre.

– Mami, am nevoie la toaletă şi vreau să mă ducă Alex, le întrerupse Immy discuţia.

– Ce noroc pe capul meu! bombăni Alex. Hai să mergem.

– Vin şi eu, strigă Fred, dându-se jos de pe scaun şi alergând după fraţii lui.

În sfârşit, se aşternu liniştea la masă. William mai turnă câte un pahar de vin.

– Cum s-a comportat Alex? întrebă el.

– Bine. Mai bine-zis, în stilul lui caracteristic, răspunse Helena, cu un zâmbet şters. Doar ştii cum e.

– Ştiu. Zi-mi, cum e să te-ntorci aici după atâţia ani?

– Plăcut, chiar foarte plăcut. E...

– Mami! Uite cine-i aici! Prietenul tău! răsună glasul lui Immy din spatele Helenei. I-am zis că trebuie neapărat să vină să-l cunoască pe tati.

Helena se răsuci pe scaun şi dădu de ochii albaştri ai lui Alexis.

– Bună, Helena! zise cipriotul, vizibil stânjenit. Îmi cer scuze că vă deranjez, dar fiica ta a insistat să vin.

– Nu e nici un deranj, Alexis. El e soţul meu, William.

Alexis reuşi să îşi smulgă mâna din strânsoarea de fier a lui Immy şi o întinse peste masă.

– Încântat de cunoştinţă, William.

– Asemenea. Alexis, nu?

– Da.

Urmă un lung moment de tăcere, în care Helena căută cu disperare un subiect de discuție, dar toate i se păreau nepotrivite.

– Alexis ne-a dus la Paphos, tati, cu duba lui mare, ciripi Immy. Ne-a dus la cumpărături și a ajutat-o pe mami să facă casa frumoasă pentru tine și Fred.

– Chiar așa? Înseamnă că trebuie să îți mulțumesc pentru ajutorul acordat, Alexis, spuse calm William.

– N-ai pentru ce. Cum ți se pare Pandora?

– E o casă superbă într-un peisaj superb.

– A aparținut familiei lui Alexis, înainte să o cumpere Angus, iar Alexis e proprietarul viilor dimprejur, explică Helena, reușind, în sfârșit, să își regăsească vocea.

– Faci vin? întrebă William.

– Da, spuse Alexis, arătând spre carafa de pe masă. Chiar din el beți.

– E foarte bun. Îți torn un pahar?

– Nu, mulțumesc, William. Trebuie să mă întorc la oaspetele meu. E un comerciant de vin din Chile care vreau să cumpere de la mine.

– Atunci, poate treci pe la Pandora să bei un pahar cu noi, îl invită William.

– Mulțumesc. Cu cea mai mare plăcere. Mi-a părut bine să te cunosc, William. *Adio*, Helena, Immy.

Salută din cap și plecă de la masă.

Alex îl văzuse pe Alexis exact când ieșea de la toaletă împreună cu Fred, dar așteptase ca acesta să plece.

– Ce căuta ăla aici, mamă? întrebă, pe un ton dușmănos, după ce se așeză la masă.

Și astfel, William află tot ce era de aflat.

Întorși la Pandora, Helena îi duse pe cei mici la culcare, apoi umplu cada cu apă ca să facă o baie. Era epuizată; nu dormise deloc cu o noapte înainte. Poate din cauza emoțiilor pe care i le dădea venirea lui William și a lui Fred.

– DVD-playerul e în salon, anunță Alex, intrând, ca de obicei, în dormitor fără să bată la ușă, spre iritarea lui William.

– Bine, spuse Helena. Eu mă bag în baie. Te duci la culcare?

– Da. Măcar am câteva cărți din care să aleg în noua mea bibliotecă. Noapte bună, mamă!

– Somn ușor, puiule!

– Noapte bună, Alex! zise William, intrând în dormitor, tocmai când băiatul pleca.

– Noapte bună, tată!

William închise cu un gest ferm ușa după el și o urmă pe Helena în baie. O lăsă să intre în cadă, apoi se așeză pe margine.

– Ce liniște! spuse el, cu un zâmbet, și își trecu degetele prin părul negru, căscând. Cred că o să dorm dus la noapte.

– Cinci ore în avion cu Fred doboară pe oricine, zise Helena. A adormit la jumătatea poveștii. Sper doar să nu se scoale prea devreme, că n-o să ne înțelegem cu el toată ziua.

– Ar fi un miracol, oftă William. Cum l-ai cunoscut pe Alexis?

– L-am întâlnit ultima oară când am fost aici.

– E un bărbat atrăgător.

– Într-adevăr.

– Cred că era un adevărat cuceritor când v-ați cunoscut, mai făcu o tentativă William.

Helena continuă să se săpunească, prefăcându-se că nu îl aude.

– Haide. Zău așa, stărui William, sătul să mai bată apropouri. A fost ceva între voi?

– Îmi dai prosopul, te rog?

– Poftim.

William i-l întinse, minunându-se cum nici vârsta, nici maternitatea nu își puseseră amprenta pe corpul soției lui. Cum stătea în fața lui, șiroind de apă, îi amintea de o nimfă, cu sâni tari și plini și abdomenul plat. William simți un fior cald când o văzu cum iese din cadă și se înfășoară în prosop.

– Deci? Nu mi-ai răspuns la întrebare.

– A fost o idilă de-o vară, nimic mai mult.

– Și nu l-ai mai văzut de atunci?

– Nu.

– Deci, a fost o relație... nevinovată?

– William, oftă Helena, au trecut douăzeci și patru de ani de atunci. Ce importanță mai are?

– E însurat?

– A fost. I-a murit soția.

– Înseamnă că e văduv.

– Da, zise Helena, ștergându-și energic părul, apoi întinse mâna după halat.

– Știai că e aici?

– Habar n-am avut. N-am mai vorbit de douăzeci și patru de ani.

– Ai dreptate. A trecut mult timp.

– Foarte mult. Nu te bagi în cadă înainte să se răcească apa? Cobor la parter să încui ușile. Apropo, aveam de gând să dau o fugă mâine-dimineață până la Paphos să cumpăr niște flori ca să umplu urnele alea frumoase de pe terasă și răzorul de lângă piscină. Dacă tot e Angelina aici, stă ea cu ăștia mici câteva ore. Vii cu mine?

– Normal că vin.

– Excelent. Mă întorc imediat.

William se dezbrăcă și intră în cadă, regretând amarnic interogatoriul la care o supusese pe Helena. Îl apucase paranoia și se purtase nedrept cu Helena. Exact cum spusese și ea, indiferent ce se întâmplase cu aproape un sfert de secol în urmă, nu mai avea nici o importanță *acum*. Totuși, felul în care se uitase Alexis la soția lui, ceva mai devreme, când erau la tavernă... William simțea că este privirea unui bărbat încă îndrăgostit.

Jurnalul lui Alex
14 iulie 2006

Către tata: „Bună, dragule".

Către Immy și Fred: „Nu e voie, dragilor!"

Către mine: „Of, dragule!"

Așadar, iată-ne reîntorși în Țara lui Peter Pan[1]. Suntem familia „Dragă", iar mama este doamna Dragă. Mă mir că încă nu ne-a angajat un câine pe post de dădacă, dar nu e timpul pierdut. De ce s-o mai fi obosit să ne dea fiecăruia nume, dacă oricum ni se adresează cu același apelativ?

E cu atât mai derutant când strigă „dragă" din bucătărie, și noi îi răspundem din toată casa, iar ea rămâne pe gânduri câteva momente, până se hotărăște de care „drag" are nevoie. Una peste alta, aș zice că e o mamă grozavă, dar „dragă" ăsta folosit în exces mă scoate din minți. Cred că e un tic verbal rămas de pe vremea când era balerină. Așa își vorbesc „artiștii".

Familia noastră este alcătuită din cinci membri – șase, odată cu sosirea lui Chloë –, ceea ce înseamnă o familie numeroasă după standardele actuale. Iar, în cadrul grupului mi se pare important să ne păstrăm individualitatea. Și ce poate fi mai distinctiv decât numele noastre?

---

[1] Aluzie la familia Darling din cartea *Peter Pan* de J.M. Barrie. Cuvântul *darling* înseamnă „drag", „scump".

De la o vreme, Fred a început să o imite. Mi-e groază de ce-o să pățească la școală dacă o să i se adreseze bătăușului clasei cu „dragule".

Mă rog, cât timp nu îl include și pe Domnul Repară Tot pe lista „dragilor", e cât de cât tolerabil.

Bineînțeles, eu am fost cândva „Dragă" Numărul Unu. Eu am fost primul, ceilalți au apărut după mine.

Sincer să fiu, uneori, îmi e greu să o împart cu ei. Mama e ca o roată moale de brânză, iar, când am venit pe lume, era numai a mea. Pe urmă, l-a întâlnit pe tata, și am pierdut o bucată mare din ea, deși mă gândeam că încă mai dețin jumătate. Apoi, au apărut Immy, care a mai furat o felie, și Fred, care și-a primit și el porția. Iar acum, sunt convins că va trebui să mai taie o feliuță pentru Chloë, așa că bucata mea se micșorează văzând cu ochii.

Astăzi, când am văzut-o pe Immy sărind în brațele tatălui ei, la aeroport, am conștientizat că eu nu am tată. William se străduiește cum poate și el, dar, presupunând că izbucnește un incendiu, sunt dispus să pun pariu pe toată colecția mea de reviste *Tintin* că și-ar salva propriii copii mai întâi. Ceea ce, teoretic, înseamnă că am *iar* jumătate din bucată, fiindcă tata, Immy și Fred împart aceeași felie.

Tata a părut sincer fericit când am câștigat bursa de studii la școala *aceea*. A deschis o sticlă de șampanie și am băut și eu un pahar. Poate că, în realitate, sărbătorea faptul că, pe viitor, voi fi mai mult plecat de acasă și nu va mai trebui să mă suporte prea mult.

De ce mă obsedează deodată chestia asta cu tata?

Poate pentru că, până acum, mama mi-a fost suficientă. N-am avut nevoie de altcineva.

Dar, în ultima vreme – și o citesc foarte bine –, am simțit-o tot mai distantă.

Nu e în apele ei.

Nici eu.

Capitolul 6

William și Helena petrecură primele ore ale dimineții la magazinul de plante pe care Helena îl zărise la marginea Paphosului.

În ultima perioadă, momentele de intimitate erau tot mai rare și, cu toate că era o activitate atât de banală, Helena se plimbă bucuroasă, de mână cu William, printre rândurile de plante și alese mușcate de mai multe culori, leandri și lavandă, despre care știa că vor rezista în climatul secetos. Proprietarul magazinului avea și o micuță tarabă la care vindea legume și fructe proaspete, așa că își umplură sacoșele cu roșii zemoase, pepeni și prune aromate, și ierburi parfumate pe care să le ducă acasă. Încărcară totul în portbagajul mașinii și plecară înapoi la Pandora.

– Te caută Sadie.

William intră în bucătărie și îi întinse telefonul mobil, în timp ce Helena pregătea masa de prânz.

– Mersi. Bună, draga mea. Ce mai faci?

Fixă telefonul între bărbie și umăr, ca să poată spăla mai departe salata verde.

– Nu se poate. Serios?... Ce nemernic! Ești bine? Nu, sunt sigură că... Da, e superb aici. Ieri, a ajuns și William cu Fred, așa că am zis să petrecem după-amiaza la piscină, să ne bucurăm un pic de liniște înainte să apară și familia Chandler. Scuză-mă o secundă, Sadie, spuse Helena, apoi se întoarse spre William și îi arătă tava cu farfurii și tacâmuri. Du-le tu pe terasă și zi-le copiilor să iasă din apă și să se usuce, că vin imediat cu mâncarea.

William ieși cu tava, iar Helena își reluă discuția cu Sadie.

– Normal că o să cunoști pe altcineva. Oricum, el nu mi s-a părut niciodată „alesul“ ... Poftim? Da, dacă asta vrei, dar n-am idee unde-o să dormi. Deja suntem supraaglomerați. Bine, oftă Helena. Hai, capul sus! Anunță-mă când aterizezi ca să vin să te iau de la aeroport. Pa, draga mea.

Între timp, William revenise în bucătărie.

– Copiii se usucă. Mai vrei să duc ceva?

Helena răsturnă frunzele de saltă în castronul deja pe jumătate plin cu cubulețe de roșii și castraveți, amestecă totul cu degetele ei agile și i-l întinse lui William.

– În ce stare e Sadie? întrebă el.

– La un pas de sinucidere. Mark i-a zis că vrea să se despartă.

– Aha.

– Știu că nu-l simpatizai prea mult, ca și mine, de altfel. Dar Sadie ținea la el.

– M-am prins după cât te suna și-ți împuia capul cu idila ei.

– Așa e, dar Sadie e prietena mea cea mai bună și trebuie să-i fiu alături. Problema e că...

– Vrea să vină să stea la noi câteva zile și să-și plângă amarul pe umărul prietenei, duse William ideea la capăt.

– Cam așa ceva, confirmă Helena.

– Când vine?

– Sună acum ca să rezerve bilet.

– Așadar, foarte curând.

– Probabil. Îmi pare rău, dragule, dar mi s-a părut efectiv răvășită la telefon.

– Își revine ea, ca de obicei, mormăi William, posomorât.

Helena scoase un platou cu mezeluri din frigider și se uită la William.

– Știu că e un disconfort, dar nu uita că eu și Sadie suntem ca două surori. Ne cunoaștem din școala primară, și altă persoană mai apropiată nu am. O iubesc așa cum e ea și n-am cum s-o refuz.

– Știu, oftă William, resemnat. Și eu o plac pe Sadie, sincer, dar mi-e teamă că această așa-zisă vacanță o să se transforme în câteva săptămâni de trudă, când văd cum casa devine un soi de hotel gratuit de care trebuie să ne ocupăm noi sau, mai bine-zis, tu.

– Pandora a fost făcută să găzduiască mulți oameni. Așa era și când am venit eu ultima oară.

– Da, dar pun pariu că aveau o mulțime de angajați care să se ocupe de musafiri, replică William. Nu vreau să muncești pe brânci. Deja arăți epuizată.

– O s-o rog pe Angelina să mă ajute mai mult, mai ales cu mâncarea. A gătit și pentru Angus, care era groaznic de mofturos, așa că sunt sigură că e foarte pricepută.

– Cum vrei tu, cedă William, știind că nu are rost să mai insiste. Vii?

Îi oferi brațul și ieșiră amândoi în lumina puternică de pe terasă.

Cei trei copii se adunaseră deja în jurul mesei de sub pergolă: Immy și Alex îmbrăcați sumar, Fred, în pielea goală.

– Nu te supăra, mamă, dar n-am chef să petrec toată vacanța pe post de salvamar pentru Immy și Fred, bombăni Alex, trântit într-un fotoliu. Immy vrea să sară în apă întruna și trebuie să stau cu ochii pe ea ca să nu se lovească sau să se înece. E plictisitor rău.

– Știu, Alex. După masă, promit că vin eu și am grijă de ei, spuse Helena, punând salată în farfuria fiecăruia. Am o veste bună. Vine și mătușa Sadie să stea cu noi.

– S-a mai dus o felie, mormăi Alex în barbă.

– Ce-ai zis, Alex? întrebă William.

– Nimic. Immy, dă-mi, te rog, lipia.

– Asta înseamnă că trebuie să regândim împărțirea dormitoarelor, spuse Helena. Cred că putem goli dormitorul mic, unde sunt toate lucrurile lui Angus, ca să doarmă Sadie acolo. Nu e foarte strâmt, dar trebuie să-l amenajăm un pic.

– O să avem nevoie de un camion, din ce-am văzut eu că e înăuntru. Omul a strâns tot ce i-a căzut în mână, observă William.

– Cine știe ce găsim pe-acolo, zise Alex, înveselindu-se brusc. Te ajut eu, mamă. Îmi place să scormonesc prin vechituri.

– Mi-am dat seama, după cum arată dormitorul tău, replică William.

– Mulțumesc, Alex, spuse Helena, ignorând remarca soțului. Poate ne ocupăm chiar azi după-amiază.

– Tati, când ne duci la parcul acvatic? întrebă Immy.

– Cât de curând, răspunse William. Deocamdată, vă distrați în parcul acvatic din grădina noastră.

– Dar n-are tobogane și alte chestii.

– Mănâncă jambonul, Immy. Nu te mai juca cu el. Tati abia a venit. Nu-l mai bate la cap, o mustră Helena.

– Doar dacă nu cumva vrei să-i duc azi după-amiază, ca să nu te încurce cât timp golești dormitorul mic? se oferi William. Nu uita că mâine vine și Chloë. Trebuie s-o iau de la aeroport. Poimâine, vine familia Chandler. Să ne-ajute Dumnezeu să scăpăm cu bine.

– DA! Azi, tati! Azi! îi ținu și Fred isonul lui Immy, bătând cu lingura în masă.

– Potoliți-vă! se răsti William. Dacă promiteți că mâncați tot, mergem mai târziu, când nu mai dogorește soarele așa tare.

– S-ar putea să ai dreptate în legătură cu camionul, medită Helena. Dar de unde naiba să fac rost de unul?

– Pot să beau puțin suc de portocale, mami? Mi-e sete, ceru Fred.

– Îți aduc eu, Fred, spuse William. Se ridică de la masă și se uită la Helena cu un zâmbet răutăcios. Sunt sigur că prietenul tău, Alexis, te poate ajuta. De ce nu-l suni?

Helena și Alex stăteau în pragul dormitorului mic, în primul rând pentru că nu aveau cum să intre.

– Doamne Dumnezeule, mamă, nici nu știu de unde să-ncepem!

Cu cât se uita mai mult la mobila și la mormanele de cutii care ajungeau până la tavan, cu atât regreta mai mult că nu plecase cu ceilalți la parcul acvatic.

– Adu scaunul din dormitorul lui Immy și al lui Fred. Ne urcăm pe el, dăm jos o parte din cutii și le punem în hol. După aia, măcar putem să intrăm în cameră.

– Bine.

Alex aduse scaunul, urcă pe el și îi dădu Helenei prima cutie. Apoi coborî să vadă ce e în ea.

– Uau! Ce de fotografii vechi! Ia uite-o pe-aia. Ăla e Angus?

Helena îl studie pe bărbatul blond și chipeș, îmbrăcat în uniformă militară, și legănă aprobator din cap.

– Da. În asta, e pe terasă cu câteva persoane pe care nu le cunosc și... oh, Doamne, uite-o și pe mama lângă el!

– Mama ta era foarte frumoasă. Semăna leit cu tine, remarcă Alex.

– Mai bine-zis, eu semăn cu ea, dar, într-adevăr, a fost o femeie frumoasă. A fost actriță înainte să se căsătorească cu tata. Era destul de apreciată, a jucat în câteva piese pe West End, și toată lumea o considera o mare frumusețe.

– A renunțat la carieră ca să se mărite cu tatăl tău?

– Da, cu toate că era trecută bine de treizeci de ani când s-a căsătorit. M-a născut abia la patruzeci de ani.

– Nu era neobișnuit pe vremea aia să faci un copil la o vârstă atât de înaintată?

– Foarte neobișnuit, zâmbi Helena. Cred că am fost mai mult o greșeală. Bunica ta nu era genul mămos.

– Am cunoscut vreodată? întrebă Alex.

– Nu. A murit înainte să te naști tu. Aveam douăzeci și trei de ani și lucram ca dansatoare în Italia.

– Îți e dor de ea, acum că nu mai e?

– Sinceră să fiu, nu prea. La zece ani, m-a expediat la internat, iar înainte de asta, dădaca se ocupa de mine. Întotdeauna, am avut senzația că mai mult o încurc.

– E groaznic, mamă, zise Alex, mângâind-o compătimitor pe mână.

– Nu neapărat, spuse Helena, ridicând din umeri. Așa am fost educată. Tata era mult mai bătrân decât mama, avea aproape șaizeci de ani când m-am născut eu. Era foarte bogat, avea o moșie în Kenya și, uneori, dispărea la vânătoare cu lunile. Părinții mei erau persoane mondene, călătoreau mult, dădeau petreceri... un copil nu prea se potrivea cu stilul lor de viață.

– Nici pe bunicul nu l-am cunoscut, nu-i așa?

– Nu. El a murit când aveam paisprezece ani.

– Dacă zici că era așa bogat, ai moștenit mulți bani la moartea lui?

– Nu. Mama a fost a doua lui soție. Mai avea doi fii din prima căsătorie, care au moștenit totul. Iar mama era extrem de cheltuitoare, așa că nici de la ea nu mi-a rămas mare lucru când a murit.

– Din câte povestești, ai avut o copilărie oribilă.

– Nu, doar altfel decât a altora. Am învățat să-mi port singură de grijă.

Helena simțea aceeași stânjeneală care o încerca de fiecare dată când vorbea despre copilăria ei.

– Și tot din cauza asta, am vrut neapărat să îmi întemeiez o familie. Hai să închidem cutia și s-o punem deoparte. Dacă scotocim prin toate, nu mai terminăm în veci.

– Bine.

Trudiră pe brânci două ore, scoțând încetul cu încetul trecutul lui Angus din cameră. Alex descoperi un cufăr plin cu uniforme vechi și își urmă mama în bucătărie, echipat cu un chipiu cu cozoroc și sabie militară.

– Ce mândru ești, dragule!

Helena turnă apă în două pahare și îl bău pe al ei pe nerăsuflate.

– Nu e cea mai potrivită activitate pentru o după-amiază caniculară. Dar cred că am golit cam jumătate de cameră.

– Da, dar ce facem cu ele? Nu cred că poți să le arunci la gunoi, zise Alex, jucându-se cu sabia foarte grea.

– Mai bine pui sabia pe un perete. Am putea depozita cutiile cu poze și obiecte de colecție în magazie până când reușim să le sortăm. Pentru celelalte... ne trebuie un camion. Îl sun pe Alexis, cum a zis tata, să văd dacă știe de unde putem închiria unul.

Alex se abținu de la comentarii. Helena formă numărul și ieși pe terasă ca să vorbească în liniște.

– S-a rezolvat. Vine el cu mașina de marfă, ia tot ce-i de aruncat și le cară la groapa de gunoi. Nu ne mai trebuie camionul. Hai înapoi la treabă. Alexis vine la cinci.

*

Când William se întoarse la Pandora, îl văzu pe Alexis cărând o cutie voluminoasă în magazie. Portbagajul camionetei parcate în fața casei era plin cu mobilă deteriorată, abajururi vechi și covoare roase de molii. Immy și Fred dormeau pe bancheta din spate, așa că William lăsă portierele deschise ca să pătrundă briza serii și se duse să o caute pe Helena.

– Bună, dragule!

Helena stătea în ușa dormitorului gol, cu o mătură în mână, plină de praf din cap până-n picioare, dar victorioasă.

– Nu e grozav? E mai mare decât mă așteptam. Cred că intră lejer un pat dublu. Alexis a zis că ne împrumută unul care stă degeaba în camera lui de oaspeți.

– Excelent!

– Trebuie văruită, firește, dar se văd așa frumos munții de la fereastră. Podeaua are parchet, nu gresie. Mă gândeam că am putea să-l lăcuim la un moment dat.

– Grozav! Văd că te ajută prietenul tău.

– A venit acum vreo oră, cu mașina de marfă. A mutat în magazie toate cutiile prin care vreau să mă uit, pe restul le-a înghesuit în portbagaj și le cară la gunoi.

William încuviință din cap.

– Sunt sigur că te-a ajutat mult, dar puteai să-mi spui mie să mut cutiile.

– Nu erai aici. Alexis s-a oferit să le mute.

William nu răspunse. Se întoarse și porni spre scări.

– Sper că nu te-ai supărat, strigă Helena în urma lui.

– Nu, zise William și coborî la parter.

Helena lovi cu pumnul în cadrul ușii.

– Tu mi-ai zis să-l chem. Cine naiba să te mai înțeleagă? mormăi ea, coborând după el la parter.

Îl găsi pe Alexis în bucătărie.

– Gata. Mă duc să arunc gunoiul.

– Nu bei ceva cu noi?

– Nu, mulțumesc. Ne vedem mai târziu.

– Bine. Mulțumesc încă o dată.

Alexis zâmbi, o salută cu o clătinare din cap și ieși pe ușa din spate.

După ce îi luă din mașină pe cei doi copii somnoroși și țâfnoși, le dădu să mănânce și îi instală pe canapeaua din salon să se uite la televizor, Helena își turnă un pahar cu vin și ieși pe terasă. Îl auzea pe Alex bălăcindu-se în piscină, iar William stătea sprijinit de balustrada de la capătul terasei. Helena se așeză sub pergolă, fără a-și anunța apariția. Într-un final, William o observă și veni lângă ea.

– Scuză-mă. M-am purtat ca un bădăran. Dar e ciudat să văd că alt bărbat face ceea ce fac eu de obicei. Am senzația că am intrat într-o lume în care n-am ce căuta.

– Dragule, a trecut doar o zi de când ai venit. Încă nu te-ai acomodat.

– Nu, e mai mult de-atât, oftă William. Ăsta e regatul tău, casa ta, viața ta dintr-o altă epocă. Nu știu cum să explic, dar așa mă simt.

– Nu-ți place aici?

– E frumos, dar... William scutură abătut din cap. Trebuie să beau ceva. Stai o clipă.

Intră în casă și reapăru imediat cu o sticlă și un pahar.

– Îți mai torn?

Helena încuviință din cap, și el îi umplu paharul.

– Vinul e chiar bunicel. Se vede că prietenul tău se pricepe.

– Îl cheamă Alexis, William, și, într-adevăr, se pricepe, fiindcă asta a învățat de când era de-o șchioapă.

– Ar fi frumos să-l invităm să ia cina cu noi, în semn de recunoștință.

– Nu e nevoie.

– Ba da, așa se cade. Sincer să fiu, zise el, sorbind din vin, cred că sunt mai degrabă stresat pentru ziua de mâine.

– Din cauză că vine Chloë?

– Da. E fiica mea, dar n-o mai cunosc deloc, iar ea a auzit doar că sunt un nemernic... Habar n-am cum o să fie, dar sunt sigur că n-a fost ideea ei să vină aici. Nu-i convine că maică-sa a expediat-o cu forța la noi, ca să-și poată face de cap în Franța. S-ar putea să fie dificilă, Helena, zise William și mai luă o gură de vin, și nu pot s-o învinovățesc.

– Ne descurcăm noi cu ea, îl linişti Helena. Şi, la câtă lume o să fie aici, o să mai detensioneze situaţia.

– Se anunţă multă lume şi de toate facturile.

– Vom supravieţui, spuse Helena şi îl strânse de mână. Ca întotdeauna.

– Ştiu, oftă William, dar speram să nu fie vorba doar de „supravieţuire". Speram ca vara asta să ne *distrăm* împreună.

– Nu văd de ce n-am face-o. Avem numai figuri originale printre musafiri.

– Ai mai primit vreo veste de la Sadie?

– Da. Vine cu acelaşi avion ca familia Chandler. O să-i sun să văd dacă pot s-o ia cu ei de la aeroport.

– Vai de capul nostru! spuse William, cu un zâmbet forţat. Faimoasa Jules şi soţul ei ţinut sub papuc, plus Rupes şi Viola... Sadie care e în pragul depresiei şi o fiică pe care n-o mai cunosc.

– Dacă vrei să vezi doar partea rea, e adevărat, pare un coşmar, zise Helena. Aşadar, renunţăm şi mergem acasă?

– Ai dreptate, sunt prea negativist. Iartă-mă. Lui Immy şi lui Fred le-ai zis că vine şi Chloë?

– Nu. I-am zis lui Alex, dar m-am gândit că vrei să-i anunţi tu pe cei mici.

– Am înţeles. În cazul ăsta, trebuie să mă grăbesc. Ai idee cum să le dau vestea?

– Pe un ton cât mai firesc, ca şi când nu e ceva ieşit din comun. Nu uita că sângele apă nu se face. Chloë e sora lor vitregă, ceea ce înseamnă că au în comun jumătate din gene.

– Aşa e. Ce mă îngrijorează pe mine e cealaltă jumătate a lui Chloë. Dacă seamănă cu maică-sa?

– Atunci, să ne ajute Dumnezeu! Vrei să le dăm vestea împreună?

– Da, spuse William, încuviinţând recunoscător din cap. Mulţumesc, Helena.

După cum intuise Helena, cei doi copii nu se arătară câtuşi de puţin tulburaţi de vestea sosirii iminente a surorii pe care nu o cunoscuseră niciodată.

– E drăguță, tati? întrebă Immy, cuibărită pe genunchii lui William. Cum arată?

– Mai demult, toată lumea spunea că seamănă cu mine.

– Adică are părul șaten, tuns scurt, și urechi mari? Oribil!

– Mersi, scumpo, zise William și o sărută pe creștet. E mult mai drăguță decât mine.

– Cowee o să trăiască cu noi? întrebă Fred, de sub masă, unde se juca cu un camion de jucărie.

– O cheamă Chloë, Fred, îl corectă Helena. Nu, o să locuiască cu noi doar cât stăm în Cipru.

– Înseamnă că locuiește singură?

– Nu, locuiește cu mămica ei, explică William.

– Nu-i adevărat. N-am văzut-o niciodată la noi acasă.

– Ea are altă mămică, dragule, spuse Helena, deși știa că e inutil să explice situația unui copil de trei ani. Gata, scumpilor, treceți la culcare.

Se auzi obișnuitul cor de proteste, dar, în cele din urmă, cei doi se băgară în pat. Helena îi sărută pe frunțile jilave.

– Somn ușor și-un purice pe picior, zise și închise ușa după ea.

În hol, se ciocni de Alex care tocmai își muta rucsacul în noul său dormitor.

– Salut, mamă! Ești bine?

– Da. Tu?

– Și eu.

– Nu era nevoie să te muți de astă-seară. Chloë vine abia mâine după-amiază. Aveam timp suficient să schimb cearșafurile și să fac ordine mâine-dimineață.

– Am vrut să mă mut de acum, zise Alex și coborî scările.

– Bine. Ți-am pus un ventilator în cameră. N-am chef să faci iar insolație.

– Mersi, spuse Alex și se întoarse spre ea. O să te uiți prin cutiile din magazie?

– Da, când o să am timp. Deci, sigur nu în următoarele zile.

– Eu pot să mă uit în ele?

– Câtă vreme nu arunci nimic.

– Normal că nu arunc. Ştii că sunt pasionat de istorie. Mai ales de istoria mea, replică el sec.

– Multe dintre lucrurile alea n-au nici o legătură cu tine, zise Helena, fără să-l ia în seamă. Angus n-a fost rudă de sânge cu mine. Mi-a fost naş.

– Chiar şi aşa, poate mai aflu ceva interesant despre el.

– Ai dreptate.

Helena simţea că e vorba de mai mult decât o simplă curiozitate. Alex căuta indicii, dar ea ştia că nu va găsi nimic în cutiile lui Angus.

– Cum vrei tu, dar n-am chef să-ţi pierzi toată ziua de mâine printre cutii. Sosesc musafirii, şi o să am nevoie de ajutorul tău.

– Bineînţeles. Noapte bună, mamă! zise Alex, odată ajunşi în dreptul noului său dormitor.

– Noapte bună, dragule! spuse Helena şi închise uşa.

Jurnalul lui Alex
15 iulie 2006

Stau pe pat, în cămăruța mea. Ventilatorul pe care mi l-a adus mama e atât de aproape de mine, încât mă usucă într-un minut. În față, am o cutie pe care doar ce-am adus-o din magazie, plină cu fotografii și scrisori; încă nu știu dacă au vreo relevanță pentru mine și trecutul meu.

Mama nu e proastă. Știe ce caut. Știe cât de mult vreau să aflu...

Cine Sunt Eu.

Nu a părut deloc îngrijorată că aș putea găsi în cutiile alea dezlegarea vreunui mare mister, așa că, cel mai probabil, nu e nimic interesant printre lucrurile lui Angus.

Mă întreb de ce e atât de secretoasă când vine vorba de trecutul ei. Nu pomenește aproape niciodată de părinții ei, de casa în care a trăit, de copilăria ei. Azi, ca niciodată, mi-a dezvăluit mai multe informații.

Cu ocazia asta, am realizat că majoritatea copiilor pe care îi cunosc au o bunică sau un bunic în viața lor, sau, cel puțin, amintiri clare despre ei. Tot ce știu sigur este că pe mama o cheamă Helena Elise Beaumont, că m-am născut la Viena (n-avea cum să-mi ascundă asta, fiindcă scrie pe certificatul meu de naștere) și că am locuit acolo până la vârsta de trei ani, când l-a cunoscut pe tata, după care ne-am întors în Anglia și s-au căsătorit. Se vede treaba că am fost un țânc bilingv. Acum, abia dacă mai reușesc să număr până la zece în germană.

Stau întins, cu brațele sub cap, și mă uit la tavanul crăpat și îngălbenit. Mă gândesc la prietenul meu, Jake – deși e cam mult spus prieten, în sensul că mai schimbăm uneori câte o vorbă, și el nu e la fel de imbecil ca alți colegi de clasă –, care are o mamă durdulie și urâțică, ca mai toate mamele de adolescenți. Lucrează ca secretară cu jumătate de normă la cabinetul unui medic, face prăjituri delicioase ori de câte ori merg în vizită la ei și, una peste alta, e o femeie absolut...

... normală.

Toată viața ei este expusă în fotografiile înșirate pe bufet, alături de brioșele abia scoase din cuptor. Jake știe totul despre bunicii și tatăl lui, pe care îl vede în fiecare zi. Singura dilemă din viața lui este cum să își convingă mama să îi dea zece lire ca să își cumpere ultimul joc pentru PlayStation.

Prin urmare, de ce trebuie ca mama și trecutul meu să fie o asemenea enigmă?

Trag aer în piept și îmi dau seama că o iau razna din nou. Se pare că e o trăsătură normală pentru o persoană ca mine. Un copil „supradotat". Urăsc să fiu un număr într-o statistică și fac tot ce-mi stă în putință să infirm asta, dar, uneori, e mai greu. Ca să-mi abat atenția de la astfel de gânduri, mă ridic în fund și încep să mă uit la fotografiile în alb-negru ale unor oameni necunoscuți, care aproape sigur sunt oale și ulcele. Unele au date pe spate, altele, nu.

Angus era un bărbat frumos în tinerețe, mai ales când purta uniforma militară. Mă miră că nu s-a căsătorit niciodată. Poate că era gay. Nu pare, dar n-ai de unde să știi. M-am întrebat deseori cum îți dai seama că ești gay. Oi fi eu ciudat, dar sigur sunt hetero, chiar dacă într-un stil mai aparte.

În sfârșit, am ajuns la fundul cutiei, m-am uitat pe toate pozele și prin toată corespondența referitoare la comenzile de whisky de la Southampton ori la taxele vamale pentru cine știe ce tablou sau obiect de mobilier. După aceea, scot un plic maro umflat, adresat „Colonelului McCladden" la Pandora, și bag mâna în el.

Cad din el o mulțime de plicuri albastre, subțiri. Mă uit în unul. Conținutul e intact. Scot scrisoarea și văd o dată în partea de sus a coalei, *12 decembrie*, dar nici un an și nici o adresă.

Citesc primul rând:

„Draga mea dragă"

Bun. Nu trebuie să fii Sherlock Holmes ca să te prinzi că e o scrisoare de dragoste. E scrisă frumos, cu cerneală, într-un stil cursiv, cum erau deprinși oamenii pe vremuri.

Spicuiesc câteva rânduri din ea. E un elogiu adus unei femei necunoscute, identificată pe parcursul scrisorii doar prin „draga mea dragă". Abundă în formulări de genul: *„Zilele îmi par nesfârșite fără tine și tânjesc să te strâng iarăși în brațe ..."*

Prea multe dulcegării pentru gustul meu. Prefer chestiile care te țin în suspans. Sau Freud.

Dar, cel mai enervant, când ajung la final, nu găsesc nici o semnătură, doar o mâzgălitură care seamănă cu vreo douăsprezece dintre literele alfabetului.

Bag scrisoarea la loc în plic și mai deschid câteva. Sunt scrise într-un stil similar și cu nimic mai lămuritoare decât prima.

Mă uit în plicul mare, maro, ca să fiu sigur că e gol, și descopăr o foaie împăturită.

„Cred că aceste scrisori îți aparțin. Prin urmare, le voi returna expeditorului."

Nimic mai mult.

În mod evident, Angus e autorul lor. Ceea ce elucidează una dintre probleme și confirmă că nu era gay.

Casc. Mă simt obosit astă-seară, după ce am mutat toate cutiile alea pe o căldură de foc. Mâine-dimineață, îi dau scrisorile mamei. Sigur, ei o să-i placă mai mult decât mie.

Sting lumina și mă întind pe spate, apoi îl scot pe Rilă de sub pernă și îl așez pe brațul meu. Simt adierea plăcută a ventilatorului pe față și mă întreb cum reușise un bărbat ca Angus să comande armate și să împuște oameni și, în același timp, să scrie asemenea scrisori?

Iubirea rămâne un mister pentru mine, dar cred că voi afla și eu ce înseamnă.

Odată și odată.

Capitolul 7

Unde *dracu'* era?

William își trecu nervos mâna prin păr. Avionul aterizase de peste o oră. Pasagerii curseseră în valuri pe ușile de la Sosiri, iar acum, în sala de așteptare, domnea o liniște stranie.

Încercă să o sune pe Helena pe mobil, dar nu îi răspunse. O lăsase, împreună cu copiii, la firma de închirieri auto din Paphos, pentru că ajunseseră la concluzia că o singură mașină nu le era de ajuns. Helena îi zisese că e posibil să meargă cu copiii la plajă. William îi lăsă un mesaj să îl sune urgent, aruncă o ultimă privire prin sala de așteptare, după care se duse la biroul de informații.

– Bună ziua! Fiți amabilă și verificați dacă fiica mea se numără printre pasagerii sosiți azi-dimineață de pe Gatwick. Am venit după ea, dar n-a apărut încă.

Femeia încuviință din cap.

– Numele?

– Chloë Cooke, cu „e" la final.

Femeia introduse numele în computer, verifică lista, apoi se uită la el.

– Nu, domnule. N-a fost nici un pasager cu acest nume.

– Fir-ar a dracului de treabă! înjură William în barbă. Puteți verifica dacă nu cumva a sosit cu altă cursă din Marea Britanie?

– Încerc, dar sunt mai multe, de pe diverse aeroporturi regionale.

– A aterizat vreunul plecat de pe Stansted? întrebă William, urmându-și intuiția.

– Da. Cu o jumătate de oră înaintea zborului de pe Gatwick.

– Puteți să vedeți dacă a fost la bord?

Femeia tastă din nou numele, apoi ridică privirea și dădu aprobator din cap.

– Da, apare o domnișoară C. Cooke printre pasagerii cursei de pe Stansted.

– Mulțumesc.

William plecă de la ghișeu, ușurat, dar și furios. În mod evident, fosta lui soție modificase rezervarea fără să îl anunțe. *Tipic pentru ea*, își zise el, iritat. Se calmă și porni în căutarea fiicei sale.

Douăzeci de minute mai târziu, tocmai când se pregătea să alerteze poliția aeroportului cu privire la răpirea unui minor, William descoperi un bar micuț, chiar lângă sala de așteptare de la Sosiri.

Era pustiu, cu excepția unei adolescente și a unui bărbat brunet care stăteau și fumau pe scaunele înalte de la bar. De la distanță, observă părul castaniu, lung și lucios al fetei. Silueta ei de silfidă era îmbrăcată într-un tricou și o fustă scurtă. Își ținea picioarele lungi unul peste altul și legăna dintr-un pantof fără toc. Când se apropie, își dădu seama că era Chloë: fiica lui care, în ultimii ani, se transformase enorm, dintr-o copilă într-o tânără superbă.

Remarcă frumusețea fiicei sale, care evident nu trecuse neobservată nici de bărbatul așezat lângă ea, cu o mână pe pulpa ei goală. William se duse repede spre ei, realizând că bărbatul era mai în vârstă decât părea de la depărtare. Se opri la câțiva metri de ei, stăpânindu-și cu greu impulsul de a-l snopi în bătaie.

– Bună, Chloë!

Fata se întoarse, îl văzu și zâmbi galeș.

– Bună, tati! Ce mai faci?

Trase ostentativ un ultim fum din țigară și o stinse în momentul în care William se apropie de ea și o sărută protocolar pe obraz.

Ca pe o străină.

– El e Christoff. Mi-a ținut de urât cât te-am așteptat, explică Chloë, întorcându-și ochii imenși, de căprioară, către admiratorul ei. Mi-a spus care sunt cluburile mișto din zonă.

– Bravo lui. Hai să mergem.

– Bine, zise Chloë, coborând grațios de pe scaunul înalt. Ți-am notat numărul de telefon, Christoff. Te sun când vreau să mă plimbi prin Paphos.

Bărbatul încuviință cu o încuviințare din cap, fără să scoată o vorbă, și flutură mâna după Chloë, care ieși din bar împreună cu William.

– Unde ți-e valiza? o întrebă, uitându-se la gentuța de voiaj pe care o ținea în mână.

– N-am valiză, răspunse ea senin. Oricum, nu-mi trebuie decât niște costume de baie și saronguri. E tare să călătorești fără bagaje.

– Îmi pare rău că nu te-am așteptat la sosire. Ca de obicei, maică-ta mi-a dat informații greșite, zise William, în timp ce se îndreptau spre mașină, în lumina orbitoare a soarelui.

– Inițial, ne-am gândit că o să fim la Londra, dar pe urmă am mers la casa din Blakeney, și mama a descoperit că pot să iau avionul și de pe Stansted. A încercat să te sune, dar nu te-a prins la telefon.

William știa că ținuse mobilul la el în permanență, așteptându-se la obișnuitele schimbări de ultimă oră care apăreau de fiecare dată când trebuia să își vadă fiica. Înghiți în sec, conștient că era doar una dintre numeroasele situații în care va fi nevoit să-și țină gura pentru a menține o *atmosferă cordială*.

– Te-am căutat prin tot aeroportul. Noroc că am avut inspirația să intru în bar. N-ai voie înăuntru dacă n-ai împlinit optsprezece ani. Scrie pe ușă.

– Până la urmă, m-ai găsit, nu? Aia e mașina?

– Da, răspunse William, deschizând portiera.

– Uau! Un minivan.

– Da. Suntem o liotă. Urcă.

Chloë își aruncă geanta de voiaj pe bancheta din spate, își băgă mâinile pe sub părul castaniu ca să își elibereze gâtul de lebădă și căscă.

– Sunt varză de oboseală. M-am trezit la trei jumate dimineața. Aveam avion la șapte.

– Te-a dus maică-ta la aeroport?

– Doamne ferește! Știi cum e când se trezește cu noaptea-n cap. Mi-a chemat un taxi, răspunse Chloë, zâmbind. M-am făcut mare, tati.

– Ai paisprezece ani, Chloë. Mai ai doi ani până să împlinești vârsta legală la care ai voie să fumezi.

William răsuci cheia în contact, porni motorul și ieși din parcare.

– Luna viitoare fac cinșpe, așa că nu te mai ambala. Mai trag și eu din când în când câte un fum. Nu sunt dependentă.

– În cazul ăsta, m-am liniștit, zise William, știind că fiica lui nu va sesiza ironia. Cum e la școală?

– Ca la școală. Abia aștept să termin.

– Și ce-ai de gând să faci după?

William conștientiza cu amărăciune că un părinte știe răspunsul la această întrebare. Iar gândul acesta îl deprimă și mai mult.

– Habar n-am. Poate o să călătoresc, pe urmă o să lucrez ca fotomodel.

– Mda.

– Deja m-a luat în vizor o agenție, dar mama zice că trebuie să iau diploma de zece clase mai întâi.

– Are dreptate.

– Fetele încep să facă modelling de la doisprezece ani. Eu o să am peste șaisprezece, oftă Chloë.

– Un pic peste, chicoti William.

– Treaba voastră, dar o să vă pară rău într-o zi că, din cauza voastră, am ratat șansa să câștig o căruță de bani și să fiu celebră.

– Maică-ta ți-a zis de Immy și Fred, nu? întrebă William, ca să schimbe subiectul.

– Frățiorii mei? Normal că mi-a zis.

– Cum crezi că o să fie întâlnirea cu ei?

– Tare. Nu suntem o familie chiar atât de ciudată. Prietena mea cea mai bună, Gaia, e fata unui star rock, Mike nu mai știu cum. Tipul a fost faimos la vremea lui, iar Gaia are o grămadă de frați vitregi. Taică-su are peste șaizeci de ani, și iubita lui e din nou gravidă.

– Mă bucur că nu ți se pare o situație nefirească.

– Cum spune Gaia, când ai părinți divorțați și recăsătoriți, ai numai de câștigat, mai ales de Crăciun, fiindcă toți se bat care să te câștige de partea lor cu cadouri.

– E un punct de vedere... mai neobișnuit, zise William. Helena abia așteaptă să te revadă.

– Pe bune?

– Și ea, și Alex, băiatul ei. Îl mai ții minte?

– Nu prea.

– Te avertizez de pe acum că Alex e un băiat mai neobișnuit. Testele au arătat că e supradotat, așa că s-ar putea să ți se pară ușor ciudat. Dar nu e. E doar mult mai inteligent decât copiii de vârsta lui.

– Adică e un tocilar?

– Nu. Cum să zic, e..., se bâlbâi William, neștiind cum să îl descrie pe fiul lui vitreg. E altfel decât ceilalți. Vine și familia Chandler, niște prieteni vechi de-ai noștri, și Sadie, prietena Helenei, așa că o să fie casa plină. O să fie distractiv.

Chloë nu îi răspunse. William aruncă o privire spre ea și constată că adormise.

Nu era nimeni acasă când opri în fața Pandorei. O zgâlțâi ușor pe Chloë.

– Am ajuns.

Fata deschise ochii și se întinse somnoroasă. Se uită la tatăl ei.

– Cât e ceasul?

– Patru și zece. Hai să-ți arăt priveliștea.

– Bine.

Chloë coborî din mașină și își urmă tatăl pe lângă casă, până pe terasă.

– Marfă, zise ea, clătinând aprobator din cap.

– Mă bucur că îți place. Helena a moștenit casa de la nașul ei, așa că mai e de lucru la interior, spuse William și intrară amândoi în salon.

– E perfect așa cum e. Zici că e dintr-un film după romanele Agathei Christie. Are și piscină?

– Da, cum ieși pe poarta din stânga terasei.

– Super. Mă duc să înot.

Chloë își scoase imediat tricoul și fusta și ieși din casă, într-un costum de baie mai mult decât sumar.

William o urmări cum traversează terasa și se trânti într-un fotoliu de sub pergolă.

Fie Chloë juca perfect teatru, fie el își făcuse degeaba griji în privința atitudinii ei față de el. De o săptămână, repeta încontinuu explicațiile pe care să i le ofere când îl va acuza că o părăsise, că nu o iubește... se pregătise sufletește pentru toate capcanele emoționale întinse strategic de mama fetei.

Fiica lui era, după propriile spuse, „mișto". Atât de mișto, încât William înțelese că indiferența pe care o afișa față de el durea la fel de tare precum ura adânc înrădăcinată la care se așteptase. Parcă nici nu îi *păsa* că nu se văzuseră de aproape șase ani.

Totuși, se gândi el, e posibil ca un copil de paisprezece ani să fie atât de sigur pe sine cum părea ea? Sau juca doar un rol în spatele căruia se ascundea o fetiță speriată? William realiză cu mâhnire că nu cunoaște aproape deloc mintea femeiască. Nu-i rămânea decât o singură soluție: să o întrebe pe Helena când se va întoarce acasă.

Zece minute mai târziu, noua mașină închiriată opri în fața casei, și din ea se revărsară ceilalți membri ai familiei.

– Bună, tati! zise Immy, aruncându-i-se în brațe. Am făcut un castel mare, dar mi l-a dărâmat Fred. Îl urăsc.

– Te omor! strigă Fred, făcându-și apariția pe terasă, înarmat cu un pistol cu apă.

Immy scoase un țipăt și își îngropă fața în umărul lui William.

– Zi-i să plece de-aici!

– Potolește-te, Fred. O sperii.

– Nu-i adevărat. Ea m-a omorât prima, la plajă, zise copilul, scuturând fioros din cap. Unde-i Cowee?

– *Chloë*, Fred, îl corectă Helena, în timp ce întindea prosoapele ude pe balustradă. Chiar așa, unde-i Chloë?

– În piscină, spuse William, lăsând-o jos pe Immy.

– *Cum* e? întrebă Helena, în șoaptă.

– Bine, foarte bine. A crescut mult de când am văzut-o ultima oară. În *toate* privințele, zise William, cu o grimasă.

Helena îl văzu pe Alex în capătul terasei, trăgând discret cu ochiul la piscină, printre măslini.

– Mergem s-o salutăm?

– Nu-i nevoie. Aici sunt. Chloë apăru pe terasă, cu pielea încă lucind de apă, și se duse spre Helena. Bună! zise ea și o sărută pe obraji. Superbă casă.

– Mulțumesc, spuse Helena, zâmbind.

– Ei sunt frățiorul și surioara mea, nu? Veniți încoace, hoțomanilor, îi îndemnă ea.

Immy și Fred se uitau hipnotizați la făptura exotică, cu picioare lungi, fără să schițeze vreun gest.

– Ce drăgălași sunt! Immy seamănă leit cu tine, Helena, iar Fred, cu tata, remarcă Chloë și se lăsă în genunchi lângă ei. Bună! Eu sunt Chloë, sora voastră mai mare și foarte neascultătoare.

– Tati zicea că semeni cu el, dar n-ai urechi mari și ai un păr lung și frumos, o complimentă timid Immy.

Chloë zâmbi către William.

– Mă bucur, spuse ea, apoi întinse mâna spre fetiță. Îmi arăți și mie casa ta frumoasă?

– Da. Eu și mami am pus flori în camera ta, zise Immy, luându-și sora de mână.

– Dacă scotocesc bine, s-ar putea să găsesc niște bomboane prin geantă, spuse Chloë, uitându-se la Fred, în timp ce o urmă pe Immy în casă.

– Pot să vin și eu? întrebă Fred, scoțând capul din spatele lui William și alergând după ele, cu picioroușele lui dolofane.

– Ești chiar lângă mine, răsună vocea subțire a lui Immy din casă.

– Și lângă mine, adăugă repede Fred. Unde-s bomboanele, Cowee?

Helena se uită la William și zâmbi.

– N-a fost chiar așa rău, nu? Doamne, ce frumoasă s-a făcut!

– Așa e, dar, după părerea mea, e prea matură pentru vârsta ei.

– Mai are puțin și face cincisprezece. Oricum, fetele se maturizează mai repede decât băieții, dragule. Fii drăguț și adu-mi ceva rece de băut. Mor de sete.

– Desigur, *milady*. Aș bea și eu ceva.

William încuviință din cap și intră în casă.

Helena întoarse capul și îl văzu pe Alex lângă ea.

– Te simți bine? Ai o față de zici c-ai văzut o stafie.

Alex deschise gura, dar nu reuși să scoată nici un cuvânt. Ridică din umeri.

– N-ai salutat-o pe Chloë, îi atrase atenția Helena.

– Nu, îngăimă el.

– De ce nu te duci și tu cu ei?

Alex clătină din cap.

– Mă duc un pic în camera mea. Simt că mă apucă o migrenă.

– Ai stat prea mult la soare, dragule. Du-te și odihnește-te. Te chem eu când e gata masa. Angelina ne-a lăsat în cuptor ceva ce miroase senzațional.

Alex mormăi și intră în casă.

– A pățit ceva? întrebă William, trecând pe lângă Alex, cu două pahare de limonadă cu gheață.

Helena era singura care putea descifra dispoziția lui Alex.

– Nu cred.

După ce William se așeză pe scaun, Helena se apropie de el și îi masă umerii.

– Să știi că am primit mesajul de la tine abia când plecam de la plajă. Ai avut probleme la aeroport?

– Cecile a schimbat cursa lui Chloë și nu s-a obosit să mă anunțe. Nimic altceva. Până la urmă, am găsit-o într-un bar, fumând în compania unui cipriot slinos, pe care îl agățase în avion. Era atât de nonșalantă. Chiar așa o fi sau doar se preface? zise William, clătinând din cap. Habar n-am.

– Nu știu, dar partea bună e că se poartă frumos cu copiii. Immy și Fred s-au lipit imediat de ea. Și nu mi s-a părut că ți-ar purta ranchiună, zise Helena.

– Ar fi o minune, dată fiind situația.

– Dragule, majoritatea copiilor își iubesc necondiționat părinții, indiferent ce-au făcut sau n-au făcut. Evident, Chloë e o fată isteață. Chiar dacă maică-sa a tot încercat să o întoarcă împotriva ta, își dă seama de ce a făcut-o.

– Sper. Cel puțin, în astea câteva săptămâni, o să am ocazia să reînnod relația cu ea, în caz că o s-o mai văd tocmai când împlinește douăzeci și unu de ani, răspunse morocănos William.

– Chloë s-a făcut mare. Orice-ar spune sau ar face maică-sa, ea o să înceapă să ia propriile decizii. Singură va hotărî dacă te vrea sau nu în viața ei, fără să mai plece urechea la aiurelile maică-sii.

– Să sperăm. Momentan, trebuie să mă obișnuiesc cu un copil pe care aproape nu-l mai cunosc. Problema e că nu mai e copil, și habar n-am cât de îngăduitoare e maică-sa în general și cât de departe e ea dispusă să meargă. Dacă vrea să iasă cu cipriotul pe care l-a agățat la aeroport? Ziceau ceva că ar urma să se întâlnească. După atâția ani în care n-am văzut-o, nu vreau să par exagerat de sever. Pe de altă parte, are doar paisprezece ani.

– Te înțeleg, dar nu e ca și cum Kathikas ar fi capitala europeană a cluburilor de noapte, îl liniști Helena, cu un zâmbet. Nu cred să intre în cine știe ce încurcături aici.

– Dacă sunt bărbați, Chloë o să creeze probleme, oftă William. Băieții o să roiască în jurul ei. Mi se face rău numai la gândul că ar pune vreunul labele jegoase pe fiica mea...

William se cutremură de groază.

– E o reacție normală pentru un tată, fiindcă știi cum erai și *tu* în tinerețe, chicoti Helena, ridicându-se de pe scaun. Cât mă ocup eu de mâncare, du-te sus și pune-i pe ăia mici să se spele. Sigur Chloë e lihnită de foame și mă gândeam că ar fi plăcut să mâncăm cu toții.

– Bine. Mă duc acum.

– Alex nu vine? o întrebă Chloë pe Helena, în timp ce așeza vasul fierbinte pe masă.

– Nu. Mi-a zis că-l doare capul. Bietul de el, are mereu migrene.

– Păcat. N-am apucat nici măcar să ne salutăm, zise Chloë, reuşind să îi ţină pe Immy şi pe Fred pe genunchii ei firavi. Când am venit, s-a uitat lung la mine şi n-a scos o vorbă.

– O să-şi revină mâine, după ce se odihneşte. Doamne, ce bine miroase!

Helena desfăcu folia protectoare care acoperea conţinutul vasului şi începu să pună mâncarea în farfurii.

– Angelina mi-a spus că se numeşte *kleftiko*, un fel de friptură de miel gătită la foc mic.

– Miel, aşa ca Mieluţ al meu? întrebă Immy. Nu, mersi. Nu pot să mănânc aşa ceva, zise fetiţa, clătinând din cap, şi îşi încrucişă braţele pe piept. Dacă sunt mămica sau tăticul lui Mieluţ?

– Termină cu prostiile, Immy. Ştii foarte bine că Mieluţ e o jucărie. Nu e adevărat. Treci pe scaun şi mănâncă ca un copil cuminte, se răsti William.

Immy se dădu jos din poală de la Chloë, abia stăpânindu-şi lacrimile.

– Mieluţ e adevărat, tati.

– Bineînţeles că e adevărat, scumpo, o consolă Chloë, mângâind-o pe păr, şi îşi aşeză surioara pe scaunul de lângă ea. Tati rău.

– Da, tati rău, întări Immy, victorioasă.

– Îmi pui şi mie un pahar, tati? întrebă Chloë, văzându-l pe William că deschide o sticlă cu vin.

William se uită nehotărât la Helena.

– Mama ta te lasă să bei vin? întrebă Helena.

– Normal că mă lasă. Doar e franţuzoaică.

– Bine. Un păhărel, consimţi William.

– Trezeşte-te, tată. Am ieşit campioană la concursul de băut Baccardi Breezer la balul de sfârşit de semestru.

– Vai de mine, concursul de geografie e floare la ureche pe lângă asta, mormăi William în barbă. Haideţi să mâncăm.

După o cină relativ liniştită, cei doi mezini insistară ca sora lor mai mare să meargă cu ei în dormitor şi să le citească o poveste.

– Pe urmă trec pe la Alex să-l salut şi mă duc la culcare, anunţă Chloë, în timp ce Immy şi Fred o trăgeau de mâini. Noapte bună!

– Noapte bună, Chloë!

Helena se ridică de la masă și se apucă să strângă într-o tavă farfuriile murdare.

– E foarte drăguță, William, și se poartă așa frumos cu cei mici. Mă bucur că mai am un ajutor în casă.

– Așa e, zise William, căscând. Hai să lăsăm pe mâine ce mai e de făcut. Mă duc la culcare. La ce oră ajung familia Chandler și Sadie?

– După trei. Avem timp suficient.

– Poate chiar apucăm să ne relaxăm vreo oră la piscină. Vedem ce noroc avem, nu-i așa, Helena? Helena?

Helena se întoarse spre soțul ei.

– Scuze. Ce ziceai?

– Nu contează. Te simți bine?

– Da, dragule. Mă simt cum nu se poate mai bine, îi răspunse ea, cu cel mai afectuos zâmbet pe care îl putea afișa în acel moment.

Jurnalul lui Alex
16 iulie 2006

Retrag tot ce-am scris ultima oară în jurnal.

Absolut tot. Fiecare cuvânt, gând sau faptă.

Acel „odată și odată“ de care pomeneam s-a dovedit a fi AZI: 16 iulie, în jurul orei șaisprezece și douăzeci și trei de minute.

Clipa în care m-am Îndrăgostit.

Ah, drace! Mi-e rău. M-am îmbolnăvit. Inima, care de treisprezece ani îmi pompează cu succes sângele prin vene, începe să-mi joace feste. A lăsat să pătrundă ceva în ea. Iar acest „ceva“ e absolut perfid. Îl simt cum crește și își întinde tentaculele prin tot corpul meu, mă paralizează, mă face să transpir, să tremur, să nu mă mai controlez.

La doar câteva ore de la această schimbare de atitudine, îmi dau seama că nu mai primește comenzi de la corpul meu fizic. Nu mai reacționează în funcție de cât de repede ori de încet merg. Răspunde violent, bubuie în piept, chiar dacă stau întins, pentru simplul motiv că m-am gândit la ea: la Chloë în persoană.

Ce Afrodita? Ce Mona Lisa (care oricum e cam cheală în partea din față)? Ce Kate Moss? Fata MEA e mai frumoasă decât toate frumusețile din lumea asta.

Uite-o cât e de agitată iar – inima mea –, tremură de parcă am alergat la maraton sau abia am scăpat cu zile din colții unui rechin.

Cum mă gândesc la ea, cum o ia razna.

Adevărul e că se mai întâmplă și alte chestii, dar nu e momentul să discut despre ele.

Cel puțin, m-am convins că nu sunt gay. Și nici nu sufăr de complexul lui Oedip.

Sunt BOLNAV de dragoste. Îmi trebuie o scutire de la doctor până când îmi revin.

Dar oare îți mai revii vreodată? Din câte-am auzit, unii nu se mai fac bine niciodată. Poate o să mă chinui așa toată viața.

Dumnezeule mare, nici măcar n-am fost în stare să scot un cuvânt în fața ei. Dar asta e și din cauza buzelor mele care refuză să se miște în prezența ei. N-aș îndrăzni în veci să mănânc de față cu ea și să vorbesc în același timp. Ar fi prea mult pentru mine. În concluzie, o să fac foamea în vacanța asta. Sau, parcă mă văd dând iama în frigider în toiul nopții.

Cum să suport să o văd zi de zi, să îi văd pielea catifelată și ispititoare, dar atât de intangibilă?

Pe lângă asta, mi-e rudă. Din fericire, nu de sânge, așa că, din punctul ăsta de vedere, se putea și mai rău. Mi s-ar părea foarte tare să le spun băieților: „M-am îndrăgostit de sor-mea", și să văd cum reacționează.

Astăzi, când mă uitam la ea, și au început necazurile cu inima, mi-am dat seama că seamănă într-adevăr cu tata. Și m-am gândit cât de uimitoare sunt genele care au creat-o pe ea din el (un bărbat în vârstă, nici frumos, nici urât, dar, cel puțin, cu păr pe cap): femeia supremă, întruchiparea perfecțiunii.

Îmi scot tricoul și boxerii și îmi pun șosetele. Am gleznele ciuruite de mușcături de țânțar și n-am chef să se înfrupte din mine și astă-seară. Scot pachetul de ciorapi de zece deni, pe care i-am cumpărat azi de la supermarketul de lângă plajă. Casiera s-a uitat tare ciudat la mine când i-am plătit, dar puțin mi-a păsat.

Deschid pachetul și trag de ciorapi, mândru de ideea mea genială. Îmi trag peste cap și peste față partea denumită chilot și mă trântesc victorios pe pernă. Respir perfect prin ei pentru că sunt îndeajuns de subțiri și mă simt, în sfârșit, apărat de gângăniile afurisite.

Plus de asta, constat că, asemenea spărgătorilor de bănci din filme, văd foarte bine prin materialul transparent. Orbecăi pe sub pat după plicul cu scrisori. Nu i le-am dat mamei azi-dimineață, fiindcă era prea ocupată. Iar starea mea de spirit s-a schimbat radical în ultimele ore, așa că o să citesc scrisorile cu alți ochi.

Aleg una la nimereală, îmi bag căștile în urechi, pe sub chilotul de nailon, și pornesc iPodul. După aceea mă întind pe spate și găsesc desfătare în prezența unei persoane a cărei inimă a bătut cândva la fel de repede ca a mea, de când am văzut-o pe Chloë.

Închid ochii, preț de câteva secunde, în acordurile trupei Coldplay, pe care rareori o ascult, dar se potrivește mai bine cu dispoziția mea actuală decât Sum 41, și mă răsfăț gândindu-mă la ea.

Deschid ochii și îmi dau seama că nu e doar în imaginația mea. E chiar ea, în carne și oase!

Drace!

I se mișcă gura, dar nu aud absolut nimic din cauza iPodului. Îl opresc și realizez îngrozit că sunt gol-goluț, cu excepția șosetelor. Mă ridic în capul oaselor și trag cearșaful peste mine.

– Bună, Alex! Sunt Chloë. Am trecut doar să te salut, zice ea, cu un zâmbet galeș.

Hai, tâmpitule, mișcă-ți buzele! Îmi trec ușor limba peste ele ca să le stimulez și reușesc să scot un „Miiii“ sugrumat.

Se uită la mine cu o privire ciudată. Habar n-am de ce.

– Te simți mai bine? Ți-a mai trecut migrena?

Încuviințez cu o clătinare de cap.

– Da, spun și continui să dau din cap.

– Voiam să-ți mulțumesc că mi-ai cedat dormitorul tău. Immy mi-a spus. Ești sigur că te simți bine aici? E cât o debara.

– Fffoarte bine, spun și mai clatin puțin din cap.

E ca un fel de tic nervos, incontrolabil, dar reconfortant.

– Poate vorbim mai multe mâine.

– Da. Glozav.

Fir-ar să fie! Bâțâi întruna din cap! Bine c-am ajuns Bâțâilă. Mai lipsește doar bunul meu prieten Urechilă[1].

– Somn ușor, spune ea.

---

[1] Aluzie la personajele Noddy și Big Ears din cărțile de povești ale autoarei Enid Blyton

– Somn ușol.

Tocmai când e pe punctul să închidă ușa, se oprește și mă întreabă:

– Te doare urechea?

De data asta, nu mai clatin, ci zgâlțâi hotărât din cap, în semn că nu.

– Doar capul te doare?

Clatin din nou, aprobator.

– Mda.

E rândul ei să clatine din cap. Dă să plece, apoi spune:

– Atunci, nu pricep...

– Țe?

– De ce ai un ciorap tras pe cap. Noapte bună, Alex!

Capitolul 8

A doua zi dimineață, Helena se trezi cu noaptea în cap, cuprinsă de un sentiment de neliniște. Se strădui să adoarmă la loc, fiindcă o aștepta o zi grea, însă gândurile nepoftite care îi invadaseră mintea o obligară să își găsească o altă activitate. Într-un final, se dădu jos din pat, își puse echipamentul de antrenament și ieși pe terasă.

Răsăritul soarelui leneș o găsi pe Helena încălzindu-se cu o serie de plieuri, folosind balustrada pe post de bară de balet, în timp ce se gândea cât de urât ar arăta dacă ar vărui o cameră în culorile aurorei, dar cât de sublim se îmbinau acestea pe bolta cerului. Se aplecă în față, până ce atinse podeaua terasei cu degetele, se îndreptă, apoi se lăsă pe spate, brațele ei formând un arc elegant deasupra capului. Când dansa, mișcările corpului îi linișteau mintea și îi permiteau să gândească mai rațional.

În acea dimineață însă, nu știa de unde să înceapă.

Ce *ar trebui* să gândească?

Cu câteva săptămâni în urmă, gândul de a veni la Pandora, împreună cu familia, i se păruse minunat. De atunci, situația se schimbase radical, aducând-o în starea de anxietate în care se trezise în acea dimineață. Iar în momentul acela, era singura soluție ca să nu își ia lumea în cap, fugind de trecutul și prezentul ei și de urmările acestora asupra viitorului.

Cât de mult și-ar fi dorit să își descarce sufletul, să le mărturisească în sfârșit lui William și lui Alex adevărul, să își ia de pe inimă piatra care o apăsa zi de zi... dar știa că e imposibil.

Ar distruge totul.

Așadar... va proceda ca întotdeauna. Va purta singură povara secretelor.

Execută un arabesc, întrebându-se cu tristețe cât va mai reuși corpul ei să facă asemenea mișcări mlădioase. În tinerețe, avusese toate atuurile pentru a-și îndeplini visul de a deveni balerină; un fizic robust, dar grațios și flexibil, care rareori o trăda, un simț al muzicii care o ajuta să interpreteze notele instinctiv, și talent mai puțin obișnuit, prin care se distingea de celelalte balerine: talentul remarcabil de actriță.

Avusese o ascensiune rapidă la Royal Ballet, iar numele ei era cunoscut în Europa drept o artistă cu un viitor strălucit. O curtase baletul La Scala din Milano, apoi la vârsta de douăzeci și cinci de ani, devenise, alături de Fabio, partenerul ei de dans, prim-balerina renumitei Opere de Stat din Viena.

Iar apoi...

Helena oftă prelung.

Se îndrăgostise. Și totul se schimbase.

– Te simți bine, Helena? Pari obosită. N-ai putut să dormi?

O jumătate de oră mai târziu, William stătea în spatele ei, în bucătărie și o privea gânditor.

– Am tot recapitulat ce mai am de făcut până să vină Sadie și familia Chandler, așa că m-am gândit că e mai bine să mă trezesc și să mă apuc de treabă. Aș vrea să plantez și florile pe care le-am cumpărat de la magazinul de plante înainte să ardă soarele prea tare. N-am apucat să mă ocup de ele și mi-e teamă să nu moară dacă le mai las mult în ghivece.

Helena luă din bufet cutia cu cereale și puse câteva castroane pe tavă ca să le ducă pe terasă.

– Mă simt foarte vinovat, scumpo. Nu era de ajuns că ți-am băgat-o pe gât pe Chloë, dar ți-am adus pe cap și tot clanul lui Jules.

– N-aș spune asta. Jules m-a sunat și s-a autoinvitat.

– Știu că e greu să te-nțelegi cu ea, dar Sacha trece printr-o perioadă dificilă. Îi merg cam prost afacerile.

– Zău?

– Da. Dar promit să te-ajut cât pot de mult. Nu ziceai că vine Angelina azi?

– O să vină. Vreau să pregătească cina și să mai spele o dată băile. Știi ce mofturoasă e Jules.

William se apropie de soția lui și începu să îi maseze umerii.

– Dumnezeule, ce încordată ești! Nu uita că asta e totuși o vacanță.

– Nu uit. Dar toată lumea sosește azi, și sunt multe de făcut.

– Știu, dar și noi suntem mulți. Nu trebuie decât să ne ceri ajutorul.

– Așa e, răspunse Helena, cu un zâmbet șters. Mă duc sus să aranjez prosoapele. Ai tu grijă ca Immy și Fred să mănânce? Deși știu că Fred a descoperit deja dulapul cu dulciuri, după dâra de ambalaje pe care a lăsat-o în urmă.

William încuviință din cap.

– Normal. Pe urmă, dacă vrei, ies la o plimbare cu ei, ca să nu te încurce. Pornim în recunoaștere. Oricum, voiam să văd împrejurimile.

– Mulțumesc, dragule. Ar fi grozav.

– Helena?

– Da? zise ea, oprindu-se în pragul ușii.

William se uită la soția lui, oftă și ridică din umeri.

– Lasă, nu e important.

Helena încuviință din cap și urcă la etaj.

În jurul orei patru după-amiază, casa era pregătită să își primească musafirii. Helena reușise chiar să planteze în grabă mușcatele în urnele de pe terasă și se apucase să plivească buruienile care năpădiseră răzorul de lângă piscină, unde urma să planteze lavanda. Așeză ibricul pe foc, cu brațele amorțite de oboseală, și se duse să îl caute pe Alex. Băiatul anunțase de dimineață că încă îl doare capul și nu ieșise din cameră toată ziua. Ciocăni la ușă, apoi o deschise ușor, în caz că dormea. Îl găsi citind în pat.

– Bună, dragule! Cum te simți?

– Bine.

– Crezi că e indicat să citești dacă te doare capul? întrebă Helena. De ce nu deschizi o fereastră? E irespirabil aici.

– NU!

– Nu e nevoie să țipi. Era doar o sugestie.

– Scuze, mamă.

– Iar dacă stai în zăpușeala asta doar ca să nu intre țânțarii, ești de-a dreptul caraghios. Apar abia când se lasă seara.

– Știu.

– Cum îți mai e capul?

– Pe o scară de la unul la zece, undeva, pe la șapte. În traducere, un pic mai bine.

– Atunci, de ce nu ieși pe terasă, să bei un ceai cu mine?

Alex îi aruncă o privire agitată.

– Unde e Chloë?

– La piscină.

– Nu, mulțumesc. Stau aici.

Helena oftă.

– Te mai supără și altceva?

– Nu. De ce crezi asta?

– Pentru că te porți ciudat de când a venit Chloë. Ți-a spus ceva care te-a deranjat?

– Nu, mamă! Zău așa! Mă doare capul, nimic mai mult!

– Bine, Alex. Voiam doar să te ajut.

– Aoleu! Ești îngrozitor de stresantă azi.

– Nu-i adevărat!

– Ba da. Ce s-a întâmplat?

– Nimic. Sper că îți faci apariția când vine familia Chandler.

Alex încuviință în silă din cap.

– Bine. Ne vedem mai târziu, zise și își îngropă nasul la loc în carte.

Helena ieși pe terasă cu ceaiul, încercând să se mai liniștească, și aruncă o privire printre măslini, la Chloë, care stătea întinsă pe un șezlong lângă piscină, cu căștile în urechi. Era într-adevăr extraordinar de frumoasă, membrele lungi indicând că moștenise înălțimea tatălui ei. Chiar dacă, din punct de vedere fizic, Helenei i se părea că seamănă cu mama ei, datorită osaturii perfecte și părului drept și lucios. Cecile, fosta soție a lui William, afișa o eleganță și o aroganță înnăscute, caracteristice descendenței galeze.

Fără îndoială, William era atras de femei provocatoare. Deși, la o primă vedere, părea un tip simplu, meseria de arhitect îmbina nevoia de ordine cu înclinația spre frumos și creativitate. Și, cu toate că el n-ar fi recunoscut, Helena știa că suportă mediocritatea la fel de greu ca ea.

De-ar ști William ce sarcină complicată își asumase fără să își dea seama, îl compătimi Helena. Dar nu știa și, slavă Domnului, nici nu avea să afle vreodată...

Scârțâitul pietrișului de pe alee îi vesti sosirea familiei Chandler. Helena trase aer în piept și le ieși în întâmpinare.

– Doamne, ce arșiță! exclamă Jules, coborând de la volan.

Era o femeia înaltă, osoasă și atrăgătoare într-un mod mai degrabă masculin.

– Helena, scumpo, ce mai faci?

Jules o îmbrățișă cu brutalitate, cât pe ce să îi rupă gâtul.

– Minunat! Bine ai venit, Jules! zâmbi Helena, simțindu-se, ca întotdeauna, minusculă și fragilă în comparație cu ea.

– Mulțumesc. Dați-vă jos, copii, se răsti ea, spre bancheta din spate. Oribilă călătorie. Tot avionul a fost plin cu indivizi rași în cap, încălțați în tenişi. Bărbații erau mai înzorzonați decât femeile.

Jules își trecu degetele prin podoaba de păr castaniu-deschis, pe care îl tundea mereu scurt, ca să poată intra și ieși repede din duș după alergarea de dimineață.

– Bună, draga mea! Ce mai faci? zise Sadie, strângându-și prietena într-o îmbrățișare mai delicată.

– Sunt bine, Sadie. Arăți extraordinar pentru o persoană cu inima frântă.

– Mersi, spuse Sadie și o strânse și mai tare la piept. Mi-am băgat niște botox săptămâna trecută, ca să-i râd în nas imbecilului, chicoti în șoaptă.

– Se pare că a funcționat de minune, zise Helena, reconfortată de prezența prietenei sale.

– Bună, mătușă Helena!

Glasul neaşteptat de gros al lui Rupert, fiul lui Jules, o luă prin surprindere pe Helena. La fel şi înălţimea şi fizicul lui atletic, care te duceau cu gândul la un sportiv de performanţă.

– Doamne, ce mare te-ai făcut, Rupert! zise Helena, în momentul în care băiatul îşi aplecă capul blond spălăcit să o sărute.

– Am treisprezece ani, mătuşă Helena. Normal că am crescut.

Atât are şi fiul meu. Dar el a rămas copil, pe când tu te-ai făcut ditamai bărbatul, se gândi ea.

– Bună, mătuşă Helena!

Două braţe subţirele, albe şi pistruiate i se agăţară de gât, îmbrăţişând-o.

– Scumpa mea Viola, zise Helena! răspunzându-i la îmbrăţişare. Mi se pare că şi tu ai crescut.

– N-am crescut. Am rămas la fel, iar colegii de şcoală tot „Morcoveaţă“ mă strigă. Dar ce poţi să faci?

Viola zâmbi şi strâmbă din năsucul ei pistruiat, dezvelindu-şi dinţii ieşiţi în afară.

– Nu contează. Noi ştim că ai părul blond-arămiu şi că toată lumea o să te invidieze când o să te faci mare, fiindcă n-o să ai nevoie să dai o groază de bani ca să-ţi faci şuviţe.

– Mereu zici aşa, mătuşă Helena, chicoti Viola.

– E purul adevăr, n-am dreptate, Sadie?

– Categoric, confirmă imediat Sadie. Mi-ar plăcea la nebunie să am părul tău. Vorbesc serios.

– Unde-i tati, Viola? întrebă Helena, uitându-se nedumerită în maşină.

Jules scoase un fornăit scurt, precum caii pe care îi deţinea.

– Ce rost are să întrebi? Evident, dragul meu soţ nu-i aici.

– Atunci, unde e? insistă Helena.

– Acum? Probabil îşi bea minţile în vreun bar din Londra.

– N-a venit în Cipru?

– Nu. A intervenit ceva la serviciu şi ne-a lăsat de izbelişte în ultimul moment. Tipic pentru el.

– Şi nu vine deloc?

– Cică ar veni mâine, dar n-aş fi prea sigură. Nu mai contăm pe ce spune tata, nu-i aşa, copii?

– Nu fi rea, mami! Nu e vina lui tati că trebuie să muncească din greu, sări Viola, răsfăţata tatei, în apărarea acestuia.

Jules se uită la Helena şi ridică din sprâncene.

– Cred că înţelegi de ce sunt aşa nervoasă.

– Te înţeleg, zise Helena, legănând uşor din cap.

– Unde e adorabilul William? se interesă Sadie.

– E plecat să exploreze împrejurimile, împreună cu doi copii adorabili, îi răspunse Helena.

– L-ai dresat bine. Eu abia reuşesc să-l conving pe Sacha să vină la premierea copiilor, tună Jules, deschizând portbagajul ca să scoată valizele. Vin şi eu imediat, adăugă ea, şi restul musafirilor o urmară pe gazdă pe terasă.

Helena o observă pe Chloë venind dinspre piscină, cu un şal minuscul legat în jurul şoldurilor, deja uşor bronzată de soarele arzător.

– Salut! Eu sunt Chloë.

– Ştiu, spuse Sadie, sărutând-o pe obraji. Ne-am întâlnit mai demult, când aveai vreo şase ani, dar nu cred că-ţi mai aminteşti.

– Nu mai ţin minte, zise Chloë. Nu-i aşa că-i mişto aici?

– E foarte frumos, confirmă Sadie, admirând peisajul.

– Eu sunt Rupert, fiul lui Jules şi al lui Sacha. Bună, Chloë.

Fata îl măsură pe Rupes cu o privire satisfăcută.

– Salut! Ai văzut piscina?

– Nu.

– Vrei să ţi-o arăt eu?

– Normal. M-aş scălda şi eu puţin.

– Hai cu mine.

În timp ce adolescenţii mergeau spre piscină, Sadie se întoarse către Helena şi ridică din sprâncene. Exact atunci, apăru pe terasă Jules, trăgând de valizele uriaşe.

– Unde le pun?

După ce le conduse pe Jules în dormitorul ei şi pe Viola în camera pe care urma să o împartă cu Rupes, Helena se retrase rapid, ca să nu audă vreo nemulțumire. Porni spre camera lui Sadie și o găsi așezată în genunchi pe pat, cu ochii pe fereastră.

– Priveliștea e absolut superbă, zise ea, zâmbindu-i Helenei. Ce n-aș da să am și eu un naș care să-mi lase o casă ca asta după ce dă ortul popii.

– Știu. Sunt o norocoasă. Vii jos să bem ceva și să mai stăm de vorbă? propuse Helena, în șoaptă. Cred că lui Jules o să-i ia ceva să despacheteze tona aia de bagaje.

– Nu m-ar mira să fi venit echipată cu hârtie tapet și lipici și să redecoreze tot dormitorul până la cină, chicoti Sadie. La aeroport, a ținut morțiș să aibă grijă de pașaportul meu, adăugă, în timp ce coborau scările. Zici că eram copilul ei.

– Așa e ea, îi place să controleze totul. Vrei un ceai sau ceva mai tare? întrebă Helena și intră în bucătărie, împreună cu Sadie.

– Mai e un pic și apune soarele, așa că sigur a doua variantă.

Ieșiră pe terasă, fiecare cu câte un pahar de vin, și se așezară în fotolii.

– N-ai idee ce mult mă bucur că am plecat de-acasă. Îți mulțumesc că mi-ai oferit un asemenea adăpost superb într-o perioadă atât de furtunoasă, zise Sadie și ciocni paharul Helenei, după care luă o înghițitură de vin. Unde-i Alex?

– În camera lui. Are o migrenă.

– Săracul! Dar, în general, cum se comportă?

– Ca întotdeauna, spuse Helena, ridicând din umeri.

– Ce zice despre faptul că va merge la internat?

– Nu prea vorbește despre asta. Of, Doamne, sper să fi luat decizia bună, Sadie!

– Scumpo, băiatul a câștigat o bursă de studii la una dintre cele mai renumite școli din Anglia. Cum poți să stai în dubiu?

– Stau, pentru că, deși Alex are o minte de geniu, emoțional și fizic e încă necopt. M-am uitat la Rupes, care e cu doar câteva luni mai mare decât el, și m-am îngrozit. În plus, știi cât de greu îi e lui Alex să interacționeze cu persoane de vârsta lui. O să-i fie cu atât mai greu dacă toți sunt cu un cap mai înalți decât el. Mi-e teamă să nu-l brutalizeze.

– Școlile nu mai tolerează asemenea comportamente. Pe lângă asta, o fi Alex mărunțel pentru vârsta lui, dar nu e mototol. Nu-l subestima, Helena.

– Nici nu vreau să se transforme în vreun nesuferit arogant cu ifose aristocratice.

– Ca Rupes, nu? zise Sadie, cu un zâmbet prefăcut.

– Exact. Și o să-mi fie groaznic de dor de el, recunoscu Helena.

– Știu că voi doi ați avut dintotdeauna o relație foarte apropiată; tocmai de-aia e cu atât mai oportun să plece de-acasă. Nu-l mai poți ține agățat de fusta ta. E spre bine lui.

– Așa zice și William, firește. Probabil, aveți amândoi dreptate. Gata, să lăsăm discuțiile despre mine. Tu ce mai faci?

Sadie sorbi din vin.

– Mă bătea gândul să fac un curs unde să învăț cum să nu mă mai îndrăgostesc de toți neisprăviții care refuză să aibă o relație serioasă. Pe cuvântul meu, Helena, nu pricep cum reușesc să-i găsesc doar pe ăștia.

Helena se uită la pielea de alabastru a lui Sadie, la părul ei de abanos și la degetele lungi și delicate care strângeau piciorul paharului. Era mai degrabă exotică decât frumoasă, o femeie de aproape patruzeci de ani, a cărei siluetă zveltă îi permitea încă să se îmbrace ca o puștoaică. În ziua aceea, purta o rochie simplă de bumbac și șlapi și nu îi dădeai mai mult de treizeci de ani.

– E un mister și pentru mine, Sadie. Pe de altă parte, n-aveai cum să te îndrăgostești de un bărbat anost, n-am dreptate? Îți place provocarea necunoscutului.

– Da, știu, oftă Sadie. În mod sigur, e ceva tentant în ideea de a fi în poziția de salvator. Cu cât sunt mai distruși, cu atât mai mult vreau să-i salvez. După aceea, se fac bine, se simt puternici și o șterg cu alta!

– Iar acum, ai pățit-o din nou cu ultimul din seria dezastrelor.

– De fapt, ăsta s-a întors la fosta iubită, aceeași care l-a părăsit inițial pe motiv că era imatur emoțional. Ce părere ai de asta? chicoti Sadie, cu un rictus nervos. Aș putea să fac bani din asta. Să înființez ceva în genul școlilor de dresaj pentru cățel: lasă-ți bărbatul pe mâna mea douăsprezece săptămâni, și ți-l trimit acasă dresat să vină cu limba scoasă imediat ce fluieri. Cum ți se pare?

– Excelentă idee. Problema e că tu ai vrea să-i păstrezi pe cei mai drăgălași, zâmbi Helena.

– Ce-i drept. În orice caz, am decis ca, în viitorul apropiat, să renunț la bărbați. Ținând cont că nu gândesc mai departe de ziua de mâine înseamnă că, măcar astă-seară, sunt în siguranță. Ce mai face William, bărbatul meu preferat?

– E bine. Ca întotdeauna.

– Adică, iubitor, prosper, serios, priceput la copii, la făcut grătar și în pat. Mda, zise Sadie și mai luă o gură de vin. Dacă îi dai vreodată papucii, al meu e, ne-am înțeles?

– Al tău e.

– Lăsând gluma la o parte, Helena, trebuie să-mi găsesc rapid un partener. Nu e neapărat chestia că îmi sună ceasul biologic, cât faptul că am nevoie de un ceasornicar bun care să-l repare.

– Aiurea. Femeile fac copii și peste patruzeci de ani, spuse Helena.

– Poate că în planurile Providenței nu intră să am copii, și o să mă mulțumesc cu o droaie de fini și fine, oftă Sadie.

– Immy spune mereu că ești nașa ei preferată, ceea ce înseamnă că te descurci de minune.

– Da, sunt maestră când vine vorba să pun bani în felicitări. Îți mulțumesc oricum pentru încurajare.

– Bună, mamă! Bună, Sadie!

Alex ieșise pe terasă neobservat.

– Bună, scumpule! zise Sadie și desfăcu larg brațele.

Băiatul se duse cuminte spre ea și se lăsă îmbrățișat.

– Ce mai face băiatul meu minunat?

– Bine, mormăi Alex, îndreptându-se de spate și inspectând terasa cu o privire neliniștită.

– Dacă îi cauți pe ceilalți, sunt la piscină. De ce nu te duci să înoți și tu? îi sugeră Helena. Ți-ar prinde bine să faci puțină mișcare.

– Nu-i nevoie, mamă, mersi, răspunse el, stânjenit.

– Atunci, du-te, te rog, și mai adu o sticlă de vin alb din frigider, spuse Helena. Sunt sigură că Sadie ar mai vrea un pahar.

– Bună idee. Sadie n-ar spune nu.

– Situația e și mai dificilă pentru că îl urăște pe Rupes, oftă Helena, după plecarea lui Alex. Poate de-aia a stat toată ziua ascuns în cameră.

– Din păcate, trebuie să-i dau dreptate, zise Sadie. Rupes e un nesuferit îngâmfat.

– Ah, aici erați, exclamă Jules, făcându-și apariția într-un sarong de un galben-aprins.

Pe Chloë ar fi stat senzațional, dar Jules arăta ca o pălărie veștejită de floarea-soarelui. Femeia se trânti într-un fotoliu.

– Gata, toate sunt aranjate. Mai aveți un pahar de vin și pentru mine?

– Alex, dragule, mai adu un pahar de vin și pentru Jules.

Alex, care tocmai apăruse în ușă, se strâmbă și intră la loc în casă.

– Oh, s-a mai rotunjit față de ultima oară când l-am văzut. Cu ce naiba îl hrănești, Helena? întrebă Jules, în gura mare.

– E încă scund. O să mai slăbească când crește, răspunse calm Helena, sperând ca fiul ei să nu fi auzit remarca lui Jules.

– Așa speră toată lumea. Sunt tot mai mulți copii obezi în zilele noastre. Va trebui să îl pui la cură de slăbire dacă se mai îngrașă mult.

Observând stânjeneala Helenei, Sadie schimbă repede subiectul.

– Nu-i așa că e splendidă casa, Jules?

– Ar mai avea nevoie de câteva renovări serioase și de băi noi, dar, într-adevăr, e minunat amplasată. Mulțumesc, zise Jules, în momentul în care Alex îi aduse paharul. Cum merge școala?

– M-am transferat.

– Știu, îi replică Jules pe un ton sever. Te întrebam dacă ești nerăbdător să mergi la o școală nouă?

– Nu.

– De ce nu? Rupes abia așteaptă. A câștigat o bursă sportivă la Oundle.

– Nu vreau să plec de-acasă, bombăni Alex.

– Ei, lasă că te obișnuiești tu. Lui Rupes i-a plăcut la nebunie la internat. A fost șeful elevilor și a primit o mulțime de diplome sportive.

Ochii lui Jules lăcrimară de mândrie când își văzu fiul venind dinspre piscină, împreună cu Chloë.

– Salut, Alex! Cum merge treaba? zise Rupes și îi trase o palmă zdravănă pe spate.

– Bine, mulțumesc, răspunse Alex, încuviințând din cap.

– Mai pe seară, ies cu Chloë să ne plimbăm prin sat, anunță Rupes, zâmbindu-i fetei, și puse autoritar o mână pe umărul ei. Vii și tu?

– Nu, mulțumesc. Mă doare capul. Ne vedem mai târziu, răspunse Alex, tăios, și dispăru în casă.

– A pățit ceva? întrebă Jules, încruntată.

– N-are nimic, spuse Helena.

– Dintotdeauna a fost un copil ciudat. Lămurește-l tu, Rupes, că n-are de ce să-i fie frică de internat. Sărăcuțul, e tare stresat!

– Vorbim amândoi cu el, nu-i așa, Chloë? Stai liniștită, Helena, ne ocupăm noi de el, declară Rupes, pe un ton arogant.

– Parcă s-a auzit o mașină.

Helena se ridică, înainte de a vomita în paharul cu vin, și ieși în întâmpinarea lui William și a celor doi copii.

Jurnalul lui Alex
17 iulie 2006

Vai și-amar de mine! Vai și-amar de mine!

Adineauri am numărat zilele cât mai are de stat imbecilul scârbos, după care am calculat câte ore înseamnă asta, și, peste un milion două sute nouăzeci de mii și șase sute de secunde, individul o să...

DISPARĂ.

Două săptămâni, două săptămâni întregi în care să-l suport pe Rupes, să-l văd cum se împăunează în fața lui Chloë, cum îi atinge pielea perfectă și face tot felul de glume răsuflate. La care ea totuși râde.

Nu se poate să-i placă de el. Tipul e prost ca noaptea. Credeam că femeile elegante și inteligente preferă bărbații cu un grăunte de creier, nu musculoșii anoști și plini de ifose.

Cina de astă-seară a fost un coșmar. Rupes a făcut în așa fel încât să stea lângă ea, cu ochelarii de soare pe cap, ca o bentiță de fată, chiar dacă era întuneric de-ți băgai degetele-n ochi.

Se crede *așa* mișto, cum zice Chloë alarmant de des.

Și felul în care râde: un horcăit puternic, de parcă i-a rămas o alună în gât. Mărul lui Adam i se zguduie într-un mod atât de dezgustător și se face roșu la față și pe gât, ca un bețivan.

Sunt invidios pentru că el are mărul lui Adam?

Pentru că e gigantic pe lângă mine?

Pentru că îl place Chloë?

Da! Da! Da!

Mă apuc să izbesc cu pumnii în pernă, apoi mă uit sub ea şi văd că l-am pocnit în figură şi pe Rilă. Îl pup pe gâlma unde a fost cândva nasul şi îi cer iertare. Îi ţin lăbuţele lui cenuşii în lăbuţele mele cafenii.

– Tu eşti prietenul meu, zic, pe un ton solemn.

Nu-mi răspunde. În fond, nu-mi răspunde niciodată, pentru că e doar o jucărie veche de cârpă şi vată.

Cândva, credeam că e viu. Oi fi nebun? Mă întreb asta de multe ori. Dar, până la urmă, ce înseamnă, ce e normalitatea? E un golan blond care ştie cum să vrăjească fetele? Dacă asta e, prefer să fiu eu...

Cred.

Ştiu că nu mă pricep la palavre, şi e un mare dezavantaj să te simţi incapabil de a comunica. Poate ar fi mai bine să mă închid într-una din mănăstirile alea unde călugării trăiesc permanent în tăcere. Mi s-ar potrivi de minune.

Mai puţin faptul că nu cred în Dumnezeu şi nici nu vreau să port rochie.

Nu cred că tata îl place din cale-afară pe Rupes, ceea ce pentru mine contează. L-a întrerupt de câteva ori, când Rupes debita tot felul de inepţii la masă, şi i-a corectat greşelile de geografie.

– Rupes, Vilnius *nu* e în Letonia. E capitala Lituaniei.

Îmi venea să-l pup când a zis asta. Deşi, sincer să fiu, mă miră că Rupes ştie că Vilnius e oraş, şi nu vreun fotbalist celebru.

E cu doar patru luni mai mare decât mine, dar se crede deja adult şi are impresia că lumea vrea să audă ce are el de spus. Iar maică-sa, insuportabilă fiinţă, îi dă apă la moară. Îi soarbe fiecare cuvânt şi nici nu o bagă în seamă pe biata Viola, care e chiar simpatică. Are aproape unsprezece ani, adică e doar cu doi ani mai mică decât mine, dar pare mai aproape de vârsta lui Immy şi Max.

Dintotdeauna mi-au plăcut copiii mici. Îmi place că pun din senin tot soiul de întrebări bizare. Cam ca mine, numai că eu am învăţat acum să le păstrez pentru mine, nu să le rostesc cu glas tare.

În plus, Viola e foarte isteaţă. Astă-seară, la masă, mi-a mărturisit că nu prea îi plac caii. Ghinionul ei, fiindcă maică-sa o pune să călărească în fiecare zi, să participe la toate concursurile şi să le ţesale coamele şi chişiţele – ce-or mai fi şi alea.

Jules aduce cu un cal. Are ditamai dinţii şi nasul mare, şi tare mi-ar mai plăcea să-i îndes în gură un smoc de iarbă ca să mai tacă.

Dar nimic din toate astea nu mă ajută să rezolv problema principală: cum să-i spun lui Chloë că o iubesc.

Mi s-a adresat o dată astă-seară. Mi-a zis: „Te simţi bine, Alex?" A fost ceva magic. A zis-o cu atâta sinceritate, cu o atenţie desăvârşită, accentuând cuvântul „Alex". Sigur înseamnă ceva.

Nu i-am răspuns, fireşte, întrucât gura mea refuză să scoată sunete în prezenţa ei, dar cred că am încuviinţat din cap destul de elocvent. Întrebarea e, dacă nu pot *să vorbesc* cu ea, cum să-i mărturisesc că e cea mai minunată fată din lume?

Mă uit la plicul maro, plin cu scrisori de dragoste, de pe patul meu. Apoi la volumul de *Poezii* de Keats, de pe etajera de deasupra mea.

Şi văd răspunsul.

Capitolul 9

– Scumpo, vine un bărbat absolut superb pe alee.

În dimineața următoare, Sadie îi găsi pe Helena și pe William pregătind micul dejun în bucătărie.

– Nu poate fi decât Alexis, mormăi William.

– Cine e acest Alexis?

– Un vechi prieten al Helenei.

– N-ai pomenit nimic de el, zise Sadie. E din zonă? E căsătorit?

– Da și nu. Locuiește în sat, la câțiva kilometri de-aici, și e văduv.

– Situația arată din ce în ce mai bine. Să-l conduc pe terasă? Îi ofer o cafea? Un masaj?

– De ce nu? zise Helena, ridicând din umeri.

– Super. Mă duc să mă dau cu niște luciu de buze. Revin imediat.

– Sadie e incorigibilă, constată William, zâmbind. Dar mi-e dragă. Mai mult decât altă doamnă aflată actualmente în casa noastră.

– Jules e ușor... dominatoare. Dar nu o face intenționat.

– Ești prea blândă, Helena. Jules e versiunea feminină a lui Attila, și îmi pare rău că, din cauza mea, o s-o avem pe cap două săptămâni. Are un asemenea dar de a spune întotdeauna ce nu trebuie. Nu pricep cum o suportă Sacha în fiecare zi. Dar cine știe ce amazoană o fi în pat. Doar e expertă la călărie, pufni William. M-a plictisit de moarte aseară, cu poveștile ei despre cai, hamuri, zăbale.

– Azi-dimineață, când m-am trezit, m-a informat că a făcut ordine în cămară și a pus tot ce era perisabil în frigider sau în congelator, zise

Helena. În zadar i-am explicat că Angus a instalat un sistem de răcire; mi-a spus că nu vrea să riște ca copiii ei să ia E. coli sau salmonella.

– Mă bucur că ești atât de calmă. Pe mine m-a adus deja la capătul răbdării. Cel puțin, am scăpat de ea pe ziua de azi și i-a luat cu ea pe Viola și pe idiotul de fiu-su. Rupes n-a părut deloc încântat să meargă cu maică-sa și cu soră-sa ca să vadă nu știu ce ruine antice. Cred că spera să se gudure pe lângă Chloë. Deci, zise William, întorcându-se spre Helena, ce vrei să facem azi?

– Mă gândeam să-i ducem pe copii la Cascada lui Adonis. E sus în munte, și e o splendoare. Poți face salturi de pe stânci.

– Perfect. Facem o excursie în familie. Dacă reușesc să-i dezlipesc pe Immy și pe Fred din fața televizorului. De azi-dimineață, nu s-au mai mișcat de acolo.

– Cel puțin nu se ceartă. Pe lângă asta, e îngrozitor de cald afară, zise Helena, uitându-se pe fereastra bucătăriei.

– Hai să ne bem cafeaua pe terasă și să vedem dacă Sadie a sărit deja pe Alexis.

Helena îl urmă pe William afară din casă.

Alexis, lăsat în compania extrem de însuflețită a lui Sadie, îi întâmpină cu un zâmbet de ușurare.

– *Kalimera*, Helena și William! Ce mai faceți?

– Foarte bine, răspunse ea.

– Alexis tocmai îmi povestea că produce vin, zise Sadie, când William puse tava cu cafea pe masă. L-am asigurat că eu sunt clientul ideal. Vrei o cafea, Alexis?

– Nu, mulțumesc. Nu pot să rămân. Am venit să-ți aduc ceva, Helena, zise el și puse pe masă o cutiuță de lemn. Am găsit-o în sertarul unei comode stricate când mă pregăteam să o arunc la gunoi. Mi s-a părut prea drăguță ca s-o arunc.

– E foarte frumos lucrată. Din lemn de trandafir și inserții de sidef, remarcă William, trecându-și degetul peste ea. Cred că e foarte veche, ținând cont de culoarea lemnului. Probabil e o casetă de bijuterii.

– N-a rămas nici un smarald rătăcit prin ea? întrebă Sadie în momentul în care William o deschise.

Întinse mâna și pipăi căptușeala verde din interior.

– Nu se simte nimic.

– Îți mulțumesc că ai salvat-o, Alexis. E foarte frumoasă. O s-o pun pe măsuța de toaletă, spuse Helena.

– Bineînțeles! E cutia Pandorei! exclamă Sadie, zâmbind. Ai mare grijă, scumpo. Știi ce spune legenda.

– Ai dreptate, replică Helena. Închideți-o repede, până nu ies toate relele din ea.

– De asemenea, am venit să vă invit la petrecerea de logodnă pe care o dau vineri pentru fiul meu Dimitrios. Aș fi onorat dacă ați accepta să veniți, spuse Alexis.

– E foarte amabil din partea ta, dar suntem cam mulți, zise William.

Helena se întrebă imediat dacă nu cumva soțul ei caută o scuză pentru a nu onora invitația.

– Nu e nici o problemă. E o petrecere mare și toată lumea e bine-venită. Doar știți că ciprioților le place să petreacă.

– O să fie distractiv. Ne-ar face plăcere să venim. Mulțumim, Alexis, răspunse Helena, aruncându-i o privire sfidătoare lui William.

– Nu iei cina cu noi diseară? îl rugă Sadie. Suntem cu un bărbat în minus, iar lui William i-ar prinde bine puțin sprijin ca să facă față atâtor femei, nu-i așa, scumpule?

– Cred că da, răspunse el, sec, conștient că fusese păcălit.

– Vă mulțumesc, spuse Alexis. Înseamnă că ne vedem mai târziu. Pa.

– Bun, dacă mergem în excursie, mă duc să mobilizez copiii. Chloë și Alex nu s-au trezit încă.

William dădu să intre în casă, când Helena scoase un geamăt și duse mâna la gură.

– Ah, abia acum mi-am dat seama că petrecerea cade exact în ziua în care aniversăm zece ani de căsnicie!

William se opri și se uită la ea.

– Nu suntem obligați să mergem.

– Dar i-am promis.

– *Tu* i-ai promis, o corectă William.

– Iartă-mă, dragule, dar n-ar fi urât din partea noastră să ne răzgândim, mai ales după tot ajutorul pe care ni l-au acordat Alexis și familia lui? Cred că ar fi mai plăcut să mergem la o petrecere și să ne relaxăm decât să gătim pentru o armată de oameni.

– Dacă spui tu, replică scurt William și intră în casă după copii.

Sadie așteptă să dispară, după care i se adresă Helenei în șoaptă:

– Povestește-mi despre Alexis. A fost ceva între voi doi?

– Ce te face să crezi asta?

– Felul în care te privea, firește. N-ai cum să nu observi. Cred că s-a prins și William. Haide, Helena, spune tot, nu mai face pe secretoasa.

– A fost doar o idilă adolescentină pe vremea când am venit la nașul meu.

– V-ați iubit?

– Alexis a fost primul meu iubit. Normal că mi s-a părut ceva special. Toți credem la fel.

– E destul de evident că el încă oftează după tine, chiar și după atâția ani, aprecie Sadie, întinzându-se visătoare. Ce romantic!

– Exceptând faptul că eu am o căsnicie fericită, spuse Helena, mângâind ușor incrustațiile de sidef de pe cutie. Plus trei copii.

– Zi-mi sincer, mai simți ceva pentru el? Am senzația că-mi ascunzi ceva.

– Țin la el și la amintirile care ne unesc, dar nimic altceva, Sadie.

– Pe bune? Adică e o pură coincidență că pe primul tău copil îl cheamă la fel ca pe primul tău iubit?

– Doamne ferește, Sadie! E un nume care îmi place, atâta tot.

– Juri că nu l-ai mai văzut de atunci?

– Zău așa, Sadie, ești ca un câine care roade un os. Chiar nu putem să încheiem subiectul? o imploră Helena.

– Bine. Scuză-mă, scumpo.

Helena se ridică de la masă.

– Mă duc să-l ajut pe William să-i pregătească pe copii. Vii cu noi la Cascada lui Adonis sau vrei să lenevești la piscină?

– Rămân și mă pregătesc pentru cina cu un Adonis în carne și oase, răspunse Sadie, în urma Helenei. Ne vedem mai târziu.

*

Drumul până la cascadă se dovedi anevoios și riscant, exact cum și-l amintea Helena. Șoseaua era extrem de îngustă, plină de gropi și pante abrupte.

– Slavă Domnului că nu e mașina noastră! spuse William, virând cu măiestrie printre norii de praf. S-ar alege praful de anvelope, ca să nu mai vorbesc de suspensii.

– Zici că ne dăm în montagne-russe, mami, strigă Immy, încântată, țopăind pe bancheta din spate.

Alex stătea lângă ea, cu mâinile încleștate de marginea scaunului, alb ca varul și cu privirea ațintită în față. Chloë stătea pe bancheta din fund, cu ochii închiși și căștile în urechi, iar Fred dormea, spre surprinderea tuturor, cu capul rezemat de brațul ei.

– Ai mers cu mașina la cascadă când ai mai venit aici? întrebă William.

– Nu, râse Helena. Am mers cu mopedul, dacă-ți vine să crezi.

– Mă mir că ai scăpat cu viață. Cine conducea?

– Alexis, răspunse ea, după un moment de ezitare.

Degetele lui William se strânseră puțin mai tare pe volan.

– Mai târziu, poate binevoiești să îmi explici mai clar ce a fost între voi doi, murmură el, pe un ton sumbru. E clar că, din punctul lui de vedere, lucrurile nu sunt chiar lămurite. Iar mie chiar nu-mi place să mă văd încornorat în propria casă!

– William, te aud copiii! șopti Helena, disperată.

William apăsă pe frână și opri mașina brusc.

– Gata, copii, se pare că am ajuns.

Se aflau într-o vale adâncă, înconjurată de munți maiestuoși. Helena coborî și îi ajută pe Immy și pe Fred să se dea jos, chinuindu-se să își înghită nodul din gât, ca să nu observe nimeni că e la un pas să izbucnească în plâns.

William o luase deja înainte, iar ea știa că e mai bine să îl lase în pace. Era obișnuită cu accesele lui de furie. De regulă, se calma rapid și își cerea scuze. În afară de asta, după discuția cu Sadie, înțelegea reacția soțului ei. William se simțea amenințat, și era conștientă că trebuie să îl liniștească.

– Toată lumea are prosoape? Hai să mergem.

Helena îl apucă pe Fred de mână, și Immy se agăță de Chloë. Alex venea singur, în urma lor.

William cumpărase deja bilete. Îl luă în brațe pe Fred și îl strânse la piept.

– Ești gata să sari în apă rece, piticule?

– Da, tati, gata.

Bătură palma și porniră spre cascadă.

Helena coborî cu grijă pe pietrele colțuroase și intră până la brâu în apa rece și limpede, alături de micuții care se bălăceau de zor. William și Alex înotaseră până la marginea lacului, iar acum se cățărau pe stânci ca să sară de la înălțime. Chloë se bronza pe mal, atrăgând privirile admirative ale bărbaților din jur.

– Sar! Fiți atenți!

Alex îi făcu semn de pe marginea alunecoasă, aflată la vreo șase metri deasupra bazinului, după care plonjă, împroșcând apă în toate direcțiile.

– Bravo, Alex! strigă Chloë, după ce băiatul scoase capul la suprafață. Super tare!

– Urc pe stânca de deasupra, anunță el, înotând spre peretele muntelui.

Helena ridică ochii și văzu cât de sus era.

– Ai grijă, Alex! țipă ea, în timp ce William se pregătea să sară de pe stânca mai joasă.

Îl privi, gândindu-se cât de tânăr arată pentru cei patruzeci și cinci de ani ai săi; nu avea încă nici un fir alb în părul negru, iar corpul lui era zvelt și atletic.

– Hai, tati! strigă Immy, lovind entuziasmată cu mâinile în apă, împreună cu Fred.

William le făcu semn cu mâna și sări în aplauzele copiilor.

– Eu sar acum, mami! zise Fred, înotând spre stânci.

Helena îl trase înapoi.

– Când te faci mai mare, dragule.

– Vreau acum!

William se apropie de fiul său și îl luă în brațe.

– Vrei să sari și tu?

– Da!

– Bine.

Îl ridică pe Fred deasupra capului și îi dădu drumul în apă. Aripioarele de pe brațe nu îl lăsară să se ducă la fund, iar copilul chiui de fericire.

– Uită-te la Alex, Helena, strigă Chloë, din spate. Vrea să sară tocmai de-acolo de sus. N-o să pățească ceva?

– Sper că nu, răspunse ea, și Alex se aruncă în apă.

Chloë țipă și aplaudă când băiatul ieși la suprafață și veni spre ei.

– Rupes zicea că Alex e un pămpălău și un tocilar. Ia să-l văd pe *el* dacă e în stare să facă asta, îi spuse Chloë Helenei.

– Alex nu e nici pămpălău, nici tocilar. E un băiat extrem de curajos, replică Helena, privindu-l cum înoată spre ei, obosit, dar triumfător.

– M-ai văzut, mamă? întrebă Alex.

– Da, dragule. Ai fost extraordinar.

– Chiar ai fost. Auzi, Alex, zise Chloë, mușcându-și buza și afișând o vulnerabilitate încântătoare, dacă vreau să sar de pe stânca aia mai joasă, mă ții de mână și sari odată cu mine?

– Normal. Hai cu mine.

Helena remarcă mândria de pe chipul fiului ei în momentul în care o conduse pe Chloë spre stânci. Și deodată înțelese de ce se purtase atât de ciudat în ultimele zile. Evident, se îndrăgostise de fată.

Săriră de pe stâncă într-o ploaie de stropi, în uralele mulțimii care îi urmărea de jos.

După douăzeci de minute, Immy se sătură de bălăceală.

– Mami, m-am udat pe păr. Mi-e frig și mi-e sete și vreau să ies, se smiorcăi ea.

– Ai grijă de Fred, îi strigă Helena soțului ei, după ce își scoase fiica din apă. Mă duc să iau ceva de băut și ne vedem pe terasă.

Helena adună câteva doze de suc din mașină și se așeză pe o bancă, împreună cu Immy, la umbra unui măslin. Închise ochii câteva clipe, rememorând vremurile de demult, când Alexis o adusese acolo. Pe atunci, cascada nu era o atracție turistică, ci doar un loc superb, cunoscut doar de cei câțiva localnici din apropiere. Și ei săriseră de pe stâncile înalte și înotaseră în apa adâncă și limpede.

Și tot aici, pe malul lacului pustiu, într-un loc de legendă, Helena devenise femeie.

– Mami? Mă asculți?

– Bineînțeles că te ascult, draga mea, zise Helena, îndreptându-și atenția spre fiica ei.

– Am zis că mi-e foame. Vreau o pungă de chipsuri cu sare și oțet.

– Luăm masa de prânz cât de curând, așa că mai rezistă puțin. Uite că vin și ceilalți.

– Pot să ți-o arăt dacă vrei, îi spunea Alex lui Chloë. Cartea e super tare, iar Angus are ediția princeps.

– Mi-ar plăcea s-o văd.

– În regulă. O caut când ajungem acasă.

– Tare.

Alex era de nerecunoscut astăzi, medită Helena. Avea o scânteie aparte în ochii lui frumoși, iar fața i se lumina de bucurie când vorbea cu sora lui vitregă, aruncându-i priviri de adorație pe furiș.

– Uau! Ia uitați-vă, chicoti Chloë, oprindu-se în dreptul statuii care îl înfățișa pe Adonis gol îmbrățișându-se cu Afrodita. E... mm... absolut impresionant! adăugă, apoi se apucă să citească textul în engleză gravat pe plăcuța de piatră. Adonis și Afrodita, zeul și zeița iubirii și frumuseții. Legenda spune că au trăit mulți ani împreună, alături de numeroșii lor copii. Femeile sterile, care doresc să rămână însărcinate, trebuie să atingă membrul lui Adonis și vor fi binecuvântate cu mulți copii.

– Nici să nu te gândești, Chloë, spuse William, venind din spate cu Fred. Iar tu, Alex, stai cu ochii pe maică-ta. Asta ne mai lipsea, n-am dreptate, scumpo?

Helena înghiți cu un nod în gât și încuviință din cap.

– Categoric.

Jurnalul lui Alex
18 iulie 2006

Astăzi am zburat!

Nu cu avionul,.ci purtat de propriile brațe. Am plutit prin aer, sub privirile Ființei Iubite, care m-a aclamat și m-a aplaudat când am aterizat, *pleosc*, în apă.

Nu mai contează că sunt plin de pete roșii pe burtă, acolo unde m-am lovit de apă, sau că mi-am luxat glezna pe pietrele alunecoase. Nici vânătaia imensă de pe față, cu care n-am idee cum m-am ales, dar e posibil să îmi fi tras ea un cot când ne-am luat de mână și am sărit.

Durerea este neînsemnată în comparație cu bucuria de pe chipul ei. Sunt eroul ei. Mă consideră MIȘTOOOO.

Mă *place*.

Firește, m-a ajutat faptul că în răceala de gheață a Bideului lui Adonis mi s-au dezmorțit buzele. Poate că e ceva magic în apa aia, pentru că, pentru prima oară, când mi-a vorbit, am reușit să îi răspund.

Stând de vorbă, am aflat că îi place să citească. Vrea să se facă jurnalistă de modă, în caz că nu ajunge fotomodel, și e la curent cu toate articolele din *Vogue* și *Marie Claire*.

Nu mai e mult și va intra în Debaraua mea ca să vadă exemplarul din *Departe de lumea dezlănțuită* pe care l-am descoperit prin mulțimea de cărți din biblioteca lui Angus. Mi-a zis că o citește pentru examenul de clasa a zecea. Din câte mi-a spus, n-a ajuns prea departe, dar îi place ecranizarea cu Alan Bates și Julie Christie, și îi place foarte mult Terence Stamp în rolul „căpitanului Troy". (Eu îl prefer pe Alan Bates în rolul lui „Gabriel Oak", dar fiecare cu gusturile lui.) Aș vrea să îi dăruiesc cartea. Dar cred că mama n-ar fi prea încântată, fiindcă e o ediție veche și valorează probabil o avere.

În plus, cred că între timp a găsit poezia de la mine.

M-am furișat la etaj și i-am pus-o în dormitor când făcea duș, după ce ne-am întors de la cascadă.

Probabil o citește chiar în acest moment.

Nu m-am semnat, bineînțeles, dar o să se prindă de la cine e. M-am inspirat din scrisorile de dragoste pe care le-am găsit în cutia cu fotografii a lui Angus și am împrumutat câteva metafore de la Keats. Din punctul meu de vedere, sună foarte bine.

De asemenea, mă consolez cu ideea că mărimea nu contează chiar atât de mult. Uitați-vă la piticania aia de la Formula 1 și la nevastă-sa care are doi metri. Sau la toți jocheii mărunței care au iubite fotomodele. Când iubești pe cineva, nu-ți pasă cât de mic sau cât de mare este.

În afară de asta, am destul timp să cresc și ceva bani puși bine la o societate de credit, din care să-mi cumpăr o pereche de tenişi cu talpă din aia care te face să pari mai înalt. Bănuiesc că e un avantaj să fii putred de bogat, dar, cum spuneam și despre mărime, banii nu reprezintă chiar totul. În orice caz, și la capitolul ăsta e loc de creștere.

Am mai aflat că școala ei nu e foarte departe de școala la care voi merge eu din septembrie. Duminica, ne-am putea întâlni la un ceai, după o săptămână în care ne vom fi scris cu pasiune și ne vom fi declarat iubirea eternă unul față de celălalt...

Începe să iasă soarele și pe strada mea.

Poate că vacanța asta nu va fi atât de oribilă pe cât credeam azi-dimineață.

Ajutor! Bate cineva la ușa Debaralei mele. Ea trebuie să fie. Trag aer în piept și mă duc să deschid.

Capitolul 10

– Bună, Alex! Am venit să văd cartea de care mi-ai spus. L-am adus și pe Rupes.

Chloë se uită zâmbitoare la Rupes și îl trase de mână în cameră.

– Aaa... foarte bine.

Alex luă cartea de pe raft și i-o întinse lui Chloë.

– Ce frumoasă e! Nu-i așa, Rupes? spuse fata, învârtind în mâini manuscrisul fragil, cu coperte din piele.

– Așa o fi. Nu mă omor după cărți.

– Serios? zise Chloë, ridicând ochii spre el. Și eu care credeam că ești pasionat de... poezie?

Rupes ridică din umeri.

– Prefer activitățile în aer liber.

– N-o face pe rușinosul, Rupes, chicoti Chloë. E bine ca bărbatul să aibă și o latură sensibilă. Nu poți să negi că ai și tu una.

Rupes părea absolut nedumerit.

– Așa o fi. Apoi se uită la patul lui Alex și văzu iepurașul jerpelit de pe pernă. Ce-avem noi aici?

– Lasă-l jos, te rog, se răsti Alex. Nu-mi place să pună lumea mâna pe el.

– Ar fi bine să-ți iei la revedere de la el înainte să mergi la internat, spuse Rupes, ridicând din sprâncene spre Chloë și legănând iepurele de urechi. Ceilalți băieți s-ar putea să-și bată joc de tine. N-am dreptate, Chloë?

Alex smulse jucăria din mâna lui Rupes și o strânse la piept, defensiv.

– Sincer, Rupes, mă doare fix în cur. Mersi de avertisment.

– Multe dintre colegele mele au ursuleți de pluș și alte jucării, spuse Chloë, pe un ton blajin.

– Da, fiindcă-s fete. Am auzit că ai sărit de pe o stâncă înaltă azi, Alex. Cum te-ai ales cu vânătaia aia?

Alex ridică din umeri, fără să spună nimic.

– Mă gândeam să organizez o olimpiadă la piscină pentru noi, copiii. Cu ocazia asta, ne arăți cât de grozav ești. Te interesează?

– Poate.

– Bine. Ne vedem mai târziu. Vii, Chloë?

– Da. Mulțumesc că ne-ai arătat cartea, Alex, spuse Chloë, zâmbind. Ne vedem la cină.

– Arăți minunat astă-seară, Sadie, spuse William, după ce o găsi singură pe terasă, cu un pahar de votcă în față.

– Mulțumesc, scumpul meu domn. Mă străduiesc și eu cât pot, răspunse ea, zâmbitoare.

– Pot să-ți țin companie? Helena face duș.

– Bineînțeles. E o plăcere să petrec câteva minute cu unul dintre bărbații mei preferați, spuse ea, și William luă loc pe un scaun. Privește ce apus superb!

– E într-adevăr magnific. Totul e mult mai frumos decât îmi imaginam, mai ales casa.

– Da, creează o atmosferă aparte. Iar Helena a reușit să o facă extrem de primitoare.

– Apropo de Helena, dacă tot te-am prins singură, voiam să te-ntreb cum ți se pare în momentul de față.

– Obosită, dar bănuiesc că e din cauză că s-a agitat mult să aranjeze Pandora pentru atâția musafiri.

– Dar în ultimele săptămâni?

– Sinceră să fiu, William, n-am vorbit aproape deloc cu ea. A fost o nebunie generală la serviciu, plus tensiunile din viața privată. De ce întrebi? Ți se pare că s-a întâmplat ceva?

– Nu ştiu. Helena nu spune niciodată ce-i trece prin minte. Chiar dacă suntem căsătoriţi de atâţia ani, rămâne un mister pentru mine. Mai ales când vine vorba de trecutul ei.

– Dar asta face parte din farmecul ei, nu? îi reaminti Sadie. Helena e cea mai echilibrată femeie pe care o cunosc. Poate că, în interiorul ei, e un vulcan de emoţii şi de frământări, dar nu ţi-ar arăta asta nici în ruptul capului.

– Exact asta spun şi eu. Vrea să fie mereu stăpână pe situaţie, remarcă William, sorbind din vin. Dar cum e posibil să trăiesc atâta timp cu o persoană şi totuşi să am sentimentul că nu o cunosc deloc? Asta simt acum în ceea ce o priveşte pe Helena. Ţi-a vorbit vreodată despre tipul ăsta, Alexis?

– Te referi la Alexis care trebuie să apară din clipă-n clipă şi pe care voi încerca prin toate mijloacele să îl cuceresc? spuse ea, cu un zâmbet viclean. Din câte-am înţeles, au trăit o scurtă idilă, acum mulţi ani, când a venit ea la Pandora. Chiar nu cred să fie vorba de mai mult de atât.

– Serios? spuse William, încruntat. Sadie, ştiu bine că nu mi-ai spune nici dacă ţi-ar fi povestit totul cu lux de amănunte.

– Aşa e, nu ţi-aş spune, dar îţi dau cuvântul meu de cercetaşă că, în cazul de faţă, nu am ce altceva să-ţi spun.

– Ştiu doar că e chiar mai distantă decât de obicei şi..., spuse el, clătinând din cap şi oftând adânc, simt că ceva nu e în ordine.

– Salutare, oameni buni! zise Jules şi îşi făcu apariţia pe terasă. Apa e gheaţă. Se poate să îl rugaţi pe managerul acestui local să remedieze problema până mâine?

– Nu mi se pare o mare problemă pe căldura asta, spuse Sadie.

– Nu, dar e evident că toată instalaţia de apă e terminată. Nu pot nici măcar să trag apa la toaletă cum trebuie.

– E normal să fie probleme, Jules. E o casă foarte veche, explică William pe un ton calm.

– Iar renovarea ei vă va costa o avere, fără să punem la socoteală întreţinerea. Presupun că Helena nu se aşteaptă să contribui şi tu la cheltuieli, nu?

– Helena e o femeie bogată acum. Datorită moștenirii pe care i-a lăsat-o Angus, poate să acopere singură costurile. Mai știi ceva de Sacha? întrebă William, ca să schimbe subiectul. Ți-a zis când vine?

– Nu mi-am pornit telefonul mobil. Cu el sau fără el, eu sunt în vacanță, replică Jules, pe un ton iritat.

– Sunt sigur că ar vrea să fie și el aici, Jules, dar probabil are mult de muncă. S-au mai stricat vremurile și la Londra. Nu mai e ca altădată. Din punctul meu de vedere, Sacha a dat dovadă de mare curaj când și-a deschis propria afacere, după ce s-a întors din Singapore.

– *Kalispera!* Bună seara tuturor. Alexis apăru pe terasă, cu o precizie de ceas elvețian, în cămașă albă imaculată și pantaloni maro, de bumbac. Puse pe masă două sticle cu vin și un buchet mare de trandafiri albi. Sadie. William, zise el, zâmbindu-le pe rând. Îmi permiteți să mă prezint? Îi întinse mâna lui Jules, care își mai pierdu din răceala caracteristică la atingerea mâinii lui. Alexis Lisle.

– Jules Chandler. Ești cipriot sau englez?

– Cipriot. Dar familia mea se trage dintr-un englez care a venit aici în secolul al optsprezecelea și s-a căsătorit cu o străbunică a mea. Așa că încă îi purtăm numele.

– Bei ceva, Alexis? întrebă William, oferindu-i un pahar cu vin.

– Mulțumesc. Noroc! închină el paharul.

Toată lumea ridică paharele exact în momentul în care li se alătură și Helena, încântătoare în rochia ei simplă de bumbac alb.

– Bună, Alexis! îl salută ea, dar nu se duse spre el să îl sărute. Dragule, spuse apoi, întorcându-se către William, du-te repede până sus și spune-le noapte bună celor mici.

– Imediat. Mai e ceva de făcut la bucătărie, dacă tot intru în casă?

– Nu, doar să-i anunți pe cei mari că e gata masa într-un sfert de oră, spuse ea și îl mângâie ușor pe braț când trecu pe lângă ea.

– O trimiți și pe Viola la culcare, dacă tot intri? Se uită la un DVD. Spune-i că are voie să citească până la opt, după care la somn, strigă Jules.

William încuviință din cap și intră în casă.

– Ia loc, Alexis, îl invită Sadie, bătând cu palma în scaunul lăsat gol de William. Abia aștept să-mi mai povestești despre afacerea cu vin.

Helena ascultă absentă explicațiile lui Alexis despre activitatea de viticultor. Jules îi spunea ceva despre instalația de apă, dar nu îi dădu atenție.

– Da, spuse ea, distrată, sperând să fie răspunsul corect.

– Adică n-ai de gând să renovezi băile?

– Să fiu sinceră, nici nu m-am gândit la asta. Scuză-mă, Jules, mă duc că am mâncarea pe foc.

Helena se ridică de la masă și se refugie în bucătărie. Amestecă în tava cu friptură de porc pe care i-o lăsase Angelina în cuptor, verifică orezul care clocotea pe plită și îl scurse de apă.

Un braț o cuprinse de talie, pe la spate.

– Micuții noștri sunt în pat. Am dus-o și pe Viola în camera ei. Bietul copil, maică-sa nici măcar nu s-a obosit să-i spună noapte bună. Uneori, mă întreb de ce au mai adoptat-o, comentă William. E destul de clar cine e copilul preferat.

– E drept că Jules e cam aspră cu ea, dar Sacha o iubește la nebunie, răspunse Helena, evaziv.

– Nu pricep cum poți să fii atât de blândă cu Jules. Femeia asta ne scoate din fire pe toți. Trecând peste asta, Viola e o fată foarte drăguță și e fina mea, așa că aș vrea să se simtă cât mai bine aici.

– Sunt de acord cu tine. Încerc să îi dau atenție ori de câte ori am ocazia. E un sufletel rătăcit, spuse Helena, gânditoare, în timp ce răsturna orezul într-un castron. Are nevoie de puțină atenție și afecțiune.

William o întoarse pe Helena cu fața la el și o sărută pe frunte.

– Iartă-mă pentru felul în care m-am purtat mai devreme.

– Nu-i nimic. E și vina mea. După ce-am vorbit cu Sadie, mi-am dat seama că e... greu pentru tine.

William îi dădu o șuviță blondă din ochi.

– Este. Draga mea, m-aș simți mult mai bine dacă, la un moment dat, mi-ai povesti ce a fost între voi.

– Promit că o să-ți povestesc, dar nu acum, zise Helena și se întoarse din nou spre aragaz. Oricum, la cât de hotărâtă pare Sadie să îl cucerească, nu văd de ce ți-ai face atâtea griji.

– Nu te deranjează?

– Normal că nu mă deranjează, răbufni Helena. Nu...

– Salut, tati! Cum merge treaba?

Chloë intră în bucătărie, înfășurată într-un sarong turcoaz pe post de rochie.

– Bine, oftă William. Tu cum te simți?

– Super. După masă, am vorbit cu Rupes să mergem până în sat, să testăm barurile.

– N-am nimic împotrivă, cu condiția să nu bei alcool și să fii acasă înainte de miezul nopții, spuse el, resemnat.

– Mersi, tati. Mmm, ce frumos miroase, zise Chloë, aruncând o privire în vasul din fontă pe care Helena tocmai îl scotea din cuptor. Auziți, cine-i musculosul de pe terasă?

– Îl cheamă Alexis. E... vecinul nostru, răspunse Helena.

– Arată bine pentru un bărbat de vârsta lui. Sadie e toată călare pe el, chicoti fata. Ne vedem mai încolo.

– Stai o clipă, o opri William, luând castronul de pe bufet și întinzându-i-l. Fă-te utilă și du orezul pe terasă, te rog.

– L-ai văzut pe Alex, Chloë? întrebă Helena, urmându-i afară și punând vasul pe masă.

– Cred că e în camera lui. Vrei să mă duc să-l chem? se oferi fata.

– Da, te rog.

– Imediat.

– E fiica ta, William? întrebă Alexis, uitându-se după Chloë care intra în casă.

– Da.

– E foarte frumoasă. Cred că ești foarte mândru de ea.

– Sunt, dar, ca orice tată, îmi fac griji că se maturizează prea repede. Îți mai torn niște vin, Alexis?

Câteva minute mai târziu, Alex se târî anevoie pe terasă, cu o figură posacă.

– Nu vrei să stai lângă Sadie, dragule? îi zise Helena.

– Mulțumesc.

– Tatăl tău mi-a zis că ai sărit de pe Cascada lui Adonis azi, i se adresă Alexis.

– Așa e.

– Mare curaj, mai ales să sari de pe stânca de sus.

– Nici eu n-aş avea curaj să sar de acolo, spuse William, împărţind farfuriile aburinde cu friptură de porc şi orez.

– Ar trebui să mergem şi noi, îi întrerupse Jules. Rupes a fost campionul şcolii la sărituri.

– Nu e o idee prea bună să plonjezi de la asemenea înălţime. Chiar dacă apa e destul de adâncă, sunt multe pietre la fund. Dacă te loveşti cu picioarele, nu-i o problemă, dar, dacă nimereşti în cap, e nasol, o avertiză Alexis.

– Îmi pare rău că n-am mers şi eu, zise Sadie. Pare superb din ce povestiţi voi. Mă duci şi pe mine într-o zi, Alexis? întrebă Sadie.

Alexis se uită la Helena câteva clipe, după care întoarse privirea.

– Bineînţeles. Şi pe alţii, dacă vor să meargă.

– Eu vreau. Rupes apăru pe terasă, mirosind de la o poştă a aftershave, şi se aşeză lângă Chloë. Arată foarte bine. Mulţumesc, mătuşă Helena, spuse când se văzu cu farfuria în faţă.

– Nu e nevoie să-mi mai spui „mătuşă". Ai treisprezece ani, deci eşti oficial adolescent. Poftă bună tuturor! le ură Helena şi se aşeză, în sfârşit, la masă.

– Aş vrea să propun un toast în cinstea gazdei care ne-a primit la Pandora cu atâta ospitalitate. În cinstea Helenei! zise William şi ridică paharul.

– În cinstea Helenei! spuse toată lumea în cor.

După cină, Rupes şi Chloë plecară în sat, având la ei telefoanele mobile şi o lanternă. Alex se închise din nou în camera lui, iar Sadie insistă să spele vasele, forţând-o şi pe Jules să dea o mână de ajutor.

Helena, William şi Alexis rămaseră pe terasă.

– Vrei un coniac, Alexis?

– Mulţumesc.

William îi întinse un pahar.

– Cum reuşeşti să faci faţă concurenţei vinurilor importate din America? Din câte-am observat la supermarket, sunt foarte populare aici.

Helena ascultă pe jumătate absentă discuţia celor doi despre afaceri. William se comporta exemplar, nici urmă de furia de mai devreme. Amândoi erau oameni cumsecade, se gândi ea, nu aveau motive să nu se înțeleagă. Atât timp cât nici unul din ei nu afla adevărul...

Alexis plecă o oră mai târziu. Jules se dusese deja la culcare, iar Sadie lenevea într-un fotoliu și căsca somnoroasă.

– Alexis mi-a povestit despre soția lui și cât de mult i-a afectat moartea ei pe băieți. Avea doar treizeci și patru de ani, biata de ea. Partea bună e că, deși a suferit atât de mult, nu e nici smiorcăit, nici urâcios. E un bărbat de nădejde. Mi-a mai redat speranța în sexul masculin. Gata, mă duc la culcare. Atâta soare te doboară pur și simplu. Noapte bună!

– Are dreptate. Alexis e un tip de treabă, medită William, după plecarea lui Sadie. Dar parcă nu mi-i imaginez împreună.

– N-ai de unde să știi. S-au pomenit și lucruri mai ciudate.

– Posibil, dar Alexis nu mi se pare pregătit să se detașeze de trecut. Și când zic asta nu mă refer la soția lui, ci la tine, spuse William, uitându-se la ceas. Pe unde naiba umblă Chloë și Rupes? E aproape unu.

– Sunt sigură că Rupes are grijă să nu pățească nimic, răspunse Helena, ușurată că schimbase subiectul.

– Sincer, mi-e mai teamă de ce-ar putea păți din cauza *lui*, mormăi William.

Zgomotul unei mașini pe aleea din fața Pandorei îi făcu pe amândoi să întoarcă capetele.

– Sper să nu-i fi prins poliția consumând alcool. Nu trebuia să-i lăsăm să plece singuri.

William se ridică și porni spre alee, urmat îndeaproape de Helena.

Când mașina se mai apropie, observară că era un taxi. Imediat ce opri, portiera din spate se deschise și apăru o siluetă șifonată, cu o geantă de voiaj în brațe.

– Mulțumesc.

Silueta trânti portiera și veni spre ei.

– Salutare, oameni buni! Am ajuns și eu în sfârșit.

– Sacha! De ce nu ne-ai spus c-ai venit? Veneam să te luăm de la aeroport. Mă bucur să te văd, amice!

William îi dădu prietenului său o „îmbrățișare bărbătească", constând mai cu seamă din strângeri de mână și bătăi pe spate.

– Am trimis un mesaj pe telefonul lui Jules să vină să mă ia de la aeroport, dar evident nu l-a primit, așa că am luat taxiul. Bună, Helena! Ce mai faci?

Când o sărută pe obraz, Helena tresări, simțindu-i respirația duhnind a alcool.

– Hai pe terasă să bei o cafea. Cred că ești obosit după o zi așa lungă, îl invită William.

Odată ajunși la lumina blândă a terasei, după ce Sacha se prăbuși într-un fotoliu, William îi remarcă pielea galbenă și uscată și ridurile adânci care îi brăzdau fruntea și zona din jurul nasului. Podoaba aceea de păr roșu, de regulă lucioasă și rebelă, era slinoasă și încărunțită la tâmple.

– Aș prefera un coniac în loc de cafea, spuse Sacha, arătând spre sticla de pe masă.

William îi turnă în pahar un deget din lichidul auriu.

– Toarnă mai mult, ce Dumnezeu! zise Sacha.

William schimbă o privire cu Helena și îi umplu paharul cu inima îndoită.

– Vrei s-o anunț pe Jules că ai sosit? întrebă Helena.

– Ferească Dumnezeu! exclamă Sacha, luând o dușcă zdravănă. Vorba aia: „Nu trezi șarpele care doarme".

Râse de propria glumă nesărată.

– Mă duc la culcare. E deja târziu. Helena se ridică, disperată să plece cât mai repede de acolo, gândindu-se că e mai bine să îi lase pe bărbați singuri. Noapte bună!

– Noapte bună, Helena, mormăi Sacha.

– Urc și eu imediat, scumpo, spuse William, în momentul în care telefonul îl anunță că primise un mesaj.

vn aks. toate bune xoxo

William se strâmbă.

– Scumpa mea fiică mă informează că ea și fiu-tu au hotărât în sfârșit să vină acasă, două ore mai târziu decât au promis.

– Ah, da! Uitasem că e și Chloë aici, spuse Sacha, întinzând mâna după sticlă, ca să își mai toarne un pahar. Cum e?

– Ca orice adolescentă disperată să crească. Îți dai seama că mă așteptam la ce e mai rău, după câte i-o fi băgat în cap maică-sa, dar e surprinzător de plăcută. Dacă aș fi avut vreun rol în educația ei, aș fi extrem de mândru.

– Nu fi așa aspru cu tine. I-ai fost alături în anii de formare, și nu e vina ta că vaca aia cu care te-ai însurat e nebună.

– Chloë e uimitoare, chiar și cu cincizeci la sută din genele mele. Fiu-tu sigur îți poate confirma, spuse William, sesizând faptul că prietenului său i se împleticea limba și încercând să mai destindă atmosfera.

Știa că Sacha era deja beat turtă.

– Sunt convins. Afurisitele astea de femei, toate-s o apă și-un pământ. Se folosesc de farmecele lor ca să le fure mințile bieților bărbați. Și, după ce pun mâna pe noi, nu fac altceva decât să se vaite. Uită-te la Jules. Dac-o întrebi pe ce loc mă aflu în topul preferințelor ei, mă plasează probabil undeva între Hitler și Satana.

– Exagerezi, Sacha.

– Ba nu, zise el, vehement, și râse amar. De fapt, singurul lucru care mă mai înveselește e gândul la ce față o să facă când o să afle.

– Ce să afle?

Sacha se uită la William, cu o expresie de profundă deznădejde. Clătină din cap și chicoti răutăcios.

– Presupun că n-are rost să mai păstrez secretul.

– Ce Dumnezeu tot îndrugi acolo?

Sacha mai luă o dușcă de coniac.

– Păi, să vedem: am ipotecat deja casa de două ori și am luat o grămadă de împrumuturi private ca să mă mențin pe linia de plutire. Dar gata, s-a terminat, Will. Afacerea e în faliment. Ceea ce înseamnă că eu și familia mea am pierdut tot.

Jurnalul lui Alex
19 iulie 2006

E trecut de ora unu dimineața. Stau în pat și nu îndrăznesc să respir, nu cumva să ratez zgomotul pașilor.

Nu mă pot liniști până când nu o știu pe Chloë ajunsă acasă teafără și nevătămată.

Am auzit o mașină și m-am gândit că sunt ei. Pe urmă, am auzit o voce și l-am recunoscut pe Sacha. Și pe urmă... nu sunt sigur, dar, la scurt timp după asta, mi s-a părut că aud un bărbat plângând. Poate se uită la DVD în salon, fiindcă nu mi-l imaginez pe tata ori pe Sacha suspinând ca niște fetițe. Bărbații nu fac astfel de lucruri în prezența altor bărbați.

Canalele noastre lacrimale sunt programate încă de la naștere să Funcționeze Doar În Secret. Și la Ocazii Speciale, care se împart în doar două categorii: nașteri și înmormântări.

Dar, chiar și atunci, e cu dus și-ntors, deoarece, din câte-am observat, bărbatul trebuie să fie „alături" de femeia din viața lui. Ea are voie să dea frâu liber emoțiilor, și toată lumea se gândește ce persoană minunată (în cazul nașterilor) sau sensibilă (în cazul înmormântărilor) e. Noi, în schimb, dacă îndrăznim să vărsăm o lacrimă, suntem catalogați drept niște muieratici, și nimic nu ne mai spală de rușine.

Odată, am mers la spital, după ce am căzut cu bicicleta și mi-am julit genunchii de asfalt. Am pufnit automat în plâns, pentru că durea ca naiba! Am primit vreun strop de milă de la Sora Cruella în timp ce îmi culegea cu penseta pietricelele îngrozitor de dureroase din genunchi? Pe dracu'! Chiar dacă pierdusem o bucată de piele suficient de mare cât să faci unei broaște o grefă totală, Cruella mi-a ordonat să mă comport ca un „băiat mare".

Fii curajos, băieții nu plâng...

Nu e de mirare că bărbații sunt ridiculizați de femei pentru că își reprimă emoțiile. Cum să nu facă asta când nu avem nici măcar voie să comunicăm cu sentimentele noastre printr-o scrisoare, darămite să le dăm telefon, sau – culmea ororii – să le „vizităm" personal, permițând canalelor noastre lacrimare să se deschidă?

Și totuși, cine îi crește și îi educă pe majoritatea băieților din lumea asta?

Exact!

Femeile!!

Mă opresc din delirul meu filosofic și mă întreb dacă nu cumva am descoperit o conspirație de proporții monumentale. Oare, într-o bună zi, va fi și numele meu menționat alături de Aristotel? Socrate? Homer Simpson?

Întrebarea este: ce vor femeile de la noi?

Oricare ar fi răspunsul, nu pot să mai meditez la el, fiindcă aud voci cunoscute în hol.

A ajuns acasă. Slavă Domnului! În sfârșit, pot să mă calmez și să mă odihnesc puțin, știind-o pe Chloë în patul ei, la doar câțiva metri deasupra mea.

Îi aud pașii ușori când intră în dormitor și face ce fac fetele înainte de culcare. Rupt din context, pare să mărșăluiască de colo până colo, ca și când ar patrula. În realitate, cel mai probabil se dezbracă, își așază hainele în șifonier, își pune pijamaua, se piaptănă, își caută revista *Heat* sub pat. Et cetera.

Sting lumina, îi spun că o iubesc și mă pregătesc de somn. Când să ațipesc, aud un ciocănit la ușă.

Se deschide înainte să apuc să spun ceva.

– Alex, ești treaz?

– Acum, da.

Ăsta ce-o fi vrând de la mine?

Mă ridic în capul oaselor, și Rupes îmi invadează spațiul.

– Salut!

– Salut!

Rupes își strecoară anevoie mușchii prin spațiul îngust dintre capătul patului și ușă și închide ușa după el, ceea ce e îngrijorător.

– Vreau să te întreb ceva.

– Serios? Ce anume?

– Tu i-ai scris o poezie lui Chloë și i-ai lăsat-o în cameră azi-dimineață?

Mă îngrozește gândul că știe asta.

– E... posibil.

– M-am gândit eu. I-a plăcut mult.

– Pe bune? spun, înveselindu-mă brusc.

L-a trimis pe Rupes în calitate de mesager romantic, pentru că ea e prea sfioasă ca să vină personal?

– Da. Problema e că își imaginează c-am scris-o eu.

Poftim?!

Cum e posibil? Rupes nu e în stare nici măcar să copieze o poezioară de grădiniță, darămite să compună una de care Wordsworth însuși ar fi mândru.

– Mda, chicotește el, planând deasupra mea ca o umbră amenințătoare. A fost extrem de prietenoasă cu mine astă-seară. Toate aiurelile alea siropoase au dat rezultat. Așa că mă întrebam dacă noi doi n-am putea să facem o înțelegere.

Stau în beznă și nu spun nimic.

– Mă gândeam să te plătesc să mai scrii și altele. Cinci lire de scrisoare ți se pare acceptabil?

De data asta, nu mai tac înadins. Pur și simplu, rămân mut de uimire.

– Tu n-ai nici o șansă cu ea. Ești frățiorul ei vitreg. Ar fi o relație din aia... infecțioasă.

– Vrei să spui „incestuoasă“, îi replic, engleza lui execrabilă ajutându-mă să îmi recapăt graiul. N-ar fi incest, pentru că nu suntem rude de sânge, așa că nu ne-ar împiedica nimic... dacă am vrea.

– Din păcate, de mine îi place, nu de tine. Deci, ești de acord sau nu?

– N-aş accepta aşa ceva nici în ruptul capului. Las-o baltă, Rupes.

– Ești sigur?

– Foarte sigur.

Îl aud cum trage aer printre dinţii lui mari.

– Mare păcat că n-ai vrut să ajuţi un tovarăş, mai ales că-ţi ieşea şi ţie ceva la afacerea asta. Poate te răzgândeşti totuşi. Somn uşor!

După ce iese, mă ghemuiesc la loc în pat, copleşit de tumultul emoţiilor care îmi sufocă mintea.

Nu! Nu! Nu!

Biata mea Chloë! Ţi-a spălat creierul. Te-a hipnotizat... ţi-a furat minţile! Te voi salva, te voi ocroti, fiindcă tu nu ştii ce faci.

Realizez acum că ăsta e război pe faţă, aşa că stau întins şi îmi pregătesc strategia.

Puţin mai târziu, visez că se deschide uşa, şi nişte mâini scotocesc pe sub mine şi iau ceva.

În vis, sunt prea obosit ca să mă trezesc şi să opun rezistenţă.

Capitolul 11

– Ți-am adus un ceai.

William puse cana pe noptiera Helenei, apoi se așeză pe marginea patului și o privi cum se foiește.

– Cât e ceasul? întrebă ea, somnoroasă.

– Șapte și-un pic.

– Ce devreme te-ai trezit! Te-ai culcat abia pe la trei.

William oftă.

– Sacha e la pământ. Iartă-mă că te-am trezit, dar voiam să discutăm ceva înainte să se scoale ceilalți.

– Ce-a pățit?

Helena se ridică în fund și luă cana cu ceai.

– Afacerea lui e în faliment.

– Of, Doamne! suspină ea. Poate începe totuși alta sau se angajează undeva.

– Mă tem că situația e mai gravă. Din motive evidente, tot ce-ți spun acum trebuie să rămână între noi.

– Normal.

– Sacha a făcut un gest justificat, dar absolut nesocotit. Când a avut nevoie urgentă de bani ca să susțină afacerea, a reipotecat casa, după care a luat împrumuturi în nume personal ca să o țină pe linia de plutire.

– Aoleu! oftă Helena.

– Da. Nu intru în amănunte, dar, din cauza asta, în momentul în care se va declara falimentul companiei, Sacha o să piardă enorm. Inclusiv casa. Și-a vândut până și acțiunile, așa că, după cum el singur a spus – chiar dacă era mort de beat –, familia Chandler a ajuns la sapă de lemn.

– Nu cred că băncile îi vor lăsa fără un acoperiș deasupra capului. Oricum, presupun că Jules deține cel puțin jumătate din casă.

– Tocmai asta e, nu deține. Mi-a spus Sacha aseară că, din cauză că e casa lui părintească – singurul lucru pe care l-a moștenit după decesul părinților, dar care valorează o avere – și se află în proprietatea familiei de câteva secole, n-au trecut-o și pe numele lui Jules. Dincolo de ipotecile uriașe pe care le are de achitat, casa, plus obiectele din interior, reprezintă un bun vandabil din care să se acopere și celelalte datorii. Sigur banca o să pună sechestru pe ea.

– Of, Doamne, William! spuse Helena, îngrozită. N-ai cum să-l ajuți?

– Îi trebuie un avocat specializat în insolvență. Cel puțin, a venit cu laptopul la el, așa că o să putem analiza situația în tihnă. Deși, din câte mi-a zis aseară, a căutat toate portițele de scăpare și nu crede să mai găsească vreo soluție.

– Aseară, era beat turtă. Poate că nu e chiar atât de grav pe cât crede el, spuse Helena, sorbind din ceai.

– Cred că mai mult ca sigur e. O să ne uităm pe cifre în dimineața asta, dar, trecând peste situația critică în care se află, am vrut să discutăm despre efectele ei asupra vacanței noastre.

Helena se rezemă de perne, oftând adânc.

– Îți dai seama cum va reacționa Jules?

– Îmi dau seama și mi-e groază. Te-ai aștepta să își susțină soțul în aceste momente dificile, indiferent de greșelile lui și de cum o vor afecta pe ea, dar parcă n-o văd în stare de un asemenea gest. Tu?

– N-am idee cum o să reacționeze. Știe ceva de toată chestia asta?

– Nimic, din câte-am înțeles. Oricât de nesuferită mi se pare Jules în anumite momente, nici nu vreau să mă gândesc ce șoc oribil e să afli că ai pierdut totul peste noapte.

– Ce-o să se întâmple cu copiii?

– Sacha zice că pot să-și ia adio de la școlile private. Între noi fie vorba, Rupes merita o palmă care să-l mai aducă cu picioarele pe pământ. Mai există o șansă infimă să întrunească condițiile pentru o bursă socială, pentru că a câștigat deja o bursă de studii. Sacha e convins că Jules o să-l părăsească. Ca să fim sinceri, nici nu văd ce ar mai ține-o lângă el.

– Faptul că au jurat să-și fie alături la bine și la rău. Sunt căsătoriți de optsprezece ani, nu de ieri, de-alaltăieri.

– Da, dar să fim serioși, stau împreună mai mult pentru copii și pentru că nu li s-a ivit nici o altă oportunitate, nu pentru că s-ar iubi prea mult.

– Of, Doamne! zise Helena și se cutremură. Nici nu știu ce să facem azi. N-aș vrea să fim prin preajmă când îi dă Sacha vestea lui Jules. Dar, mai întâi, trebuie să ascund toate obiectele fragile, adăugă pe un ton sarcastic.

– Stai liniștită, că nu-i spune azi. O să evaluăm situația contabilă, dar sunt aproape sigur că va trebui să se întoarcă de urgență la Londra și să cheme executorul judecătoresc. Trebuie să ia odată taurul de coarne și să rezolve problema cumva.

– Să sperăm că primește o amânare pe ultima sută de metri.

– Ar fi un miracol. Dar, revenind la Pandora, trebuie să încercăm să ne comportăm normal. Am vrut să te pun la curent, în ideea că poate vei reuși să o faci pe Jules să nu-și verse tot veninul pe Sacha fiindcă își petrece prima zi de concediu închis în birou, cu mine și cu laptopul, zise William și o prinse de mâini. Iartă-mă că te-am încărcat cu toate astea.

– Nu văd de ce-ar fi vina ta, spuse ea, cu un zâmbet șters. Asta-i viața.

– Mami! Acolo erai? Vino să mă vezi cum sar! Te rooog!

– Am venit, draga mea.

Helena tocmai se pregătea să își bea cafeaua pe terasă, dar se văzu nevoită să coboare la piscină. Immy, îmbrăcată într-un costum de baie roz fosforescent, o aștepta nerăbdătoare pe marginea bazinului.

– Te uiți?

– Cu cea mai mare atenție, răspunse Helena.

– Gata!

Immy se ținu cu mâna de nas și sări. Helena aplaudă frenetic.

– Bravo, draga mea!

– Mai mergem la stânci, ca să sar și eu ca Alex și cu tati? Ai văzut ce bună sunt, nu?

– Bineînțeles că ești, dar e cam periculos pentru o fetiță să sară de pe stânci.

Helena se așeză pe margine, cu picioarele în apa răcoroasă. Chloë, aparent pe post de salvamar, se juca cu Fred, care râdea și încerca să o răstoarne de pe salteaua pneumatică.

– Bună, mătușă Helena! spuse Viola și se așeză lângă ea.

– Bună, scumpo! Toate bune?

– Oarecum, zise Viola, ridicând din umeri.

Chipul ei pistruiat era palid și încordat. Helena o prinse de mână.

– Vrei să-mi povestești ce te supără?

– Da. Știi că a venit tati, nu?

– Da.

– Azi-dimineață, când m-am trezit și m-am dus să mă uit la DVD, l-am găsit dormind pe canapeaua din salon.

– Probabil s-a culcat acolo pentru că a ajuns târziu și n-a vrut s-o deranjeze pe mami, îi explică Helena.

– Nu-i asta. Și acasă doarme mereu în camera de oaspeți. Arăta groaznic când s-a trezit. Avea ochii roșii și arăta cam... abătut. A țipat la mine când l-am pupat și m-a gonit, oftă Viola. Crezi c-am greșit eu cu ceva?

– Draga mea, bineînțeles că n-ai greșit cu nimic, o consolă Helena și o îmbrățișă. Uneori, noi, adulții, avem probleme care nu au legătură cu copiii. E ca atunci când te ceartă un profesor la școală sau un prieten îți spune un lucru care te supără. N-au nici o legătură cu mama și tata, nu-i așa?

– Știu, dar eu nu mă supăr pe ei doar pentru că sunt nervoasă.

– Adevărat, spuse Helena, dar îți dau cuvântul meu că nici unul din ei nu e supărat pe tine. Tati are niște probleme la serviciu, atâta tot.

– Dacă mi-ar spune despre ce e vorba, poate că l-aş ajuta şi eu, cum şi el mă ajută când râd copiii de părul meu.

– Cred că, în momentul de faţă, tati nu vrea altceva decât să ştie că îl iubeşti.

– Normal că-l iubesc. Pe el îl iubesc cel mai mult.

– Ce-ai zice să mergem împreună pe o plajă frumoasă pe care o ştiu eu? Îi întreb şi pe ceilalţi dacă vor să vină cu noi şi să mâncăm acolo la prânz. Ce părere ai?

– Ar fi foarte frumos, mătuşă Helena, aprobă fetiţa, pe un ton apatic.

– Vreau şi eu, strigă Chloë. Abia aştept să înot în mare.

– Şi eu! ţipă Immy.

O oră mai târziu, Helena reuşise să-i îmbarce pe toţi copiii în maşină. Până şi Alex acceptase să meargă, după ce aflase că Rupes era plecat cu mama lui – pare-se, să o ajute să cumpere alte perne, după ce Jules declarase că pernele Helenei sunt prea moi.

– De ce nu aşteptăm până se întorc şi ei, Helena? întrebă Chloë. Sunt sigură că Rupes ar vrea să vină cu noi.

– Dacă nu plecăm acum, se face prea târziu, o minţi Helena, care voia să plece înainte de întoarcerea lor.

– Aşteptaţi-mă şi pe mine! strigă Sadie, alergând spre ei, tocmai când Helena întorcea minivanul pe alee. Vin şi eu.

– Urcă, spuse Helena, zâmbind.

– Fug şi eu cu voi. Atmosfera încordată din casă anunţă o furtună năprasnică.

– Înţeleaptă decizie, spuse Helena.

– Ce Dumnezeu se întâmplă? întrebă Sadie în şoaptă, ca să nu audă Viola, cu toate că n-ar fi răzbătut nici un sunet printre râsetele şi ţipetele de pe bancheta din spate. Sacha s-a închis în birou cu William de azi-dimineaţă, Jules s-a făcut că nu-l vede, probabil ca să-l pedepsească pentru cine ştie ce gafă, după care a plecat furioasă, târându-l şi pe Rupes după ea.

– Îţi explic mai târziu. În orice caz, e de rău.

– De atâta lucru m-am prins şi eu. Mare păcat că se întâmplă toate astea la Pandora! Nu vreau să ne strice vacanţa.

– Știu, nu e chiar situația ideală, dar nu cred să dureze prea mult. Din câte-am înțeles, Sacha va trebui să se întoarcă urgent în Anglia, șopti Helena.

– Împreună cu Jules?

– Asta-i întrebarea cea mare, Sadie.

Plaja Lara se afla în Parcul Național, un loc renumit pentru extraordinara sa frumusețe naturală: aspră, stâncoasă și neatinsă de mâna omului, datorită interdicției de a se realiza construcții în zonă. La capătul unei noi călătorii hurducăite pe un drum neasfaltat, Helena parcă mașina pe fâșia de pământ de deasupra plajei în formă de potcoavă. Apa mării scânteia în soarele amiezii.

Toată lumea se dădu jos, încărcată cu găletușe și lopățele, prosoape și rogojini și coborî treptele care duceau la nisipul auriu.

După ce unseră copiii cu loțiune de soare și le puseră pălăriile pe cap și aripioarele pe brațe, Helena și Sadie se așezară pe țărm, privindu-i cum se stropesc și se zbenguie pe mal.

– E minunat că Immy și Fred s-au atașat de Chloë. Și viceversa. Se poartă foarte frumos cu ei, iar copiii o adoră. Uită-te la ei... până și Alex pare fericit azi, remarcă Sadie. Au reușit să se apropie, ca o familie adevărată.

– Copiii noștri din părinți diferiți, zâmbi Helena, ironic. Într-adevăr, din punctul ăsta de vedere, lucrurile s-au aranjat cum nu se poate mai bine. Eu și William ne făceam griji în privința lui Chloë. Dar, probabil, personalitatea și modul de a reacționa în diverse situații ne sunt scrise de la naștere. Evident, Chloë e o persoană agreabilă și relaxată din fire. Nu pare să nutrească resentimente față de William. Sau față de mine.

– Nici n-ar avea motiv, dar înțeleg foarte bine ce spui. În locul tău, Helena, aș fi precaută. Poate te trezești că îi place atât de mult în familia voastră, că nu vrea să mai plece. Cum te-ai simți? spuse Sadie, cu un rânjet, și se ridică. Mă duc să mă bălăcesc cu copiii. Vii și tu?

– Imediat. Testează tu apa mai întâi.

Sadie se aruncă în mare, țipând la atingerea apei reci. Helena înălță privirea spre cer, cu gândul la familia Chandler. Se întrebă dacă, atunci când faci un pact cu diavolul – și totul începe cu o înșelătorie –, viața găsește întotdeauna o modalitate de a te face să îți plătești datoria. În cazul în care se adeverea, acest lucru însemna că nu își încheiase încă socotelile cu ea...

– Mamă, e super apa. Nu intri și tu? zise Alex, scuturându-se ca un câine, apoi se trânti pe rogojină, lângă ea.

– Intru imediat.

– Auzi? zise băiatul, desenând în nisip cu degetele de la picioare. M-am tot ținut să-ți spun ceva, dar n-am apucat, fiindcă ai fost foarte ocupată. Am găsit niște scrisori vechi într-o cutie. Nu sunt sigur, dar cred că Angus i le-a scris unei femeie misterioase.

– Serios? Ce interesant! Trebuie să mi le-arăți și mie. Nici un indiciu despre cine ar fi femeia?

– Nu. Le-am citit aproape pe toate, dar nicăieri nu-i pomenește numele. Ai idee dacă Angus a avut o... iubită?

– Sigur nu avea când am venit eu aici. M-am gândit că e un burlac convins, dar cine știe ce ascundea de fapt. Abia aștept să le citesc și eu când o să am câteva clipe de liniște.

– Numai vacanță nu-i asta pentru tine, mamă. De când am venit aici, ai muncit încontinuu.

– Asta e datoria mea și îmi face plăcere, zise ea, ridicând senină din umeri. Tu te simți bine?

– Și da, și nu. Îmi place mai mult când e doar familia noastră. Știu că te superi când spun asta, dar Rupes e un mare dobi...

– Nu e nevoie să mi-o tot repeți, Alex. Ce părere ai despre Chloë? Ieri, mi s-a părut că vă înțelegi foarte bine.

Alex nu răspunse imediat, își drese glasul și lăsă capul în pământ ca să își ascundă îmbujorarea.

– E minunată.

– Mă bucur. Sunt de acord cu tine.

– Și Viola îmi place. E o fată așa simpatică, dar mi-e milă de ea. Jules nu o bagă deloc în seamă. Auzi, Angelina a intrat azi-dimineață în camera mea să facă patul?

– Posibil, de ce?

– Nu l-am mai găsit pe Rilă când m-am dus să-mi iau lucrurile de plajă. O să-l mai caut când ne întoarcem. M-am gândit că o fi crezut că e jucăria lui Immy sau a lui Fred și l-a dus în dormitorul lor.

– Se poate. În orice caz, prea departe nu putea fugi. Plus de asta, știu că tu nu prea vezi lucrurile de nas, așa că nu m-ar mira să-l găsești la locul lui pe pernă. Gata, intru în apă. Vii?

Helena se ridică, îi întinse o mână fiului ei și alergară amândoi în apă.

Mai târziu, mâncară un pește delicios la o tavernă rustică, cu vedere spre golf.

– Sunt obosit, mami.

După ce termină de mâncat, Fred se cocoță la ea în poală, acoperit de nisip din cap până-n picioare, și se apucă să își sugă degetul mare.

– E din cauză că te-ai tot aruncat în valuri, spuse Helena, mângâindu-i părul lins și castaniu, exact ca al tatălui său.

– Mergem iar în apă, anunță Alex și se ridică de la masă, odată cu Chloë. Vii și tu, Viola?

– Da.

Îl apucă pe Alex de mâna întinsă și porniră spre plajă, urmați de Immy, care mergea de mână cu Chloë.

– Viola îl place mult pe Alex, observă Sadie, privindu-i cum se îndepărtează.

– E foarte grijuliu cu cei mai mici de vârstă, zise Helena, sorbind și ultima picătură de vin. Uneori, chiar prea grijuliu. Acasă, vine după mine în bucătărie și mă întreabă unde sunt Immy și Fred, ca nu cumva să se fi rătăcit sau să pățească ceva. Psihiatrul pediatru care l-a consultat mi-a explicat că are un simț de răspundere al unui om matur.

– Helena, spuse Sadie și o fixă cu privirea, te-a întrebat vreodată de tatăl lui?

– Nu. Cel puțin, nu direct.

– Mă miră, ținând cont de maturitatea lui mentală. Bănuiesc, totuși, că s-a gândit la asta, medită Sadie. Deci, trebuie să te-aștepți să te întrebe cât de curând.

– Poate că nu vrea să știe, răspunse Helena, privindu-l pe Fred, care moțăia fericit în brațele ei.

– William știe cine e tatăl?

– Nu.

– Și nu te-a întrebat?

– Ba da, când ne-am cunoscut. I-am zis că e un bărbat pe care l-am cunoscut la Viena și pe care aș prefera să îl uit. I-am explicat că e un capitol închis. N-a mai insistat de atunci, spuse ea, pe un ton tăios. Chestia asta mă privește doar pe mine.

– Și pe Alex.

– Știu și eu foarte bine, Sadie. O să văd cum fac când va veni timpul.

– Scumpa mea, știi că te iubesc enorm, dar n-am priceput niciodată de ce identitatea tatălui e un secret atât de mare, încât nici *mie* n-ai vrut să mi-o dezvălui. Nu cred să fie atât de îngrozitor.

– Crede-mă, e. Nu te supăra pe mine, Sadie, dar chiar n-am chef să discut despre asta. Am motivele mele.

– Bine, zise Sadie, ridicând din umeri. Știu că ești foarte discretă, dar datoria mea, în calitate de cea mai bună prietenă a ta, e să te avertizez că va veni în curând ziua să dai socoteală. Nu vei avea încotro și va trebui să înfrunți adevărul de dragul fiului tău. Mă duc să fac o ultimă baie în mare.

Neputându-se mișca de pe scaun, fiindcă Fred dormea dus pe genunchii ei, Helena o privi pe Sadie cum intră în apă, alături de ceilalți. Chiar dacă ura interogatoriul lui Sadie, îi înțelegea motivele – și era conștientă că are dreptate.

Jurnalul lui Alex
19 iulie (continuare)

Știam eu că e prea frumos ca să dureze.

După o zi minunată, alături de iubita mea, ajung acasă și se dezlănțuie iadul.

Mama mi-a zis că o să-l găsesc pe Rilă la locul lui, pe pernă, și că e posibil să nu îl fi observat mai devreme. Ei bine, a avut dreptate. Într-o oarecare măsură. E, într-adevăr, pe pernă.

Numai că nu e el în carne și oase – sau, mai bine-zis, în pluș și vată –, ci o poză a lui, alb-negru. Legat la ochi (cu o șosetă, din câte îmi dau seama) și spânzurat de urechi de un măslin. Cu pistolul cu apă al lui Fred lipit de burta lui.

La baza fotografiei, e un mesaj.

Fă ce-ți spun, sau iepurașul o pățește. Vezi verso.

Mă uit pe spate. Mesajul continuă.

Dacă spui cuiva, nu-l mai vezi niciodată.

O parte din mine ar vrea să îl bată pe spate pe Rupes și să îl felicite pentru metoda extrem de ingenioasă de șantaj pe care a născocit-o. Nu mă așteptam să fie atât de inventiv. Cealaltă parte, în schimb, ar vrea să-i scoată ochii, să țipe, să urle și să muște precum o harpie, până când îmi înapoiază comoara neprețuită.

Așadar, mă confrunt cu o situație de luare de ostatici. Trebuie să-mi păstrez calmul și mintea limpede, pentru a cumpăni asupra variantelor pe care le am.

Varianta 1:

Mă duc glonţ la mama şi îi arăt fotografia. O să se înfurie pe Rupes şi o să-l someze să îmi înapoieze iepuraşul.

Rezultatul: mesajul spunea clar că n-o să-l mai văd pe Rilă dacă suflu vreo vorbă cuiva. Rupes e un adversar redutabil, şi sunt convins că îşi va duce ameninţarea la capăt. E posibil să îl arunce pe Rilă şi să nu mai ajungă niciodată în braţele mele.

A fost doar o glumă nevinovată, mătuşă Helena, o mică farsă, dar, din păcate, nu mai ştiu ce-am făcut cu iepuraşul. A dispărut. Îmi pare rău, dar era doar o JUCĂRIE.

Uf! Mi se face rău numai când mă gândesc. Dacă recurg la soluţia asta, mama se va convinge, în sfârşit, că Rupes e o creatură abjectă, dar mă îndoiesc că bietul meu prieten s-ar întoarce teafăr şi nevătămat la mine.

De asemenea, i-aş confirma bănuielile lui Rupes că sunt un smiorcăit. Şi, cum trebuie să îl suport încă zece zile, mi-e groază să mă gândesc la ce torturi fizice şi psihice m-ar putea supune în acest timp.

E posibil ca şi viaţa mea să fie în pericol, nu doar a prietenului meu pufos.

Ups! Scuze, mătuşă Helena. Stăteam lângă Alex pe terasă şi l-am văzut că se apleacă prea mult peste balustradă. Am încercat să îl trag înapoi, înainte de a-şi găsi sfârşitul de fundul hăului negru, dar a fost prea târziu.

Mă cutremur. Sunt paranoic? Da, Rupes e un golan şi un nemernic, dar să fie oare şi un ucigaş?

Posibil. Deci...

Varianta 2:

Fac ceea ce îmi spune.

Rezultatul: Rilă scapă cu viaţă, eu scap cu viaţă, Rupes se sărută cu Chloë.

Poate că cea de-a doua variantă e chiar mai cumplită decât moartea mea şi a iepuraşului. Dacă aş spune că îmi atârnă sabia lui Damocles deasupra capului, mi s-ar părea că nu redau pe deplin gravitatea situaţiei mele.

Gândește, Alex, gândește! N-ar fi momentul ca mintea aia ultra-super-mega genială a ta să intervină? Pacostea aia de „dar“ - ah, intelectul lui Alex îl distinge de ceilalți, îl face un ciudat, un tocilar, un șoarece de bibliotecă, un nătăfleț - cu care m-a pricopsit Dumnezeu.

Ca să fie clar, nu mi se potrivește nici unul dintre epitetele de mai sus. Sunt varză la matematică, iar Teoria Relativității a lui Einstein e la fel de inteligibilă ca sârbo-croata. Pe vremea când încă se vorbea sârbo-croata, ceea ce nu mai cazul, poate doar prin ascunzătorile clandestine din Iugoslavia de altădată. Care nu mai există.

Într-un final, după ce am ronțăit două batoane puțin topite de Crunchie, pe care le-am păstrat în rucsac pentru momente de criză, începe să se înfiripeze în mintea mea un plan.

Știu că nu mă pot măsura fizic cu Rupes cel Nemilos. E în stare să mă ia pe sus cu doar două degete și să mă agațe lângă bietul meu prieten. Deși creanga ar ceda probabil sub greutatea mea.

Dar pot să scriu un eseu malițios. În cel puțin două limbi străine.

Capitolul 12

După ce ajunse acasă și îi lăsă pe Immy și pe Fred să se îndoape cu chifle proaspete, în bucătărie, sub supravegherea Angelinei, Helena îl găsi pe William în baie, încă ud după duș.

– Ce face Sacha?

– A plecat la aeroport acum vreo oră, ca să se întoarcă la Londra. Mâine, la prima oră, cheamă executorul judecătoresc.

– Jules ce-a zis?

– Nici n-am văzut-o. Angelina mi-a zis că a venit la prânz, după care a ieșit iar cu Rupes.

– O sună Sacha, sau cum a rămas?

– A sunat-o. Mai bine-zis, i-a lăsat un mesaj pe mobil în care o anunța că s-a ivit o problemă și a trebuit să plece de urgență. Evident, are încă telefonul oprit. Cel puțin pentru Sacha, oftă William, în timp ce se ștergea cu prosopul. Săracul de el, nu arată deloc bine.

– Sunt convinsă. Cât stă plecat?

– A zis că mă sună mâine să-mi spună care-i situația.

– Ar trebui să poarte cât mai curând o discuție între patru ochi cu Jules, nu?

– Așa zic și eu, dar ce putem face? E drept că el a încercat să vorbească cu Jules azi-dimineață, dar ea i-a zis că n-are timp de taclale, s-a urcat în mașină și a plecat împreună cu Rupes.

– Deci, oftă Helena, trebuie să ne prefacem în continuare că toate sunt bune și frumoase, deși știm că o să rămână faliți și pe drumuri?

– Așa se pare.

– Cum crezi că o să reacționeze Jules dacă află că noi am știut, și ea nu? E obsedată să controleze tot.

Helena porni dușul din care se scurse doar un firicel anemic de apă călâie.

William își încheie nasturii cămășii.

– Sper s-o sune mâine, după ce comite mârșăvia. Ea și copiii vor trebui să se întoarcă acasă. Apropo, a trecut Alexis pe-aici mai devreme. Ne cere permisiunea să vină cu bunica lui să vadă Pandora. Din câte-am înțeles, e foarte bătrână și destul de bolnavă și a lucrat aici cu mult timp în urmă.

– Așa e, confirmă Helena și intră sub firicelul de apă. A fost prima menajeră a lui Angus. A găsit-o aici când a cumpărat casa. Se ținea încă bine când am venit eu aici. Angus mi-a povestit că ea și bunicul lui Alexis s-au cunoscut la o podgorie aglomerată.

– I-am invitat la noi pe la șapte, să bem ceva. Nu m-a lăsat sufletul să-l refuz.

– Mulțumesc. Am senzația că a trecut o eternitate de când am văzut-o ultima oară. Dumnezeu știe cât de bătrână o fi acum. Din câte-mi amintesc..., spuse Helena și se cutremură ușor, e un pic cam ... ciudată. Ar fi bine să mă apuc de treabă.

Chloë se oferise să îi îmbăieze pe cei mici, așa că, în momentul în care Helena coborî la parter, îi găsi pe toți trei, ghemuiți pe canapea, uitându-se la *Albă-ca-Zăpada*.

Helena își sărută fiul, curat și parfumat, pe creștetul său lucios.

– Ești bine, dragule?

Copilul nici nu se obosi să scoată biberonul cu lapte din gură. Îl mută în colțul buzelor, ca pe o țigară.

– Voiam Power Rangers, nu prostii de fete.

– Am stabilit că mâine-seară, alegi tu la ce ne uităm, îi replică ferm Chloë.

– Nu-i corect.

După ce își exprimă nemulțumirea, Fred își răsuci o șuviță de păr pe deget și continuă să sugă fericit din biberon.

– Mulțumesc, Chloë, îi zise Helena, recunoscătoare.

– N-ai pentru ce. Îmi plac desenele Disney. Îi culc eu când se termină.

– Ne vedem la cină.

Helena ieși pe terasă și o găsi pe Jules, revenită din plimbările ei, cu un teanc de broșuri lucioase în față.

– Asta are o priveliște spectaculoasă, îi spunea lui Sadie. Chiar mai grozavă decât asta de-aici. Are un teren de patru mii de metri pătrați, patru dormitoare și o piscină superbă, de douăzeci de metri lungime.

William, care apăruse în spatele ei, cu o tavă cu pahare și vin, se uită la soția lui și ridică din sprâncene.

– Doriți ceva de băut? întrebă el și puse tava pe masă.

– Mai întrebi, răspunse Jules. Bună, Helena! Viola mi-a zis că v-ați distrat de minune la plajă. Îți mulțumesc că ați luat-o cu voi.

– A fost frumos. Voi ce-ați făcut?

– Am fost la vânătoare de case, rânji Julie.

– Serios? zise Helena, cu un zâmbet încremenit pe față, și luă un pahar de la William.

– Am pus deoparte niște bani din moștenirea de la mama. De ce nu i-aș folosi ca să cumpăr o proprietate aici? Achit eu avansul, iar Sacha n-are decât să ia un credit ipotecar de la brokerii ăia cu care stă toată ziua la Londra, și de restul să facă rost cum o putea. Toți prietenii noștri au o proprietate în străinătate, dar Sacha nici n-a vrut să audă de asta. Zice că e prea mare bătaie de cap dacă se întâmplă ceva. Din cauza asta, an de an, ne facem vacanțele prin casele prietenilor, în condiții deloc mulțumitoare. În plus, nu suport să fiu musafir.

Cum toți erau prea încurcați ca să îi dea vreo replică, Jules peroră mai departe, fără să aibă nici cea mai vagă idee de cum stăteau lucrurile în realitate.

– Am decis că e momentul să iau eu decizia. Așa că ne cumpărăm casă. Noroc!

– Noroc! toastară și ceilalți, trăgând câte o dușcă zdravănă din paharele cu vin.

– Piața imobiliară merge foarte bine aici, și nu diferă cu mult condițiile în care îți cumperi o proprietate în țara de domiciliu, mai ales că toate regulile se schimbă odată cu aderarea Ciprului la UE. Mi-a explicat toate astea un tânăr absolut încântător, azi după-amiază. Ei se ocupă de proprietate în lipsa ta și o închiriază. Așa că îți aduce și un venit. Ținând cont de capitalul de creștere, mă gândesc că e o investiție bună. Ce zici, William?

– Nu cunosc piața de aici, Jules. Ar trebui s-o studiez înainte de a-ți da un răspuns.

Jules se bătu cu degetul peste nas.

– Crede-mă, instinctele nu mă înșeală niciodată. Nu uitați că am avut mare succes ca agent imobiliar înainte să îl nasc pe Rupes. În afară de asta, familia noastră va avea, în sfârșit, ceea ce îi trebuie – o casă într-un loc însorit, unde să primim vizitele prietenilor *noștri.*

– Ai discutat cu Sacha despre asta? îngăimă William.

– Nu, îi răspunse Jules, senin. Am hotărât să îl exclud din această vacanță. În cazul în care se întoarce, o să aibă parte de o surpriză. Cine știe? râse ea, în gura mare. Mă duc în cameră, în speranța că voi reuși să fac un duș fierbinte. Viola e în piscină cu Rupes. Fiți drăguți și mai aruncați un ochi și la ei.

După plecarea lui Jules, cei trei rămaseră o vreme în tăcere, muți de uimire.

Într-un final, Sadie spuse în șoaptă:

– N-am pomenit asemenea femeie.

– Cred că multe dintre răutățile ei sunt neintenționate, zise Helena. Mă duc în bucătărie să văd ce se întâmplă cu mâncarea. Voi doi stați aici și relaxați-vă.

– Sacha e unul dintre *cei mai* fermecători bărbați pe care i-am cunoscut, spuse Sadie, pe un ton scăzut. Ce naiba a văzut la Jules? Tu ar trebui să știi, William. Ești prietenul lui de-o viață.

– Sunt de acord cu tine. Niciodată n-a putut să reziste unei fete frumoase, încă de pe vremea când eram la școală, zise el, gânditor. La Oxford, roiau o mulțime de blonde superbe în jurul lui. A absolvit facultatea și, cam la un an după asta, a cunoscut-o pe Jules, care lucra deja ca agent imobiliar. Nu avea nimic în comun cu iubitele lui de până atunci: era rațională, deșteaptă, cu picioarele pe pământ.

– Dacă voia o femeie care să-l controleze și să-l țină din scurt, a ales-o cum nu se putea mai bine, murmură Sadie.

– Cred că exact asta căuta. Să știi, că în tinerețe, Jules era o femeie destul de plăcută și atrăgătoare. Îl adora pe Sacha și ar fi făcut orice pentru el. Practic, ea l-a susținut financiar în ambiția lui de a deveni artist, după ce a absolvit facultatea, și părinții au refuzat să îi mai dea bani.

– Înseamnă că undeva, pe parcurs, s-a întâmplat ceva de-a ajuns o asemenea acritură, concluzionă Sadie.

– Din câte-mi amintesc, lucrurile au început să degenereze în momentul în care a rămas însărcinată cu Rupes și n-a mai putut lucra cu normă întreagă, așa că Sacha n-a mai avut încotro și a trebuit să își caute o slujbă adevărată. Între noi fie vorba, a greșit mult când s-a dus la Londra. El nu era în stare să aibă grijă nici de banii lui, darămite de banii altora. L-au angajat pentru simplul motiv că era plăcut și avea o serie de cunoștințe printre aristocrați.

– Sunt convinsă că asta l-a făcut mai atrăgător și în ochii lui Jules, spuse Sadie. Evident femeia își dorește să urce pe scara socială.

– Avea, într-adevăr ambiții mari pentru familia lor, recunoscu William. A fost în al nouălea cer când Sacha a primit postul în Singapore. Din păcate pentru el, în momentul de față, la Londra se aplică mai mult principiul „care pe care", avansezi pe merit. Relațiile pe care ți le-ai făcut în facultate nu mai contează. Te ridici sau cazi în funcție de abilitățile tale. Iar Sacha a căzut rău de tot.

– Of, Doamne, ce situație neplăcută! spuse Sadie și întoarse capul la auzul unui foșnet de pași. Ia te uită cine-a venit.

– *Gia sas*. Sper că nu deranjez.

Alexis stătea în spatele lor. Pe brațul lui, se sprijinea o bătrânică micuță și zbârcită, cocoșată de artrită și de vârsta înaintată. Era îmbrăcată în hainele tradiționale cipriote de doliu – coșmarul lui Immy –, iar Helena apăru imediat din bucătărie și se duse să o salute.

– Christina, nu ne-am mai văzut de o veșnicie, spuse ea și o sărută pe bătrână pe obraji.

Christina ridică privirea și o prinse de braț pe Helena cu mâna ei ca o gheară. Mormăi ceva în greacă, cu voce stinsă, de parcă vorbitul era un efort prea mare pentru puterile ei. Apoi se uită la Pandora și zâmbi, dezvelindu-și dinții rari și negri. Ridică o mână tremurândă și îi șopti ceva lui Alexis.

– Întreabă dacă poţi să intri cu ea în casă, Helena, traduse el.

– Bineînţeles. William, dai o fugă să vezi dacă Chloë i-a dus pe cei mici la culcare?

Helena nu prea voia ca Immy şi Fred să o vadă pe Christina chiar înainte de culcare, fiindcă bătrâna semănă izbitor de mult cu o vrăjitoare.

– Imediat, spuse William, înţelegând mesajul soţiei, şi intră repede în casă.

– Mă duc s-o scot pe Viola din piscină, anunţă Sadie şi se ridică de la masă. Cred că s-a zbârcit toată de atâta stat în apă.

Alexis şi Helena o ajutară pe Christina să traverseze terasa înspre salon.

– Cât de grav e bolnavă? întrebă Helena, în şoaptă.

– Spune mereu că s-a săturat de viaţă, că şi-a trăit traiul. Ceea ce înseamnă că n-o mai duce mult, spuse Alexis, foarte serios.

Intrară în salonul golit de curând, şi Helena arătă spre fotoliile cu spătar înalt.

– Cred că sunt cele mai confortabile.

O instalară pe Christina într-unul din ele, apoi se aşezară de-o parte şi de alta a ei. Ochii bătrânei inspectau încăperea cu o vioiciune ce contrasta izbitor cu trupul ei şubrezit.

În cele din urmă, îşi îndreptă atenţia asupra Helenei. O ţintui cu o privire atât de fixă, încât Helena întoarse capul, stânjenită, şi bătrâna turui ceva în greacă.

– Zice că eşti foarte frumoasă, o lămuri Alexis, şi că semeni foarte bine cu o persoană pe care a cunoscut-o de mult şi care venea deseori aici.

– Zău? întrebă Helena. Mi-a mai zis cineva acelaşi lucru de curând. Poţi s-o întrebi cine e acea persoană?

Alexis ridică o mână şi ascultă atent vorbele bunicii.

– Spune că se ascunde un secret aici şi...

Alexis se opri brusc şi lăsă ochii în pământ.

– Ce e?

– Şi că tu eşti cea care îl ascunde, murmură el, ruşinat.

Inima Helenei începu să bată cu putere.

– Orice om are secrete, spuse ea, cu blândețe, dar el nu o auzea.

Se uita la bunica lui și o asculta cu o privire tulburată. Îi răspunse ceva în greacă și clătină din cap în timp ce bătrâna vorbi mai departe. Deodată, femeia păru să își piardă și ultima fărâmă de energie, se lăsă tăcută pe spate și închise ochii.

Alexis scoase o batistă albă și o șterse pe frunte.

– Îmi cer iertare, Helena. E foarte bătrână. Nu trebuia s-o aduc aici. Hai să mergem acasă, i se adresă cu blândețe Christinei.

– Te rog, Alexis, zi-mi la ce se referea.

– Nimic important. Aiureli de femeie bătrână, o liniști Alexis, conducându-și bunica spre ușă, mai pe jos, mai în brațe. Nu-i da atenție. Îmi pare rău că ți-am stricat seara. *Antio*, Helena.

Privindu-i cum se îndepărtează, Helena trebui să se sprijine de una din uși ca să nu cadă. Se simțea fără suflu, vlăguită, bolnavă...

– Ești bine, draga mea? se auzi un glas, și un braț puternic o prinse de talie.

– Da, doar...

– Stai jos. Îți aduc imediat un pahar cu apă.

William o conduse la canapea, și, cât se duse el la bucătărie, Helena încercă să își vină în fire. Cu ani în urmă, Angus spunea mereu despre Christina că e nebună. Îi trecea cu vederea ciudățeniile pentru că era o menajeră exemplară, dar și pentru că nu vorbea engleza și, prin urmare, nu le putea reda altora bârfele din casă.

William se întoarse cu apa și o prinse de mână.

– Ești rece ca gheața, Helena, zise el, punându-i o mână pe frunte. Ești bolnavă?

– Nu. Îmi revin, stai liniștit, spuse Helena și sorbi din paharul cu apă.

– Ce ți-a spus de te-a supărat?

– Nimic. Cred că sunt doar...

– Epuizată.

– Da. Lasă-mă câteva minute și îmi revin. Deja mă simt mai bine.

Se uită la el, încuviință din cap și se ridică. În momentul acela, i se înmuiară picioarele și se agăță de brațul soțului ei.

– Gata, te duc sus și te bag în pat. Să n-aud un cuvânt.

O luă în brațe ca pe un fulg și porni spre scări.

– Și cina? Trebuie să verific musacaua.

– Ți-am zis că nu vreau s-aud un cuvânt. În caz că nu te-ai prins până acum, să știi că pot și eu să pun mâncarea pe masă. Și am o mulțime de ajutoare pe care să le pun la treabă, zise el și o așeză ușor pe pat. Măcar o dată în viața ta, ai încredere în mine. Pandora va supraviețui câteva ore și fără tine. Ai nevoie de odihnă.

– Mulțumesc, dragul meu, spuse ea, simțindu-se încă foarte sfârșită.

– Ești foarte palidă, Helena. Sigur nu s-a întâmplat nimic?

– Sigur. Sunt doar obosită.

– Să știi, zise el, sărutând-o tandru pe frunte, că, dacă e ceva, orice-ar fi, pot să fac față. Jur.

– Sunt sigură că mâine o să mă simt mai bine. Nu le spune nimic copiilor, bine? Știi că Alex intră în panică din orice fleac.

– Le spun că te-ai culcat devreme. Ai voie să te culci devreme, să știi de la mine, spuse el, zâmbind, și se ridică. Odihnește-te.

– Așa am să fac.

William ieși din dormitor și se îndreptă încet spre scări, știind că, oricât de vehement ar fi negat soția lui, bătrâna îi spusese ceva ce o tulburase. Și își dorea enorm ca Helena să își deschidă sufletul în fața lui și să își împărtășească gândurile și sentimentele.

Indiscutabil, Helena avea secrete; de pildă, paternitatea lui Alex. Și, judecând după starea de tensiune evidentă și după prezența constantă a lui Alexis, nu trebuia să fii vreun geniu ca să pui lucrurile cap la cap.

Ceea ce ar însemna că soția lui era o mincinoasă, fiindcă jurase că nu îl mai văzuse de la ultima vizită aici, cu douăzeci și patru de ani în urmă.

Aici, la Pandora, trecutul Helenei părea să se fi ciocnit cu prezentul ei – și, în consecință, cu *al lui*. Iar asta nu îl îndreptățea oare să ceară lămuriri?

Nu voia să o sâcâie deocamdată, dar în timp ce cobora scările, William hotărî că nu va pleca de la Pandora până ce nu va afla adevărul.

Jurnalul lui Alex
19 iulie (continuare)

Bun.

A fost o seară de poveste.

Infernul lui Dante fără clocotul Infernului. Toată lumea stătea la masă, cu o față abătută de zici că urma să-și vadă organele genitale puse pe grătar. E drept că mâncam aripioarele de pui gătite de tata (a uitat de musacaua din cuptor care s-a făcut scrum și a trebuit să apeleze la singura rețetă pe care o știa). Până la urmă, n-au fost chiar așa rele, poate doar un pic arse pe-o parte.

Rareori simt că sunt sufletul petrecerii, iar faptul că s-a întâmplat asta nu face decât să confirme dezolarea generală. Aș putea da vina pe Jules, care s-a plâns încontinuu că soțul ei e un nesimțit – spre mâhnirea Violei –, ori pe Rupes, care a stat îmbufnat pe motiv că Chloë își dăduse întâlnire cu un tip pe care îl cunoscuse la aeroport. Sau pe Sadie, care își reamintise de relația nefericită cu fostul iubit și ne-a împuiat capul cu cele mai oribile detalii. Sau pe tata, care ne-a pus în față rămășițele arse ale puilor sacrificați, cu o figură sinistră.

Aș putea găsi o mulțime de explicații pentru atmosfera funestă ce plana deasupra mesei ca fumul grătarului, dar nici una nu ar fi corectă.

În realitate, era din cauză că lipsea mama.

Ea e precum lipiciul. Pe nevăzute, reușește să ne unească pe toți.

Dar nu observi asta decât în absența ei, când tot întregul se dezintegrează.

Imediat ce am auzit explicația tatei, cum că „vrea să se odihnească“, m-am dus să văd ce face.

„Vrea să se odihnească“ e doar un eufemism pe care îl folosesc adulții ca să își protejeze odraslele, care ar trebui să-i creadă pe cuvânt.

Mamele nu „obosesc“. Nu intră în atribuțiile lor. Ele trudesc până când se prăbușesc, epuizate, în pat, la ora cuvenită. De exemplu, după ce au spălat vasele.

Așadar, din experiența mea, „vrea să se odihnească“ nu înseamnă că e obosită. Poate însemna orice, de la faptul că a băut prea mult gin tonic până la cancer în fază terminală.

Am examinat-o cu atenție, i-am mirosit respirația când am îmbrățișat-o și mi s-a confirmat că nu e vorba de consum excesiv de alcool. Cât despre cancerul în fază terminală, e și asta o posibilitate, dar, cum azi am mers la plajă cu ea, unde a înotat și s-a bălăcit ca orice om sănătos tun, agravarea stării ei mi s-ar părea nefiresc de rapidă.

Poate că era palidă pe sub stratul de bronz – dar dintotdeauna m-am întrebat cum naiba observă cineva paloarea unei persoane bronzate? Încă o expresie aberantă și inutilă ca aia: „Gustă și vezi ce iese“. Ce să guști? Și, dacă guști o chestie plină cu arsenic, nu mai vezi nimic în veacul vecilor.

Încep să bat câmpii. Instinctul îmi șoptește că mama nu va trece la cele veșnice, așa că nu pot să concluzionez decât că bunicuța aia ciudată, care a venit cu Domnul Repară Tot, i-a zis ceva care a supărat-o.

Individul ăsta e piază rea. Aș vrea să ne lase în pace, dar n-ai să vezi asta; se ține ca scaiul de noi. În locul tatei, aș fi iritat la culme. Fiindcă e limpede ce dorește.

Dar va trebui să-și pună pofta-n cui.

Capitolul 13

Spre miezul nopţii, Helena cedase şi luase un somnifer. Păstra două pastile în gentuţa de toaletă pentru situaţii de urgenţă, şi acolo stăteau neatinse de trei ani, de când i le prescrisese medicul, după naşterea lui Fred.

Noaptea trecută fusese o situaţie de urgenţă. Stătea în pat, îşi auzea familia care mânca pe terasă şi se simţea ca un animal în cuşcă: prizoniera propriilor gânduri care i se învârtejeau în cap.

Luase pastila exact când îl auzise pe William că vine la culcare şi se prefăcuse că doarme. Apoi, într-un final, căzuse într-o binecuvântată inconştienţă.

Bucuria de a se trezi în razele strălucitoare ale dimineții, și nu în lumina cenușie și mohorâtă a zorilor, îi dovedea cât de ușor s-ar fi putut învăța cu asta. Își întinse mușchii care nu prea voiau să se dezmorțească și se uită mirată la ceas. Era nouă și jumătate – nu mai dormise atât de ani buni.

Observă bilețelul de pe noptieră, sprijinit de cana cu ceai.

Draga mea,

Sper să te simți mai bine azi. I-am gonit pe toți din casă ca să ai liniște. Relaxează-te și NU te apuca să faci treabă! Ne vedem mai târziu, W x

Helena împături bilețelul zâmbind, dar imediat ce mișcă buzele îi reveniră în minte vorbele bătrânei. „Of, Doamne", oftă ea și se trânti la loc pe pernă.

În casă domnea o tăcere apăsătoare. Nu se auzeau nici un țipăt, nici o chicoteală, nici un sunet din vreun desen animat Disney. Își simțea gura iască. Întinse mâna după cana cu ceai și luă o sorbitură, cu toate că era deja călâi.

William îi pregătea ceaiul în fiecare dimineață. Deși se pricepea să folosească mașina de spălat la fel de bine cum știa să piloteze o navetă spațială și se uita la meciuri de crichet când trebuia să aibă grijă de copii, încerca prin toate mijloacele posibile să își arate afecțiunea.

Pentru că o iubea. Intrase în viața ei cu zece ani în urmă și o salvase. I se puse un nod în stomac la gândul acesta. Dacă William ar ști adevărul, n-ar ierta-o niciodată. L-ar pierde atât pe el, cât și familia minunată pe care o clădiseră împreună.

De-a lungul anilor, se întâmplase să treacă și câteva luni la rând fără să se gândească la asta. Aseară însă, avusese senzația că bătrâna i-a citit sufletul. Că tot ceea ce ascunsese acolo până atunci începea ușor-ușor să iasă la suprafață. Helena își mușcă buza și, în clipa aceea, o podidiră lacrimile.

Ce să facă? Ce-ar *putea* să facă?

„În primul rând, ridică-te din pat", își zise ea, nesuportând să își plângă de milă. Familia avea nevoie de ea, așa că trebuia să își revină.

După ce hotărî să înlocuiască jumătatea de oră de exerciții de balet cu douăzeci de ture de bazin, care să îi alunge amețeala dată de somnifer, Helena își puse costumul de baie și coborî la parter. O găsi pe Angelina în bucătărie, spălând vasele după cina din seara precedentă.

– Îmi pare rău că s-a făcut atâta mizerie.

– Nu-i nimic. Pentru asta sunt plătită, răspunse Angelina, zâmbind. E treaba mea. Soțul tău zice să te odihnești. Azi, eu mă ocup de tot. Îmi place așa.

– Mulțumesc.

Helena se duse la piscină, înotă câteva ture, și simți că începe să se dezmeticească și să își regăsească liniștea odată cu mișcările repetitive. Urcă în dormitor să facă duș și văzu plicul vechi pe care i-l lăsase Alex pe noptieră când venise să vadă ce face.

Îl luă, se întoarse la piscină, se lungi pe un șezlong și alese o scrisoare la întâmplare.

20 aprilie

Draga mea fată,

Stau sub copacul nostru și mă gândesc la ultima oară când am stat amândoi aici și te-am strâns în brațe. A trecut doar o săptămână, dar îmi pare o veșnicie. Iar despărțirea e cu atât mai grea, cu cât nu știu când te voi revedea.

M-am gândit îndelung să revin în Anglia, dar te-aș vedea oare mai des? Știu că viața ta te poartă peste tot și, cel puțin, serviciul pe care îl am aici mă ține ocupat în perioadele când nu ești lângă mine.

Pe lângă asta, nu mă încântă deloc ideea de a trăi în atmosfera cenușie a Londrei și de a ajunge un biet conțopist într-un birou al Amiralității. Aici, lumina soarelui mă ajută să depășesc acele momente sumbre în care trebuie să accept că cea pe care o iubesc mai mult decât orice nu va fi niciodată a mea.

Draga mea, știi că aș face orice ca să fiu lângă tine. Am bani suficienți. Am putea pleca într-un loc în care nu ne cunoaște nimeni și să începem o viață nouă.

Firește, accept și înțeleg că motivele care te țin departe de mine sunt cât se poate de întemeiate, dar uneori mă întreb dacă mă iubești la fel de mult pe cât te iubesc eu. Dacă ar fi așa, atunci...

Iartă-mă. Din când în când, mă apucă deznădejdea. Trec printr-un moment dintre cele mai sumbre. Fără tine, viața pare un drum nesfârșit și anevoios spre Golgota. Iartă-mă, fata mea dragă, că te împovărez cu suferința mea. Tânjesc să îți scriu despre fericirea pe care am trăi-o împreună, dacă viața ne-ar fi rezervat altceva.

Aștept scrisoarea ta cu aceeași înfrigurare ca întotdeauna.

Și îți trimit inima mea plină de iubire,

xxx
A

Helena împături scrisoarea și o puse la loc în plic. Emoția pe care i-o treziseră acele cuvinte îi stătea în gât precum o bucată de măr. Îi venea greu să creadă că naşul ei, un bărbat atât de rezervat, ar fi putut scrie asemenea rânduri pasionale. Era ceva tulburător în felul în care până şi el căzuse pradă celei mai primitive şi mai incontrolabile dintre emoţiile umane: iubirea.

„Cine-o fi fost femeia?“ murmură Helena. Se răsuci pe burtă şi se uită la casă.

Pandora ştia.

Două ore mai târziu, Helena intră în bucătărie şi găsi o salată cu brânză de capră, pe care i-o pregătise Angelina. Puse şi un pahar cu apă pe tavă şi ieşi pe terasă ca să mănânce. Somnul odihnitor şi dimineaţa neobişnuit de relaxantă îi mai domoliseră bătăile inimii, chiar dacă nu îi rezolvaseră problema.

Pe lângă asta, scrisorile lui Angus şi încercarea de a descoperi identitatea iubitei lui îi oferiseră o mare alinare. Nu există viaţă fără prihană, indiferent de aparenţele pe care le afişează oamenii. La un moment dat, norocul şi hazardul tulbură pe oricine. Senzaţia de a fi o frunză în bătaia vântului, pe care o trăise în tinereţe, era, probabil, mai des întâlnită decât îşi închipuia. Scrisorile lui Angus îi demonstraseră că, deşi avea comanda a sute de oameni – şi, uneori, chiar răspundea pentru *vieţile* acestora –, Angus nu fusese cu nimic mai stăpân pe destinul său decât ea.

Era trist că, indiferent cine ar fi fost femeia aceea – din scrisori, Helena concluzionase că era căsătorită –, Angus îşi trăise ultimii ani de viaţă în singurătate. Mai mult decât atât, era evident că scrisorile îi fuseseră returnate, judecând după biletul succint care le însoţea. Probabil de către soţul femeii, medită ea.

În timp ce mânca, Helena se întrebă dacă făcuse o greşeală întoarcerea ei aici. Ultima oară, Pandora îi schimbase viaţa şi declanşase o serie de evenimente care aveau să îi decidă destinul. În consecinţă, o împinseseră spre momentul în care se găsea acum, când simţea cum o mulţime de şerpi i se încolăcesc în jurul creierului şi, orice cale ar fi ales, nu exista scăpare.

„Trebuia să-i spun acum ani de zile“, îşi reproşă ea, cu lacrimi în ochi. „Trebuia să am încredere în dragostea lui.“

Se duse spre hamac, se întinse în el și ațipi, savurând liniștea atât de plăcută. Deschise ochii la zgomotul pașilor și îl văzu pe Alexis venind spre ea.

Coborî din hamac și porni încet către el.

– Bună!

– Bună, Helena!

– Mă duc să fac un ceai. Vrei și tu? îl întrebă ea, trecând pe lângă el și urcând treptele.

– Unde sunt ceilalți?

– Habar n-am, dar nu sunt aici, zise ea, traversând terasa și intrând în casă împreună cu el. William s-a gândit că mi-ar prinde bine o zi de repaus, așa că i-a adunat pe toți și i-a scos la plimbare, adăugă, apoi se uită la ceas. E aproape patru. Ar trebui să se întoarcă curând.

– E un om cumsecade soțul tău, aprecie Alexis, în timp ce Helena umplu ibricul și îl puse la fiert.

– Știu.

– Am venit să-mi cer scuze pentru bunica. Și-a pierdut mințile, nu mai știe ce spune.

– Așa o fi, dar avea dreptate. Helena se întoarse spre el și, cu un oftat de resemnare, îi aruncă un zâmbet șters. S-au adunat prea multe secrete, Alexis, reluă ea. Poate că a venit momentul să-mi iau inima în dinți și să-ți mărturisesc adevărul.

Turnă apa fiartă în ceainic și amestecă conținutul.

– Hai pe terasă. Trebuie să-ți spun ceva.

Alexis o privea șocat, cu ceașca suspendată între masă și gura lui.

– Helena, de ce nu mi-ai spus până acum? Știi bine că te-aș fi ajutat.

– Nu aveai cu ce să mă ajuți, Alexis.

– M-aș fi căsătorit cu tine.

– Adevărul este că împlineam șaisprezece ani abia în luna septembrie. Riscai să fii acuzat că ai întreținut relații cu o minoră. A fost vina mea că te-am mințit că sunt mai mare decât eram. Ți-am zis că am șaptesprezece ani, mai ții minte? Îmi pare nespus de rău, Alexis.

– Chiar dacă îmi spuneai sau nu vârsta reală, eu oricum te-aș fi iubit. Pentru tine a fost mai greu pentru că erai mai mică, nu pentru mine.

– Într-adevăr, vara aia mi-a hotărât viitorul. Nu e uimitor cum fiecare decizie pe care o luăm o influențează pe următoarea, și tot așa? murmură Helena. Viața e un șir de piese de domino care cad; totul este interconectat. Oamenii spun că te poți lepăda de trecut, dar nu e așa, fiindcă trecutul te-a modelat în persoana care ești azi și cea care vei fi mâine.

– Spui că vara aia ți-a hotărât viitorul. Același lucru e valabil și în cazul meu. Pentru că nici o femeie nu s-a mai comparat cu tine de atunci, Helena, zise el, trist. Măcar acum înțeleg de ce nu ai luat legătura cu mine după ce te-ai întors în Anglia. Am crezut..., continuă Alexis, cu glasul înecat de emoție. Am crezut că nu mă mai iubești.

– Normal că te iubeam! răspunse Helena, frângându-și mâinile. Am crezut că o să mor din cauza suferinței de a rupe legătura cu tine, dar n-am vrut să-ți forțez mâna și să te oblig să iei o decizie. Îți promisesem că am grijă de mine, când, de fapt, n-am făcut-o și nici măcar nu știam cum s-o fac! Eram atât de naivă. Am... a fost absolut oribil, am...

– Știi că aș fi fost alături de tine dacă îmi spuneai. Dar nu mi-ai spus nimic. Așa că, privind în urmă, tot ce mai pot face acum e să-ți împărtășesc durerea și să regret deznodământul, zise Alexis, pe un ton blând.

– Cel puțin te-ai însurat și ai doi fii minunați.

– Așa e. Soția mea a fost o femeie extraordinară, și nu trece zi în care să nu-i mulțumesc pentru copiii pe care mi i-a dăruit. A fost, firește, o soluție de compromis. N-aș fi putut niciodată să o iubesc cum te-am iubit pe tine.

– Viața în sine e un compromis, Alexis. Înțelegi asta pe măsură ce înaintezi în vârstă, spuse Helena, ridicând din umeri. Iar noi suntem oameni în toată firea.

– Nu ai îmbătrânit nici măcar cu o zi.

– Ești foarte drăguț, dar nu e chiar așa.

– William știe despre toate astea? o întrebă el.

– Nu. Cred că mi-a fost prea rușine de ceea ce am făcut.

– Poate că, dacă tot mi-ai spus mie, ar fi bine să-i spui și lui. E soțul tău, și se vede că te iubește. Sunt sigur că ar înțelege.

– Alexis, sunt *multe* lucruri pe care nu i le-am spus niciodată lui William, secrete pe care le păstrez spre binele tuturor, continuă Helena și o trecu brusc un fior rece, în ciuda căldurii de afară.

– Poți să îmi spui absolut orice fără teama că vei scădea în ochii mei. Pentru că dragostea pe care ți-am purtat-o atunci... e vie și acum.

Helena se uită la el, la lacrimile din ochii lui. Clătină neputincioasă din cap.

– Nu mai sunt fata inocentă de atunci, Alexis. Am țesut o pânză de minciuni și amăgiri care ne-a afectat pe toți. Am ucis copilul nostru când aveam șaisprezece ani. N-ai idee de câte ori am regretat că nu am cedat în fața sorții și n-am venit să trăiesc aici și să mă căsătoresc cu tine. Pentru asta, nu mă voi putea ierta niciodată.

– Helena, Helena...

Alexis se ridică de pe scaun și se apropie de ea. O strânse în brațe ca să o liniștească.

– Te rog, nu te mai învinovăți. Erai atât de tânără și ai ales să porți singură această povară. A fost o nenorocire, dar se mai întâmplă și astfel de lucruri. Nu ești singura femeie pe lume care a luat această hotărâre cumplită.

– Ce-mi pasă mie de alte femei? De fiecare dată când îmi privesc copiii, mă gândesc la cel care nu e printre noi. Mă uit la scaunul gol...

Helena izbucni în hohote de plâns pe umărul lui, lacrimile îmbibându-se în cămașa lui Alexis în timp ce acesta o mângâia pe cap și îi șoptea cuvinte tandre în greacă.

– Mami! Mami! Ne-am întors! Te simți mai bine? Tati zice că dacă te-ai făcut bine, diseară, mergem în sat să mâncăm cartofi prăjiți cu ketchup! Eu zic că te-ai făcut bine, nu-i așa? Bună, Alexis!

Helena se smulse brusc din brațele lui Alexis și se întoarse ușor. Îl văzu pe William în spatele lui Immy.

– Bună, draga mea! i se adresă el, pe un ton distant.

– Oooh, mami, încă nu arăți bine! Ai ochii roșii. Tati, nu cred că mami se simte mai bine, dar poate-și mai revine după o porție de cartofiori, continuă Immy, nebăgând de seamă atmosfera tensionată.

– Am plecat. La revedere, Helena! La revedere, William!

Alexis trecu pe lângă William, care îl tratā cu o indiferență nedisimulată.

– Ai avut o după-amiază liniștită? o întrebă el, pe un ton sarcastic.

– Da, mulțumesc. Pe unde-ați umblat? întrebă Helena, căznindu-se să își recapete cumpătul.

– Am fost la plajă.

– La care?

– Cea de la Coral Bay. Mă duc să dau câteva ture de piscină, zise el și îi întoarse spatele.

– Du-te. Mă ocup eu de copii și... William?

– Da?

– Îți mulțumesc că mi-ai oferit câteva ore de liniște.

– Mda, am observat că ai profitat din plin de ele.

– William? zise ea și se duse spre el. Putem vorbi puțin?

Bărbatul o expedie cu un gest disprețuitor din mână.

– Nu acum, Helena. Bine?

Profund mâhnită, Helena îl privi cum dispare pe treptele care duceau la piscină.

Jurnalul lui Alex
20 iulie 2006

Uf!

Ce s-a întâmplat în casa asta în ultimele douăzeci și patru de ore? Aș vrea să mă lămurească cineva ce se petrece. Fiindcă e evident că se petrece ceva.

Astă-seară, a fost rândul tatei să aibă fața unui om care, în loc de cartof prăjit, înghițise un șarpe care îi devora încetul cu încetul măruntaiele și îi sufla otravă prin vene. Nu știu dacă mama a fost bolnavă sau nu, dar tata arăta rău de tot.

Mama o făcea pe curajoasa în stilul ei „totul va fi bine, copii, nu-i așa că ne distrăm de minune în vacanța asta?", care păcălea probabil pe oricine, mai puțin pe mine.

Și, cu toate că sunt bucuros că Rupes a căzut în depresie după ce Chloë i-a povestit cu lux de amănunte că s-a pupat cu tipul de la aeroport (deși, probabil, ar înnebuni indiferent cu cine altcineva s-ar pupa), nu pot să scap de senzația că ceva rău se întâmplă în casa noastră.

Tata părea atât de abătut, încât nici măcar nu a protestat când Chloë a anunțat că se întâlnește din nou cu tipul de la aeroport, ori când Fred s-a mânjit și pe el, și masa cu înghețată de ciocolată și a făcut o criză de isterie când n-a mai primit alta cu care să se joace.

Am remarcat, de asemenea, că tata a băut mai mult decât de obicei. La drept vorbind, a băut și mama, care, în general nu se atinge de alcool, dar acum a dat pe gât trei pahare fără să lase un strop în ele. Pe urmă tata s-a ridicat de la masă, a zis că îi duce pe Fred și pe Immy acasă să se culce și s-a făcut nevăzut. Le-a lăsat de izbeliște pe mama, pe Sadie, pe nesuferita de Jules, pe Bosumflilă și pe micuța Viola.

Că tot veni vorba, chiar îmi place Viola. Pentru un copil de zece ani și jumătate, e foarte citită, chiar dacă în titlurile multora dintre cărțile pe care le citește apar cuvintele „pupături" și „bikini". Sper, totuși, de-aș fi convins-o să își concentreze pasiunea literară pe *Jane Eyre*, din care am un exemplar frumos în Biblioteca-Debara. Cred că s-ar regăsi în ea. În definitiv, și ea e tot un copil al nimănui.

Deviez de la subiect. La scurt timp după plecarea tatei, discuția a devenit și mai încordată. Jules a trăncănit întruna despre casa pe care o să și-o cumpere, fără să pomenească un cuvânt despre soțul ei ori despre faptul că a dispărut de pe radar.

L-am simpatizat mereu pe Sacha. Chiar dacă e bețiv și seamănă cu Oscar Wilde în multe privințe și toți cei din familia lui (în afară de Viola) și a mea ridică din sprâncene și oftează când aduc vorba de el, de parcă ar fi un țânc neascultător și răzgâiat, nu încape îndoială că e un om inteligent. Iar sub costumul scrobit, se ascunde un excentric care tânjește după libertate.

Să mă ajute Dumnezeu dacă ajung vreodată să lucrez în finanțe. Nu aș sparge Banca Angliei, aș face-o fărâme.

Dar să revenim la ziua de azi. Doar ce ne întorseserăm de la plajă și scoteam din portbagaj o tonă de prosoape murdare, când Domnul Repară Tot a trecut pe lângă mine, cu o figură mohorâtă.

În mod evident, venise să o vadă pe mama în lipsa noastră.

Mă bântuie un gând oribil, dar mă fac că nu îl aud. Ar însemna să devină real, și nu pot permite așa ceva.

Pur și simplu nu pot.

Așa că îmi concentrez mintea genială asupra problemei mele personale: misiunea de salvare a iepurașului.

Am terminat în sfârșit scrisoarea. Există un risc însemnat, sunt conștient de asta, dar, ca toate misiunile de acest gen, n-ai cum să elimini factorul de risc.

Recitesc scrisoarea și îmi permit un chicotit satisfăcut în fața ingeniozității ei. E o combinație între Colette, *Cei trei purceluși* și Alexandru cel Mare.

Totul e scris în franceză.

I-am verificat cunoștințele lui Rupes fără să-și dea seama. Băiatul nu e în stare să numere până la *cinq* fără să se bâlbâie. Chloë, în schimb, fiind pe jumătate franțuzoaică, vorbește fluent.

Ea o să înțeleagă.

I-am vârât un bilet pe sub ușă, în care îl anunțam că scrisoarea e gata și „livrarea" se va face mâine-dimineață la opt, la piscină. Știu că, în cazurile de răpire, lucrurile pot degenera rapid, așa că i-am cerut să așeze iepurașul în fața lui, la vedere, altfel nu îi dau scrisoare.

O s-o citească și n-o să priceapă nimic. Așa că va fi fericit.

Pentru orice eventualitate, o ascund pe Immy printre măslini și o instruiesc să țipe din toți rărunchii „Mamiiii!", în caz că adversarul meu pune ceva necurat la cale. De exemplu, dacă îmi ia scrisoarea și nu îmi înapoiază iepurașul.

M-a costat o grămadă de dulciuri ca s-o mituiesc, dar ce mai contează atâta vreme cât planul meu dă rezultate? După aceea, bătrânul și dragul meu prieten va trebui să îndure umilința de a fi cazat într-o Casă Conspirativă – un coteț vechi pe care l-am descoperit în spatele magaziei – pe perioada șederii lui Rupes.

Îmi trag ciorapul cu chilot peste cap și sting lumina. Închid ochii, dar nu reușesc să adorm. Simt cum curge adrenalina prin mine la gândul misiunii de salvare de mâine, și nu numai.

O fi posibil? Dă Doamne să nu! Aș fi dispus chiar – mi se pune un nod în gât – să îl sacrific pe Rilă numai să *nu* fie.

Nu se poate ca mama să-l iubească pe ăla.

Pur și simplu...

Nu se poate.

Capitolul 14

– Aici erai! Te-am căutat peste tot.

Helena se întoarse în momentul în care Sadie băgă capul pe ușa biroului.

– Scuze. M-am mai uitat prin biroul lui Angus să văd dacă găsesc ceva despre femeia misterioasă despre care ți-am zis aseară și de care se pare că a fost îndrăgostit.

– Și, ai găsit ceva?

– Nu, dar am dat peste un sertar încuiat și n-am idee unde-i cheia.

– S-ar putea să trebuiască să forțezi încuietoarea. Cine știe pe unde s-a rătăcit cheia. Trebuie neapărat să afli cine e femeia. E o poveste așa romantică.

– N-aș vrea să stric biroul, dacă există altă soluție. E prea frumos, zise Helena, trecându-și mâna peste pielea verde și netedă de deasupra.

– Te-am căutat din două motive. În primul rând, ca să văd ce faci, în al doilea, ca să te avertizez că, azi-dimineață, s-a întâmplat ceva ciudat la piscină, zise Sadie, cocoțată pe marginea biroului, în fața Helenei. Mă uitam pe fereastră, când i-am văzut pe Rupes și pe Alex așezați de-o parte și de alta a piscinei, de parcă aveau o răfuială. Erau ca doi inși puși pe duel, adăugă Sadie, chicotind. După care, s-au auzit un pleoscăit, niște țipete și s-a făcut liniște.

– Doamne ferește! I-ai mai văzut de atunci? întrebă Helena, îngrijorată.

– Da. Rupes urca scările tocmai când coboram eu, iar pe Alex l-am văzut dispărând în debaraua lui. Era ud leoarcă, de zici că făcuse baie îmbrăcat.

– Serios? Sper că Rupes nu-l brutalizează pe Alex, dar, dacă zici că i-ai văzut pe amândoi înseamnă că sunt teferi și nevătămați.

– Erau întregi.

– Mă duc să văd ce face Alex, spuse Helena și se ridică. Sunt aici de la șapte și n-am auzit nimic.

– Te ascunzi? întrebă Sadie, când Helena ajunse la ușă.

– Ce vrei să spui?

– Știi bine ce vreau să spun. De obicei, ești foarte activă la micul dejun, nu stai pitită în birou. Te-ai certat cu William?

– Nu. De ce?

– Aseară, n-a schimbat nici două vorbe cu tine. În general, e foarte... grijuliu, zise Sadie, punându-și mâinile în sân. Ceva l-a enervat rău.

– Habar n-am ce anume.

– Și încă ceva... nu vreau să te superi pe mine, scumpo, dar arăți groaznic.

– Mersi.

– Ești veșnic încruntată. Helena... de ce nu vrei să-mi spui ce se întâmplă? Sunt prietena ta cea mai bună, nu dușmanul tău.

– Nu e absolut nimic. Doar că nu mă simt prea bine de câteva zile, atâta tot.

– Cum spui tu, oftă Sadie. Dar plutește o tensiune în casa asta, de-ai putea s-o tai cu cuțitul.

– Zău? Îmi cer scuze, Sadie. Evident sunt o gazdă execrabilă.

– Aiurea! Ești minunată, și o știi și tu, așa că n-ai de ce să te simți vinovată. Are cumva legătură cu Alexis?

– De ce întrebi? spuse Helena, cu mâna încă pe clanță.

– Ieri după-amiază, la plajă, William a fost extrem de binedispus, după care ne-am întors acasă și s-a dus să te caute pe terasă. Imediat după aceea, l-am văzut pe Alexis plecând. E clar că a venit aici în lipsa noastră.

– A venit, într-adevăr, confirmă Helena, oftând resemnată.

– Lucru care sunt sigură că l-a deranjat pe soțul tău.

– Așa e, dar efectiv nu *pot* să-l conving că nu e nimic între noi, dacă lui i-a intrat în cap că e. Mă duc să văd ce face Alex.

Helena deschise ușa și ieși din cameră.

Câteva clipe mai târziu, o urmă și Sadie și îl găsi pe William în bucătărie, unde făcea pâine prăjită.

– 'Neața! îl salută ea. Încă o zi superbă în paradis. Ai dormit bine?

– Da, mulțumesc. Vrei o cafea?

– Bineînțeles. Ce se-aude de petrecerea de diseară?

– Ce petrecere? întrebă William.

– Petrecerea de logodnă a fiului lui Alexis. Ai uitat? Ne-a invitat pe toți. Cred că o să fie distractiv.

Urmă un moment stânjenitor de liniște.

– Am uitat complet, spuse William, într-un final. Am uitat și că azi împlinim zece ani de căsnicie. Dată fiind situația, cred că voi ar trebui să mergeți. Rămân eu acasă să mă ocup de copii. Mă gândesc că se va lungi până târziu, și cei mici vor deveni irascibili, adăugă el, posac.

– Dacă nu mă înșel, Helena a rugat-o deja pe Angelina să stea cu ei, spuse Sadie și luă cafeaua. Nu se poate să lipsești. E o seară specială pentru voi doi.

În momentul acela, Helena intră în bucătărie.

– Ce ziceai c-am rugat-o pe Angelina?

– Să aibă grijă de cei mici diseară, când mergem la petrecerea fiului lui Alexis, repetă Sadie. Apropo, la mulți ani amândurora, adăugă ca să mai destindă atmosfera.

– Mulțumim, Sadie, răspunse Helena și aruncă o privire spre William, care stătea cu spatele la ea.

– Mă duc să beau cafeaua pe terasă. Vii, Sadie? spuse el în cele din urmă și se ridică.

Rămasă singură în bucătărie, Helena se prăbuși pe un scaun și își luă capul în mâini. De ieri după-amiază, William o ignora la modul cel mai ostentativ. Când reveniseră din sat, îl găsise deja în pat, prefăcându-se că doarme. Nu-i spusese nici măcar la mulți ani și nu pomenise o vorbă despre felicitarea pe care i-o lăsase pe noptieră. Ce ironie să se întâmple asta tocmai în această zi!

Înfrânându-și impulsul de a-și face bagajul, de a-i lua pe copii și de a fugi din paradisul acela care se transforma rapid în iadul pe pământ, Helena înălță ochii spre cer, în speranța de a găsi acolo călăuzire.

Nu găsi nimic.

Cum Jules, Rupes, Sadie și Chloë se bronzau la piscină, iar William stătea cu nasul într-o carte, Helena reuși să evadeze. Îi înghesui în mașină pe cei trei copiii ai săi și pe Viola și plecară la Latchi. Sadie avea dreptate. În ciuda aparențelor, atmosfera de la Pandora era o bombă cu ceas.

Alex era neobișnuit de morocănos, chiar și pentru el. Nu scoase un cuvânt pe drumul spre coastă.

– Ai ochii roșii, dragule. Sigur te simți bine? îl întrebă ea.

– Da.

– Probabil s-au iritat de la clorul din piscină, după baia de azi-dimineață. Te-ai certat cu Rupes?

– Nu. Ți-am zis și mai devreme că nu.

– Bine, dacă spui tu.

Helena era mult prea obosită ca să se certe cu el.

– Da, așa spun.

– Să vezi ce mult o să-ți placă Latchi, zise ea, cu o veselie silită. E un oraș superb și sunt o mulțime de magazine de suvenire în port. Poți să-ți cumperi obiecte artizanale din banii de vacanță.

– Asta ca să nu zici porcăriile pe care le cumpăr de obicei, nu? spuse Alex, strâmbându-se. Mersi mult.

– Haide, Alex, te tachinam și eu un pic. Poți să-ți cumperi orice dorești.

– Mda, replică băiatul și întoarse privirea spre fereastră.

– Ce-i cu tine?

– Te-aș putea întreba același lucru, ripostă el.

– Eu sunt bine, mulțumesc.

– N-aș zice, bombăni băiatul. Atunci, și eu sunt la fel de „bine" ca tine.

– Bine, oftă Helena. Hai s-o lăsăm baltă. Dar, dă-mi voie să-ți reamintesc că eu sunt adultul, și tu ești copilul. Dacă ai o problemă, vreau să-mi promiți că vii la mine să discutăm.

– Bine.

– Bun. Hai să găsim un loc de parcare.

Helena se aşeză pe marginea apei şi se uită la copiii care se zbenguiau în apă. Uşurată că scăpase de atmosfera apăsătoare de la Pandora, unde viaţa ei părea poziţionată în centrul unei busole, putând să o apuce în orice direcţie, procedă aşa cum proceda întotdeauna în momentele dificile: se concentră asupra lucrurilor frumoase din viaţa ei.

Avea în faţă trei copii fericiţi şi sănătoşi. În cazul cel mai nefericit, Pandora le oferea un acoperiş deasupra capetelor, iar banii moşteniţi de la Angus le acopereau cheltuielile curente timp de câteva luni. Poate că va fi nevoită să vândă Pandora, să revină în Anglia și să se facă profesoară de balet – o idee la care meditase mult în ultima vreme. Dar lucrul cel mai important era că puteau supravieţui; *ea* putea supravieţui. În fond, nu era prima oară când o făcea. Va reuşi şi de data asta. Spera, totuşi, din tot sufletul să nu se ajungă până acolo.

– Uite, tati! Mami mi-a luat un cadou!

Fred trânti maşinuţa de jucărie pe abdomenul lucios şi deja uşor bronzat al lui William.

– Uau! Altă maşinuţă! Ce noroc pe capul tău! exclamă William, zâmbind, şi îi ciufuli părul.

– Mie mi-a luat o carte cu abţibilduri, interveni Immy, lipind repede o micuţă zână roz pe fruntea lui William. Asta e pentru tine, tati.

– Mulţumesc, Immy.

Fetiţa dădu roată piscinei pentru a-i cadorisi şi pe ceilalţi care leneveau la soare.

Chloë, trezită din moţăială de Immy, dădu fuga la tatăl ei şi se aşeză pe marginea şezlongului său.

– Bună, tati!

– Bună, Chloë!

– Legat de petrecerea de diseară...

– Ce-i cu ea?

– Trebuie să merg şi eu?

– Da, trebuie. Am fost invitaţi cu toţii şi vreau să vii şi tu.

– Bine. Pot să-l iau și pe Christoff cu mine?

– Tipul pe care l-ai cunoscut la aeroport?

– Da. Trebuia să ne vedem diseară și mă gândeam că s-ar putea agăța și el de noi.

– Nu, nu s-ar putea „agăța". E o petrecere de familie și n-a fost invitat.

– Haide, tată, îi zic să nu mănânce mult.

– Nu. N-are sens să insiști.

Fata oftă prelung și ridică din umeri.

– Mă rog, zise ea.

Se ridică și plecă spre casă.

Helena tocmai ieșea de la duș, când răsună o bătaie la ușă.

– Intră.

– Eu sunt.

Jules băgă pe ușă nasul îngrozitor de ars.

– Bună!

Helena îi aruncă un zâmbet șters și își puse repede halatul, în timp ce Jules se așeză pe patul ei.

– Voiam să te rog să mergi cu mine mâine ca să vezi casa pe care mă gândeam s-o cumpăr. L-am întrebat și pe William, dar nu mi s-a părut că l-ar interesa.

– Bineînțeles că merg, răspunse Helena, după o clipă de ezitare.

– Mulțumesc, spuse Jules, recunoscătoare. Aș vrea să aud și părerea altcuiva înainte să semnez documentele și să achit avansul.

– Când ar trebui achitat?

– Săptămâna viitoare.

– Oh, așa repede! Nu-l anunți și pe Sacha înainte să semnezi contractul? întrebă Helena, prudentă.

– *Pe cine?*

– Să înțeleg că nu mai știi nimic de el?

– Ba da, mi-a lăsat câteva mesaje pe mobil. Dar cred că a venit vremea să iau decizii și fără să mă consult cu el. Nu ești de acord cu mine?

– Jules, nu e treaba mea și n-aș vrea să mă amestec.

– Așa e, spuse Jules, studiindu-și unghiile. Știu că nu e, adăugă, după care ridică ochii și zâmbi larg. Dacă o cumpăr, o să fim aproape vecine. Nu-i departe, e în partea cealaltă a satului. Ar fi distractiv, nu?

– Da, ar fi. Apropo de vecini, n-ai uitat de petrecerea de diseară? zise Helena, ca să schimbe subiectul.

– Mi-a amintit William. Abia aștept. Cu ocazia asta, îi mai cunosc pe oamenii din zonă, spuse Jules, apoi se ridică și aruncă o privire prin dormitor. Cred că abia aștepți să văruiești casa cum se cuvine. Cenușiul ăsta e *absolut* deprimant. Ne vedem mai încolo.

La ora șase și jumătate seara, toată lumea se adună pe terasă, ca să bea ceva înainte de petrecere. Sadie dăduse sfară în țară că e aniversarea căsniciei lui William și a Helenei și vorbise cu Angelina să îi servească cu șampanie autohtonă și minitartinele pe care le pregătise mai devreme.

– Chloë, ce Dumnezeu e peticul ăla de pe tine? întrebă William, uitându-se îngrozit la fusta minusculă din piele care abia acoperea fundul fiicei sale.

– Nu mai fi așa pudic, tati. Umblăm toată ziua dezbrăcați, de ce n-am umbla la fel și seara?

Își flutură părul lung și lucios și plecă să vorbească cu Rupes, care purta o cămașă de un roz-aprins ce îi scotea și mai mult în evidență pielea bronzată.

– Ești foarte frumoasă, mamă, o complimentă Alex pe Helena când ieși pe terasă. La mulți ani!

– Mulțumesc, Alex, îi zise Helena, recunoscătoare.

– Nu-i așa că e frumoasă, tată? insistă Alex.

William se întoarse și examină rochia albastră de mătase pe care o purta soția lui. Era una dintre preferatele lui, pentru că se asorta cu ochii Helenei. Văzând-o cu părul proaspăt spălat și decolorat de soare, despletit în jurul feței, și cu pielea ușor bronzată, William observă, cu imensă tristețe, că era mai frumoasă ca oricând.

– Da, spuse el și se întoarse cu spatele.

*

O oră mai târziu, tocmai când se îmbarcau în mașini, un taxi viră pe drumul ce cobora de pe deal.

– Ei, ca să vezi! Fiul rătăcitor se întoarce! zise Jules, gătită cu o bluză aurie și o bentiță asortată pe frunte, în stil grecesc.

– A venit tati! exclamă Viola și o zbughi spre taxi.

– Bună, scumpa mea!

Sacha coborî din mașină, și Viola se aruncă în brațele lui. O strânse la piept cu putere.

– Ne-a fost dor de tine, tati.

– Și mie mi-a fost dor de voi, spuse el și se uită la oamenii adunați în fața lui. Asta da primire. Toată lumea s-a îmbrăcat frumos. Plecați undeva?

– Mergem la o petrecere, tati, îl informă Viola.

– Aha, zise Sacha, încuviințând din cap. Mă luați și pe mine?

– Normal că te luăm, nu-i așa, mami?

– Nu ești tu omul care să rateze un chef, am dreptate, dragule? Cred că ți-a mirosit a alcool de la Londra, îi replică Jules, pe un ton sarcastic.

– Nu vreți să rămâneți voi doi acasă? Luăm copiii cu noi, ca să apucați să vorbiți în liniște, și veniți și voi mai târziu, le sugeră William, încercând să le ofere ocazia soților Chandler să discute între patru ochi.

– N-are decât să vină *el* mai târziu, dacă vrea. Eu merg acum. Toată lumea în mașini, că întârziem. Ne vedem mai încolo, *iubire*, îi aruncă Jules în timp ce îndemna copiii spre mașină.

Sacha ridică neputincios din umeri și își privi soția cum trântește portiera șoferului.

– În cazul ăsta, procedăm altfel, îi spuse William Helenei. Rămân eu cu Sacha, îl aștept să se spele și să se schimbe și venim împreună. Tu mergi cu ceilalți.

– Știi adresa?

– Oarecum. Mă descurc eu, răspunse William și se întoarse spre Sacha. Vino, bătrâne, că avem de discutat.

Jurnalul lui Alex
21 iulie 2006

Rareori mă apucă furia. Genul ăla de furie care te arde până în inimă și îți face sângele să clocotească.

Înțeleg acum de ce unii oameni sunt capabili să ucidă în momentele de surescitare. Asta am simțit și eu azi-dimineață, la piscină.

Trebuia să-mi fi dat seama de la bun început că nu va merge conform planului.

Partenera mea credincioasă, Immy, a făcut o adevărată criză de nervi, fiindcă nu putea să își joace rolul de spion în rochia ei preferată.

O zână a pădurilor într-o rochie înfoiată, de șifon și tul roz-aprins, încălțată cu șlapi sclipicioși și cu ochelari de soare galbeni, în formă de stele, s-ar fi văzut de la o poștă printre măslini și m-ar fi dat de gol.

Pun pariu că Moneypenny nu i-a făcut niciodată asemenea figuri lui James Bond. Prin urmare, a trebuit s-o las în plata ei și să înfrunt situația singur.

Rupes și-a făcut apariția la ora fixată. Purta ochelarii ăia de soare oribili și încerca să pară șmecher.

– Ai scrisoarea? m-a întrebat de pe cealaltă margine a piscinei.

Stătea cu picioarele rășchirate, cu brațele-n sân și o față de zici că poza în calitate de căpitan al echipei naționale de rugby. Nu mă speria. Foarte rău.

– Ai iepurașul? i-am răspuns.

– Da. Arată scrisoarea.

– Arată tu iepurașul.

Rupes și-a desfăcut brațele și s-a aplecat să ia o pungă de plastic de sub unul dintre șezlonguri. Fir-ar să fie! În mod cert îl pusese acolo mai devreme și puteam să-l recuperez fără să trebuiască să mai stau la discuții cu el. Am văzut capul scumpului meu Rilă ieșind din punga de plastic. Am încuviințat din cap și am scos scrisoarea.

– E în franceză, cum ți-am promis.

– Citește-mi-o.

– Desigur.

Mi-am dres glasul.

– *„Ma chérie Chloë. Prendre vers le bas de la lune!"*

– În engleză, tâmpitule!

– Scuze. Uitați de stele! S-a născut o lumină nouă pe bolta cerească! Ești precum un înger tânăr, ce strălucește proaspăt pe fundalul bătrânelor planete. Ochii tăi sunt precum...

– Ajunge, mi-a zis Rupes, cu o față îngrețoșată. Dă-mi-o!

– Vreau să-mi dai iepurașul în același timp. Mergem unul spre altul și facem schimbul.

Rupes a ridicat din umeri și a pornit spre mine, pe lângă piscină. Ne-am intersectat la capătul cu apă mai adâncă.

Se vedea că transpiră. Eu mi-am păstrat sângele-rece.

– Destul.

Am întins mâna în care țineam scrisoarea și pe cealaltă ca să apuc sacoșa cu iepurașul.

I-am văzut mâinile venind spre mine. El a apucat scrisoarea, eu am apucat punga.

Apoi, cu o viteză fulgerătoare, mi-a smuls-o din mână și a aruncat-o în apă.

A căzut cu un pleoscăit asurzitor. Am scos un geamăt de groază când mi-am dat seama că se duce la fund. Scumpul meu Rilă se scufunda încet, dar sigur.

– Mersi, mi-a zis Rupes, fluturând scrisoarea și râzând ca apucatul. Ai ocazia să-ți etalezi talentele de săritor ca să salvezi cârpa aia veche. Îmi pare rău că nu e și Chloë de față ca să te aplaude.

– Nenorocitule! am zbierat.

M-am descheiat la fermoarul pantalonilor ca să sar în apă, apoi mi-am amintit că nu port chiloți și l-am tras la loc.

– Hai să te văd! a râs Rupes de mine când am sărit îmbrăcat cu bermudele grele din cauza tuturor prostiilor care îmi umpleau buzunarele.

Am tras aer în piept și m-am scufundat în apa plină de clor care îmi ardea ochii (nu înot niciodată fără ochelari de scafandru, fiindcă ies cu niște ochi roșii ca de drac) și m-am apucat să-l caut pe Rilă prin mâlul de pe fund.

N-avea cum să se îndepărteze prea mult. Era ușor. De ce naiba n-a plutit? Am ieșit să iau aer, cu ochii încețoșați, și l-am văzut pe Rupes râzând de mama focului. (Dacă focul ar avea mamă. Ceea ce n-are. Altă expresie stupidă, dar nu-i momentul să intru în chestiuni de semantică.)

Am luat o gură de aer și m-am scufundat iar, simțind că îmi plesnesc plămânii de nervi, panică și lipsă de oxigen. Și, deodată, chiar pe fundul capătului unde adâncimea e de doi metri, l-am văzut pe Rilă.

Am mai ieșit încă o dată la suprafață, dorindu-mi nespus să mă pot dezbrăca de bermude, dar conștient că n-aș fi îndurat umilința ironiilor pe care Rupes le-ar fi făcut despre aspectul liliputan al părților mele intime. Am intrat iarăși la fund și am reușit să apuc sacoșa. Am tras de ea. Și am tot tras.

Nici gând s-o urnesc. Când mai aveam un pic și-mi dădeam duhul, am ieșit la suprafață. Îmi vâjâia capul și mă chinuiam în așa hal să respir, încât nu puteam scoate un sunet. Am înotat până la margine și am rămas agățat de ea până când am simțit că am din nou aer în plămâni. Gândul că Rilă se îneacă pe fundul piscinei, în timp ce clorul îi roade blănița neblănoasă, mi-a dat curaj. Am luat o gură zdravănă de aer, m-am scufundat, mi-am prins prietenul de urechi și am tras din toate puterile. Și, slavă Domnului, l-am urnit. Efortul de a mă ridica spre suprafață, în bermudele care atârnau pe mine precum un sac de cartofi, va rămâne în istorie drept cel mai dificil moment din viața mea de până acum.

Puteam să mă înec. Puteam să mor de mâna celui mai aprig inamic al meu și a celui mai bun prieten al meu.

În clipa în care am scos mâna din apă și am bâjbâit după marginea bazinului ca să mă trag pe ultimii centimetri agonizanți, tușind și horcăind, l-am văzut pe Rupes râzând deasupra mea.

– N-am făcut altceva decât să te pregătesc pentru internat, cum m-a rugat draga mea mamă. Pa, Alex.

Mi-a făcut cu mâna, rânjind, și a dispărut.

Picioarele îmi tremurau ca piftia; m-am târât pe trepte împreună cu iepurașul și m-am prăbușit pe marginea piscinei. M-am întors și m-am uitat la cocoloșul jalnic de blană udă de lângă mine. Și am văzut bolovanul legat de lăbuțele lui. Urechea de care l-am tras se mai ținea într-o ață.

Nu știu prin ce minune am trecut cu bine de ziua de azi, dar am trecut. Am trăit o furie și o umilință inimaginabile. M-am gândit să fug în lume, să iau primul avion spre Marrakech și să mă angajez ca îmblânzitor de șerpi – presupunând că aș reuși să îmi înving spaima de șerpi –, dar aș pedepsi-o pe mama, și n-ar fi cinstit din partea mea.

N-am încotro, trebuie să merg la petrecere și să mă împac cu ideea că adversarul meu va fi acolo. Mă consolez cu gândul că Rupes arată ca un ditamai porcul roz și că, în momentul de față, Chloë îl ignoră cu desăvârșire. Voi profita de timpul rămas pentru a pune la cale un plan care va fi – vă dau cuvântul meu – o răzbunare corectă și pe măsură.

Capitolul 15

Petrecerea de logodnă se ţinea într-o curte spaţioasă, din faţa vechii crame acoperite de iederă, amplasată într-unul din cele mai înalte puncte ale satului, cu vedere spre o vale adâncă. Curtea era decorată cu instalaţii luminoase prinse de ramurile măslinilor din jur, a căror lumină era amplificată de zecile de felinare aprinse.

Câteva localnice vesele serveau farfurii cu mâncare din spatele unui şir de mese din lemn, ticsite cu un amestec apetisant de preparate culinare cu miros îmbietor: sărmăluţe în foi de viţă, friptură de miel şi porc la rotisor, *spanakopita* şi peşte prăjit, însoţite de boluri uriaşe cu orez şi salată.

La sosirea trupei de la Pandora, petrecerea era deja în toi. Într-un colţ, cânta o formaţie cipriotă alcătuită din trei membri, dar muzica se pierdea în mare parte în vacarmul celor două sute de invitaţi. Vinul curgea în pahare printr-un furtun, direct dintr-un butoi imens de stejar.

– Raiul oricărui alcoolic, şuieră Jules, luând un pahar cu vin alb. Sacha s-ar simţi în elementul lui, adăugă şi se pierdu prin mulţime.

– Pot să beau şi eu un pahar de vin, mamă? întrebă Alex, văzându-i pe Rupes şi pe Chloë că se servesc fără jenă.

– Unul mic, aprobă Helena, sorbind din paharul ei, cu un sentiment straniu de însingurare.

Nu își amintea când mersese ultima oară la o petrecere fără William. Situația era cu atât mai dureroasă cu cât seara aceea ar fi trebuit să marcheze o celebrare a propriei lor căsnicii.

– Alex, uită-te la omul ăla care înghite foc, îi atrase atenția Viola, abandonată de Jules, arătând spre un alt colț al curții. Mergem să-l vedem mai bine?

– De ce nu?

Își croiră drum, prin mulțimea îmbrăcată în straie festive, până la înghițitorul de flăcări.

– Crezi că tati se simte bine? întrebă ea, ridicându-se pe vârfuri ca să ajungă la urechea lui.

– N-am de unde să știu, Viola, dar cred că e bine.

– Ba nu e. Se vede că îl supără ceva.

Alex o prinse de mâna ei micuță.

– Viola, părinții sunt niște ființe ciudate. Nu-ți mai face griji. Sunt sigur că, oricare ar fi problema, se va rezolva. Ți-o spun din experiență.

– William nu e tatăl tău adevărat, nu-i așa?

– Nu, nu e.

– Știai că nici tăticul meu nu este? Și nici mami?

– Știam.

– Eu îl iubesc oricum, așa cum e el. Mi-a fost mereu alături. Nu contează, nu?

– Ce anume?

– Că ai sau nu genele lor. Sunt sigură că adevăratul meu tată n-ar fi fost niciodată la fel de drăguț și bun. Tu ții la William? E un om foarte plăcut.

– Aaa... da.

– Mă bucur că e nașul meu. Auzi, Alex?

– Da.

– Crezi că ei ne iubesc la fel de mult cum ne-ar iubi dacă *am fi* copiii lor? întrebă ea, șovăitoare.

– Normal că ne iubesc la fel, Viola. Poate chiar mai mult. Gândește-te că tu ai fost aleasă de ei, zise Alex, o îmbrățișă cu stângăcie, după care făcu semn spre înghițitorii de flăcări. Uite cât de sus aruncă bețele alea aprinse.

– Uau! exclamă ea, cu o expresie uluită pe chip.

– Aici erați, spuse Helena, din spatele lor.

Chelnerița tocmai trecea cu o tavă plină cu pahare cu vin. Helena îl goli repede pe al ei și luă altul.

– Ai grijă, mamă. Știi că te îmbeți dacă bei mai mult de două.

– Alex, nu-i nevoie să-mi porți tu de grijă. E o ocazie specială, se răsti Helena.

– Scuze. Hai să mergem mai în față, Viola.

Rămasă singură din nou, Helena se plimbă printre invitați, trăgând cu urechea la discuțiile animate ale unei mulțimi în care toți erau, aproape sigur, înrudiți – mai de departe ori mai de aproape – cu altcineva, după atâția ani de căsătorii consangvine. Se uită la grupul adunat în jurul formației, la cele câteva cupluri care începuseră să danseze. În mijlocul lor, se găseau Dimitrios și logodnica sa, Kassie, ale căror chipuri radiau de fericire.

Helena se gândi că era greu de crezut că destinul îi va purta vreodată departe de aceste locuri și își imagină că vor aduce, probabil, pe lume o nouă generație de flăcăi voinici care să preia, într-o bună zi, crama. Se vor bucura unii de alții, de copiii lor și de comunitatea strânsă care îi susține.

O cuprinse brusc un sentiment de invidie. Și de profundă tristețe.

– Cum te simți astă-seară, Helena mea?

Tresări, la auzul vocii din spatele ei, și, când întoarse capul, dădu cu ochii de Alexis.

– Bună!

Își veni în fire, dându-și seama că ar fi nepoliticos să umbrească momentul de sărbătoare cu starea ei melancolică.

– E superbă petrecerea. Mulțumim din suflet că ne-ai invitat.

– A fost plăcerea mea și a fiului meu. Sper doar să vă simțiți bine.

– Ne simțim minunat, zise ea, apoi șovăi câteva clipe, nedorind să abordeze subiectul, dar simțindu-se obligată. Alexis, te rog să mă ierți pentru ieșirea de aseară.

Bărbatul se uită la ea, cu un zâmbet trist.

– N-ai de ce să te scuzi. Doar că îmi pare rău că nu mi-ai spus mai de mult. Ce-a fost a fost. Important e să învățăm din greșeli și să mergem mai departe. William unde e? Nu l-am văzut astă-seară.

– Vine mai târziu, cu soțul lui Jules.

– Am înțeles, oftă Alexis. Bănuiesc că s-a supărat că și-a văzut soția în brațele mele.

– Așa e. Cel mai rău e că s-a întâmplat tocmai azi, când împlinim zece ani de căsnicie.

– În cazul ăsta, cred că ar trebui să-i explici situația. William merită să știe adevărul. L-ar ajuta să ne înțeleagă, nu doar pe tine, ci și pe mine.

De-ar fi așa simplu, își zise Helena. Exact atunci, răsună un strigăt de bucurie din mulțimea care îi privea pe Dimitrios și pe logodnica sa dansând.

Alexis se uită la ei și zâmbi.

– Aș vrea să fi fost noi în locul lor, să fi pornit în viață împreună. Dar, spuse el și ridică din umeri, n-a fost să fie. Te asigur că m-am împăcat cu gândul că nu se va întâmpla niciodată. Tu ești femeia altuia, și e limpede că omul te iubește. Vreau să vă cer sincer scuze amândurora. M-am comportat într-un mod inacceptabil. Mi-e greu să admit că nu mai ești... a mea, dar trebuie. Vino să-ți prezint câteva persoane din trecutul tău.

Alexis îi întinse mâna. După câteva secunde de șovăială, Helena făcu același gest.

– Hai. Îți mulțumesc, Alexis.

Prietenii lui Alexis – niște puștani pe vremea când îi întâlnise Helena – erau acum soți și tați. O îmbrățișară călduros, o complimentară pentru frumusețea ei și îi puseră întrebări despre familie și despre Pandora. Atenția cu care o înconjurau îi făcea plăcere, dar sfatul lui Alexis îi răsuna încă în minte și nu putea să nu se întrebe dacă William va veni în cele din urmă sau va petrece singură noaptea aniversării lor.

Ceea ce era mai mult decât merita...

Oaspeții începeau să se încingă și se înghesuiau pe ring, în ritmul muzicii cipriote transmise din generație în generație. Helena le zări în mulțime pe Jules și pe Sadie, cu brațele ridicate deasupra capului, chinuindu-se să imite mișcările partenerilor.

– Tată! Tată! Trebuie neapărat să ne dansezi Zorba, zise Dimitrios, lac de sudoare, și își bătu tatăl pe spate.

– Hai, Alexis! Dansează! Dansează! îi ținu isonul mulțimea.

– Dansează și tu cu el, Helena, cum ați dansat și pe vremuri! propuse Isaak, un vechi prieten al lui Alexis.

– Hai să vedem cum te miști. Doar asta ți-e meseria, strigă Jules din mulțime, și câteva mâini o împinseră pe Helena spre Alex, în mijlocul cercului imens format în jurul lor.

Toată lumea se prinse de umeri, pregătindu-se de dans.

– Îți mai aduci aminte? o întrebă Alexis, cu un zâmbet blând. Tot aici am ținut și petrecerea de majorat.

– Cum aș putea să uit? șopti ea.

– Începem?

Pocni din degete deasupra capului, în semn că erau pregătiți, iar cântărețul la *bouzouki* intonă primele acorduri monotone.

Pe măsură ce oamenii din cerc se puseră în mișcare, Helena și Alexis le urmară exemplul, cu pași preciși și siguri. Dansau separat, dar împreună, și, cu toate că Helena nu mai exersase pașii de un sfert de secol, îi avea bine întipăriți în memorie. Acum, se lăsa condusă de muzică și de trupul ei. Nu mai era o soție și o mamă de aproape patruzeci de ani, ci o fetișcană dezinvoltă, de cincisprezece ani, care dansa pe un câmp scăldat în soare, alături de băiatul iubit.

Pașii, atât de simpli pe acordurile lente, deveneau mai complicați pe măsură ce ritmul se întețea tot mai mult, obligând-o pe Helena să se rotească precum titirezul în jurul lui Alexis. Când tempoul se acceleră, mulțimea din cerc începu să chiuie și să bată din picioare. Alexis o prinse în brațe și o ridică în aer, învârtind-o nebunește până ce se transformară într-un vârtej de pasiune și emoție.

Deasupra lui, Helena își desfăcu brațele și lăsă capul pe spate, într-un gest de încredere deplină. Nu vedea decât scântei de culoare, iar ovațiile spectatorilor îi țiuiau în urechi.

Dansa! Se simțea vie, însuflețită. Era *minunat*...

Apoi muzica deveni mai lentă, iar Alexis o lăsă jos ușor, trupul ei atingându-se de al lui, în drum spre pământ. Îi luă mâna și i-o sărută, după care o îndepărtă de el cu o piruetă. Helena mulțumi publicului cu o reverență, iar partenerul ei cu o plecăciune.

Se auziră o mulțime de bisuri. Într-un final, Alexis reuși să liniștească mulțimea.

– Mulțumim. Mulțumim. Scoase o batistă din buzunar și își șterse fruntea transpirată. Sunt prea bătrân ca să mai rezist la asemenea efort. Oaspeții protestară, dar Alexis ridică brațul din nou și îi potoli. În seara asta, ne-am adunat aici pentru a sărbători logodna fiului meu cu frumoasa lui logodnică.

Helena dispăru în mulțime, în timp ce Alexis își chemă fiul și viitoarea noră alături de el.

– Ai fost extraordinară, mătușă Helena! o complimentă Viola și o prinse încântată de mână.

– Uau, scumpo! M-ai lăsat paf! exclamă Sadie și, în jurul lor, se strânse un grup de persoane.

– Habar n-aveam că dansezi atât de bine, zise Rupes.

– Nici eu, spuse o voce, în spatele ei.

Helena se răsuci pe călcâie.

– William, ce-ai făcut până acum?

– M-am ocupat de Sacha. Oricum, din câte-am observat, te distrezi de minune și fără mine.

– Da, mă simt minunat, replică ea, sfidător. Trebuie să beau niște apă.

– Vrei să-ți aduc eu un pahar? se oferi el.

– Nu, mersi. Îmi iau singură.

William se ținu după ea.

– Ce naiba se întâmplă aici?

– Nimic. Am dansat, atâta tot.

– Dumnezeule mare, Helena, ești soția mea!

– Da, sunt. Și cu ce-am greșit?

– Nu sunt idiot, Helena. Toți cei care v-au văzut și-au dat seama. Se vede de la o poștă.

– Ce anume?

– Fir-ar să fie! Chiar trebuie să-ți explic pe silabe? Ți-am acordat prezumția de nevinovăție de nenumărate ori, am încercat să trec cu vederea că, ori de câte ori plec de-acasă, apare el, ca un șobolan care se furișează pe burlan ca să ia pulsul situației.

Luă un pahar cu vin de pe masă, sorbi din el, apoi, observându-le pe cele două chelnerițe care îi urmăreau fascinate, o trase pe Helena într-un colț mai izolat.

– Domnul Perfecțiunea Întruchipată! Domnul Ajutor de Nădejde! „Domnul Repară Tot“, cum l-a poreclit fiu-tău! Până și ieri, când ți-am luat copiii de pe cap ca să te odihnești și să te relaxezi, pe cine găsesc pe terasă, strângându-te cu foc în brațe? Pe *el*!

– A venit să vadă dacă mă simt bine, îi răspunse calm Helena.

– Sunt convins. Și, cireașa de pe tort, vin și eu aici astă-seară și vă văd dansând de zici că sunteți... un cuplu de îndrăgostiți! Măcar o dată în viața ta, spune-mi adevărul! Încă îl iubești, nu-i așa? Pentru Dumnezeu, recunoaște odată, Helena, spuse William și o strânse brutal de umeri. Spune-mi!

– Termină, William! Te rog! Nu e momentul acum. Promit că vorbim mai târziu.

William se uită la ea și oftă resemnat. Îi dădu drumul, clătinând din cap.

– Îți spun de pe acum că nu vreau să trăiesc cu cineva care nu vrea să trăiască cu mine. La mulți ani, Helena!

Apoi se întoarse cu spatele și se făcu nevăzut în mulțime.

Cu lacrimi în ochi, Helena se duse la butoiul cu vin și își umplu paharul. Când să ia o sorbitură, cineva o cuprinse cu stângăcie de umeri, vărsând vinul peste tot.

– Bună, frumoaso!

– Sacha! Ai venit! zise ea, îngrijorată.

– Da, am reușit, spuse el, fluturându-i o sticlă de coniac prin față, după care luă o înghițitură din ea.

Cu toate că Helena băuse mai mult decât de obicei, era îndeajuns de trează ca să își dea seama cât de beat era *el*.

– Arăți groaznic.

– E posibil, încuviință el, clătinându-se ușor pe picioare. Dar mă simt fantastic. Vezi tu, îngerașul meu, am toate motivele să sărbătoresc.

– Serios?

– Oh, da.

– De ce? întrebă Helena, deși nu ținea morțiș să afle răspunsul.

– Pentru că, peste câteva minute, voi fi un om liber! Iar tu știi ce înseamnă asta, nu-i așa, scumpa mea, Helena?

– Nu, Sacha. Chiar nu știu.

– Înseamnă... ei, lasă, că știi tu ce înseamnă. Mă duc s-o caut pe scumpa mea soție.

Făcu în batjocură o plecăciune în fața ei și porni printre invitați. Helena îl urmări cum își croiește loc până în centru și se postează lângă Alexis, care tocmai își încheiase discursul. Se uită disperată după William, dar nu îl zări nicăieri.

– Doamnelor și domnilor, vă rog să mă scuzați că vă întrerup sărbătoarea, bolborosi Sacha. Numele meu este Sacha Chandler și aș dori să adaug ceva în completarea felicitărilor exprimate de domnul aici de față. Cum vă numiți, domnule?

– Alexis.

– Alexis. Ce nume măreț! spuse Sacha și îi altoi o palmă sănătoasă lui Alexis pe spinare. Sunteți căsătorit?

– Am fost.

– Ups! Și s-a ales praful de căsnicie? Ați ajuns la divorț?

– Nu. Soția mea a decedat, explică Alexis, calm, cu privirea în pământ.

Invitații amuțiseră și așteptau cu sufletul la gură să vadă ce se petrece. William apăru brusc lângă Sacha și îi puse o mână pe umăr.

– Hai să mergem acasă, amice.

– Acasă? Abia am sosit! zbieră Sacha, smulgându-se din mâna lui William. În plus, am și eu un anunț de făcut. Unde e minunata mea soție, Julia?

– Aici sunt, Sacha, răsună glasul lui Jules, din spatele mulțimii.

– Bun. Am ceva să îți spun, continuă Sacha și mai luă o dușcă de coniac. Trebuie s-o fac acum, altfel nu știu când voi mai avea curajul. Uite cum stau lucrurile, iubita mea: compania nu numai că a fost lichidată, ci rasă de pe fața pământului. Nu mai am un sfanț pe numele meu. Nici casă, de altfel, fiindcă am ipotecat-o la maximum, așa că banca o să pună mâna pe ea *tout de suite*. Am ajuns la sapă de lemn, îngerașul meu, nu mai avem decât hainele de pe noi. Gata cu școlile de fițe pentru copii. Vor trebui să meargă la școli de stat, iar armăsarii tăi vor sfârși probabil într-o tigaie la restaurantul chinezesc.

Sacha izbucni într-un hohot de râs strident la auzul propriei glume nesărate. Ridică sticla în cinstea auditoriului oripilat, dar vrăjit.

– Așadar, doamnelor și domnilor, avem o dublă sărbătoare! Începutul unei uniuni și sfârșitul alteia. Sănătate! spuse el și mai luă o dușcă.

Mulțimea începu să șușotească, cei care nu cunoșteau limba engleză își rugau vecinii să le traducă. Într-un final, William reuși să îl apuce pe Sacha de braț și să îl tragă după el.

Helena, până atunci înmărmurită de discursul lui Sacha, se duse repede lângă William, uitând de discuția de mai devreme din cauza dramei nou apărute.

– Dumnezeule, ce ne facem acum? șopti ea, disperată.

– Du-te și caut-o pe Jules, o sfătui el. Vezi ce are de gând.

Helena îi urmă sfatul, dar în ciuda căutărilor ei, Jules și Rupes păreau să se fi evaporat fără urmă. În sfârșit, o găsi pe Viola, care plângea la pieptul lui Alex.

– Ce se întâmplă acum, mamă? întrebă Alex, printre buclele Violei, parcă scoase dintr-o pictură de Tițian.

– O să mergem acasă cât mai repede posibil. Așteaptă o clipă să îi găsesc și pe ceilalți. Tu du-o pe Viola la mașină. E descuiată.

– Bine. Să nu întârzii, șopti băiatul, neliniștit.

– Nu întârzii.

Helena se îndepărtă în grabă și îi găsi pe William și pe Alexis așezați pe un zid, cu Sacha, gârbovit, între ei.

– Jules și Rupes au dispărut, dar vreau să-i duc acasă pe Viola și pe Alex.

– Le-am sugerat lui William și lui Sacha să rămână aici peste noapte, zise Alexis. Până se mai calmează spiritele.

Helena îi aruncă o privire întrebătoare lui William, care dădea aprobator din cap.

– Îmi vine să vărs. Scuze, băieţi, gemu Sacha şi vomită imediat.

– Du-te acasă cu copiii, Helena. N-ai ce să mai faci aici, spuse William şi scoase o batistă ca să îl şteargă pe Sacha, în timp ce Alexis dădu fuga după nişte apă. Să mă anunţi dacă apare Jules. Rămân aici ca să am grijă ca prietenul meu să nu moară înecat cu propria vomă.

– Eşti sigur că vrei să stai aici? îşi întrebă soţul, sperând ca privirea din ochii ei să exprime cât de mult îl compătimea.

– Am vorbit cu Alexis şi mi-a zis că are camere libere. Nu vreau ca vreunul dintre copii să-l vadă pe Sacha în halul ăsta. Ar fi nedrept faţă de ei. Pe lângă asta, mi-e teamă ca Jules să nu devină violentă. Are toate motivele, oftă William.

– Bine, spuse Helena, încercând zadarnic să citească ceva pe chipul lui. Mai vorbim.

– Da, confirmă el şi îşi îndreptă din nou atenţia către Sacha.

Jurnalul lui Alex
21 iulie (continuare)

Hmmm.

Sfinte Sisoe! Ce nebunie! Ce mai e de spus? Am rămas fără cuvinte.

Spre deosebire de alții, care au ținut niște alocuțiuni extrem de... dramatice astă-seară.

A fost un moment crucial. Nu s-a ridicat chiar la nivelul unui discurs al lui Winston Churchill, dar, ținând cont că Sacha era beat turtă, merită felicitat pentru faptul că nu s-a poticnit deloc.

Halal vacanță liniștită!

E unu noaptea, sau în jur de unu, și stau pitit în vizuina mea. Din cauza tragediei grecești care s-a derulat sub privirile întregului sat, primită inițial cu aplauze, iar apoi, cu gemete de groază, și eu am avut de suferit:

Mă simt vinovat. Teribil de vinovat.

Se zice că trebuie să ai grijă ce-ți dorești, fiindcă s-ar putea să nu-ți placă ce primești. Ei bine, mie nu-mi place deloc.

Acum câteva ore, în timp ce îmi atârnam de picioare iepurașul ud fleașcă, cu o sfoară pe care reușisem să o agăț la ferestruica mea, ca să se usuce (n-am îndrăznit să-l las pe sfoara de afară, ca nu cumva să dispară iar), m-am rugat la Dumnezeu să îl pedepsească pe Rupes așa cum se cuvine, căci eu nu reușeam să găsesc o răsplată pe măsura faptei lui. În timp, mi-ar fi venit o idee, dar atunci eram mult prea amețit de clor și emoții.

Și, hocus-pocus, mi s-a împlinit dorința! Barosanul vine cu o pedeapsă de pomină: Rupes a rămas fără casă și fără un penny în buzunar. Aș fi preferat să rămână fără penis, dar nu vreau să par nepoliticos.

Și, mai presus de orice, va trebui să se împace cu ideea că se va muta într-un cartier de nevoiași. Presupunând că există așa ceva la periferia orașului Godalming. În orice caz, fiind ruinați, sigur se vor muta într-o locuință oribilă.

Rupes va fi scărmănat bine de bandele de golani și cuțitari, care o să-i scoată din cap aerele de bogătaș cu vârf și îndesat.

Ah, ce bucurie!

Pe de altă parte, realizez deodată că e posibil să preia conducerea, să ajungă șeful haitei și să refacă averea familiei, ca traficant de droguri, schimbând în același timp vestimentația acoliților lui, formată din tenişi și hanorace, cu pantofi și paltoane de lux. Deși presupun că va ajunge pe mâna poliției în cele din urmă, pentru că e victima propriei aroganțe, și va sfârși după gratii, alături de violatori și alți perverşi.

Totuși, oricât de șocat aș fi că rugile mi-au fost ascultate – și îndeplinite atât de rapid, unde mai pui –, durerea de pe chipul Violei m-a făcut să mă simt ca un ticălos.

Ca un criminal, mai bine-zis.

Deci, e o victorie à la Pirus, cum se întâmplă deseori în astfel de cazuri.

Jules și Rupes au dispărut în noapte, ca doi îndrăgostiți de demult, lăsând-o pe biata Viola și își verse lacrimile pe mine.

Când am ajuns acasă, mama, care se trezise de-a binelea, după ce se dăduse în spectacol cu Domnul Repară Tot – ah, ce grețos! –, a dus-o pe Viola la culcare și ne-a zis mie și lui Chloë să facem la fel.

Am mai stat puțin de vorbă în capul scărilor, înainte de a ne ura noapte bună. Chloë era extrem de amuzată de întreaga situație, dar, dacă stau bine să mă gândesc, băuse mai mult decât mama, un obicei de care va trebui să se dezvețe după ce ne logodim. Era mult mai interesată să îmi povestească despre minunatul Michel, fiul mai mic al Domnului Repară Tot, și cât era de grozav... alt obicei de care va trebui să se dezvețe.

Era supărată că mama o târâse cu forța de la petrecere, deși Michel se oferise să o aducă acasă mai târziu, cu scuterul. Și pentru că Sadie rămăsese în continuare. Își găsise un puștan de care se agățase și care, la rândul său, se oferise să o conducă acasă cu scuterul.

Știu că e prietena cea mai bună a mamei și că e o persoană foarte simpatică, dar nu vine un moment când te cam saturi? Când îți dai seama că ești prea bătrân pentru chestii de-astea? Așa, cam pe la douăzeci și cinci de ani, aș zice eu.

Sadie și Chloë s-au întrecut care să aibă fusta mai scurtă, și cred că o persoană ca mama ar trebui să ia atitudine și să o sfătuiască să adopte un stil vestimentar mai matur. Preferabil ceva în genul veșmintelor de călugăriță și neapărat să acopere genunchii.

Oaia în piele de mielușică... iată un clișeu care are noimă. Din punctul meu de vedere, exact așa arată Sadie.

Am văzut *Absolventul* la un moment dat. N-am priceput nimic din el, absolut nimic.

Mă dezbrac de bermude și de tricou și mă trântesc pe pat. Nimeresc într-o băltoacă.

Fir-ar a naibii!

Ridic ochii și îl văd pe Rilă luptându-se încă să bată recordul în privința duratei în care un iepure poate să atârne cu capul în jos, și îmi dau seama că, în decurs de câteva ore, apa din el n-a făcut decât să se scurgă pe cearșafurile și pe pernele mele. Mă ridic în picioare și îl desfac din clești. E cât de cât uscat. Nici nu mă miră, ținând cont că toată apa a ajuns în patul meu.

Mă întorc spre capătul opus, astfel încât, dacă e să fac pneumonie, s-o fac la picioare, nu la piept.

Închid ochii și încerc să dorm... dar adrenalina îmi pompează prin vene, iar inima îmi păcălește corpul că aleargă la maraton. La temperaturi de peste șaizeci de grade Celsius. Nu-i pot domoli bătăile suficient cât să mă relaxez, și știu foarte bine de ce.

Chiar dacă ar fi să uit de Rupes și de familia lui ciudată, nu pot uita că și familia mea are probleme.

Dansul acela. El și cu *ea*...

Consecințele sunt de-a dreptul înfiorătoare. Splintul, acul de siguranță, care este mama, pare să se fi desprins de tata. Și, dacă așa stau lucrurile înseamnă că ne desprinde pe toți de... *viața noastră*.

Faptul că am tată vitreg, că suntem amândoi nevoiți să ne tolerăm reciproc, că nu vrea să ne cumpere înghețată care costă mai mult de o liră și că mă consideră un ciudat, fiindcă îl prefer pe Platon în locul lui Pele, confirmă pe deplin că nu suntem o familie perfectă.

Dar am realizat astă-seară că nu este chiar atât de rău. Sincer să fiu, e chiar un tip de treabă. E... inofensiv, comparativ cu alte opțiuni pe care le-aș putea aminti. Și care nu sunt... *el* nu e... o opțiune.

Se aude un ciocănit timid la ușă.

– Ești treaz, Alex?

E Viola. Ah, drace!

– Nu prea.

– Bine.

Îi aud picioruşele îndepărtându-se. Mă simt atât de vinovat, încât mă ridic din pat și deschid ușa.

– M-am trezit, îi spun siluetei fantomatice, în cămașă de noapte albă. Te simți bine?

Fata clătină din cap.

– Am auzit-o pe mama când a venit, împreună cu Rupes, dar s-a încuiat în cameră și mi-a zis să plec, șoptește ea, amărâtă.

Întind mâna spre ea.

– Vrei să vii în Debara?

– Mulțumesc.

Mă ia de mână și intră.

Capitolul 16

La cinci și jumătate dimineața, William se trezi din cauza soarelui care se strecura prin ferestrele cu obloanele deschise. Îi luă câteva secunde să realizeze că nu e nici în patul său de la Cedar House din Hampshire, nici la Pandora. Se afla într-una din camerele de oaspeți din casa veche și elegantă a lui Alexis Lisle, amplasată în apropierea cramei.

Încetul cu încetul, evenimentele din seara precedentă începură să îi revină în mintea buimacă de somn, și William scoase un geamăt ușor.

Ce dezastru!

Se dezmetici, coborî din patul mic de o persoană și se uită la silueta întinsă pe patul vecin. După ce se asigură că Sacha respiră regulat și doarme buștean și, dându-și seama că șansele de a ațipi la loc erau infime, William se îmbrăcă și coborî la parter, în holul răcoros, pardosit cu plăci de ceramică.

Cum toată casa era cufundată în tăcere, ieși pe ușa din față și porni fără țintă pe aleea lungă, traversă drumul denivelat din capătul ei și intră printre șirurile prăfuite de viță-de-vie de pe partea cealaltă.

În timp ce se plimba în lumina blândă, cețoasă a zorilor, încercă să înțeleagă ce se întâmplase la petrecere. Dincolo de dezvăluirile făcute de Sacha la beție, bănuia că și comportamentul lui lăsase de dorit.

Helena...

Gelozia îi întunecase mințile în clipa în care sosise și o văzuse dansând cu asemenea pasiune în brațele lui Alexis. Furia lui se dezlănțuise în sfârșit, după zile întregi în care în el mocniseră indignarea și incertitudinea cu privire la natura relației dintre Helena și Alexis.

Iar aniversarea de zece ani a căsniciei lor nu făcuse decât să pună paie pe foc.

William rupse un ciorchine și mâncă câteva boabe, deși știa că fructele suculente nu îi vor potoli setea. Arșița era deja insuportabilă, iar el avea nevoie de apă. Pe drumul de întoarcere, se gândi la împotrivirea Helenei de a-și deschide sufletul față de el.

De ce simțea că are mereu o reținere față de el? Că e la un pas de a fi cu adevărat *a lui...*?

Să aibă asta oare legătură cu Alexis?

În cele din urmă, ajunse la concluzia că exista o singură cale de a afla adevărul. Să discute fățiș cu bărbatul în cauză.

Când intră în casă, auzi zgomote în camera din capătul holului. Se îndreptă spre ea și deschise timid ușa unei bucătării mari și luminoase, unde îl găsi pe Alexis pregătind cafeaua.

– Cum te simți, William? Ai dormit bine? întrebă Alexis și întoarse capul spre el, cu un zâmbet compătimitor.

– Puțin, dar am reușit. Îți mulțumesc, Alexis, și îmi cer scuze că am căzut pe capul tău. Și pentru scena regretabilă de aseară.

– Se mai întâmplă și astfel de lucruri. Adineauri am intrat să văd ce face Sacha și încă doarme tun.

– Îi prinde bine să se odihnească. Nici nu cred că mai știe cum e.

– Cafea?

– Da, și puțină apă, te rog.

Alexis turnă apa, apoi două cești de cafea din ibricul de pe aragaz și le puse pe masă.

– Ia loc, prietene, te rog.

Cei doi bărbați se așezară față în față și, preț de câteva minune, își concentrară atenția asupra lichidului cald și revigorant.

Într-un final, William rupse tăcerea.

– Te rog să mă scuzi, Alexis, pentru momentul nepotrivit în care deschid această discuție, ținând cont de cele întâmplate aseară, dar trebuie să te întreb deschis, fiindcă nu știu cum altfel, care *e* povestea dintre tine și Helena?

Alexis tăcu câteva secunde, după care încuviință ușor din cap.

– Mă bucur că m-ai întrebat. Și că s-a ivit această ocazie să vorbim între patru ochi. Mă gândeam să regizez eu un prilej. Deci..., oftă el, nu cred că mai este un secret faptul că eu și Helena am trăit o idilă de-o vară când eram tineri. După ce-a plecat, am mai revăzut-o o singură dată.

– Ea mi-a zis că nu te-a mai întâlnit niciodată din vara aia.

– Nu te-a mințit. M-am dus s-o văd când baletul La Scala a susținut o reprezentație la amfiteatrul din Limassol. Ea n-a aflat niciodată că am fost în public.

– Am înțeles, murmură William.

– Și, recunosc că, atunci când am auzit că revine la Pandora, după atâția ani... ei bine, nu pot nega că o parte din mine s-a întrebat dacă pasiunea de altădată se va reaprinde. Dar îți spun cu toată sinceritatea, William, că nu ne mai leagă decât amintirile și prietenia. Pentru că este evident că te iubește, lucru pe care mi l-a spus chiar ea. Te rog să mă ierți, William. Să nu te îndoiești de ceea ce simte pentru tine. Iar, dacă ți-am dat motiv să te îndoiești de ea, nu pot decât să îmi cer scuze din toată inima. Nu e vina Helenei, îți jur.

– Mulțumesc.

William își înghiți nodul din gât, chinuindu-se să își stăpânească emoțiile. Un val de ușurare îi inundă ființa.

– Am senzația, totuși, că îmi ascunde ceva. Așa e, Alexis?

– Asta e o discuție pe care trebuie să o porți cu soția ta, răspunse Alexis, fără să-și ia ochii de la el.

Helena se uită la ceas, uimită să constate că era nouă și jumătate, și se întrebă de ce nu se pomenise cu cei mici cocoțați peste ea în pat, cum făceau de fiecare dată când dormea până târziu. Își luă halatul agățat de ușă, ieși din dormitor și coborî în bucătărie.

– Bună, mami! Nu te-ai trezit, așa că eu și Fred am pregătit micul dejun, o anunță Immy, mândră nevoie mare.

Helena se uită la dezastrul din jur. Luă de jos un baton pe jumătate mâncat de ciocolată și un castron pentru măsline răsturnat. Masa și podeaua erau totuna de făină și zahăr, care aveau să atragă în curând armate întregi de furnici.

– Bună, mami! se auzi un glas de sub masă.

Helena ridică fața de masă, se uită la gura lui Fred și înțelese imediat unde dispăruse cealaltă jumătate a batonului de ciocolată.

– Bună, Fred! răspunse ea, epuizată, ajungând la concluzia că nu are șanse să se apuce de curățenie până când nu dă pe gât o cană de cafea.

Umplu ibricul și puse apa la fiert.

– Mami, o lași pe Immy să-mi facă micul dejun în fiecare zi? Îl face bun rău. Mai bun decât tine, zise Fred, vesel.

– Sunt convinsă. De ce n-ați venit să mă treziți ca de obicei? îi întrebă ea.

– Am venit, mami, dar nu te-ai trezit. Cred că erai obosită rău. Uite ceva de băut, și îi întinse zâmbind un pahar de plastic plin cu o mâzgă verde, cu miros rânced. Eu am făcut-o. Gustă. Am pus multe chestii bune în ea.

– O să gust, dar mai lasă-mă puțin, zise Helena, cât pe ce să vomite din cauza mirosului și a mahmurelii. Mulțumesc, Immy, îngăimă ea și puse paharul pe masă.

– Unde-i tati? întrebă Fred, din ascunzătoare.

– S-a dus cu unchiul Sacha să rezolve niște... probleme. Vine mai târziu.

Helena decise să lase cafeaua, așa că se duse la frigider și își turnă o jumătate de litru de apă. Bău cu sete. În momentul acela, se deschise ușa bucătăriei și apăru Angelina.

– Bună dimineața, copilași, zise ea și aruncă o privire sub masă, apoi o sărută pe Immy. Distrat bine aseară, Helena?

– Da.

– Prietenii mei spus că fost petrecere bună. Și tu dansat frumos cu domnul Alexis, spuse Angelina, cu o sticlire în ochi.

– Ai dansat, mami? întrebă Immy, cu ochi mari de uimire.

– Da, Immy, am dansat. Toată lumea a dansat. Angelina, ești amabilă să mergi cu amândoi la piscină și să stai cu ei cât se bălăcesc? Vreți să vă bălăciți, nu-i așa?

Fred țâșni de sub masă cu viteza fulgerului.

– Mergem, dar întâi, zise Angelina și își puse mâinile în șold, cine făcut mizeria asta în bucătăria mea curată?

– Noi! Noi! strigă Fred, țopăind vesel, în vreme ce Immy stătea deoparte, cu o privire vinovată.

– Atunți, întâi facem curățenie și pe urmă înotăm, bene?

– Bene, spuseră copiii într-un glas.

Recunoscătoare, Helena profită de ocazie ca să plece din bucătărie și să facă un duș.

– Bună, mătușă Helena! Chiar pe tine te căutam, spuse Viola, din capul scărilor.

– Cum te simți, draga mea?

Fetița se uită la Helena și ridică abătută din umeri.

– A fost cumva un vis urât?

– Of, Viola, îmi pare așa rău, dar știm amândouă că n-a fost un vis. Vrei să vii cu mine în dormitor? Să stăm de vorbă?

– Bine.

Viola o urmă în dormitor și, de acolo, în balconaș.

– Ușa mamei e încă încuiată. Adineauri am verificat-o.

– Probabil încă doarme, dar cred că putem s-o trezim dacă vrei s-o vezi.

– Nu. O să spună tot felul de lucruri urâte despre tata. Sunt sigură că nu e doar vina lui, dar ea o să dea oricum vina pe el.

– Draga mea, Viola, spuse Helena, cu inima sfâșiată. Trebuie să înțelegi că și ea e la fel de supărată și șocată ca tine.

– Crezi că vor divorța? Alex zice că e posibil.

– Chiar nu știu ce-o să se întâmple. Dar trebuie să stea de vorbă, asta e sigur.

– Ei nu vorbesc niciodată așa cum ar trebui! Tati încearcă, dar ea țipă la el. Nu vrea deloc să-l asculte și pe el. Ce-o să se întâmple cu mine, mătușă Helena?

– Draga mea, o să rămâi în continuare cu mami, cu tati și cu Rupes. Poate o să te muți în altă parte și o să mergi la altă școală, atâta tot.

– Nu mă interesează asta. Oricum, nu sufăr școala la care merg. Dar, dacă mami și tati divorțează, eu vreau să locuiesc cu tati, zise

Viola și își îngropă fața în mâini. Eu îl iubesc, chiar dacă mami nu-l mai iubește!

– Știu, scumpo. Și el te iubește pe tine.

– Dacă nu pot să locuiesc cu tati, pot să trăiesc cu voi? Tu și Alex sunteți atât de drăguți. Promit să am grijă de Immy și de Fred, imploră Viola, deznădăjduită.

– Ne-ar face plăcere să locuiești cu noi, dar nu cred că mama ta va fi de acord.

– Puțin o să-i pese. Ei nu-i pasă decât de prețiosul ei Rupes. Ar trebui să se căsătorească dacă tot se iubesc așa mult, spuse Viola, chicotind pe îmbufnate.

– Nu vorbi așa, Viola. Mami te iubește enorm.

– Nu-i adevărat, mătușă Helena. Nici nu știu de ce m-a mai adoptat.

– Pentru că te iubea și încă te iubește, explică Helena, străduindu-se să găsească cuvintele potrivite să o consoleze.

– Plus de asta, adăugă fetița și se întunecă la față, e o mincinoasă!

– De ce spui asta?

– Mami are bani de care nu i-a zis lui tati.

– De unde știi asta?

– I-am văzut extrasul de cont în geantă, mai demult, imediat după ce-a murit bunica. Scria un număr urmat de mai multe zerouri.

– Serios? spuse Helena, amintindu-și că Jules pomenise mai deunăzi despre moștenirea lăsată de mama ei. Asta-i o veste bună. Poate că situația nu e chiar atât de gravă, nu?

– Nu cred că o să vrea să-i împartă cu tati. E incorect, fiindcă el împarte mereu banii cu noi. Tu ce zici, ar trebui să-i spun lui tati?

– Mai așteaptă puțin.

– Bine, spuse Viola, scărpinându-și gânditoare nasul. Crezi că tati vine azi să ne vadă?

– Nu știu. Mami și tati trebuie să hotărască asta.

– Eu n-am nici un cuvânt de spus?

– Of, draga mea, zise Helena și o trase pe Viola în brațele ei, îmi pare atât de rău pentru tot ce s-a întâmplat. Dar ești în siguranță cu noi, și sunt convinsă că mami și tati vor rezolva problema cumva. Și pentru ei a fost un șoc.

– Vreau să-l văd pe tati, mătuşă Helena. Sigur simte nevoia să îl îmbrăţişeze cineva.

– Nu mă îndoiesc; o să ai ocazia să-l îmbrăţişezi cât de curând. Du-te fuguţa şi caută-ţi costumul de baie ca să mergi cu mine, Immy şi Fred la piscină.

– Bine, zise Viola, ridicând resemnată din umeri.

Se smulse din braţele Helenei şi ieşi abătută din cameră.

În jurul orei unsprezece, Helena se simţea deja mai bine. Câteva ture de piscină combinate cu exuberanţa copiilor o învioraseră, deşi era încă tulburată de cele întâmplate la cramă, între Alexis, William şi Sacha.

După un timp, li se alăturară şi Alex şi Chloë, care organizară tot felul de jocuri pentru a-i distra pe cei mici. Era o uşurare pentru Helena să o vadă pe Viola ţipând şi chiuind împreună cu ceilalţi, în vreme ce Alex o fugărea în jurul piscinei.

– Helena, se auzi glasul Angelinei, care se furişase lângă ea, zâmbind. Fac curat în casă de dimineaţă, dar, după ce termin, pot să merg cu cei mici în sat? Părinţii mei vor să-i cunoască. Luăm ceaiul împreună. Pot să vină şi Alexis... scuze, *Alex*, Chloë şi Viola, fata cu păr frumos, dacă vor.

– Sunt sigură că le-ar face plăcere, Angelina, dar n-aş vrea să te stresezi prea tare.

– Nici un stres. Ştii că iubim copiii. Într-o zi, poate voi avea şi eu copiii mei, dar, deocamdată, îi adopt pe ai tăi.

– N-am nimic împotrivă, răspunse Helena, cu un zâmbet recunoscător.

În timp ce se îndrepta spre casă, ca să se schimbe de costumul de baie, îl găsi pe Rupes stând singur pe terasă.

– Bună, Rupes! zise ea, oarecum ezitant.

– Salutare!

– Cum te simţi?

Băiatul ridică apatic din umeri.

– Ai văzut-o pe mama ta azi-dimineaţă?

Rupes dădu din cap în semn de confirmare.

– Cum se simte?

– Cum crezi că se simte?

– Nu prea grozav, sunt convinsă, spuse Helena și se așeză lângă el.

– Îi e prea rușine să iasă din cameră. Mi-a zis că nu se simte în stare să dea ochii cu cineva acum.

– E de înțeles. Crezi că ar folosi la ceva dacă m-aș duce să vorbesc cu ea? Să îi explic că nimeni n-o judecă? Că nu e vina ei? Toți vrem să dăm o mână de ajutor dacă se poate.

– N-am idee, spuse Rupes, ridicând din umeri. E vorba de mândria ei, înțelegi?

– Normal, zise Helena și puse o mână pe brațul lui. O să fie bine. Lucrurile de genul ăsta se rezolvă întotdeauna.

– Ba n-o să fie bine, replică Rupes, trăgându-și brațul. Tata ne-a distrus viața. Ăsta-i adevărul.

Se ridică și o luă pe lângă casă, căutând un loc retras printre vițele-de-vie. Helena își dădea seama că băiatul plecase ca să nu îl vadă că plânge. Intră în bucătărie și observă că ledul telefonului clipea.

Primise un mesaj de la William.

Bună. Sacha nu e bine. Te sun mai târziu.

Helena reciti mesajul și realiză ce lipsea. Nu îi transmitea nici un sărut.

După masa de prânz, Angelina înghesui copiii în mașina ei și plecară spre sat. Rupes hoinărea încă de unul singur, iar Sadie nu se întorsese la Pandora. Helena își luă inima în dinți, urcă la etaj și bătu ușor la ușa camerei lui Jules.

– Sunt Helena. Pot să intru?

Nu primi nici un răspuns.

– Jules, înțeleg că n-ai chef să vezi pe nimeni, dar nu vrei să-ți aduc ceva de băut? Un ceai? Cafea? O votcă triplă?

Helena era pe punctul să plece, când, dinăuntru, răsună o voce.

– De ce nu, la urma urmei? Dar numai dacă promiți că-mi aduci o votcă cvadruplă. Ușa e deschisă.

Helena răsuci de mâner și intră. Jules stătea turcește în vârful patului, în aceeași bluză aurie de cu seară. Hainele erau împrăștiate peste tot, iar, pe podea, zăcea o valiză enormă, pe jumătate făcută.

– Pleci? o întrebă Helena.

Jules ridică din umeri.

– Așa aveam de gând. Dar, după ce m-am apucat să împachetez, mi-am amintit..., spuse ea, înăbușindu-și suspinele, că n-am unde să mă duc.

– Biata de tine! zise Helena și o cuprinse cu un braț. Îmi pare nespus de rău. Pentru tot ce s-a întâmplat.

– Cum *a putut* să lase situația să se agraveze în asemenea hal fără să-mi spună? se plânse ea. Nu sunt un căpcăun, nu-i așa Helena? Ți se pare că aș fi inabordabilă? De-atâtea ori am încercat să discut cu el despre serviciu, dar tace mâlc și-și mai toarnă un pahar de băutură.

– Bineînțeles că nu ești așa, și sunt convinsă că Sacha n-a vrut să-ți ascundă toate astea. Cred că, uneori, ajungi să minți atât de mult, încât o minciună în plus nici nu mai contează, oftă Helena. A fost o prostie din partea lui să nu-ți spună ce se petrece, și tu nu ai nici o vină. Ține minte asta.

– Încerc, dar, de câte ori mi-l aduc aminte cum stătea acolo, beat, și striga în gura mare problemele noastre intime, mă gândesc ce-or fi zis toți oamenii ăia despre mine: că sunt o femeie care nu își sprijină soțul nici măcar în asemenea momente de cumpănă. M-am străduit să fiu o soție bună, îți dau cuvântul meu. Și Dumnezeu mi-e martor cât de greu mi-a fost uneori, spuse Jules și aruncă o privire fugitivă spre Helena. Știi și tu, Sacha nu e William.

– Într-adevăr, nu e. Ascultă, copiii sunt plecați în sat cu Angelina. Casa e goală. Ce-ar fi să dai cu niște apă pe tine și pe urmă cobori să mâncăm ceva pe terasă?

Jules încuviință din cap.

– Bine. Mulțumesc, Helena.

Zece minute mai târziu, Jules stătea la masa de pe terasă și înfuleca un sendviș cu pui pe care Helena i-l pregătise în grabă, alături de un pahar cu vin.

– Pur și simplu, m-a lăsat fără cuvinte. Nu știu ce să mai cred și ce să mai spun. Presupun că trebuie să iau de bun ce-a zis Sacha și să accept că am pierdut totul.

– Trebuie să discuți cu el pe îndelete și să afli exact care-i situația.

– Știu foarte bine cum o să stea situația dacă dau ochii cu idiotul ăla: n-o să mai aibă un dinte-n gură cu care să vorbească! Nu, zise Jules, scuturând din cap, chiar nu pot să-l văd în momentul ăsta. Dacă sună, te rog să-i spui să stea departe de mine până când mă răzgândesc.

– Nu știu dacă te consolează cu ceva, dar cred că nici el nu se simte prea bine.

– N-o să mai vadă în veci compasiune din partea mea, nici cât negru sub unghie. Nu era de ajuns că situația e gravă? De ce trebuia să ne mai și umilească public pe mine și pe copii? Asta chiar că nu înțeleg. Ce l-o fi apucat, Helena?

– Disperarea, alimentată de alcool, după părerea mea.

– Știu că are o problemă cu băutura, și nu de ieri, de azi, ci de ani buni. Dar am renunțat să mai deschid subiectul, fiindcă zice că sunt pisăloagă. Ca bieții mei cai, spuse Jules și luă o sorbitură de vin. Ce să mai fac în condițiile astea? Până când nu recunoaște că are o problemă, suntem într-un punct mort. Cam așa e și viitorul meu în momentul de față.

– Îmi dau seama că așa pare, dar întotdeauna există o soluție, Jules.

– Nu te supăra pe mine, Helena, știu că vrei să m-ajuți, dar n-am nevoie de citate motivaționale. Adevărul este că Sacha nu m-a iubit niciodată, și numai Dumnezeu știe de ce s-a însurat cu mine.

– Nu vorbi așa, Jules. Bineînțeles că te iubește.

– Nu, nu mă iubește și nu m-a iubit. Asta-i realitatea. Am știut-o dintotdeauna. Problema e că i-am iertat toate ieșirile, doar ca să-l țin lângă mine, recunoscătoare pentru orice fărâmă de afecțiune pe care binevoia să mi-o arate.

– Sunt singură că...

– Îți răcești gura de pomană, răbufni Jules. Știu că, din cauza asta, am devenit o acritură, dar, dacă ți-aș spune câte gafe i-am trecut cu vederea, nu ți-ar veni să crezi, se înfierbântă Jules, apoi se opri și își înăbuși un suspin. Crede-mă, am încercat toate metodele. I-am susținut ambiția de a deveni artist, i-am dăruit copii, ba chiar am fost de acord să adoptăm fetița pe care și-o dorea, când ne-am dat seama că nu puteam face una, i-am oferit o casă confortabilă și i-am pus mâncarea pe masă în fiecare seară. Am încercat până și lenjerie erotică de la Agent Provocateur. N-a contat câtuși de puțin. Nu poți trezi sentimente care... nu există.

Helena tăcea, știind că singurul lucru pe care îl putea face era să îi asculte păsul.

– Cred că Sacha căuta o persoană care să-l „îndrepte", reluă Jules. Eu am fost întotdeauna pragmatică, el, un visător cu capul în nori. Eu l-am adus cu picioarele pe pământ, eu l-am organizat. Responsabilitatea nu a fost niciodată punctul lui forte, după cum bine știi, oftă Jules. Dar știi ce mă roade cel mai tare?

– Ce?

– Faptul că lumea tot pe *el* îl compătimește! „Bietul Sacha, ce ghinion pe capul lui să trăiască cu femeia aia cumplită!" Nu-mi spune că tu și William nu gândiți la fel, fiindcă știu că așa e. Toți gândesc așa!

Jules lovi cu pumnul în masă, iar Helena prinse sticla de vin înainte de a se răsturna.

– Chiar și acum, sunt sigură că oamenilor tot de el le e milă. Până și Viola, propria fiică, îi ia partea în fața mea. Știu că unii vor dănțui de fericire să vadă că îmi primesc răsplata cuvenită.

– Exagerezi, Jules. Sunt sigură că nu-i chiar așa.

– Lasă teatrul, Helena! spuse Jules, îndreptându-și furia asupra ei. Tu și William mă suportați doar ca să îl vedeți pe el. Nu sunt idioată și m-am săturat până peste cap de situația asta!

Jules își mai umplu o dată paharul, sub privirile neputincioase ale Helenei.

– N-ai idee cât de mult mi-aș dori să fiu ca tine.

– De ce naiba ai vrea să fii ca mine? întrebă Helena.

– Pentru că toată lumea te adoră. Strălucești în lumina ta aurie, aduni oamenii în jurul tău și îți reverși strălucirea asupra lor, în așa fel încât, odată ce-au fost în prezența ta, au senzația că au primit și ei un crâmpei din magia Helenei. Eu *nu* am nici empatia, nici farmecul tău natural. Sunt stângace, inadaptată social, *timidă* chiar, dacă vrei să știi, așa că multe dintre gesturile și vorbele mele sunt interpretate greșit. Și, chiar dacă, sunt sigură, ai făcut și tu greșeli, știi mereu ce să spui ca să îndrepți lucrurile.

– Te asigur că nu e chiar așa, Jules. Am făcut greșeli îngrozitoare, mărturisi Helena, cu sinceritate.

– Toți am făcut, nu-i așa? spuse Jules, apoi întoarse capul și sorbi lacom din vin. Într-un fel, continuă ea și trase aer în piept, poate că e mai bine că s-a întâmplat așa. Poate că am nevoie de un nou început. Doamne, Helena, dac-ai ști cât de mult îmi doresc pe cineva care să mă iubească cu adevărat! Nimic altceva. Trecând peste asta, știu că va trebui să dau ochii cu Sacha și să discutăm situația, dar nu mă simt în stare acum. Mai întâi, vreau să îmi limpezesc gândurile. Un sigur lucru știu sigur: căsnicia noastră s-a încheiat. E terminată, moartă și îngropată. Te rog să nu mă contrazici, că mă apucă urlatul.

– Nu te contrazic.

– Nu-ți face griji, nu-ți mai stau mult timp pe cap. Familia mea v-a distrus deja vacanța. Mai dă-mi doar câteva zile ca să decid ce să fac.

– Nu te grăbește nimeni, Jules. Poți să stai oricât dorești.

– Știi ceva, Helena? Chiar ești o persoană minunată, oftă Jules. Mă duc în cameră să mă odihnesc puțin. Vinul începe să-și facă efectul. N-am închis ochii toată noaptea.

– Sunt eu aici când se întorc copiii. Nu-ți face griji pentru ei.

– Mulțumesc. Să știi că, indiferent ce s-a întâmplat în trecut, mi-ai fost o prietenă bună. Îți sunt foarte recunoscătoare pentru asta.

Jules o strânse atât de tare de mână, încât Helena își stăpâni cu greu o grimasă de durere.

Cu sufletul greu, o urmări pe Jules cum traversează terasa și intră în casă.

Și se întrebă care din ele două se simte mai rău.

Jurnalul lui Alex
22 iulie 2006

Scuze, dar...

Trebuie s-o spun. M-am tot abţinut, dar nu mai pot. Aşadar, să-i dăm drumul...

Ne-am distrat bine în după-amiaza asta. O familie de ciprioţi, pe care nu i-am mai văzut niciodată în viaţa mea, ne-a oferit prăjituri dezgustătoare, fursecuri necomestibile şi cafea cu zaţ, pentru un plus de aromă.

Au vorbit cu noi – şi-ncă ce-au mai vorbit –, dar am avut o mică problemă...

N-am înţeles o *iotă*!

Ha! Gata, am spus-o.

N-o s-o mai repet.

Pe la jumătatea ceaiului cu Pălărierul Nebun, Chloë s-a făcut nevăzută. A zis că dă o fugă până la prăvălie. Am implorat-o să mă ia cu ea, dar mi-a zis că trebuie să cumpere „lucruri femeieşti", aşa că mi-a tăiat tot elanul.

Zona aceasta secretă din viaţa unei fete e o lume complet străină pentru mine. La fosta şcoală, populaţia feminină trăncănea cu orele pe la colţuri despre „chestii". Când eu sau vreun coleg încercam să intrăm în vorbă cu ele, chicoteau, se şuşoteau şi ne trimiteau „la origini".

E o adevărată dramă când, odată cu pubertatea, apare marea ruptură dintre bărbaţi şi femei. Până la unsprezece ani, cel mai bine m-am împăcat cu o fată pe nume Ellie. Ne alergam pe terenul de joacă, luam prânzul împreună, ne împărtăşeam secretele. Ea îmi spunea de cine îi place, eu îi spuneam că nu-mi place de nimeni. Fetele din clasa a patra de la şcoala mea nu erau tocmai de-alde Scarlett Johansson sau Lindsay Lohan.

Se spune că frumuseţea fizică nu contează. E ca şi cum ai zice că îţi alegi cea mai oribilă canapea pe care să stai treizeci de ani, doar pentru că e confortabilă. Chiar şi aşa, trebuie s-o vezi în fiecare zi şi te apucă jena când îţi vin prietenii în vizită şi se gândesc că ai gusturi execrabile.

Eu aş alege varianta elegantă şi inconfortabilă fără să stau pe gânduri.

Poate că sunt superficial, dar Chloë este şezlongul metaforic al universului feminin. Este suplă, are un spate perfect sculptat, braţe delicate şi atât de subţiri, încât, fără îndoială, ţi-ar aluneca de sub cap când aţipeşti. Dar va rămâne întotdeauna o capodoperă şi, chiar şi peste o sută de ani, lumea va licita bani grei pentru ea la Sotheby's.

Cred că seamănă cu mama într-o oarecare măsură. Nu sunt rude de sânge, dar au trăsături comune.

Şi, spre binele tuturor, sper ca una dintre acestea să fie fidelitatea.

Revenind la prietena mea Ellie, am bănuit întotdeauna că *pe mine* mă place. Era perioada de glorie când încă nu aveam nevoie de o scară ca să îmi privesc colegele în ochi.

Mai mult decât atât, se poate spune că eram armăsarul clasei. La petrecerea de după piesa de teatru *Oliver*, cu ocazia căreia am avut o interpretare atât de emoţionantă a melodiei „Where Is Love?", încât i-au dat lacrimile până şi severului nostru director, fetele s-au înghesuit efectiv în spatele sălii doar ca să mă sărute. A trebuit să le aranjez într-o coadă ordonată.

Atunci am învăţat că faima e un afrodiziac extrem de puternic.

Dar toate acestea se întâmplau înainte de clasa a opta, când toate fetele s-au înălţat ca nişte pălugi şi s-au transformat în nişte creaturi bizare şi secretoase, de pe altă planetă. Când mărimile la sutiene şi luciul de buze, şi... scârboşeniile alea lunare care-ţi întorc stomacul pe dos s-au combinat pentru a da naştere unei lumi absolut de neînţeles pentru reprezentanții sexului meu. A fost ca și cum hormonii noștri ne-au separat din uriașa grămadă și au căscat între noi un imens hău de netrecut.

E miezul nopții aici.

Tata și Sacha sunt încă „plecați" și nu se vor întoarce până când mama nu va ascunde toate obiectele ascuțite din casă, ca să nu îi dea ocazia lui Jules să își ucidă soțul. Jules i-a luat pe sus pe Rupes și pe Viola și au ieșit la masă în sat. Sadie e încă dispărută în misiune, deși i-a dat mesaj mamei și i-a povestit toate detaliile oribile ale dezmățului ei.

(Mama ar trebui să se fi prins până acum că, dacă își lasă telefonul pe unde apucă, îi citesc mesajele. Încă nu știe să îl paroleze, iar eu n-am de gând s-o învăț.)

A fost foarte plăcut să iau cina doar cu mama și cu cei mici. De asemenea, m-am furișat mai devreme în dormitorul mamei ca să verific dacă e vreun bagaj făcut. N-am observat nici unul. Ceea ce înseamnă că tata n-a plecat încă. Încă. Iar la masă, nici ea nu mi-a dat impresia că ar avea de gând să îl părăsească.

Încă.

Părea mai degrabă îngrijorată de mesajul primit de la Chloë, în care o anunța că e cu Michel și că se întoarce „mai târziu". Aha, deci ăsta a fost motivul pentru care a fugit de la petrecerea de după-amiază! Of! Știu că, până când ne vom căsători, nu pot decât să strâng din dinți și să o las pe Chloë să facă orice vrea. Dar, uneori, e foarte greu. Acum, e cu atât mai dureros, pentru că știu că e împreună cu fiul Domnului Repară Tot...

Revenind la petrecerea de azi după-amiază, în timp ce ne întorceam acasă, Viola a rugat-o pe Angelina să oprească puțin acasă la Domnul Repară Tot, ca să dea fuga să-și îmbrățișeze tatăl. (Ce poate fi mai ironic: un alcoolic falit care și-a găsit adăpost la o cramă!) Și m-a ales pe mine să o însoțesc.

Când am coborât din mașină, Domnul Repară Tot și-a făcut apariția din magazie, rânjind cu gura până la urechi. I-a zis Violei că Sacha a ieșit împreună cu William și că o să-l anunțe că a trecut să îl vadă. Pe urmă, ca să ne consoleze, ne-a dus în hambar ca să ne arate niște pui de pisică.

– Cred că suferă enorm. E bine că te are pe tine alături, mi-a șoptit, în momentul în care Viola, extaziată la vederea pisoilor, s-a lăsat pe vine și a luat un ghemotoc pufos pe genunchi.

– Nu știu dacă Viola vede lucrurile așa, am îngăimat.

– Nu te subestima, Alex. Ești un băiat bun și atent.

Am plecat după ce Domnul Repară Tot i-a spus Violei că poate veni oricând să vadă pisoii.

M-am simțit bine să primesc un compliment. M-a tulburat un pic. Cealaltă veste bună e că, deși tata stă sub acoperișul lui, deocamdată nu s-au ucis. Asta, dacă nu cumva Domnul Repară Tot minte, iar tata și Sacha sunt îngropați pe undeva, prin vie...

Bate cineva la ușă. Mă ridic să deschid.

– Dormi, Alex?

E mama.

– Nu.

Încearcă ușa, care e încuiată firește, ca să mă apăr de alți potențiali intruși.

Aș face bine s-o las să intre.

Capitolul 17

– Îmi fac griji pentru Chloë. N-a ajuns acasă până la ora asta, zise Helena și băgă capul pe după ușa camerei lui Alex.

– Niciodată nu se întoarce la timp, mamă.

– Știu, dar, în absența tatălui ei, eu răspund de ea, și n-am idee pe unde umblă. Nu-mi răspunde la telefon. Știi ceva de ea?

– Absolut nimic. A ieșit cu fiul lui Alexis, nu?

– Da, dar nu pot să mă culc până când n-o văd acasă, și sunt frântă de oboseală.

– De ce nu-l suni pe Alexis să vezi dacă știe el pe unde s-au dus?

– E aproape unu dimineața. Sunt sigură că s-a culcat devreme după petrecerea de ieri. N-ar fi frumos să-l trezesc din somn. N-am încotro, oftă Helena. O aștept până vine. Scuze că te-am deranjat. Somn ușor!

Îi aruncă un zâmbet obosit fiului ei, trase ușa după ea și porni spre bucătărie.

Își făcu un ceai de mentă și se așeză pe șezlongul de pe terasă, în așteptarea lui Chloë. Încercă să nu se gândească la discuțiile care se puteau isca între cei trei bărbați de la cramă...

Helena sări în picioare la zgomotul unui moped pe alee. Se uită la ceas, era două și jumătate, și își dădu seama că ațipise. Abia după vreo zece minute, o auzi pe Chloë pășind tiptil pe terasă.

– Bună seara, Chloë! Sau mai bine-zis, bună dimineața!

Fata tresări și se întoarse auzind glasul Helenei.

– Uau! Ești încă trează! spuse ea, surprinsă.

– Te-am așteptat să te întorci. Hai să bem un ceai în bucătărie.

Nu era o invitație. Era un ordin. Chloë o urmă spășită pe Helena.

– Aș prefera un pahar cu apă, ceru Chloë și se așeză la masă. Urmează săpuneala, nu?

– Da și nu. Helena turnă apă în două pahare și uită de ceai. Dar, continuă ea, sunt *in loco parentis*, cât timp tatăl tău lipsește. Mi-am făcut o groază de griji.

– Îmi pare rău, Helena. Cam când crezi că se-ntoarce tata? schimbă ea subiectul, cu abilitate.

– Vorbesc mâine cu el și o să-mi zică ce are Sacha de gând. Jules e în camera ei și refuză să discute cu el.

– Nu mă miră. N-am văzut niciodată un moment mai jenant decât cel de ieri-seară.

– N-a fost plăcut, sunt de acord cu tine. Michel ce-a zis despre asta? întrebă Helena, încercând să readucă discuția pe făgașul inițial.

– Că a fost cel mai bun spectacol gratuit la care a asistat satul de câțiva ani încoace. Toată lumea numai despre asta a vorbit azi.

– Deci, ai fost în sat în seara asta?

– Da. Am mers la barul ăla nou de pe colț, vizavi de bancă.

– Știu că ai băut, Chloë. Se simte mirosul.

– Helena, astăzi, *toată lumea* bea de la paisprezece ani. Oricum, n-am băut decât vreo două pahare de vin. M-am distrat pe cinste. Michel mi-a făcut cunoștință cu toți prietenii lui. Sunt supersimpatici, chiar dacă nu vorbesc engleză prea bine.

– Până la două dimineața? Sunt sigură că barul s-a închis la unsprezece.

– Michel m-a plimbat cu mopedul, răspunse Chloë, îmbujorându-se.

– Draga mea, Michel are optsprezece ani, tu ai paisprezece. Nu crezi că e un pic cam mare pentru tine?

– Luna viitoare, fac cincisprezece. Ai uitat? Nu e cine știe ce diferență. Între tine și tata sunt aproape șase ani. Ce mare lucru?

– La vârsta ta, e mare lucru. El e adult și tu ești încă o copilă. Cel puțin din punct de vedere juridic, dacă nu și din altele.

– Băieții de vârsta mea sunt plictisitori, declară Chloë, pe un ton arogant. Uită-te la Rupes. E un idiot. Mi-a scris cea mai oribilă scrisoare în franceză. M-a numit „scrofița lui dragă" – cred că a confundat *cocotte* cu *cochon*. Mi-a mai zis că am ochii „ca niște bucățele de cărbune aprins". Pe lângă asta, adăugă ea, visătoare, Michel e cea mai tare persoană pe care am cunoscut-o vreodată. E diferit de toți băieții pe care-i cunosc.

– Zău?

– O, da. E atât de atent și isteț, și mă tratează ca pe un adult. Și are un accent absolut fascinant, adăugă Chloë cutremurată de un fior de plăcere. De obicei, eu sunt cea care domină. Știu că băieții vor să iasă cu mine, dar nu mi-a păsat niciodată de ei îndeajuns de mult, dacă înțelegi la ce mă refer.

Helena înțelegea foarte bine aluzia fetei.

– Vrea să vă mai vedeți?

– Mi-a zis că mâine îi cere mașina tatălui său ca să-mi arate locul de naștere al Afroditei. Pe urmă, luăm prânzul împreună.

– Chloë, nu vreau să-ți țin o predică sau să te cicălesc ca o mamă...

– Atunci, n-o face, Helena.

– Bine. Dar, *te rog*, ai mare grijă.

– O să am. Nu sunt proastă. Și să știi că încă mai *sunt*, dacă înțelegi la ce mă refer. Chiar dacă majoritatea prietenelor mele nu mai sunt.

– Atunci, ai grijă să rămâi așa. Dacă nu, măcar vino la mine și... ne organizăm noi cumva.

– Mersi, Helena. Ești super de treabă.

– Nu-ți imagina că sunt de acord cu asta, dar e mai bine să fim precaute decât să ne pară rău mai târziu. De asemenea, încearcă să nu uiți că relația asta nu poate fi mai mult de o iubire de o vară.

– De ce? Michel chiar spunea în seara asta că ar vrea să se mute în Anglia, după ce termină facultatea la Limassol.

– Nu mă îndoiesc. Oricum, e o discuție ridicolă. Abia l-ai cunoscut aseară.

– Dar am senzația că îl știu de o viață.

– Am înțeles, dar, dacă o să vă vedeți mai des, va trebui să stabilim niște reguli, bine?

– Bine, zise ea și ridică din umeri. Pot să ies mâine cu el, te rog?

– Mai întâi, trebuie să discut cu tatăl tău. Iar, dacă Michel e atât de matur pe cât spui, va înțelege că trebuie să știm unde ești. Ești încă minoră.

– Bine.

– Iar una dintre reguli va fi că trebuie să fii acasă cel târziu la miezul nopții, ca toată lumea să se poată culca liniștită. Exact ce-o să fac și eu acum.

– Am o propunere. Dacă tot o să lipsesc toată ziua, mă trezesc eu mâine-dimineață și pregătesc micul dejun pentru cei mici, iar tu te poți odihni în voie. Ce zici?

– De acord. Se simte dragostea în aer, zâmbi Helena.

– Mersi. Ne vedem mâine.

Câteva minute mai târziu, Helena era întinsă în pat, prea obosită ca să adoarmă, și se gândea cât de puțin timp i se părea că trecuse de când și ea se furișase în Pandora, la primele ceasuri ale dimineții. Și era prinsă și muștruluită zdravăn de Angus, care lucrase până târziu în biroul lui.

Iar acum, purta o versiune modernă a aceleiași conversații cu fiica ei vitregă, despre fiul bărbatului pe care îl iubise cândva.

Așa cum afirmase Chloë, lucrurile se schimbaseră între timp. Ea și Alexis nu se bucuraseră de aceeași libertate. Multe bariere dispăruseră de atunci: din punct de vedere social, erau mult mai puține restricții, iar comunicarea și ușurința de a călători suferiseră transformări radicale de pe vremea când își trăise ea tinerețea...

Poate, dacă își doreau cu adevărat, Chloë și Michel aveau să reușească.

Helena realiză, cu un zâmbet ironic, că, prin uniunea copiilor, ea și Alexis ar fi devenit rude.

Dar nu așa cum își imaginaseră pe vremuri.

A doua zi, Helena era la etaj, unde o ajuta pe Angelina să schimbe așternuturile, când Alex îi aduse telefonul mobil.

– Te caută tata, o anunță el și i-l întinse.

– Mulțumesc, spuse ea și puse telefonul la ureche. Bună, dragule, cum te simți? Mi-am făcut o groază de griji pentru tine.

Cum Alex îi dădea târcoale, Helena ieși în balcon.

– Bună, zise William. Voiam doar să știu dacă Sacha e acolo.

– Nu. Credeam că e cu tine.

– La dracu'! exclamă William, vădit agitat. Azi-dimineață, când s-a trezit, părea mai calm și oarecum mai lucid. I-am pregătit micul dejun împreună cu Alexis și am purtat o discuție cu el. L-am sfătuit să se întoarcă urgent în Anglia și să negocieze cu băncile. Pe urmă, mi-a zis că vrea să se plimbe puțin cu mașina, ca să-și mai limpezească mintea, așa că l-am lăsat s-o ia, cu condiția să nu lipsească mai mult de două ore. Nu s-a întors nici până acum, și e aproape două. M-am gândit că s-o fi dus la Pandora, să vorbească cu Jules, care, apropo, a trecut mai devreme pe-aici ca să-i ceară scuze lui Alexis pentru seara trecută.

– Nu-i aici Sacha. La ce oră a plecat?

– Pe la zece. Au trecut patru ore, și nu-mi răspunde la telefon. Nu trebuia să-l las să se urce la volan. Dacă a băut iar și a făcut vreun accident?

– Era treaz când a plecat, nu?

– Da, dar asta n-are nici o relevanță, oftă William.

– Jules ce spune despre dispariția lui?

– A plecat cu Alexis, care voia să-i arate ceva. A zis că n-o interesează pe unde umblă Sacha. Copiii ce fac?

– Sunt bine toți. Presupun că știi despre Chloë că are întâlnire azi cu Michel, băiatul lui Alexis? Ți-am dat un mesaj. A venit s-o ia azi-dimineață și a promis că are grijă de ea.

– Da, l-am văzut plecând mai devreme, răspunse William, după care se lăsă un moment de tăcere. Mai stau puțin pe-aici, să văd dacă apare Sacha, pe urmă cred că vin acasă.

– Bine.

– Pa, Helena. Ne vedem mai târziu.

Helena trase aer în piept, pregătindu-se sufletește pentru discuția pe care inevitabil va trebui să o poarte la întoarcerea lui William. Intră în dormitor și îl găsi pe Alex încă acolo.

– Toate bune? întrebă el.

– Da. Vine și tata acasă cât de curând.

– Super. Sacha ce face?

– Deocamdată, nimeni nu știe pe unde e, dar sigur apare el, spuse Helena și își îmbrățișă fiul. Îmi pare rău pentru atmosfera din ultimele zile. Îți mulțumesc că te-ai purtat atât de frumos cu Viola.

– Spune drept, mamă, e totul în regulă între tine și tata?

– Normal. De ce întrebi?

– V-am văzut la petrecere. S-a supărat că ai dansat cu Domnul Repară... scuze, Alexis, nu-i așa?

Nu avea rost să îl mintă.

– Da, dar toată lumea băuse cam mult și am ajuns să facem din țânțar armăsar.

– Mda. Mamă?

– Ce e?

– Juri că nu fugi în lume cu Alexis?

Helena îi prinse obrajii rotofei și bronzați în palme și zâmbi.

– Jur pe tot ce-am mai scump. Alexis e doar un vechi prieten, nimic mai mult.

– Ești sigură?

– Sută la sută. Îl iubesc pe William și familia noastră. Voi sunteți totul pentru mine.

– Bine, spuse Alex, și mușchii umerilor i se relaxară de ușurare. Aș mai...

– Da?

Se așternu tăcerea o clipă, timp în care Alex păru să se pregătească sufletește pentru ceea ce avea să urmeze.

– Aș vrea... să te mai întreb ceva.

– Zi.

– Îți dau cuvântul meu că n-o să mă supăr, dar trebuie să știu adevărul. Deci... *el*, mă refer la Alexis, e cumva...

– Ești la etaj, Helena? Ah, iată-te! zise Jules și dădu buzna în dormitor, roșie la față și agitată. Ghici ce s-a-ntâmplat?

Alex dădu ochii peste cap și se retrase discret din cameră.

– Ce s-a-ntâmplat, Jules?

– M-am dus să vorbesc cu Alexis la el acasă și m-a invitat să bem un pahar cu vin. I-am cerut scuze pentru incidentul de la petrecere și a fost extrem de amabil. Mi-a spus că majoritatea invitaților fie nu înțeleg engleza, fie erau prea amețiți ca să priceapă ceva, spuse Jules, într-un suflet. Îți dai seama ce ușurată am fost când am auzit asta. Și, uite-așa, am ajuns să-mi vărs tot amarul la masa de prânz.

– Și, te simți mai bine? De arătat, sigur arăți mai bine.

– Oh, n-ai idee. Cred că știa în mare parte povestea de la William, dar a fost atât de drăguț și înțelegător. M-a întrebat ce intenționez să fac și i-am spus că nu știu încă, fiindcă, evident, casa din Anglia va fi scoasă la vânzare, dar nici nu vreau să abuzez de bunăvoința ta și..., vorbi Jules pe nerăsuflate, apoi făcu o pauză și reluă: Atunci, el mi-a zis că are o casă aici, pe care ne-o poate pune la dispoziție până când mă organizez. Ai mai pomenit un om atât de amabil?

– Uau! Chiar că nu.

– M-am oferit să îi plătesc chirie – i-am explicat că am niște bani de la mama –, dar nici n-a vrut s-audă de-așa ceva. Mi-a zis că oricum stă nelocuită și m-a dus s-o văd. Sinceră să fiu, mă așteptam să fie o dărăpănătură ca Pandora, dar surpriză mare, e nou-nouță! A construit-o anul trecut, în ideea să se mute acolo când nu va mai încăpea în aceeași casă cu fiul și familia lui. E superbă, Helena! E aproape de cramă, frumos mobilată și are o piscină imensă. Alexis mi-a zis că a ales locul ăla pentru că are o priveliște minunată spre sat. Mi-a zis că pot să stau acolo oricât e nevoie și să beau oricât vin am poftă. Deci, spuse Jules, trântindu-se extenuată pe patul abia făcut, ce părere ai?

– Se pare că ai găsit cavalerul pe cal alb care să-ți sară în ajutor, răspunse Helena, pe un ton cât mai prietenos. Mă bucur pentru tine, Jules. Să știi că ești bine-venită să stai aici, dar te înțeleg dacă ai nevoie de oarece intimitate în perioada asta.

– Bărbatul ăla e un adevărat gentleman. Va trebui să-l invit la cină ca să-i mulțumesc. Oricum, va locui la doi pași de mine.

Helena observă că Jules radia ca o adolescentă. Parcă întinerise peste noapte. În mod evident, Alexis îi acordase atenția după care tânjea de atâta vreme.

– Bun, spuse Jules și se ridică. Arăți dărâmată, Helena. Iau copiii și mergem la piscină ca să te odihnești puțin. Bine?

– Bine.

Într-un gest neobișnuit de afecțiune, Jules o strânse în brațe pe Helena.

– Îți mulțumesc pentru tot.

În vreme ce Jules îi adună pe copii la piscină, Helena se retrase în hamacul ei. Avea nevoie de un răgaz de gândire înainte de sosirea lui William.

Când să ațipească, auzi foșnet de pași peste frunzele uscate căzute pe jos.

– Bună, frumoaso!

Cineva o sărută ușor pe frunte. Deschise ochii și îl văzu pe Sacha.

– Ce faci aici? întrebă ea și se ridică imediat. William se dă de ceasul morții din cauza ta.

– Simțeam nevoia să fiu puțin singur. Să mă gândesc. Unde sunt Jules și copiii?

– La piscină.

– Am venit să-mi iau la revedere de la ei. Plec la Londra azi.

– Am înțeles.

– Am multe de lămurit, după cum îți imaginezi.

– Sunt convinsă. Viola e foarte zdruncinată.

– Pe bună dreptate. Voiam să-ți spun, acum, cât mai am ocazia, că îmi pare nespus de rău... pentru tot ce-am făcut.

– Mulțumesc, zise Helena și se dădu jos din hamac. Ar trebui să vorbești cu soția ta. Așteaptă-mă cinci minute, să duc copiii înăuntru, ca să nu te vadă. Trebuie să discuți cu Jules între patru ochi.

– Știu, zise Sacha și îi puse o mână pe braț. Lasă-mă doar să mai spun ceva. Știu că lucrurile au luat-o razna. Că am fost egoist. Am rănit și am profitat de mulți oameni, inclusiv de tine și de Will. Eu sunt singurul vinovat. Nu mai pot schimba trecutul, dar, poate, reușesc să mă revanșez cumva.

– Măcar față de copiii tăi, îi zise Helena, uitându-se la el cu mâinile în sân.

– Aşa e. Înainte să plec, Helena, aş vrea să te rog ceva. Aş... Te rog, Helena!

Dar ea îi întorsese deja spatele şi plecase de lângă el.

Mai puţin de jumătate de oră mai târziu, Jules intră în casă şi o găsi pe Helena în bucătărie, tratându-i pe Viola şi pe cei mici cu prăjituri şi limonadă, pe care le pregătise Angelina mai devreme.

– Toate bune? întrebă Helena, temătoare.

– Da. Viola, te aşteaptă tati la piscină, spuse Jules. Vrei să te duci să-l vezi?

Fetiţa se lumină la faţă.

– Normal că vreau. Pot să mă ridic de la masă, mătuşă Helena?

– Bineînţeles.

– Şi noi? strigară în cor Immy şi Fred.

– Nu, le răspunse Helena, şi Viola ieşi în fugă din bucătărie.

– Bine c-am făcut-o şi pe-asta, spuse Jules, pe un ton aspru, după plecarea Violei. L-am anunţat că vreau să divorţăm.

– Eşti sigură, Jules? N-ar fi mai înţelept să aşteptaţi până se mai calmează spiritele, decât să luaţi decizii pripite?

– Nu. Te deranjează dacă beau un pahar cu vin? E trecut de şase.

– De ce m-ar deranja?

– Mi-a spus că e de acord cu orice hotărâre voi lua. Cel puţin, părea treaz, ceea ce e un eveniment, chicoti Jules şi îşi turnă vin într-un pahar. Spre deosebire de viitoarea lui fostă soţie.

– Mi-a spus că se întoarce în Anglia.

– Şi mie mi-a spus. Iar eu l-am anunţat că rămân aici cu copiii până la sfârşitul verii. N-are decât să se ocupe el de casă şi să se certe cu executorii în legătură cu ce putem păstra şi ce nu. Caii ar trebui să valoreze ceva; cel puţin, sunt pe numele meu. I-am zis să-i vândă şi să încerce să obţină preţul cel mai bun.

– Bună idee, încuviinţă Helena, cuprinsă brusc de admiraţie faţă de Jules.

– Rupes refuză să dea ochii cu taică-su. E foarte furios pe el, Helena. Era visul lui să studieze la Oundle. Mâine-dimineaţă la prima oră, îl sun pe trezorier. Să văd dacă se mai poate face ceva.

– N-ai ce pierde dacă încerci.

– Așa e. În orice caz, divorțul se va finaliza rapid, fiindcă nu mai avem nimic de împărțit. Din fericire, banii de la mama ne vor ajuta pe mine și pe copii să supraviețuim o perioadă și să nu rămânem pe stradă. Cel mai normal mi s-ar părea să uităm ce-a fost și s-o luăm de la capăt. Trebuie să găsesc soluția cea mai bună, dar, brusc, toată viața mea e o carte deschisă. Viola o să fie distrusă când o să audă de la Sacha că divorțăm, dar, pe termen lung, spuse Jules, încuviințând ușor din cap, cred că se va dovedi benefic.

Jurnalul lui Alex
23 iulie 2006

Sper că, atunci când voi ajunge la noua școală, să nu mă pună să scriu clasicul eseu „Ce chestii plictisitoare am făcut în vacanța de vară". Fiindcă a mea nu va fi deloc așa. Plictisitoare, vreau să spun. O să-și închipuie să am inventat totul. Că sunt un fantezist. Lucru de care, sincer să fiu, am mai fost acuzat și cu alte ocazii.

O scurtă trecere în revistă a actualilor și foștilor locuitori ai Pandorei:

Sacha a trecut pe aici și a plecat.

Tata a venit, după care a plecat la aeroport cu Sacha. Apoi s-a întors.

Jules a plecat, după care s-a întors.

Chloë a venit.

Michel a venit odată cu ea, după care a plecat.

Tata se pregătește să plece din nou.

Mama pleacă cu el.

Sadie n-a venit, sau n-a plecat.

La fel și eu.

Jules ne dădăcește pe toți, pentru ca mama și tata să poată ieși la cină împreună. O celebrare târzie a celor zece ani de căsnicie, după dezastrul de acum câteva seri. E un semn încurajator. Ținând cont că Sacha și Jules se pregătesc de Marele D, ea pare veselă ca o vrăbiuță în seara asta.

Mă întreb de unde-o mai fi apărut și expresia cu vrabia.

Cel puţin, Chloë e acasă astă-seară. Băiatul cu nume feminin a adus-o înapoi acum o oră, chiar înainte de cină.

E un tip arătos, stimabilul „Michelle", nimeni nu poate nega. L-am studiat bine azi, când stătea la masa de pe terasă, în timp ce Chloë îl ţinea pe ascuns de mână, ca o fetişcană sfioasă. E înalt, zvelt, cu tenul măsliniu şi ochii albaştri ai tatălui său. Nu seamănă absolut deloc cu mine, şi ar fi o mare surpriză să aflu că suntem fraţi vitregi.

Totuşi, în marea loterie a genelor, aspectul fizic e doar o chestiune de noroc. De multe ori, se întâmplă să întâlneşti pe stradă un copil superb, alături de doi părinţi care par scoşi din filmul *Familia Addams*.

Am fost cât pe ce astăzi.

În sfârşit, mi-am făcut curaj să rostesc acele cuvinte. Am prins-o pe mama la înghesuială, şi sunt aproape sigur că mi-ar fi spus adevărul. Dar exact atunci a intrat vaca de Jules şi s-a dus naibii totul.

Stai liniştită, mămico, găsesc eu alt moment. Când mă întorc acasă, vreau să ştiu cine sunt.

În ultima vreme, m-a tot bântuit un gând oribil:

Dacă mama realmente nu ştie?

Dacă, Doamne fereşte, se dovedeşte că am venit pe lume în urma unei aventuri de o noapte, la beţie?

Ideea aceasta îmi dă fiori reci, dar n-ai cum să nu-ţi pui întrebări când vezi că jumătate din zestrea ta genetică e un secret mai bine păstrat chiar şi decât finalul ultimului volum din *Harry Potter*...

Nu se poate să fie chiar atât de groaznic, nu-i aşa?

Dar, ca de obicei, îmi las imaginaţia să se joace cu mintea mea. Abia de curând, am început să mă gândesc tot mai obsesiv. Iar azi, pentru prima oară, am fost la un pas să o întreb deschis. Poate că nu trebuie decât să purtăm o discuţie calmă, de la mamă la fiu, şi să o întreb fără ocolişuri.

Mai mult ca sigur.

Trecând peste asta, sunt fericit astă-seară. În al nouălea cer, aş putea spune. Mâine-dimineaţă, duşmanul meu de moarte se mută. Nu va mai trebui să mă încui în Debaraua mea şi să-i pândesc aftershave-ul puturos care vesteşte apropierea mişelului. Iepuraşul s-a uscat în sfârşit, la fel şi cearşafurile de pe pat. Aş zice chiar că arată mai bine după baia făcută. Uitasem că a fost alb cândva.

Jules a gângurit toată seara despre farmecele Domnului Repară Tot. Dacă ar reuşi să ţină gura închisă mai mult de două secunde, i-am pune câteva pungi pe cap, şi pe el l-am lega la ochi, cred că ar mai exista o şansă ca și el să se înamoreze de ea.

Acum, chiar că delirez.

Cel puţin, mama a jurat că n-are de gând să fugă în lume cu el, şi trebuie să o cred. Sper să-i spună şi tatei acelaşi lucru la cină.

Iar, dacă relaţia cu „Michelle" nu se dovedeşte a fi tot vreun moft al lui Chloë, o rezolv eu cumva. Dar, deocamdată, prefer să las lucrurile să-şi urmeze cursul firesc.

Aşadar, atmosfera e mult mai calmă în seara asta. Singura problemă e Viola, care se învârte prin casă ca o fantomiţă tristă. Pare să se fi ataşat de mine – deloc de mirare, ţinând cont că maică-sa îi spune întruna să „nu mai stea bosumflată", la doar câteva ore după ce Sacha a anunţat-o că părinţii ei divorţează.

Chloë s-a purtat foarte frumos cu ea – a luat-o în camera ei și au discutat ca între fete. În definitiv, şi ea provine tot din părinţi divorţaţi. După aceea, m-am trezit cu Viola la uşa mea, deşi, iniţial am crezut că e Chloë, din cauza mirosului superb al parfumului ei ce pare să se răspândească în toată casa. Chloë îi dăruise o sticluţă şi o brăţară ca să o mai înveselească.

Viola mi-a mărturisit astă-seară că se simte mai bine în compania mea, ceea ce m-a bucurat mult. M-am străduit cât am putut, am îmbrăţişat-o, am consolat-o și chiar am lăsat-o să plângă pe umărul meu; și a plâns nu glumă, de-am crezut că o să-mi inunde iar patul abia uscat.

I-am mai dat o carte de citit din biblioteca pe care am ordonat-o alfabetic, după numele autorilor. Am ales *Nicholas Nickleby*, în ideea că o va ajuta să înţeleagă că unii oameni au parte de o viaţă mult mai grea decât a ei. Deși, sincer să fiu, nici a ei nu e prea uşoară în momentul de faţă.

Îi mulţumesc bunului Dumnezeu că ne-a ferit pe mine și familia mea de asemenea necazuri.

Și nu-mi rămâne decât să mă rog ca cina din seara asta să se termine cu bine.

Capitolul 18

– Noapte bună, dragule! Ne vedem mâine-dimineață, zise Helena, sărutându-l pe Fred pe frunte, apoi se îndreptă spre patul lui Immy.

– Unde mergi? întrebă fetița, bănuitoare. Te-ai dat cu ruj.

– Ies cu tati.

– Pot să vin și eu?

– Nu, ies doar eu cu tati. Tu stai aici cu Chloë, Alex și Jules.

– Nu-mi place Jules. Miroase, se smiorcăi Fred.

– Gata cu vorbăria, spuse Helena, ducându-se spre ușă, și stinse lumina. Somn ușor!

Exact când intră în dormitor să își ia geanta, din interiorul acesteia, răsună țârâitul telefonului mobil.

Scotoci în grabă după el și reuși să răspundă înainte ca apelantul să închidă.

– Alo?

– Alo? *Mia cara!* Ce mai faci?

Era o voce din trecut, dar atât de inconfundabilă, încât ar fi recunoscut-o dintr-o mie.

– Fabio! exclamă Helena, cu un zâmbet încântat pe buze. Dumnezeule, n-ai idee cât mă bucur să te aud!

– Te-am luat prin surprindere, nu?

– Un pic. Cât să fi trecut? Nici nu mai știu... peste zece ani, cred.

– Pe puțin.

– Pe unde-ai umblat? Ce-ai mai făcut? Și cum naiba ai reușit să faci rost de numărul meu?

– E o poveste lungă, *cara*, pe care mi-ar face plăcere să ți-o spun.

Helena îl auzi pe William strigând-o de la parter.

– Mi-ar plăcea enorm să stăm de vorbă, Fabio, dar tocmai ne pregăteam să ieșim în oraș. Pot să te sun înapoi? Tot la New York ești?

– Nu. Momentan, m-am întors la Milano, dar călătoresc mult cu baletul La Scala. Tu ești în Anglia?

– În cea mai parte a timpului, dar acum sunt în Cipru. Nașul meu a murit și mi-a lăsat moștenire o casă, așa că am venit cu toată familia să petrecem vara aici.

– Ajung și eu la Limassol peste trei săptămâni! Mai ții minte cum am dansat în noaptea aia toridă, în amfiteatrul ăla magnific? Să fi trecut cincisprezece ani de atunci.

– Cum aș putea să uit? zise Helena, cu ochii strălucind de emoția acelei amintiri. Suntem destul de aproape de Limassol. Mi-ar plăcea la nebunie să te revăd, Fabio.

– Și mie, *cara mia*. A trecut prea mult timp.

– Așa e.

– Atunci, o să văd dacă pot să ajung în Cipru mai devreme decât era prevăzut și să profit de ospitalitatea ta pentru o zi sau două, spuse el.

– Minunat. Ăsta e numărul pe care pot să te sun?

– *Si*, e numărul meu de mobil. Poți să mă suni la orice oră. Vorbim mai pe larg mâine și stabilim, Helena. *Ciao*.

– *Ciao*, Fabio.

Preț de câteva secunde, Helena rămase înmărmurită, cu telefonul în palmă și mintea năpădită de amintiri.

– Cu cine vorbeai? întrebă Alex, din pragul ușii.

– Cu fostul meu partener de dans, dragule. N-am mai vorbit de peste zece ani, răspunse ea, zâmbind, și își sărută fiul pe creștet. Trebuie să plec. Mă așteaptă tata.

Pe drumul spre sat, prezența lui William și faptul că, în sfârșit, erau singuri, îi dădură Helenei fiori în stomac.

– Încotro? Aș prefera să nu mergem la Taverna Persefonei, dacă nu te deranjează, spuse el.

– Putem merge la Peyia. E un orășel drăguț, la doar câțiva kilometri cum coborâm spre coastă. Nu e la fel de frumos ca Kathikas, dar îmi aduc aminte o tavernă micuță, chiar la intrarea în el. Angus m-a dus o dată acolo. Pe vremuri, era celebră pentru priveliștea ei.

– Sună bine. Deci, mergem până la Peyia și mai cerem indicații acolo.

După ce greșiră drumul de câteva ori, reușiră să ajungă la Peyia, care forfotea de localnici și de turiști. William parcă mașina și se duse să îl întrebe pe proprietarul unei prăvălii despre restaurantul de care pomenise Helena.

– Avem noroc. Proprietarul știe bine localul și mi-a desenat o hartă, zise William și urcă în mașină, cu o hârtie în mână.

În cele din urmă, descoperiră taverna și, în vârful unui șir de trepte, ieșiră pe o terasă pietruită, în formă de semicerc, ale cărei mese, luminate de lumânări, erau adăpostite de o pergolă mare din lemn, îmbrăcată în plante agățătoare. Deși era aglomerație mare, reușiră să găsească o masă, chiar lângă balustrada de pe marginea terasei, de unde putea admira apusul de soare în toată splendoarea lui.

– Ei, asta-i cu totul altceva, spuse William și comandă o carafă de vin roșu autohton. Bună, Helena! Mă numesc William. Îmi pare bine să te reîntâlnesc.

Întinse mâna peste masă, și ea i-o strânse politicos.

– Ai dreptate. Parcă a trecut o veșnicie de când n-am mai ieșit singuri undeva.

– Într-un fel sau altul, vacanța asta n-a ieșit deloc așa cum ne așteptam, nu?

– Așa e.

– Să sperăm că, acum că Sacha e în drum spre Anglia, iar Jules se mută mâine în vila lui Alexis, lucrurile se vor mai liniști. Te-ai gândit ce vrei?

– O să iau souvlaki de pui, spuse Helena, deși nu îi era deloc foame.

– Eu îmi iau pește.

William îi făcu semn chelnerului și dădu comanda. Apoi ridică paharul cu vin.

– Noroc! Și la mulți ani, chiar dacă cu întârziere, draga mea!

– Mulțumesc. La mulți ani! răspunse ea, încordată.

– Ziceai mai devreme ceva cum că faimosul Fabio ar veni în Cipru, spuse William. Se pare că toate drumurile Helenei, trecute, prezente și viitoare, duc la Pandora.

– E o pură coincidență. Baletul La Scala ține câteva reprezentații speciale la amfiteatrul din Limassol. Au mai făcut-o o dată, pe vremea când dansam pentru ei.

– Aș vrea să te fi văzut dansând.

– Mă vezi. În fiecare dimineață.

– Și acum câteva seri te-am văzut, zise el, cu un zâmbet trist. Mă refeream să te văd pe o scenă adevărată, stând pe poante și cu chestia aia înfoiată în jurul taliei.

– Se numește tutu.

– Da, aia, spuse William, luă o gură de vin și continuă. Ia zi, ce-ai mai făcut în ultimele zile?

– Nimic ieșit din comun. M-am ocupat de toată lumea.

– Nu la asta mă refeream.

– Știu, spuse Helena, jucându-se cu o bucată de pâine, apoi schimbă repede subiectul. Îți vine să crezi că Sadie n-a ajuns acasă nici până acum? E încă în sat cu tipul pe care l-a cunoscut la petrecere. Are douăzeci și cinci de ani și, din câte-am înțeles de la ea, e tâmplar și are un corp de vis.

– Mă bucur pentru ea, dar noi doi avem lucruri de discutat, spuse William, revenind la subiectul care îl interesa. Am purtat o discuție cu Alexis cât am stat la el. Și-a cerut scuze și a zis că a avut un comportament nepotrivit față de tine și față de mine. E drept că nici unui bărbat nu-i place să-l vadă pe altul râvnind la soția lui, dar i-am acceptat scuzele. Trebuie să recunosc că e un tip de treabă. S-a purtat frumos și cu Sacha și i-a dat multe sfaturi utile. Deci, am auzit versiunea lui. Acum, aș vrea s-o aud și pe-a ta, Helena. Mai nutrești vreo pasiune profundă pentru Alexis, cum el a recunoscut că a simțit față de tine în toți acești ani?

– Nu, William, îți jur că nu simt nimic pentru el. Firește, revederea cu el mi-a trezit o oarecare nostalgie a tinereții, dar nimic altceva. Îți dau cuvântul meu. N-am cum să ți-o demonstrez, oftă ea, dar ăsta e adevărul.

– Te cred. Dacă nu te-aș crede, ce s-ar întâmpla cu noi? A fost o greșeală să mă îndoiesc de tine. Amândoi știm că încrederea este baza oricărei căsnicii, deși, să fiu sincer, uneori, am senzația că tu mai uiți asta. Că nu ai suficientă încredere în mine, încât să îmi împărtășești gândurile tale cele mai intime.

– Ai dreptate, confirmă Helena. Iartă-mă, William. Dar mi-e foarte greu să fac asta.

– Tot Alexis mi-a zis că ai ceva să îmi spui personal.

– Serios? spuse Helena, cu un nod în gât, și inima începu să îi bată cu putere în piept.

– Da, sau mai exact, el consideră că *trebuie* să îmi spui, spre binele tău, explică William, apoi întinse o mână și o puse peste a ei. Deci, draga mea, despre ce e vorba? Ce s-a întâmplat?

– Nu..., bâigui Helena, și ochii i se umplură de lacrimi. Nu pot...

– Ba sigur că poți.

În momentul acela, apăru chelnerul cu mâncarea, oferindu-i Helenei o clipă de răgaz pentru a-și recăpăta stăpânirea de sine.

Imediat ce chelnerul se retrase, William o prinse din nou de mână și continuă.

– Draga mea, m-am gândit mult la asta în ultimele zile și nu trebuie să fii geniu ca să-ți dai seama despre ce e vorba. O să încerc să-ți ușurez eu sarcina. Ai rămas însărcinată cu Alexis?

– Da.

Helena simți că i se face rău, dar cuvântul – adevărul – ieșise deja de pe buzele ei și nu îl mai putea retracta.

– Și ce s-a întâmplat cu copilul?

– Am făcut... avort.

– Alexis știa?

– La momentul respectiv, nu. Am aflat că sunt însărcinată abia după ce m-am întors în Anglia.

– I-ai spus?

– Nu atunci. Abia acum, de curând. În după-amiaza când ai ieșit cu copiii ca să mă lași să mă odihnesc.

– Doamne ferește! Normal că aveați amândoi figurile alea când v-am văzut. Mi-am dat seama că s-a întâmplat ceva, dar n-aveam de unde să știu ce, așa că m-am gândit la ce e mai rău. Acum, că știu despre ce era vorba, nu mă mai surprinde că încerca să te consoleze. La fel aș fi făcut și eu dacă mi-ai fi mărturisit asta, zise el, cu o privire pe jumătate furioasă, pe jumătate compătimitoare. Ce-ai făcut mai departe?

– Știam că nu pot păstra copilul. Pe vremea aia, stăteam la internatul Școlii Baletului Regal, așa că n-am putut face nimic până la jumătatea semestrului. Am găsit o clinică în Pagini Aurii și mi-am făcut programare. După aceea, m-am dus acasă, i-am zis mamei că sunt deranjată rău la stomac și am stat toată săptămâna în pat.

– Ai trecut prin toate astea de una singură?

– Nu puteam să spun cuiva, William. Abia împlinisem șaisprezece ani și eram moartă de frică.

– Nu te-ai gândit niciodată să-i spui lui Alexis? Puteai să-i trimiți o scrisoare. E clar că te iubea, deși nu înțeleg ce-a fost în mintea lui de-a putut să te atragă într-o relație intimă când tu aveai doar cincisprezece ani. Îți dai seama că o parte din mine ar vrea să-i rupă gâtul în momentul ăsta.

– Nu știa că sunt minoră, William. I-am zis că am aproape șaptesprezece ani. L-am mințit, fiindcă știam că altfel nu s-ar atinge de mine.

– Și tu voiai să fii atinsă, se strâmbă William. Scuză-mă, Helena, dar e o discuție extrem de incomodă.

– Tocmai de-aia nu ți-am spus niciodată, murmură ea.

– De-asta erai atât de încordată înainte să revii la Pandora? Ți-era teamă că o să-l reîntâlnești pe Alexis și că adevărul o să iasă la iveală?

– Într-o oarecare măsură, da, spuse ea, dar nu mă gândeam c-o să observi.

– Normal c-am observat. Toată lumea a observat. Ne-am făcut o mulțime de griji pentru tine.

– Serios? Îmi pare rău. Chiar nu... Helena clătină din cap, chinuindu-se să își înăbușe lacrimile pe care nu avea nici un drept să le verse. Nu știam ce să fac, continuă ea.

– Dacă mă-ntrebi pe mine, adevărul, oricât de dureros, e întotdeauna soluția cea mai bună. Dar, măcar acum știu adevărul și îmi pare nespus de rău, draga mea, că a trebuit să treci singură printr-o asemenea experiență și la o vârstă atât de fragedă.

– Nu-ți cere scuze, William. Fapta aia mă bântuie fără încetare. N-o să mi-o iert niciodată.

– Trebuie să încerci, Helena. Toți luăm deciziile care ni se par cele mai bune pe moment. Privind în urmă, n-ai cum să nu recunoști că a fost o decizie corectă, spuse William, cu blândețe. Doar dacă nu cumva voiai să te întorci aici și să te căsătorești cu Alexis.

– A fost o iubire de-o vară... eu... *noi* proveneam din lumi complet diferite și eram atât de tineri. Am rupt orice legătură cu el. M-am gândit că e mai bine să nu afle.

– Ai purtat în tine secretul ăsta atâția ani? Fără să îl spui nimănui?

– Da.

– Și n-ai mai luat legătura cu Alexis după aceea?

– Ți-am mai zis... nu mai puteam, spuse ea, cu lacrimi în ochi. Nu-ți poți imagina rușinea pe care am simțit-o... pe care o simt și acum.

– Să sperăm că, odată ieșit la iveală secretul, nu vei mai suferi la fel de mult. Și vei realiza că nu ai avut încotro. Îmi pare sincer rău pentru ce-ai îndurat, draga mea. Erai doar o fetiță – spre groaza mea, doar puțin mai mare decât Chloë – și probabil chiar mai neexperimentată decât ea. Mare păcat că n-ai putut să-i spui mamei tale!

– Ferească Dumnezeu, William! exclamă ea, îngrozită de idee. Cred că mă dădea afară din casă și mă dezmoștenea. Avea o mentalitate atât de severă și demodată. De bunică, mai degrabă decât de mamă.

– Poate tocmai pentru că n-ai avut o mamă în fața căreia să-ți deschizi sufletul ți-e atât de greu să te bazezi pe alți oameni. Sau, mai bine-zis, să ai încredere în ei. Te rog, draga mea, continuă William și îi strânse mâna, crede-mă că îți sunt alături.

– Știu. Și îmi cer scuze pentru tot.

– Mai am o singură întrebare, dacă tot suntem la capitolul confesiuni.

– Spune.

– Ești sigură că nu vrei să-mi spui cine e tatăl lui Alex? După ce am fost convins că e Alexis – cum cred că și Alex e –, m-am întors de unde-am plecat.

– Te rog, William. Ți-am mai zis, a fost un tip oarecare cu care am avut o aventură de-o noapte, răspunse Helena, încruntată.

– Știu ce mi-ai zis. Pe de altă parte, cunoscându-te – și mai ales după tot ce mi-ai spus mai devreme –, mi se pare absurd. Nu ești genul de femeie care să aibă aventuri de o noapte. Doar dacă nu cumva erai cu totul alt om pe vremea aia.

– O curvă? Asta vrei să spui? oftă ea. După dezvăluirile de azi, bănuiesc că așa mă vezi.

– În nici un caz. Aveai douăzeci și nouă de ani când ne-am căsătorit. Normal că au existat bărbați în viața ta. Știi bine că relațiile mele cu femeile n-au fost dintre cele mai fericite, așa că nu-ți imagina că te judec. Suntem căsătoriți de zece ani și vreau doar să știu adevărul, nimic altceva.

– Putem să încheiem subiectul, William? Ți-am spus ce voiai să știi și...

Ochii Helenei se umplură de lacrimi de deznădejde și epuizare.

– Bine. Gata, spuse el cu blândețe, văzându-i disperarea. Îți mulțumesc că mi-ai spus despre copil, iubita mea. Ce-a fost mai rău a trecut.

Ce bine-ar fi, își zise Helena, cu amărăciune.

În drum spre casă, William o ținu de mână pe deasupra schimbătorului de viteze, așa cum făcea la începutul relației lor. Se înseninase la față și părea mult mai relaxat. Parcă în fața Pandorei, opri motorul și se întoarse spre Helena.

– Te iubesc! Te rog să mă crezi. Nu mă interesează ce-ai făcut înainte să ne cunoaștem. Ești o soție, mamă și o persoană extraordinară, așa că nu te mai tortura singură, spuse el și o sărută tandru pe buze, mângâindu-i părul. Te doresc atât de mult în clipa asta. Hai să ne furișăm prin bucătărie ca să nu dăm nas în nas cu careva.

Se duseră spre ușa din spate, ținându-se de mână. William o deschise cu cea mai mare discreție și urcară tiptil scările cufundate în beznă.

Mai târziu, Helena stătea în brațele lui William, delectându-se cu răcoarea plăcută a ventilatorului pe pielea ei goală. Ca de obicei, William adormise imediat. În tensiunea ultimelor săptămâni, Helena aproape uitase cât de liniștitor e să faci dragoste. Se simțea calmă și bucuroasă că îi mărturisise adevărul, chiar dacă mai rămâneau atâtea lucruri pe care soțul ei nu trebuia să le afle.

Helena se întrebă într-o doară dacă restul poveștii va reuși să rămână ascuns – dacă, în sfârșit, se va putea elibera de trecut și să stea așa pentru totdeauna, ocrotită în brațele lui William. Fără să se mai gândească la momentul când el va afla adevărul. Și o va părăsi.

Închise ochii și încercă să se relaxeze. Astă-seară, îl avea din nou aproape de ea. Iar pentru asta, trebuia să fie recunoscătoare. În cele din urmă, adormi.

– Ești trează, mami? întrebă Immy, gâdilându-i nasul cu părul ei moale.

– Nu, dorm buștean.

Își dădea seama că Immy se uită la ea și o studiază cu atenție.

– Vorbești, deci n-ai cum să dormi.

Fred îi trase un pumn în braț, făcând s-o tresară puternic.

– Au! Nu mai da așa!

– Te trezesc! anunță el, cât se poate de logic. Vreau lapte!

– 'Neața, scumpo! zise William, strecurându-și mâna pe lângă Immy ca să o mângâie pe Helena pe umăr. Mă duc să fac un ceai.

Se trezise deja și își căuta boxerii.

– Voi doi veniți cu mine să mă ajutați, le zise lui Fred și Immy.

– Tati, de ce erați în pielea goală tu și mami? întrebă Immy, mergând după el.

– Pentru că a fost foarte cald azi-noapte, îl auzi Helena explicându-i.

– Eu zic că-i mai bine să ții chiloții pe tine când dormi, tati.

– Și eu, confirmă Fred.

Helena se întinse și zâmbi amuzată de schimbul de replici. Se simțea plină de energie, ca și când furtuna trecuse și lăsase în urmă o atmosferă calmă, revigorată.

– Poate că acum o să ne bucurăm și noi de vacanță, murmură ea.

August 2006

Plecările

Jurnalul lui Alex
8 august 2006

Ultimele săptămâni au fost exact cum trebuie să fie o vacanță în familie.

Gata cu tragediile grecești, răpitorii de iepurași, podgorenii, divorțații și bețivii.

După atâtea emoții și tensiune, a fost chiar plăcut.

Sincer să fiu, detest acest cuvânt. „Plăcut" se referă la o căsuță îngrijită din suburbii, ai cărei proprietari fac plimbări în natură în hanorace asortate. Și care au un câine bine dresat și un Nissan Micra. Reprezintă mediocritatea clasei de mijloc. Și aproape întreaga lume occidentală.

Firește, nimeni nu se consideră o ființă banală. Dacă am face-o, ne-am zbura singuri creierii. Pentru că toți visăm să fim deosebiți. Nu suntem furnici, ale căror colonii și organizare exemplară, când își pregătesc strategia de atac asupra ciocolatei aruncate pe jos de Fred, nu încetează niciodată să mă uimească.

Îmi amintesc de naziști, sau de Partidul Socialist-Revoluționar Rus, ori de armatele președintelui Mao: perfect antrenați și complet îndobitociți.

Mi-ar plăcea enorm să-l întâlnesc pe șeful furnicilor. Ca toți dictatorii psihopați, mi-l imaginez pitic, hidos și cu o oarecare predilecție pentru părul facial.

Poate că aș avea mai mari șanse de reușită în carieră dacă mi-aș lăsa mustață.

Apropo de zburat creierii, viața nu îți oferă niciodată doar bucurii. Michel și Chloë nu s-au despărțit încă. De fapt, sunt aproape nedespărțiți. Din păcate, e un tip de treabă și chiar îl plac, spre deosebire de alții: e atent, isteț și politicos.

O adoră pe Chloë, și ea îl adoră pe el.

Singura parte bună e că, în curând, Chloë ne va părăsi pentru a-și continua vacanța în Franța, alături de mama ei. O să înnebunesc de dorul ei, dar, cel puțin, mă voi consola că a scăpat de pericol. Iar, data viitoare când ne vom revedea, voi fi pe teritoriul meu – sau al școlii.

Iar acum, o nouă problemă la orizont. Când am venit aici, aveam în față o vară întreagă până să își arate capul slut școala *aia*. Brusc, mă trezesc că-i august. Începutul vacanței a trecut de mult. Suntem pe ultima sută de metri.

Deunăzi, am auzit-o pe mama vorbind la telefon cu cei de la Cash, ca să comande ecusoanele cu numele meu.

– Alexander R. Beaumont.

N-o să dezvălui ce reprezintă R-ul. Voi spune doar că e de-o hidoșenie care întrece orice imaginație. Ca, de altfel, și uniforma pe care voi fi obligat s-o port. De asemenea, m-am ferit să pomenesc în jurnal numele școlii la care voi merge. Tot ce pot spune e că iei micul dejun îmbrăcat la frac și papion și că generații întregi de regi britanici au fost școliți acolo.

Am câștigat o bursă de studii. Altminteri, ținând cont de recomandările mele genetice și de faptul că nu o cunosc decât pe posesoarea ovarelor, nu și sperma care a contribuit la procrearea mea, n-aș fi avut în veci acces acolo.

Mă întreb dacă ei știu că sunt copil din flori?

Cel puțin, asta demonstrează cât de mult s-au schimbat lucrurile. Așadar, după tot ce-am citit despre familia noastră regală, sunt liniștit că eu și genele mele necunoscute vom fi într-o companie selectă.

Ce mă sperie cel mai rău e faptul că numele meu e singurul lucru pe care colegii mei îl vor ști despre mine. Va trebui să îmi dovedesc valoarea în fața unor necunoscuți cu care voi coabita în următorii cinci ani, fie că-mi convine sau nu. Sprijinul meu, unica persoană care mă înțelege, va fi la sute de kilometri depărtare. Dormitorul meu de acasă va rămâne gol săptămâni la rând.

Fred mi-a revendicat deja peștișorul auriu, și Immy, DVD-playerul meu portabil. Sunt ca două hiene pitice care pândesc cu nerăbdare plecarea mea. Mi-ar plăcea să cred că îmi vor simți lipsa, dar știu că se vor obișnui rapid cu absența mea. Găleata cu apă a familiei: iei o cană (adică pe mine) din ea și arată în continuare plină. Iar, din câte se pare, a mea dispune de un lac întreg.

De asemenea, dacă toți colegii mei sunt ca Rupes? S-ar putea să nu mă mai prindă Halloweenul în viață.

Încep deja să intru în panică la gândul că, în mai puțin de o lună, o să merg la o școală nouă – în fond, sunt doar un băiat simplu, din pătura de mijloc a societății, care n-a mers niciodată la partide de vânătoare și care crede că „polo" e un mentosan cu gaură în mijloc. Școala mea stătea atât de prost la capitolul dotări, încât, o dată pe săptămână, ne urcau în autobuze și ne trimiteau la bazinul municipal.

Teoretic, eu trebuia să decid dacă vreau să merg la noua școală sau nu. Dar, după ce-am câștigat bursa, toată lumea a uitat să mă mai întrebe și pe mine, presupunând că asta îmi doresc.

Partea bună e că o voi avea pe Chloë la doi pași de mine. Din câte-am înțeles, școlile noastre organizează „ceaiuri dansante" împreună. Vai de capul meu! Ar fi cazul să mai exersez pașii de vals și alte dansuri de societate, ținând cont că singura mișcare pe care o știu e să îndoi genunchii pe melodia „Crazy" a lui Gnarls Barkley.

Cu toate că mi se rupe inima când o văd cu „Michelle", gândul că o să fie atât de aproape de mine când voi pleca îmi dă aripi. În plus, vorba zicalei: „Ochii care nu se văd se uită". Asta și faptul că am impresionat-o pe Chloë obținând bursa sunt singurele lucruri care mă ajută să îndur mai ușor perspectiva unui viitor de însingurat în frac...

Stau pe patul din Debaraua mea – mă grăbesc să adaug că s-a eliberat o cameră la etaj, dar, când m-a întrebat mama dacă vreau să mă mut, am refuzat oferta. E ciudat că prefer să rămân în această cămăruță, dar mă simt confortabil. Și am o mulțime de cărți la îndemână.

Astă-seară, aleg un volum de Keats și citesc „Fanny“. Nu e un titlu la care m-aş opri în mod normal, dar e frumos scrisă şi se potriveşte de minune truismul în sensul că tristeţea împărtăşită e mai uşor de suportat. Chiar mă simt mai bine când ştiu că şi altcineva a trecut prin ce trec eu acum.

Fiinţa-ţi – sufletu-ţi – ai milă şi dă-mi totul

Nu-mi refuza nici o fărâmă de atom, căci am să mor.

Aud paşi discreţi pe hol – un bărbat şi o femeie – şi îmi dau lacrimile.

Cunosc prea bine durerea iubirii neîmpărtăşite.

Capitolul 19

Helena întinse brațele înainte și execută un arabesc cu piciorul stâng. Menținu poziția câteva secunde, după care traversă terasa într-un vârtej de piruete și se trânti pe un scaun, transpirând abundent.

La opt și jumătate dimineața, soarele ardea deja. Odată cu venirea lunii august, temperaturile crescuseră simțitor, iar locuitorii Pandorei, vizibil mai relaxați, capitulaseră în fața căldurii toropitoare. Până și cei mici deveniseră mai apatici, soarele fierbinte domolindu-le energia obișnuită. Ora nouă îi prindea în pat, și întregul ritm al casei părea să fi încetinit odată cu ei.

Așa își imaginase Helena vacanța la Pandora: zile de lenevealã la piscină ori pe plajă, întrerupte de masa de prânz, urmată de somnul de după-amiază. William renunțase la atitudinea scorțoasă, petrecea timp cu familia și începea să se relaxeze. Din seara în care ea îi mărturisise despre copilul pierdut, se apropiaseră mai mult, atât psihic, cât și fizic. Iar Helena era conștientă că nu se simțise niciodată mai mulțumită - sau mai iubită - ca în ultimele zile. După ce făcuse ravagii la începutul vacanței, Pandora părea acum să își reverse magia asupra locatarilor săi.

Petreceau serile lungi și toride *en famille* sau în compania câtorva oaspeți. Michel, iubitul lui Chloë, era aproape nelipsit din casa lor, atât William, cât și Helena ajungând la concluzia că era mai bine să îl accepte și să aibă cât de cât controlul asupra adolescentei decât să îi îndepărteze pe amândoi. Așa cum subliniase Helena, împotrivirea părinților și fascinația lucrului interzis erau o combinație periculoasă.

Și, cu toate că William suporta cu greu să își vadă fiica într-o relație cu fiul bărbatului care trăise cândva o poveste de dragoste asemănătoare cu soția lui, își ascundea admirabil sentimentele.

Alexis luase din nou cina cu ei, de data asta, la invitația lui William. Tensiunea inițială părea să fi dispărut, și Helena simțea că, între cei doi bărbați, se înfiripă o simpatie reală, deși rezervată. Sadie și Andreas, tânărul tâmplar, li se alăturau în unele seri. Cu toate că discuțiile cu Andreas erau aproape inexistente, din cauza englezei lui limitate, cei doi păreau în culmea fericirii. După cum declara Sadie, comunicau la capitolul unde conta mai mult. Până și Helena se văzuse nevoită să admită că „Adonis", cum îl porecliseră ele două în glumă, e absolut *superb*.

– Mă bucur de ziua de azi și plătesc mâine, răspunsese Sadie, în momentul în care Helena o întrebase încotro se îndreaptă relația lor. Chiar dac-aș ști, nu i-aș putea spune, chicotise ea. Ceea ce îmi convine de minune.

Nu o văzuseră mai deloc pe Jules, de când aceasta luase copiii și se mutaseră în vila lui Alexis. Aflaseră însă de la Viola, care venea deseori în vizită pe bicicleta împrumutată de la Helena, că se ține bine. Helena își propuse să o sune pe Jules în cursul zilei. Nu voia să se simtă abandonată, dar nici nu dorea să stârnească ceva ce putea tulbura atmosfera pașnică de la Pandora.

După ce își trase sufletul, se ridică și porni agale pe terasa umbroasă, oprindu-se din loc în loc ca să admire și să curețe florile pe care le plantase în urnele vechi, rămase acolo de pe vremea lui Angus. De fiecare dată când rupea câte o frunză veștejită și verifica umiditatea pământului cu degetele, observa cu satisfacție că tuturor plantelor le mergea de minune. Mușcatele roz și albe, de două ori mai înalte decât cele pe care le plantase în grădina lor din Hampshire, se întreceau în frumusețe cu gardeniile înmiresmate și hibiscușii roșii.

Ajunsă în capătul terasei, Helena se aplecă peste balustradă și aruncă o privire la celelalte grădini, care coborau până în livada de măslini. Cu ajutorul lui Anatole, o rudă a Angelinei, începuse să cultive leandri, levănțică și solanum, care, cu puțin noroc, aveau să reziste ani buni pe arșița de foc. În timp ce admira priveliștea, îi trecu prin față un fluture, o scânteie galbenă pe fundalul azuriu al cerului. Liniștea era tulburată doar de orchestra discretă a greierilor.

Helena se întoarse și intră în bucătărie. Privind în urmă, realiză că William avusese dreptate: că perioada premergătoare vacanței, cu toate complicațiile ei, fusese extrem de stresantă. În primul rând, înainte să ajungă aici, nu știa ce va simți dacă îl va revedea pe Alexis – iar, dacă îl reîntâlnea, cum îi va explica de ce dispăruse după vara petrecută împreună. Acum, nu putea decât să spere că norii de furtună se risipiseră și, în cel mai rău caz, aceasta deranjase câteva pânze de păianjen, lăsând structura principală intactă.

Cât despre restul puzzle-ului, o creație a sorții, dar și a mâinilor ei stângace... rămânea de văzut ce avea să se întâmple.

Se va bucura de ziua de azi. O zi cu adevărat minunată.

– 'Neața, scumpo! zise William și o sărută pe umărul gol, în timp ce Helena umplea ceainicul. Ce-avem pe ordinea de zi?

– Nimic stresant. Să nu uit s-o rog pe Angelina să pregătească camera de oaspeți pentru Fabio. Sosește pentru vreo două zile.

– Sunt sigur că abia aștepți să-l revezi, dar trebuie să recunosc că mi-a plăcut la nebunie să fim doar noi în casă.

O cuprinse de mijloc și o sărută pe gât.

– Și mie, dar ai dreptate, ard de nerăbdare, ca un copil. Nu l-am văzut de atâta vreme, spuse Helena și se desprinse din brațele lui ca să ia castroanele cu cereale. Nu uita că trebuie s-o smulgi pe Chloë de lângă Michel pentru câteva ore și să o scoți la masă înainte să plece. Ar fi bine să petreceți puțin timp împreună, cât încă aveți ocazia.

– O să încerc, dar o să fie greu s-o conving să se dezlipească de fermecătorul Michel ca să ia masa cu boșorogul de taică-su.

– Ah, m-am tot ținut să te rog să te uiți la un sertar de la biroul lui Angus. Nu vreau să forțez încuietoarea și să-l stric, dar mor de curiozitate să văd ce e înăuntru.

– Așteaptă până duc copiii la bălăceala de dimineață și pe urmă vedem ce se poate face.

Helena se uită la ceas.

– E aproape zece! Nu credeam c-o să spun vreodată aşa ceva, dar du-te, te rog, şi trezeşte-i pe Immy şi pe Fred, că altfel o să se culce la miezul nopţii.

William plecă şi o lăsă pe Helena să-şi facă de lucru prin bucătărie în timp ce fredona un cântec. Când aruncă o privire pe fereastră, i se înfăţişă o scenă mai mult decât ciudată. Rupes cobora dealul, abia ţinându-şi echilibrul pe bicicleta micuţă a Violei.

Opri cu stângăcie în dreptul uşii din spate şi veni spre casă.

– Intră. E deschisă, strigă Helena.

Rupes îşi făcu apariţia, roşu la faţă şi lac de sudoare.

– Bună, Rupes! Te-ai copt de-a binelea. Vrei un pahar cu apă?

– Da, mulţumesc, Helena. E infernal de cald! Abia aştept să mă întorc în Anglia. Aerul condiţionat de la vilă când merge, când nu merge, şi nu mă pot odihni.

– Am citit în ziarul de ieri că e cea mai călduroasă vară din ultimii o sută de ani, spuse Helena şi îi turnă un pahar mare cu apă de la frigider. Mama ta cum se simte?

– E bine, zise Rupes, terminând apa din trei înghiţituri. Mai bine decât înainte, în orice caz. Pe de altă parte, mai rău de-atât nu prea se putea.

– Aşa e. Mă bucur că ai trecut pe la noi.

– Am venit cu un mesaj. Sunt două chestii. Prima, mama vă invită la cină diseară, dacă nu sunteţi ocupaţi.

– Ce drăguţ din partea ei! Chiar mă gândeam s-o sun şi să vă invit la noi. Trebuie s-o întreb pe Angelina dacă poate sta cu copiii, fiindcă Fred şi Immy se culcă devreme, dar noi ceilalţi venim cu plăcere.

– Şi... a doua chestie... aaa... e-acasă Alex?

– Trebuie să fie pe undeva, pe-aici. Vrei să-l chem?

– Da, mulţumesc.

Helena ieşi în hol.

– Alex, dragule? A venit cineva să te vadă!

– Vin acum, mormăi o voce somnoroasă.

– Vine imediat. În ultima vreme, ne-am cam lenevit şi am început să dormim până târziu, se scuză ea. Viola e bine? Ieri n-a venit să ne vadă.

– E bine. Îi e dor de tata şi începe să sufere şi ea din cauza căldurii.

– E de înţeles, cu tenul ei.

Rămasă în pană de subiecte de discuție, Helena răsuflă ușurată în momentul în care intră Alex. Băiatul păru profund dezamăgit când dădu cu ochii de vizitator.

– Salut, Rupes! mârâi el.

– Salut!

– Pot să te-ajut cu ceva?

– Aaa... chestia e că...

– Vă las să vorbiți în liniște, spuse repede Helena, observând că prezența ei îi incomodează. Ne vedem diseară, Rupes. E bine pe la opt?

– Da, e foarte bine. Deci, spuse Rupes, după plecarea Helenei, tușind ușor ca să-și dreagă glasul. Presupun că știi... ce-a pățit familia mea?

– Da.

– Problema e că ai mei nu-și mai permit să mă trimită la Oundle în momentul ăsta, chiar dacă am primit bursă sportivă. Acoperă doar douăzeci la sută din taxe.

– E într-adevăr o problemă, confirmă Alex.

– Mama a luat legătura cu trezorierul și i-a explicat situația. Tipul a zis că mi-ar putea acorda o bursă completă, dacă îndeplinim condițiile financiare, bineînțeles. Mă vor în continuare în echipa de rugby. Peste câteva săptămâni, dau probe la Naționala sub optișpe ani.

– Asta-i o veste bună, nu?

– Oarecum.

– Care-i problema?

– N-am luat o notă prea grozavă la examenul de admitere. Sincer să fiu, nu m-am spetit deloc cu învățatul, fiindcă știam că mă vor pentru calitățile mele sportive. Dar, ca să-mi acorde bursă completă, mă pun să mai dau un examen la ei, peste o săptămână.

– Mda, zise Alex. Acum am înțeles.

– Ideea e că, dacă nu-l trec, cine știe la ce amărâtă de școală de stat ajung, spuse Rupes, cu capul plecat.

– Am înțeles asta. Dar nu înțeleg ce vrei de la mine.

– Tu ce crezi? spuse Rupes, gesticulând nervos. Toată lumea știe că ai un creier cât Rusia.

– Să știi că actualmente Rusia e mult mai mică decât era pe vremuri, dar îți mulțumesc oricum pentru compliment.

– Alex, zise Rupes, punându-și palmele pe masă. Trebuie neapărat să trec examenul, dar, la engleză sunt varză, la franceză, și mai varză, iar la mate și la științe, hai să zicem că trec. Am nevoie de meditații la disciplinele umanistice. Ai fi de acord..., spuse el și își drese glasul. Ai fi de acord să mă ajuți?

Alex scoase o fluierătură.

– Ptiu, drace! Vrei să te meditez eu?

– Cam așa ceva. Mama mi-a făcut rost de niște teste. Putem să ne uităm pe ele?

Alex își rezemă bărbia în palmă și oftă.

– Sincer să fiu, Rupes, nu știu dacă sunt persoana potrivită. N-am mai meditat pe nimeni.

– Altă soluție n-am. Te plătesc, dacă vrei. Am niște bani puși deoparte, chiar dacă ai mei nu mai au un sfanț. Fac orice vrei tu. Ești singura mea speranță.

– Nu-ți pot garanta nimic. Până la urmă, totul depinde de tine.

– O să învăț pe brânci. Fac tot ce spui tu. *Te rog.*

– Bine, zise Alex, cu o ușoară încuviințare din cap. N-am nevoie de banii tăi. Vreau să-ți ceri scuze că te-ai purtat ca un porc.

– Bine, consimți Rupes, umflându-și pieptul, apoi expiră cu o strâmbătură. Îmi pare rău.

– Că m-am purtat ca un porc, îl îndemnă Alex.

– Că m-am purtat ca un porc, mormăi Rupes.

– Bun. Când vrei să începem?

– Cât mai curând posibil.

– În acest caz, să nu lăsăm pe mâine ce putem face azi, spuse Alex și se ridică. Azi după-amiază, vreau să scrii un eseu, de cinci sute de cuvinte, pe tema cum crezi tu că poate fi combătută violența școlară și ce pedepse ar trebui să primească agresorii. Ți-l corectez, pe urmă ne uităm împreună pe el ca să vezi ce-ai greșit. Bine?

Rupert se făcu roșu la față, dar dădu aprobator din cap.

– De acord. Gata, plec.

– Bine. Pa.

– Pa.

*

– Scumpo, am reușit până la urmă să deschid sertarul, anunță William, intrând în cameră, în acea seară.

– Serios? spuse ea și se întoarse curioasă spre el. Și?

– Mă tem că e gol. Dar ar trebui să dăm cu ceva împotriva carilor. Afurisitele îl devorează, nu alta.

– Oh! exclamă ea, dezamăgită. Speram să găsesc vreun indiciu despre iubita misterioasă a lui Angus.

– Măcar l-am deschis fără să stric încuietoarea, zise William, uitându-se la ceas. Ești gata de plecare? E aproape opt.

– Arăți senzațional, Jules. Nu-i așa, Helena? spuse William.

– Categoric, întări Helena.

Jules slăbise vizibil în ultimele două săptămâni, iar noua siluetă îi dădea o eleganță statuară și îi accentua picioarele bronzate și musculoase. Părul, de un castaniu spălăcit, căpătase nuanțe roșietice de la soare și îi cădea moale în jurul feței. I se vedeau din nou pomeții sculptați, iar, în ochi, i se citea o încredere redescoperită.

– Lingușitorilor, zise ea, rușinată, și îi conduse pe terasa vilei. N-am prea avut poftă de mâncare în ultima vreme. Se pare că trauma psihică e cea mai bună dietă. Și unde mai pui că nici nu costă, adăugă, chicotind ușor. Chloë n-a venit?

– Nu. A ieșit cu Michel. Ce surpriză! răspunse Helena. Mai au doar câteva seri împreună, înainte să plece în Franța.

– E băiat bun, Michel, remarcă Jules. A trecut pe-aici un pic mai devreme, ca să repare aerul condiționat. Vă servesc cu ceva de băut?

– Bună, mătușă Helena, unchiule William!

Viola își sărută nașul pe obraz, apoi o prinse pe Helena de mijloc.

– Bună, draga mea! Ce mai faci?

– Bine, spuse fetița, pe un ton vesel. Ia ghici? Mami mă lasă să adopt o pisicuță.

– Zău?

– Doar pe perioada vacanței, preciză Jules. Când plecăm, o lăsăm în grija lui Alexis.

– Vii s-o vezi? întrebă Viola, trăgând-o pe Helena de mână. Doarme la mine-n pat. E *așa* dulce!

– Cu mare drag, scumpo.

– Am botezat-o „Afro“, după zeiță, dar și pentru că are blănița lungă și creață, explică Viola, în timp ce intra cu Helena în casă.

Câteva secunde mai târziu, Rupes scoase capul pe ușa terasei. Îi făcu semn lui Alex, care încuviință din cap și îl urmă înăuntru.

– Ei bine, William, spuse Jules, întinzându-i un pahar cu vin, ce părere ai despre vilă?

William făcu câțiva pași pe terasa recent pavată cu piatră crem.

– Rivalizează cu Pandora din punctul de vedere al priveliștii, răspunse el și se opri ca să admire panorama.

– Alexis a construit-o special ca să aibă cea mai bună vedere la mare, zise Jules, arătând spre vale. Uite-o acolo, între cele două dealuri. Îmi place enorm aici. Totul e nou și curat și confortabil. Mi-ar plăcea să stau mai mult.

– Care mai *e* situația? se interesă William. Sacha n-a dat nici un semn de viață de când s-a întors în Anglia, deși i-am lăsat o mulțime de mesaje.

– Am comunicat doar pe e-mail. Mi-a zis că i-au acordat șase săptămâni să-și strângă catrafusele și să elibereze casa. I-am spus că nu mă-ntorc să-l ajut. Sinceră să fiu, William, nu cred c-aș putea suporta. Dacă punea și casa pe numele meu de la bun început, poate era altă poveste.

– Sunt convins, spuse William. Ce-o să se întâmple cu toate lucrurile voastre?

– I-am zis să le ducă într-un depozit până când mă hotărăsc unde o să locuim noi trei.

– Te-ai gândit la ceva?

Jules ridică din umeri.

– Juriul încă deliberează. Tot mai sper ca Rupes să primească o bursă integrală la Oundes, bineînțeles *dacă* reușește să ia examenul. Iar, dacă e să revin în Anglia, probabil o să vreau să fiu aproape de școala lui, așa că o să închiriez ceva în zonă. Deocamdată, Viola va trebui să meargă la o școală de stat.

– E o decizie înțeleaptă.

– Totuși, o parte din mine parcă n-ar mai vrea să se întoarcă în Anglia. Îmi place la nebunie aici, dar va trebui să muncesc de acum înainte.

– Ce-ai vrea să faci?

– Am fost un agent imobiliar bunicel înainte să renunț la serviciu ca să am grijă de Rupes. Sunt sigură că găsesc o firmă care să mă angajeze pe baza experienței mele anterioare.

– Mă bucur să văd că îți vezi de viața ta, Jules, aprecie William, și că ai depășit un moment atât de dificil.

– N-am de ales, nu? Înot sau mă duc la fund. Iar Alexis s-a purtat nemaipomenit. E opusul lui Sacha, în toate privințele. A avut grijă de mine de când m-am mutat aici și se dă peste cap să îmi fie bine. O să vină și el la cină, dar a trebuit să meargă la Limassol azi, așa că m-a anunțat că s-ar putea să întârzie puțin.

– Mami, mătușii Helena îi place pisicuța, zise Viola în momentul în care ieși pe terasă împreună cu Helena.

– Cui nu i-ar plăcea? E o drăgălașă, spuse Jules, zâmbindu-i fiicei sale. Mâncăm?

William, Helena și Alex plecară chiar înainte de miezul nopții.

– Bei un coniac pe terasă? o întrebă William, după ce Alex le ură noapte bună și se retrase în camera lui.

– Nu, mulțumesc, dar îți țin companie dacă vrei, răspunse Helena și se așeză sub pergolă, așteptându-l pe William să aducă sticla din casă. Încă o noapte cu cer perfect senin, remarcă ea, la revenirea soțului ei.

– Da. Stelele sunt absolut uimitoare aici.

– Jules mi s-a părut schimbată astă-seară. Parcă mai... caldă decât de obicei.

– Da, am observat și eu, confirmă William. E de-a dreptul ironic: acum, când are toate motivele să fie supărată, i-a dispărut toată înverșunarea. Nu cred c-am văzut-o vreodată mai fericită și mai relaxată. Și ai mai remarcat ceva?

– Te referi la Jules și la Alexis? întrebă Helena.

– Da. Păreau foarte intimi unul cu celălalt. Nu știu sigur ce simte Alexis, dar ea clar s-a îndrăgostit de el.

– Mai știi? În orice caz, amândoi au nevoie de afecțiune și le prinde bine să-și țină de urât unul altuia.

– Acum câteva săptămâni, nici prin gând nu mi-ar fi trecut una ca asta, dar, astă-seară, mi s-a părut o posibilitate, zise William, gânditor. La urma urmei, și de-ar fi doar o aventură, nu cred că le face rău.

– Alexis nu e genul care să rănească pe cineva. O să fie interesant de văzut cum evoluează.

– Dar, dacă... lucrurile avansează, întrebă el, n-o să te simți ciudat?

Helena îl apucă de mână și i-o strânse cu putere.

– Îți promit un lucru: că o să mă simt absolut minunat.

Jurnalul lui Alex
9 august 2006

Acum înţeleg de ce aceia care ajung la putere devin obsedaţi să controleze totul şi nu mai gândesc raţional.

Henric al VIII-lea, care s-a lepădat de Dumnezeu şi a decis să-i preia el atribuţiile.

Stalin, Hitler, Mao, care au fost întruchiparea Diavolului.

Bush, care vrea ca dumnezeul *lui* să fie cel mai tare.

Şi Blair, căţeluşul, care şi-a pierdut părul şi intenţiile bune odată cu adoptarea stilului de viaţă american.

Astă-seară, în timp ce citeam eseul lui Rupes – care e absolut infect şi nu l-ar ajuta să intre nici măcar la grădiniţă, darămite la un internat britanic de renume –, am trăit şi eu acelaşi sentiment.

Când l-am văzut cum se uită la mine, aşteptând cu disperare o reacţie favorabilă, am realizat că am puterea de a-l ridica sau de a-l distruge.

A fost ceva magic! Cel puţin, pentru câteva secunde.

Pe urmă, mi s-a făcut milă de el. Sufletul meu mare nu-mi va permite niciodată să ajung într-o poziţie cu adevărat importantă, pentru că nu suport să văd pe cineva că suferă. Da, ştiu, e o trăsătură muieratică, dar aşa m-am născut; ca să înţeleg lucrurile şi din altă perspectivă.

Dacă prezidam primul proces al lui Saddam Hussein, ştiu ce s-ar fi întâmplat: deşi îl detest pe ticălosul diabolic pentru durerea pe care le-a pricinuit-o atâtor oameni, l-aș fi adus înaintea mea și m-aș fi uitat la fața lui de bătrân trist, smintit și distrus.

Ar fi fost suficient să-mi spună ceva de genul „Mama nu m-a iubit", și cred că l-aș fi condamnat să-și petreacă restul zilelor într-o închisoare călduță, unde să primească consiliere psihologică și să se uite cât vrea la serialul *Prietenii tăi*.

Mă întreb dacă nu cumva, din cauza structurii mele sufletești, sunt făcut să votez cu liberal-democrații.

Așadar, până și Rupes, dușmanul meu de moarte, care m-a chinuit mai rău decât tortura picăturii chinezești și mușcăturile de țânțari, a reușit azi să mă înduioșeze. Am văzut că e vulnerabil.

E o brută fără creier și cu ceafă groasă, care nu are nici un viitor dacă nu îi întind o mână de ajutor. Bineînțeles că îi voi întinde.

Trebuie să învețe să scrie *tout de suite*. Când am plecat, era absorbit – sau, cum ar zice el, „asorbit" – de studiul Dicționarului Oxford. I-am întocmit o listă de adjective pompoase pe care trebuie să le învețe pe de rost, și care pot fi ușor incluse într-un eseu pentru a-l înfrumuseța.

Franceza lui e catastrofală. Astă-seară, suntem în faza de *„un, deux, trois"*, dar cred că va trebui să apelez la ajutorul unui expert, dacă vrem să facem un minim progres. Așadar, îmi voi călca pe inimă și o voi ruga pe specialista Chloë să ne ajute la lecția de franceză de mâine. Asta doar dacă promite să-l învețe conjugările verbelor îmbrăcată în burka, în așa fel încât Rupes să nu fie distras de farmecele profei de franceză.

Rupes, băiete, ești provocarea vieții mele!

Și, oricât de mult mi-aș dori să te văd într-o zi într-un șanț, ca un vagabond, cu un câine râios pe post de tovarăș, îmi dau seama că n-aș putea să fiu răspunzător pentru decăderea ta.

De asemenea, cred că „preparator personal" ar da bine, în viitor, la CV.

În cele din urmă, mă liniștesc și încerc să adorm. Rupes vine la meditație mâine la unsprezece, iar eu stau în pat și mă gândesc cum să organizez lecțiile. Deodată, mă simt recunoscător pentru genele încă necunoscute care mi-au dăruit un creier atât de funcțional.

Cu asta, redeschid un „subiect“ mai vechi: acela al originilor mele. Cu toate că mi-au mers la inimă aceste ultime săptămâni lipsite de griji, n-am uitat întrebarea al cărei răspuns mi-am jurat să îl aflu înainte de a părăsi Pandora.

Atenție, mamă dragă, n-ai scăpat!

Tot *o să* te-ntreb.

Capitolul 20

– 'Neața, tati! Chloë intră somnoroasă în bucătărie și își sărută tatăl pe obraz. V-ați distrat bine aseară?

– În mod surprinzător, a fost chiar foarte plăcut. Jules era într-o formă excelentă.

– Tare.

Chloë se duse la frigider, scoase sucul de portocale și bău direct din cutie.

– Voiam să vorbesc puțin cu tine, Chloë.

Fata să răsuci spre el, înviorându-se brusc.

– Și eu vreau să vorbesc cu tine.

– Minunat! Nu vrei să luăm prânzul împreună?

– Doar noi doi?

– De ce nu? Peste câteva zile pleci, și n-am apucat să te văd aproape deloc în ultima vreme.

– Mda. Despre asta voiam să vorbim.

– Adică?

– Despre mine și plec...

– Hei, Chloë. Unde-i Michel? întrebă Fred, dând buzna în bucătărie și agățându-se de picioarele ei. Mi-a zis că aduce o armă adevărată ca să-mi arate cum împușcă șobolani.

Fred o luă la fugă prin bucătărie, omorând rozătoare imaginare, cu o armă imaginară, și urlând „BUM!" din toți rărunchii.

– Vine mai târziu, dragule, zise Chloë, peste hărmălaia copilului.

– Ieșim la masă pe la douăsprezece? întrebă William.

– Bine, dar ne întoarcem până la trei. Mă duc cu Michel la Cascada lui Adonis.

– Stai liniștită că ne întoarcem, zise William, după care îl apucă de mijloc pe năbădăiosul Fred și îl așeză pe un scaun, la masă. Gata cu joaca, tinere. Hai să băgăm niște mâncare în burtică.

William o duse pe fiica lui la restaurantul de la marginea orașului Peyia, unde luase cina cu Helena, temându-se că puținii locuitori din Kathikas – pe care Chloë îi știa deja pe nume – nu îi vor lăsa să mănânce în tihnă.

– Ce voiai să mă-ntrebi? începu William, luând o gură de bere, iar Chloë una de Coca-Cola.

– Dacă ești de acord să vorbești cu mama să mă lase să mai stau aici până la sfârșitul vacanței.

– Hm. Nu cred c-o să-i convină.

– Nu vreau să merg în Franța. Mama o să fie cu nesuferitul ăla de Andy și o să mă plictisesc de moarte, pentru că nu cunosc pe nimeni acolo. Aș vrea *așa* mult să mai stau aici, cu voi.

– Scumpa mea, ai stat o lună aici. Nu crezi că și mama ta vrea să te vadă?

– Ba da, în primele câteva ore, pe urmă o să uite de mine și-o să revină la distracțiile ei. Andy nici măcar nu mă place și e un scârbos și jumătate. Nici tu nu l-ai suporta dacă l-ai cunoaște. Mama are gusturi execrabile în materie de bărbați.

– Mersi mult! chicoti William.

– Știi că nu mă refeream la tine, tati, zise Chloë, ridicând împăciuitor din umeri. Vorbești cu ea?

– Sincer să fiu, maică-ta habar n-are ce-i aia să discute. Cel mai probabil o să-mi închidă telefonul în nas după prima silabă.

– Te rog, tati, încearcă, îl imploră Chloë. Nu vreau să plec.

William oftă.

– Scumpa mea, am încercat să mă înțeleg cu maică-ta de nenumărate ori. O să mă acuze de șantaj emoțional și-o să creadă că vreau să mă dau mare în fața ei că vrei să mai stai. Îmi pare rău, Chloë, dar ăsta-i adevărul.

– N-ai de ce să te scuzi. Știu că e dificilă. O iubesc, că doar e mama, dar nu mă miră c-ai divorțat de ea. După cum văd că își tratează iubiții, probabil că și eu aș proceda la fel. Ea trebuie să fie mereu în centrul atenției.

William se abținu să îi cânte în strună.

– Te asigur că am făcut tot ce mi-a stat în putință, scumpa mea. Îmi pare nespus de rău că te-am dezamăgit.

– Știu că ea nu te-a lăsat să mă mai vezi după ce te-ai căsătorit cu Helena.

– M-am zbătut din răsputeri. Dar vreau să știi că m-am gândit tot timpul la tine.

– Am mirosit-o eu în momentul în care am găsit o felicitare de la tine, ruptă și aruncată la gunoi. Atunci mi-am dat seama că mă iubești și nu ai uitat de mine. Dar a trebuit să mă prefac de față cu mama. Amândoi știm ce repede se aprinde, și era *așa* geloasă pe Helena... Într-o zi, i-a sărit țandăra doar pentru că am zis că îmi place de ea. Stai liniștit, tati, serios.

– Nu pot să stau liniștit, Chloë, oftă William. Întotdeauna am sperat să te feresc de problemele noastre și să nu fii folosită pe post de instrument de șantaj, dar lucrurile n-au ieșit cum am vrut eu.

– Nu mă interesează ce-a fost între voi. Ești tatăl meu și te iubesc orice-ar fi.

– Iar eu sunt norocos că am o fiică atât de înțeleaptă și de frumoasă, spuse William, gâtuit de emoție. Mi-a fost atât de dor de tine în toată perioada asta, încât efectiv mă durea fizic. De câteva ori, chiar m-a bătut gândul să te răpesc.

– Pe bune? Super tare! chicoti Chloë. E bine că au trecut toate astea. Mai am puțin și fac cincisprezece ani și o să pot lua singură decizii. Iar una dintre ele va fi să te văd și să-mi văd familia mai des. Indiferent dacă îi convine *ei* sau nu.

– Îți dai seama că n-o să-i convină.

– Să fie sănătoasă. Nu e treaba ei. Dacă-mi face zile fripte, o ameninț că mă mut la tine. Cred că-i închid gura cu asta, rânji Chloë. În plus, dacă se mărită cu rahatul ăla de Andy...

– Chloë...

– Scuze, dar asta e. Dacă se mărită cu ăla, oricum n-o să vreau să stau prea mult în preajma lor. Vrei s-o rugăm amândoi să mă lase să mai stau? Poate avem mai mare succes, îi propuse ea, revenind la subiectul care o interesa.

– Chloë, nici n-ai idee cât mă bucur că te-ai simțit bine alături de noi, dar fii sinceră și recunoaște că nu doar pentru noi vrei să mai stai în Cipru.

– De ce ești rău, tati? se bosumflă Chloë. M-am simțit excelent cu voi. Sunt topită după ăia mici. Alex e un dulce, și Helena s-a purtat atât de frumos... E așa cum ar trebui să fie o familie. Sinceră să fiu, n-aveam nici un chef să vin aici. Mă gândeam că o să fie plictisitor, dar a fost cea mai frumoasă perioadă din viața mea.

– Firește, a contribuit și Michel la impresia generală.

– Da, normal, recunoscu ea.

– E băiat de treabă, remarcă William, dar sunt sigur că o să mai cunoști mulți ca el.

– Nu ca el, zise Chloë, clătinând sfidător din cap. Îl iubesc.

William urmă sfatul Helenei și nu căzu în capcană.

– Sunt convins, răspunse el, cu jumătate de gură, în momentul în care sosiră aperitivele. Iar acum, să ne înfruptăm!

– Să vorbesc sau nu cu Cecile?

William stătea pe un colț al șezlongului Helenei. Imediat ce se întorseseră acasă, Chloë sărise pe mopedul lui Michel și dispăruse într-un nor de praf.

– Greu de spus cum e mai bine. Dacă o rogi, sigur o să refuze, doar ca să-ți facă în ciudă.

– Exact asta cred și eu.

– Dar, dacă nu vorbești cu ea, Chloë o să aibă senzația că nu o susții. Cel mai bine, ar fi să găsești o cale de compromis.

– Cum ar fi?

– Mă gândeam că i-ai putea sugera lui Cecile s-o lase pe Chloë să mai vină câteva zile aici după vacanța în Franța. În felul ăsta, Cecile își vede fata așa cum era stabilit, iar Chloë va sta cu ea și cu iubitul ei și va ofta de plictiseală și de dorul lui Michel. Sunt sigură că, după un timp, Cecile va fi nerăbdătoare s-o urce în avion și s-o trimită la noi.

– Genială idee! exclamă William și o sărută pe obraji. Mersi. O să-i zic și lui Chloë.

– Nu cred că o să-i convină prea mult, dar e cea mai bună soluție.

– Chloë e o fată extraordinară. Foarte rațională și cu picioarele pe pământ. Și, spre deosebire de mine, a citit-o foarte bine pe maică-sa, oftă William.

– S-a maturizat mult în vacanța asta.

– Hai să nu deschidem subiectul ăsta, bombăni William.

– Nu la aia mă refeream, zise Helena și se ridică în fund, cu genunchii la piept. Am purtat o discuție cu ea și mi-am dat seama că știe ce face. Așa că nu-ți mai face griji.

– Mamă, la telefon! strigă Alex.

– Vin acum.

O jumătate de oră mai târziu, Helena stătea la taverna din sat, față în față cu Sadie. Se aștepta la o adevărată dramă când primise apelul de SOS; o nouă relație cu final tragic, prietena ei distrusă. Totuși, Sadie nu părea câtuși de puțin traumatizată. Îi străluceau ochii și era absolut radioasă.

– Ce arde? întrebă Helena.

– Am vești.

– De atâta lucru m-am prins și eu. Bune sau rele?

– Depinde cum le privești. Și bune, și rele, aș zice.

– Hai, zi odată.

– Imediat. Stai o clipă...

Sadie scotoci prin geanta încăpătoare, scoase o baghetă de plastic alb și i-o întinse.

– Uite. Ce părere ai?

– E un test de sarcină.

– Asta știu și eu. Uită-te pe el.

– Mă uit. Sunt două linii roz, ceea ce înseamnă... Dumnezeule, Sadie!

– Știu, exclamă Sadie, împreunându-și mâinile. Înseamnă că *sunt*, nu-i așa? Tu ai mai mare experiență decât mine.

– S-au mai schimbat între timp, dar, zise Helena, studiindu-l cu atenție, se vede clar încă o linie în cealaltă căsuță.

– Deci, *sunt*. Gravidă, vreau să spun.

– Testul așa arată. Uau! zise Helena, încercând să își dea seama ce simte prietena ei. Ești fericită?

– Nici eu nu știu. Am aflat acum câteva ore. Presupun că s-a întâmplat în prima seară când am făcut sex, după petrecerea de pomină de la cramă. Eram beți amândoi și am uitat de orice precauție. Înțelegi la ce mă refer. Nu-mi vine să cred că s-a întâmplat. Sincer, îmi pierdusem orice speranță. Am treizeci și nouă de ani. Dar uite că s-a întâmplat! *S-a întâmplat!* spuse Sadie, cu lacrimi în ochi. O să am un copil, Helena. O să fiu mamă.

Helena își aminti de vremurile când erau tinere și visau să-l întâlnească pe Făt-Frumos, să aibă case frumoase și copii. În ultimii ani, o auzise deseori pe Sadie exprimându-și regretul că ultima dorință nu i se împlinise niciodată. Dar faptul că visul devenise realitate acum – mai ales în situația actuală a lui Sadie – era cu totul altă poveste.

– Andreas ce zice?

– Habar n-am, spuse Sadie, după un moment de tăcere. Nu i-am spus încă.

– Înțeleg.

– Adevărul e..., continuă Sadie, trăgând aer în piept, că încă nu m-am decis dacă să-i spun sau nu.

– Cred că o să observe și singur peste câteva luni.

– Nu, dacă mă întorc în Anglia, răspunse Sadie, trecându-și degetul peste rama ochelarilor.

– V-ați certat?

– În nici un caz! Oricum, e greu să te cerți în limbi diferite. Suntem bine.

– Atunci, care-i problema?

– Nu e clar? El e tâmplar într-un sătuc cipriot, nu știe o boabă de engleză și e cu paisprezece ani mai tânăr decât mine. Încerc să fiu realistă. Sincer vorbind, tu ne vezi o familie mare și fericită?

– Îl iubești?

– Nu.

– Ești foarte categorică, aprecie Helena, șocată de franchețea lui Sadie.

– Țin la Andreas, nu mă înțelege greșit. E un băiat atât de dulce. Iar, fizic vorbind, e cel mai bun din câți am cunoscut până acum.

– E ceva, ținând cont că o afirmi tu.

– Ce vreau să spun e că a fost o distracție excelentă de-o vară. Știi ce deprimată eram când am venit. Andreas a făcut minuni pentru orgoliul meu. Dar am știut de la bun început că o să mă întorc în Anglia. Săptămâna viitoare, încep un proiect important. Aventura asta nu e decât o amintire frumoasă, pe care s-o iau cu mine acasă.

– Draga mea, dacă păstrezi sarcina, o să ai o amintire vie a acestei vacanțe, pentru tot restul vieții, îi atrase atenția Helena. Sinceră să fiu, sunt absolut șocată. Nici nu știu ce să spun.

– Eu știu. Ideea e că am decis să păstrez copilul. Probabil e singura mea șansă de a avea unul, și sunt sigură că o să regret la bătrânețe dacă renunț la el.

– Probabil, zise Helena, emoționată.

– *Adevărata* mea dilemă e dacă să-i spun lui Andreas înainte de a pleca. O fi ilegal? Crezi că mă poate acuza că i-am furat sperma, sau ceva de genul?

– Habar n-am, Sadie. Dar, e posibil ca, dacă află, să ceară să își vadă copilul, răspunse Helena, sorbind din cafeaua amară. Ascultă, nu vreau să-ți umbresc bucuria sau să crezi că te tratez de sus, dar eu am trecut deja prin asta.

– Adică?

– Am fost gravidă și am trecut prin asta singură. N-ai idee cât de greu e.

– Nu știu cum a fost, Helena, fiindcă nu mi-ai spus mai nimic despre perioada de la Viena, când Alex era bebeluș. Oricum, cât de greu poate fi? Sunt independentă financiar, am casa mea, sunt liber-profesionistă. Angajez o dădacă și cu asta, basta.

Helena trase aer în piept ca să se calmeze. Dacă o ascultai pe Sadie, copilul era doar un inconvenient minor care se rezolva angajând pe cineva. Se simțea agitată la amintirea acelor zile sumbre, când îndurase povara drumului solitar pe care și-l alesese.

– Sadie, nu mă refeream doar la aspectul practic și casnic. Trebuie să iei în calcul și partea emoțională. Va trebui să faci față sarcinii și nașterii fără nici un sprijin. Iar, când bebelușul va plânge în miez de noapte, sau se va îmbolnăvi, *tu* vei fi singura răspunzătoare, posibil pentru totdeauna.

– Știu. Dar sunt însărcinată, Helena! O să trec peste toate greutățile.

– Nu mă îndoiesc. Iartă-mă că îți țin predici. Mă bucur că ești fericită. Tot ce vreau să-ți mai spun e să te gândești bine înainte de a te despărți de Andreas. Moralmente, are dreptul să știe.

– Probabil. După ce mă întorc în Anglia și-mi mai limpezesc mintea, o să mă hotărăsc dacă îi spun sau nu. Dar ideea de a-mi petrece viața cu un bărbat doar pentru că m-a lăsat însărcinată mi se pare foarte primitivă și nedreaptă pentru toate părțile implicate. Sunt convinsă că mă pot descurca și singură.

– Mult noroc, atunci! zise Helena, cu un zâmbet silit. Știi că te voi ajuta cu tot ce-mi stă în putință. Când pleci acasă?

– Destul de repede, sper. O să-l rog pe William să mă repeadă până la aeroport mâine să văd dacă mai e vreun loc disponibil.

– Andreas o să fie distrus.

– Serios? întrebă Sadie, uitându-se mirată la Helena.

– Da!

– Aiurea. O să stea probabil bosumflat o perioadă din cauză că l-am rănit în orgoliu și-o să uite de mine imediat ce-i iese în cale o fată drăguță și sigur mai tânără decât mine.

– N-aș fi așa sigură. Din câte-am văzut, e topit după tine.

– Crezi? zise Sadie, vizibil îngrijorată. Dumnezeule, sper să nu facă vreo tâmpenie și să vină după mine în Anglia.

– Mai știi?

– Povestea vieții mele! Mă îndrăgostesc de bărbați care nu mă vor și, când găsesc unul care mă iubește, nu-l vreau eu pe el. Scuze, trebuie să mă duc la toaletă. M-a apucat greața, spuse ea și se ridică de la masă, galbenă la față ca ceara. Revin imediat.

Rămasă singură, Helena se întrebă de ce se simte ușor deprimată. În definitiv, Sadie era în al nouălea cer.

Apoi, își dădu seama ce anume o deranjează: Sadie se comporta exact ca un bărbat.

Jurnalul lui Alex
11 august 2006

Șervețelele au avut viață grea azi la Pandora.

Mai întâi, a sosit Sadie cu bagajele, au urmat lacrimi de crocodil și jelanii de despărțire, după care a plecat cu tata la aeroport. Presupun că Sadie i-a dat papucii tăietorului de lemne și a plecat să-și cioplească un nou viitor la Londra. Pe urmă, a început și mama să dea apă la șoareci. Am întrebat-o de ce plânge, și mi-a răspuns „N-am nimic", în stilu-i caracteristic, chiar dacă îi șiroiau lacrimile pe obraji și era clar că are ceva.

De câteva ore, Chloë se prelinge literalmente prin casă. E deprimată pentru că mâine trebuie să plece în Franța, la maică-sa, și nu mai poate rămâne aici. Deși speră să se întoarcă înainte de sfârșitul vacanței, nu pare deloc consolată la gândul acesta. Sincer să fiu, e destul de improbabil, ținând cont de complicațiile aferente și de mentalitatea maică-sii.

Între timp, a apărut și „Michelle" ca să-și ia la revedere, și s-au încuiat amândoi în camera ei. S-a strâns deja o mică băltoacă în fața dormitorului ei.

Am contribuit și eu la mărirea ei cu câteva lacrimi. O să-mi fie groaznic de dor de Chloë.

Immy s-a tăiat la un deget de la picior când ieșea din piscină, așa că s-a lăsat cu sânge. Și, cum un necaz nu vine niciodată singur, lipsa plasturilor cu Barbie a declanșat o adevărată arteziană de lacrimi.

Iar Fred - probabil ca să nu facă notă discordantă - a hotărât să facă exact acum o criză de isterie de proporţii monumentale. Nimeni nu ştie care e cauza, dar bănuim că ar fi pornit de la o bucată de ciocolată. Mama l-a trimis la culcare, ca să-l pedepsească, şi, de atunci, zbiară din toţi rărunchii.

Distracţie maximă.

În momentul de faţă, stau singur pe terasă. Mama s-a dus sus să facă o baie, şi cred că tata - care s-a întors adineauri de la aeroport - s-a dus cu ea. Mă uit pe eseul în franceză compus de Rupes şi îi corectez greşelile revoltătoare de gramatică, fiindcă am decis că nu e momentul s-o rog pe Chloë să-i fie profă de franceză. Aşa că lucrez peste program şi încerc să-mi iau gândul de la plecarea ei iminentă.

Pun stiloul pe masă şi mă uit la stele. Mai avem două săptămâni de stat aici. De ce am senzaţia că s-a terminat vacanţa?

– Bună, Alex!

Tresar, întorc capul şi o văd pe mama. S-a furişat pe nesimţite, ca o stafie, în caftanul ei alb.

– Salut.

– Pot să stau şi eu cu tine?

– Normal.

– Ce faci? mă întreabă, aplecându-se peste masă.

– Îl ajut pe Rupes la nişte chestii. Trebuie să dea un examen ca să obţină o bursă integrală.

– Ce drăguţ din partea ta! spune şi se aşază pe scaun.

– Mai urlă Fred sau s-a potolit? Nu se mai aude, spun, ca să menţin discuţia pe un ton neutru.

Îmi dau seama că o tulbură ceva pe mama.

– S-a calmat şi a adormit. Dumnezeule, în ce hal poate să urle copilul ăla! oftează ea. Tu te simţi bine, dragule?

– Eu ar trebui să te-ntreb asta.

– M-am întristat că a plecat Sadie, nimic altceva.

– O să vă vedeţi în Anglia, nu?

– Aşa e. Probabil e şi din cauză că simt că se termină vacanţa.

– Exact la asta mă gândeam şi eu mai devreme. Dar nu se termină încă.

– Ai dreptate, spune mama și se uită la mine. Sigur ești bine?

– Da. O să-mi fie dor de Chloë.

– Te-ai atașat mult de ea, nu?

– Mda.

Apoi iau stiloul și mă prefac că îi corectez lucrarea lui Rupes.

– Mâine vine Fabio, fostul meu partener de dans, mă anunță ea, din senin. Mă duc să-l iau de la aeroportul din Paphos, pe la ora douăsprezece. E un tip foarte simpatic. Cel puțin era, acum unsprezece ani. Nu cred că-l mai ții minte. Aveai doi ani când te-a văzut ultima oară.

Încerc să deslușesc ceva prin pâcla cenușie de chipuri și imagini.

– Nu, chiar nu mi-l amintesc.

– El ți l-a dat pe Rilă, iepurașul de pluș, zice mama, zâmbind.

Mi se pune un nod în gât.

– Serios?

– Da. A venit în vizită la spital, după ce te-am născut, și ți l-a pus în pătuț, lângă tine.

– Dar... credeam că...

– Mamiiii! Vino!

– Vino încoace, Immy! Sunt pe terasă, cu Alex!

– Nu pot. Iar îmi curge sânge. Ajutoooor!

Mama se ridică de pe scaun.

– Mamă! spun, pe un ton dezaprobator.

– Scuze, Alex. Revin imediat.

Fir-ar să fie, Immy! Nu pot să ratez momentul. O prind de braț când trece pe lângă mine.

– Credeam că ta...

– MAMIIII!

– O secundă, dragule.

Intră în casă. Știu că o să dureze o veșnicie până când se întoarce. „Secunda“ aia înseamnă pupături, alți plasturi, un pahar cu lapte și, probabil, o poveste. După câte o cunosc pe Immy, e vorba de *Operele complete* ale lui Hans Christian Andersen, toate cele șaizeci de volume.

La naiba! Rahat! Drace!

De oftică, îi bifez lui Rupes un „văzut“ și zece greșeli.

Am fost atât de aproape. Sunt aproape sigur că mi-a zis că am primit iepurașul de la tata. Presupun că ăsta e motivul pentru care mi-am riscat viața ca să-i salvez fundul blănos.

Așadar, dacă nu mă înșel, în câteva ore, va sosi și ultima piesă a puzzle-ului vieții mele: Fabio. E un nume efeminat, dar măcar nu-l cheamă Archibald sau Bert.

Acasă, avem o poză a lui în care dansează cu mama. Ea are un picior în jurul taliei lui și genunchiul înfipt în zona genitală. Se vede că erau foarte intimi, chiar dacă el e mai machiat decât ea și nu prea îi distingi trăsăturile. Dar nici nu l-am studiat vreodată cu atenție.

Nu-i problemă, îl examinez eu mâine.

Am, totuși, o nelămurire: dacă Fabio e tati al meu, de ce nu mi-a spus până acum?

Capitolul 21

A doua zi dimineață, Helena se trezi la cinci și jumătate, trepidând de emoție și energie. Fabio o sunase noaptea trecută ca să o anunțe că sosește de la Milano la Paphos pe la prânz. Urma să îl ia de la aeroport. Nu dormise aproape deloc, căci toată noaptea se gândise ce fusese în mintea ei de acceptase să îl găzduiască la Pandora.

Era vina ei că pierduseră legătura atâția ani. Deși l-ar fi putut căuta prin intermediul Baletului din New York, nu o făcuse. Pentru simplul motiv că era prea periculos. Părăsise Viena cu gândul de a lăsa tot trecutul în urmă. Iar, din păcate, asta îl includea și pe Fabio, pentru că el știa prea multe.

Și totuși, iată-l că reintra în viața ei. Sentimentele Helenei erau scindate între groază și bucurie.

Hotărî să ia prânzul cu el mai întâi. Avea atâtea să-i spună, lucruri pe care el *trebuia* să le știe înainte de a-i cunoaște familia. Un singur cuvânt aruncat din greșeală și... Helena se cutremură... urmările puteau fi catastrofale.

Într-adevăr, era riscant, dar își dorea enorm să îl revadă pe Fabio – singura persoană care îi fusese alături și o susținuse când avea mai mare nevoie. Știa că acestuia îi va veni greu să creadă ce se întâmplase de când pierduseră legătura. Uneori, și ei i se părea incredibil.

Când coborî la parter, auzi ușa din spate închizându-se și scârțâit de pași pe pietrișul de afară. Intră în bucătărie și, spre surprinderea ei, o găsi pe Chloë plângând ușor pe un scaun.

Se uită pe fereastră și îl văzu pe Michel alergând spre deal.

Helena oftă și puse ceainicul la fiert.

– Vrei un ceai? întrebă ea.

– O să-i spui tatei, Helena? spuse Chloë, cu o privire speriată.

– Ce? Că l-a prins dimineața aici pe Michel? Eu, una, nu l-am văzut, răspunse Helena și scoase două căni din mașina de spălat vase.

– Mulțumesc, Helena. N-am... n-am mai făcut asta până acum, dar era ultima noastră noapte împreună, așa că Michel s-a prefăcut că pleacă, dar a parcat mopedul în via din vârful dealului și s-a întors când...

– Aș prefera să nu știu, Chloë.

– Of, Helena, s-a dus. S-a dus, și nu știu când o să-l mai văd, zise fata, frângându-și mâinile de disperare. Cum să trăiesc fără el? Îl iubesc. Îl iubesc atât de mult.

Helena lăsă ceaiul pe jumătate pregătit și o luă în brațe pe Chloë, care hohotea la pieptul ei, în timp ce îi mângâia părul lung și mătăsos.

– Nu vreau să merg în Franța. Nu vreau să mă-ntorc în Anglia. Vreau să rămân aici, cu Michel, suspină ea. Nu mă obliga să plec, te rog!

– Te înțeleg, draga mea. Te înțeleg perfect. Prima iubire e cea mai dureroasă.

– Nu, e cea mai frumoasă și e veșnică. Sunt sigură de asta!

– Dacă așa e, atunci, cred că vă puteți rupe câteva zile dintr-o veșnicie? zise Helena și își trase un scaun, ca să stea lângă Chloë.

– Dar ce se întâmplă la sfârșitul verii? Trebuie să mă întorc la școala aia... *interminabilă*.

– O să mai fie vacanțe, și sunt sigură că Michel poate să te viziteze în Anglia.

– Mama n-o să-l lase să stea la noi. O să zică că e un țăranoi cipriot. Ea visează să mă mărit cu Domnul Goldman sau cu Domnul Sachs, ori vreun alt individ bogat! Pot să stau la voi, dacă vine să mă vadă?

– Nu văd de ce n-ai putea. Oricum, și aici, Michel a locuit practic cu noi.

Chloë o prinse de mâini pe Helena și i le strânse cu putere.

– Mulțumesc, Helena. Ah, Doamne! spuse ea, legănând abătută din cap. Cum o să rezist?

– O să te gândeşti că Michel e la fel de trist ca şi tine. Şi că, dacă vă e scris să fiţi împreună, veţi fi.

– Crezi că şi el e trist?

– N-am nici o îndoială. Crede-mă, Chloë, cel care rămâne în urmă suferă întotdeauna mai mult. Hai să bem o cană de ceai, spuse Helena şi dădu să se ridice, dar fata se agăţă de ea.

– Mi-aş dori atât de mult să fii mama mea, Helena! Eşti absolut formidabilă.

– Of, Chloë, murmură Helena şi îşi strânse fiica vitregă la piept. Şi eu mi-aş dori să fii fata mea.

O oră mai târziu, Helena îi duse lui William o ceaşcă cu ceai.

– În patruzeci şi cinci de minute, trebuie să plecaţi la aeroport. Chloë s-a dus să facă un duş.

– Mulţumesc, scumpo. Dacă tot merg la aeroport, nu vrei să mai aştept un pic şi să-l iau eu pe Fabio?

– Nu-i nevoie. Oricum am de făcut nişte cumpărături de la Paphos şi aş vrea să iau prânzul cu Fabio înainte să venim acasă.

– Cum preferi. Cel puţin, o să ai câteva ore de linişte. Toţi copiii vor să vină cu mine ca să-şi ia la revedere de la Chloë. Până şi Alex. Cred că s-a cam înamorat de ea? Nu ţi se pare?

– Aşa e, confirmă Helena, abţinându-se de la comentarii ironice de genul „Ţi-a luat doar câteva săptămâni să observi?“ Mă bucur că vor toţi să-şi ia la revedere de la ea. E o fată minunată.

La aeroport, William îşi conduse fiica deprimată la biroul de *check-in*, împreună cu cârdul de fraţi vitregi, aflaţi în aceeaşi stare de spirit.

– Gata, trebuie să ne despărţim, spuse Chloë şi îngenunche să îl îmbrăţişeze pe Fred.

– Nu pleca, Cowee. Mai stai cu noi. Te iubim!

– Şi eu vă iubesc, piticule. Şi aş vrea să mai stau.

– Cine-o să se mai uite cu noi la desenele Disney? se smiorcăi Immy.

– Sunt sigură că o să se uite Alex. Nu-i aşa? întrebă Chloë, întorcându-se spre el.

– Păi... ăăă... O să... încerc.

– Mersi. Pa, Alex. O să-mi fie dor de tine.

– Serios?

– Normal. Ești așa tare și drăguț și isteț.

– Pe bune?

– Da. Știi prea bine că ești, zise ea și îl sărută pe obraz, după care își îndreptă atenția către William. Pa, tati. A fost super frumos. Îți mulțumesc pentru tot.

– Pa, scumpo. O să-ți simțim lipsa, nu-i așa?

– DAAA! răspunseră toți într-un glas.

– O să mă-ntorc dacă mă lasă mama, deși slabe speranțe, spuse Chloë, cu lacrimi în ochi. La revedere!

Le făcu un ultim semn cu mâna și dispăru în spatele ușilor.

– Vreau să vină înapoi, Cowee, suspină Fred.

Immy plângea și ea, iar Alex își șterse pe furiș o lacrimă de pe obraz.

– Gata, gașcă, spuse William, cu vocea sugrumată de emoție. Cine vrea să meargă la McDonald's ca să ne mai înveselim?

O oră mai târziu, ajunse și Helena la aeroport. Stătea ca pe ghimpi și îl aștepta pe Fabio să apară.

– *Bella!* Helena!

– Fabio!

Helena fugi spre el, și Fabio o prinse de mijloc și o învârti pe loc, spre uluirea celor din jur. O lăsă jos râzând și o îmbrățișă.

– Îmi pare așa bine să te văd, spuse ea.

Parfumul lui familiar îi trezi amintiri atât de intense dintr-o altă viață, încât o podidiră lacrimile.

– E o fericire să te văd! zise el, măsurând-o atent cu ochii lui negri. Arăți minunat, *cara*. Te-ai mai împlinit un pic de când te învârteam pe scenă, dar asta-i viața, adăugă, ridicând din umeri. Amândoi îmbătrânim. Mergem să mâncăm ceva? Mor de foame. N-am pus nimic în gură de la șapte dimineața, când am plecat de la Milano. Știi că nu mă ating de mâncarea din avion.

Plecară cu mașina la Paphos și găsiră un restaurant în marginea mai liniștită a portului aglomerat. Se așezară la o masă de unde puteau admira marea scânteietoare printre palmierii de pe faleză. Fabio comandă o jumătate de sticlă de Chianti și o Coca-Cola pentru

Helena, după care își scoase ochelarii de vedere și studie meniul la nesfârșit, neputându-se hotărî ce să mănânce.

– Urăsc mâncarea cipriotă. Oamenii ăștia habar n-au să gătească, se plânse el în gura mare.

– Ia-ți o salată. Pe asta n-au cum s-o greșească.

– S-o crezi tu. Gata, m-am hotărât.

Pocni din degete ca să cheme ospătarul căruia îi explică cu lux de amănunte ce dorește.

Helena îl urmărea amuzată, amintindu-și de excentricitățile lui, nu tocmai plăcute. Arăta bine, încă atletic datorită antrenamentelor zilnice, însă părul – marea lui spaimă încă din vremurile de odinioară – i se rărise vizibil.

– Ce te tot zgâiești la capul meu? o întrebă el, după plecarea ospătarului bulversat. Ai observat că mi-a căzut părul?

– Un pic. Scuză-mă.

– Mi-a căzut, și mă omoară chestia asta. Sunt un paranoic de vârstă mijlocie, și la anul îmi fac transplant.

– Zău, Fabio, nu e *chiar așa* grav. Arăți excelent.

– E ca o maree care se retrage, dar nu mai vine înapoi. Așa că trebuie să mă repar singur. Vezi? zise el și își dezveli dinții. I-am schimbat anul trecut, la Los Angeles. Arată bine, nu?

– Sunt... extrem de albi, încuviință Helena, abținându-se să nu râdă.

– Uite și fruntea, îi arătă el. E netedă, *si*?

– Foarte.

– Botox. Trebuie să-ncerci și tu.

– De ce? Crezi că am nevoie?

– Trebuie să începi înainte să observe ceilalți.

– Ai dreptate, spuse ea, cu seriozitate prefăcută. Uitasem cât de vanitos ești.

– Pentru cei ca mine, frumoși în tinerețe, e cu atât mai greu să suporte bătrânețea. De câte ori mă uit în oglindă, mă doare inima. Acum, *cara*, o să beau vin și ne vom povesti tot ce-am făcut în acești ani cât am stat departe unul de altul.

Helena întinse mâna și o puse peste a lui Fabio.

– Înainte să ne punem pe depănat amintiri, Fabio, vreau să mă asculți puțin.

Bărbatul se uită la ea, încruntat.

– Se vede de la o poștă că e ceva grav. Sper că nu ești bolnavă.

– Nu, nu sunt. Dar trebuie neapărat să-ți spun ceva înainte să-mi cunoști familia.

– O să am nevoie să beau ceva?

– O, da, spuse Helena, emoționată. Aș bea și eu dacă nu trebuia să conduc. Te avertizez dinainte că n-o să-ți vină să crezi.

Fabio luă o dușcă zdravănă de vin.

– Sunt numai ochi și urechi.

William se lungise pe un șezlong, pe marginea piscinei, în vreme ce copiii se uitau la desene animate în casă. Era zăpușeală, dar se simțea relaxat și somnoros.

Ultimele trei săptămâni fuseseră minunate, după uraganul stârnit de familia Chandler și dezvăluirile Helenei. Care, oricât de dificile ar fi fost pentru ea, îi păruseră – lui, cel puțin – mai inofensive decât scenariile pe care și le imaginase.

Desigur, nu își făcea iluzii că soția lui îi mărturisise totul. Cu unsprezece ani înainte, când o cunoscuse la Viena, era învăluită într-o aură de mister. Cum ajunsese, se întrebase el pe atunci, o femeie atât de frumoasă și elegantă – al cărei accent îi trăda originile aristocratice – să lucreze ca ospătăriță într-o cafenea? Îl vrăjise din prima clipă când o văzuse.

Schimbaseră câteva vorbe și, fără să stea pe gânduri, William o invitase la un pahar împreună după ce ieșea din tură. Așa cum se aștepta, Helena îl refuzase, dar, ca întotdeauna, perseverența lui dăduse roade. Din ziua aceea, renunțase să se mai plimbe prin Viena, preferând să se așeze la o masă din cafenea, cu o carte în mână, de câte ori era ea de serviciu. Într-un final, Helena acceptase să iasă cu el la un pahar.

Îi povestise că era balerină și că își încheiase cariera cu trei ani în urmă, când rămăsese gravidă. Se pare că avea un fiu și, judecând după cum îi străluceau ochii de fiecare dată când pomenea de el, William dedusese că micuțul Alex era centrul universului ei.

Încercase să afle mai multe amănunte, dar Helena îi dăduse de înțeles de la bun început că trecutul ei și tatăl lui Alex erau un subiect închis. Chiar și pe măsură ce relația lor avansase, iar William o curtase cu o perseverență și o răbdare neabătute (de-a lungul câtorva luni epuizante de navetă între Londra și Viena), Helena se arătase reticentă de a intra în detalii. În cele din urmă, după nouă luni, o convinsese să revină cu el în Anglia și îi găzduise pe ea și pe Alex în căsuța înghesuită pe care o închiriase în grabă după divorț.

Și-o amintea în ziua nunții, atât de frumoasă în rochia de satin sidefiu – mireasa perfectă, cum spunea toată lumea. Și totuși, la altar, după încheierea formalităților, când îi ridicase voalul ca să o sărute, în loc să citească bucurie în ochii ei, William putea să jure că zărise o umbră de teamă...

Scârțâitul cauciucurilor pe aleea cu pietriș îi întrerupse reveria.

– Tati, a venit mami! strigă Immy, de pe terasă.

William își trase cămașa pe el și îi ieși în întâmpinare.

– Tati, nenea ăla poartă bermude roz și are o eșarfă la gât, și merge ca o fată, șopti Immy, aruncând o privire furișă la bărbatul care coborâse din mașină.

– Din cauză că e balerin, Immy. Sst, o admonestă William, văzându-l pe Fabio că vine spre ei.

– *Ciao*, William! Mă bucur să te cunosc în sfârșit, după atâția ani, zise Fabio, făcând o plecăciune respectuoasă în fața lui.

– Și eu, Fabio.

– Bună, micuțo, spuse Fabio și se aplecă să o sărute pe Immy pe obraji. Ești versiunea în miniatură a mamei tale. Eu sunt Fabio. Iar el trebuie să fie *signor* Frederick. Helena mi-a povestit o mulțime de lucruri despre voi.

– Îmi pare bine de cunoștință, Fabio, spuse Immy, studiindu-l cu ochii ei mari și albaștri. Tu și mami ați fost celebri?

– Cândva, eram de neoprit, nu-i așa, Helena? Viitorii Fonteyn și Nureev... ah, ce vremuri! spuse el, ridicând din umeri. Dar mama ta a făcut ceva mai mult cu viața ei decât să vâneze un vis. Și-a întemeiat o familie minunată, adăugă, uitându-se în jur. Unde-i Alex? Nu l-am mai văzut de când era un țânc.

– E prin casă. Mă duc să-l chem. Vrei un ceai, Fabio? întrebă William.

– Aș prefera o cafea, dar decofeinizată, dacă aveți.

– Cred că găsesc pe undeva. Vrei un ceai, scumpo? o întrebă zâmbitor pe Helena, care părea încordată și cam obosită.

– Da, te rog. Bună, monstrulețule, zâmbi ea și îl luă în brațe pe Fred. Ia loc, Fabio, și admiră priveliștea.

– E sublimă, confirmă el, după ce se așeză grațios pe un scaun. William e un bărbat chipeș. Îl detest. Are mai mult păr decât mine, șopti Fabio, în gura mare.

Immy se apropie sfioasă de el.

– Chiar sunteți dansator, domnule Fabio? îl întrebă ea, timidă.

– Sunt. Am dansat toată viața.

– Erați partenerul mamei când l-a cunoscut pe prinț?

– Ah, prințul, zise el, zâmbind către Helena. Eram, într-adevăr. Cred că dansam în *Giselle*, nu-i așa, Helena?

– În *La Sylphide*, îl corectă ea.

– Ai dreptate, spuse el, apoi își reîndreptă atenția spre Immy. Și, într-o seară, mama ta a primit un buchet de la el.

– Ce-i ăla buchet? întrebă Immy.

– Flori pe care le primesc doamnele frumoase în rolurile principale; numai că în buchetul acesta era un colier cu diamante. Am dreptate, mami?

– Da.

– După aceea, a invitat-o la bal, într-un palat adevărat.

Immy era fascinată de poveste.

– Oh, exact ca în *Cenușăreasa*, murmură ea, apoi se întoarse spre Helena, cu mâinile în șolduri. De ce nu te-ai măritat cu el?

– Ești supărată că nu ești prințesa Immy și că locuiești într-o casă normală în loc de palat și că trebuie să mă suporți pe mine ca tată? spuse William, rânjind, când ieși cu tava cu ceai.

– Nu l-am iubit, Immy, îi răspunse Helena.

– Eu mă măritam cu el pentru colierul cu diamante și pentru palat.

– Așa e. *Tu* probabil te măritai cu el, zise William. Poftim cafeaua, Fabio.

– *Grazie*, William.

– Ați avut timp să depănați amintiri la masa de prânz? întrebă William.

– N-am apucat să intrăm în miezul lucrurilor, cum se spune, nu-i așa, Helena?

– Mai mult am vorbit eu, așa că n-am aflat mai nimic despre Fabio.

– Din câte mi-a zis Helena, ai plecat în State chiar înainte s-o cunosc. Așa e? se interesă William.

– Da. Am dansat pentru Baletul din New York timp de zece ani. Dar anul trecut, ce mi-am zis: „Fabio, ar cam fi vremea să te-ntorci acasă". Așa că am revenit la La Scala. Dimineața, țin cursuri și mai interpretez diverse roluri potrivite unui bărbat de vârsta mea, zise el, ridicând din umeri. Trebuie să-mi câștig existența cumva.

– Sigur ești cu câțiva ani buni mai tânăr decât mine, dar vorbești de parcă ai fi pensionar, chicoti William.

– Asta-i viața de balerin. Extrem de scurtă.

– Dragule, i-ai zis lui Alex să vină să-l vadă pe Fabio? întrebă Helena.

– Da. A zis că vine, dar știi că Alex face doar cum îl taie capul.

– Mă duc să-l scutur puțin și să verific mâncarea pentru cină, anunță Helena.

– Chiar de curând, îi spuneam Helenei că mi-aș fi dorit să o văd dansând, zise William, sorbind din ceai.

– Era excepțională. Cea mai bună parteneră pe care am avut-o vreodată. A fost o pierdere uriașă când a decis că nu mai poate continua, după nașterea lui Alex. Sunt convins că ar fi ajuns un nume mare.

– Niciodată n-am înțeles de ce a renunțat la carieră. Femeile continuă să danseze și după naștere, nu-i așa?

– A avut o naștere grea, William. Era singură și nu voia să își neglijeze copilul, oftă Fabio. Am avut un parteneriat deosebit. Rareori găsești o asemenea empatie. Eu, cel puțin, n-am mai regăsit-o. Nici succesul pe care l-am cunoscut alături de Helena.

– Ai fost o parte importantă a vieții ei. Trebuie să recunosc că trăiesc o senzație ciudată să nu știu nimic despre acea perioadă.

– Nici eu n-am știut nimic despre tine și copiii voștri până acum câteva săptămâni, când am vorbit cu Helena. Am întrerupt legătura la scurt timp după ce am plecat la New York. Când am sunat-o la apartamentul din Viena, nu mi-a mai răspuns. Nimeni nu știa unde e. Firește, acum îmi dau seama că era în Anglia, împreună cu tine, zise Fabio, ridicând din umeri.

– Atunci, *cum* ai reușit să-i dai de urmă? întrebă William.

– Sincer să fiu, a fost mâna destinului. Eram la biroul de presă de la La Scala, iar, pe masă, era un teanc de plicuri cu detalii despre stagiunea viitoare, care urmau să fie expediate unor persoane dintr-o listă. Și, chiar în vârful teancului, văd un plic adresat doamnei Helena Beaumont! Îți vine să crezi? exclamă Fabio, emoționat. I-am notat adresa din Anglia și am făcut rost de numărul de telefon din registrele de la La Scala. Asta a fost, adăugă Fabio și se plesni cu palmele peste coapsele lui musculoase. Așa a fost să fie.

– Soția mea vorbește foarte rar despre trecutul ei, spuse William, gânditor. Tu ești prima persoană din vremea aia pe care o cunosc. În afară de o cunoștință cipriotă a ei. Te rog să mă ierți dacă îți dau impresia că te interoghez.

– Uneori, e mai bine să tragi cortina peste trecut și să privești doar spre viitor, *si*? zise Fabio, căscând prefăcut. Cred că o să mă retrag în camera mea, dacă nu te deranjează. M-am trezit cu noaptea-n cap.

În momentul în care se ridică de pe scaun, Alex își făcu apariția pe terasă.

– Bună, Fabio! Eu sunt Alex. Încântat de cunoștință, zise băiatul și se apropie timid, cu mâna întinsă.

Fabio îi ignoră gestul, îl trase la piept și îl sărută pe obraji.

– Alex, băiete, nu te-am mai văzut de atâția ani! Ce mare te-ai făcut!

– Nu prea, replică Alex, dar sper să mă mai înalț puțin.

Fabio îl strânse de umeri, cu lacrimi în ochi.

– Mă mai ții minte?

– Un pic, murmură Alex, ca să nu pară nepoliticos.

– Nu-ți mai amintești de mine, nu? Erai prea mic. Mama ta mi-a zis că ești foarte inteligent, dar nu prea ai stofă de dansator, spuse Fabio, studiind cu atenție constituția băiatului. La rugby te pricepi?

– Îmi place rugby-ul, spuse Alex.

– Vă rog să mă scuzați, mă duc în cameră să-mi fac siesta. Mai discutăm după ce trag un pui de somn, bine?

Alex îi aruncă un zâmbet silit.

– *Si*.

Jurnalul lui Alex
12 august 2006

La ce să mă gândesc mai întâi, la veștile proaste sau la cele bune?

Îmi crește inima de bucurie ori de câte ori îmi amintesc ultimele cuvinte pe care mi le-a spus Chloë?

„Tare"...

... și „drăguț"...

... și „isteț"...

Uau!

Astea sunt veștile bune.

Acum, e rândul celor rele: și sunt rele, nu glumă.

L-am cunoscut pe bărbatul (și sunt indulgent când spun asta) care e posibil să fie tata. Nu mă deranjează că e italian. Dimpotrivă. Îmi plac pastele și înghețata. Nu mă deranjează că e balerin. Balerinii sunt puternici și atletici și au o musculatură bine definită.

Ce mă deranjează este faptul că tot aspectul lui, de la îmbrăcăminte până la modul în care își trece mâna prin părul rar, în care vorbește și merge, îmi sugerează un singur lucru:

Fabio e...

Uf, ce oribil...

Drăcia dracului...

GAY! Și nimic nu mă va convinge că nu e așa.

Accept că un anumit nivel de efeminare poate însemna că bărbatul e încă bărbat și poate face chestii bărbătești cu o femeie, dar Fabio se vede de la o poștă că e „domnișoară“!

Încerc să rumeg noua informație la rece, dar ajung la niște concluzii destul de înfiorătoare.

De pildă... dacă cumva, cu mult timp în urmă, Fabio a făcut parte din categoria „indecișilor“ din punctul de vedere al orientării sexuale? Ajunge partenerul de dans al mamei și, zi de zi, o pipăie prin părți ale corpului la care doar doctorii au acces. Se îndrăgostesc și au o relație. Mama rămâne gravidă cu mine, iar Fabio îi e alături pe toată durata sarcinii și la nașterea mea, jucându-și rolul de tată devotat.

Dar, într-o zi, bingo! Fabio își dă seama că preferă echipa adversă. Nu știe ce să facă. Încă ne iubește pe mine și pe mama – să sperăm –, dar nu vrea să trăiască într-o minciună. Așa că pleacă în State ca să înceapă o viață nouă, părăsind-o pe mama la Viena, împreună cu mine.

În felul ăsta s-ar explica de ce nu l-a urmat ea la New York și a renunțat la balet.

Și tot astfel s-ar explica misterul cel mare: de ce a refuzat mama să-mi spună cine e tata.

„Păi, Alex, dragule, chestia e că taică-tu... e homosexual convins, dar, dacă dorești să petreci weekendurile cu el și iubitul lui și să te uiți la filme cu Liza Minelli, eu n-am nimic împotrivă.“

Știe și ea că m-aș simți total umilit. Ce băiat nu s-ar simți? Mă trec toate apele numai când mi-l imaginez pe Fabio venind la un meci de rugby la școală, prezentându-se drept tata și executând un *entrechat* rapid la tușă, în timp ce mă privește cum transform un eseu.

Dar, adevărata problemă care se pune este următoarea:

Homosexualitatea este ereditară? Ups, drace!

Pe cine să întreb? Trebuie neapărat să aflu.

Țin să precizez clar că nu sunt homofob. Nu mă deranjează că oamenii își trăiesc viața așa cum găsesc de cuviință. N-au decât să se comporte cum vor și când vor, iar Fabio pare un tip grozav; amuzant, inteligent și G... A... Y.

N-are decât să fie cum vrea. Atâta vreme cât nu e ca *mine*.

Sau eu ca el.

Capitolul 22

În acea seară, toată lumea, mai puțin cei mici, care se culcaseră devreme, se adună pe terasă ca să bea ceva. Fabio își făcu apariția, proaspăt ieșit din duș, într-o cămașă de mătase turcoaz aprins și pantaloni mulați din piele.

– N-o să transpire în äia? îl întrebă Alex pe William, în bucătărie, în timp ce umpleau platourile pe care urmau să le ducă pe terasă.

– E italian. Poate că e obișnuit cu căldura, răspunse William.

– Auzi, tată, crezi că Fabio e... știi tu la ce mă refer?

– Gay?

– Da.

– Este. Mi-a zis maică-ta.

– Oh.

– Te deranjează?

– Și nu, și da.

– În ce sens?

– Nu într-un fel anume, zise Alex. Pot să duc platoul pe terasă?

După ce îl instruise pe Fabio la prânz, Helena putea, în sfârșit, să se relaxeze și se distra de minune. La cină, depănară amândoi o sumedenie de amintiri. Alex și William ascultau fascinați amănunte dintr-o perioadă a vieții Helenei pe care nu o cunoscuseră niciodată.

– Ne-am cunoscut când am ajuns la Opera de la Covent Garden, explică Fabio. Helena tocmai fusese numită prim-balerină, iar eu sosisem de la La Scala pentru o stagiune. Ea avea un partener total *incompetent*, care o arunca și uita s-o mai prindă...

– Stuart nu era chiar atât de nepriceput. Să știi că încă dansează, interveni Helena.

– Deci, imediat ce-am sosit în calitate de artist invitat, Stuart s-a îmbolnăvit de gripă, așa că m-au cuplat cu Helena pentru spectacolul de matineu *La Fille mal gardée*. Restul, spuse Fabio, ridicând din umeri, e istorie.

– După aceea, l-ai urmat pe Fabio la La Scala? se interesă William.

– Da, spuse Helena. Am stat acolo doi ani, după care am primit o ofertă de la Baletul Operei de Stat din Viena. N-am putut să refuzăm.

– Adu-ți aminte că eu n-am fost prea încântat. Sunt niște ierni foarte geroase acolo și m-am îmbolnăvit, preciză Fabio.

– Tu ești un ipohondru îngrozitor, chicoti Helena. Când plecam în turneu, avea o valiză doar pentru medicamente, comentă ea, întorcându-se spre William. N-are rost să negi, Fabio. Ăsta-i adevărul.

– Mă dau bătut, *cara*. Sunt paranoic când vine vorba de microbi, recunoscu Fabio, pe un ton prietenesc.

– Rămâi la La Scala, Fabio? întrebă William, în timp ce umplea paharele.

– Sper, dar depinde în mare măsură de partenerul meu, Dan. E scenograf la New York. Mi-e dor de el, dar trage speranță să obțină și el un post la Milano cât mai curând.

– Mă bucur că ți-ai găsit sufletul-pereche, Fabio, spuse Helena.

– Și eu că l-ai găsit pe al tău, zise Fabio, arătând galant din cap spre ei doi. Am adus fotografii cu mine și Helena când dansam împreună. Vreți să le vedeți?

– Mi-ar plăcea enorm. Îți mulțumesc, spuse William.

– *Prego*. Mă duc imediat după ele.

– Iar eu mă duc să fac niște cafea, anunță William.

După ce intrară amândoi în casă, Helena se întoarse spre Alex.

– Ești foarte tăcut, dragule. Te simți bine?

– Sunt bine, mulțumesc, răspunse Alex.

– Cum ți se pare Fabio?

– E un tip... de treabă.

– Îmi pare așa bine să îl revăd, zise Helena, în momentul în care reapăru William, cu tava, urmat, câteva minute mai târziu, de Fabio.

– Astea sunt, spuse Fabio, fluturând un plic gros, și luă loc pe scaun. În asta, Alex, dansam amândoi în *L'après-midi de' un faune.*

– *După-amiaza unui faun*, traduse Alex. Despre ce e vorba?

– Despre o fată care se trezește în momentul în care un faun intră în dormitorul ei pe fereastră, explică Helena. Povestea nu e cine știe ce, dar e un rol minunat pentru un balerin. Lui Fabio i-a plăcut la nebunie, nu-i așa?

– O, da. E unul dintre preferatele mele – un balet care pune în evidență bărbatul, nu femeia. Nijinsky, Nureev... toate numele mari l-au interpretat. Iar în asta, William, iată-ți soția dansând în *La Fille mal gardée.* Nu-i așa că-i frumoasă?

– Într-adevăr, confirmă William.

– Aici suntem la chemarea la rampă după *Lacul lebedelor.*

– Immy ar trebui s-o vadă pe asta, tată, spuse Alex. Mama poartă coroniță și are brațele încărcate cu buchete de flori.

– Iar aici suntem la cafeneaua noastră preferată din Viena, împreună cu Jean-Louis. Ți-l mai aduci aminte, Helena?

– Cum să nu. Doamne, ce tânăr ciudat era! Nu mânca decât musli. Dă-mi și mie fotografia, Alex.

– Aici e Helena, tot la cafenea...

Fabio aruncă o privire la poza pe care i-o întindea lui William și se făcu alb la față. Cuprins de panică, încercă s-o ia înapoi.

– Nu e importantă. Stai să caut alta.

William o apucă imediat.

– Nu. Vreau să-i văd și eu pe toți. Uite-o pe Helena și...

Fabio se uită îngrozit la Helena, ochii lui anunțând dezastrul iminent.

William se întoarse spre ea, nedumerit.

– Nu... nu pricep. Când ați făcut fotografia? Cum de era... și *el* acolo?

– Cine? întrebă Alex, aplecându-se să vadă poza. Aha. *El* ce căuta acolo, mamă?

– Nu se poate... nu-l cunoşteai pe atunci. Cum se face că era la Viena, împreună cu tine şi cu Fabio? zise William, clătinând din cap. Scuze, Helena, sunt complet bulversat.

Toţi ochii se întoarseră spre Helena, care îşi privea soţul şi fiul fără să scoată o vorbă. Momentul, de care se temuse mereu, care ştia că va veni inevitabil, venise în cele din urmă.

– Du-te în camera ta, Alex, zise ea, pe un ton calm.

– Nu te supăra, mamă, dar nu mă duc nicăieri.

– Fă ce-ţi spun şi nu mai comenta!

– *Bine!*

Alex se ridică de pe scaun şi intră în casă.

– Helena, *cara*, îmi pare nespus de rău, zise Fabio, frângându-şi mâinile. Cred că ar fi mai bine să merg în camera mea. Voi doi aveţi de discutat. *Buona notte!*

Cu ochii înlăcrimaţi, Fabio o sărută pe obraji şi îi lăsă singuri.

William aşteptă ca el să intre în casă, apoi făcu semn spre sticla de pe masă.

– Vrei un coniac? Eu îmi mai pun un pahar.

– Nu, mulţumesc.

– Bine, spuse William, turnându-şi un pahar, după care flutură poza spre ea. Îmi explici şi mie cum ai ajuns să te uiţi în ochii celui mai vechi prieten al meu cu câţiva ani înainte să te cunosc?

– Nu...

– Deci, scumpo? Hai, zi. Sunt sigur că există o explicaţie plauzibilă.

Helena stătea împietrită, cu privirea pierdută în depărtare.

– Cu cât taci mai mult, cu atât îmi trec prin minte mai multe gânduri care... Să dea dracu'... Sunt absolut insuportabile!

Helena tăcea în continuare.

– Te mai întreb o dată, spuse William, într-un final. Ce caută Sacha în poza asta şi de ce te ţine de mijloc? De ce naiba nu mi-ai spus niciodată că îl ştiai dinainte să ne cunoaştem?

Helena simţi că i se contractă plămânii şi nu mai poate respira. În cele din urmă, reuşi să îşi mişte buzele.

– L-am cunoscut la Viena.

– Ha, e destul de limpede. Şi...?

– Și..., clătină ea din cap, incapabilă să continue.

William examină din nou fotografia.

– Arată destul de tânăr aici. La fel și tu. Presupun că a fost făcută cu mulți ani în urmă.

– Da... așa e.

– Helena, încep să-mi pierd răbdarea. Zi-mi odată, pentru Dumnezeu! Cât de bine îl cunoșteai și de ce nu mi-ai spus până acum?

William izbi cu pumnul în masă, zguduind toate farfuriile și răsturnând o ceașcă de cafea pe jos, unde se făcu țăndări.

– Fir-ar a dracului de treabă! Nu-mi vine să cred! Vreau un răspuns acum!

– Și-o să-l primești, dar, mai întâi, lasă-mă să-ți spun că îmi pare foarte, foarte rău...

– Văzând poza asta, îmi dau seama că m-ați mințit ani de zile, și tu, soția mea, și prietenul meu cel mai bun! Dumnezeule, se poate mai rău de atât? Nu mă miră că nu mi-ai dezvăluit mai nimic din trecutul tău. Din câte-mi dau seama, ți-ai tras-o și, probabil, încă ți-o tragi cu prietenul meu!

– N-a fost așa. Te rog, William.

William se uită la ea, încercând să se stăpânească.

– Atunci, spune-mi care a fost relația ta cu Sacha? Și, de data asta, te-aș ruga să nu mă mai tratezi ca pe un încornorat, cum faci de zece ani încoace!

– William, te aud copiii! Nu...

– Puțin îmi pasă dacă aud că mama lor e o mincinoasă și o prefăcută! De data asta, nu mai scapi așa ușor, *draga mea*! Vreau să-mi spui tot! Tot! *Acum!*

– Bine, îți spun, dar nu mai țipa, te rog.

Helena lăsă capul în pământ și pufni în plâns.

– Iartă-mă, William. Îmi pare rău. Îmi pare sincer rău pentru tot.

William dădu pe gât paharul de coniac și își mai turnă încă unul.

– Nu cred că scuzele te mai salvează de data asta, dar n-ai decât să-mi îndrugi orice explicații *penibile* găsești de cuviință. Bineînțeles, abia acum pricep de ce ai fost mereu atât de înțelegătoare cu Jules.

Am crezut că o faci din bunătate, dar, de fapt, te simțeai *vinovată*. N-am dreptate?

Helena ridică privirea spre el.

– Ai de gând să m-asculți sau urli în continuare?

– Te ascult.

– Bun, zise Helena și trase aer în piept. L-am cunoscut pe Sacha la Viena, cu câțiva ani înainte să te cunosc pe tine.

– Dumnezeule mare! exclamă William, trecându-și degetele prin păr. *El* m-a sfătuit să merg acolo ca să-mi revin după divorțul de Cecile. Și eu, ca un idiot, m-am dus. Mi-a zis ceva de genul „Acolo, am găsit cândva dragostea". La *tine* se referea, nu?

– William, dacă vrei să auzi ce-am de zis, lasă-mă, te rog, să vorbesc! Promit să-ți spun tot.

William amuți. Iar Helena începu...

Helena

Viena
decembrie 1992

Există oare ceva mai frumos pe lume? se întreba Helena în timp ce străbătea străduțele cochete și întortocheate ale Vienei, în drum spre cafenea. Soarele târziu de după-amiază, neobișnuit de puternic pentru o zi de septembrie, se revărsa peste clădirile masive din piatră, învăluindu-le într-o lumină aurie, ce îi reflecta perfect starea de spirit.

De la sfârșitul verii, când sosise aici pentru a prelua rolul de prim-balerină a Baletului Operei de Stat din Viena, Helena se îndrăgostise deja de orașul ei de adopție. De la garsoniera din Prinz Eugen Straße, alcătuită dintr-o cameră imensă, într-o clădire elegantă din secolul al XVIII-lea, cu ferestre cât peretele și tavanul ornat cu muluri complicate, făcea o plimbare plăcută de douăzeci de minute până în centrul orașului. Nu înceta să se minuneze de frumusețea priveliștilor, de la bulevardele mărginite de construcții clasice și în stil art nouveau, până la parcurile perfect întreținute, împânzite de vechi estrade acoperite. Întregul oraș era o nesfârșită desfătare a simțurilor.

Stăruise mult până să îl convingă pe Fabio să accepte oferta lui Gustav Lehmann, directorul de creație al Operei de Stat din Viena. Fabio – milanez get-beget – nu concepea să părăsească La Scala. Îi ispitise însă promisiunea de a juca într-un nou balet, creat special pentru ei. Era inspirat dintr-un tablou de Degas și urma să se intituleze *Artistul*, cu Fabio în rolul principal și Helena în rolul muzei, Mica Dansatoare. Premiera urma să aibă loc la începutul stagiunii de primăvară, iar ea și Fabio îi întâlniseră deja pe tânărul coregraf francez și pe compozitorul extrem de avangardist. Se voia o creație modernă, iar gândul acestei noi provocări îi dădea fiori de emoție.

Iar acum, își zise ea, entuziasmată, avea un motiv în plus de bucurie... se îndrăgostise.

Îl cunoscuse cu doar câteva săptămâni înainte, la o expoziție publică a Galeriei de Arte Frumoase. Se uita încruntată la o pictură modernă, deosebit de sinistră, intitulată *Coșmar la Paris,* și nu reușea să îi deslușească sensul.

– Să înțeleg că nu e pe gustul tău?

Helena se întoarse în direcția glasului și se trezi față în față cu ochii verzi, adânciți în cap, ai tânărului de lângă ea. Buclele roșcate și rebele, ce se revărsau peste gulerul sacoului de catifea decolorată, și eșarfa de mătase, care-i ieșea neglijent din gulerul descheiat al cămășii albe, o duseseră imediat cu gândul la Oscar Wilde în tinerețe.

Întoarse privirea dinspre el și se concentră la dungile și mâzgăliturile roșii, albastre și verzi pictate pe pânza din fața ei.

– Să zicem mai degrabă că nu îl înțeleg.

– Exact la asta mă gândeam și eu. Deși n-ar trebui să spun asta despre opera unui coleg. Din câte-am auzit, a fost premiată la expoziția de anul trecut.

– Ești student aici? întrebă ea, mirată, și se mai uită o dată la el.

Avea un accent evident britanic, „cizelat“ cum ar fi spus mama ei, și părea cu câțiva ani mai mare decât ea.

– Da, sau, mai bine-zis, o să fiu. Încep masteratul în octombrie. Sunt obsedat de Klimt și de Schiele; asta m-a făcut să aleg Viena. Am venit acum trei zile ca să-mi găsesc un apartament înainte de începerea semestrului și să-mi mai pun la punct germana.

– Eu sunt aici de trei săptămâni, dar germana mea nu s-a îmbunătățit deloc, zise ea, zâmbind.

–Ești tot englezoaică? întrebă el, făcând-o să se îmbujoreze din cauza privirii pătrunzătoare cu care o studia.

– Da. Lucrez aici momentan.

– Cu ce te ocupi, dacă nu sunt prea indiscret?

– Sunt balerină la Opera de Stat din Viena.

– Aha, atunci se explică.

– La ce te referi?

– La postura ta. Din punct de vedere artistic, ai fi modelul perfect pentru un pictor. Klimt era fascinat de frumusețea formelor feminine, după cum cred că știi.

Helena se aprinse și mai tare la față, neștiind cum să răspundă la un asemenea compliment.

– Ai fi de acord să vedem împreună restul expoziției? întrebă el, ca să schimbe subiectul. Pentru un artist, e bine să audă și părerea sinceră a unui observator imparțial. După aceea pot să-ți arăt câteva dintre capodoperele din colecția permanentă. Opere mai aproape de gustul meu, și presupun că și de al tău. N-am făcut prezentările. Eu sunt Alexander, spuse el și îi întinse mâna.

– Helena, răspunse ea și i-o strânse, încă meditând dacă să îi accepte invitația sau nu.

În general, refuza avansurile bărbaților – de care nu ducea lipsă –, dar Alexander avea ceva aparte... așa că se trezi pe neașteptate că spune „da".

Mai târziu, merseseră la o cafenea și se delectaseră cu discuții despre artă, balet, muzică și literatură. Aflase că Alexander absolvise Istoria artei la Oxford, apoi își încercase norocul ca pictor în Anglia – ocupație din care, după spusele lui, câștiga doar atât cât să își cumpere pânze –, iar, în final, hotărâse să își îmbogățească calificarea și experiența, studiind la Viena.

– În cazul cel mai sumbru, în care nu reușesc să-mi vând tablourile, cel puțin, cu o diplomă de masterat în Arte frumoase pot să mă prezint la un interviu la Sotheby's, îi explicase el.

Helena acceptase să se întâlnească cu el la o cafea a doua zi, ceea ce devenise în scurt timp un obicei frecvent. Alexander era un partener de conversație extrem de plăcut, înzestrat cu un simț al umorului original, care îl ajuta să descopere latura amuzantă în majoritatea situațiilor, și pus tot timpul pe glume. Era, de asemenea, incredibil de ager la minte și pasionat de arte în general, așa că, deseori, purtau dezbateri aprinse pe tema vreunei cărți sau a vreunei opere de artă. Alexander o rugase în nenumărate rânduri să îi pozeze, iar, într-un final, Helena cedase.

Și astfel începuse totul...

Sosise la prima ședință la apartamentul-atelier din vârful unei case vechi de pe Elisabethstraße și bătuse la ușa coșcovită, fremătând de nerăbdare și emoție.

– Intră, intră, o invitase el.

Helena își ascunse cu greu un zâmbet când dădu cu ochii de haosul din camera de la mansarda clădirii. Fiecare părticică din încăpere părea acoperită de găletușe cu pensule, tuburi de vopsea, teancuri de cărți și tot felul de pahare murdare și sticle goale de vin. Pânzele erau rezemate de pereți și chiar de cadrul de lemn al patului dublu din colț. Lângă fereastra mare, deschisă, stătea șevaletul.

– Înainte să spui ceva, știu, seamănă cu platoul pentru *Boema*, zise el, cu un rânjet, observându-i expresia năucită și încercând zadarnic să facă cât de cât ordine. Dar, la apus, lumina e pur și simplu superbă.

– Mi se pare mansarda perfectă pentru un artist lefter, îl tachină Helena.

– Eu sunt ăla, confirmă el și aruncă un morman de haine de pe un scaun, după care îl suci și îl răsuci în funcție de unghiul în care cădea lumina. Ia loc aici.

Helena făcu întocmai, și Alexander se cocoță pe pervazul jos al ferestrei, cu blocul de desen și un creion în mână. Apoi îi ceru să adopte diverse posturi. „Așază brațul pe spătarul scaunului... nu, nu, încearcă pe la ceafă... pune cealaltă mână sub bărbie... stai picior peste picior", și tot așa, până când o găsi pe cea potrivită. După aceea, se apucă să schițeze.

Din momentul acela, Helena mersese zilnic la apartamentul lui Alexander, după cursurile de dimineață. Beau vin, râdeau și pălăvrăgeau în vreme ce el desena, iar ea era relaxată și degajată în prezența lui, cum rareori i se întâmpla să se simtă. La a patra ședință, Alexander aruncase deodată blocul de desen cât colo, cu un oftat de deznădejde.

– Oricât de mult mi-ar plăcea să te am aici, doar pentru mine, pur și simplu, nu merge.

– Ce nu merge? întrebă ea, cu inima strânsă.

– Desenul. Nu-mi iese cum trebuie.

– Îmi pare rău, Alexander. Poate că e din vina mea. N-am mai pozat niciodată și nu știu ce-aș mai putea face, spuse Helena și se ridică oftând.

Înțepenise din cauză că stătuse atât de mult nemișcată și începu distrată să își întindă brațele și picioarele.

– Asta e! strigă el, brusc. Nu trebuie să stai jos... doar ești dansatoare! Trebuie să te miști!

A doua zi, Alexander îi dăduse întâlnire în Parcul Schiller, vizavi de apartamentul lui, insistând să poarte cea mai simplă rochie pe care o avea, și o rugase să danseze pentru el.

– Vrei să dansez aici? întrebă Helena, uitându-se la oamenii care își plimbau câinii, care ieșiseră la picnic ori se plimbau ținându-se de mâini.

– Da, aici. Scoate-ți pantofii. O să fac o schiță.

– Ce să dansez?

– Ce vrei tu.

– Am nevoie de muzică.

– Ți-aș cânta eu, dar sunt afon, zise el și își scoase blocul de desen. Sunt sigur că auzi muzica în minte.

– O să încerc.

În clipa aceea, Helena, care executase toată viața jetéuri în fața unor săli arhipline, stătea încremenită în fața lui, ca o fetiță sfioasă de cinci ani.

– Imaginează-ți că ești o frunză... ca aia de-a căzut adineauri din castan, o încurajă Alexander. Plutești pe aripile vântului, fără o direcție anume... fericită că ești liberă. Așa, Helena, e perfect, zâmbi el, iar Helena închise ochii pentru câteva secunde și își puse în mișcare trupul zvelt.

Îi schiță rapid brațele ridicate deasupra capului, iar ea începu să se rotească, să se îndoaie și să se legene, la fel de ușoară și de grațioasă ca frunza pe care și-o imagina.

– Uau! murmură el, în clipa în care Helena se prăbuși pe pământ, în fața lui, fără să ia seama la trecătorii care se opriseră în loc, hipnotizați de spectacol.

Alexander se duse spre ea și o prinse de mâini pentru a o ajuta să se ridice.

– Doamne, Helena, ești incredibilă! Absolut incredibilă!

Îi culese o frunză din păr și își lăsă degetele să alunece pe obrazul ei, înainte de a-i ridica bărbia spre el. Se priviră și, încet, foarte încet, buzele lui se apropiară de gura ei...

După asta, sfârșiseră inevitabil în apartamentul lui. Făcuseră dragoste, într-un glorios *pas de deux*, al lor și numai al lor, atingând un crescendo pasional în momentul în care soarele asfințea peste acoperișurile Vienei.

Iar acum, iat-o grăbindu-se la întâlnirea cu el, la una dintre cafenelele lor preferate din Franziskanerplatz, o încântătoare piațetă pietruită, situată la câțiva pași de Operă. Îi tresări inima în piept în clipa în care îl văzu așezat la o masă afară.

– Ai venit, îngeraș.

Alexander se ridică de pe scaun când o văzu, o apucă ușor de umerii subțiri și o trase spre el, sărutând-o tandru pe gură. După ce se așezară, și chelnerul veni să le ia comanda, Helena auzi o voce cunoscută.

– Helena, *cara*! strigă Fabio, traversând piațeta în direcția lor, mersul săltat și tălpile orientate spre exterior trădându-i profesia.

Avea o ținută extravagantă, ca de obicei, în ziua aceea, optând pentru un costum galben din in și mocasini cafenii de năbuc. Părul rărit, de care se plângea neîncetat, era ascuns sub o pălărie Panama, trasă șmecherește pe-o ureche, iar, la gât, îi atârna o cameră foto.

– M-am gândit eu că tu ești.

– Mă bucur să te văd, Fabio, zise Helena, ridicându-se, și îl sărută pe obraji.

Totuși, în clipa în care se trase înapoi, îi făcu disperată semne din ochi, dându-i de înțeles că nu e cel mai potrivit moment. Îi pomenise în treacăt de Alexander, dar nu era încă pregătită să le facă cunoștință. Cum era de așteptat, Fabio nu se lăsă descurajat de gesturile ei.

– N-ai de gând să mă prezinți... însoțitorului tău, Helena?

– Alexander, el e Fabio, partenerul meu... de dans. Fabio, el e Alexander.

– Bună, Fabio, zise Alexander și se ridică să îi strângă mâna. Nu vrei să iei loc alături de noi? îl întrebă, politicos.

– Mulțumesc, dar nu pot să stau mult. Doar ce mi-am cumpărat camera foto, așa că azi o fac pe turistul, cum se spune.

Helena oftă în sinea ei în clipa în care Fabio luă loc la masă și pocni autoritar din degete ca să cheme ospătarul. Se gândea că cei doi bărbați se vor cunoaște odată și-odată, dar ar fi preferat să aleagă ea momentul.

Îi privi cum discută și se foi jenată când Fabio îl luă la întrebări pe Alexander, precum un tată protector. Tocmai se pregătea să protesteze împotriva interogatoriului, când Fabio, simțindu-i probabil iritarea, schimbă repede subiectul și începu să îl întrebe pe Alexander despre activitatea lui artistică.

– N-am început încă cursurile, dar, între timp, am găsit multe surse de inspirație la Viena, răspunse Alexander, zâmbindu-i Helenei, și puse o mână pe brațul ei.

– Așa este. Și eu mi-aș dori să imortalizez acest superb oraș în lumina soarelui. De-asta am ieșit azi cu camera foto. Nu vreți să încep cu voi doi?

Fabio luă camera și o îndreptă spre ei.

– Chiar trebuie, Fabio? Știi că nu suport să fiu fotografiată, îl rugă Helena.

– Sunteți atât de fermecători, încât nu mă pot abține. Haide, *cara*, zâmbește. Și tu, Alexander. Îți dau cuvântul meu că nu doare.

Fabio începu să îi fotografieze, cerându-i lui Alexander să o cuprindă cu brațul pe iubita lui și copleșindu-i cu niște complimente atât de scandaloase, încât nu se putură abține să nu râdă alături de el. La final, Fabio se ridică, luă o ultimă sorbitură de vin și își înclină pălăria în fața lor.

– Vă doresc o după-amiază plăcută. Ne vedem mâine, Helena, la prima repetiție. Sper să te culci devreme, ca să fii în formă, zise el, făcându-le cu ochiul, și plecă.

*

A doua zi, după repetiții, Fabio aduse vorba de Alexander în timp ce luau prânzul.

– Zi-mi... tipul ăsta, Alexander... ai intenții serioase cu el?

– Hm... chiar nu știu. E prea devreme ca să-mi dau seama. Ne simțim bine împreună, răspunse Helena, cu precauție.

Fabio scutură ironic din mână.

– Helena, *cara*, se citește pe fața ta că te-ai îndrăgostit de el. Înțeleg că nu dorești să îmi povestești amănuntele, dar îmi dau seama că v-ați consumat deja pasiunea.

Helena se îmbujoră de furie.

– Și ce-i cu asta? E vreo problemă?

Fabio scoase un oftat teatral, se șterse la gură cu șervetul și se rezemă de spătarul scaunului, studiind-o cu o privire pătrunzătoare.

– Bineînțeles că nu. Dar, Helena, uneori te comporți exact ca o *bambina* și îmi fac griji pentru tine. În fond, ce știi despre tipul ăsta?

– Destule, îi replică Helena, pe un ton sfidător. E un pictor foarte talentat, mă face să râd și...

– N-ai observat ce reticent a fost în a-mi da detalii când l-am întrebat despre mediul din care provine? A fost foarte evaziv. O să-ți spun părerea mea pe șleau: ceva la el, nu știu ce, nu-mi inspiră încredere. Bărbații simt anumite lucruri când vine vorba de alți bărbați. Din punctul meu de vedere, tipul e neserios și ascunde ceva. Se vede în ochii lui. E ceva..., se opri câteva secunde, negăsind cuvântul potrivit, perfid în ei.

– Doamne ferește, Fabio! Ai stat de vorbă cu el o jumătate de oră! Cum poți să tragi o asemenea concluzie?

– Crede-mă, spuse el, bătându-se cu degetul peste nas, când vine vorba de bărbați, nu mă înșel niciodată.

– Altcineva ar crede că ești gelos, spuse ea, supărată, și se ridică, aruncând șervetul pe masă. În plus, nu e treaba ta. Scuză-mă, dar n-am chef să mai discut despre asta.

– Cum dorești, replică Fabio, ridicând imperturbabil din umeri. Fă cum crezi tu de cuviință, *cara*. Dar să nu spui că nu te-am avertizat.

*

Câteva zile, Helena suferi din cauza comentariilor lui Fabio și îl tratã cu răceală când începură repetițiile pentru stagiunea viitoare, dar el se abținu înadins să mai deschidă subiectul. Era conștientă de reticența lui Alexander de a-i divulga prea multe despre viața lui din Anglia. Știa că deține în proprietate o căsuță în sudul țării și că părinții îl dezmoșteniseră, fiindcă refuza să își caute o slujbă „serioasă". La un moment dat chiar se întrebase cum de își permitea costurile unui curs de artă la Viena, și îl chestionase cu prima ocazie. Explicația lui fusese că folosise ultimii bani pe care îi mai avea într-un cont de economii și că masteratul era o soluție de genul „totul sau nimic", după cum el însuși se exprimase.

Helena se strădui să nu îngăduie remarcilor lui Fabio să îi umbrească fericirea. Acesta voia doar să o protejeze. Și, cum nu reușea niciodată să țină prea mult supărare, în scurt timp, își reluară relația obișnuită.

Helena și Alexander continuară să se vadă cât de des posibil. Lucrurile erau oarecum mai complicate pentru că ea era ocupată cu repetițiile, iar Alexander începuse în sfârșit cursurile, având un program încărcat de prelegeri, seminare și teme.

Nu întâlnise niciodată un bărbat în compania căruia să simtă că poate fi ea însăși. Iar el părea la fel de îndrăgostit ca ea, îi lăsa bilețele când pleca din apartamentul ei, îi compunea poezii și îi spunea în permanență că o iubește.

Pe măsură ce relația lor evolua, Helena îndrăzni să își imagineze posibilitatea unui viitor alături de el. Cu toate că Alexander nu aducea niciodată în discuție acest subiect și era extrem de evaziv cu privire la planurile lui după absolvirea cursului, Helena începu să viseze la perspectiva ca el să rămână la Viena și după masterat, în vara următoare. Sau ca ea să revină în Anglia, la Baletul Regal, pentru a fi lângă el, în cazul în care Fabio ar fi acord.

La urma urmei, cum ar mai fi putut acum să stea departe unul de celălalt?

Într-o zi, pe când stăteau amândoi în pat, iar vântul rece de toamnă vuia în ferestrele vechi, Alexander o anunță că urmează să plece în Anglia a doua zi dimineața.

– Am o problemă de familie și trebuie să plec ca să o rezolv. Cu puțin noroc, nu lipsesc mai mult de câteva săptămâni.

– O să lipsești de la cursuri? întrebă Helena, sprijinindu-se într-un cot, cu o privire nedumerită. Ești în mijlocul semestrului. Nu suportă amânare până la vacanța de iarnă?

– N-am cum. Au apărut niște... chestiuni care trebuie rezolvate acum.

– Ce „chestiuni", Alexander?

– N-ai pentru ce să-ți faci griji. Mă întorc repede, îngeraș. Pe cuvântul meu, îi promise el și o sărută.

Refuză să-i ofere alte detalii, astfel că Helena trebui să se consoleze cu gândul că nu va lipsi prea mult. În noaptea aceea, făcură dragoste cu o pasiune dezlănțuită, iar ea adormi cu un sentiment de împlinire și satisfacție.

Întâmplător, în zilele următoare, Helena fu prea ocupată ca să resimtă absența lui Alexander. Muncea intens la repetițiile pentru *L'après-midi d'un faune*, *La Fille mal gardée* și *La Sylphide*, iar, două după-amiezi pe săptămână, lucra cu coregraful și compozitorul noului balet, *Artistul*.

În momentul în care Alexander nu reveni la Viena la data stabilită, Helena încercă să nu intre în panică, dar verifica avizierul de la Operă ori de câte ori trecea pe lângă el, în speranța că primise vreun telefon de la cineva. Ca un făcut, Alexander uitase să îi lase numărul de telefon din Anglia la care putea fi contactat, deși spusese că i-l va lăsa.

Într-un final, către luna decembrie, Helena decise să meargă la departamentul lui de la Academia de Arte Frumoase.

– Aș dori câteva informații despre un prieten care e masterand aici. Mă interesează să aflu când revine la cursuri.

Secretara se uită la ea pe deasupra ochelarilor, fixând-o cu niște ochi ca două mărgele.

– Nu dăm astfel de informații, Fräulein.

– Vă rog... e o urgență. A plecat în Anglia să rezolve o problemă familială și trebuia să se întoarcă până acum. Nu se întâmplă nimic dacă vă uitați în dosar.

– Spuneți-mi numele lui, vă rog, se îndupleacă secretara, oftând agasată.

– Alexander Nicholls.

– Să văd ce găsesc. „Nicholls“ ați spus?

– Da.

– Așteptați aici.

Câteva minute mai târziu, secretara se întoarse clătinând din cap.

– Am verificat lista și, la departamentul acesta, nu figurează nici un student cu numele de Nicholls.

Nedumerită și bulversată de cele aflate, dar și înnebunită de teamă să nu fi pățit ceva – poate avusese vreun accident, ori survenise vreun deces în familie? –, Helena se duse la clădirea în care locuia Alexander. Portarul o informă că tânărul locatar de la 14a se mutase cu mai bine de o lună înainte și că apartamentul de la mansardă fusese deja reînchiriat.

Plecă de acolo, abia ținându-se pe picioarele ei atletice. Se duse orbește spre parcul de vizavi, unde el o desenase dansând, și se trânti pe cea mai apropiată bancă.

Castanul era desfrunzit – dezolant și golaș sub burnița cenușie de noiembrie.

Helena își îngropă fața în mâinile tremurânde. Asemenea frunzelor căzute din copac, Alexander – și dragostea lor – părea să fi dispărut fără urmă.

Capitolul 23

– Deci, zise Helena, dărâmată de efort, într-un final, am înțeles că nu se mai întoarce. Și că totul s-a terminat.

– Presupun că îți dai seama că nu ești un caz singular? spuse William, după un lung moment de tăcere. A avut întotdeauna o slăbiciune pentru femeile frumoase. Îi place să fie îndrăgostit. Nu te amăgi singură, Helena. Ai fost doar una dintr-un lung șir.

– Sunt convinsă, răspunse ea.

Își reprimă orice reacție la ironiile lui. Știa că le merită cu vârf și îndesat.

– Mă mir că nu mi-a pomenit niciodată de tine. În general, îmi povestea cu lux de amănunte despre cuceririle lui, spuse William, chicotind răutăcios. Dacă te cunoșteam în perioada aia, te-aș fi avertizat. Dar, bineînțeles că nu te cunoșteam. Iar, dacă te cunoșteam cu adevărat... n-am fi ajuns niciodată aici. Ultimul lucru pe care mi-l doream era s-o reciclez pe una folosită de el.

Helena se refugie în sine, căznindu-se să găsească forța de a nu o lua la sănătoasa din fața cruzimii lui William. El era victima și avea dreptul să spună orice dorea.

– Înțeleg, zise ea, fără să ridice ochii din pământ. Poate că nu ți-a spus, pentru că îi era rușine.

– Sacha să se rușineze că s-a culcat cu o femeie? N-aș prea crede. Ăsta era scopul lui în viață. De ce să-i fi fost rușine?

– Am aflat... mult mai târziu că s-a întors în țară, pentru că Jules rămăsese gravidă cu Rupes.

– Aha, mormăi William, dând din cap. Cred ai avut un șoc.

– Da, spuse ea, ridicând ochii spre el. N-am știut asta la momentul respectiv, nici că era însurat.

– Zău așa? Ce scuză comodă!

– Nu mi-a spus, William. Nu mi-a dat niciodată vreun motiv de bănuială, îți jur.

– Și nu ți-ai dat seama, când m-ai cunoscut, că iubitul tău de la Viena era unul și același cu cel mai bun prieten al meu?

– Când ai pomenit prima oară de prietenul tău cel mai bun, „Sacha Chandler" – care, e drept, fusese coleg cu tine la Oxford și te sfătuise să vizitezi Viena –, de unde era să deduc că sunt una și aceeași persoană? Eu îl știam drept „Alexander Nicholls".

– Sunt sigur că ți-am spus că „Sacha" e porecla lui din copilărie, și numele lui de familie complet e „Chandler-Nicholls". Îmi vine greu să cred că n-ai știut, ținând cont că erați atât de... *apropiați*, spuse el, accentuând dezgustat ultimul cuvânt.

– Relația noastră a durat doar câteva luni, William. Eram doi necunoscuți care se întâlniseră într-un oraș străin. N-ai decât să mă consideri naivă, dar chiar nu știam aproape nimic despre trecutul lui. Nu caut scuze, dar cum puteam să-mi dau seama că el era până când nu l-am văzut exact în ziua în care ne-am căsătorit?

Judecând după privirea aspră a lui William, Helena realiză că, orice ar spune, nu avea cum să-l mai îmbuneze.

– Să trecem mai departe. E clar că te-a lăsat baltă.

– Da.

– Ce s-a întâmplat după aceea? A luat legătura cu tine după ce s-a întors în Anglia?

– Nu, n-am mai primit nici o veste de la el. Acum știu că și-a găsit o slujbă la Londra, și Jules l-a născut pe Rupes câteva luni mai târziu...

– Stai o clipă, o întrerupse William, ca și când s-ar fi produs un declic în mintea lui. Drace! adăugă, cu o expresie îngrozită, în momentul în care gândul începu să se înfiripeze. Încă nu mi-ai povestit ce-i mai rău, nu-i așa? Urmează ceva și mai rău?

Helena tăcea. Ce era să spună?

– Sunt doar... patru luni între Alex și Rupes... N-am dreptate, Helena?

– Așa e.

William înălță privirea spre cerul splendid al nopții, bătut cu infinite stele sclipitoare. Tot acolo fusese și noaptea trecută, și cu o noapte înainte, și acolo urma să fie și mâine. Dar lumea *lui* se schimbase iremediabil. Nimic nu avea să mai fie la fel.

Într-un sfârșit, se ridică în picioare.

– Abia acum înțeleg. Nu mă miră că nu mi-ai spus niciodată cine e tatăl lui Alex. Sper doar să aibă Dumnezeu grijă de el când va afla toate astea. Bietul copil, Helena! Dumnezeule mare! spuse el, plimbându-se pe terasă, cu gândul aiurea. Încerc să găsesc o cale de ieșire, dar nu văd nici una, spuse el, clătinând abătut din cap. Nu există consolare. Absolut nicăieri.

– Știu, William, dar...

– Scuză-mă, spuse el și întinse o mână, parcă dorind să o țină la distanță de el. Nu pot. Trebuie să plec imediat.

William se făcu nevăzut în casă și, zece minute mai târziu, Helena auzi o mașină scârțâind pe pietrișul aleii și pornind pe deal în sus. Îi urmări farurile care se făcură tot mai mici până dispărură în beznă.

Jurnalul lui Alex
12 august (continuare)

Stau pe marginea patului...

Aștept.

O aștept pe mama să vină să mă trezească. O să intre, o să mă ia în brațe și o să mă mângâie pe păr, cum făcea când eram mai mic, și o să-mi spună că totul a fost doar un vis urât. Că nimic din toate astea nu s-a întâmplat, că n-am auzit cuvintele oribile rostite pe terasă, chiar sub fereastra dormitorului meu. Că tata, care nu este tatăl meu, nu s-a urcat în mașină și ne-a părăsit, probabil pentru totdeauna.

Din cauza celui care e tatăl meu adevărat.

Simt că o să-mi explodeze creierul în curând. O să explodeze într-un milion de bucățele și o să se împrăștie pe toți pereții. Pentru că nu știe cum să prelucreze informația. O întoarce pe toate fețele, o rumegă, se învârte în cerc, dar nu ajunge la nici un rezultat.

E total depășit de situație. Ca și mine, de altfel.

Mă lovesc cu pumnii în genunchi, mă rănesc singur, în speranța că durerea fizică mă va ajuta să uit de cea psihică. Degeaba.

Nimic nu dă rezultate.

Nimic nu poate stinge durerea pe care o simt.

Iar partea cea mai rea e că singura persoană care reușea mereu să îndrepte lucrurile e chiar cea care mi-a cauzat-o.

Așa că stau singur. În întuneric.

În momentul în care o să mi se dezmorţească mintea, o să înceapă să analizeze consecinţele poveştii pe care am auzit-o mai devreme. Tot ce ştiu acum este că nu mai sunt cel care îmi închipuiam că sunt.

Nici mama.

Capitolul 24

După ce își turnă un pahar de coniac cu mâini tremurânde, Helena îl dădu pe gât, simțind cum îi arde stomacul ca o flacără, conștientă însă că nu va putea să mai șteargă vreodată oroarea celor întâmplate. Se ridică, intră în casă și se duse spre camera lui Alex. Cu o ultimă fărâmă de putere, ciocăni la ușă.

– Pot să intru?

Nu primi nici un răspuns, așa că o deschise.

Dormitorul era cufundat în întuneric, lumina palidă a lunii pătrunzând prin obloanele deschise. Când i se obișnuiră ochii, desluși o siluetă așezată pe marginea patului.

– Putem vorbi? întrebă ea, în șoaptă.

– Tata a plecat?

– Da.

– Se mai întoarce?

– Nu... nu știu.

Helena se apropie de pat pe bâjbâite și se așeză înainte de a se prăbuși din picioare.

– Ai auzit ce-am discutat?

– Da, răspunse Alex, după un lung moment de tăcere.

– Tot?

– Da.

– Deci... știi cine e tatăl tău biologic?

Alex nu scotea un cuvânt.

– Înțelegi de ce nu ți-am spus până acum? Nici ție, nici altora, de altfel.

– Mamă, nu pot să discut despre asta... Chiar nu pot.

– Tata... *William* n-a vrut să audă cum s-a întâmplat sau de ce. Văd că nici tu nu vrei. Dar vreau să termin povestea și să-ți explic ce s-a întâmplat după ce el... Sacha, cum îl cunoști tu, m-a lăsat singură la Viena. Te rog să mă asculți, Alex. E important pentru mine să știi adevărul. Și să-ți explic de ce a avut o mare legătură cu Alexis și ce s-a întâmplat aici.

În lipsa unui răspuns, Helena începu să-și depene povestea.

– Am descoperit că sunt însărcinată imediat după Crăciun...

Helena

Viena
decembrie 1992

În aerul rece, respirația Helenei se cristaliza în firicele unduioase de abur alb în timp ce mergea la cursul de dimineață.

Orașul căpăta un farmec aparte în acea perioadă a anului; superbele clădiri din piatră erau împodobite cu tradiționalele decorațiuni festive și luminițe, acoperite, la rândul lor, cu un strat lucios de chiciură căzută peste noapte. Era ziua de dinainte de Ajunul Anului Nou, și toți și toate păreau cuprinse de veselie și entuziasm.

Toți, mai puțin ea. Helena se întreba dacă va mai găsi vreodată fericirea, dacă va mai simți vreodată veselie sau... măcar *ceva*. Trecuseră aproape două luni de la plecarea lui Alexander. Zilele triste și nopțile scăldate în lacrimi de însingurare se transformaseră într-un soi de apatie ce părea să se întindă până în străfundurile sufletului ei. Până la urmă, trebuise să accepte că, dintr-un motiv sau altul, Alexander nu avea să se mai întoarcă la Viena. Sau la ea.

Se opri pentru câteva clipe în fața clădirii Operei de Stat și se uită la arcadele poleite care, începând din acea seară, vor fi îmbrăcate într-o multitudine de lumini spectaculoase. Ce ironie, își zise ea, că, în cea mai dezolantă perioadă a vieții sale sentimentale, cariera ei este în plină ascensiune! În seara aceea, interpreta rolul principal într-un spectacol de gală din *La Sylphide*, iar noul balet, *Artistul*, începea să prindă contur și se preconiza a fi cea mai importantă producție a noii stagiuni. Helena era conștientă că prestigiul de a crea un rol putea reprezenta un imens pas înainte pentru cariera ei și a lui Fabio, dar, în momentul de față, acest lucru o interesa prea puțin.

Măcar, se gândea ea, în timp ce se îndrepta spre intrarea artiștilor, disciplina și strictețea vieții ei profesionale o ajutaseră să nu își piardă de tot mințile.

Îl salută pe portar și porni prin labirintul de coridoare ce duceau la cabina ei, unde își scoase paltonul cu guler de blană și se schimbă în costumul mulat și jambierele obișnuite. Își puse pe deasupra cardiganul preferat – cam jerpelit și ros de molii – ca să se ferească de frig până ce corpul ei suplu apuca să se încălzească.

Își prinse părul blond într-un coc și își legă strâns în jurul gleznelor șireturile de mătase ale poantelor înainte de a părăsi sanctuarul cabinei sale.

Diverși membri ai companiei așteptau deja pe scenă, pălăvrăgind între ei sau făcându-și încălzirea la bara montată în acest scop. Deși abătută, Helena nu își putu reține un zâmbet nostalgic la vederea mulțimii pestrițe de costume de antrenament – printre care și câțiva colanți găuriți – și a fețelor nemachiate ale dansatorilor care discordau izbitor cu ținutele pe care aveau să le etaleze în seara aceea pe scenă. O trecu un fior în clipa în care își întoarse privirea spre sala goală și întunecoasă care va fi mai târziu inundată de lumini, dezvăluind toată splendoarea lojelor aurite înțesate cu peste două mii de suflete nerăbdătoare.

Își salută colegii și își ocupă locul la bară. Apăru și repetitorul. Pianistul singuratic se apucă să cânte, și cursul începu cu pliéurile obișnuite. Helena nu trebuia să se concentreze asupra exercițiilor; corpul ei le executase de atâtea ori, încât pregătirea pentru rolul solicitant al Silfidei din *La Sylphide* devenise un soi de automatism. Făcuseră o repetiție cap-coadă și totul decursese bine, deși era prima dată când interpreta acel rol și avusese o stare de nervozitate; dar știa, din experiență, că se va descurca mai bine în fața publicului, sub impulsul adrenalinei.

– Bună dimineața, Helena, *cara*! răsună o voce în spatele ei, și Fabio își luă locul la bară.

– Iar ai întârziat, îl mustră ea, în timp ce se întoarseră cu toții pentru a efectua același exercițiu pe celălalt picior.

– Din cauza ceasului deșteptător. Cred că e stricat, spuse el și își dădu ochii negri peste cap, precum un copil neastâmpărat.

Helena știa că „ceasul deșteptător“ era numele de cod pentru vreo escapadă amoroasă.

– Sunt convinsă că o să-mi înșiri toată povestea după curs.

În aceeași seară, Helena stătea în cabina ei și făcea ultimele retușuri la machiaj, cu o mână pricepută. Fusese o zi agitată, repetițiile de dimineață fiind urmate de o mulțime de interviuri după prânz. Nu apucase să se odihnească aproape deloc și simțea impulsuri electrice prin tot trupul. Ca să uite de emoții, luă felicitarea așezată lângă buchetul enorm de trandafiri albi – cea mai opulentă dintre cele câteva omagii florale împrăștiate prin cameră – și o citi.

Dragă Helena,

Îți mulțumesc încă o dată pentru că mi-ai făcut plăcerea de a cina împreună cu mine săptămâna trecută și pentru că ai acceptat să mă însoțești la balul de mâine-seară. Mult noroc diseară. Te voi urmări din primele rânduri.

Al tău, F x x
Prințul Friedrich Von Etzendorf

Apoi observă că, ascuns printre flori, se găsea o pachețel învelit în hârtie argintie. Îl desfăcu, scoase la iveală o cutie de catifea și deschise capacul. Înăuntru, descoperi un colier delicat, alcătuit din trei diamante în formă de lacrimă pe un lănțișor fin. Se lăsă pe spătarul scaunului, copleșită de darul extravagant. Se privi în oglindă, neștiind dacă să plângă ori să râdă de turnura ironică pe care o luase viața ei.

Îl cunoscuse pe prințul Friedrich cu o lună înainte, la o recepție. Cineva îi spusese că bărbatul se trage dintr-una din cele mai vechi și mai bogate familii austriece și nutrește o pasiune deosebită pentru arte. Cu toate că era fermecător și galant, Helena nu se arătase prea entuziasmată pe parcursul conversației. Nu era Alexander; iar faptul că Friedrich era – cel puțin, la prima impresie – cam tot ce visa o femeie la un bărbat, o deprimase și mai mult.

A doua zi, primise un bilețel de la el, pe hârtie filigranată, în care o invita la cină. Inițial, vrusese să refuze pe loc, dar realizase că trebuia neapărat să uite de dispariția bruscă a lui Alexander din viața ei. Îi povestise lui Fabio despre invitație, în timp ce stăteau în culise, așteptând să intre pe scenă.

– Să mă duc?

– Helena, e prințul din povești. Normal că trebuie să te duci.

Prin urmare, acceptase invitația, cu inima strânsă.

Și totul decursese... *bine*.

De atunci, se mai întâlniseră de câteva ori – el, vizibil mai nerăbdător decât ea să o vadă ori de câte ori le permitea programul ei. Friedrich părea, într-adevăr, bărbatul perfect, rupt din basme – chipeș, cult, bogat și total devotat ei.

– Ce altceva și-ar mai putea dori o femeie? Chiar nu te înțeleg, Helena.

Observându-i atitudinea nepăsătoare, Fabio își dăduse ochii peste cap când o întrebase cum merge relația.

Nimic, își spusese Helena, în sinea ei.

Avea senzația, medită ea în timp ce își agăța colierul la gât și văzu cât de bine se așază între clavicule, că își pierduse capacitatea de *a simți*.

– Tu ești Grace Kelly a mea, îi spusese Friedrich, la ultima întâlnire, în timp ce îi săruta vârfurile degetelor pe deasupra mesei. Vreau să fii prințesa mea.

După aceea, o invitase să îl însoțească la Balul de Anul Nou, organizat la emblematicul Palat Hofburg.

– Vreau să mă laud cu tine la toată lumea, adăugase el.

Deși nu era deloc într-o dispoziție de petrecere, considerase că e nepoliticos să îl refuze, mai ales știind că era unul dintre cele mai așteptate evenimente din calendarul monden vienez. În felul acesta, cel puțin, nu avea să își petreacă noaptea dintre ani bocind de una singură în apartamentul ei.

După ce acceptase invitația, Helena își dăduse seama că nu avea nici o ținută demnă de o asemenea ocazie, așa că îi explicase situația Klarei, costumiera ei de încredere de la Operă. Aceasta, ca o veritabilă zână bună, o dusese pe furiș la Garderobă, unde găsiseră o superbă rochie de bal cu umeri goi, de un roz-pal. Arăta în ea ca o adevărată prințesă.

Helena o privi cum stă atârnată, sub folia de protecție, pregătită – după câteva modificări minore – să meargă acasă la ea, după spectacolul din acea seară. Ca la un semn, Klara năvăli în cabină, cu brațele pline de tul alb, șifon și paiete, care alcătuiau costumul Helenei din acea seară.

– Repede, Frau Beaumont, trebuie să vă pregătiți. Timpul ne presează, zise ea, într-o engleză cu un puternic accent german.

Se apucă imediat să îi prindă părul în coc, adăugând o mulțime de perle și clame strălucitoare care vor scânteia în lumina reflectoarelor. După aceea, pulveriză peste el suficient fixativ cât să reziste unui atac nuclear și o ajută să îmbrace costumul, atentă să nu îl păteze cumva cu machiajul. Ochii ei ca două mărgele căzură pe cutia de catifea de pe masa de toaletă.

– E cadou? întrebă, arătând spre cutie.

– Da.

– De la cine?

– De la un prieten.

– Adică de la prinț?

Helena încuviință din cap, stânjenită.

– N-aveți de ce să vă rușinați. Sunteți o femeie frumoasă. Știu că mergeți cu el la bal mâine. Colierul se potrivește de minune cu rochia.

– Așa e.

– Frau Beaumont, mă gândeam ca, mâine-seară, să trec pe la dumneavoastră să vă ajut să vă aranjați, o anunță Klara, ca și când decizia era deja definitivă.

– Nu e nevoie, protestă Helena.

– Cum o să vă încheiați la rochie fără ajutorul meu? Are o mulțime de nasturi de perle la spate. Vă și coafez, ca să arătați impecabil.

Helena cedă, știind din proprie experiență că nu avea sens să se contrazică cu Klara.

– Mulțumesc mult. Ești foarte drăguță.

Nu mai era timp de palavre. Când clopoțelul anunță că mai sunt cinci minute, Klara făcu în grabă ultimele retușuri și îi mai aplică pe păr puțin fixativ, după care Helena se ridică de pe scaun, ca să se poată studia în oglindă din cap până-n picioare. Costumul elegant, cu corsajul împodobit cu mărgele delicate și fustele albe, diafane întruchipau calitățile eterice ale personajului în pielea căruia avea să intre peste câteva minute.

– Sunteți gata, zise Klara, admirându-și opera, în clipa în care o voce anunță prin stație „Primul grup". Noroc! îi ură Helenei și ieși din cabină.

Două ore mai târziu, Fabio o conduse pe Helena pe scenă, în ropote de aplauze care marcau sfârșitul unei reprezentații magice, după cum bine știau amândoi. Publicul îi ovaționă în picioare, în timp ce ei făceau plecăciune după plecăciune, și buchete de flori cădeau pe scenă.

După ce cortina coborî pentru ultima oară, Helena porni spre cabina ei. Adrenalina încă îi pulsa prin corp și, în ciuda problemelor personale, se simțea îmbătată de fericire. Nici nu intră bine, că se auzi un ciocănit la ușă, anunțând sosirea unui val de vizitatori dornici să o felicite.

Un chip frumos, încadrat de păr blond, apăru în ușă.

– Sper că nu deranjez, spuse bărbatul.

– Nicidecum. Intră, Friedrich.

Helena se ridică și ieși în întâmpinarea oaspetelui, gândindu-se cât de distins arată în fracul alb, cu eșarfă stacojie, purtând blazonul familiei, prinsă peste pieptul lui lat. Friedrich îi luă mâna și i-o sărută.

– Nu am cuvinte să-ți spun cât de sublimă a fost interpretarea ta. Ești întruchiparea unei silfide. Văd că ai primit florile de la mine, adăugă el, arătând spre trandafiri.

– Sunt superbi. Și colierul e minunat, dar, Friedrich, e un dar mult prea generos...

– Nu vreau să aud nimic, scumpa mea Helena. Îl meriți din plin. Aș fi extrem de mâhnit dacă nu ți-ar plăcea. Sper din tot sufletul să îl porți la bal.

– Promit să îl port și îți mulțumesc.

– Nu îmi trebuie altă mulțumire decât să intru în Palatul Hofburg, mâine-seară, cu tine la braț.

Helena tocmai se pregătea să îi răspundă când răsună încă o bătaie în ușă.

– Te las acum, Helena, și abia aștept să petrecem o seară minunată de Anul Nou.

Acestea fiind zise, Friedrich făcu o plecăciune adâncă și ieși din camera în care dădură năvală o mulțime de admiratori.

Într-un final, toată lumea plecă, și Helena rămase singură în cabină. Adrenalina i se evaporase din corp, lăsând-o vlăguită și descurajată. După ce Klara o ajută să se dezbrace și își șterse machiajul de scenă, Helena se schimbă în blugi și pulover, își puse paltonul și cizmele și părăsi clădirea Operei.

A doua zi, Helena și Fabio luară prânzul din Ajunul Anului Nou la Griechenbeisl.

– *Cara*, zise el și se ridică, în momentul în care chelnerul o conduse la masă. Ia loc. Să sărbătorim succesul spectacolului de aseară.

Scoase o sticlă de șampanie din frapiera deja pregătită și turnă în două pahare.

– În cinstea noastră! Și a Anului Nou! toastă el și ciocni paharul cu ea. Am citit recenziile în ziarele de azi-dimineață și sunt absolut superbe. Au zis că ești o stea care se înalță pe bolta cerească. Iar, când o să aibă loc premiera noului balet, vor realiza mai mult ca oricând că suntem o forță redutabilă. Mergem spre vârf, Helena!

Helena se strădui să îi răspundă cu același entuziasm, dar abia reuși să afișeze un zâmbet stins.

– Și, dincolo de triumful de aseară, tu te mai duci și la bal la Palatul Hofburg cu frumosul tău prinț. Nu ești în culmea fericirii, *cara*? Cred că e visul oricărei femei, și al oricărui bărbat, zise el, chicotind, să aibă parte de o asemenea noapte.

– Fabio, trebuie să înțelegi că nu pot... șterge cu buretele tot ce s-a întâmplat.

– Pfui! exclamă el, fluturând disprețuitor din mână. Tot mai vorbești de ticălosul ăla de Alexander. Bineînțeles că știu cât de mult te-a rănit, *cara*, dar e momentul să uiți de el și să-ți trăiești viața. Credeam că îl placi pe prinț.

– Da... îmi place, cel puțin, așa cred, dar... nu sunt sigură că sunt pregătită.

– Poate că e din cauza oboselii, spuse el și se aplecă peste masă, ca să-i examineze chipul mai bine. Ești foarte palidă, Helena, și nici nu te-ai atins de șampanie. Sigur nu ești bolnavă?

– Nu sunt... sunt doar... obosită, nimic mai mult, murmură ea și își mușcă buza.

– După ce mâncăm, îți chem un taxi să te ducă direct acasă. Trebuie să te odihnești ca să fii în formă la bal. Vreau să te distrezi și tu puțin, Helena.

– Ai dreptate, încuviință ea, cu un zâmbet crispat, ca să îl liniștească. O să-mi mai revin după ce trag un pui de somn.

Fabio îi aruncă o privire bănuitoare, dar se abținu de la alte comentarii, preferând să o întrebe despre rochia de seară, după care o delectă cu diverse bârfe despre ceilalți membri ai companiei de balet. În momentul în care sosi mâncarea, îl simți cum o analizează cu ochi ageri, văzând-o că abia se atinge de ea.

Parcă și ghicise deja, își zise ea.

După prânz, Helena se duse acasă și se întinse în pat, așa cum o sfătuise Fabio. Dar, oricât încercă să adoarmă, mintea îi era prea frământată de gânduri, și stomacul, prea agitat. Mai calculă încă o dată ca să vadă dacă era, într-adevăr, posibil, sau își făcea griji degeaba.

La scurt timp după prima partidă de sex cu Alexander, se trezise în vâltoarea pregătirilor pentru noua stagiune și, ca majoritatea balerinelor, luase anticoncepționale fără acea pauză de o săptămână, ca să oprească ciclul lunar. Toate femeile care evoluau pe scenă procedau în acest mod.

Prin urmare, nu mai știa cu exactitate când avusese ultima sângerare „normală".

Pe de altă parte... mai erau și grețurile, senzația de plenitudine în abdomen, extenuarea - simptome pe care și le amintea foarte clar de la prima experiență de acest fel...

În cele din urmă, Helena își pierdu orice speranță că va adormi și se ridică din pat. Amânase momentul de prea multe ori, dar nu exista decât o singură modalitate de a afla adevărul și de a se liniști.

Dându-și seama că farmacia de pe strada învecinată închidea devreme în acea zi, își trase paltonul, își luă geanta și ieși în grabă din apartament. După ce cumpără toate cele necesare, se întoarse acasă și, spre dezamăgirea ei, o văzu pe Klara așteptând-o deja la intrarea în bloc.

Drace!

– Scuze că te-am făcut să aștepți în frig, zise ea. Am dat o fugă să cumpăr... pastă de dinți.

Klara își țuguie buzele în timp ce Helena descuia ușa de la intrare.

– Trebuie să ne apucăm de treabă, ca să fiți gata la timp.

Ajunse în apartament, Helena o lăsă pe Klara să trăncănească despre petrecerea din acea seară fără să o asculte, mulțumindu-se să încuviințeze din cap din când în când, cu mintea în altă parte.

Mare prostie din partea mea să accept invitația la bal. Îi dau speranțe deșarte lui Friedrich... Ce naiba mă fac dacă...?

Când, în sfârșit, Klara se declară mulțumită de rezultat, Helena se ridică în picioare, nemaiputând suporta tensiunea. Intră în baie, încuie ușa și se duse la dulăpiorul în care ascunsese mai devreme testul de sarcină. Cu inima cât un purice, scoase conținutul cutiei, se uită abătută la el și rupse ambalajul din plastic.

Îngheță în clipa în care auzi soneria interfonului, urmată aproape imediat de bătăi în ușa toaletei.

– Frau Beaumont! A sosit mașina! Vă așteaptă prințul! o anunță Klara.

– Vin acum!

Helena stătu în cumpănă câteva secunde, apoi băgă testul în poșeta de seară și ieși din baie.

Klara o aştepta, cu un şal subţire de mătase într-o mână şi o pereche de mănuşi lungi de satin, în cealaltă. După ce o ajută să îşi tragă mănuşile şi îi aranjă şalul pe umerii delicaţi şi goi, Klara se trase câţiva paşi înapoi, ca să o examineze mai bine. Corsajul mulat, din mătase, al rochiei roz-pal, croit în aşa fel încât să scoată în evidenţă decolteul perfect al Helenei, se strângea pe talia ei subţire şi se revărsa într-o cascadă de fuste înfoiate şi vaporoase, alcătuite din mai multe straturi de şifon. Părul blond îi era strâns în creştetul capului, câţiva cârlionţi încadrându-i faţa, iar colierul de diamante scânteia ca nişte bucăţele de gheaţă la gâtul ei subţire.

– Sunteţi foarte frumoasă, spuse Klara, oftând mulţumită. Acum, *liebling*, trebuie să mergeţi să îl întâmpinaţi pe prinţ.

O împinse pe Helena afară din apartament, spre lift.

– O seară frumoasă! strigă ea, în momentul în care se închiseră uşile.

Friedrich, cu o alură zveltă în costumul de gală, o aştepta în hol şi scoase un geamăt în clipa în care Helena ieşi din lift şi se duse spre el. O prinse de mâna înmănuşată şi o ţinu câteva secunde la distanţă de el, sorbind-o din priviri, după care o trase spre el şi o sărută tandru pe obraji.

– Eşti strălucitoare, Helena mea, șopti el. Toţi bărbaţii de la bal mă vor invidia.

Îi oferi braţul şi se îndreptară amândoi spre limuzină.

Cădea o ninsoare măruntă în momentul în care li se înfăţişă înaintea ochilor maiestuoasa faţadă arcuită a Palatului Hofburg, scăldată în lumini. Intrară, pe sub bolta înaltă, într-o curte imensă, luminată de felinare, peste dalele căreia era întins un covor roşu până la uşă. Maşina opri, şi Helena coborî. Friedrich îi întinse mâna şi o conduse înăuntru, apoi urcară scara impozantă ce ducea la salonul somptuos, unde recepţia cu şampanie era deja în toi.

Helena acceptă un pahar de la un chelner şi luă o sorbitură ca să îşi mai astâmpere emoţiile. Avea nevoie de băutură din belşug ca să treacă cu bine peste noaptea aceea. Numeroşi oaspeţi o întâmpinară cu deosebită deferență, nerăbdători să o felicite pentru interpretarea ei și să îl salute pe prințul care o însoțea.

Într-un sfârșit, ajunseră la masa lor, unde îi aștepta și mai multă șampanie, iar chelnerii îi serveau cu platouri încărcate de aperitive ispititoare. Helena nu se atinse de mâncare, dar, fie că îi observase sau nu lipsa apetitului și starea apatică, prințul nu dădu nici un semn în acest sens.

În momentul în care oaspeții fură invitați să intre în sala principală de bal, Helena rămase uluită la vederea șirurilor de coloane corintice din marmură ce susțineau tavanul casetat și bogat ornamentat, de care atârnau zeci de candelabre din cristal. Pe un podium, sub un ceas uriaș, care urma să indice minutele și secundele rămase până la miezul nopții, orchestra interpreta un vals vienez.

Apoi se așternu liniștea, și câteva șiruri de tinere în rochii albe se revărsară în sală, la brațul partenerilor.

– Cine sunt? întrebă Helena.

– Debutante care vor executa un dans pentru a-și face intrarea oficială în societatea vieneză.

Helena urmări întregul spectacol, întrebându-se dacă nu cumva adormise, și tot acel ritual dintr-o epocă demult apusă se derula doar în visul ei. Simți o strângere de inimă la vederea acelor chipuri inocente și radioase; tinere lipsite de orice griji, care aveau toată viața înainte.

Cum fusese și ea cândva.

Se trezi la realitate în momentul în care debutantele se retraseră mândre în aplauzele publicului. Cordoanele roșii care îi țineau la distanță pe ceilalți invitați fură îndepărtate rapid, pentru ca lumea să poată ieși la dans. Helena nici nu mai ținea minte de câte ori Friedrich o luase pe sus și o învârtise pe podeaua aurie, vals după vals. Erau și alți bărbați care își așteptau rândul să danseze cu ea. Se strădui să fie zâmbitoare și afabilă, ca să îi facă pe plac prințului.

– Arăți splendid, Helena. Pur și simplu, m-ai fermecat, și nu doar pe mine, ci pe toți bărbații aici de față, murmură el, profitând de ritmul mai lent al muzicii pentru a o trage mai aproape de el.

Helena se simțea, în mod ciudat, ruptă de tot ce se întâmpla, ca și când se privea pe sine de undeva, de sus. Friedrich își înclină capul ca să o mângâie ușor pe gât.

– Sper ca, în anul ce va veni, să avem ocazia să petrecem mult mai mult timp împreună.

– Sunt... convinsă că așa va fi, se auzi ea răspunzându-i.

Încurajat de răspunsul ei, Friedrich își lipi obrazul de părul ei, în timp ce se învârteau elegant sub un candelabru.

– Helena, șopti el, spune-mi, te rog, că mergi acasă cu mine astă-seară.

La auzul acestor cuvinte, Helena tresări și reveni cu picioarele pe pământ. Își trase capul înapoi și se uită la el. În ochii lui blânzi se citea adorația.

Ce caut aici? se gândi, îngrozită. Se uită la ceas, cuprinsă brusc de o senzație de greață și slăbiciune, și constată că mai erau doar zece minute până la miezul nopții. Pe chipul lui Friedrich apăru imediat îngrijorarea.

– Helena, *liebling*, ești bine?

– Nu știu. Mă simt... cam ciudat. Cred că trebuie să mă așez puțin.

Prințul o conduse politicos la masă, după care plecă să îi aducă un pahar cu apă. Helena stătea pe scaun și simțea că i se învârte capul. Vrând neapărat să fie singură câteva clipe, se ridică și porni spre toaleta femeilor.

După ce se stropi cu apă rece pe față, își mai reveni. Se privi în oglindă și întinse mâna spre poșetă ca să scoată rujul. Dădu să o deschidă cu degete încă tremurânde și o scăpă, împrăștiind pe jos toate obiectele din ea. Se aplecă să le adune și dădu cu ochii de testul de sarcină, care se uita la ea, precum o sabie a lui Damocles în miniatură.

Cum să mă gândesc la o relație cu alt bărbat, când chestia asta încă atârnă deasupra mea? se mustră singură.

Știa că Friedrich o așteaptă și că nu era cel mai nimerit moment, dar totodată știa că *trebuie* să afle cu certitudine, ca să își poată limpezi gândurile.

Ce îi va rezerva viitorul depindea întru totul de obiectul din mâna ei. Intră într-o cabină de toaletă, cu inima vibrând de emoție.

Trei minute mai târziu, primi răspunsul.

*

Invitații care forfoteau prin foaier nici nu o băgară de seamă pe tânăra care traversă în fugă podeaua de marmură, fustele rochiei de bal fluturând în urma ei.

Cât pe ce să se împiedice pe scara ce ducea la intrarea principală, Helena se opri câteva secunde ca să își scoată pantofii cu tocuri înalte, pe care îi aruncă cât colo, înainte de a dispărea în noaptea strălucitoare și înghețată.

Exact în momentul în care clopotele Catedralei Sfântul Ștefan anunțau miezul nopții. Și intrarea în Noul An.

Traversă curtea și ieși în stradă pe sub arcadă, fără să simtă zăpada rece de sub picioarele ei desculțe. Prin zumzetul din urechi, auzi vag un glas de bărbat care o striga.

Nu întoarse capul spre el.

Capitolul 25

Helena ridică privirea spre fereastra din camera lui Alex și zări aceeași lună plină ca în noaptea în care fugise de la Palatul Hofburg. Mama cerului veghea liniștită asupra copiilor săi pământeni, care se poticneau și cădeau, luminându-le calea în beznă, ca să se poată ridica.

– Deci, zise Helena, trezindu-se din amintiri, asta-i povestea. Mi-aș dori s-o pot face mai frumoasă pentru tine, dar nu pot.

– Nu, nu poți, spuse Alex, într-un final. Dar tot nu pricep ce legătură are cu Alexis.

– Păi...

Helena șovăi, neștiind dacă să îi spună sau nu. Nici un fiu nu ar fi vrut să audă așa ceva despre mama lui, mai cu seamă la vârsta de treisprezece ani.

– Indiferent ce-ar fi, mai rău de-atât nu se poate, mamă, spuse Alex, parcă citindu-i gândurile. Așa că, zi odată ce-i de zis.

– Am rămas însărcinată cu Alexis când am stat la Pandora.

– Dar... aveai doar cincisprezece ani, bâigui Alex, cu vocea sugrumată.

– Așa e. Dar n-am făcut copilul. N-am avut de ales. A fost groaznic, absolut groaznic. Nu mi-am iertat-o niciodată. Așa că, atunci când am aflat că sunt însărcinată cu tine, n-am putut, efectiv *n-am putut*, s-o mai fac încă o dată. Trebuia să păstrez sarcina cu orice preț.

Nu se auzea decât respirația lui Alex.

– Cum noul balet era în plină stagiune, mi s-a părut necinstit să mai rămân la companie. În martie, când era programată premiera, aș fi fost gravidă în șase luni și nu aveam cum să mai interpretez „Mica Dansatoare". Și, între timp, n-ar fi fost corect față de nimeni să continui toată acea prefăcătorie. I-am spus lui Fabio să-și caute altă parteneră și mi-am dat demisia la sfârșitul lui ianuarie. Am decis să rămân la Viena. Nu mi se părea o soluție să revin în Anglia. Aveam niște bani puși deoparte, din moștenirea de la mama, pe care i-am folosit ca să acopăr cheltuielile cu sarcina, și m-am angajat chelneriță la Cafeneau Landtmann, în apropiere de Operă. Le-a convenit că vorbeam engleză și rupeam puțin și germana și s-au purtat foarte frumos cu mine. Am lucrat până în ziua în care ai venit pe lume, pe neașteptate, cu aproape o lună înainte de termen. Dar ai fost un copil sănătos și foarte frumos, zise Helena, cu vocea sugrumată de emoție. Te-am botezat Alexander, în amintirea micuțului pe care nu l-am născut, dar și a tatălui tău biologic. Așa am simțit atunci, adăugă ea, ridicând din umeri, cu un zâmbet stins. Și, firește, Rudolf, după Nureev, celebrul balerin care a murit la o vârstă mult prea fragedă, la doar câteva zile după ce am aflat că sunt însărcinată cu tine.

Alex continua să tacă. La ce altceva se putea aștepta? Așa că povesti mai departe.

– După ce te-am născut, am avut o perioadă foarte grea. Fiind născut prematur, aveai nevoie de îngrijiri de specialitate. Și, în afară de asta, nici eu nu stăteam bine cu sănătatea. Sufeream de o boală rară, numită eclampsie postpartum – nu vreau să par patetică, dar am fost la un pas de moarte, Alex, și m-am zbătut mult ca să mă însănătoșesc complet. Am stat amândoi internați în spital mai bine de două luni. După aceea, n-am mai putut să revin la balet. Poate că ți se pare ridicol, dar o balerină trebuie să fie într-o formă fizică la fel de bună – poate chiar mai bună – ca un fotbalist din Premier League. Slavă Domnului, mi-am revenit încetul cu încetul și, în primul an, mi-a plăcut să fim doar eu și cu tine. Iar Fabio s-a purtat extraordinar cu tine. Se juca cu tine, te scotea la plimbare, te trata ca pe copilul lui. După cum știi, el ți l-a dăruit pe iepurașul Rilă...

Helena făcu o scurtă pauză, înainte de a continua povestea. Neputând distinge chipul fiului ei în întuneric, nu își dădea seama la ce se gândește acesta.

– Ne-a mai ajutat și Gretchen, vecina din apartamentul de dedesubt. Când mi-am reluat slujba la cafenea, ca să mai câștig niște bani, ea s-a ocupat de tine. Țineai foarte mult la ea. Era o femeie grasă și veselă, care te îndopa cu ștrudele și clătite. Ți-o mai aduci aminte?

– Nu, răspunse el, sec.

– În fine, după ce m-am înzdrăvenit, cu sprijinul lui Fabio, am reînceput să iau cursuri, în speranța că ne vom relua parteneriatul. După aceea, Fabio m-a anunțat că i se oferise un contract cu Baletul din New York și m-a implorat să îl însoțim acolo. Nu i-a plăcut niciodată Viena prea mult. Dar mi-am dat seama că sunt departe de a mă ridica la exigențele cerute. Dansatorii de la Baletul din New York sunt printre cei mai atletici din lume. Nu voiam să merg acolo ca partenera lui Fabio fără să fiu pregătită fizic și psihic. L-aș fi tras în jos și n-ar fi fost corect pentru el.

Așa că i-am spus că nu vreau să ne dezrădăcinez pe amândoi ca să ne mutăm la New York. Îți imaginezi cât de distrusă am fost când a plecat de la Viena. Am renunțat la orice speranță de a mai reveni vreodată la balet și am continuat să lucrez ca ospătăriță. Mai târziu, am fost nevoiți să părăsim apartamentul nostru frumos, și pe Gretchen, pentru că nu-mi mai permiteam să plătesc chiria, și ne-am mutat într-o cămăruță înghețată deasupra cafenelei unde lucram. Câteva luni mai târziu, când l-am cunoscut pe William, treceam prin cea mai disperată perioadă din viața mea.

Helena se opri, încercând să își găsească forța de a continua.

– William m-a readus la viață. Chiar așa s-a întâmplat, Alex. Era atât de drăguț și serios, un om cu adevărat bun. Încetul cu încetul, m-am îndrăgostit de el. Nu ca „la prima iubire“ cum îl adorasem pe Alexis, ori cu pasiunea nebunească și dezlănțuită pe care o simțisem pentru Sacha, ci într-un mod mai profund și mai trainic. Îți spun toate astea, Alex, pentru că ăsta e adevărul, și asta e și povestea ta. Nu am pretenția să mă înțelegi sau să mă ierți.

Helena se uită la silueta fiului ei, luminată de razele lunii.

– Când William m-a rugat să revin în Anglia împreună cu el, am acceptat în cele din urmă. Am vrut să mă gândesc bine înainte de a lua o decizie, ca să fiu sigură că nu mă agăț de el din motive greșite. Nu că ar fi fost prea bogat pe vremea aia – Cecile obținuse casa la divorț, așa că el locuia cu chirie într-o căsuță înghesuită. Dar eram atât de fericiți acolo, Alex, și simțeam că e așa cum ar trebui să fie. Când m-a cerut în căsătorie, am spus da imediat. Am reușit să cumpărăm Cedar House la licitație și am început să ne gândim cum să o transformăm într-un cămin. Îți spun cu mâna pe inimă, Alex, că nu am fost niciodată mai fericită și mai mulțumită ca în perioada aia. Asta, până în ziua nunții...

Helena nu reuși să își ducă ideea la capăt.

– Ce s-a întâmplat în ziua nunții? mormăi Alex, într-un final.

– William îmi povestise despre Sacha, prietenul lui cel mai bun de pe vremea când era student la Oxford, care locuia la Singapore, dar urma să se întoarcă în țară, special ca să vină la nunta noastră împreună cu soția lui. Mergeam pe culoarul de la Starea Civilă, când l-am văzut uitându-se la mine, șocat. Mai târziu, William mi l-a prezentat ca fiind bunul lui prieten, „Sacha" – care abia mai târziu am aflat că e prescurtarea de la Alexander. Nu glumesc, îmi bătea inima atât de tare, încât am crezut că o să leșin.

– Ai vorbit cu el după aceea?

– Nu, sau cel puțin, nu între patru ochi. William ne-a făcut cunoștință, firește, dar cred că-ți dai seama că Sacha s-a îmbătat turtă, și Jules a trebuit să-l târască până în camera de hotel. Dar nu înainte de a te cunoaște pe tine, după care mi-a povestit despre Rupes, fiul lor, născut cu patru luni înaintea ta. Și, bineînțeles, atunci am realizat de ce „Alexander" nu se mai întorsese la Viena. Of, Doamne, Alex! exclamă Helena și își prinse capul în mâini. A fost oribil, absolut oribil. N-am dormit aproape deloc în luna de miere din Thailanda, atât m-am frământat dacă să îi spun adevărul lui William și să-mi iau piatra asta de pe inimă. Pe urmă n-avea decât să decidă dacă voia să mai rămână cu mine sau să divorțeze. Dar mi-era prea teamă să nu îl pierd. Îl iubeam, Alex, eram atât de fericită, *tu* erai atât de fericit... Pur și simplu, n-am îndrăznit să spun acele cuvinte și să transform basmul într-un coşmar. M-am consolat cu gândul că Sacha e la celălalt capăt al lumii şi, oricât de buni prieteni erau, drumurile noastre nu prea aveau cum să se intersecteze. În primii ani, chiar aşa a fost. Uneori, chiar reuşeam să uit, să mi-l scot complet din minte.

Helena se opri ca să îşi tragă sufletul şi îşi trecu distrată degetele prin păr.

– Desigur, privind retrospectiv, îmi dau seama că trebuia să-i fi mărturisit adevărul lui William în clipa în care l-am văzut pe Sacha. Indiferent ce s-ar fi întâmplat, nu avea cum să fie mai cumplit decât să trăiesc cu secretul ăsta oribil. Şi să aştept momentul în care va ieşi la iveală. Mai târziu, după cum bine ştii, Sacha, Jules şi copiii s-au întors în Anglia. Slavă Domnului, nu ne vedeam foarte des! Uneori, petreceau weekendul la noi, iar William se mai întâlnea cu Sacha la Londra. Pe urmă, Jules a aflat că o să petrecem vara în Cipru, în casa pe care am moştenit-o eu, şi s-a autoinvitat împreună cu familia, pe motiv că voia să scape de griji şi să se relaxeze. Puteam s-o refuz, dar eram prea şocată. Simţeam că va urma un dezastru. Şi am avut dreptate.

Helena clătină uşor din cap, în beznă.

– Cam asta ar fi povestea, dragule. Nu mai e nimic de adăugat. Dacă te-am făcut să suferi, nu pot decât să-mi cer iertare şi să îţi spun că te iubesc mai mult decât orice. Am ţinut secretul ca să vă protejez pe tine, pe William şi familia noastră.

– Şi pe *tine*, îi replică Alex, cu asprime.

– Ai dreptate, şi pe mine. Ştiu că eu sunt de vină. Cel mai rău mă doare că William ţi-a fost un tată minunat, iar acum, din prostie şi egoism, ţi-am răpit singurul lucru pe care mi l-am dorit dintotdeauna pentru tine. Dumnezeule, n-ai idee cât de mult aş vrea să fie tatăl tău! Aş da orice să pot da timpul înapoi. Iartă-mă că am distrus totul. Sunt conştientă că William nu mă va putea ierta. Nu există trădare mai cumplită. Dar îl iubesc, Alex. L-am iubit şi îl voi iubi mereu.

– Sacha, sau *Alexander*, sau cum naiba l-o mai chema, ştie? Că sunt...

Glasul lui Alex se stinse treptat.

– Da. A ghicit imediat ce te-a văzut la nuntă. Spre binele tuturor celor implicaţi, am făcut un pact tacit să păstrăm secretul.

– Aveai de gând să-mi spui vreodată?

– Nu știu... Nu-ți puteam spune adevărul, dar nici nu voiam să te mint. Chiar dacă Sacha a contribuit la moștenirea ta genetică, nu a avut nici un rol în viața ta.

– Îl mai iubești?

– Nu. Dimpotrivă. Îl... Helena se abținu să spună mai multe, amintindu-și că Alex abia aflase că Sacha e tatăl lui biologic și nu era oportun să lanseze un atac virulent la adresa lui. Într-un fel, îmi doresc să nu-l fi întâlnit niciodată. Pe de altă parte, dragule, dacă nu l-aș fi cunoscut, nu te-aș fi avut pe tine.

– Bine. Te rog să pleci acum.

– Dragul meu...

Helena își înăbuși un suspin, întinse cu teamă mâna spre fiul ei și atinse o blăniță udă. Lacrimile lui Alex se îmbibaseră în iubitul lui Rilă.

– Îmi pare rău. Îmi pare nespus de rău. Te iubesc!

Apoi se ridică și ieși din cameră.

Jurnalul lui Alex
12 august (continuare)

Nu
am
nimic
de
spus

Capitolul 26

A doua zi dimineață, Helena stătea pe terasă și privea răsăritul, după o noapte albă. Încerca să se aline cu gândul că mai trăise asemenea sentimente: durerea unei pierderi, a existenței iremediabil schimbate, aceea de a-și vedea drumul pe care mersese până atunci deodată înfundat. Sigur exista vreo rută alternativă – întotdeauna există una. Va trece peste toate astea, va *supraviețui*, cum făcuse mereu.

De data asta însă, lucrurile nu stăteau tocmai la fel. De data asta, nu *ea* era cea afectată.

Îndura orice, mai puțin gândul de a-și vedea copiii că suferă. Iar cel mai cumplit era faptul că ea le pricinuise acea suferință. Simți o strângere de inimă, gândindu-se cât de abătut și debusolat era Alex. Ca mamă, avea datoria de a-l alina, de a-l proteja și îndruma. Iar ea îl distrusese.

La fel și pe William.

Covârșită de emoții, Helena coborî până la hamac și se întinse în el. Uitându-se la cerul care se lumina, înțelese pentru prima oară de ce unii oameni consideră că sinuciderea e unica soluție pentru ei. Poate că nu ține doar de evenimentele exterioare, medită ea, ci de percepția de sine; esențial este să crezi că ești un om bun și că i-ai tratat pe cei din jur cu respect și afecțiune. Acum, gândul de a-și suporta propria persoană până la capătul vieții, când toți cei pe care îi iubea cel mai mult știau că nu e un om bun și că nu îi tratase cum se cuvine, îi părea aproape de neconceput.

Helena era sigură că va găsi puterea de a merge mai departe, dar, în clipa aceea, în ciuda frumuseții soarelui călduț care se înălța pe bolta cerească, se simțea la fel de înfrigurată și de pustiită ca în ziua aceea, când se așezase pe o bancă în parc, la Viena, conștientă că Alexander o părăsise pentru totdeauna.

Într-un final, se târî epuizată până în dormitor. Ușa șifonierului era deschisă; jumătatea lui William era goală, iar valiza lui dispăruse. O închise cu amărăciune, apoi se întinse pe pat și închise ochii.

– Mami! Mami! Unde-i tati? I-am făcut un desen cu tine și Fabio dansând. Uite!

Helena deschise ochii, amintirea evenimentelor din seara anterioară lovind-o din nou ca un pumn în stomac. O podidiră lacrimile pe neașteptate.

– Uită-te la desen, mami! insistă Immy, băgându-i desenul în față.

Helena se rezemă pe coate.

– E foarte frumos, scumpo. Bravo!

– Pot să i-l dau lui tati? E la parter?

– Nu. A trebuit să plece un pic. Din cauza serviciului.

– În vacanță? De ce nu ne-a zis la revedere?

– A primit un telefon după ce v-ați culcat și a trebuit să plece cu noaptea-n cap.

Helena născocea povestea din mers și se ura și mai tare pentru minciunile pe care le îndruga.

– Of. Se întoarce repede?

– Nu știu.

– Hm. Auzi, mami?

– Da?

– De ce ești încă îmbrăcată în rochia de aseară?

– Am fost prea obosită ca să mă mai dezbrac.

– Pe mine mă obligi mereu să-mi pun pijamaua când zic asta.

– Ai dreptate. Iartă-mă.

– Iar ți-e rău, mami?

– Nu, n-am nimic, spuse Helena și se dădu jos din pat. Unde e Fred?

– Doarme. Vrei să-ți pregătesc micul dejun?

– Nu, draga mea, nu-i nevoie. Cobor și eu cu tine.

Helena reuși cumva să treacă cu bine peste acea dimineață. Îi duse pe Immy și pe Fred să înoate în piscină; își simțea inima grea la vederea fețișoarelor fericite și naive ale celor mici. Cum vor înțelege că familia lor unită se destrămase peste noapte? Că tati plecase și, mai mult ca sigur, nu avea să se mai întoarcă la ei? Și că toate acestea se întâmplaseră din vina ei...

La zece și jumătate, Fabio își făcu apariția în bucătărie. Helenei i se păru că arată aproape la fel de deprimat ca ea.

O luă în brațe și o strânse tandru la piept.

– *Bella, bella*, îmi pare nespus de rău. E numai vina mea.

– Nu încerca să mă menajezi, Fabio, că mă faci să plâng. Nu e vina ta. E sută la sută a mea.

– Soțul tău, Helena, e un bărbat cumsecade. Și te iubește enorm. Va cumpăni, va înțelege și se va întoarce la tine. Coincidența asta e... pur și simplu mâna crudă a sorții.

Helena clătină din cap.

– Nu se mai întoarce. L-am mințit, l-am păcălit de la începutul căsniciei.

– Dar n-ai știut!

– N-am știut la început, dar trebuia să-i spun adevărul în momentul în care am aflat.

– Probabil. Dar e mult mai ușor când vezi toată situația în retrospectivă, n-am dreptate? Unde-a plecat William?

– Bănuiesc că s-a întors în Anglia. Sunt sigură că n-ar mai rămâne în Cipru. La cum îl știu, va dori să fie cât mai departe de mine.

– Atunci, trebuie să te duci după el și să-i explici.

– Am încercat aseară. Nu vrea să mă asculte.

– E șocat, *cara*. Fii răbdătoare cu el, te rog.

– Cum mai putem avea un viitor împreună? N-o să mai aibă niciodată încredere în mine, și e de înțeles. Încrederea e cea mai importantă într-o relație. Știi foarte bine.

– Știu, dar acolo unde există iubire, există întotdeauna un viitor.

– Încetează, Fabio, suspină Helena. Nu-mi da speranțe deșarte. Nu gândesc limpede în momentul ăsta. Unde mai pui că... și Jules e la Kathikas. Cum o să reacționeze când o să afle? Sunt sigură că William o să-i spună. Eu așa aș face în locul lui. Jules crede că-i sunt prietenă! Doamne, ce haos!

Se prăbuși pe un scaun și își îngropă fața în palme.

– *Si*, este, confirmă Fabio. Viața însăși e un haos. Trebuie să găsești o cale să îndrepți lucrurile.

– Crezi c-ar trebui să mă duc să vorbesc cu Jules? Să-i spun înainte să apuce William? Măcar atât îi datorez.

– Nu, Helena. Nu e nevoie să afle deocamdată. Nu ziceai ieri că divorțează?

– Ba da.

– Atunci, de ce s-o întristezi și mai tare? Dacă William vrea să-i spună, n-are decât, adăugă el, ridicând din umeri. Lasă lucrurile să se mai așeze puțin.

– E numai vina mea, fiindcă am vrut neapărat să te văd. Mi-am forțat norocul. Nu trebuia să mai dezgrop trecutul.

– Da, dar nu e bine că-l ai pe Fabio alături? Nu uita cât ai suferit din cauza individului ăluia îngrozitor. Prin ce-ai trecut după ce te-a părăsit. *El* e vinovat de toate astea. Ți-am zis din clipa în care l-am văzut că nu-mi inspiră încredere.

– Așa e, și-mi pare rău că nu te-am ascultat.

– Pe de altă parte, dacă mă ascultai, Alex nu exista acum, iar Alexander nu l-ar fi sfătuit pe William să meargă la Viena ca să-și revină după divorț. Iar tu nu ți-ai fi întemeiat o familie cu el și cu copiii voștri minunați. În viață, zise Fabio și lovi cu pumnul în masă, nu trebuie să regreți nimic. Trecutul – urât sau frumos – te definește ca persoană.

Helena îi strânse mâna.

– Uitasem cât ești de înțelept. Îți mulțumesc, dragul meu Fabio.

– Alex cum se simte? Presupun că e în stare de șoc?

– Puțin spus. Am încercat să-i explic aseară, dar cred că fiecare cuvânt a fost ca un pumnal în inima lui. N-a fost suficient că aflase cine e tatăl lui, mai trebuia să descopere și că mama lui e o ființă îngrozitoare, care a mințit pe toată lumea... Îl iubesc atât de mult, Fabio, atât de mult, și, totuși, l-am dezamăgit și l-am făcut să sufere...

Helena cedă nervos și izbucni în lacrimi pe umărul lui Fabio.

– Helena, *cara*, o alină el, Alex e băiat isteț. Mi-am dat seama de când avea doi ani și vorbea cu mine ca un adult. Poate că o să te urască la început, pentru că l-ai rănit. Dar trebuie să-l lași în pace, furia e un pas spre vindecare. După aceea, creierul ăla mare și blând al lui va începe să gândească. Va analiza ce s-a întâmplat și va înțelege. O să-și dea seama cât de mult te iubește, că ești o mamă bună și că nu faci decât ce-i mai bine pentru el.

– Nu-i adevărat! Sunt o mamă groaznică! Îți dai seama cum e să auzi ce-a auzit el aseară? I-am povestit și despre avort, fiindcă am vrut să înțeleagă de ce am ținut neapărat să-l nasc pe el. Cum o să mă mai respecte vreodată?

– Helena, spuse Fabio, ridicându-i bărbia spre el, trebuie să înțeleagă că nu ești doar mamă, ci și o ființă umană. Care are defectele ei. Toți copiii descoperă asta la un moment dat și le e greu să accepte, mai ales la o vârstă atât de fragedă. Dar el e foarte matur pentru vârsta lui, așa că o să treacă peste asta. Ai răbdare cu el, *cara*. Îți promit că o să se dea pe brazdă.

– Sunt atâtea lucruri cu care trebuie să se împace, ca, de pildă, faptul că are un frate vitreg care e și cel mai mare dușman al lui, zise Helena, cutremurându-se.

– Vrei să discut eu cu el? se oferi Fabio. Poate îi prinde bine să-i mai explice și altcineva situația. În definitiv, îl cunosc de când a venit pe lume.

– Poți să încerci, dar am bătut de trei ori la ușa lui, azi-dimineață, și, de fiecare dată, mi-a zis să-l las în pace.

– *Prego*, lasă-mă să văd dacă e dispus să vorbească cu mine, zise Fabio, apoi se uită la ceas. Dar trebuie să ajung la Paphos înainte de două, ca să-mi iau mașina închiriată.

– Trebuie neapărat să pleci? spuse Helena, agățându-se de el. Nu poți să mai stai puțin?

– Helena, știi ce program au balerinii. Mi-ar plăcea să mai stau, dar n-am cum. Poate vii tu la Limassol săptămâna viitoare, să vezi spectacolul, și luăm cina după aceea. Trebuie să chem un taxi să mă ducă la Paphos.

– Te duc eu. Prefer să-mi găsesc o ocupație și simt nevoia să plec de la Pandora câteva ore. Cât e de frumoasă, casa asta parcă mi-a adus doar ghinioane de când am venit, spuse Helena, privindu-l pe Fabio cum se îndreaptă spre ușă. Te rog să-i spui lui Alex că îl iubesc și că îmi pare nespus de rău...

Vocea i se stinse și ridică neputincioasă din umeri.

– Bineînțeles, zise Fabio, ducându-se spre camera lui Alex.

Ciocăni ușor la ușă.

– Alex? Sunt eu, Fabio. Putem vorbi puțin? Aș vrea să discutăm despre ce s-a întâmplat.

– Lasă-mă în pace. N-am chef să vorbesc. Cu nimeni, mormăi băiatul.

– Te înțeleg. O să stau la ușă și-o să vorbesc, și tu mă asculți dacă vrei. *Si?*

Tăcere.

– Bun... Un singur lucru am să-ți spun, Alex. Am fost de față când mama ta a aflat că e însărcinată cu tine. Deși am implorat-o să nu păstreze copilul, să înțeleagă că nu va avea tată și că își va distruge viața și cariera, ea a ținut-o pe-a ei. „Nu, Fabio", mi-a zis, „trebuie să păstrez copilul." Nu-și dorea nimic mai mult decât să te aducă pe lume. Iar, când te-ai născut, tu ai fost toată viața ei. Nimic nu mai conta în afară de Alex.

Fabio se opri și își drese glasul.

– Ți se pare ție că așa face o mamă rea? Nu, e o mamă care-și iubește copilul atât de mult, încât a renunțat până și la balet, cea mai mare pasiune a ei. Te-a îngrijit singură și nu s-a plâns nici o clipă. Mai târziu, când a apărut un bărbat bun în viața ei, și-a dat seama că asta e șansa pentru amândoi să fiți fericiți. Voia să te știe în siguranță, să îți ofere o viață frumoasă, așa că a profitat de ea. Înțelegi ce spun, Alex?

Neprimind nici un răspuns, Fabio continuă.

– Iar, când soarta i l-a scos iar în cale pe ticălosul de Alexander, sau „Sacha" cum îl cheamă acum, exact la nunta ei, a decis să păstreze secretul. A fost o greșeală din partea ei, dar a făcut-o doar pentru că te iubește atât de mult. Sunt sigur că înțelegi. Te rog să încerci să înțelegi. E cea mai curajoasă persoană pe care o cunosc, dar, să știi, Alex, că și ea suferă. Și are nevoie de *tine*, cum și tu ai avut nevoie de ea când erai micuț. Ești băiat mare acum și foarte inteligent. Poți înțelege ce s-a întâmplat. Ajut-o, Alex, fii alături de ea.

Fabio își scoase batista de mătase și își suflă nasul zgomotos.

– Asta-i tot ce-am avut de spus. Cu voia lui Dumnezeu, toate astea vor trece cu bine și ne vom revedea în curând. La revedere!

După ce îi mitui pe cei mici cu promisiunea de a opri la McDonald's, Helena îi urcă în mașină, împreună cu Fabio, și plecară la Paphos ca să-și ridice mașina închiriată. Era o ușurare să iasă din casă. Alex refuza în continuare să părăsească dormitorul, dar Angelina urma să mai stea vreo oră la Pandora, așa că, cel puțin, îl știa în siguranță.

– Încerci să vii la Limassol săptămâna viitoare? întrebă Fabio și o îmbrățișă încă o dată.

– Fac tot ce depinde de mine, dar nu-ți pot promite în situația dată.

– Știu, dar multe se pot schimba într-o săptămână, zise el, cu un zâmbet compătimitor. A ieșit și un lucru bun din toată tevatura asta: ne-am reînnodat prietenia. Ține minte că poți oricând conta pe mine, *cara*. Sună-mă ori de câte ori vrei. Și ține-mă la curent cu ce se mai întâmplă.

– Îți mulțumesc, Fabio. Uitasem ce dor îmi era de tine.

– *Ciao, cara. Ciao*, micuților!

Îi făcură toți trei cu mâna și, cu toate că îi avea pe Fred și pe Immy alături, Helena își reaminti cum e să fii singur.

Jurnalul lui Alex
13 august 2006

M-am trezit azi-dimineață și mi-am dat seama că trebuie să plec. Undeva, oriunde, departe de toată durerea asta ... departe de *ea*.

Aseară, am stat în pat după ce a plecat Helena – nu-i pot spune „mama" în momentul ăsta – și m-am imaginat la volanul unui Chevrolet, pe o autostradă americană pustie. În cele din urmă, am ajuns într-un orășel, am mâncat un burger la cină, m-am cazat la un motel, iar a doua zi am pornit din nou la drum.

După aceea, mi-am adus aminte că sunt prea mic ca să dețin permis de conducere. Și, cel mai important, insuficient de matur ca să-mi las barbă, aspect esențial în toate filmele de călătorie pe care le-am văzut.

Prin urmare, unde-aș putea să fug?

Nu-mi surâde deloc ideea de a petrece noaptea sub cerul liber, în peisajul rural cipriot, ca, de altfel, în nici un alt peisaj rural, din cauza fobiei de țânțari și alte gângănii. Detest campingul din tot sufletul, așa că nu e o soluție fezabilă.

De asemenea, faptul că mai am în cont doar douăsprezece lire și treizeci și doi de penny, fiindcă pe restul i-am ras la un magazin de suvenire din Latchi, îmi limitează și mai mult opțiunile. Aș putea încerca să-mi vând comorile, dar mă îndoiesc că voi lua cine știe ce bani pe laserul, cana și cutia pentru trabucuri din lemn inscripționate „Cu drag din Cipru".

Am mai ațipit puțin și m-am trezit cu un gol în stomac în momentul în care mi-am amintit. O *urăsc* în momentul ăsta pe femeia pe care am adorat-o de când m-am născut. A căzut de pe piedestal și zace pe jos într-un morman de cioburi. M-am imaginat călcând pe capul ei sculptat ca să-l strivesc și mai rău. M-am simțit ceva mai bine, dar tot n-am reușit să-i iert trădarea. Ceea ce e oribil.

Abia acum înțeleg modul în care o traumă, sau lipsa de somn, îți împietrește creierul; nu sunt sigur că mai am creier. Mi-e și foame, și foarte sete, dar, din cauză că nu pot... *nu pot* să deschid ușa și să dau de sora ori de fratele/frații mei vitregi, sau de Helena însăși, stau închis în Debaraua mea. Ea tot bate la ușă, eu mă încăpățânez să nu răspund.

Vreau s-o pedepsesc.

Brusc, mă trezesc cu Fabio la ușă.

Se apucă să-mi vorbească despre ea și... să vezi drăcie, începe să-mi treacă furia. El habar n-are, dar am vărsat lacrimi de crocodil. După ce pleacă, analizez mai rațional ce mi-a zis ea aseară.

Judecata mea, care fugise în lume și lenevea la soare pe o plajă din Bahamas, a decis să-și întrerupă vacanța și să revină la mine.

Și, cu cât am meditat mai mult, cu atât am realizat că Fabio are dreptate: de fapt, nu e vina ei. Ba chiar am reușit să schițez un surâs crispat când mi-am amintit ce îmi povestise ea despre noaptea în care s-a dus la bal și mi-am dat seama că e un fel de versiune postmodernistă a *Cenușăresei.* Immy sigur ar strâmba din nas dacă filmul Disney de care e îndrăgostită ar avea același final: Cenușăreasa cu burta la gură și singură pe lume...

Trebuie să recunosc că nu mă încântă deloc ideea ca femeia care m-a adus pe lume să se dea în bărci cu vreun bărbat, darămite cu Cel Care M-a Procreat, dar putea la fel de bine să mă omoare. Și n-a făcut-o.

Pentru că mă iubește.

Fac pe mine, așa că, în momentul în care aud roțile mașinii scrâșnind pe pietriș și se face liniște în casă, mă strecor afară și dau fuga la toaleta de la etaj. După ce mă ușurez, pornesc apa la robinet și umplu toate cănile care-mi cad în mână, plus stropitoarea de plastic cu care Fred o torturează pe Immy când face baie. Ajung pe la jumătatea drumului, încărcat cu rezervele de apă, și aud niște pași lipa-lipa în hol.

– Bună, Alex!

Drace! Mă opresc brusc și vărs pe jos jumătate din apă.

– Aici erai. Mi-a zis Angelina că ești acasă.

E Viola. Asta-mi mai lipsea. Nu vine la mine decât ca să-mi povestească problemele ei. Azi însă, le am și eu destul pe ale mele pe cap, ca să nu spun mai mult.

– Uzi florile?

– Nu, îi răspund și observ că se uită atent la stropitoarea lui Fred. Scuză-mă, Viola, dar n-am timp de discuții acum.

– Nu-i nimic. Am venit doar să te anunț că eu, mami și Rupes ne întoarcem în Anglia la sfârșitul săptămânii. Vrea să ne acomodăm în noua casă înainte să înceapă școala. Ah, da, și Rupes m-a rugat să-ți spun că a luat examenul și îți mulțumește pentru ajutor. E foarte fericit.

– Super. Mă bucur pentru el.

Mă bucur pentru Rupes. Fratele meu vitreg, de curând descoperit. Îmi vine să mă pun pe un râs isteric din pricina absurdului situației. Și al vieții în general.

– Mersi că ai trecut să mă anunți, zic și dau să intru în cameră.

– Tata e în Cipru, Alex, spune ea, nelăsându-se descurajată de atitudinea mea. L-a adus pe Rupes acasă aseară și a încercat s-o convingă pe mama să-i mai dea o șansă.

– Și ea ce-a zis?

– I-a zis nu. Pe urmă i-a zis că e un bețivan nemernic și l-a dat afară din casă, spune Viola și își mușcă buza. Îmi fac griji pentru el. L-ai văzut cumva? Mă gândeam că o fi trecut pe la Pandora.

Fir-ar să fie! Episodul ăsta devine de-a dreptul ridicol.

– Nu l-am văzut. Îmi pare rău, Viola.

– Bine.

O văd cum izbucnește în lacrimi și mă simt prost că am fost atât de dur cu ea.

– Îți iubești mult tatăl, nu-i așa?

M-am abținut cu greu să adaug, *Chiar dacă e un mare dobitoc care v-a distrus viața, ție, fratelui tău, mamei tale și mamei mele, pe deasupra. Ca să nu mai adaug și pe a tatei – adică William –, și a lui Fred, și a lui Immy. Și pe a mea, ce mai tura-vura.*

– Normal că-l iubesc. N-a vrut să dea faliment. Sunt sigură că s-a străduit din răsputeri să salveze afacerea.

Of, Viola, dac-ai ști tu...

Nu pot să rămân indiferent în fața devotamentului ei. Mai ales că nici măcar nu are vreo legătură de sânge cu el. Cum au unii, din nefericire.

– Sunt convins, spun printre dinți.

În fond, Viola nu are nici o vină în toate astea.

– Gata, plec, spune ea. Ți-am adus înapoi *Nicholas Nickleby*. E cea mai frumoasă carte pe care am citit-o vreodată. Pe bune.

– Serios? Mă bucur că ți-a plăcut.

– Da, acum vreau să trec la Jane Austen, cum m-ai sfătuit.

– Excelentă alegere.

– Era să uit. Ți-am mai adus ceva, în caz că nu ne mai vedem niciodată. În semn de mulțumire, pentru că te-ai purtat așa frumos cu mine.

Îmi dă un plic, după care se întinde și mă sărută timid pe obraz.

– Pa, Alex!

– Pa, Viola!

O urmăresc cum dispare pe coridor, piciorușele ei delicate abia atingând podeaua. Plutește, la fel ca mam... scuze, voiam să zic Helena.

Poate că stresul și oboseala mă fac mai emotiv, fiindcă îmi dau lacrimile când mă uit la plicul decorat cu o mulțime de floricele și inimioare desenate cu carioca. Candoarea ei mă înduioșează și, în timp ce bag cu chiu cu vai vasele cu apă în camera mea, mă gândesc ce bine-ar fi fost dacă eram înrudit cu ea, și nu cu Rupes.

Mă așez pe pat, iau câteva guri de apă și deschid plicul.

Dragă Alex,

Ți-am scris o poezie, pentru că știu cât de mult îți plac. Nu e prea grozavă, dar se numește „Prieteni". Sper că vei fi mereu prietenul meu. Îți mulțumesc pentru tot ce-ai făcut pentru mine.

Cu drag,
Viola

Desfac foaia pe care e scrisă poezia și o citesc. Sincer să fiu, nu e prea reușită, dacă e să analizăm pentametrul iambic și distihurile rimate, dar se simte că e compusă din inimă, ceea ce îmi readuce lacrimi în ochi. Formidabil câtă apă dau la șoareci de câteva ore încoace! Nici nu mă miră că mor de sete.

Mă uit la Rilă, iepurașul primit cu ani în urmă de la proaspăt regăsitul meu unchi Fabio. Cel puțin, acum știu de unde vine celălalt prenume oribil al meu – n-a fost ușor ca, treisprezece ani, să trăiesc cu ideea că am fost botezat după unul dintre renii lui Moș Crăciun. Apoi mă gândesc iar la Viola și la dragostea pe care i-o poartă bețivanului tâmpit care m-a procreat.

Pentru prima oară după evenimentele de aseară, îmi dau seama că putea fi mai rău. Trecând peste odioasa coincidență că „tatăl" biologic și... „tata" sunt prieteni la cataramă, măcar am gene nobile, iar Sacha are vreo doi neuroni sănătoși. Cel puțin, când nu sunt îmbibați în alcool. (Trebuie să am mare grijă cu băutura, fiindcă doar ce-am citit acum o săptămână că dependențele sunt ereditare.)

Celălalt aspect pozitiv e că tatăl meu biologic e înalt. Are părul îndeajuns de des și talia bine definită. Și ochi frumoși...

O, Doamne! Mă ridic și mă studiez în oglindă. Iată-le, indiciile care au fost sub nasul meu în toți acești ani; dovezile clare ca lumina zilei de pe fața mea. Numai că toată lumea a ales să le ignore. Inclusiv eu.

Așadar, nu sunt nici progenitura vreunui viticultor, nici a vreunui balerin homosexual. Nici a vreunui pilot de avion sau a vreunui chinez... sunt fiul unui aristocrat englez, pe care-l cunosc de când eram de-o șchioapă.

Cel mai bun prieten al tatălui meu vitreg.

Tata... bietul tata. Mi se rupe inima de mila lui. Cred că e insuportabil să știe că un bărbat, și nu oricare, ci prietenul lui cel mai bun, i-a „aia" soția. Abia a suportat s-o vadă pe Chloë sărutându-se cu individul de la aeroport și cu Michel.

Se pune întrebarea: o va putea ierta tata vreodată pe Helena?

Dar eu...?

Abia acum realizez că eu și tata suntem în aceeași barcă care stă să se scufunde. O fi plâns și el la fel de mult ca mine? Nu prea-i genul. Dar, dacă există vreun om care se simte la fel de prost ca mine, el e acela.

După aceea, am o revelație – în sfârșit, am găsit liantul dintre noi. Nu e vorba nici de fotbal, nici de crichet, nici de ceainicele pe care le colecționează, ci de Helena și durerea pe care ne-a pricinuit-o amândurora.

Femeia care mi-a dat naștere și soția lui.

Încerc să beau din stropitoarea lui Fred în timp ce meditez și sfârșesc prin a-mi vărsa toată apa pe față. Îmi amintesc cum suspina aseară pe terasă, după ce-am gonit-o din camera mea.

Mă gândesc din nou la ce mi-a povestit.

Și reflectez la faptul că a renunțat la o carieră strălucită pe scenă doar ca să mă păstreze pe mine...

Și mă umflă iar plânsul. De mila ei.

După câteva minute, iau o hotărâre. Și încep să o pun în practică.

Capitolul 27

După ce îl lăsă pe Fabio la destinație, Helena o sună pe Angelina ca să se intereseze de Alex și află că Viola venise în vizită, iar el ieșise din camera lui ca să vorbească cu ea.

Apoi, își petrecu după-amiaza pe plajă, cu Immy și cu Fred. La ora șase, se întoarseră la Pandora, și Helena se duse direct la camera lui Alex.

– Eu sunt. Pot să intru? întrebă ea, după ce bătu la ușă.

Nu primi nici un răspuns.

– Înțeleg că ești supărat, dragule, dar cred că ți-e foame. Îți las ceva de mâncare la ușă. Mă duc să-i îmbăiez pe cei mici, le citesc o poveste și îi culc. Trec pe la tine după aceea.

Ora opt o găsi singură pe terasă, ascultând liniștea din casa care, până seara trecută, răsunase de strigăte de veselie. După un timp, se duse înăuntru. Tava de la ușa lui Alex era neatinsă. Mai ciocăni o dată.

– Alex, dragule, nu mai sta închis în cameră. Immy și Fred s-au culcat și nu mai e nimeni în casă. Putem vorbi puțin? Te rog? îl implora Helena.

Nimic.

Helena se așeză în fața ușii, disperată să primească un răspuns.

– Te rog, Alex, spune ceva ca să știu că ești bine. Înțeleg că ești furios și nu vrei să mă vezi, dar nu mai suport starea asta.

Tăcere deplină.

– Cum dorești, dar să știi că intru oricum.

Helena se ridică și puse mâna pe clanță. O învârti, dar ușa nu se deschise.

– Alex, scumpule. Sparg ușa dacă e nevoie. Spune ceva! *Te rog!*

Helena era deja înnebunită de spaimă și își făcea tot felul de gânduri negre. Lacrimi de deznădejde și teamă i se prelingeau pe obraji.

– Alex, dacă mă auzi, deschide ușa, pentru numele lui Dumnezeu!

Cum strigătele ei nu dădeau nici un rezultat, Helena ieși în fugă pe terasă, luă telefonul mobil de pe masă și formă numărul lui Alexis, cu degete tremurânde.

– Helena? îi răspunse el, imediat.

– Alexis?

– Ce s-a întâmplat, Helena?

– Alexis... vino, te rog, până aici! Am nevoie de tine.

Zece minute mai târziu, Alexis își făcu apariția. Helena îl aștepta la ușa din spate.

– Ce s-a întâmplat?

– Alex nu vrea să deschidă ușa dormitorului. Cred că... o, Doamne..., îngăimă ea, sugrumată de spaimă. Cred că a făcut ceva. Vino cu mine, te rog.

Helena îl apucă de braț și aproape îl târî după ea, în casă.

– Unde-i William? întrebă el, vizibil nedumerit.

– A plecat. S-a dus. Trebuie să intrăm imediat în dormitorul lui Alex! zise ea, printre lacrimi, trăgându-l în hol, înspre cameră.

– Liniștește-te, Helena. Normal că intrăm.

Apăsă pe clanță și, la fel ca Helena, descoperi că ușa nu se clintește. Împinse cu toată forța, dar nu reuși s-o deschidă. Mai încercă o dată. Degeaba.

– Alex, mă auzi? Răspunde-mi, te rog! *Te rog!* strigă Helena, izbind cu pumnii în ușă.

Alexis o dădu la o parte și lovi cu toată puterea, dar ușa nu cedă.

– Mă duc afară. Poate reușesc să văd ceva pe fereastră.

– Da, da! spuse Helena, ușurată. Am observat mai devreme că obloanele sunt deschise.

– Îmi trebuie ceva pe care să mă urc. E prea sus fereastra ca să ajung la ea, zise Alexis și dădu fuga pe terasă ca să ia un scaun. Nu-mi spui și mie ce s-a întâmplat? o întrebă, după ce îl așeză sub fereastră și urcă pe el.

– Îți spun imediat, dar, mai întâi, vreau să știu că fiul meu e teafăr și nevătămat.

– Bine, bine. Acum mă uit. Stai o clipă.

Helena stătea lângă el, cu sufletul la gură.

– E înăuntru, Alexis? E... O, Doamne! O, Doamne! murmură ea.

Alexis coborî de pe scaun.

– Nu e nimeni în cameră, Helena.

Capitolul 28

– Nu mai sunt nici rucsacul, nici Rilă, constată Helena, după ce aruncă totul de pe pat.

Era evident că Alex încuiase ușa după ce ieșise, iar ea reușise cu greu să se strecoare pe fereastra minusculă, după ce Alexis spărsese un ochi de geam, ca să poată ajunge la ivăr și să-l deschidă.

– De ce-a fugit?

– E o poveste lungă. Trebuie să-l căutăm prin împrejurimi, zise Helena, ieșind în goană din cameră.

– Mă îndoiesc că Alex și-a luat rucsacul ca să facă o plimbare prin grădină.

– Eu verific oricum. Poate că se ascunde pe undeva.

Helena dădu o raită prin jurul casei și al magaziilor, verificând fiecare cotlon în care s-ar fi putut ascunde Alex. Alexis, înarmat cu o lanternă, îl căuta printre vie. Într-un final, se reîntâlniră pe terasă.

– Nimic. Nu-i aici, Helena. Sunt sigur.

– Încerc să-l mai sun o dată pe mobil.

Helena luă telefonul de pe masă și formă numărul lui Alex. Îi răspunse din nou căsuța vocală.

– Dragule, sunt eu, mama. Sună-mă, te rog, ca să știu că ești bine. Pa.

Helena se plimba de colo colo, încercând să se calmeze ca să poată gândi.

– Dacă-mi spui *de ce*-a fugit, stărui Alexis, ți-aș putea fi de mai mare ajutor.

Helena se opri și se întoarse spre el.

– A aflat cine e tatăl lui. La fel și William. De-asta nu e nici unul aici. M-au... părăsit amândoi.

– Am înțeles. Ești obosită, Helena. Ia loc puțin, o îndemnă el, luând-o de mână, și o conduse la un scaun. Mă duc să-ți aduc ceva de băut.

– Nu-mi trebuie nimic. Poate o țigară.

Luă pachetul rămas pe masă de seara trecută și își aprinse una.

– Să înțeleg că tipul ăsta... tatăl lui Alex... nu e..., Alexis șovăi, negăsind cuvântul potrivit, pe placul fiului și al soțului tău?

– Nu, nu e, oftă Helena, nepăsându-i ce va crede despre ea. E vorba de Sacha, soțul lui Jules, pe care l-am cunoscut cândva sub numele de Alexander.

– Același nume ca al meu și al lui Alex, remarcă Alexis, șocat. Îmi dau seama că nu avea cum să iasă bine. Totuși, sunt convins că există o explicație, dar poate nu e momentul potrivit să discutăm despre asta.

– Așa e, zise Helena, trăgând din țigară. Crezi că Alex a făcut vreun... gest necugetat?

– Nu. Alex e un băiat cu capul pe umeri. Poate că are nevoie să se gândească în liniște. Eu așa aș face în locul lui.

– Știu, dar e un copil într-o țară străină. Unde putea să se ducă?

– Nu știu, dar sunt sigur că n-a fost o decizie spontană.

– Stai să mă gândesc... să mă gândesc, zise Helena, cu degetele la tâmple, apoi ridică ochii spre Alexis. Crezi că ar fi în stare să meargă la Jules? Ca să-i spună adevărul?

– Am trecut pe la ea mai devreme, și Alex nu era acolo, spuse Alexis, ridicând din umeri. Mă îndoiesc. N-au o relație apropiată și nici nu-l suportă pe Rupes. Vrei s-o sun?

– Nu, ai dreptate. Nu s-ar duce la ei. Dar, în afară de tine și de Angelina, nu-mi vine în minte nici o altă persoană din zonă pe care s-o cunoască. Dacă a pățit ceva? Poate că a ieșit la plimbare și...

– Helena, încearcă să-ți păstrezi calmul. Alex a luat rucsacul cu el. Ceea ce înseamnă că a plecat pregătit. Întrebarea e, unde?

– Nu... pur și simplu... nu știu, spuse ea și stinse țigara. Cunoscându-l pe Alex, ar căuta un loc în care să se simtă în siguranță, un loc familiar.

– Cum ar fi acasă în Anglia? sugeră Alexis.

– Dar cum să ajungă acolo? zise Helena și se ridică brusc. Pașaportul lui! Stai să verific!

O luă la fugă pe scări, intră în dormitorul ei și deschise sertarul în care păstra pașapoartele copiilor și biletele de întoarcere. Pașaportul lui Alex lipsea.

Coborî repede.

– L-a luat. Ar putea fi oriunde...

Se prăbuși pe scaun, suspinând.

– Are bani?

– Are un cont bancar și un card de pe care poate să scoată bani, dar n-am idee cât mai are pe el. Sigur nu prea mult, cunoscându-l pe Alex. E mână spartă.

– William unde e?

– Nu știu, răspunse ea, printre lacrimi.

– Trebuie să-l găsim. Trebuie să-l suni și să-i spui că Alex a fugit de-acasă.

– N-o să-mi răspundă dacă vede că sunt eu.

– Atunci, îl sun eu, spuse Alexis și scoase telefonul. Dă-mi numărul.

Formă numărul și așteptă. O voce de robot îl anunță că William are telefonul închis și să încerce mai târziu.

– E posibil ca William să fie la locuința din Anglia?

– Dacă s-a întors în țară, e ori acolo, ori la apartamentul din Londra. Încearcă la ambele numere, spuse Helena.

La ambele numere îi răspunse robotul. Alexis îi mai lăsă două mesaje, prin care îl ruga pe William să îl contacteze de urgență.

– Vrei să dau o fugă până în sat? Să întreb dacă l-a văzut cineva?

– Da, te rog.

– Tu rămâi aici, în caz că se întoarce Alex. Ai idee la ce oră a plecat?

– În jurul orei unu, fiindcă Angelina plecase deja acasă. Nu trebuia să-l duc pe Fabio la Paphos și să merg la plajă, dar nici prin gând nu mi-a trecut că o să fugă de-acasă.

– Nu te pierde cu firea, Helena, spre binele tău și al lui Alex, o încurajă Alexis, strângând-o de mâini. Îl găsim noi până la urmă.

Alexis reveni din sat după vreo oră. Helena îi studie impacientată chipul, așteptând veștile de la el.

– Nu l-a văzut nimeni. Îl mai căutăm și mâine. Deocamdată, nu avem ce să facem.

– N-ar trebui să sunăm la poliție?

– E trecut de miezul nopții, Helena. N-au cu ce să ne ajute acum. Sunăm mâine, zise Alexis și întinse o mână ca să o mângâie pe obraz. Draga mea Helena, încearcă să te odihnești puțin. Trebuie să fii în formă mâine.

– Nu pot să dorm, Alexis.

– Încearcă, de dragul meu. Hai să vedem dacă poți, spuse el și o conduse în salonul întunecos, unde o obligă să se întindă pe canapea.

– Mai rămâi cu mine puțin? întrebă ea. Pentru orice eventualitate...

– Normal. Știi că sunt mereu lângă tine, spuse el cu blândețe.

– Mulțumesc, murmură ea și închise ochii.

Alexis o privi în tăcere cum doarme. Își aminti acea seară – cu vreo cincisprezece ani în urmă – când o văzuse în baletul *Pasărea de foc* la amfiteatrul din Limassol. Admirând-o pe scenă, aproape că nu îi venea să creadă că făptura aceea superbă, care fascina două mii de spectatori cu talentul ei, fusese cândva fata pe care o iubise nespus.

Firește, Helena nu aflase că fusese și el în public. Dar el nu a uitat niciodată seara aceea. Iar acum, rămas singur cu ea, privind-o cum doarme, realiză că, indiferent de faptele ei, inima lui nu încetase nici o clipă să bată pentru ea.

Helena se trezi brusc din somn și descoperi că e dimineață. Se ridică în capul oaselor și întinse mâna direct spre telefonul mobil. Primise un mesaj.

Îl deschise cu sufletul la gură.

Dată fiind situația, aș dori să inițiez procedurile de divorț cât mai repede cu putință. Te rog să îmi aduci la cunoștință numele avocatului tău. W

Helena se prăbuşi la loc pe canapea, cuprinsă de deznădejde.

Alexis anunţă poliţia locală, iar Angelina, vizibil îngrijorată, îi luă pe cei mici acasă la ea, în sat. Helena se plimba de colo colo pe terasă şi îl suna pe Alex din minut în minut, parcă dorind să invoce vreo forţă invizibilă.

William nu îl sunase pe Alexis. Helena încercase să ia legătura cu el, la ambele reşedinţe din Anglia, dar, de fiecare dată, îi răspunsese robotul. Apoi le sunase pe Sadie şi pe Jules.

Nimeni nu ştia nimic de el.

Helena se uită cum Alexis iese în întâmpinarea poliţistului şi îl conduce pe terasă.

– Dumnealui este sergentul Korda, un bun prieten al meu, o informă Alexis. Va face tot ce-i stă în putinţă ca să-l găsească pe Alex.

– Bună ziua!

Helena se ridică şi încercă să îşi ţină firea, conştientă că riscă să îşi piardă iremediabil cumpătul.

– Luaţi loc.

– Mulţumesc, spuse poliţistul. Vorbesc engleza puţin, dar, dacă Alexis cunoaşte detaliile, mi le va relata în greacă. E mai rapid aşa.

– Într-adevăr. Vă servesc cu ceva de băut?

– Un pahar cu apă, dacă nu vă deranjează.

Helena se duse să ia o carafă şi pahare din bucătărie. Când ieşi cu ele pe terasă, îl auzi pe Alexis explicând situaţia în greacă, aşa că se întoarse în bucătărie şi se apucă să spele nişte vase, ca să mai uite de griji.

În cele din urmă, li se alătură din nou. Sergentul Korda era în picioare, gata să plece. Îi zâmbi Helenei.

– Am toate informaţiile. Îmi mai trebuie o fotografie a fiului dumneavoastră? Aveţi cumva una?

– În portofel. O aduc imediat.

Helena se duse repede în dormitor. Scoase portofelul din geantă şi coborî în viteză.

– Sigur e pe-aici, pe undeva, zise ea, scotocind prin toate buzunarele. Am găsit-o.

Îi întinse poza sergentului Korda, cu ochii în lacrimi la vederea feţei bucălate şi zâmbitoare a lui Alex.

– E făcută acum un an. E aproape neschimbat, adăugă ea.

– Mulțumesc. O să le împart copii colegilor mei.

– O clipă, vă rog, zise Helena, uitându-se mai atent în portofel. Mi-a dispărut cardul de debit.

– De debit? întrebă sergentul, uitându-se nedumerit la Alexis.

Alexis îi traduse cuvântul.

– Sunteți sigură că lipsește?

– Da. L-o fi luat Alex? spuse Helena, uitându-se la el. Știe codul PIN, pentru că îl mai rog uneori să scoată bani de pe el când ieșim în oraș.

– Asta-i o veste bună, zise sergentul Korda. În cazul în care cardul e la fiul dumneavoastră, putem să-l localizăm. Notați-mi, vă rog, detaliile contului dumneavoastră.

Helena le mâzgăli în grabă în carnetul sergentului.

– Și adresa din Anglia. O să contactez poliția britanică. O să verificăm toate zborurile de pe aeroportul din Paphos începând cu ora patru. De asemenea, pentru că nu puteți lua legătura cu soțul dumneavoastră, îi vom ruga pe polițiști să treacă pe la ambele reședințe ca să verifice dacă Alex e acolo.

– Vă mulțumesc din suflet, domnule sergent, zise Helena după ce notă informațiile cerute și se îndreptau spre mașină. Îmi pare rău că v-am deranjat. Fiul meu n-are nici o vină. Eu sunt singura vinovată.

După ce mașina de poliție se îndepărtă, Alexis puse protector un braț pe după umerii Helenei.

– Mă duc la birou să-mi verific e-mailurile. Fac un duș, mă schimb și vin repede înapoi. Te descurci singură o oră?

– Normal că mă descurc. Îți mulțumesc pentru tot ajutorul, Alexis.

– Știi că poți conta pe mine. Revin cât pot de repede.

Îl urmări cum merge spre mașină, după care se întoarse pe terasă și se așeză pe un scaun. Încercă din nou să îi sune pe Alex și pe William, apoi la Cedar House și la apartamentul din Londra.

Observă că unul dintre tricourile lui Alex atârna pe sfoară. Îl luă și inspiră adânc mirosul încă persistent al fiului ei. Închise ochii și se rugă.

Câteva minute mai târziu, o mașină trase în fața casei, și Jules își făcu apariția pe terasă.

– Am trecut să văd dacă ai aflat ceva de Alex.

– Nu. Încă nu știu nimic.

– Doamne, Helena, mi se rupe inima când mă gândesc prin ce treci! Îmi pare nespus de rău. Ești singură acasă?

– Da.

– Unde-i William?

– Nu știu, răspunse Helena, prea epuizată ca să mai mintă.

– Cum adică nu știi?

– A plecat, zise ea, scurt. N-am idee unde s-a dus.

– Și a dispărut și Alex? întrebă Jules, cu o privire suspicioasă. Îmi ascunzi ceva. Zi-mi ce s-a întâmplat, Helena.

– Nu acum, Jules. E o poveste prea lungă, spuse Helena, neîndrăznind să o privească în ochi.

– Mă forțezi să trag singură concluziile. E clar că le-ai spus ceva ce nu știau sau au aflat din întâmplare. Care din variante e corectă?

– Trebuie neapărat să purtăm discuția asta acum? Chiar nu mă simt în stare, Jules, zise Helena, pe un ton implorator.

– Da, trebuie. Cred că știu despre ce e vorba.

– Nu, nu cred că știi.

– Dacă aș spune că bezmeticul de bărbatu-meu, cât de curând ex-soț, e mai mult ca sigur cauza problemei, bănuiesc că aș avea dreptate, nu-i așa? Ia zi.

Helena înălță capul și se uită șocată la Jules.

– Stai liniștită, Helena. Am știut de tine și de Sacha de la bun început. Și, bineînțeles, de Alex.

Helena rămase fără grai.

– Cum? îngăimă ea, într-un final.

– Când s-a întors de la Viena, se vedea de la o poștă că s-a întâmplat ceva. Cunoscându-l pe Sacha, nu putea fi vorba decât de o femeie. În primul rând, nu m-a sunat decât de câteva ori după ce-a plecat din Anglia. Sinceră să fiu, relația noastră trecea printr-un moment de criză. Eram căsătoriți de cinci ani și știam că avusese cel puțin câteva aventuri. Era complet nefericit, fiindcă nu reușea să își vândă tablourile, iar eu munceam pe brânci la agenția imobiliară. Așa că am decis că avem nevoie să stăm departe unul de celălalt o perioadă și m-am oferit să îl susțin financiar timp de un an, ca să-și obțină diploma de master. În felul ăsta, avea șanse mai mari să se angajeze la o galerie, sau măcar să obțină un post de profesor. Pe lângă asta, știi cum se spune – dacă iubești pe cineva, lasă-l să zboare liber. Și l-am lăsat.

– Ai făcut un sacrificiu imens, Jules.

– Într-adevăr, dar știam cum e Sacha. Nu e în stare să-și poarte singur de grijă. Am sperat că, stând la Viena, va realiza câtă nevoie are de mine și se va întoarce acasă cu coada între picioare. Înainte să plece, l-am avertizat că n-o să-i mai trec cu vederea infidelitățile. Îți dai seama că nu mă așteptam să te întâlnească pe tine. Sau să aflu, la scurt timp după plecarea lui, că sunt însărcinată cu Rupes. Îți spun cu mâna pe inimă că am stat câteva săptămâni și m-am tot gândit dacă să fac întrerupere de sarcină fără știrea lui Sacha. N-avea de unde să afle dac-o făceam. Dar, după cum bine știi, Helena, cu cât păstrezi mai mult sarcina, cu atât ființa aia mică din tine devine tot mai reală. Așa că, într-un final, i-am trimis o scrisoare la Viena și i-am cerut să vină acasă, pentru că o să avem un copil. Până când a ajuns, nu mai era cale de întoarcere. Trebuia să păstrez sarcina.

– O, Doamne! murmură Helena.

– În primele săptămâni, am avut senzația că Sacha nu suportă să mă vadă în fața ochilor. Se plimba de colo colo, amețit, sau stătea mai mult în atelier și picta. Eram convinsă că o să mă părăsească, spuse Jules și se uită la Helena. Mi-e sete. Pot să mă duc să iau un pahar cu apă?

– Desigur, șopti Helena.

Jules se ridică și intră în casă, lăsând-o pe Helena încremenită, mult prea șocată de cele auzite ca să mai poată judeca.

– M-am răzgândit. Bem amândouă câte un pahar cu vin. E trecut de prânz, așa că n-avem motiv să ne simțim vinovate. Poftim. Sunt sigură că îți prinde bine.

Jules puse un pahar în fața Helenei, luă o sorbitură din al ei și se așeză.

– Mulțumesc.

– Într-o zi, am intrat în atelier ca să-l întreb ceva. Nu era acolo. Plecase într-una din plimbările lui lungi – uneori, dispărea cu orele. Pe birou, am văzut nişte schiţe absolut superbe, în creion, cu o dansatoare. Pe toate scria „Helena".

Deşi simţea că o apucă greaţa, Helena luă o înghiţitură zdravănă de vin.

– Mă tem că le-am făcut ferfeniţă. Păcat, fiindcă erau de departe cele mai reuşite creaţii ale lui Sacha. Nu a fost niciodată vreun talent deosebit, dar, în mod evident, dragostea îi dăduse un nou avânt artistic. În seara aia, eram pregătită de scandal. Nu aveam nici o îndoială că, între timp, a descoperit schiţele rupte. Dar, spre surprinderea mea, a intrat în casă şi m-a luat în braţe. Mi-a cerut iertare că a fost atât de distant şi mi-a explicat că are o problemă pe care trebuie s-o rezolve. Nu mi-a spus nimic concret, dar ştiam amândoi despre ce – şi *cine* – era vorba.

O vreme, nici una din ele nu scoase o vorbă, fiecare pierdută în propriile amintiri despre acelaşi bărbat.

– În orice caz, reluă Jules, în zilele următoare, am început să discutăm despre viitor. Sacha şi-a dat seama că trebuie să îşi găsească o slujbă cu normă întreagă, pentru că nu mai puteam munci după naşterea copilului, cel puţin o perioadă. Iar banii pe care-i câştiga din pictură nu ajungeau nici să hrănească o familie de şoareci, darămite una de oameni. Prin urmare, şi-a sunat câţiva vechi prieteni de la Oxford şi s-a dus la câteva interviuri la Londra. Într-un final, a primit o slujbă la o companie de brokeraj cu care lucra tatăl lui de ani buni. S-a născut Rupes, Sacha s-a obişnuit cu munca şi chiar îi mergea bine. Îţi imaginezi că un bărbat chipeş şi fermecător ca el le vrăjea imediat pe bătrânele bogate care aveau bani de investit.

Jules dădu ochii peste cap, dezgustată, şi mai luă o sorbitură de vin.

– Trei ani mai târziu, imediat după ce am adoptat-o pe Viola, a primit propunerea să se mute la Singapore. Eram disperată să accepte, ca să putem într-adevăr să începem o viaţă nouă. Amândoi ne simţeam excelent acolo. Totul a mers bine până când am revenit în ţară, câteva luni mai târziu, ca să participăm la nunta voastră. Te-am recunoscut imediat din schiţele lui Sacha, iar expresia de pe faţa lui, când te-a văzut mergând spre altar, a fost efectiv de tot hazul, zise Jules, cu un chicotit răutăcios. Dacă n-aş fi ştiut adevărul, figura lui m-ar fi convins că fusese ceva între voi.

– Îmi pare nespus de rău, Jules, se scuză Helena. Nu m-am gândit niciodată că ştii.

– De ce te-ai fi gândit? i-o reteză Jules. Tot ce-am văzut la nuntă mi-a confirmat bănuielile. Un invitat mi-a zis că ai fost balerină, iar William a pomenit în discursul lui că te-a cunoscut la Viena, pentru că Sacha îl încurajase să meargă acolo ca să găsească dragostea..., adăugă Jules şi se cutremură uşor. La petrecere, l-am observat pe Alex care se ţinea după tine ca un pui rătăcit... şi am înţeles imediat. Chiar dacă Alex nu seamănă prea mult cu Sacha, a moştenit ochii lui.

– Aşa e.

Helena ridică privirea spre femeia aceea uluitoare, care stătea la masa ei şi îi explica cu un calm desăvârşit că ştie tot adevărul şi, mai mult decât atât, că îl ştiuse de la bun început.

– N-am idee ce-aş putea să mai spun, Jules, decât că îmi pare extrem de rău că te-am făcut să suferi. Nu încerc să caut scuze, dar Sacha nu mi-a spus că e căsătorit. Mi s-a prezentat sub numele de Alexander. Adevărul e că nu mi-a spus aproape nimic despre viaţa lui din Anglia.

– Nu mă miră, pufni Jules, dispreţuitor. Sunt convinsă că, pe vremea aia, îi plăcea să se creadă altcineva, şi era foarte comod să uite că e însurat.

– Crezi că Sacha a ştiut că eu mă căsătoresc cu William?

– Când am primit invitaţia, îmi amintesc că ne-am uitat amândoi la numele scris lângă cel al lui William: *Helena*. Dar sunt convinsă că s-a gândit, ca şi mine, de altfel, că ar fi o coincidenţă prea mare să fii tocmai tu.

– A fost. *Este* o coincidenţă. Iar, dacă îşi dădea seama... Mereu m-am întrebat de ce n-a încercat să ia legătura cu mine şi să mă avertizeze.

– Dacă mi-am dorit vreodată ca tu şi el să suferiţi, ei bine, în ziua nunţii tale, m-am simţit răzbunată. Iar când Sacha a dat cu ochii de Alex... uau! oftă Jules, clătinând din cap. Cred că a fost un calvar, mai ales pentru tine, Helena. În definitiv, eu am știut de la bun început, dar William habar n-avea.

– Și nu i-ai zis lui Sacha că Alex e copilul lui? întrebă Helena, perplexă.

– Recunosc, faptul că Alex era aproape sigur copilul lui Sacha a fost un șoc, dar ce sens avea să mă ambalez și să intentez divorț? Era mai mult decât evident – ținând cont că te-am cunoscut la câteva minute după ce te-ai căsătorit cu cel mai bun prieten al lui Sacha – că nu trebuie să-mi fac griji că veți fugi în lume împreună. Se vedea clar că tu și William vă iubiți foarte mult.

– Ne-am iubit, într-adevăr, sau cel puțin..., zise Helena și se opri. Eu îl iubesc și acum. Nu știu cum ai suportat toate astea, Jules. Eu n-aș fi putut.

– Îți dai seama că nu mi-a făcut nici o plăcere să știu că ai trăit o poveste furtunoasă de dragoste cu soțul meu, în timp ce eu eram în Anglia, singură, nefericită și gravidă, pe deasupra, dar important e că *am știut*. Un om informat e un om puternic, și eu am decis să rămân cu el. În primul rând, nu mă atrăgea deloc ideea de a-mi crește copilul singură. Ți-am lăsat ție această responsabilitate. Am vrut ca fiul meu să crească alături de tatăl lui. Așa cum ți-am mai spus, pe vremea aia încă îl iubeam pe Sacha. Știam că are o mulțime de cusururi și că nu e capabil să se descurce singur, dar iubirea e oarbă. N-am dreptate? Tu ar trebui să mă înțelegi mai bine ca oricine. Bănuiesc că l-ai iubit pe Sacha, nu?

– L-am iubit. Cândva.

– Te-am compătimit mereu, Helena. E îngrozitor să trăiești într-o minciună. Zi-mi, cum a aflat William?

– A venit în vizită Fabio, fostul meu partener de dans. I-a arătat o fotografie în care apăream împreună cu Sacha, la Viena.

– Ups. S-a făcut foc și pară, nu?

– Vrea să divorțăm. Mi-a dat mesaj azi-dimineață.

– Îi înțeleg reacția, spuse Jules, legănând calm din cap. Alex ce-a zis? E șocat că Sacha e tatăl lui?

– Da. Tocmai de-aia a și fugit de-acasă. Adineauri a trecut poliția pe-aici. Vor lua legătura cu poliția britanică pentru a-l căuta și acolo.

– Apare el până la urmă. O să depășească șocul și-o să te ierte. Te iubește mai mult decât orice. Dar ce-o să se întâmple de-acum încolo? Dacă eu și William am ieșit din peisaj, presupun că îndrăgostiții de altădată pot reveni la marea lor pasiune.

– Nu, Jules, chiar nu...

– Helena, n-ai decât să faci ce vrei cu el. Mi-a venit de mult mintea la cap, cum ar zice Rupes. Privind în urmă, îmi dau seama că nici nu realizam cât de nefericită sunt din cauza nemernicului ăluia egoist. Dacă-l vrei, al tău e. Oricum, te-a considerat întotdeauna marea lui dragoste. Văd asta ori de câte ori se uită la tine. Deși mă întreb dacă Sacha e în stare să iubească pe altcineva în afară de sine.

– Îți dau cuvântul meu, Jules, că Sacha e ultimul om de pe fața pământului cu care mi-aș dori să am o relație. M-a mințit, s-a făcut nevăzut și m-a lăsat de izbeliște la Viena. Dacă e s-o spun pe-a dreaptă, abia suport să fiu în aceeași încăpere cu el. Îl iubesc pe William și mi-aș dori enorm să se întoarcă... Scuză-mă, zise Helena și își șterse lacrimile în grabă. N-am dreptul să plâng. Cred că mă urăști profund.

– Am urât-o pe femeia din schițe în ziua în care le-am descoperit, dar cum te-aș putea urî pe tine? Ești o persoană realmente drăguță, care, întâmplător, are darul de a-i face pe bărbați să se îndrăgostească de ea. Dar asta nu ți-a adus nici pe departe fericirea. Dimpotrivă, mi se pare că a adus în viața ta doar haos și suferință.

– Aș...

Auzind soneria telefonului mobil, Helena răspunse imediat.

– Alo? Ai aflat și tu, William? Alex a dispărut și... Serios?... Slavă Domnului! Slavă *Domnului*! Așa fac. Pot să vorbesc cu el? Nici o problemă, înțeleg. Spune-i că îl iubesc, te rog. La revedere!

Scăpă telefonul pe masă și își prinse capul în mâini.

– Slavă Domnului! Slavă Domnului! repeta la nesfârșit, cu glasul înecat de lacrimi de ușurare.

– L-au găsit pe Alex?

– Da, e în Anglia, împreună cu William. Slavă Domnului, Jules!

Jules se ridică, se apropie de Helena și o cuprinse de umeri.

– Gata, gata, liniștește-te, o mângâie ea. Ți-am zis eu că totul o să se termine cu bine. E un supraviețuitor, exact ca taică-su. Apropo de Sacha, l-am dat afară din casă aseară. A venit pe nepusă masă din Anglia, împreună cu Rupes – beat mort ca de obicei –, ca să mă roage să îl iert și să îl primesc înapoi. N-ai idee ce bine m-am simțit când i-am zis să se ducă naibii. Cred că a dormit pe sub vreo viță-de-vie azi-noapte. Duhnea oribil, Helena, spuse Jules și strâmbă scârbită din nas. Are nevoie de ajutor de specialitate, dar, din fericire, nu mai e treaba mea să-l conving.

– Așa e, confirmă Helena, fericită să îl știe pe Alex teafăr și nevătămat alături de William, în Anglia.

– Noi plecăm peste câteva zile. Am găsit o căsuță frumoasă de închiriat, aproape de școala lui Rupes. Nu se compară cu fosta casă, dar am vorbit deja cu agentul imobiliar și am fost chemată la mai multe interviuri de angajare. O să-mi prindă bine să revin la muncă. În plus, am găsit și o școală primară bună pentru Viola.

– Credeam că-ți place aici.

– Îmi place, dar, între noi fie vorba, Helena, dacă aș rămâne aici, e ca și cum aș da bir cu fugiții. Trebuie să mă gândesc la viitorul copiilor mei.

– Ai dreptate. O să... le spui că Alex e copilul lui Sacha?

– Nu. Bieții de ei au destule pe cap în momentul ăsta. Plus de asta, e treaba lui Sacha să le dea vestea cea proastă, nu a mea, deși sunt sigură că n-o s-o facă. E mult prea laș. Deci..., oftă Jules, e momentul să ne luăm la revedere. Îți mulțumesc pentru sprijinul pe care mi l-ai acordat în vara asta. Și, poate, dacă tot s-au lămurit lucrurile, o să fim prietene în adevăratul sens al cuvântului de acum încolo. Dă un semn de viață când revii în Anglia, bine?

– Desigur. Deși habar n-am unde-o să locuim.

– Stai liniștită, zise Jules, veselă, și se ridică. Spre deosebire de Sacha, William te iubește prea mult ca să renunțe la tine. Mai vorbim. *Ciao*.

Jurnalul lui Alex
14 august 2006

Am trăit o adevărată aventură. În ultimele douăzeci și patru de ore, m-am transformat dintr-un puști de treisprezece ani, dolofan și anonim, într-un infractor fugar. Care figurează pe toate listele de persoane dispărute din Europa.

Sunt curios dacă au pus pe jar și Interpolul. Sper din tot sufletul, fiindcă ar da foarte bine în viitoarea mea biografie.

În momentul în care am descoperit cum să împușc doi iepuri dintr-o lovitură, n-am mai stat pe gânduri. Știam unde ține mama pașapoartele, plus cardul ei de debit și un teanc de lire cipriote. Am sunat la o companie de taxiuri la care apelează și ea și m-am înțeles cu un domn amabil, care rupea câteva cuvinte în engleză, să mă ducă la aeroportul din Paphos. Pe drum, am jucat un adevărat teatru și i-am zis că a apărut o urgență în Anglia – am invocat sănătatea șubredă a bunicii mele, Dumnezeu s-o aibă-n grijă –, așa că, până la destinație, chiar și eu am ajuns să cred că mai are doar câteva ore de trăit. La fel și șoferul.

La aeroport, i-am dat un bacșiș gras și l-am rugat să îmi cumpere un bilet la prima cursă spre Anglia la Cyprus Airways, sub pretextul că nu vorbesc greaca. I-am mai zis că tata, cu care urma să mă întâlnesc la aeroport, mi-a dat adineauri un mesaj că mai întârzie și să-mi cumpăr singur biletul. Verificasem în prealabil că unele companii aeriene le permit copiilor cu vârsta de peste doisprezece ani să se suie fără însoțitor la bordul aeronavelor, altele însă impuneau condiția să fie însoțiți de un adult.

Aici, a intervenit mâna sorții. La coada de la *check-in*, m-am împrietenit cu bătrânica simpatică dinaintea mea. I-am urcat bagajul pe cântar și am ajutat-o în timp ce își căuta cu mâinile ei osoase și tremurânde pașaportul și biletul în portofelul din plastic. Apoi le-am dat la control împreună cu pașaportul și biletul meu. Prin urmare, am primit locuri unul lângă altul și ne-am împrietenit și mai bine cât am așteptat în sala de la „Plecări". La îmbarcare, am aplicat aceeași tehnică ca la *check-in*, având grijă să îi arăt doamnei care ne verifica actele cât sunt de atent cu însoțitoarea mea, pe care speram să o creadă o rubedenie în vârstă a mea. Bunicuțele – moarte, muribunde sau vii – mi-au fost de mare ajutor în proiectul meu de revenire în Anglia.

Din fericire, odată urcați în avion, „bunica de împrumut" a adormit imediat. În felul ăsta, am avut timp să meditez în liniște. Gânduri care nu mi-au mai trecut niciodată prin minte.

În disperarea mea de a afla cine e tata, n-am observat ceea ce era chiar sub nasul meu.

Deci, m-am întors în Anglia.

Am venit pentru mine. Și pentru ea.

Mă așteaptă cea mai importantă discuție din viața mea.

Trebuie să îndrept lucrurile.

Pentru că o iubesc pe mama.

Și

Pe tata.

Capitolul 29

William puse ceainicul la fiert și se uită în grădină pe fereastra bucătăriei. Leagănele și tobоganul lui Immy și Fred stăteau într-un colț, iar multîndrăgitul pistol cu apă al lui Fred – aproape cât el de mare – zăcea pe iarbă, acolo unde îl aruncase.

Cedar House, situată la periferia pitorescului sat Beaulieu din Hampshire, era o ruină când o cumpăraseră, chiar înainte de a se căsători. Ușor, ușor, o puseseră pe picioare. Pentru că trecuse puțin timp de la divorțul lui, iar biroul de arhitectură era încă la început, fuseseră nevoiți să strângă cureaua și să facă economii drastice ca să transforme casa stil Edward, din cărămidă roșie, austeră și sumbră, într-o locuință deosebită. Spre norocul lor, nu era o clădire de patrimoniu, așa că William putuse să o modifice după bunul plac. Extinsese bucătăria, dându-i un aspect aerisit și spațios, în așa fel încât se contopea perfect cu terasa și grădina, datorită peretelui vitrat. De asemenea, demolase pereții interiori, pentru a extinde cămăruțele înghesuite și a le face mai luminoase. Odată încheiate renovările, Helena o amenajase cu o eleganță desăvârșită. Avea un simț deosebit pentru îmbinarea culorilor și a materialelor și pentru alegerea mobilierului, la care adăugase, în timp, diverse obiecte achiziționate de la magazinele de artă și în vacanțele petrecute în străinătate. Reușiseră să transforme cărămida și mortarul anoste într-o locuință eclectică și primitoare.

William se cutremură. Se simțise mereu atât de mândru de creația lor; dar, în ziua aceea, casa părea atât de pustie.

Se duse la frigiderul a cărui ușă era acoperită de magneți în care stăteau agățate desenele lui Immy și Fred și scoase cutia cu lapte pe care o cumpărase de la benzinărie, în drum spre casă. Așa cum pățise după primul divorț, bănuia că, și de data asta, va pierde casa – fie în favoarea Helenei, fie pentru că o vor vinde unei familii mai fericite. Gândul acesta îi îndurera și mai mult inima deja frântă.

– E gata ceaiul, Alex! strigă el.

– Vin acum, tată! răspunse Alex, de la etaj.

William traversă bucătăria, deschise ușile din sticlă și ieși pe terasa scăldată de soare. Se așeză pe banca din fier forjat, amplasată la umbra unei glicine bătrâne de o sută de ani și mărginită de straturi de trandafiri parfumați. În absența stăpânei lor, plantele profitaseră de soare și lumină din plin. Acum erau zdravene, pline de flori și necesitau toaletare.

– Mersi, tată, zise Alex, ieșind cu ceaiul pe terasă, și luă loc lângă el.

– E ciudat să fim iar acasă, nu?

– Da, confirmă Alex. Din cauză că e foarte liniște. Până azi, nu mi-am dat seama cât de gălăgioși suntem.

– Presupun că ești obosit după epopeea prin care-ai trecut.

– Nu neapărat. A fost foarte... palpitant.

– Altă dată să nu mai faci așa ceva. N-am condus în viața mea cu asemenea viteză. Am ajuns cu doar zece minute înaintea ta.

– Erai la apartamentul din Londra când a venit poliția?

– Da. Când i-am văzut la ușă, mi-au trecut prin cap cele mai groaznice gânduri. Mi-au zis că ai aterizat în jur de miezul nopții, pe Gatwick. Dar nu știau ce s-a întâmplat cu tine între timp.

– Scuză-mă.

– Nu-i nimic. M-am gândit că o să vii aici.

– Dacă știam că ești la Londra, veneam direct acolo. Am rămas peste noapte în gara Waterloo, pentru că ultimul tren spre Beaulieu plecase cu câteva ore mai devreme. N-a fost o experiență prea plăcută. Eram eu și o grămadă de bețivi și vagabonzi.

– Nu mă îndoiesc.

Sorbiră din ceai, ca doi vechi prieteni.

– Mama cum e? întrebă Alex.

– Ceva mai bine, acum că a aflat că ești teafăr, dar îți dai seama că și-a ieșit din minți de îngrijorare.

– Mda... a fost urât din partea mea, dar am avut un motiv să fac asta, adăugă Alex.

– Cum a reacționat după plecarea *mea*? întrebă William, prudent.

– Îngrozitor. A venit la mine ca să-mi explice. Mi-a povestit ce s-a întâmplat când m-am născut. Știai că a fost la un pas de moarte după ce m-a născut?

– Nu. Îți imaginezi că sunt multe lucruri pe care n-am mai stat să le ascult.

– Crezi că mama e un om rău?

– Nu, chiar nu.

– O „mincinoasă și o prefăcută"?

William se uită la Alex.

– Ai tras cu urechea?

– Da. Scuze.

– Normal că nu cred asta. Eram extrem de furios când am zis asta. Încă sunt.

– Și eu am fost. Super furios. Acum, m-am mai calmat, zise Alex.

– Cum ai reușit?

– Cred că am început să o înțeleg.

– Ce să înțelegi? Că maică-ta ne-a mințit pe amândoi ani întregi?

– De fapt, pe mine nu m-a mințit, doar că... nu mi-a spus.

– Ai dreptate.

– În avion, m-am tot gândit ce-aș fi făcut dacă eram în locul ei.

– Și la ce concluzie ai ajuns?

– Cred că și eu aș fi mințit. Tu?

– Chiar nu știu, răspunse William, ridicând din umeri.

– Tocmai asta-i problema. Nimeni nu știe cum ar proceda într-o anumită situație până când nu... ajunge s-o trăiască.

– Probabil, oftă William. Din păcate, nu mai contează acum. Îmi pare rău că trebuie să-ți spun asta, Alex, dar am anunțat-o pe maică-ta că vreau să divorțăm.

– Nici o problemă. Te înțeleg.

– Serios?

– Da. E păcat, totuși. Tu o iubești pe mama, ea te iubește la nebunie, mai ales acum că nu trebuie să mai mintă. În plus, Immy și Fred o să sufere mult. Dar îmi dau seama că, dacă aș fi în locul tău, probabil și eu aș proceda la fel, spuse Alex, lovind cu vârful tenisului în mușchiul care ieșea dintre două dale. E o chestie de orgoliu masculin, nu-i așa?

– Printre altele, răspunse William.

– Pe de altă parte, dacă te gândești mai bine, toate astea s-au întâmplat înainte să vă cunoașteți. Mama nu te-a înșelat cu nimeni și n-a greșit cu nimic pe durata căsătoriei, nu?

– Sau n-am aflat eu. Poate că s-a mai întâlnit cu... *el* între timp. Poate că încă-l mai iubește. N-am de unde să știu.

William era surprins că poartă o conversație atât de serioasă cu un băiat de treisprezece ani.

– Dacă voia să fie cu el, nu crezi că te părăsea de mult? Te înșeli, zise Alex, clătinând din cap. Nu-l iubește. *Pe tine* te iubește.

– Nu pot să trec cu vederea că m-a mințit de la începutul căsniciei.

– Înțeleg. Dar știm amândoi de ce-a făcut-o. Tată? spuse băiatul, uitându-se la William. O iubești?

– Știi bine c-o iubesc.

– Atunci, de ce divorțezi de ea?

– Alex, știu că ești matur pentru vârsta ta, dar sunt lucruri pe care n-ai cum să le înțelegi.

– Înțeleg că tu ai varianta de a divorța de mama. Eu n-o am. Eu sunt legat de ea pentru totdeauna. Zi-mi, de ce ți se pare că e mai greu pentru tine decât pentru mine? Unde mai pui că eu trebuie să mă împac cu ideea că Sacha e tatăl meu natural.

– Știu că nu ți-e ușor.

– Și că el a lăsat-o pe mama în voia sorții exact când era însărcinată. Mă gândeam mai devreme că...

– Ce anume?

– Mama mi-a zis că el i s-a prezentat sub numele de Alexander Nicholls.

– Așa mi-a zis și mie, dar, într-un fel, chiar așa îl cheamă.

– Toată lumea îl știe drept Sacha Chandler. Nu de ieri, de azi, ci dintotdeauna. De ce crezi că a mințit?

– Habar n-am, Alex. Poate că își căuta vreun pseudonim artistic.

– După părerea mea, a făcut-o ca să nu afle nimeni de relația cu mama. Era deja căsătorit cu Jules pe atunci. Zi și tu, de unde era să știe mama că el e una și-aceeași persoană cu cel mai vechi prieten al tău? Abia pe urmă a aflat.

– Înțeleg ce spui, Alex, dar trebuia să-mi spună imediat ce-a aflat. Ideea e că n-a avut încredere în mine. Niciodată n-a avut.

– Posibil. Nu știu, oftă Alex. Poate că îi e greu să aibă încredere în oameni în general. Din câte mi-a povestit, a avut o copilărie nasoală. Alături de o mamă care n-a dorit-o. A trebuit să se descurce singură.

– Da, așa am înțeles și eu din puținul pe care mi l-a povestit.

Urmă un moment de tăcere.

– Știi ce e cel mai oribil? zise Alex, într-un final. Faptul că sunt frate vitreg cu Rupes. Mă scoate rău din minți. Mor când mă gândesc că avem același sânge. Dar asta-i realitatea.

– Genele sunt o chestie ciudată.

– Da, dar, cum eu nu pot să divorțez de mama și să-mi iau lumea-n cap, trebuie să accept situația. Și că Sacha e tatăl meu biologic. Știu că ești supărat că prietenul tău cel mai bun a avut o aventură cu mama, dar asta s-a întâmplat înainte să vă cunoașteți. Faptul că Sacha e... sau a fost prietenul tău cel mai apropiat înseamnă că există ceva bun în el. Și, doar pentru că aveți aceleași gusturi la femei nu înseamnă că e alt om, nu? E același dintotdeauna. La fel și mama. Singura diferență e că, acum, știm amândoi secretul.

William se întoarse lent spre el și clătină din cap.

– Când te-ai făcut tu așa de înțelept?

– E genetic. Sau poate nu, chicoti Alex, ridicând din umeri.

– Crezi că o să vrei să-l vezi?

– În postura de tată? Să încerc să avem o relație tată-fiu?

– Da.

– Cine știe? Nu m-am gândit la asta. Momentan, îl urăsc mult prea mult pentru tot ce-a făcut, dar, poate, când o să-mi treacă, o să văd lucrurile altfel. Oricum, e neimportant, oftă Alex. Întotdeauna a fost, numai că abia acum mi-am dat seama.

– La ce te referi?

– Mai ții minte când am căzut de pe tobogan direct în cap și m-ai dus de urgență la spital? întrebă Alex, arătând spre fundul grădinii.

– Normal că mai țin minte. Maică-ta era însărcinată cu Immy. Mi-a fost teamă să nu intre în travaliu dacă vede în ce hal sângerezi.

– Și când m-ai învățat să merg pe bicicletă? M-ai dus până la terenul de tenis și mi-ai scos rotițele ajutătoare. La început, m-ai ținut de bicicletă și ai alergat după mine, gâfâind ca o locomotivă, și abia pe urmă mi-ai dat drumul să pedalez singur.

– Îmi amintesc, zise William.

– Iar atunci când m-am supărat că nu m-au selectat în echipa mare de rugby, mai știi că mi-ai zis că nici pe tine nu te-au ales în echipa de crichet a școlii și ai suferit la fel ca mine, dar ai reușit să intri anul următor?

– Da, confirmă William.

– Tată?

– Da?

– Vezi tu... ideea e, zise Alex și îl strânse pe William de mână, că *tu ești* tatăl meu.

Capitolul 30

Jules plecă la scurt timp după ce află că Alex e teafăr, iar Helena hotărî să amâne analizarea *acelei* discuții pentru o altă zi. Toate problemele din viața ei păleau în fața veștii că fiul ei e viu și nevătămat.

După ce sună pe toată lumea pentru a anunța că Alex e bine, urcă la etaj să facă un duș. Ieși revigorată și coborî la parter pentru a-i telefona Angelinei și a-i spune că poate oricând să îi aducă acasă pe Immy și pe Fred. Ardea de nerăbdare să le audă glasurile. Tăcerea apăsătoare din jur îi reamintea obsesiv ce pierduse și viitorul sumbru pe care trebuia să îl înfrunte.

În timp ce aștepta, se duse la hamac și se întinse în el, prea obosită să mai gândească. Era conștientă că are nevoie de odihnă pentru a-și limpezi mintea tulburată. Închise ochii și ațipi, în legănările ușoare ale hamacului. La un moment dat, auzi o mașină și deschise ochii, crezând că sunt Angelina și copiii. Era la jumătatea scărilor care duceau pe terasă, când Sacha își făcu apariția de după colțul casei.

– Bună, Helena!

– Ce dorești? zise ea, trecând pe lângă el și intrând în casă.

– Un pahar de vin ar fi nemaipomenit, sau un whisky dacă ai, glumi Sacha, urmând-o în bucătărie. V-ați cam făcut de cap, ținând cont că s-a dus dracului tot! Am trecut pe-acasă să-mi iau la revedere de la copii, și Jules mi-a zis că William a aflat.

– Se poate spune și-așa. Sau că au fost cele mai oribile douăzeci și patru de ore din viața mea. Alex a fugit de-acasă și am aflat abia acum o oră că e teafăr.

– Am înțeles că e în Anglia, cu William.

– Da, confirmă Helena și îi întinse un pahar cu vin.

– Mersi.

Îl dădu pe gât dintr-o suflare și i-l întinse să-l umple din nou.

– La urma urmei, de ce-ai venit aici? întrebă ea, obosită.

– Nu e limpede? Am venit să te văd. Se apropie de ea, în timp ce Helena punea sticla de vin la loc în frigider, și o cuprinse de mijloc. Unde sunt cei mici?

– Cu Angelina. Trebuie să se întoarcă dintr-o clipă-ntr-alta, răspunse Helena, zbătându-se să se smulgă din strânsoarea lui. Dă-mi drumul, Sacha.

– De ce te opui, Helena? zise el, sărutând-o pe gât. De ani întregi așteptăm momentul ăsta, n-am dreptate, frumoaso?

– Nu! Termină! strigă ea și se smulse din brațele lui. Ce naiba tot îndrugi acolo?

– Helena, nu se poate să nu-ți fi dat seama ce-am simțit pentru tine în toți acești ani. A trebuit să suport să te văd cu William, când nu-mi doream nimic mai mult decât să fii a mea. Ai uitat de Viena? Au fost cele mai frumoase săptămâni din viața mea. Acum, nu ne mai împiedică nimic să fim împreună. Suntem liberi, îngerul meu.

Se duse spre ea, dar Helena se feri.

– Tot ce-mi amintesc e un bărbat care a promis că se întoarce la mine și n-a mai făcut-o.

– De-asta ești supărată? După atâția ani? Îți dai și tu seama de ce n-am putut. Jules era gravidă. Doar nu era s-o părăsesc. Dar n-am încetat niciodată să mă gândesc la tine, nici măcar o clipă.

– Eu n-am încetat nici o clipă să mă gândesc că ai uitat să menționezi că ești însurat.

– Sunt sigur că ți-am zis, dar n-ai vrut să auzi.

– Ah, nu! Nici să nu îndrăznești să arunci vina pe mine! Nu mi-ai spus nimic. Și nici n-ai mai dat vreun semn de viață după ce-ai plecat.

– Sunt sigur că ți-am scris și ți-am explicat situația.

– Dă-o naibii de treabă, Sacha, răbufni Helena și trânti ușa frigiderului. Ești de-a dreptul penibil.

– Nu-l iubeşti pe William, nu-i aşa? S-a nimerit să-ţi iasă în cale într-un moment critic.

– Puţin îmi pasă ce crezi tu.

– Vrea să divorţeze? Pun pariu că vrea. Bietul William, cinstea întruchipată! Numai Dumnezeu ştie de ce s-o fi împrietenit cu mine. Suntem atât de diferiţi, bolborosi Sacha.

– Taci, Sacha! O să-l iubesc mereu, indiferent dacă suntem împreună sau nu.

– Ce-o să se-ntâmple cu Alex? În fond, e copilul meu. M-am ţinut la distanţă până acum, din motive evidente, dar poate vreau să-l cunosc mai bine.

– Aş..., începu Helena, clocotind de mânie. Ţi-aş fi extrem de recunoscătoare dacă te-ai abţine să iei legătura cu el. El decide dacă doreşte să *te* cunoască mai bine.

– E fiul meu. Fac ce vreau.

Helena se stăpâni cu greu să nu îi tragă un pumn în faţa buhăită şi josnică, realizând totuşi că nu ajunge la nici un rezultat dacă îl întărâtă.

– Bine. Atunci, te rog măcar să îl laşi în pace până când acceptă situaţia. Nu te rog doar de dragul lui, ci şi al familiei noastre. Dacă nu pentru mine, fă-o pentru cel mai vechi prieten al tău, care se simte îngrozitor de trădat în momentul ăsta.

– Încă îl protejezi, remarcă Sacha, aplaudând uşor. Bravo, Helena! Întotdeauna ţi-a plăcut să dai impresia că eşti perfectă. Dar lui Jules va trebui să-i spun adevărul.

– N-ai decât. Ştie deja, răspunse Helena, nepăsătoare.

– De unde? întrebă Sacha, vizibil şocat.

– S-a prins când a venit la nuntă. Zice că Alex a moştenit ochii tăi.

– Drace! Habar n-aveam, spuse Sacha, aşezându-se brusc pe un scaun. N-a pomenit un cuvânt.

– Aşa e. Între noi fie vorba, ai o soţie absolut uluitoare. Te-a iubit atât de mult, încât a fost dispusă să treacă cu vederea trădarea noastră şi multe altele, din câte-am înţeles de la ea. E o femeie remarcabilă.

– Înseamnă că sunt o mare javră. Eşti de acord, nu?

Helena nu se lăsă atrasă în capcană.

– Cred că eu sunt o cu totul altă persoană decât eram la Viena. Problema e că tu ai rămas neschimbat.

Sacha își trecu degetele prin cârlionții roșcați și slinoși.

– Cu alte cuvinte, chiar dacă rămâi singură, n-ai mai accepta să ai o relație cu mine?

Helena se abținu din răsputeri să izbucnească în hohote isterice de râs.

– Exact, ca să-ți răspund pe scurt. Ți-am zis deja că îl iubesc pe William. L-am iubit mereu. Punct. Și chiar dacă nu-l iubeam, la fel aș fi reacționat. Îmi pare rău.

– Haide, îngeraș, vorbești așa fiindcă ești încă supărată pentru că nu m-am întors la tine.

– Poți să crezi ce vrei, Sacha, dar noi doi nu vom mai fi împreună. Niciodată. Pricepi?

– Înțeleg, zise el, încuviințând din cap. Te-am luat prea repede. Trebuia să mai aștept câteva zile și pe urmă să vin să vorbesc cu tine. Ești încă șocată după tot ce s-a întâmplat. Nu mă dau bătut, frumoaso, nu mă dau, adăugă el și se ridică în picioare.

– Fă ce vrei, Sacha. Dar, crede-mă, îți pierzi timpul. Ai un fiu și o fiică, plus o soție, cărora le-ai distrus viața. Poate ar fi mai bine să te maturizezi și să îți asumi responsabilitatea pentru răul pe care l-ai făcut. Și lor, și ție.

– Cum spui tu, Helena. Dar sunt sigur c-o să te răzgândești când o să-ncepi să simți adierea rece a singurătății. Nu te văd rezistând prea mult timp fără un bărbat lângă tine. Nu e stilul tău, n-am dreptate?

Helena ignoră vorbele lui pline de venin.

– Cred că ar trebui să pleci.

– Bine, plec.

Se ridică și se duse spre ușă, clătinându-se pe picioare. Apoi se întoarse spre ea, cu o figură spășită.

– Iartă-mă, îngeraș. Te rog să mă ierți.

– Te-am iertat deja. Cu mult timp în urmă.

– Te iubesc. Pe cuvântul meu că te iubesc.

– La revedere, Sacha. Îți doresc să ai o viață frumoasă.

Îl privi cum se împleticește până la mașina închiriată și urcă în ea.

– N-ar trebui să conduci! îi strigă din pragul ușii din spate, deși știa că își răcește gura degeaba.

Sacha trânti portiera și demară în trombă.

Helena simți deodată un val de ușurare.

Indiferent ce-i va rezerva viitorul, cel puțin, scăpase de povara trecutului.

Jurnalul lui Alex
14 august (continuare)

L-am lăsat pe tata să mediteze în liniște.

După mica noastră discuție, a căzut pe gânduri. Apoi mi-a zis că trebuie să tundă gazonul. L-am urmărit de la fereastra dormitorului. A stat câteva ore pe prețioasa lui mașină de tuns iarba și s-a învârtit prin grădină până când a chelit-o de tot. Pentru prima oară, mi-a fost milă de firele de iarbă. După aceea, a intrat în casă. E la parter, dar simt că nu e cazul să-l deranjez. Începe să se întunece, și în casă e liniște deplină. E o atmosferă nefirească și nu-mi place deloc.

Mi-aș dori să ia odată o hotărâre: „*A divorța sau a nu divorța.* Aceasta-i întrebarea".

În momentul ăla, aș putea coborî să-mi fac o supă de tăiței instant, fiindcă altceva n-avem de mâncare. Am verificat mai devreme. Iar acum mor de foame!!

Așa că stau și cuget, ca să treacă timpul. Care-i treaba cu bărbații și emoțiile? Oribilul adevăr este că majoritatea masculilor ar prefera să moară decât să admită că fac pe ei de frică. Pe urmă, îmi vin în minte Primul Război Mondial și toți soldații care au fost carne de tun. Oamenii ăia porneau la atac de parcă ieșeau la o plimbare matinală pe străduțele unui sat liniștit.

– Am plecat, Sah.

– Distracție plăcută, Jones. Pune-mi și mie o vorbă bună la Barosanul când te vezi cu El.

– Se rezolvă. Pa, Sah.

Și uite-așa pleacă Jones ca să fie ciuruit de gloanțe sau, în cel mai fericit caz, să supraviețuiască, olog de unul sau mai multe membre, și cu mintea la fel de schilodită ca și trupul.

Doamne, mă apucă plânsul numai când mă gândesc la amărâții ăia! Care s-au dus la moarte sigură. Acum aproape o sută de ani, ceea ce-mi dă fiori, pentru că știu că, dacă eram în locul lor, aș face în pantaloni și m-aș văicări ca un smiorcăit. Cel mai probabil, ar trebui să fiu drogat ca să fiu scos din tranșee și lăsat de izbeliște, ca o legumă, spre a fi folosit pe post de țintă de antrenament.

Ceea ce mă readuce la problema care mă frământă în momentul de față:

Ce vor femeile de la noi?

Chloë, de pildă, Dragostea Vieții Mele (deocamdată), s-a înamorat în primă fază de cap-sec Rupes, cu mersul lui șmecheresc și trupul de neanderthalian, care-ar putea să pună la pământ un mamut, dintr-un singur pumn, să-l arunce pe umăr și să-l care acasă, la peștera lor frumos decorată cu blănuri.

Apoi (după o scurtă aventură cu tipul din aeroport), îi cade cu tronc „Michelle". Deși băiat de treabă, felul în care intra pe alee, cu scârțâit de roți ale mopedului, îmi dă de înțeles că, în ciuda numelui femeiesc, ar putea fi perceput drept „viril" și „macho"... în timp ce eu încă dorm cu Rilă.

Eu sunt genul expansiv, căruia îi place să-și exprime afecțiunea prin contact fizic. Uf, Doamne, cât mi-aș dori s-o ating pe Chloë! Și nu doar fizic... ci și emoțional.

Nu cumva tocmai capacitatea mea de empatie mă face mai puțin atrăgător?

Totuși... toate sursele mele de informare pe această temă – în special un articol pe care l-am citit ieri în avion, intitulat „Cinci motive principale de divorț", grație celor de la Daily Mail – m-au condus la concluzia că femeile își doresc un bărbat care să le înțeleagă emoțiile.

Cam cum sunt Sadie și mama. Cu alte cuvinte, vor ca bărbatul din viața lor să le fie și cel mai bun prieten.

Dar cum am putea noi, bărbații, să fim și una, *și alta*? Să întruchipăm simultan calitățile esențiale feminine și masculine?

Din punctul meu de vedere, femeile nu prea știu ce vor. Ceea ce înseamnă că bărbații n-au nici cea mai mică șansă s-o nimerească bine.

Iar tata e bărbat până-n măduva oaselor...

Oftez și sper ca măcar mama să știe ce vrea.

Sper, de asemenea, să mă fi făcut înțeles de tata. În fond, la cât s-a plimbat cu mașina de tuns iarba, e imposibil să nu se fi gândit la ce i-am spus: se gândește la mine și la mama, la Immy și la Fred, și sper că și la Chloë.

La familia noastră.

Poate că e cam neconvențională, dar asta nu înseamnă că e câtuși de puțin mai prejos decât altele.

Suntem cea mai grozavă familie din câte cunosc. În avion, m-am tot gândit cât de bine ne distrăm împreună. Cât râdem împreună. Și cât de mult îl iubesc... pe tata. A trebuit să apară în peisaj „cel adevărat" ca să-mi dau seama cât de mult îmi va lipsi „suplinitorul", în cazul în care va dispărea.

Ceea ce nu e exclus.

Dacă alege să divorțeze.

De la bun început, m-a tratat ca pe copilul lui. Dar asta nu înseamnă că m-a favorizat în vreun fel. Iar faptul că se enervează când mă mai apucă toanele nu e din cauză că nu sunt sânge din sângele lui, ci tocmai pentru că sunt fiul lui și, uneori, extrem de enervant. Da, se enervează, cum e *firesc* să reacționeze oricare părinte.

Nici el – William – nu e perfect. Are defectele lui. Ca noi toți, ființe umane imperfecte. Inclusiv mama.

Totuși, și ea, și el au mai multe părți bune decât rele. Poate că nici nu putem spera la mai mult, fiindcă am realizat că toți ne regăsim într-un spectru, negru la un capăt și alb la celălalt. Majoritatea dintre noi tind să stea undeva în zona mediană, abătându-se foarte puțin de la calea lor.

Și, atâta vreme cât nu ne apropiem prea mult de nici una din extreme, teoretic, ar trebui să fim feriți de probleme. Iar eu, mama, tata, până și Sacha și temutul Rupes (deocamdată) ocupăm o poziție centrală pe undeva.

Refac în minte statuia spartă a mamei, dar renunț la piedestal. De acum înainte, va sta pe picioarele ei. Pe pământ: nici sfântă, nici păcătoasă.

Doar o ființă umană, exact ca tata.

Iar dacă – există un mare „dacă“ – el va decide să-și reprime mândria și să se împace cu mama, o să-l întreb dacă are de gând să mă înfieze. Vom face formele oficiale, ca simbol al respectului și iubirii pe care i le port, iar eu îi voi lua numele și voi fi, în sfârșit, membru deplin al familiei noastre.

„Alexander R. Cooke“. Numai de-ar face odată ceva de mâncare! N-am mâncat nimic de ieri, din avion.

Și iată că, după ce-am căutat toată viața lucrul pe care credeam că-l doresc... acum, că l-am găsit, nici nu vreau să mai aud de el. Absolut deloc.

Vreau ce-am avut înainte.

O clipă! Bate tata la ușă. Stau cu inima la gură. Exagerez. Dac-ar fi așa, aș mânca-o, la cât mi-e de foame.

– Intră.

Tata bagă capul pe ușă.

– Ți-e foame?

– Sunt lihnit.

– Vrei mâncare indiană?

– Normal.

– Mă gândeam să profităm și de bucătăria englezească cât mai apucăm, glumește el.

– De ce?

Întoarce privirea pentru o secundă, apoi se uită la mine, zâmbind.

– Mâine-dimineață, ne întoarcem în țara brânzei feta și a sosului de caca de pește. Adineauri am rezervat biletele.

Capitolul 31

Helena se trezi într-o nouă dimineață superbă, uimită că dormise foarte bine – și, culmea, de faptul că se simțea foarte liniștită.

Coborî din pat, își puse costumul și pantofii de balerină și ieși pe terasă. După primele pliéuri, corpul ei preluă comanda, eliberându-i mintea și permițându-i să gândească.

Casa... Pandora... intuiția pe care o avusese cu privire la întoarcerea în acel loc se dovedise corectă. Cutia se deschisese; conținutul său prăfuit se revărsase din cotloanele întunecate, provocând haos și suferință. Dar, exact ca în legendă, pe fundul acesteia rămăsese un lucru: speranța.

Toate secretele ieșiseră la iveală, nu mai avea nimic de ascuns, iar nălucile trecutului dispăruseră. Indiferent ce urma – își dădea seama cât de tristă va fi o lume fără William –, cel puțin, va fi cinstit. De acum înainte, va miza pe adevăr, fie ce-o fi.

Alexis sosi la ora zece, tocmai când Helena, Immy și Fred luau micul dejun pe terasă.

– Hei, Lexis, zise Fred. Mi-ai adus un cadou?

– Fred, îl mustră Immy. Asta-i întreabă pe toți care vin în vizită. E foarte nepoliticos.

Alexis o sărută călduros pe Helena pe obraji.

– Cum te simți?

– Mult mai bine. Îţi mulţumesc pentru ajutor şi-mi cer scuze că mi-am pierdut cumpătul zilele trecute.

– N-am idee ce-i aia „cumpăt“, dar mi se pare normal să-l pierzi. Nu există lucru mai oribil decât să-ţi ştii copilul că suferă sau că e în pericol. Înţeleg perfect ce simţi.

– Vrei o cafea, Alexis? întrebă Immy, dându-şi importanţă cu ibricul în mână.

– Da. Mulţumesc, Immy.

– Mă duc să iau o ceaşcă curată din bucătărie, zise fetiţa şi se dădu jos de pe scaun.

– Şi eu, anunţă Fred, urmându-şi sora în casă.

– Ai nişte copii minunaţi, Helena.

– Sunt de acord cu tine. În ultimele douăzeci şi patru de ore, au fost de-o cuminţenie rară.

– Poate că au simţit că eşti tulburată şi n-au vrut să te supere şi mai rău.

– Chiar am fost.

– Când se-ntoarce Alex?

– Nu ştiu. I-am trimis un mesaj aseară ca să-l întreb dacă vrea să vin acasă. N-am primit nici un răspuns. Sunt convinsă că e încă furios pe mine. Dar, măcar atât, ştiu că e în siguranţă.

– Deci, e posibil să plecaţi cât de curând?

– Dacă Alex vrea să revin în Anglia, normal că plecăm.

– În caz că pleci, aş vrea să-ţi arăt ceva, Helena.

Helena se uită la mina lui gravă.

– S-a întâmplat ceva, Alexis?

– Am venit de-atâtea ori aici cu gândul să-ţi spun, zise el, ridicând din umeri, dar niciodată nu mi s-a părut momentul potrivit. Angelina e aici?

– E sus, face paturile.

– Crezi că se poate ocupa puţin de copii? Vreau să te duc undeva. Stai liniştită, nu-i departe.

– Alexis, chiar nu mai suport să mai aud veşti proaste, răspunse Helena, cu un geamăt.

– Nu-i vorba de nici o veste proastă, o liniști el și puse o mână pe umărul ei. E ceva ce trebuie să știi. Ai încredere în mine.

– Bine. Îi spun Angelinei și pe urmă mergem.

– Unde naiba mă duci? întrebă ea, câteva minute mai târziu, în timp ce cobora, împreună cu Alexis, spre piscină.

– O să vezi.

Alexis traversă terasa piscinei, deschise și trase în lături o bucată din gardul de lemn care despărțea curtea de livada de măslini din jurul Pandorei.

– Nici n-am observat că-i o poartă aici.

– Nici nu trebuia. E secretă.

– Cine-a făcut-o aici? întrebă ea, urmându-l pe Alexis printre copaci.

– Ai un pic de răbdare, Helena.

Merseră un timp, croindu-și drum printre ramurile copacilor înghesuiți, până când ajunseră la un luminiș. Stăteau unul lângă altul și se uitau la munții care îi înconjurau, la măslinii care păreau să se reverse în valea de dedesubt și la marea care scânteia în depărtare, ca o linie subțire.

– Asta voiai să-mi arăți, Alexis?

– Da, ăsta-i locul, confirmă el, apoi se întoarse ușor spre dreapta și arătă ceva. Dar *asta* am vrut să vezi.

Helena se uită în direcția arătată și se duse mai aproape.

– Cât e de frumoasă! E o statuie a Afroditei, nu? întrebă în timp ce stătea în fața acesteia.

– Nu tocmai.

Se întoarse spre el.

– Atunci, cine e și ce caută aici?

– Uită-te la postamentul statuii, Helena. Citește numele.

Helena se aplecă să vadă mai bine.

– E așa măcinat, că abia se mai distinge.

– Uită-te mai atent.

Helena dădu la o parte frunzele adunate în jurul soclului micuț și își trecu un deget peste inscripție.

– Sunt un I și un E, și... un N, iar prima literă e V, I..., zise ea și se uită nedumerită la Alexis. Scrie *Vivienne*.

– Într-adevăr.

– Pe mama o chema Vivienne.

– Așa e.

– Ce vrea să-nsemne asta? E statuia ei? Întruchipând-o pe Afrodita?

Helena își trecu ușor mâna peste chipul de alabastru.

– Da.

– Dar care-i motivul? De ce-ar fi aici?

– Angus a comandat sculptura după moartea ei, răspunse Alexis. Din câte mi-a povestit bunica, ăsta era locul preferat al mamei tale.

– Dar..., murmură Helena, ducând o mână la sprânceană. Știu că venea periodic în Cipru și îl plăcea mult, dar nu... Ridică ochii spre Alexis și, deodată, totul îi deveni limpede. Vrei să spui că Angus era îndrăgostit de mama? Serios?

– Da, Helena. Vivienne a stat de multe ori la Pandora. Era bine cunoscută atât aici, în casă, cât și în sat.

– Zău? Deci... de-asta mi-au zis atâția oameni că le amintesc de cineva. Toată lumea spune că semăn cu ea.

– Chiar așa e. Bunica mea a rămas șocată de asemănare în seara aia, când a venit la Pandora.

– Am găsit fotografii de-ale ei în cutiile lui Angus. Înseamnă, continuă ea, copleșită de gânduri, că scrisorile pe care le-a găsit Alex îi erau adresate ei? Ea e femeia misterioasă?

– Da.

– De unde știi toate astea?

– Christina a lucrat aici peste treizeci de ani. A văzut tot ce se petrece. Scrisorile i-au fost returnate lui Angus de către tatăl tău.

– Deci, a știut și el?

– Mai mult ca sigur, din moment ce i le-a trimis înapoi.

– Hm, murmură Helena, meditând la cele aflate. Sinceră să fiu, când am mai crescut și am început să pricep ce se întâmplă în jurul meu, am observat că părinții mei erau foarte distanți. Tata stătea mai mult în Kenya și nu îl vedeam aproape deloc.

– Poate că era o înțelegere care le convenea amândurora. În definitiv, fiecare căsnicie este unică în felul ei.

– Posibil. Dar nu înțeleg de ce Angus și mama n-au fost niciodată împreună? Din scrisorile lui, se vede clar că a iubit-o la nebunie.

– Cine poate ști, Helena? Sunt multe motive pentru care cei care se iubesc ajung să-și trăiască viața departe unul de celălalt. Noi doi știm asta foarte bine, spuse el, pe un ton calm.

Helena se uită la frunzele uscate căzute din măslini. Luă una și își trecu degetele peste suprafața ei aspră.

– Angus mi-a lăsat totul mie.

– Așa e.

– Eram fina lui.

– Da. Și...

– Ce?

– Christina s-a întrebat mereu dacă nu cumva ai fost mai mult decât atât.

– La ce te referi?

– Cred că știi la ce mă refer, Helena.

– Da, știu, șopti ea.

– Scrisorile au venit înapoi la scurt timp după nașterea ta. Bunica își amintește foarte clar totul. L-a găsit pe Angus plângând pe birou. De atunci, mama ta n-a mai venit niciodată aici.

– Dar am venit eu. Și..., zise Helena, scotocind prin memorie. Am venit la doar câteva luni după moartea tatei.

– Poate că singurul mod prin care mama ta și-a putut arăta dragostea a fost să te trimită aici.

– Dar de ce n-a venit și ea cu mine?

– N-am de unde să știu asta, Helena. Poate că a considerat că e mai bine să nu reaprindă vechea pasiune. Poate că nu s-ar fi acomodat cu traiul aici. Cum nici tu nu te-ai fi acomodat.

– Posibil... dar acum, nu pot s-o mai întreb. Sau să aflu cine a fost tata.

– Are vreo importanță? Angus te-a iubit ca pe copilul lui. Ți-a lăsat moștenire Pandora. Sper ca asta să îți arate că toată lumea are secrete, Helena. Că nimeni nu e așa cum îți imaginezi.

– Așa e. Tu ai vreun secret? întrebă ea, cu un zâmbet silit.

– Nici unul față de tine. Am avut față de soția mea. N-a aflat niciodată de ce n-am reușit s-o iubesc îndeajuns. Încă mă macină sentimentul de vinovăție. Hai să ne întoarcem, zise el și îi oferi brațul.

– Îți mulțumesc că mi-ai arătat asta, spuse Helena, în timp ce se îndreptau spre casă.

– Cu ocazia asta, am văzut amândoi ce înseamnă să pui o femeie pe un piedestal, chicoti el.

– Mda, oftă Helena, e un lucru extrem de periculos.

După plecarea lui Alexis, Helena intră în bucătărie și îi găsi pe Immy și pe Fred la masă. Se așeză pe un scaun, epuizată de noile descoperiri.

– Te-ai întors! Am făcut niște chestii lipicioase, cu miere și nuci pe ele! anunță Immy.

– Am ajutat și eu, Immy, adăugă Fred.

– Arăți ciudat, mami. Te simți ciudat? zise Immy și se cocoță pe genunchii ei ca să o îmbrățișeze.

– Mami ciudată! chicoti amuzat Fred.

Dădu să se urce și el. Helena îl ridică pe părticica de genunchi neocupată de Immy.

Apoi îi strânse tare la piept.

– Te iubim, mami, zise Immy, sărutând-o pe față. Nu-i așa, Fred?

– Da, te iubim, confirmă băiețelul.

– Și eu vă iubesc, spuse Helena, sărutându-i pe obrajii lipicioși. Cine are chef să meargă la plajă?

– Eu! Eu! strigară amândoi, în cor.

Se întoarseră acasă aproape de amurg. Helena le dădu ceva de mâncare, îi îmbăie și îi lăsă în salon să se uite la *Cenușăreasa*.

Apoi luă o sticlă de vin și ieși în balconul dormitorului. Începea deja să se întunece, deși abia trecuse de ora șapte.

Vara era pe sfârșite.

S-ar acomoda oare să trăiască aici, se întrebă, știind că nu mai e bine-venită la Cedar House?

Categoric nu. Așa cum intuise – și probabil mama sa înaintea ei – cu ani în urmă, destinul ei era să își trăiască viața altundeva.

Unde, cu cine și cum, nu știa încă...

O sufoca sentimentul de singurătate. Tânjea după prezența soțului și a fiului său.

Intră în dormitor, închise ușa balconului după ea, făcu un duș și se așeză la măsuța de toaletă ca să se pieptene.

Lăsă peria și își trecu degetele peste incrustațiile de sidef de pe capacul cutiei de bijuterii pe care Alexis o salvase din gunoi.

– Cutia Pandorei, murmură ea.

Și, în clipa aceea, observă ceva ce îi scăpase până atunci.

Împletite subtil în ornamentele de pe capac, stăteau inițialele ei și ale părinților săi.

O podidiră lacrimile.

Într-un final, coborî să vadă ce fac copiii. Erau captivați de *Cenușăreasa,* așa că nu-i deranjă și ieși pe terasă. Tresări speriată la vederea a două siluete care apărură din întuneric și urcară treptele de la piscină.

– Bună, mamă! Eu și tata ne-am bălăcit un pic ca să ne răcorim după călătorie.

– Alex!

– Da. Chiar eu, în carne și oase. Nu mă lua în brațe, că sunt ud leoarcă.

– Puțin îmi pasă.

– Cum vrei tu.

Se duse în brațele ei întinse, și Helena îl strânse cu putere la piept.

– Cum te simți?

– Bine, chiar foarte bine, spuse Alex, fixând-o cu ochii lui verzi ca să îi dovedească că spune adevărul. Te iubesc, mamă! șopti.

– Și eu te iubesc!

– Unde sunt piticii?

– În salon. Se uită la desene animate.

– I-am promis lui Chloë că o să mă uit cu ei la desenele Disney și trebuie să mă țin de cuvânt. Ne vedem mai încolo.

Helena îl privi cum intră în casă, fără să îi atragă atenția să nu ude canapeaua delicată din damasc. Fiindcă, în momentul acela, nu mai conta câtuși de puțin.

– Bună, Helena!

Era atât de copleșită de emoții, încât nu reușea să scoată un sunet. În fața ei, stătea William, și el ud leoarcă după scăldatul în piscină.

– Ce mai faci? întrebă el.

– Bine.

– Zău? Atunci, de ce plângi?

– Pentru că, dacă ai venit până aici doar ca să-l aduci pe Alex și să pleci iar, e... e prea dureros să te văd.

– Nu. Te deranjează dacă rămân peste noapte? Să apuc să-i văd pe Immy și pe Fred?

– Bineînțeles că nu, zise ea, profund abătută.

– Și poate și mâine? Și poimâine?

– Păi...

Helena se uita la el, încă nedumerită de vorbele lui.

– Trebuie să-ți mărturisesc, Helena, că ai... *avem* un fiu senzațional. El... Alex, m-a readus pe drumul cel bun. Către tine.

– Serios?

– Da. Și..., zise William, cu vocea înăbușită, nu vreau să mai plec vreodată. Te iubesc!

– Și eu te iubesc, dragul meu! Te iubesc enorm, crede-mă.

Stăteau la zece metri unul de celălalt, și amândoi își doreau să nu îi mai despartă nimic.

– Dar vreau să te ții de promisiune, Helena: gata cu secretele. Te rog să-mi spui acum dacă mai e ceva ce trebuie să știu.

– Ar mai fi ceva, zise ea. Ceva ce-am aflat acum câteva ore.

– Chiar așa? întrebă el, vizibil încordat.

– Da, spuse ea, încuviințând din cap. Și e un *mare* secret. Poate cel mai mare dintre toate. Și...

– Dumnezeule, acum ce mai e?

Helena zâmbi și se apropie de el, cu un licăr de fericire în ochii ei albaștri.

– Abia aștept să-ți povestesc.

Jurnalul lui Alex
25 august 2006

Mâine, plecăm spre casă.

Tot familionul.

Ne despărțim de Pandora și de cutia ei.

Mama mi-a povestit tot ce era de povestit despre ea – despre cutie, mai exact. Și m-a dus să văd statuia nud a bunicii, din livada de măslini.

Oricât ar fi de condamnabil din punct de vedere moral, toate persoanele implicate sunt decedate. Mai puțin mama, care nu pare deloc deranjată, ceea ce înseamnă că putem s-o luăm ca pe un lucru frumos.

Acum, eu și mama avem ceva în comun.

Mai mult decât atât, eu m-am ales cu două răspunsuri la preț de unul:

„Află cine e tati și-l primești pe bunicul gratis!"

Mă bucur că eu și Angus suntem probabil înrudiți. A fost un bărbat adevărat și a făcut lucruri bărbătești, cum ar fi să meargă pe front și să comande armate. Dar, în același timp, a bocit ca o fată și a cunoscut iubirea.

În afară de tata, mai am un model masculin la care să aspir.

Oamenii de la magazinul de ecusoane și avocatul au fost informați în timp util. Am optat pentru „Beaumont-Cooke", ca să îmi onorez părinții. Așa mi s-a părut corect în situația de față, altminteri mama s-ar fi simțit exclusă.

Relația dintre mine și tata se va oficializa în următoarele luni, dar, deocamdată, o să fac uz ilegal de numele meu de familie când merg la școală.

Mă gândesc dacă sunt trist sau nu că am revenit acasă.

Și ajung la concluzia că nu sunt.

N-a fost vacanță, cât o instruire fizică, psihică și emoțională. La drept vorbind, toată familia a avut parte de un adevărat antrenament, ceea ce sper să ne fi pregătit să dăm piept cu viitorul.

De asemenea, ieri, am purtat o discuție deschisă cu părinții mei despre școala care mai are puțin și începe. Am aflat astfel că mama e îngrozită că plec de-acasă, iar tata e realmente mândru că am obținut bursa și consideră că e o șansă extraordinară.

Amândoi au crezut că îmi doresc sincer să merg. Le-am explicat ceea ce am crezut eu: că ei vor neapărat să merg acolo. Prin urmare, voi merge. Cel puțin, unu sau două semestre. Dacă nu-mi place, mă întorc acasă.

Odată ce-am înțeles că nu-și vor invita prietenii și rudele pentru a da petrecere în camera mea goală, chiar în noaptea în care mă mut cu toate catrafusele în *noua* Debara, mă simt mult mai relaxat. Înțeleg că își doresc doar ce e mai bine pentru mine.

Pe lângă asta, am crescut mult în ultimele săptămâni. *La propriu.*

Când mi-a luat mama măsurile pentru uniforma oribilă pe care urmează să mi-o comande, am descoperit că am aproape 1,67 metri.

Așadar, ce-am învățat în această vacanță?

Că există diverse feluri de iubire și că o întâlnești în toate formele și chipurile.

O poți câștiga, dar nu plăti.

O poți dărui, dar niciodată cumpăra.

Iar, odată ce-ți pătrunde în suflet, acolo rămâne.

Ce ți-e și cu iubirea asta!

Alex

„Pandora", Cipru
19 iulie 2016

Dau pagina și observ că restul jurnalului e gol. Din perspectiva viitorilor lectori ai acestui jurnal, e ca și cum aș fi murit a doua zi.

Mă uit la ceas și constat că e miezul nopții, după ora locală. Iau jurnalul, intru în casă și închid obloanele în urma mea. Gestul acesta mărunt e suficient pentru a-mi reaminti câte s-au schimbat de la ultima mea vizită aici. Acum, sunt un adult responsabil și demn de încredere.

O iau pe coridor, ezit puțin la baza scărilor, apoi mă îndrept spre Debaraua mea. Deschid ușa, aprind lumina și pornesc ventilatorul electric, care se pune cu un mârâit în mișcare, după atâția ani de nefolosire.

Nu sunt cearșafuri pe patul pliant - nici ciorapi cu chilot -, care să mă apere de eventualele gângănii pișcătoare.

Dar, între timp, am călătorit în America de Sud și am petrecut patru nopți interminabile într-un cort, în pădurea amazoniană. Am văzut păianjeni de mărimea unei farfurii și gândaci zburători din care se hrăneau lejer două persoane. În momentul de față, țânțarii par doar niște gâze enervante.

Mă dezbrac, sting lumina și mă întind pe pat. Și simt cum atmosfera Pandorei se strânge în jurul meu. Chipuri din trecut mi se perindă prin fața ochilor închiși, ca la paradă. Îmi reamintesc că toți protagoniștii care au jucat un rol în dramatica vară de acum zece ani urmează să sosească aici în mai puțin de patruzeci și opt de ore.

În afară de unul...

Adorm, mă cufund într-un somn adânc și liniștit și, pentru prima oară, mă trezesc fără să-mi amintesc nimic din vis. Bâjbâi după telefon ca să văd cât e ceasul și descopăr că e ora zece. Mă ridic, mă strecor pe lângă pat și urc la etaj ca să fac un duș rece. După ce mă îmbrac, îmi fac o cană de cafea și o beau în pragul ușii din spate, clipind deranjat de lumina orbitoare a soarelui matinal.

Decid apoi să merg la etaj și să aerisesc dormitoarele, ca să scot din ele mirosul de casă nelocuită. Nici unul dintre noi nu a ocolit intenționat Pandora timp de zece ani. Pur și simplu... așa s-au aranjat lucrurile.

Trec din cameră în cameră și deschid obloanele. Constat cu bucurie că paturile sunt deja pregătite cu așternuturi albe și prosoape curate așezate la capătul fiecăruia. Angelina a îngrijit ireproșabil Pandora în toți acești ani. Ies pe terasă și mă gândesc ce să fac mai departe. Aud scârțâit de roți pe pietriș și văd o furgonetă albă venind spre casă. Două figuri cunoscute coboară din ea și se îndreaptă spre mine.

– Alex! Dumnezeule! Chiar tu ești?

Se apropie de mine Alexis: un individ mult mai mic decât mi-l aminteam. Când mă prinde într-o îmbrățișare bărbătească, îmi dau seama că îl privesc în ochi.

– Chiar eu sunt, îi confirm.

– Ce mai faci? Nu te-am mai văzut de atâta vreme. Dar îți înțeleg motivele, oftează el. Presupun, adăugă el, împingând-o în față pe femeia care stătea sfioasă în spatele lui, că ți-o mai aduci aminte pe Angelina.

– Bună, Alex! spuse femeia și mă sărută pe obraji. Ce bărbat chipeș te-ai făcut! Zici că ești Brad Pitt!

– Serios? întreb și decid că mi-e și mai simpatică decât îmi aminteam.

– Da. Am multă mâncare în mașină. Trebuie să mă apuc de pregătiri pentru mâine.

– Mă ajuți să descarc vinul și paharele, Alex?

Mergem toți trei la furgonetă. În timp ce transportăm alimentele, lăzile cu vin și paharele în cămara din spatele casei, îl studiez pe

Alexis. A îmbătrânit frumos, iar firele cărunte din părul lui negru ca smoala îi conferă un aer de demnitate.

– Haideți în bucătărie să bem niște apă, sugerează Alexis, după ce descărcăm și ultimele lăzi și suntem lac de sudoare.

Angelina s-a apucat deja să așeze brânzeturile și salamurile în frigider. Spre mirarea mea, îl văd pe Alexis că se duce spre ea, o prinde de umeri și o sărută pe creștet în timp ce întinde mâna să ia o sticlă cu apă.

– Poftim, zise și îmi dă un pahar.

– Mulțumesc.

– Pari nedumerit, Alex. Ce s-a întâmplat?

– Voi doi... sunteți... împreună?

– Da, zâmbește Alexis. După ce-ați plecat și n-a mai fost nevoie de Angelina la Pandora, am angajat-o menajeră la noi acasă. Și, uite-așa, dintr-una-ntr-alta, ne-am căsătorit după șase ani, iar acum doi ani, am devenit tată, exact în ziua în care împlineam cincizeci de ani! spuse Alexis, cu un rânjet. Mai am un fiu.

– Iar eu trăiesc într-o casă plină de bărbați! chicotește veselă Angelina. Acum, vă rog să părăsiți bucătăria ca să mă apuc să pregătesc ospățul.

– Oricum trebuie să mă întorc la birou, spune Alexis, uitându-se la ceas. Când ai timp, vino să vezi crama. Ne-am dublat suprafața, iar Dimitrios produce și vinde vin împreună cu mine.

– Și Michel? întreb eu timid.

– Se ocupă de vânzările online. După cum vezi, avem o adevărată afacere de familie. O să-mi vezi băieții mai târziu, fiindcă mai avem mult de lucru la Pandora. Sună-mă dacă mai ai nevoie de ceva, Alex. Abia aștept să-mi povestești ce-ai făcut în ultimii zece ani.

Îl privesc cum își sărută în fugă soția ai cărei ochi negri îl urmăresc tandru când iese din bucătărie.

– Pot să te-ajut cu ceva, Angelina? o întreb, din politețe.

– Nu-i nevoie, Alex. De ce nu te duci să faci o baie în piscină?

E clar că vrea să scape de mine, așa că mă conformez. Dau câteva ture de bazin și, în momentul în care mă scufund la capătul adânc, retrăiesc clipele de groază în care mi-am salvat bietul iepuraș de la înec. Mă simt din ce în ce mai mult ca Alice în Țara Minunilor – și piscina pare să se fi micşorat, dat fiind că acum ajung de la un capăt la altul din cinci lungimi de braţ în loc de zece.

După ce mă întorc în Debara şi mă schimb într-un tricou şi pantaloni scurţi uscaţi, iau de pe raft *Operele complete* ale lui Keats. În momentul acela, dintre paginile cărţii, zboară o mulţime de hârtiuţe. Le privesc cu un zâmbet nostalgic, dar o hârtiuţă, mai cu seamă, mă emoţionează până la lacrimi. O citesc, şi inima începe imediat să îmi bubuie în piept.

O veni şi ea?

Habar n-am.

Care-o fi secretul Pandorei de stârneşte un asemenea şuvoi de emoţii? Zidurile ei par să conţină o energie atât de intensă, încât te dezbracă de stratul protector de piele şi pătrunde până în străfundurile fiinţei tale, scoţând la iveală sursa durerii. Taie cu uşurinţa unui bisturiu până în măruntaiele tale bolnave.

Nu-i a bună, îmi zic. *Dacă am început deja, până mâine-seară, ajung să bocesc ca un nătăfleţ.*

Pun poezioarele la loc în carte şi o aşez pe raft. După aceea, iau din nou jurnalul. Cum n-am nimic de făcut, scot un pix şi ochelarii de soare din rucsac şi mă servesc cu o bere rece din bucătărie. Ies pe terasă şi mă aşez la masă.

Deschid jurnalul la o pagină goală, după ultima însemnare. Din simplul motiv că sunt aşa cum sunt şi nu-mi place să las lucrurile neterminate. Iar, dacă *eram* eu peste cincizeci sau şaizeci de ani, finalul acesta abrupt m-ar fi iritat peste măsură.

Fireşte, nu mă compar cu Pepys[1] şi însemnările amănunţite pe care le-a făcut cu sfinţenie vreme de nouă ani, şi nu voi căuta decât să realizez un fel de „memorii" – o relatare succintă a existenţei mele din ultimii zece ani. Măcar e ceva. Ceea ce – după cum bine ştim cu toţii – e mai bine decât nimic.

Sau poate nu.

Vom vedea...

[1] Samuel Pepys (1633–1703), autor de romane şi cronicar din perioada domniei regelui Carol al II-lea al Angliei

Memoriile lui Alex
septembrie 2006 - iunie 2016

Școala

Locul în care mănânci cereale cu lapte, la cravată albă și frac. Nu-mi pasă că, în momentul de față, toată lumea consideră școlile private un model de etică - primul cuvânt care mi-a venit mie în minte pare mai degrabă desprins din Tom Brown[1] decât din Gordon Brown[2]: ORIBIL.

Actualmente, aceste instituții nu mai privesc hărțuirea ca pe o metodă de „călire a tinerilor"; lucrurile au evoluat din vremurile când profesorii îi încurajau pe bătăuși de pe margine. Acum, hărțuirea a devenit un fenomen invizibil și perfid.

Agresorii au devenit un soi de torționari rebeli, antrenați de Forțele speciale britanice. Genul de oameni care te provoacă la o bătaie „amicală" cu perne, dar, în timp ce tu lovești cu una moale și pufoasă, ei îți fac creierii chisăliță cu o față de pernă umplută cu dosare cartonate. Sau îți trimit mesaje de amenințare de pe telefoane mobile de unică folosință, care nu pot fi detectate. Ori îți „sparg" profilul de Facebook și scriu că ești „într-o relație cu un travestit".

Spre norocul meu, după pățania cu Rilă în Cipru, mi-am învățat lecția - ar fi cam singurul lucru pentru care pot spune că îi sunt recunoscător lui Rupes -, așa că iepurașul a sosit adăpostit într-un săculeț

[1] Naturalist, călăuză și autor de cărți despre supraviețuirea în sălbăticie
[2] Politician britanic, prim-ministru al Marii Britanii în perioada 2007-2010

din bumbac pe care l-am agățat pe ascuns cu ace de siguranță de cadrul din lemn al patului meu. Astfel, noaptea, deși ne despărțea salteaua, puteam măcar să întind mâna pe dedesubt, să-i simt blănița nu tocmai pufoasă și să vorbesc cu el printre șipcile patului.

Recunosc, în primele săptămâni de coșmar, am fost la un pas să fug din nou în lume. Dar n-am vrut să-i dau lui Rupes satisfacția de a jubila pe seama dezertării mele și, în afară de asta, profesorii erau absolut fantastici.

Iar lucrurile s-au mai îndreptat, cum se întâmplă de obicei, pe măsură ce m-am maturizat fizic și psihic. Când am intrat în clasa a șasea, trecusem deja cu brio toate examenele importante. Acum cincizeci de ani, aș fi primit și un „lache" – un boboc speriat care să stea la ordinele mele: să-mi lustruiască pantofii, să facă focul, să-mi prăjească pâinea. Practica aceasta a fost abolită în anii șaptezeci, și bine au făcut, deși unii dintre colegii mei continuau să se poarte de parcă era încă de actualitate, considerând-o un fel de ritual de inițiere.

„Lache": am descoperit de curând că nu vine de la „lacheu", cum mi-am imaginat eu, ci de la...

Mă rup de amintiri pentru câteva clipe și mă întreb dacă celor care vor citi acest jurnal, peste cincizeci sau o sută de ani, le va păsa de unde vine cuvântul „lache". E foarte probabil ca, până atunci, mandarina să ajungă limba de circulație internațională, judecând după numărul de elevi chinezi din școala mea.

Trecând peste asta, concluzia este că, după cinci ani de școală, am fost admis la Oxford ca să studiez filosofia.

Familia

Mama, tata, Immy și Fred și-au văzut de viață în lipsa mea. Fred a reușit performanța de a-mi omorî peștișorul auriu în doar două săptămâni după plecarea mea. Când l-am întrebat dacă l-a îngropat cum se cuvine, mi-a zis că l-a aruncat în toaletă, fiindcă i s-a părut normal să fie înmormântat în apă.

Mama pare mai liniştită şi mai mulţumită ca oricând. Un pic prea mulţumită, din moment ce, imediat ce a intrat şi Fred la şcoală, şi-a anunţat decizia de a-şi deschide propria şcoală.

E suficient să spun că Şcoala de Dans Beaumont s-a dezvoltat rapid, devenind un fel de companie multinaţională. Asta, dacă facem abstracţie de banii pe care ar trebui să-i producă o asemenea afacere. Dar cum mama e mama, se pare că dădea mai multe lecţii gratis. Rareori se întâmpla să vin acasă în vacanţe şi să nu găsesc vreo persoană îmbrăcată în costum de balet, bocind la masa din bucătărie şi profitând de bunăvoinţa mamei ca să-şi verse năduful.

Asta, până când cuvintele de care toată lumea se teme mai mult decât orice au ajuns la masa din bucătărie menţionată anterior. Iar mama s-a trezit cu propriile probleme pe cap.

Mă smulg din nou din amintiri, deoarece mi-e greu să exprim în cuvinte momentul cumplit în care mama şi tata mi-au dat vestea. Mă ridic şi mai iau o bere din frigider, ca să-mi înec amarul, şi decid să revin cu detalii altădată.

Familia (continuare)

Trecând peste necazul mamei, care, evident, ne-a dat tuturor viaţa peste cap, Immy şi Fred au crescut pe nesimţite. Poate că nici n-au avut încotro, dată fiind situaţia.

Tata a luat toată presiunea pe umerii săi când mama n-a mai făcut faţă. Acum e expert în folosirea uscătorului şi reuşeşte să gătească de la zero nişte macaroane comestibile. E un tip extraordinar. A fost cea mai bună decizie din viaţa mea să-l adopt pe el şi numele lui de familie.

Cât despre tatăl meu biologic, a venit o dată pe la Cedar House, în preajma Crăciunului, cam la un an după acea vară apocaliptică, şi a cerut să-şi vadă „fiul“. Mama a intrat în camera mea, cu mina aceea îngrijorată pe care i-o cunosc atât de bine. Mi-a explicat că Sacha e jos. Mi-a zis că nu sunt obligat să vorbesc cu el. I-am spus că nu mă deranjează şi că nu are de ce să-şi facă griji.

Am coborât la parter și l-am găsit în bucătărie, exact când dădea pe gât paharul cu băutură pe care i-l oferise tata. Arăta groaznic. Îi tremurau mâinile, i se vedeau toate oasele prin pielea ca o foiță de hârtie... Și, oricât aș fi fost de hotărât să-l urăsc, ca de obicei, am sfârșit prin a simți milă față de el.

Voia să știe dacă doresc să am o „relație“ cu el.

Dintre toți oamenii din lume, bărbatul acela amărât și trist era printre ultimii cu care mi-aș fi dorit o relație. Prin urmare, cu sufletul greu, l-am refuzat. Adevărul este că l-am refuzat de atâtea ori, încât aveam senzația că repet la nesfârșit același lucru. Într-un final, tata și-a dat seama că m-am săturat, l-a făcut pachet pe Sacha, l-a urcat în mașină și l-a dus la gară.

N-am mai știut nimic de el până când...

Să trecem mai departe.

Ceilalți membri ai găștii de la Pandora

Sadie a născut o fetiță drăgălașă, pe care a botezat-o Peaches (Piersică) – nici nu te puteai aștepta la altceva din partea ei –, deși nu m-ar fi mirat să opteze pentru Melon (Pepene) sau Gooseberry (Agrișă)... și m-a ales *pe mine* să-i fiu naș bebelușului!

E un lucru plăcut, cu toate că, ori de câte ori o văd pe Peaches, mi-e greu să-i rostesc numele cu glas tare, mai ales în public. În plus, e genul de nume pe care nu-l poți prescurta în nici un fel. Am încercat să-i spun „Pee“ (Pipi) o dată, dar mi-am dat seama că nu merge, așa că, acum, mă feresc să îi mai spun în vreun fel. E un copil prietenos care a acceptat docil o mulțime de „unchi“ în viața ei, pentru că Sadie a continuat să-și schimbe iubiții ca pe șosete. Din acest punct de vedere, copilăria mea a fost de vis.

Tâmplarul Andreas n-a aflat niciodată că are o fiică. Poate tocmai de-asta m-a ales Sadie să-i fiu naș. S-o fi gândit că, în momentul în care fata va afla despre comportamentul reprobabil al mamei sale, o trimite să discute cu mine.

Cât despre restul clanului Chandler: Jules s-a mutat într-o căsuță, în apropiere de Oundle, împreună cu Rupes și Viola, și s-a statornicit acolo ca o buruiană de care nu mai scapi. Potrivit felicitării de

Crăciun – pe care o expediază invariabil fix pe întâi decembrie, ca să ajungă (cu serviciul standard) pe data de patru, când toți muritorii abia își întocmesc lista de persoane „cărora e musai să le trimită felicitări" –, s-a impus rapid ca președintă a tuturor comitetelor de părinți și de strângere de fonduri la care participa. Parcă o și văd prezentă la orice petrecere, colectă sau târg caritabil, ca să stoarcă bani de la ceilalți părinți.

Practic, mergea la școală împreună cu Rupes (care a ajuns căpitanul echipei de rugby, deci era fericit). Iar, în restul timpului, lucra ca agent imobiliar, ca să aibă ce le pune pe masă copiilor ei.

Nu pot să neg meritele lui Jules: deși este una dintre cele mai nesuferite ființe de pe fața pământului, când își pune ceva în cap, nu se lasă până nu duce lucrul ăla la bun sfârșit. Cred că ar fi un sergent-major extraordinar.

În ceea ce o privește pe Viola, am dedus că e încă în viață, pentru că îi apărea numele pe toate felicitările de Crăciun. Cu toate că n-am văzut-o cu ochii mei până când...

Le cer scuze cititorilor acestor memorii pentru folosirea excesivă a sintagmei „până când" în textul de față. Sunt multe de povestit, unele situații mai dificile decât altele, așa că vă rog să fiți îngăduitori cu mine.

Ultima, dar nu cea din urmă, este Chloë. Dintr-un motiv sau altul, am văzut-o destul de des în ultimii zece ani. Am descoperit că școlile noastre *chiar* organizau „dansuri" împreună; nu tocmai ce vezi la „Uite cine dansează", ci mai mult o învălmășeală transpirată pe ringul improvizat din sala de festivități a școlii.

Cum, la momentul respectiv, era încă înamorată de Michel, m-a căutat și m-a rugat să o „protejez" de atenția celorlalți băieți, așa că stăteam amândoi într-un colț și beam suc, în timp ce îmi povestea suferințele ei și îmi spunea cât de dor îi era de el.

De asemenea, petrecea enorm de mult timp împreună cu noi, la Cedar House. A devenit membru al familiei în adevăratul sens al cuvântului – mai mult decât necesar la momentul acela, mai ales pentru cei mici.

Am așteptat răbdător să îi treacă obsesia pentru Michel. N-a trecut. Nici obsesia mea pentru ea. Aveam, ce-i drept, o relație foarte apropiată; Chloë susținea că sunt prietenul ei cel mai bun.

Dar, cum bine știe prietenul cel mai bun al oricărei fete, este aproape imposibil să transformi relația în acel „ceva" la care visam în fiecare noapte.

După ce a absolvit școala, a decis să facă pauză un an, apoi a mers la Londra ca să studieze moda.

Abia după ce a absolvit facultatea, s-a rupt și vraja lui Michel asupra ei. A plâns pe umărul meu, mi-a zis că încă îl iubește, dar relația „la distanță" îi epuizase și, în sfârșit, îi puseseră capăt.

Cam în aceeași perioadă, au apărut schimbări majore în viața mea.

Capitolul 32

Pun stiloul pe masă și mă întind, moleșit din cauza soarelui și a berii și, nu în ultimul rând, a efortului de a rememora evenimentele ultimilor zece ani. Arunc o privire pe ceea ce am scris, să verific dacă am omis pe cineva, și observ că așa am făcut. M-am omis pe mine. Sau, cel puțin, ce-a mai rămas de spus despre mine, până în momentul de față. Dar sunt prea încins de căldură, prea obosit și trist ca să continui.

Pe lângă asta, doar ce-au sosit o mașină și furgoneta albă. Din furgonetă coboară doi bărbați pe care îi recunosc imediat ca fiind băieții lui Alexis. Din mașină apare Alexis și vine spre mine, de mână cu un copilaș. Dimitrios și Michel deschid portiera din spatele furgonetei și se apucă să descarce alte cutii.

Băiețelul, leit Angelina, remarc de îndată ce se apropie, mă privește sfios.

– Spune bună ziua, Gustus, îl îndeamnă tatăl lui.

Gustus nu îl ascultă și se ascunde în spatele picioarelor lui Alexis.

– Mă gândeam să punem niște lumini pe terasă și să atârnăm felinare în măslinii din livadă, zice Alexis.

– Bună idee, afirm.

– Trebuie să fie o atmosferă festivă, nu? remarcă Alexis, uitându-se la mine.

– Neapărat, confirm categoric.

*

În următoarele ore, ne încingem și asudăm din nou, ca să întindem cabluri cu becuri de la balcoane până la pergolă. Nu schimbăm prea multe vorbe; doar ne mai înțepăm așa, ca bărbații, pe tema fotbalului.

În călătoriile mele peste hotare, am remarcat că, în ochii străinilor, simplul fapt că sunt englez îmi conferă un statut de expert în Premier League și, mai ales, în Manchester United, echipa preferată a bărbaților din familia Lisle.

Cum eu am o mai mare aplecare spre rugby, și nicidecum vreo relație apropiată cu Wayne și Coleen Rooney, mi-e foarte greu să le ofer informațiile dorite. Din când în când, arunc câte o privire furișă spre Michel, care s-a făcut și mai chipeș între timp. Îmi vine să-l întreb dacă are iubită, logodnică sau poate chiar nevastă, dar nimeni nu aduce în discuție subiecte atât de intime.

Angelina iese pe terasă cu o carafă mare cu limonadă și cu micuțul Gustus după ea. Copilul se cocoață pe genunchii tatălui său imediat ce ne așezăm pe scaune și ne bem însetați limonada.

– E ciudat, nu-i așa, Alex? chicotește Alexis. Abia așteptam să fiu bunic. Și uite cum am ajuns tot eu să am un copil, iar băieții mei nici gând să facă copii.

– Tată, am doar treizeci și-un pic de ani. Kassie are douăzeci și nouă, îl mustră Dimitrios, cu blândețe. Avem destul timp să facem copii. Plus de asta, e vina ta. Ne muncești în asemenea hal, că nu mai apucăm să facem copii, adaugă, zâmbind.

– Tu ești căsătorit, Michel? întreb.

– Nu, îmi răspunde apăsat.

– Cred că băiatul meu e burlac convins, oftează Alexis. Se pare că nici o femeie nu e în stare să-l prindă în mreje. Tu, Alex? Ți-ai găsit dragostea vieții în ăștia zece ani?

– Da, răspund, după câteva clipe de ezitare. Am găsit-o.

– Tati.

Gustus deschide gura și arată cu degetul spre ea, transmițându-i ceva lui Alexis.

– Lui Gustus i s-a făcut foame. Trebuie să mergem acasă, traduce Alexis.

O strigă pe Angelina, care apare imediat și îmi face instructajul de rigoare: în principiu, să nu pun mâna pe nimic din bucătărie sau cămară, până mâine-dimineață, când vine ea. De parcă aș putea să devorez peste noapte tot ce-a gătit.

– Vrei să iei cina la noi acasă, Alex? mă întreabă Alexis.

– Mulțumesc pentru invitație, dar mă așteaptă o zi lungă mâine și aș prefera să mă culc devreme.

Alexis îl ridică pe Gustus, care se zvârcolește ca un viermișor în brațele sale puternice și bronzate.

– Atunci, îți urăm noapte bună.

Privesc cum toată familia urcă în cele două mașini și pleacă. Începe să se întunece, soarele apune încă o dată peste Pandora, așa cum face zi de zi de zece ani încoace, frumusețea lui trecând neobservată de ochiul omenesc. Intru în bucătărie și constat că e plină de tăvi și vase acoperite cu folii de aluminiu, iar cămara este la fel de ticsită cu deserturi misterioase, de toate formele și mărimile. Porționez musacaua din care Angelina mi-a zis, cu jumătate de gură, că am voie să mănânc o bucată la cină.

Mă așez la masă și îmi mănânc porția pe terasă, de unul singur, în speranța că Alexis nu s-a supărat pe mine pentru că i-am refuzat invitația. Simt nevoia să fiu singur în seara asta și să îmi adun gândurile și forțele pentru ziua de mâine.

Apoi trag jurnalul spre mine, gândindu-mă că mi-ar prinde bine să mai scriu în el.

Memoriile lui Alex
„Eu" (continuare)

Am petrecut jumătate din anul de pauză de după liceu lucrând ca barman, ca să strâng bani să călătoresc, și cealaltă jumătate luptându-mă să îmi înving toate fobiile posibile și imposibile.

Și dezvoltând unele noi – de pildă, călătoriile în străinătate.

După aceea, am început cursurile de filosofie la Oxford, universitatea la care au studiat tata și tatăl meu biologic. Trei ani mai târziu, când tata a venit să mă vadă la ceremonia de absolvire, m-a îmbrățișat cu lacrimi de mândrie sinceră în ochi.

Chiar aseară citeam în însemnările de acum zece ani că nu mi-l imaginez plângând; din nefericire, a vărsat destule lacrimi de atunci.

Apoi am mai făcut un masterat de un an (vă povestesc mai multe despre anul *respectiv* mai târziu). Iar, după aceea – tocmai când renunțasem la toate visele mele și mă împăcasem cu ideea de a avea o carieră academică, de a deveni doctor și, într-un final, profesor universitar de filosofie –, am primit un e-mail de la profesorul meu.

Era trimis de un minister cu sediul în Millbank, despre care știam că e la o aruncătură de băț de Sediul Parlamentului. Practic, eram invitat la un interviu pentru un post în cadrul unei comisii de experți în politici guvernamentale.

Trebuie să recunosc că, după ce l-am citit, m-am întins pe patul strâmt din apartamentul meu ca vai de lume de la Oxford, și am râs de m-am prăpădit. Chipurile, guvernul ales de un an dorea, citez, „ca toate minţile tinere şi strălucite să participe la luarea de decizii cu privire la viitorul Marii Britanii".

Pe agenda comisiei, se aflau referendumul asupra menţinerii Marii Britanii în Uniunea Europeană, soluţii privitoare la Scoţia, la Serviciul de Sănătate Publică, imigraţie...

Cu alte cuvinte, câte-n lună şi-n stele.

Bun.

Sincer să fiu, m-am dus ca să mă distrez, ca să nu zic că n-am făcut-o şi pe-asta şi să pot posta pe Facebook şi pe Twitter, ca să îmi impresionez prietenii. Şi, mai ales, anumite prietene, care, cine ştie, poate mai aruncă un ochi pe pagina mea.

În definitiv, asta visam amândoi...

Am intrat în biroul elegant - chiar în inima guvernului britanic - şi m-am uitat în jur, nerăbdător să descopăr butonul roşu care să declanşeze al Treilea Război Mondial. După aceea, am lungit gâtul în partea stângă, ca să văd dacă e posibil să trimiţi un semnal direct de acolo până la sediul MI6, pe malul celălalt al Tamisei.

Mi-au pus o mulţime de întrebări, potenţial înşelătoare, fiindcă mi s-au părut incredibil de simple. Recunosc, m-am concentrat mai greu decât de obicei, pentru că mi-l tot imaginam pe Daniel Craig[1] că dă buzna în cameră şi-mi spune că divulg informaţii secrete unor spioni ruşi. Apoi se chinuie să-mi salveze pielea printre rafale de gloanţe.

Din păcate, Mark şi Andrew - „Spune-mi Andy" -, doi funcţionari publici de vârstă mijlocie, un pic cam anoşti, mi-au studiat cu atenţie CV-ul încropit în mare grabă, apoi m-au rugat să îmi exprim opinia despre modul în care tineretul actual priveşte revenirea la guvernare a Partidului Conservator. Şi ce măsuri aş lua pentru a schimba opinia publică (pare-se negativă) la adresa lor.

M-am abţinut să folosesc multe dintre citatele kantiene pe care le-aş fi putut înşira. Am preferat să recit filosofia simplistă pe care am înţeles-o instinctiv de copil, intuind că e posibil ca Mark şi Andy să aprecieze mai mult un om modest decât un savant care îndrugă tot felul de aiureli psihanalitice.

---

[1] Actor britanic, faimos pentru rolul jucat în filmul *James Bond*

La final, am plecat, amuzat la culme de ridicolul situației. După ce am votat toată viața cu democrat-liberalii, după care am trecut de partea stângii, împreună cu toată catedra de filosofie, iată-mă acum invitat să susțin cealaltă tabără.

M-am filmat în fața clădirii din Millbank, dând de veste unde sunt și ce fac (și, probabil, eliminându-mă singur din cursă, ținând cont că aceia care intenționează să lucreze pentru guvern trebuie să dea dovadă de mare discreție; pfui, cui îi pasă?) și am plecat pe lângă Palatul Westminster către stația de metrou, conștient că n-am nici cea mai mică șansă să primesc postul. Dacă e ceva de care nu mă dezic, acelea sunt convingerile mele fundamentale:

Egalitate, Egalitarism și Economie...

Îmi aduc aminte că, în timp ce coboram treptele de la metrou, mă gândeam că ultimul „E" este singurul lucru care coincide cu actualul program politic al partidului de guvernământ. Fapt dovedit: Dacă muncești din greu, ar trebui să fii recompensat. Fapt dovedit: Țările capitaliste sunt cele mai bogate. Fapt dovedit: Ele îi pot hrăni, educa și îngriji pe cei mai vulnerabili dintre noi.

Sau, cel puțin, așa ar trebui să facă. Într-o lume utopică și în visele mele.

Nu exista om care să cunoască mai multe teoreme filosofice decât mine – lucrul incredibil de enervant (și infinit de fascinant) este că întotdeauna există un alt punct de vedere sau opinie care să o contrazică pe prima. Din nefericire, în cei patru ani de reflecție asupra omenirii și a lumii, am înțeles că, la vârsta mea, degeaba cunoșteam toată gama de emoții umane la nivel teoretic, căci asta nu mi-a fost de nici un ajutor în viața personală, care, la momentul respectiv, era – și sunt blând când spun asta – o catastrofă.

Nici în practică nu eram foarte convins că ajută pe cineva. Recitind acest jurnal, îmi dau seama că, deși mă consideram o adevărată pacoste la vârsta de treisprezece ani, nu m-am schimbat prea mult de atunci. Am învățat doar cum să îmi exprim gândurile și sentimentele într-o manieră academică.

O săptămână mai târziu, am găsit o scrisoare pe covorașul de la ușă, prin care eram anunțat că primisem postul.

Din nou m-am așezat pe patul meu strâmt și am râs în hohote. Apoi am recitit scrisoarea cu mai mare atenție și mi-au ieșit pe gură niște cuvinte pe care le dezaprob categoric când am văzut salariul pe care mi-l ofereau.

Băga-mi-aș!

Pe urmă am plâns. Tare, cu poftă și cu lacrimi de crocodil, de-a trebuit să-mi șterg mucii vreo zece minute după ce m-am potolit.

Rușinos, știu, dar de înțeles, dată fiind situația.

Pentru că exista o persoană cu care îmi doream enorm să împărtășesc momentul. Iar acea persoană nu era lângă mine și, probabil, nici nu avea să mai fie vreodată.

Stau acum – câteva săptămâni mai târziu – și mă gândesc că va trebui, probabil, să port costum, sau măcar un sacou elegant și pantaloni de bumbac, când voi începe noul serviciu, peste mai puțin de o lună.

Sper să îmi folosesc vocea cu folos cât voi fi acolo – cel puțin, așa intenționez. Dar, din cât am studiat natura umană, am tras concluzia că politicienii, și cam toți oamenii în general, își imaginează că vor face bine, după care li se urcă puterea la cap. Sincer să fiu, habar n-am dacă se poate să ți se urce la cap când lucrezi într-o comisie de experți. Pe de altă parte, cred că orice e posibil. Doar ce-am primit săptămâna trecută alt plic – de data asta, mai gros și dintr-o hârtie de o calitate superioară, crem – cu un mesaj de invitație pe strada Downing nr. 10, să „servesc ceaiul" cu omul numărul unu în persoană. Prim-ministrul, dacă vă vine să credeți! Din câte se pare, dorește să îi cunoască personal pe toți proaspeții săi tineri experți.

Dorește să mă cunoască *pe mine*.

Capitolul 33

Chicotesc încă în momentul în care las jos stiloul și intru în casă. Închid obloanele și sting becurile care par să se fi înmulțit simțitor de azi după-amiază. Într-un final, liniștit că n-o să sar în aer la noapte din cauză că am supraîncărcat rețeaua electrică antică a Pandorei, mă retrag în Debara, pornesc ventilatorul și mă așez pe pat. După aceea, bag mâna în rucsac și caut rămășițele lui Rilă.

– Îți vine să crezi că o să-l întâlnesc pe prim-ministrul Marii Britanii și al Regatului Unit? Sau, mai bine-zis, dragul meu iepure, al Nu-Prea-Marii Britanii și al Regatului Neunit, ținând cont de situația din Scoția, adaug, pe un ton ponderat. Dar, chiar și așa, e o experiență super tare la doar douăzeci și trei de ani.

Pe urmă, îndes iepurașul la subraț.

Am nevoie de susținerea lui ca să pot înfrunta ziua de mâine.

Exact când să ațipesc, aud telefonul mobil. M-am obișnuit deja cu tresărirea de moment și cu sentimentul de spaimă pe care-l trăiesc ori de câte ori sună.

– Alo? spun, răstit.

– Eu sunt, Alex.

– Ah. Salut, Immy. Toate bune acasă? o întreb, îngrijorat, ca întotdeauna de la o vreme încoace.

– Toate bune. Eu și Fred suntem singuri deocamdată, dar tata știe tot programul de mâine.

– Ești bine?

– Da. Cum e la Pandora? E tare?

– N-aş zice că e tare, fiindcă te topeşti de căldură. Dar toate sunt puse la punct.

– Tare, repetă ea, şi mă mai liniştesc la gândul că măcar un cuvânt din limba engleză – chiar şi demodat cum e acesta – a reuşit să supravieţuiască în vocabularul fetelor de cincisprezece ani. Ne aşteaptă taxiul când ajungem?

– Aşa ar trebui. Am făcut deja comandă. Fred şi-a făcut bagajul?

– Oarecum. Doar îl cunoşti. Probabil o să uite să-şi ia lenjerie de schimb, dar m-am săturat să-i tot amintesc. Bun, spune Immy, oftând uşor, ne vedem mâine, da?

– Da. Auzi, Immy?

– Ce e?

– O să fie o seară grozavă.

– Aşa sper şi eu, Alex. Noapte bună!

– Noapte bună!

Mă întind pe spate, cu braţele sub cap, şi mă gândesc că a fost o perioadă grea pentru amândoi. M-am străduit cât am putut, la fel şi Chloë şi tata, dar nu avem cum să compensăm toţi acei ani dificili. Eu şi Chloë i-am dus chiar şi la consiliere psihologică: ni se spusese tuturor că indiferent de problemele mamei, nu aveam motiv să ne simţim vinovaţi pentru că ne vedem de vieţile noastre şi că ar trebui să ne preocupăm mai mult de problemele noastre. Oricât de neînsemnate ar părea în comparaţie cu ale ei.

Sincer să fiu, cred că m-a ajutat mai mult *pe mine* decât pe ei. Eu sunt întotdeauna uşor impresionabil.

Aşadar, îmi îndrept acum atenţia asupra problemelor personale. Şi, odată cu asta, simt cum mi se încordează toţi muşchii şi mă strâmb de durere la gândul că *ea* nu va apărea mâine-seară. Fireşte, m-am asigurat că i-a parvenit invitaţia, dar n-am primit nici o veste de la ea de atunci.

Dar cine-o poate învinui dacă nu vine?

A naibii treabă! De ce trebuie ca viaţa asta să fie atât de complicată?

Într-adevăr, eram înrudiţi printr-o chestie minoră, şi, într-adevăr, era o problemă complexă, dar, Dumnezeule mare, ne *iubeam*!

Iată-mă acum, în aceeași afurisită de casă, pe același pat unde a început totul. Și mă gândesc că trebuie să continue, în ciuda tuturor obstacolelor, nu?

Pentru simplul motiv că...

Așa s-a și întâmplat.

Cad din nou într-un somn de moarte (probabil ar trebui să mă feresc de această expresie în momentul de față) și mă trezesc într-o nouă dimineață splendidă la Pandora.

Așa cred, cel puțin, pentru că fac un duș și cobor în bucătărie, unde Angelina, care robotește de zor, îmi face semn spre cafetieră, așa că nu e nevoie să ridic ochii spre cer și să meditez dacă va ploua sau nu.

Ploaia care pare să fie personificarea răzbunătorului Zeu englez al Evenimentelor în Aer Liber. În toate fotografiile „fericite", fie ele făcute la nunți, petreceri câmpenești, concerte și alte reuniuni de gen, englezii nu zâmbesc neapărat pentru că s-au căsătorit cu dragostea vieții lor sau au câștigat concursul „Ghici cum se numește porcușorul de Guinea", ci zâmbesc de ușurare că ploaia nu le-a stricat sărbătoarea.

Poate că o să mă însor în Cipru, ca să scap de un mare semn de întrebare care planează mereu asupra unui asemenea eveniment...

Între timp, pe terasă, pregătirile sunt în toi. Dimitrios și Michel instalează mesele demontabile pe care vor fi așezate sticlele de bere, vin și paharele. Sub pergolă, masa lungă de fier a fost acoperită cu o față curată, gata să primească delicatesele pregătite de Angelina.

– Bună dimineața, Alex!

Alexis apare de nicăieri și îmi trage o palmă zdravănă pe spate.

– La ce oră sosesc primii musafiri?

– Cred că în jur de trei. Să sperăm că ajunge toată lumea.

– Să sperăm.

După aceea, primesc tot felul de sarcini, iar printre picături îmi verific periodic telefonul, Facebookul, Twitterul – chiar mi-ar fi dat mesaj pe Twitter?! –, doar-doar oi afla că vine și ea. Îmi dau seama că o să mă ardă rău la buzunar că folosesc internetul mobil în roaming, dar nu-mi pasă. Totuși, nu am primit nici un mesaj. Nici măcar vreun mesaj automat, care să mă informeze că trebuie să primesc daune pentru un accident pe care nu l-am suferit.

Dau repede câteva ture de piscină ca să mă răcoresc după nenumăratele pregătiri epuizante pe care le implică organizarea unei petreceri. Mă uit la ceas când ies din apă și văd că nu mai e nici o oră până să își facă apariția primii oaspeți. După aceea, îmi aduc aminte de cămașa mea roz – da, e culoare de fată și îmi amintește de Rupes, dar e o culoare care, după socotelile mele, te face irezistibil în ochii femeilor –, care zace și acum mototolită la fundul rucsacului meu. Scotocesc prin casă după un fier și o masă de călcat, ustensile cu care am dus o luptă aprigă de-a lungul anilor.

În cele din urmă, găsesc o ruginitură scârțâitoare în cămară. Slavă Domnului, Angelina îmi vede cârpa șifonată din brațe și i se face milă de mine, așa că las cămașa pe mâinile ei pricepute.

Apoi, încep să patrulez prin casă, ca un fel de polițist dubios. Totul e gata. Știu că e gata. Dar, așa cum îmi verific periodic mobilul, și patrulatul a devenit un soi de tic nervos. Mă concentrez la sunetul pașilor, fiindcă nu îndrăznesc să mă gândesc cine va veni diseară și cine nu.

În această casă. În doar câteva ore.

Simt că-mi ies din piele de emoție – altă expresie ridicolă, îmi zic în treacăt – și hotărăsc să scriu ultimul capitol al memoriilor ca să-mi iau gândul de la situația prezentă. Chiar dacă nu voi afla deznodământul decât mai târziu.

Primul taxi trage pe alee și, exact (sau aproape exact) ca acum zece ani, din el coboară Jules și Sadie, urmate de Rupes și micuța Peaches, fiica lui Sadie. Simt o strângere de inimă când merg spre ei, dar reușesc să afișez un zâmbet. Trei dintre pasageri arată neschimbați: Jules, leșinată de căldură și nervoasă, Sadie, indecent îmbrăcată, iar Rupes, vânjos și rumen ca întotdeauna.

Măcar, de data asta, sunt pregătit să dau mâna cu el și chiar îmi încordez stomacul și umerii ca nu cumva să-mi smulgă brațul din încheieturi.

– Dumnezeule! pufăie Jules. Călătoria asta e un coșmar. Și sunt convinsă că Pandora e într-o stare mai proastă decât înainte. Au trecut zece ani peste ea, și sigur s-a deteriorat.

– Peste noi *toți* au trecut zece ani, îi zic, sperând să înțeleagă aluzia.

Sadie dă ochii peste cap și mă îmbrățișează.

– N-o băga în seamă, îmi șoptește, la ureche. Nu s-a schimbat deloc. Salută-l pe nașul tău, Peaches scumpo, i se adresează copilei de lângă ea.

O iau pe Peaches în brațe și o strâng la piept.

– Bună, scumpo! Ce mai faci?

– Bine, unchiule Alex! îmi răspunde, chicotind de bucurie. Tu?

– Foarte bine, mulțumesc, Peaches.

În timp ce eu sunt ocupat să o mint pe fetiță, Sadie mă bate pe umăr și îmi face semn spre o altă persoană, pe care Jules o ajută să coboare din mașină.

– Te avertizez, dacă Jules ți se pare o pacoste, stai să-i cunoști noul iubit, murmură ea, ca să nu o audă ceilalți.

Privesc cum un bărbat cu un ten șocant de asemănător cu al lui Rupes, dar fără părul acestuia, gătit într-o pereche de pantaloni de bumbac roșu-aprins și cămașă în carouri, se dezlipește cu greu de pe scaunul de lângă șofer.

– Doamne ferește! E destul de bătrân cât să-i fie tată! îi șoptesc lui Sadie, în vreme ce bărbatul se agață de brațul lui Jules și vine împleticindu-se spre noi.

– Poate chiar e, dar, din ce-am auzit, deține jumătate din Rutland și are o întreagă herghelie de cai de rasă. Jules locuiește cu chirie în casa lui de la țară și s-au cunoscut când el a venit să-i verifice... țevile înghețate, rânjește Sadie.

Jules mi-l prezintă pe Bertie, care se uită îngrozit la casa în care urmează să fie cazat.

– Mi-ai zis să mă aștept la ce e mai rău, dar sunt sigur că ne vom simți bine, bolborosește el, cu prune în gură. Jules, draga mea, fă onorurile și condu-mă la apartamentul nostru.

După ce spune asta, îi trage o palmă pe fund, iar ea chicotește ca o adolescentă. Eu, Sadie și chiar micuța Peaches ne prefacem că vomităm.

– Zi tu că nu-i dezgustător.

Îmi dau seama că am uitat cu desăvârșire de Rupes. Întorc capul și îl văd în spatele nostru, cu mâinile în buzunare. Nu scoatem o vorbă; doar ne înroșim la față, cum e el în mod normal.

– I-am spus mamei să întrebe dacă poate veni și el. Mi-a zis că oricum are pat dublu aici, așa că nu vede de ce-ar fi o problemă. Tu ce mai faci, Alex? Am înțeles că-ți merge de minune.

– Sunt bine, mulțumesc, Rupes. Și eu am auzit că te pregătești să devii profesor.

– Așa e, spune el, râzând, și ridică din sprâncene la mine. Ce ironie, când te gândești cum stăteau lucrurile ultima oară când am fost la Pandora. Știi bine ce elev silitor eram, dar, după ce-a trebuit să mă las de rugby din cauza unei accidentări la genunchi, m-am apucat de antrenorat și chiar mi-a plăcut. Așa că, de ce nu? Din păcate, nu mai avem nici un sfanț pus deoparte în care să putem intra la nevoie.

– Cred că o să fii un profesor de sport minunat, spun, cu toată sinceritatea.

Toți cei pe care i-am cunoscut eu parcă fuseseră antrenați de mafia chineză.

– Mersi.

– Vrei o bere?

– De ce nu? zice el.

– Scuze că vă întrerup, Alex, dar voiam să știu dacă stăm în aceleași camere ca data trecută? întreabă Sadie.

– Da. Angelina a pus un pat pliant special pentru tine, Peaches. E exact ca ăla pe care dorm eu în Debaraua mea.

– Dormi într-o debara? mă întreabă fetița, fascinată de idee.

– Nu e chiar o debara. Dar așa o alint eu, fiindcă e o cameră micuță, îi explic, în timp ce ne îndreptăm spre casă.

– Rămâi aici, cu Rupes. Mă descurc singură, spune Sadie și pornește spre scări.

– Dom'le Rupes! exclamă Angelina, scoțând capul pe coridor.

Îi mulțumesc lui Dumnezeu, pentru că ultimul lucru pe care mi-l doream era să port o discuție de suflet cu fratele meu vitreg, care nici măcar nu știe că mi-e frate.

– Ce mai faceți?

– Bine, mulțumesc, Angelina, spune Rupes și o sărută pe obraji.

– Hai în bucătăria mea, Rupes. Ți-am făcut prăjiturile care îți plăceau așa mult ultima oară când ai fost aici.

Îi urmez în bucătărie și, în vreme ce Angelina îl bombardează cu întrebări, îi pun o bere în față. Îl urmăresc cum îi răspunde politicos și concluzionez că s-a liniștit mult de la ultima noastră întâlnire. Plângea atunci, probabil de mila lui, ceea ce se întâmplă deseori la asemenea ocazii.

Mă uit la ceas. E aproape șase. Mai e o oră până la momentul culminant, când își vor face apariția protagoniștii piesei din această seară.

– Scuză-mă, Rupes. Mă dus repede până sus să fac un duș.

– Nici o problemă, spuse el, încuviințând din cap. Eu unde dorm?

– Pe canapeaua din salon, dacă nu te deranjează. Toate camerele sunt ocupate astă-seară.

Plec înainte de a-i adresa întrebarea care îmi stă pe limbă. E foarte probabil ca nici măcar să nu știe răspunsul și să îmi dea vreo informație greșită, ceea ce ar agrava și mai mult situația.

Așa că tac chitic. Surâd când îmi amintesc că, pe vremuri, credeam că se spune „chitit" și urc la etaj să fac duș.

Ies din cadă, ud leoarcă, și descopăr că Immy mi-a trimis un mesaj care a avut ceva de furcă cu serviciul de telefonie mobilă cipriot.

„Am avut întârziere. Aterizăm la șase și jumătate."

Drace! Înseamnă că ajung abia după șapte și jumătate, când petrecerea e deja în toi. Dacă întârzie și mai mult?

La parter, Jules și Bertie stau la una dintre măsuțele de cafea aranjate pe terasă. Observ că s-au servit deja cu vin și îl aud pe el plângându-se în gura mare de calitatea produsului. Mă abțin cu greu să îi trag un pumn. Spre norocul meu, tocmai atunci apare și Sadie.

– Bună, scumpule! Totul e pus la punct?

– Cred că da. Mai lipsesc doar câțiva oaspeți importanți.

– Ajung și ei. E foarte frumos din partea ta că ai organizat acest eveniment.

Sadie mă ia în brațe din senin, dându-mi de înțeles că și ea e copleșită de emoții.

– Apropo, continuă ea, în șoaptă, în timp ce Peaches trece pe lângă ei și se duce întins la castronul cu chipsuri pe care îl ochise pe masă, bănuiesc că nu vine și Andreas diseară, nu?

– Habar n-am. Mai bine îl întrebi pe Alexis. El s-a ocupat cu lista de invitați ciprioți.

– Așa o să fac, spuse și se uită la Peaches, care se îndoapă cu chipsuri. Sper că n-o să se prindă.

Mă uit la Peaches – blondă cum e, o copia fidelă a tatălui ei.

– Mă îndoiesc, o mint.

Iese și Rupes pe terasă. Ne întoarcem cu toții și vedem o mașină care vine hurducăindu-se spre casă.

– E Alexis cu familia lui, spun. Hai să scoatem sticlele de vin alb din frigider, Rupes.

Pe la ora șapte și jumătate, terasa e deja ticsită de oameni pe care nu mi-i mai amintesc, dar care par să mă știe foarte bine. Tocmai când încep să-mi fac griji că o să mor sufocat de atâtea îmbrățișări, cineva mă bate ușor pe umăr.

– Bună, Alex! Iată-mă. Am ajuns.

– Fabio, ai venit!

E rândul meu să-l îmbrățișez. În ultimii ani, a fost un mare sprijin pentru noi toți, dar mai ales pentru tata.

– Vezi? L-am adus și pe Dan cu mine. Ca să-l cunoști și tu.

Un bărbat înalt, cu ochi negri, care – șocant – pare cu doar câțiva ani mai mare decât mine, face câțiva pași în față și mă sărută pe obraji.

– Mă bucur să vă cunosc, domnule, mi se adresează, cu un accent american pronunțat.

– Spune-mi Alex, te rog. Mă bucur că ai venit.

– Sunt încântat să mă aflu aici, Alex.

– Deci, zice Fabio, și inspectează rapid mulțimea de invitați, înainte să termin schimbul de politețuri cu Dan. Unde-i restul familiei?

– Avionul a avut întârziere, așa să sosesc mai târziu. Sper să ajungă înainte să plece toată lumea acasă.

Fac semn îngrijorat spre terasă și spre mica orchestră care se încălzește într-un colț al acesteia.

– O să ajungă, Alex, mă liniștește Fabio. Hai să degustăm vinul prietenului mamei tale, care mi-a plăcut atât de mult data trecută.

Îi conduc la masă și, în timp ce pălăvrăgesc cu Dan despre cât e de greu să înveți italiana și mă întreb dacă să-i cer sau nu numele chirurgului plastician care l-a operat, simt că începe să îmi bubuie inima în piept.

Unde naiba or fi?

Hotărăsc să merg până în capătul celălalt și să-mi iau o bere, dar sunt în permanență abordat de oaspeți, iar Angelina mă întreabă întruna când să aducă mâncarea caldă și la ce oră să înceapă să cânte orchestra.

Caldă, rece, înghețată bocnă! Cui îi pasă? Îmi trec atâtea lucruri prin minte, încât cu greu mă abțin să nu o reped. Pentru că, în momentul acesta, chiar nu contează.

Nici nu ajung bine la masa pe care sunt înșirate băuturile, că simt o mână pe umăr.

– Au venit, Alex.

– Slavă Domnului! exclam, ușurat, și îl urmez pe Alexis prin mulțime. Câți sunt?

– Scuze, n-am observat.

Ocolim în grabă casa și ne îndreptăm spre aleea plină de mașini. În depărtare, văd câteva siluete coborând din mașină și număr doar... patru. Mă apucă disperarea, fiindcă știu că acesta era ultimul avion din Anglia din seara aceea.

Immy e prima care vine la mine. Pare la fel de încordată ca mine.

– Scuze, Alex, dar n-am avut ce să fac. A trebuit să aștept pe Gatwick și să mă prefac că nu contează că avem întârziere. Fred nu mi-a fost de nici un ajutor. Ca de obicei.

Dă ochii peste cap în momentul în care vine spre noi un puști deșirat – frățiorul meu.

– Salut, Fred. Cum a fost zborul?

– Plictisitor, zice el și ridică din umeri.

Parcă nu mai există alte cuvinte în vocabularul lui de băiat de treisprezece ani.

– Mă duc să-i anunț pe invitați că ați sosit, îi spune Alexis lui Immy. Vii tu cu ei, da, Alex?

– Da, aprob și privesc cele două siluete care se apropie de mine, cu fețe absolut surprinse. Bună, mamă! Bună, tată! adaug și arunc o privire vinovată în spatele lor, ca să mă asigur că nu mai e și altcineva în mașină.

– Ce Dumnezeu se petrece aici, Alex? întreabă William, în timp ce mama mă îmbrățișează.

– Aveți un strop de răbdare și-o să vedeți. Cum te simți, mamă? spun, încercând să citesc ceva pe chipul ei.

– Foarte bine, îmi răspunde, zâmbind.

Nu e genul de zâmbet dureros care spune „Nu prea grozav, dar mă prefac de dragul tău“ și cu care m-am obișnuit de trei ani încoace. E un zâmbet absolut sincer.

– Maică-ta a primit ieri OK-ul medicilor, anunță William și văd din nou lacrimi în ochii lui. În sfârșit, s-a terminat.

– Doamne, ce veste minunată, mamă! Extraordinar!

– Am auzit eu bine? Te-ai vindecat? întreabă Immy, de lângă mine.

Până și Fred pare ceva mai atent.

– N-am vrut să vă spunem până când nu ne adunăm cu toții. Dar, da, m-am vindecat.

– Sigur-sigur, mamă? insistă Immy, care își mai făcuse și altădată speranțe deșarte.

– Sigur-sigur.

– Pentru totdeauna? spune Fred, cu buza de jos tremurând ca atunci când era mic.

Mă apropii de el protector și îi pun o mână pe umăr, fiindcă îmi dau seama că e vulnerabil.

– Nu vreau să fiu prea optimistă, dar, în seara asta, orice mi se pare posibil, dragule, răspunde mama și îl sărută.

Ne strângem cu toții într-o îmbrățișare de grup, după care ne ștergem lacrimile ca să fim prezentabili când dăm ochii cu invitații.

– Bun, zic, tușind ușor ca să îmi dreg glasul. Hai să mergem. Păcat că nu e și Chloë aici. N-a putut să vină?

– A zis că încearcă, dar știi cât e de exigent șeful ei, spune mama, în timp ce îi conduc spre casă.

– Măcar ea primește gratis haine de firmă. Eu cu ce mă aleg ca dădacă? remarcă Immy.

– Vrei și tu un copil gratis, Immy?

– Mai tacă-ți fleanca, Fred! Ești un măgar și jumătate.

– Alex, ne explici și nouă ce se petrece aici? întreabă mama.

– Aveți răbdare și-o să vedeți.

– Puteai să mă avertizezi și pe mine, Immy. Îmi puneam și eu o ținută mai potrivită, zice mama, arătând spre blugii, șlapii și bluza albă, subțire cu care era îmbrăcată.

– Alex m-a amenințat cu moartea dacă suflu o vorbă. Ne-a luat o veșnicie să organizăm totul.

Realizez brusc că nu mai putem rosti astfel de expresii fără să tresărim.

– N-ai idee cât de fericit sunt, mamă, îi șoptesc. E cea mai bună veste pe care am primit-o vreodată.

– Te-ai comportat minunat, Alex. Îți mulțumesc nespus.

După aceea, ne mai îmbrățișăm o dată – doar eu și ea. Și încerc să mă conving că, indiferent ce *nu* s-a întâmplat astă-seară, n-ar trebui să conteze în contextul general.

– Deci, spun, încercând să mă calmez când ne apropiem de terasa dinspre care răsună zgomote înfundate, dragii noștri părinți, acesta este cadoul nostru pentru voi. La mulți ani la aniversarea a douăzeci de ani de căsnicie!

Apoi intrăm pe terasă, unde toată lumea le adresează aceeași urare în greacă și începe să aclame și să aplaude. Se aud pocnetele dopurilor de la sticlele de șampanie. Îmi privesc părinții sufocați de îmbrățișări și pupături și observ chipul fericit al mamei când dă cu ochii de Fabio și de Sadie.

Nu încape îndoială că pentru ea am organizat totul. În anii teribili după ce a primit diagnosticul, când nu știam dacă tratamentul va da sau nu rezultate, m-am gândit deseori la asta. A strâns atâtea amintiri la Pandora și, chiar dacă unele nu sunt deloc fericite, cel puțin, aparțin unor vremuri în care paturile de spital și durerea nu existau.

În momentul acesta, mi-e greu să concep că s-a terminat. Că mama va *trăi*.

Așa că, astă-seară, mă voi strădui să uit de cealaltă suferință din inima mea, cea care nu este nici pe departe la fel de crucială, deși așa pare. Și să celebrez, literalmente, viața mamei.

Seara se scurge încet, iar stelele luminează micuța adunare sărbătorească. Sunetul bouzoukiului mă poartă înapoi în seara aceea de acum zece ani, și sper să nu avem parte de dezvăluiri similare care să strice momentul. În clipa aceea, Alexis le cere din nou invitaților să facă liniște și propune un toast. Beau mai multă bere decât ar trebui, ca să sărbătoresc vindecarea mamei și, în egală măsură, ca să-mi înec amarul.

– Dragul meu Alex, îți mulțumesc din suflet că ai organizat cea mai frumoasă surpriză din viața mea, spune mama, care m-a căutat prin mulțime.

Se ridică pe vârfuri, mă prinde de umeri și mă sărută.

– Nu-i nevoie să-mi mulțumești, mamă.

– Seara asta e absolut perfectă, spune ea, zâmbind.

– Sigur ești sută la sută bine? Nu mă minți, nu? o mai întreb încă o dată, căci tot nu îmi vine să cred că e adevărat.

– Hm, n-ar fi exclus. Doar mă cunoști, zice ea, zâmbitoare. Dar taică-tu n-ar minți nici în ruptul capului. Mă simt excelent, Alex, vorbesc serios. În sfârșit, pot să-mi văd de viață. Iartă-mă că nu ți-am fost alături în ultimii trei ani așa cum mi-aș fi dorit. Dar te-ai descurcat de minune și fără mine. Sunt foarte mândră de tine, dragule.

– Mulțumesc.

– Oh, ia uite cine-a venit! exclamă mama, întorcând capul. Hai s-o salutăm.

Mă întorc și eu și mă uit uluit la figura cunoscută și multiubită care ne zâmbește amândurora. Simt că-mi tresaltă inima în piept, de emoție și teamă.

Dar mai ales de *dragoste*.

– Doamne, Chloë! Cum ai ajuns aici? o întreabă mama, când ne apropiem de ea.

– Nu mă-ntreba, Helena. Am venit de la Paris, răspunde Chloë, zâmbind, și o îmbrățișează. La mulți ani! Bună, Alex! adaugă și mă sărută pe obraji. Ți-am promis că nu te dezamăgesc, nu?

– Așa e, răspund, deși nu reușesc să mă concentrez la ceea ce spune, fiindcă în spatele ei stă subiectul viselor și coșmarurilor mele din ultimul an. Mă scuzați.

– Nici o problemă, zice Chloë și îmi face cu ochiul, în semn de încurajare.

Fac câțiva pași spre locul în care stă singură, pe jumătate ascunsă în umbrele casei.

– Bună, îmi spune, timid, apoi își ferește rușinată superbii ochi albaștri.

– Nu credeam... nu m-am...

Înghit greu și simt că mă podidesc lacrimile. Dau imediat ordin Sergentului-major Creier să le pună la punct.

– Știu, spune ea și ridică din umeri. A fost... dificil.

Se uită oriunde altundeva, dar nu la mine.

– Înțeleg.

– Chloë m-a ajutat să ies din starea în care eram. S-a purtat minunat cu mine, Alex, și cred că amândoi trebuie să-i fim recunoscători.

– Da?

– Da. Ea m-a convins să vin astă-seară. Și... mă bucur că am ascultat-o. Întinde o mână subțire și palidă spre mine și i-o strâng. Mi-a fost dor de tine, Alex. Rău, rău de tot.

– Și mie de tine. Mai mult decât „rău, rău de tot“, să știi. Aș zice mai degrabă ceva de genul înnebunitor sau sfâșietor, ba chiar ucigător de rău...

– Da, chicotește ea. Tipic ție. Dar nu e o greșeală, nu? Să fim împreună?

– Nu e nici vreo chestie uzuală, dar cel puțin știm că nu vom face copii cu șase degete. Semantica e un pic mai..., spun, cu un nod în gât, complicată. Iartă-mă că nu ți-am spus mai de mult.

– Și mie, dar îți înțeleg motivele.

Trebuia să îi pun întrebarea înainte de a ne aventura pe drumul acela anevoios și riscant.

– Ai venit pentru că ești pregătită să mai facem o încercare?

Instinctiv, cealaltă mână, cea care nu o strânge pe-a ei, se întinde și îi îndepărtează de pe față părul superb, parcă scos dintr-o pictură de Tițian.

– Speram la ceva mai mult decât o încercare, răspunde ea.

– În traducere pentru cei care nu vorbesc limba Violei, asta înseamnă „da"?

– Da, dar sper că înțelegi de ce am avut nevoie de o perioadă ca să-mi pun ordine-n gânduri. Eram..., zice și înghite în sec, absolut răvășită.

– Știu și normal că înțeleg.

Mă apropii de ea, o prind în brațe și o trag spre mine. Se topește la pieptul meu. O sărut și mă sărută și ea, și mă cuprinde brusc o dorință nebună să fac cu ea lucruri deloc cuviincioase la aniversarea de douăzeci de ani de căsnicie a părinților.

– Doamnelor și domnilor, răsună glasul lui Alexis, de pe terasă.

– Haide, zic și o trag de braț. Nu putem lipsi de la toasturi. Ah, era să uit, adaug, în timp ce o conduc prin marea de oameni adunați, mama e complet refăcută. Așa au declarat medicii.

– Vai, ce veste minunată, Alex!

– Da, spun, uitându-mă la ea. Se pare că azi e ziua veștilor bune.

Memoriile lui Alex
Viola

Totul a început acum vreun an, când m-a sunat mama.

– Alex, scuză-mă că te deranjez în sesiune, dar ai primit o scrisoare de la Sacha.

– Serios?

– Da. E internat într-un spital din Londra. Viola l-a sunat pe tata acum câteva zile ca să-i spună că Sacha vrea să-l vadă. E într-o stare destul de gravă. A suferit un infarct serios, din câte-am înțeles, și are ficatul distrus, cum era de așteptat...

Îmi amintesc că vocea mamei s-a stins ușor; și m-am gândit în momentul acela că, anul viitor pe vremea asta, e posibil ca nici unul din părinții mei biologici să nu mai fie în viață.

– Și ce vrea?

– L-a întrebat pe tata dacă ai putea să treci pe la el cât mai curând. Cuvântul-cheie cred că e „curând" în cazul de față. Tu hotărăști ce vrei să faci, Alex. Știu că te-ai săturat de spitale de doi ani încoace.

– Dă-mi adresa spitalului și văd eu ce fac. Bine?

Mi-a dat-o și am mai rugat-o să îmi trimită scrisoarea lui Sacha. Două zile mai târziu, când am primit-o, deși știam în mare parte ce conține și îmi jurasem că n-o să mă las afectat, bineînțeles că nu m-am ținut de cuvânt. Sacha voia să își ia rămas-bun.

Astfel, în duminica de dinaintea examenelor, când toată studențimea de la Oxford se chinuia să recapituleze/să alunge mahmureala/

gândurile sinucigașe, m-am urcat în trenul de Londra, am luat metroul de la Paddington până la Waterloo, și de acolo m-am dus pe jos până la Spitalul St. Thomas.

Spitalele sunt deprimante în orice zi a săptămânii, dar, dintr-un motiv sau altul, duminica mi s-au părut întotdeauna și mai dezolante. Tăcerea monotonă era netulburată de forfota obișnuită din zilele lucrătoare, iar mirosul rânced de carne de vită și de varză fiartă – tristă imitație a unei fripturi – îmbâcsea aerul.

N-aș putea spune că Sacha arăta mai rău decât ultima oară când îl văzusem, cu șase ani în urmă, ci doar mai îmbătrânit. Și totuși, era de-o seamă cu tata; avea cincizeci și cinci de ani – practic un tinerel, în epoca în care trăim.

Era internat la secția de Terapie intensivă, plin de perfuzii și conectat la o mulțime de monitoare care țiuiau și piuiau. Purta o mască imensă de oxigen, cu o pompă mare în mijloc, din cauza căreia semăna ciudat de mult cu un elefant. O asistentă amabilă mi-a explicat că trebuie să o poarte, fiindcă făcuse apă la plămâni după atacul de cord, iar inima nu îi mai pompa suficient oxigen prin ei cât să o elimine.

Dormea când am ajuns, așa că m-am așezat în liniște lângă el, gândindu-mă că acelea ar putea fi ultimele clipe din viața celui care contribuise la zămislirea mea.

Și, cum stăteam acolo, am văzut o tânără – sau mai bine-zis un înger – venind spre mine. Înaltă și grațioasă, cu o piele imaculată de alabastru și o față în formă de inimioară, pe care erau pictate o gură trandafirie și doi ochi albaștri hipnotizanți. Părul roșu i se revărsa pe umeri, amintindu-mi instantaneu de un personaj dintr-un tablou de Rossetti. În prima secundă, m-am întrebat dacă nu cumva e vreun fotomodel celebru al cărui chip – și corp – îl vedeam la tot pasul pe panourile publicitare.

Când s-a apropiat, am remarcat că e nimeni alta decât Viola Chandler. Micuța Viola, cu pistruii și dințișorii ei de iepure, care plângea mereu pe umărul meu.

– Ptiu, drace! am mormăit în barbă, când s-a oprit la capătul patului, uitându-se la mine întrebător.

– Alex?

– Da, am îngăimat cu greu, deși, de nouă ani, mă chinuiam să-mi antrenez gura să nu mai paralizeze la vederea unei femei frumoase. Eu sunt.

– Dumnezeule!

După aceea, ființa aceea sublimă a venit spre mine și m-a cuprins în brațe.

– Mă bucur atât de mult să te văd! mi-a zis și și-a îngropat fața în umărul meu – o afecțiune pe care nu sunt obișnuit să o primesc din partea femeilor frumoase. Ce cauți aici? Scuze, s-a corectat ea imediat, e foarte drăguț din partea ta că ai venit, dar...

Văzându-i nedumerirea din ochi, mi-am dat seama că e posibil ca nici Jules, nici omul-elefant întins pe pat să nu îi fi pomenit de legătura mea genetică cu tatăl ei. Iar, ținând cont de momentul și locul în care ne aflam, nu mi se părea potrivit să îi dezvălui eu adevărul. Mai ales că, după ce s-a desprins de la pieptul meu, am constatat că am cămașa udă de lacrimi. Privindu-i de aproape chipul frumos, i-am văzut cearcănele negre de sub ochi și durerea care îi radia din pupile ca două raze de laser.

M-am gândit că aș putea arunca o vorbă în treacăt, mai târziu, la o cafea. Sau ceva de genul.

Am discutat în șoaptă despre gravitatea situației – dar mi-a zis că nu își pierduse speranța.

– Se mai întâmplă și minuni, n-am dreptate, Alex?

Mă privea cu asemenea deznădejde, exact cum făcuse cu ani în urmă – o privire în care se citea speranța irațională că, într-un fel sau altul, eu voi reuși să rezolv toate problemele –, așa că am încuviințat din cap.

– Câtă vreme există viață, există și speranță, Viola.

Mi-a povestit că, de patruzeci și opt de ore încoace, Sacha alterna între momente de luciditate și de inconștiență. Că îi sunase pe mama ei, care refuzase să vină, și pe Rupes, care îi spusese că e posibil să vină.

– Nu prea-mi vine să cred, a oftat ea. Rupes nu l-a iertat niciodată pe tati pentru ce-a făcut în noaptea aia, în Cipru. A făcut-o pe mama de râs la petrecere și pe urmă ne-a mai lăsat și săraci lipiți pământului.

Am plecat de la căpătâiul lui Sacha și am coborât să bem o cafea la cantina spitalului.

– Totuși, indiferent ce s-a întâmplat, un fiu trebuie să vină să-și vadă tatăl pe... patul de moarte.

– Da, am zis, cu un nod în gât, dându-mi seama că sigur *nu* știe adevărul.

– Îți mulțumesc din suflet că ai venit să-l vezi, Alex. Acum o săptămână, a trecut și tatăl tău pe aici, dar în afară de el..., a spus ea, ridicând din umeri. Nimeni altcineva. Zici că a trecut degeaba prin viață, nu?

Apoi mi-a spus că, de două săptămâni, aproape că nu mai părăsise spitalul și că dormea în salonul pentru rude, ca să nu-l lase singur pe Sacha.

– O să ratez prima sesiune de examene la facultate, dar mi-au zis că, în situația dată, sunt dispuși să-mi acorde o notă în funcție de evaluările anterioare.

– La ce universitate ești?

– La UCL. Nu-i departe de-aici. Studiez literatura engleză și limba franceză. Am noroc că mare parte dintre evaluări se fac pe bază de eseuri, așa că ar trebui să termin anul destul de onorabil. De la tine a început totul, Alex, când m-ai sfătuit să citesc *Jane Eyre*, mi-a spus ea, cu blândețe, și pentru prima oară i-a apărut o umbră de zâmbet pe buze. M-am tot gândit să-ți scriu și să-ți mulțumesc, dar... Viața merge mai departe, nu? a adăugat ea, cu un oftat.

Încuviințez din cap.

– Până și familiile noastre au rupt legătura în anii ăștia. Bănuiesc că e din cauză că a plecat tata, fiindcă prietenia lui cu tatăl tău era cea care ne unea. Poate că și mama a simțit nevoia să înceapă o viață nouă după divorț.

E și ăsta un motiv, printre altele.

– Ce mai face mama ta? am întrebat-o, din politețe.

– Ce-a făcut dintotdeauna.

O vreme, a povestit diverse întâmplări din ultimii nouă ani, și am ascultat-o. Și am privit-o. Și am simțit cum inima începe să îmi vibreze ca pe vremuri, din cauza lui Chloë.

– Am auzit prin ce trece mama ta. Îmi pare nespus de rău, Alex. Cum se mai simte?

– Are zile mai proaste și zile mai bune. Primul tratament n-a dat rezultate și s-au trezit că a reapărut în altă parte, dar de data asta medicii sunt destul de optimiști că au atacat-o la timp, i-am răspuns, străduindu-mă să par cât mai degajat.

– Doamne, Alex! a exclamat Viola, mușcându-și buza. Noi doi am face un cuplu trăsnet, nu?

Oh, Viola, cât mi-aș dori... cât mi-aș dori să fie așa.

Am încuviințat din cap, cu un aer înțelept, după care m-a rugat să ne întoarcem la Terapie intensivă, ca să vedem ce face tatăl ei.

Ne-am așezat lângă Sacha. Speram din tot sufletul să nu se trezească, să mă vadă și să trântească vreo chestie de genul „O, Doamne! Iată că a venit fiul, pe care nu l-am mai văzut de atâta vreme, să-și ia rămas-bun de la mine". Dată fiind epuizarea și starea emoțională atât de fragilă a Violei, era vital să nu asiste la o astfel de mărturisire. Prin urmare, după o interminabilă oră și jumătate, în care Sacha a zăcut inert între noi, m-am ridicat de pe scaun.

– Iartă-mă, Viola, dar nu pot să mai stau. Săptămâna asta încep sesiunea, și...

– Nu-i nevoie să te scuzi, Alex. Te conduc până afară.

– Bine.

După aceea, m-am aplecat peste bărbatul care îmi era practic tată și l-am sărutat pe frunte, încercând să îmi adun toate gândurile potrivite pentru un asemenea moment crucial, pentru că în sinea mea știam că îmi iau adio de la el.

Nu mi-a venit nici unul, fiindcă mintea mea era invadată de *ea*.

I-am aruncat lui Sacha o ultimă privire și am urmat-o pe Viola afară din salon.

– Nu știu cum să-ți mulțumesc că ai venit, mi-a mai spus încă o dată, în timp ce stăteam pe trotuarul aglomerat din fața spitalului. Și-a aprins o țigară, cu degete ușor tremurânde. Ești întotdeauna atât de drăguț, Alex. N-am uitat niciodată cât de frumos te-ai purtat cu mine în vara aia, când treceam printr-o perioadă dificilă.

– N-am făcut cine știe ce. Londra e aproape de Oxford, i-am răspuns, profund rușinat la gândul că Viola își închipuia că venisem în vizită pentru că sunt o persoană cumsecade.

– Îi spun că ai trecut pe aici când se trezește. Întotdeauna a ținut mult la tine. Îmi aduc aminte când i-am spus că ai intrat la Oxford – știi că tatăl tău, care mi-e naș, îmi trimite mereu câte un cec și o felicitare de Crăciun cu toate veștile despre voi. Nici n-ai idee ce mândru a fost tata de tine! Am avut senzația că o să izbucnească în lacrimi. Gata cu poveștile. Fugi să nu pierzi trenul.

– Fug.

– Aș... Îmi dai numărul tău de mobil? Ca să te anunț când...

Vocea i s-a stins în timp ce își căuta telefonul în geantă, cu capul în pământ, ca să nu văd lacrimile adunate în ochii ei superbi.

– Desigur.

Am făcut schimb de numere de telefon și i-am promis să ținem legătura.

– Încă ceva, Alex. Aș...

Atunci am făcut singurul lucru de care eram capabil și am strâns-o în brațe. Și am sperat, oricât de absurd ar suna, că pot să o țin așa pentru totdeauna.

– Pa, Alex, mi-a zis în cele din urmă.

Și am plecat, știindu-mă pierdut.

L-am sunat pe tata imediat ce m-am întors la Oxford, i-am spus că m-am întâlnit cu Viola la spital și că Sacha era mai mult inconștient de două zile. După aceea, l-am întrebat dacă Sacha le spusese copiilor săi că sunt fiul lui.

– Mă îndoiesc, mi-a răspuns. Rupes îl detestă oricum, iar Viola știi bine că îl adoră. Nu cred că Sacha ar fi riscat să-și strice și mai rău relația cu ei, mai ales cu Viola. În ultimii ani, ea e cam singura care i-a fost alături.

– Atunci, poate Jules? Crezi că le-o fi spus ceva? am întrebat, sperând, pentru prima oară în viața mea, că nu își ținuse gura și dăduse totul în vileag.

Ca să nu fiu nevoit s-o fac eu.

– Asta doar maică-ta ar putea ști. Ea a vorbit cu Jules după scandalul din Cipru. Mă îndoiesc totuși. Oricât de dificilă e Jules, după ce și-au pierdut casa, banii și tatăl, nu cred că ar fi complicat și mai rău lucrurile, spunându-le că au un frate vitreg nelegitim. Ah, scuze, Alex, veni imediat reacția lui, realizând că fusese prea brutal.

– Nu-i nimic, tată.

Știam că spune mereu lucrurilor pe nume.

– O s-o întreb și pe maică-ta. Baftă la examenele de săptămâna viitoare!

Chiar a întrebat-o pe mama, care m-a sunat prompt și mi-a zis că Jules îi spusese că nu are de gând să le mărturisească Violei și lui Rupes.

– Dacă-mi aduc bine aminte, a zis: „E treaba lui să le dea veștile proaste, nu a mea, dar sunt sigură că n-o s-o facă, pentru că e prea laș". Sau ceva de genul ăsta.

– Tu ce zici, să-i spun sau nu Violei?

– Nu e momentul acum. Din ce-am înțeles, are destule pe cap. Nu e nici o grabă, nu?

– Ai dreptate. Mersi, mamă. Ne auzim zilele astea.

În noaptea aceea, am hotărât să merg la Londra imediat ce termin examenele și să-i mărturisesc Violei tot adevărul. La urma urmelor, nu eu eram vinovat de situația respectivă.

Dar, cum pârdalnica soartă își bagă coada întotdeauna, în ziua ultimului examen, la ora cinci dimineață, am simțit vibrația telefonului lângă mine. Aveam un apel pierdut de la Viola, iar mesajul lăsat în căsuța vocală îmi dădea vestea la care mă așteptam. Am sunat-o numaidecât înapoi și am lăsat-o răbdător să plângă în urechile mele. Am întrebat-o dacă mai e cineva cu ea și mi-a zis că e singură.

– Rupes a spus că e prea ocupat. Trebuie să mă ocup de toate chestiile astea oribile, să obțin certificatul de deces, să găsesc o agenție de pompe funebre...

S-a auzit un sunet ciudat pe fir și mi-am dat seama că se șterge la nas.

– Ascultă, azi la prânz, termin ultimul examen. După aia, mă urc în tren și vin la Londra să te ajut.

– Nu, Alex! Diseară ar trebui să sărbătorești. Nu-ți face griji pentru mine, te rog.

– Îți dau mesaj când sunt în tren și ne vedem în fața spitalului. Ține-te tare, scumpo.

Așadar, în loc să petrec douăsprezece ore bătând barurile și cluburile din Oxford cu ceilalți studenți din anul al treilea, am ajuns la Londra ca să îndeplinesc obligațiile sinistre în urma decesului tatălui meu, împreună cu fiica lui îndurerată.

Care, în realitate, nu era fiica lui. Și care nu știa că eu *sunt* fiul lui...

Iar în suferința ei, Viola era atât de recunoscătoare, insuportabil de mult, și atât de frumoasă, periculos aș spune. În ziua aceea, m-a privit ca pe salvatorul ei, modelul ei, și mi-a tot mulțumit, până când mi-a venit să vomit de propria-mi înșelăciune.

Nu era chiar o înșelăciune, fiindcă i-aș fi fost alături, indiferent dacă Sacha era sau nu tatăl meu. Nu voiam decât să o protejez, un instinct pe care mi-l amintesc limpede încă din perioada în care eram amândoi la Pandora. Și, dată fiind starea în care se afla, nici nu se punea problema să-mi ascult rațiunea și să-i spun adevărul. Pentru că mă temeam că asta ar doborî-o.

Așa că am tăcut.

Seara, ne-am dus la un bar infect din Waterloo, unde eu am dat pe gât trei beri, și Viola două pahare cu vin alb. Și-a așezat capul pe brațul meu, epuizată, și a încercat să recapituleze lucrurile pe care le avea de făcut a doua zi.

– De ce te porți așa frumos cu mine? m-a întrebat brusc, ridicându-și spre mine chipul rozaliu și alb (acum umflat și palid).

– Așa... am vrut eu, am dat din umeri, negăsindu-mi cuvintele. Mai vrei ceva de băut? am întrebat și m-am ridicat de pe scaun.

– Da, mersi.

Când am revenit la masă, băusem deja trei sferturi din halba nouă, consolându-mă cu gândul că ficatul meu ar fi avut și mai mult de suferit dacă rămâneam la Oxford. Imediat ce m-am așezat, mi-a luat brațul și s-a cuibărit sub el, lipită de mine.

– Și noi suntem un fel de familie, nu-i așa, Alex?

A fost cât pe ce să mă înec cu berea.

– În definitiv, tatăl tău mi-e naș, iar el și tata au fost prieteni din copilărie. Și noi petreceam mult timp unul în casa celuilalt când eram mici, nu? Pot să te-ntreb ceva, Alex?

O, drace!

– Da.

– În vara aia, când am stat la Pandora... erai îndrăgostit de Chloë?

I-am aruncat o privire încruntată.

– De unde știi?

A chicotit.

– Pentru că eram geloasă.

– Geloasă?

– Nu se vedea? Mă înamorasem rău de tot de tine.

A dat din deget spre mine și mi-am dat seama că s-a amețit, probabil pentru că nu mâncase de câteva zile.

– Sincer să fiu, Viola, chiar n-am remarcat.

– Nici măcar după ce-am stat vreo două ore și douăzeci de minute să colorez plicul ăla cu inimioare și flori? Nu mai vorbesc de poezia pe care ți-am compus-o.

– Da, îmi amintesc de ea. *Slavă Domnului că mi-o aminteam.* Se numea „Prieteni".

– Așa e. Dar sigur ți-ai dat seama că era ceva mai mult decât atât.

– Nu, am zis, uitându-mă la ea. Aveai zece ani pe vremea aia.

– Ba să știi că aveam aproape unsprezece. Eram cu doar doi ani și patru luni mai mică decât tine, mi-a răspuns, pe un ton afectat.

– Tot o fetiță erai!

– Probabil și Chloë te privea ca pe un băiețel.

– Da, am oftat. Probabil.

– E chiar comic, dacă stai să te gândești, nu?

– Serios?

– Oarecum. Tu visai la Chloë, eu visam la tine.

– Se poate spune și așa, am zis repede, ca să-i dau de înțeles că acel capitol din viața mea trebuia complet eliminat, pentru că nu mai era valabil.

Apoi s-a îndreptat de spate și s-a uitat la mine.

– Mai ești îndrăgostit de ea?

– Nu.

Era cel mai simplu răspuns pe care îl dădusem vreodată.

– Hm.

După aceea, m-a privit, parcă așteptând un răspuns mai detaliat. Nu îi puteam îndeplini dorința fără să îi mărturisesc că ea era cea care rupsese vraja, cu doar câteva zile înainte. Ceea ce, la momentul respectiv, ar fi fost mai mult decât deplasat, ținând cont de motivul real pentru care ne aflam acolo. Pe viitor, orice bănuială că aș fi profitat de contextul creat – după ce descoperea adevărul despre brusca mea reapariție în viața ei – ar fi însemnat un final tragic pentru mine și biata mea inimă.

– E tot ce am de zis.

Am simțit o mare ușurare când s-a rezemat iar de brațul meu.

– Bine. Oricum, e cam ciudat să te îndrăgostești de sora ta vitregă, nu?

– Nu știu, Viola, am spus, încercând să-mi ascund emoția din glas; Doamne, ce răspuns convingător trebuia să găsesc! Nu am nici o legătură de sânge cu Chloë. Și, hai să fim sinceri, pe vremuri, în toate comunitățile mici, aveau loc căsătorii consangvine. Nu mai vorbesc de familiile regale. Verișorii se căsătoreau deseori între ei; așa era obiceiul. Bănuiesc că știi și tu asta din toate romanele de Jane Austen pe care le-ai citit de la ultima noastră întâlnire, adaug ca argument suprem.

– Se poate să ai dreptate. M-am întâlnit des cu Chloë în ultima vreme, a spus din senin.

– Serios?

– Cred că știi că își face stagiatura la Londra, la *Vogue*. Când am venit la facultate, mi-a dat mesaj și m-a invitat să luăm masa împreună. Cred că tatăl tău a rugat-o.

– Aha.

– Da. Și îți spun cu mâna pe inimă, Alex, că înțeleg de ce te-ai îndrăgostit de ea. E absolut superbă. Și drăguță, pe deasupra. M-a întrebat dacă vreau să trec pe la *Vogue* să-l cunosc pe editorul de modă. Mi-a zis că aș face o figură senzațională ca fotomodel. Nu-mi fac iluzii, fiindcă știu că a spus-o doar ca să fie amabilă cu mine. Cine naiba m-ar considera pe mine frumoasă? a zis ea, chicotind.

Eu, Viola, și orice bărbat – sau femeie – care te vede pe stradă.

Am înțeles totuși de ce Viola își imagina că Chloë o flatase de complezență. Ea era întruchiparea rățuștei urâte transformate în lebădă.

– În toamnă, pleacă la Paris, a continuat ea. I s-a oferit un post de *junior designer* la o casă de modă. Una nou înființată, cu un nume imposibil de pronunțat. Jean-Paul ceva. Parcă... Vocea i s-a stins brusc și i s-a pus un nod în gât. O, Doamne. Acum mi-am amintit.

– Ce anume?

– Scuze... am uitat pentru câteva clipe, și a fost atât de plăcut. Azi-dimineață, a murit tata, nu? Doamne, Doamne...

Apoi și-a îngropat fața la subrațul meu, pe care speram să îl fi dat cu suficient deodorant ca să ascundă mirosul de transpirație cauzată de emoțiile Examenului Final, inclusiv de Ea și de moartea Tatălui Biologic.

– Vrei ceva de mâncare? am întrebat-o, ca să spun ceva pragmatic, în stilul Tatălui Adevărat.

– Nu, mulțumesc, s-a auzit răspunsul de la subraț.

– Viola, am zis, continuând în stilul patern. Trebuie neapărat să te odihnești. Ești epuizată.

În clipa aceea, a scos capul de la subraț și s-a uitat la mine, străduindu-se să se adune.

– Ai dreptate, mi-a răspuns ferm. Iar tu trebuie să te întorci la Oxford.

– Nu e obligatoriu. Sunt liber până-n septembrie. În seara asta, o să dorm în apartamentul alor mei. I-am sunat din tren și le-am cerut voie, am spus, uitându-mă la ceas. Ar fi totuși cazul să plec, fiindcă baba aia nebună care locuiește la subsol și ține cheile se culcă la ora zece, și nu mai am cum să intru.

– Hai să mergem, atunci.

A dat pe gât ultima picătură de vin. Roșeața din obraji i s-a șters în momentul în care s-a ridicat, iar pe frunte i-au reapărut riduri de încruntare. Am ieșit din bar în tăcere.

– Îți mulțumesc încă o dată, Alex. Ai fost minunat, mi-a zis și m-a sărutat pe obraz. Noapte bună!

– Viola! am zis când a plecat de lângă mine. Unde te duci?

– Acasă, mi-a răspuns, abătută.

– Te așteaptă cineva?

De data asta, a ridicat din umeri, fără să scoată o vorbă.

– Mă gândeam că poate vrei să vii cu mine... Nu cred că vrei să fii singură în seara asta.

– Ești foarte drăguț, Alex, dar ai făcut destule pentru mine.

Viola, niciodată nu voi face destule pentru tine. De fapt, nici măcar n-am început să „fac" ceva încă.

Am întins mâna, am prins-o și am tras-o înapoi lângă mine.

– Ei, aș. Poți să zici ce-oi zice, astă-seară nu te las singură.

După aceea, am luat-o în brațe și m-am prefăcut că nu observ când a ridicat fața spre mine, cu buzele țuguiate. Și tot eu i-am atins neîndemânatic urechea delicată cu gura în clipa în care am îmbrățișat-o.

Când am ajuns la apartamentul din Bloomsbury, care, întâmplător, se află la doar câteva străzi distanță de căminul Violei, am reușit să o conving pe băbuța de la subsol să vină la ușa locuinței sale. Mi-a întins cheia prin ușa crăpată atât cât îi permiteau lanțurile montate pe ea. Brațul ei uscățiv m-a dus cu gândul la nuielușa întinsă de Hansel ca să o păcălească pe vrăjitoarea din poveste.

I-am arătat Violei unde e baia, pentru că mi-a zis că are nevoie. Eram în dormitor și căutam o bluză în geanta de voiaj – era destul de răcoare în apartament – când Viola a intrat în spatele meu și s-a trântit pe pat.

– Scuză-mă, Alex, dar sunt frântă de oboseală.

– Îmi dau seama, am zis și am văzut-o cum închide ochii. Sigur nu vrei să mănânci ceva? am întrebat-o, admirându-i silueta de silfidă întinsă pe patul meu: părul împrăștiat pe pernă, picioarele lungi așezate într-o poziție elegantă și fotogenică, chiar dacă se prăbușise efectiv pe el.

Nu mi-a răspuns. Adormise.

Mi-am încropit o cină ciudată, alcătuită dintr-o conservă de fasole boabe și una de ton pe care le găsisem în bufet, și am mâncat-o în sufragerie, urmărind știrile BBC (*de ce?*). În timp ce mâncam, am încercat să-mi fac puțină ordine în minte și să descopăr o reacție la moartea lui Sacha. Dar Viola îmi încâlcise toate circuitele raționale. De câte ori mă gândeam la Tatăl Biologic, întins într-un frigider la morgă, și la sentimentele pe care ar trebui să mi le trezească acest eveniment, o vedeam pe ea, și creierul meu o lua într-o cu totul altă direcție.

Totuși, în afară de faptul că îmi părea rău de acea viață curmată prea timpuriu, crudul adevăr era – ca să citez celebrul vers al lui Sondheim – că nu simțeam absolut nimic.

După un timp, am auzit-o pe Viola suspinând, prin peretele despărțitor subțire, și m-am dus la ea.

– Ce-ai pățit? am zis, realizând imediat că e o întrebare ridicolă.

Nu mi-a răspuns. Am căutat pe bâjbâite un colț liber de saltea la capătul patului, ca nu cumva să mă așez pe ea.

– Am visat... că e viu...

– Of, Viola.

– Știu că nu e.

Am simțit-o că își trece mâna peste ochi și obraji ca să își șteargă lacrimile și mi-am dorit să pot simți aceeași durere pentru moartea tatălui nostru, dar nu puteam. Din cauza asta, mă simțea și mai prost.

– Îmi pare rău, draga mea, am zis, dar nu e.

În momentul acela, i-am urât pe Jules și pe Rupes. Indiferent ce făcuse ori nu făcuse Tatăl Nostru Carele Ești în Ceruri, nu era vreun Saddam, Stalin sau Mao. Nu era nici măcar un om foarte rău. Era doar o ființă imperfectă, egoistă și slabă, mai mult demnă de milă decât diabolică. În afară de asta, o mamă și un frate – fie ei și adoptivi – trebuiau să fie alături de singurul membru al familiei care îl iubise îndeajuns de mult pe Sacha cât să jelească moartea lui.

– Din păcate, sunt doar eu.

– Nu vorbi așa, Alex. Mâna care ștersese lacrimile mă căuta, așa că am întins-o și eu pe a mea prin beznă. Mi-a prins-o și mi-a strâns-o. Cu toată puterea. N-am vrut să spun asta. Știu că a murit tata. Nu trebuie să-ți pară rău că ești tu, și nu el. Nu mi-aș dori pe nimeni altcineva lângă mine acum. E ca un vis ireal. Serios.

Mi-a strâns mâna și mai tare, parcă vrând să accentueze ultimul cuvânt.

– Alex?

– Da, Viola?

– Vii... vii lângă mine să mă iei în brațe?

O, Doamne!

– Normal că vin.

M-am ridicat și am ocolit patul, bâjbâind din nou după o bucățică liberă de saltea, după care m-am întins lângă ea. S-a ghemuit lângă mine, de parcă eram două piese de puzzle care stătuseră ani de zile în cutii diferite și, în sfârșit, se uniseră. I-am pus un braț pe talia subțire și am îndoit genunchii în așa fel încât să se plieze perfect după genunchii ei.

– Mulțumesc, a spus, într-un târziu, tocmai când îmi imaginam că adormise la loc.

– Pentru ce?

– Pentru că ești aici. Pentru că ești așa cum ești.

– N-am făcut nimic ieșit din comun.

Apoi, chiar am crezut că adormise, pentru că s-a lăsat o liniște nesfârșită. Și, credeți-mă, am numărat secundele.

– Alex? a murmurat, somnoroasă.

– Da?

– Te iubesc! Știu că pare răsuflat, dar te-am iubit mereu. Și cred că te voi iubi mereu.

Cel mai oribil lucru era că, deși fiecare celulă a creierului și a corpului meu tânjea să îi răspundă cu aceleași cuvinte, simțeam că nu pot. Pentru că mă gândeam din nou la reacția ei când va afla adevărul.

Noaptea aceea a fost una dintre cele mai chinuitoare din viața mea. Și nu din cauză că îmi pierdusem tatăl, ci pentru că îmi descoperisem viitorul. Am stat acolo toată noaptea, complet treaz, în timp ce Viola a dormit un somn agitat în brațele mele. De fiecare dată când se foia, îmi luam brațul de pe mijlocul ei și îl puneam pe părul ei mătăsos. Iar când suspina, o mângâiam pe creștet până adormea.

– Te iubesc! i-am șoptit la ureche. Te iubesc!

Sincer să fiu, aș vrea să văd care bărbat e în stare să stea șase ore în același pat cu una dintre cele mai frumoase femei de pe fața pământului fără să simtă o dorință carnală imorală – chiar făcând abstracție de complicațiile „imoralității" relației mele cu Viola.

Viola... Cred că am avut halucinații la un moment dat, fiindcă mi-a apărut brusc în fața ochilor un instrument cu coarde, făurit dintr-un lemn maroniu lucios.

Vioară, violoncel... trompetă! Poate că am dormit pe sponci în noaptea aia, dar nu profund, și îmi amintesc că, la un moment dat, mi-a venit ideea să ne botezăm primul născut „Harp" (Harpă). După aceea, mi-am adus aminte că, dacă îi adăugăm „er" la sfârșit, o să aibă același nume cu odrasla unui fotbalist celebru și a soției sale nu mai puțin faimoase.

Tobă? Sau mai bine Fagot?

Sigur am adormit într-un final, fiindcă m-am trezit într-o aromă intensă de cafea proaspăt făcută.

– Alex?

Muza mea stătea în picioare, la capul meu, cu părul ud după duș. Mi-a întins o cană.

– Trezește-te.

– Sunt treaz... Mă trezesc imediat.

– Am făcut cafea.

A pus-o pe noptiera de lângă mine, apoi s-a dus pe partea cealaltă a patului și s-a așezat turcește, cu un carnet și un stilou în poală.

– Ce ziceam că avem de făcut azi?

Slujba funerară s-a ținut la Capela Magdalenei, de la fosta facultate a lui Sacha și a tatei. Și, firește, actualmente facultatea mea. Recunosc că am tras câteva sfori, după ce Viola mi-a zis că i-ar plăcea ca slujba să fie oficiată acolo. Dat fiind că Sacha nu se remarcase prin nici o realizare notabilă în comparație cu colegii lui de generație, a trebuit să pun o vorbă bună pentru el. (Nu degeaba făcusem trei ani de filosofie, timp în care asistasem și la o grămadă de prelegeri teologice anoste ținute de capelanul facultății.)

Cu totul, am reuşit să strângem cel puţin treizeci de persoane: gaşca de la Pandora, plus câţiva prieteni vechi, pe care tata îi convinsese să vină ca să îngroaşe rândurile participanţilor, promiţându-le (nu mă îndoiesc) o beţie straşnică în barul facultăţii, după slujbă. Cum-necum, toţi aceştia şi-au făcut conştiincioşi apariţia.

Exact când mergeam spre părinţii mei, m-a prins de mână Viola şi m-a rugat să stau lângă ea în prima strană. Imediat lângă mine, şedea Rupes, iar Jules, lângă Viola.

– Alex a fost extraordinar, le-a spus ea.

Aşa că, până la urmă, uite-aşa am ajuns şi în prima strană, jelindu-mi tatăl alături de fratele meu vitreg, care se smiorcăia ca un ţânc, şi de Viola... care era... nici nu ştiu care era legătura ei cu mine.

Aproape întreaga slujbă n-am făcut altceva decât să mă gândesc la asta. În cele din urmă – deşi am hotărât să caut şi pe internet ca să fiu sigur –, am concluzionat că noi doi nu eram legaţi prin nimic. Ceea ce însemna, spre marea mea uşurare, că, pe viitor, se putea înfiripa *orice* între noi. Iar gândul acesta m-a mai binedispus.

Nu ştiu cum s-a simţit mama văzându-mă prins la mijloc în sendvişul familiei Chandler, la înmormântarea lui Sacha/Alexander, precum proverbialul musafir nepoftit, pentru că nu mi-a zis nimic. A stat chiar în spatele nostru, împreună cu William, Immy şi Fred.

La parastas, m-am străduit să stau cât mai retras, fiindcă aveam senzaţia – întemeiată sau nu – că Jules nu mă scapă din ochi. Deşi, recunosc, la un moment dat, mi-a mulţumit pentru felul în care m-am purtat cu Viola.

După ce a terminat cu plânsetele, Rupes m-a întrebat doar dacă există cumva vreun testament. L-am asigurat că nu există. Verificasem deja împreună cu Viola, iar Sacha nici măcar nu se obosise să întocmească unul (slavă Domnului!).

Tatăl nostru nu avea ceva de lăsat cuiva.

Înainte să plece, mama a venit la mine.

– Viola mi-a zis că ai fost minunat.

– Nici chiar aşa, mamă.

– Nu i-ai spus, nu?

Am clătinat din cap în semn că nu.

– Alex.

Mi-a luat mâinile în mâinile ei slabe. Îmi părea atât de fragilă.

– Învață din greșelile mele, Alex. Fă-o cu prima ocazie.

Apoi m-a sărutat și m-a strâns în brațe cu toată forța pe care o mai avea – foarte puțină, în perioada aceea – și ne-am luat la revedere.

În seara aceea, am reușit să fac rost de două camere la facultate, una pentru mine, una pentru Viola. Era evident că băuse prea mult, iar alcoolul în combinație cu emoțiile formaseră un amestec letal de falsă euforie și disperare.

Mi-a repetat la nesfârșit cât de mult o urăște – da, o *urăște* – pe mama ei. Pare-se, tot după câteva pahare de alcool, Jules îi mărturisise că Sacha fusese cel care își dorise să o înfieze.

– De-acum încolo, poate să se ducă dracului, a zis Viola. Nu vreau s-o mai văd. Nici pe dobitocul de frate-miu.

Știam că nu vorbește serios – că e doar tulburată și obosită –, dar înțelegeam prin ce trece. După aceea, s-a prăvălit pe pat în camera *mea*, nu a ei. Din nou, a început să plângă și m-a rugat să o iau în brațe.

Și toată hotărârea mea de a-i mărturisi adevărul s-a dus pe apa sâmbetei.

Nu astă-seară, mi-am zis, *mâine*...

Dar, adevărul este că mâine n-a mai venit. Pur și simplu, n-a mai venit. A mai fost o noapte, câteva săptămâni mai târziu, când i-am spus că i-ar prinde bine o ieșire și am întrebat-o dacă vrea să mă însoțească la o petrecere fițoasă în Italia, la care fusesem invitat de un prieten de la Oxford. Sincer să fiu, odată ajunși acolo, mi-a pierit de tot curajul. Gazda a presupus că suntem un cuplu. Și acolo, în superbul dormitor florentin, am făcut dragoste pentru prima oară.

După aceea, totul a devenit ireal de perfect, așa încât nu m-a mai lăsat inima – exact cum a pățit și mama – să îi dau vestea cea proastă. Și de aici, lucrurile au evoluat tot mai mult și mai mult... și, odată cu ele, s-a amplificat și sentimentul meu de vinovăție, până când am ajuns să fiu Alex doar la exterior, căci înlăuntrul meu mă simțea ca un monstru mincinos, hidos și meschin.

Acele câteva luni au fost – în aparență – cele mai frumoase din viața mea. Lucram la Londra pe perioada verii, după ce primisem un post la Biblioteca Britanică din King's Cross, unde verificam și arhivam exemplarele tipărite și în format digital ale diverselor opere filosofice. Mama și tata îmi dăduseră voie să locuiesc în apartamentul lor pe toată durata șederii la Londra.

Ziua, mă ocupam de opere literare, noaptea, de Viola, o capodoperă artistică desăvârșită cum nu-mi puteam imagina alta.

După ce refuzase să petreacă vară acasă, împreună cu mama ei, pentru că rupsese legătura cu Jules și cu Rupes, Viola și-a găsit o slujbă la un supermarket din apropiere. Pe urmă, m-a întrebat timid dacă se poate muta cu mine, fiindcă nu mai avea unde să locuiască. Am acceptat fără să stau pe gânduri.

Uneori, dimineața, în timp ce mergeam cu bicicleta – da, cu bicicleta – la serviciu, pe strada Euston, aveam senzația că trăiesc o poveste ruptă din filele unui roman. Lumea mea era perfectă.

Exceptând faptul că trăiam în minciună.

În fiecare zi, stăteam la subsol, înconjurat de cărți încărcate de cuvinte înțelepte, conștient că absolut fiecare dintre ele, de la Sofocle și până la lucrările moderne de dezvoltare personală, mi-ar spune că trebuie să mărturisesc adevărul. Și, seară de seară, mă pregăteam sufletește în timp ce pedalam spre casă și îmi juram că voi da cărțile pe față.

După aceea, ajungeam la apartament și o găseam pregătind o cină delicioasă din ieftinăturile aproape expirate pe care le adusese de la supermarket. Iar, când o vedeam atât de frumoasă și delicată, pur și simplu... *nu mă mai înduram*.

Într-un final, a venit și toamna răcoroasă, astfel că Viola s-a mutat în fosta cămăruță de la cămin, la începutul anului al doilea, iar eu mă pregăteam să mă întorc la Oxford ca să urmez studiile de masterat.

Amândoi eram teribil de triști la gândul că cuibușorul nostru de nebunii se destrăma din cauza acestei chestii numite viață. Între timp, găsiserăm până și nume pentru copiii noștri și ne planificaserăm nunta, care nu mai părea o absurditate, ținând cont că amândoi aveam peste douăzeci de ani: era chiar foarte *plauzibilă*. Un soi de liant invizibil ne lega și totuși nici unul din noi nu pomenise o vorbă cuiva despre lumea nouă și minunată pe care o descoperiserăm împreună. De teamă să nu ne-o strice.

Deși călătoria de la Londra la Oxford dura mai puțin de o oră și întocmiserăm deja un program conform căruia să facem naveta cu schimbul în weekenduri, îmi amintesc că ultima noapte petrecută împreună a fost atât de dureroasă, încât ai fi zis că plecam cu vaporul spre India și nu aveam să mă mai întorc decât peste trei ani – sau niciodată. Nu mai știam cum e să trăim unul fără celălalt.

Primul semestru a trecut ca prin ceață, atât eram de tulburat de dorul ei, iar obișnuita mea concentrare zbura pe fereastră la cursuri și seminare. Spre consolarea mea, nici Viola nu era într-o stare mai bună, astfel că, de Crăciun, i-am întrebat pe mama și pe tata dacă poate veni acasă cu mine. Îmi spusese răspicat că nu are de gând să petreacă sărbătorile de iarnă cu Jules și cu Rupes.

– Înainte, mergeam la tata ca să îi țin de urât, mi-a explicat Viola. Doar pe mine mă mai avea.

Mama, care, din fericire, se recupera bine după ultimul tratament, m-a luat în primire de cum am sosit, insistând că *trebuie* să îi spun adevărul. I-am promis din nou, dar... era Crăciunul, ce Dumnezeu! Iar Viola, odată ajunsă în sânul familiei noastre afectuoase și primitoare, părea atât de fericită și liniștită, cum n-o mai văzusem de la moartea lui Sacha.

Așa că nu m-am ținut de promisiune.

După Anul Nou, am revenit la programul nostru studențesc. Hotărâsem deja că voi face tot posibilul să găsesc un loc de muncă la Londra, după absolvirea masteratului. Putea să fie și un post de măturător, câtă vreme o luam pe Viola în brațe seara, când mă întorceam acasă, murdar și împuțit.

A venit și Paștele, iar Viola a trebuit să plece o lună într-un schimb de experiență pentru studenții la literatură franceză. Am petrecut noaptea dinainte în apartamentul din Bloomsbury. M-a rugat să-i împrumut geanta mea de voiaj și, în timp ce își făcea bagajul, am ieșit să cumpăr o sticlă de vin și mâncare indiană, ca să sărbătorim.

Când m-am întors, am strigat-o din hol, apoi m-am dus în sufragerie. Acolo era ea, așezată turcește pe jos, citind scrisoarea pe care mi-o scrisese Sacha chiar înainte să moară.

Am simțit că se rupe inima în mine și cade, pulsând îngrozită, la picioarele mele.

– Ăă... cum ai găsit-o?

– Era în buzunarul genții de voiaj, mi-a răspuns, cu fața pământie și brăzdată de lacrimi. Totul a fost o minciună, nu?

– Nu, Viola! Bineînțeles că n-a fost o minciună!

– Ba din punctul meu de vedere a fost, murmură ea, aproape imperceptibil. Și eu care credeam că ai venit la spital pentru că-ți păsa de tata... Dumnezeule! Când mă gândesc câtor oameni le-am spus ce minunat ești... când tu, de fapt, îți urmăreai propriul interes! N-ai venit de dragul meu!

– Ai dreptate, am zis. În prima zi am venit pentru că așa am considerat că se cade. Dar totul s-a schimbat în momentul în care te-am văzut apropiindu-te de mine.

– Lasă minciunile, Alex.

– Îmi dau seama că e un șoc, Viola, dar ultimele luni, tot ce-am trăit împreună... ți se pare că au fost o minciună? Cum e posibil?

– Este, fiindcă nu ești așa cum am crezut. „Alex cel tandru și sincer", care, în tot acest timp, s-a prefăcut că îi pasă de mine... Știi care e partea cea mai rea?

Puteam să-i enumăr mai multe, dar m-am abținut.

– Nu.

– Cel mai rău e că sunt invidioasă pe tine. Pentru că *tu* ai fost sânge din sângele lui, nu eu.

– Zău așa, Viola, el n-a însemnat nimic pentru mine.

– Ah, mersi mult!

– N-am vrut să sune așa. Dar, crede-mă, am fost absolut oripilat când am aflat că sunt fiul lui. Mai bine-zis, șocat, m-am corectat imediat.

– Cum sunt eu acum.

– Exact.

M-am agățat de colacul acela de salvare și m-am apropiat de ea.

– E normal să fii şocată. E o veste îngrozitoare. Iartă-mă, Viola. N-ai idee de câte ori am vrut să-ţi spun, dar erai atât de dărâmată, încât nu m-a lăsat inima. Pe urmă ţi-ai regăsit fericirea. Amândoi eram fericiţi. Atât de fericiţi, încât n-am vrut să stric asta. Înţelegi?

S-a frecat la nas în stilul ei drăgălaş şi a clătinat vehement din cap.

– În momentul ăsta, nu înţeleg nimic. Doar că am o relaţie dubioasă cu... o rudă!

– Viola, nu există nici o legătură de sânge între noi. O ştii foarte bine.

– Şi tata... cum a putut să facă aşa ceva? L-am adorat pe omul ăsta. Nici nu mă miră că mama îl urăşte, a spus şi a ridicat privirea spre mine. Ea ştie?

– Da.

– De când?

– Totul a ieşit la iveală în ultimele zile petrecute la Pandora. Din câte-am înţeles, ea a ştiut de la bun început.

– Dumnezeule mare! Deci, toată viaţa mea a fost o minciună!

– Înţeleg ce simţi, Viola, dar...

– Şi maică-ta? s-a răstit ea. Ce dracu' a căutat „sfânta" Helena, cum îi zicea mama, să se culce cu tata?

– E o poveste lungă. Lasă-mă să deschid sticla de vin şi...

– Nu! mi-a replicat, aruncându-mi o privire în care se citea dispreţul absolut. Nici măcar tu n-ai cum să mai dregi busuiocul de data asta. Cel mai rău mă doare că am avut încredere în tine mai mult decât în oricine, dar m-ai minţit la fel ca toţi ceilalţi. Şi nu e vorba de o chestie inofensivă, m-ai minţit în legătură cu cel mai important lucru din viaţa mea! Am crezut că mă *iubeşti*, Alex. Cum ai putut trăi cu mine atâtea luni, ştiind care e adevărul?

– Iartă-mă, Viola, am implorat-o. Încearcă, te rog, să mă înţelegi.

– Plec. Nu mai suport. Trebuie să-mi limpezesc mintea.

Am văzut-o cum se ridică şi întinde mâna spre geanta de voiaj, care observ îngrozit că era deja făcută.

– Te rog, Viola. Te implor. Hai să vorbim despre asta.

A trecut pe lângă mine, a ieşit din sufragerie şi s-a dus spre uşă.

– Nu... nu pot. Ochii ei superbi erau scăldați în lacrimi. Nu doar tu ai trăit în minciună, ci și eu. Nici nu mai știu cine sunt.

– Te mai întorci? am întrebat-o. Te iubesc enorm, Viola. Crede-mă.

– Nu știu, Alex. La revedere!

Cu aceste cuvinte, a ieșit pe ușă, trântind-o în urma ei.

Privind retrospectiv, îmi dau seama că singurul lucru care m-a oprit să îmi beau mințile în seara aceea – și să înghit câteva cutii de pastile, ca să fiu sigur că uit de toate – a fost telefonul primit din senin de la mama. Bănuiesc că a simțit ea ceva.

Ca de obicei, ea a fost primul om pe care m-am gândit să îl sun în tăcerea apăsătoare care s-a lăsat după plecarea Violei. Dar, ca orice copil al cărui părinte este bolnav, mi s-a părut nedrept să o împovărez cu necazurile mele mărunte, cum ar fi o idilă sfârșită tragic. În definitiv, mama se confrunta zi de zi cu posibilitatea de a-și vedea moartea cu ochii.

Așadar, mi-am vărsat amarul – și lacrimi fierbinți – la receptor. Două ore mai târziu, m-am trezit cu ea la ușă, ca un înger salvator. Am vorbit multe în noaptea aceea, în timp ce ea își legăna în brațe fiul matur, făcând o paralelă între relația ei cu William și a mea cu Viola. Firește, a recunoscut că ea e principala vinovată pentru situația creată, ceea ce, la drept vorbind, chiar era. Dar, cel puțin, nu mai exista nici o umbră de îndoială de ce nu îi mărturisise adevărul lui William după ce îl întâlnise pe Sacha la nuntă. Acum înțelegeam pe pielea mea de ce nu o făcuse.

De *frică*.

– Vrei să vorbesc eu cu ea? m-a întrebat.

– Nu, mamă. Trebuie să-mi rezolv singur problemele.

– Chiar dacă problemele tale sunt consecința faptelor mele?

– Nu știu, am oftat. Știu doar că o iubesc și nu-mi pot imagina viața fără ea.

– Fii răbdător cu ea. Are multe pe cap. Și nu uita că încă suferă după moartea tatălui ei. E bine că pleacă în Franța. O să aibă timp să se liniștească. Am înțeles că se întâlnește cu Chloë la Paris.

– Of, mamă, am zis, legănând din cap, cum o să trec peste asta?

– O să treci, pentru că n-ai încotro. Una dintre asistentele mele mi-a zis, la un moment dat, că, în viață, oamenii primesc doar atâtea poveri câte pot duce, a răspuns ea, pe un ton meditativ.

– Ba unii primesc mai multe, și de-aia se sinucid, am replicat, îmbufnat, și mi-am pus capul pe genunchii ei, ca să mă mângâie pe păr ca atunci când eram mic.

– Eu zic că are dreptate. Uită-te la mine, de pildă. E drept că am îndurat multe greutăți, dar toate astea m-au făcut un om mai bun. Și probabil pe toți din familia noastră. Chiar dacă Immy și Fred au suferit cel mai mult, pe termen lung, sunt convinsă că experiența asta o să-i ajute să fie mai puternici și mai independenți. Și, bineînțeles, nu trebuie să uităm că tatăl tău s-a comportat exemplar.

M-am uitat la mama și i-am văzut privirea plină de dragoste, ceea ce mi-a reamintit de iubirea mea *pierdută* și m-am întristat din nou.

– Eu privesc viața ca pe o călătorie cu trenul, a zis mama deodată.

– În ce sens?

– Stăm în vagoane și alergăm spre viitor și, din când în când, trenul oprește în câte o stație frumoasă. Coborâm și ne cumpărăm o ceașcă de ceai. Sau, în cazul tău, o halbă de bere, a spus ea, chicotind ușor. O savurăm în tihnă și admirăm priveliștea splendidă, cu un sentiment de liniște și mulțumire sufletească. Cred că astea sunt momentele pe care majoritatea oamenilor le-ar descrie drept „fericite". După aceea, firește, trebuie să urci la loc în tren și să-ți continui călătoria. Dar momentele acelea de fericire pură îți vor rămâne veșnic întipărite în memorie, Alex. Ele ne dau forța de a merge mai departe: speranța că le vom retrăi. Ceea ce, bineînțeles, se va și întâmpla.

Uau, mi-am zis. *Se vede treaba că n-am moștenit înclinația spre filosofare doar de la tata. Pentru o amatoare, se descurca binișor.*

– Am savurat vreo mie de „halbe de bere" cu Viola în ultimele luni. Și aș mai vrea încă pe atâtea, am murmurat, abătut.

– Vezi? a spus mama, zâmbind. Deja speri.

Capitolul 34

Stau singur pe terasă – Viola s-a dus la baie să se răcorească puțin – și nu-mi vine să cred că viața mi-a mai dat o șansă, că Viola s-a întors la mine. Îmi vine să fug la cea mai apropiată biserică, să îngenunchez și să mulțumesc zeității care s-a milostivit de mine. Și să jur că voi învăța din greșeli.

E tot ce putem face noi, oamenii.

Înțeleg, de asemenea, că traumele personale – și ale tuturor celor din gașca de la Pandora – sunt neînsemnate în comparație cu suferința altor oameni din lumea aceasta. Nici unul dintre noi nu a cunoscut foamete, războaie sau genocide.

Cronica celor zece ani din jurnalul meu e doar un instantaneu al câtorva existențe mărunte într-un univers infinit. Dar e vorba de viețile *noastre*, și pentru noi, aceste probleme sunt importante. Dacă n-ar fi așa, mă îndoiesc că omenirea ar mai exista, pentru că, așa cum mi-a zis mama în imensa ei înțelepciune (și cred că Pandora i-ar da dreptate), am primit la naștere darul speranței.

Privesc mulțimea care se zbânțuie în acordurile tot mai ritmate ale orchestrei. Îi văd pe Jules și pe Bertie pe ringul de dans, alături de Alexis și de Angelina. Apoi observ o figură cunoscută cu privirile ațintite la micuța Peaches, care dansează cu mama ei.

Andreas – sau Adonis, cum îl porecliseră mama și Sadie –, tatăl ei.

Mi se pune un nod în gât și mă întreb dacă trăiesc cumva o bizară experiență karmică extracorporală și revăd momentul în care Sacha a dat pentru prima oară cu ochii de *mine*, cu ani în urmă, la nunta părinților mei. Poate că o să discut cu Sadie mai târziu și o să încerc să îi dau un sfat avizat pe această temă. „Tema“ care i-a îndurerat profund pe majoritatea celor (care nu sunt ciprioți) adunați aici.

Spectrul care planează deasupra ospățului – cel care *nu* este aici – e, bineînțeles, tatăl meu. Sacha, ori Alexander, sau cum vreți să-i spuneți.

Un simplu bărbat, născut dintr-o femeie...

Mă duc spre marginea terasei, mă aplec peste balustradă și mă uit la stele. Și mă întreb dacă și el se uită la noi, de acolo de sus, în timp ce dă pe gât o sticlă de whisky și se distrează copios pe seama haosului chiar de el iscat.

Și, pentru prima dată, simt un fior de emoție. Un soi de empatie cu el. În fond, eu însumi am fost la un pas să-mi distrug viața: am făcut o simplă greșeală omenească și a fost cât pe ce să pierd tot ce mi-e mai drag pe lume.

Știu că voi lupta toată viața să fiu un om mai bun, dar sunt conștient că nu voi reuși întotdeauna. Nu pot decât *să mă străduiesc* să fiu cât mai bun cu putință.

– Hai și tu, Alex!

Mama, tata, Immy și Fred se țin de mâini și dansează împreună.

– Noapte bună, tată! șoptesc spre cerul magnific al nopții.

Cobor de pe terasă și le iau pe mama și pe Immy de mâini. Ne învârtim în cerc pe o adaptare ciudată la bouzouki a ceea ce pare a fi melodia „Pompeii“. Cel puțin, așa zice Fred, fiindcă el ascultă astfel de muzică.

După aceea, o zăresc pe Chloë pe terasă.

În momentul în care mama îi face semn să ni se alăture, mai observ doi ochi ațintiți spre ea. Michel a încremenit, ca și când l-ar fi transformat în stană de piatră Medusa din mitologia greacă.

Privesc fascinat cum Chloë plutește spre noi, apoi se oprește brusc, parcă simțindu-i privirea fierbinte în spate. Se întoarce ușor și se uită la el. Zâmbesc amândoi. Chloë îl salută cu o mișcare a capului, își apucă tatăl de mână și intră în cercul familiei.

O văd pe Viola – care s-a schimbat într-o rochie albă, cu un umăr dezgolit, semănând foarte bine cu nudul sculptat al bunicii/Afroditei – că vine în urma ei. Jules se apropie de ea, Viola o măsoară din cap până-n picioare, după care se duce încet spre ea și o sărută pe obraji.

Nu se poate numi îmbrățișare, dar e un început. O ramură de măslin.

E începutul înțelegerii.

Și al iertării.

Viola se întoarce spre noi, trăgând-o pe Jules după ea, care îl trage la rândul ei pe Rupes în dansul nostru în cerc. În scurt timp, ni se alătură Alexis și Angelina, apoi Fabio cu Sadie și Peaches și, treptat, toți invitații, până când formăm un lung lanț uman, ținându-ne de mâini sub stele și celebrând viața.

Muzica se oprește, și toată lumea izbucnește în aplauze. Apoi se aud strigăte care le cer Helenei și lui Alexis să mai danseze încă o dată *Zorba*, ca acum zece ani.

– Bună, îi spun Violei, când vine lângă mine. Arăți superb.

– Mulțumesc.

Îmi șoptește ceva la ureche, dar sunt mult prea atent la figura tatei în momentul în care mama se duce spre Alexis și îl ia de mână. Apoi îi trimite o bezea tatei, îi spune „Te iubesc" și se lasă condusă în mijlocul cercului. Zâmbește și tata, dă aprobator din cap și îi răspunde tot cu o bezea.

Mă întorc spre Viola.

– Scuze, ce spuneai?

– Spuneam, chicotește ea, că te iubesc. Te-am iubit și te voi iubi mereu, Alex. Asta e, adaugă și ridică din umeri.

Mă uit la ea, în acordurile obsesive ale cântecului, și îmi dau seama că așteaptă să spun și eu ceva.

Immy mă apucă de umăr și mă trage înapoi în cercul de brațe și trupuri care se apleacă și se îndreaptă.

– Concentrează-te, Alex! mă ceartă ea.

– Scuze, Immy. Nu pot.

După aceea mă desprind din dans împreună cu Viola. Părăsim terasa, și cercul uman se închide rapid în urma noastră. Fugim ca hoții prin noapte spre „Bătrânel" și ne ascundem sub ramurile lui pe care se leagănă ușor felinarele în adierea vântului. Îi prind fața în palme și o privesc în lumina lunii.

– Și eu te iubesc. Te-am iubit mereu și cred că te voi iubi mereu.

O sărut și simt că îmi răspunde cu aceeași pasiune. Pe măsură ce muzica se însuflețește, sunt tot mai convins că dansul vieții noastre abia acum începe.

Așa e scris să fie.

# *Mulțumiri*

Am început să scriu această carte cu zece ani în urmă, după o vacanță cu familia în Cipru. Stăteam într-o superbă vilă veche, chiar la marginea localității Kathikas, locul unde se petrece acțiunea romanului de față. La vremea respectivă, cei cinci copii ai noștri erau de-o vârstă cu copiii din carte și, tot ca în carte, primiserăm vizita unor prieteni de familie. Deși subiectul și personajele sunt în mare parte fictive, m-am inspirat mult din propria experiență de mamă, mamă vitregă, soție și dansatoare...

Am pus manuscrisul la păstrare și l-am redescoperit anul trecut, când făceam ordine prin sertare. Firește, copiii mei sunt acum cu zece ani mai mari, și e fascinant să citesc descrierile pe care le-am așternut pe hârtie când ei erau mici. Se poate spune că acesta a fost jurnalul *meu* despre copilăria lor, așa că am decis să îl duc la capăt. A fost într-adevăr un subiect inedit, fără vreun context istoric vast sau o desfășurare a evenimentelor de-a lungul unui secol – doar o perioadă petrecută în aceeași casă, cu un grup restrâns de personaje. Am învățat enorm scriind această carte.

Așadar, țin să-i mulțumesc în primul rând minunatei mele familii: Olivia, Harry, Isabella, Leonora, Kit și, desigur, soțului meu, Stephen, principala mea sursă de inspirație.

Le mulțumesc editorilor mei internaționali care mi-au dat încrederea de care aveam nevoie pentru a finaliza această carte și a le-o trimite: Jez Trevathan și Catherine Richards de la Pan Macmillan, Claudia

Negele și Georg Reuchlein de la Goldmann Verlag, Knut Gørvell și Jorid Mathiassen de la Cappelen Damm și Donatella Minuto și Annalisa Lottini de la Giunti.

Le mulțumesc tuturor celor din „Echipa Lulu": Olivia Riley, Susan Moss, Ella Micheler și Jacquelyn Heslop. Surorii mele, Georgia Edmonds, și mamei mele, Janet.

Și tuturor minunaților mei cititori din întreaga lume: vă mulțumesc.

În colecția Blue MOON au apărut:

Jojo Moyes, *Ultima scrisoare de dragoste*
Danielle Steel, *Învingătorii*
Elin Hilderbrand, *Zvonul*
Jacqueline Susann, *Valea păpușilor*
Tatiana de Rosnay, *Se numea Sarah*
Jojo Moyes, *Înainte să te cunosc*
Nora Roberts, *Obsesia*
Jojo Moyes, *Fata pe care ai lăsat-o în urmă*
Danielle Steel, *Daruri de preț*
Danielle Steel, *Sub acoperire*
Kristin Hannah, *Privighetoarea*
Jojo Moyes, *După ce te-am pierdut*
Danielle Steel, *O viață perfectă*
Danielle Steel, *Jocuri de putere*
Martha Hall Kelly, *Când înflorește liliacul*
Danielle Steel, *Fiul risipitor*
Danielle Steel, *Aripile destinului*
Kristin Hannah, *A doua șansă*
Barbara Taylor Bradford, *Cavendon Hall*
Jojo Moyes, *Un bărbat și o femeie*
Jodi Picoult, *Pactul*
Nora Roberts, *Secrete și minciuni*
Jojo Moyes, *În căutarea unui destin*
Tracy Brogan, *Nebunie de-o vară*
Jojo Moyes, *Silver Bay*
Danielle Steel, *Moștenirea secretă*
Danielle Steel, *Blue*
Margaret Mitchell, *Pe aripile vântului* (vol. I-III)
Kristin Hannah, *Aleea cu licurici*
Tatiana de Rosnay, *Vieți secrete*
Jojo Moyes, *Eu, și totuși alta*
Lucinda Riley, *Secretul Helenei*
P.Z. Reizin, *Algoritmul fericirii*